破裂

RUPTURE

KUSAKABE YO

久坂部羊

幻冬舎

破裂

破裂＊目次

装幀　鈴木成一デザイン室
装画　メタ・コーポレーション・ジャパン

1　痛恨の症例

八階の事務所から見える阪神高速が、摂氏三十五度の熱気で歪んでいる。

大阪の夏ほど不快な暑さは、ほかにないのではないか。アスファルトの照り返しは厳しく、緑は少なく、空気は汚れ、どぎつい看板と車の騒音が神経を苛立たせる。

松野公造は、窓から射し込む光に思わず顔をしかめた。壁際に目をそらすと、書棚にはここ二、三年に集めた医療関係の本がならんでいる。がん告知、医療ミス、誤診、医療裁判、いずれもノンフィクションの執筆に使用したものだ。

松野はこの七月に二十二年間勤めた新聞社を退社し、個人事務所を開いたばかりだった。ノンフィクション作家として世に出るための、いわば背水の陣での再出発だった。先行きに不安はあったが、思いがけない巡り合わせで願ってもない題材を得ることができた。現役の医師による隠れた医療現場の証言である。

最初の証言テープが届いたのは、四日前だった。その内容は、松野が予想していたよりはるかに衝撃的だった。つまり、あの青年医師の言葉は、あながち大げさではなかったわけだ。

――医師は一人前になるまでに、必然的に何人かの患者を殺します。

はじめて出会った席で、江崎峻は無表情にそう言った。

そのとき、松野の脳裏には二つのことが同時に浮かんだ。医者が患者を殺すなんて、よく平気な顔で言えるもんだという不快感がひとつ。そしてもうひとつは、こいつはもしかしたら、自分にとってまたとない宝の山になるかもしれないという期待感だった。

彼らが座っていた新阪急ホテルのラウンジは、土曜日のせいか混み合っていた。そのざわめきが、かえって二人の口を重くした。

江崎は阪都大学病院の麻酔科の医師で、年齢は三十五歳。生まれは横須賀だが、高校二年のときに大阪に来て、今は阿倍野で独り暮らしをしているという。秀才らしい怜悧な顔立ちで、眉と目は迫っており、鼻はナイフのように尖(とが)っていた。

　初対面で相手の人格まで見抜こうとするのは、元新聞記者の習性である。松野は江崎の生真面目さの裏に潜む得体の知れないうっ屈に興味を持った。この男はどこかバランスを欠いている。

「患者を殺すとはどういう意味ですか。もう少し詳しく説明していただけますか」

　松野は相手が医者であることを意識して、ことさら丁寧に聞いた。年齢からすれば自分のほうが十歳ほど年長である。しかし、気心が知れるまでは慎重に応対しなければならない。

「単なる医療ミスではありません。日本の医師養成システムの中で起こる、不可避の犠牲という意味です」

「不可避の犠牲？」

「そうです。大学を出ただけでは、医師は一人前ではありませんからね。医師国家試験は筆記だけで、実技がないんですから。医師たちは資格を得てから、患者を練習台にして腕を磨いていきます。独り立ちする過程で、治療に失敗することは当然考えられるでしょう」

　患者を練習台にして……か。いちいち気に障る言葉づかいをするやつだ。言葉に敏感な松野は、自分の反感を隠して訊(たず)ねた。

「しかし、医者が新米のあいだは、指導医とかベテランの医者がカバーするんじゃないのですか」

「手術とか胃カメラとか技術を要するものはそうです。しかし、日々の診療はほとんど主治医任せです。患者を死なす危険は、そういうところに潜んでいるのです」

「今度、厚労省が新しい研修医制度を導入しましたが、あれでは不十分だと？」

「あんなもの、上っ面をなでただけですよ」と、江崎は鼻で嗤(わら)った。「指導方法も決めず、ただ二年間の研修を義務づけただけですからね。未熟ゆえの治療の失敗は、そんな小手先の対策でなくなるものではありません」

　なるほど。しかし、ではどうすればいいのか。

　松野の疑問を察したように江崎はつづけた。

「医師の未熟による患者の死がどういう状況で起こっているのか、それをまず把握することです。その上で具体的な対策を講じなければなりません」

「その実例を、先生が集めてくださるというわけですか」

　松野が興味深げに身を乗り出すと、江崎は逆に醒(さ)めた表情で視線をそらした。

「だれもこのままでいいとは思っていないんです。けれど、みんなが見て見ぬふりをしている。その実状を明らかにして、システムの改善を訴えなければなりません。そういう趣旨でなら、協力してくれる者はいると思います」

医者が一人前になる過程で死なせてしまう患者のことを、江崎は〝痛恨の症例〟と呼んだ。医者ならだれでも少なからず経験している。江崎はまず自分の周囲から、証言を集めてみると約束した。

「期待しています。きっと画期的なルポになるでしょう」

眉の濃い暑苦しい風貌の松野が、熱い目で江崎を見た。これまで一貫して反権力の立場を通してきた松野は、医者にも厳しい目を注いできた。江崎の申し出は、医者の権威を徹底検証する絶好の機会だ。しかし、まだ半信半疑でもあった。江崎が思うほど簡単に、医者が自分の失態を打ち明けるとは思えなかったからだ。

それから五日後、江崎は最初の証言テープを送ってきた。それは彼が口先だけの人間でないことを証明するのに十分な内容だった。松野はすぐにアルバイトにテープ起こしをさせ、江崎に専門用語などをチェックしてもらった。

原稿はＡ４サイズの紙五枚にびっしり印刷されている。松野はファイルからそれを取り出して、もう一度読みはじめた。

ルポルタージュ「痛恨の症例」証言１

・録音　二〇〇×年八月十一日
　於阪都大学医学部付属病院内「喫茶カトレア」
・インタビュアー　阪都大学麻酔科　江崎峻氏
・証言者　阪都大学内分泌外科　児玉克也氏
　（江崎氏の同級生）

――児玉先生、今日は忙しいところ、どうもありがとう。さっそく録音させてもらってますが（笑）、緊張しないでいつもの調子でお願いします。いろいろ言いにくいこともあるだろうけど、プライバシーの保護には必ず責任を持ちますので……。

さて、今日聞きたいのは、今から十年前、ぼくらが研修医のとき、先生が当直のアルバイトで経験した痛恨の症例のことなんですが。

「うっ、改まって聞かれると、ものすごいしゃべりにくいね（笑）。趣旨はあれでしょ、未熟ゆえの失敗というか……。江崎も覚えてると思うけど、あのころの研修医は、大学を卒業して二カ月目くらいからバイトに行ってたよな。医師免許を取り立てで、注射の一本も打ったことがない状態で病院の当直をするんやから、そら事故も起きるよ。今から思うとひどい話やけどね」

——事故というか、不運というか……。

「そう。まあ医者にとっても患者にとっても、ある種、不幸なケースにはちがいないね。あんまり話したくないんやけど」

——そう言わずに。

「仕方ないな。守秘義務はぜったいに頼むよ……。

あれは都島の病院でバイトしてるときやった。本多病院って覚えてないかな。江崎にも臨時でバイトを代わってもらったことあったと思うけど。そこで五十歳くらいの患者が夜中に心室細動（突然死につながる不整脈の一種）の発作を起こしたんや。カウンターショックをせないかんくらいは、知識としてはわかってるけど、実際にやったことはないわけや。学生のときに器械の原理を習っただけやからね。それで慌てて看護師に除細動器を持ってこさせて、適当に端子を当てて、バンッとやったけど、うまくいかんのよ。カウンターショックくらい簡単やと思うけど、やっぱり経験不足ということかな。タイミングとか設定とかがまずいんやろうね。なんべんやっても不整脈がおさまらん。それでおかしい、おかしいって……。

そのうち呼吸が止まって、挿管（気管内チューブを挿入すること）せなあかんのやけど、それもやったことがない。おれは麻酔科で研修を受けてたわけやないからね。喉頭鏡を突っ込んで、なんとかチューブを入れようとしたけど、舌とか出てきてぜんぜん入らん。無理にこじあけたら、前歯が二本折れたよ。唇も切れて、口からも出血するし、患者がむせたら血しぶきが飛んで、おれのメガネ、ワイパーがほしいくらいやった（笑）」

——うーん、リアルに覚えてるね。

「そらはじめての経験やからねぇ。忘れられませんよ。

それでつき添ってた奥さんと娘がえらい騒ぐんや。おれの頼りないのを見抜いて、大丈夫ですか、助かりますかって叫んでた。それでよけいに慌てたな。

看護師が血圧下がってますと言うから、どうしようかと思ってたら、先生、ボスミン（昇圧剤）ですって教えてくれるわけや。急いで注射したけど、反応なしや。そのうちチアノーゼが出て、患者の顔が紫色になっとる。これはヤバイと思ったから、カウンターショックを連発した。そしたら胸の皮膚が焦げて、煙が出た。まずいよな。II度の火傷（やけど）や。心電図は見る見るヘタって、これはお手上げやと思ったけど、おれ、十五分くらい必死に心臓マッサージをやったよ。一人で十五分はキツかった。全身血と汗にまみれてぐちゃぐちゃや。一生懸命やったけど仕方がない。ご臨終や」

――そこからがたいへんだったんですね。

「そう。あれにはまいった。やるだけのことをやって、おれもヘトヘトやから、家族も納得してくれると思ったんよ。ところが奥さんと娘が半狂乱になって怒ってる。看護師に聞いたら、これまで二回同じ発作があって、そのときはベテランの当直医がカウンターショックで助けたらしい。同じ発作やのに、死んだから怒ってるわけよ。おれが新米で治療に失敗したせいやって、二人で泣き叫ぶんや。おれも困って、とにかくカルテを見たら、たしかに心室細動の記録があった。カウンターショックだけでなしに、キシロカイン（不整脈治療剤）なんかも併用してた。なるほどと思ったけど、あとの祭りよ。そうこうしてるうちに夜が明けて、当直終了で逃げるように帰ってきたということや。今から思うと、患者には気の毒やったけど、おれも困ったよ。まさかそんな患者がおるとは思わんもん」

――このケースは、あとで問題にはならなかったんだよね。

「そうや。本多病院の院長がタヌキでな。うまいこと言いくるめてくれた。今回の発作はこれまでの二回とはレベルのちがう重症の発作やったと説明したんや。だから救えなかったのは仕方がないと。当直医のせいではないというわけや。それを聞いて、説明の仕方もあるもんやなと感心したよ」

――でも、それは事実に反する説明だね。家族は納得したのかな。

「納得せざるを得んやろう。火傷するほどカウンターショックを繰り返したのは事実なんやから」

――もしそのときベテランの医者が当直してたら、患者は助かったと思う？

「たぶんな。それまでの二回は助かってるのやから」

――ちょっと聞きにくいことだけど、先生に罪の意識とか、ある？

「え……、うーん、どっちかというとツイてないって感じかな。たまたまあの晩に当直に行ったのが運のツキというか……。そりゃ罪の意識もないことはない。だからこうして協力もしてる。けど、おまえの趣旨はそういう事故が起こり得る実態の究明なんやろ」

――そう。もちろん、先生を個人攻撃するつもりはないです。ただ、その患者はそこで命を落としたわけだし、遺族にとってもかけがえのない夫なり父親を失ったわけだよね。そのことについてはどう。

「そんなこと、おれに言われても困るよ。おれだってわざと死なせたわけじゃないし。おまえだって、当直のバイトに行ってたやないか。たまたま重症の患者に当たらんかっただけで、もし、あの夜、おまえが本多病院に行ってたら、きっと同じことになってたぞ。おれは運が悪かったんや」

――ごめんごめん。怒らせるつもりはないんだ。先生を責めてるわけじゃない。先生もいわばシステムの犠牲者だからね。そのシステムは今もあんまり変わってない。だからこうして事例を集めて、改善の必要性を訴えていこうとしてるわけなんだ。

最後にもうひとつ、また怒られると困るんだけど、もしその症例が裁判になってたら、どうしてた？

「なるわけないやろ。もし訴えられたら、徹底的に闘うよ。カウンターショックなんか失敗もへったくれもない。不整脈が治らんかったのは、院長の言うように特別に重症の不整脈やったということだよ。やり方が悪かったから治らなかったと証明できるか。できるわけないやろ。おれは未熟やったかもしれんけど、ベストは尽くした。夜中に血と汗にまみれて、精一杯やったんや。それで助からんかったのは患者の運命や。仕方ないやろ」

――遺族に謝罪する気持は？

「……（不快げなため息）なんでおまえにそこまで言われないかんのや。ええ加減にしてくれ。これくらいだれにでもあるやろ。駆け出しのころのミスはみんな経験してる。おれだけがそれで外科医のキャリアを棒に振らないかんわけか」

――いや、もちろんそうは言わない。でも、この患者は先生にとって、痛恨の症例ということで印象に残ってるわけだね。むずかしい問題があるね。いや、今日は協力ありがとう。貴重な証言だったよ。

「もう病棟にもどるぞ。忙しいから。おまえのことは友だちとして信用してるけど、妙なことになったら承知せんからな」（児玉氏退席）

――……児玉先生、怒って出ていきました。誤解のないように言っときますが、彼は決して悪い医者ではありません。

彼について少し説明しますと、児玉君はわたしの同級生で、卒業後一年目は同じ外科で研修してました。わたしは二年目に麻酔科に移りましたが、児玉君はそのまま残り、今は内分泌外科を専門にしています。彼は優秀で、国際的な学会でも論文を多数発表しており、三十五歳の若さで院内講師に抜擢(ばってき)されてます。同級生の出世頭ですね。性格も気さくで、患者や看護師の評判も申し分ありません。

今回聞いた話は、研修医のときに控え室で話していたのをわたしが覚えていて、「痛恨の症例」の第一証言として頼んだものです。あのころ、バイト先で困ったりすると、みんな医局の控え室で愚痴ってましたから。

研修医が未熟なままアルバイトに行く背景は、大学の研修制度にあると思います。医局には指導医はいますが、彼らは当直の「いろは」みたいなことは教えてくれません。指導をしても報酬はないし、医局で評価されるわけでもないので、どうしても不熱心になるんです。

研修医がバイトに行くのは、当時は経済的な理由が主でした。月収十万そこそこでしたから。

しかし、受け入れる病院の側にも問題があります。児玉君が未熟であることは、病院側もわかっていたはずです。当直医が新米なら、重症患者の処置について準備しておくのが病院の責務です。それを怠り、事後にあれは特別な発作だったと言いくるめるのは、明らかに院長の責任逃れといえるでしょう。

この話を聞いたとき、当然のことですが、わたしはまず患者が気の毒だと思いました。ベテランの当直医であれば死ななくてすんだのですから。ほかの研修医たちも青ざめてました。けれど、児玉君を責める者はいなかったですね。いつ自分が同じ立場になるかしれないんですから。

こういう未熟ゆえの失敗は、多くの医師が経験しているはずです。そのほぼ全員が謝罪も償いもせず、医師のキャリアを積み重ねています。もちろんそれは卑怯だし、許せないことです。

しかし、片や児玉君に関していえば、彼はひじょうに優秀で、内分泌外科では未来の教授候補と見られています。彼は遺伝子の組み換え技術を応用して、がん細胞を狙い撃ちする治療法を開発しました。その治療を受けて、乳がんから生還した患者はすでに二百人を超えています。彼がそれだけの成果をあげられたのは、努力と才能もさることながら、まずはその地位のおかげです。阪都大学の院内講師という地位があればこそ、製薬会社も金を出し、治験データも集まるのです。

もし、彼があの当直アルバイトでの失敗を公表していたら、大学に残ることはできなかったでしょう。医局には他人の足を引っ張る連中がいっぱいいますから。つまり、彼はアルバイトでの失敗には頬かぶりをしたけれど、そのあとで多くの患者に貢献したというわけです。ミスを公表すれば貢献することはできなかった。だから、彼は自分のキャリアを棒に振ってでも謝罪しろと言うのかと、気色ばんだのです。

彼だけではありません。あんまりピューリタニズムみたいに、未熟ゆえのミスをすべて断罪していけば、多くの研究者の芽を摘むことになります。ミスを公表しても研究がつづけられるようにすべきですが、旧弊な医学界を改革するのは口で言うほど簡単ではありません。

だから、こうしてわずかでも状況が変わるよう、実態を明らかにしようと思ったのです。

松野さんにお願いします。当然のことですが、ルポを書くにあたっては、くれぐれも児玉君に迷惑がかからないように頼みます。もしこの証言で彼が失脚するようなことがあれば、大学にとっても医学界にとっても大きな損失ですし、わたしも恨まれますから。

それに児玉君の証言にもあるように、今となっては彼の医療ミスを証明する手だてはありません。我々の趣旨は、個人攻撃ではないことを、いま一度確認させていただきます。

「松野さん、そのインタビュー、かなり気に入ったみたいですね」

アルバイトの金子さおりが、コーヒーを持ってきた。

「どうしてわかる」

「だって、タバコに火をつけたまま、一回も吸わずに原稿に夢中になってたもの」

灰皿でタバコが火葬したように崩れていた。

「どうです。そのテープ起こし、うまくまとまってるでしょ。けっこう大変だったんですから。まわりくどいとことか多かったし」

松野はぱらぱらと紙をめくる。予想はしていたが、思った以上にひどい当直医アルバイトの実態。

それにしても、この児玉という医者はまったくひどいやつだ。人を一人死なせておきながら、平気な顔をしている。江崎もヒューマニストのような顔をして、結局は医療側の人間だ。いくら同級生とはいえ、児玉を弁護するなんてまったく世間の感覚から乖離（かいり）している。そのズレを指摘してやりたいが、今はまだ機嫌を損ねるわけにはいかない。江崎は自分にとって、ようやく巡り合った内部情報の宝庫なのだから。

松野は引き出しから透明ケースに入ったMOディスクを取り出した。

「『告知』・200×. Mar.」

それは彼がはじめて応募した「天籟（てんらい）ノンフィクション大賞」で、最終候補まで残った作品だった。内容は、医者の無神経ながん告知のせいで自殺した患者の母親を追ったものだ。その患者は前立腺がんで、骨盤に転移しており手術は不可能だった。

主治医の説明を聞いたあと、患者の年老いた母親が必死に息子を励ました。

——手術できなくても、抗がん剤や放射線治療があるからね。

すると横から主治医が言った。

——あなたの場合は、ほとんど効かないでしょう。

——でも、最近は医療も進んでいるのだから。

——それは気休めです。

そして主治医は予後について患者にこう説明した。

——骨盤に転移してるから、まもなく寝たきりになります。でも、死ぬよりはましでしょう。

四十代で独身だった患者は絶望し、母を残して病院の屋上から身を投げた。

松野は自社の新聞の社会面でこの記事を読んだとき、腹の底から湧き上がる怒りを感じた。自分にも似たような経験があったからだ。松野は患者の母親に連絡を取り、彼女が苦労しながら訴訟を起こすまでを丹念に取材した。

作品を仕上げるのに松野は一年半を要した。日本通経新聞の文化部次長として、仕事の合間を縫っての執筆だったから仕方がない。もう少し自由になる時間があれば……。松野は歯がみしたが、もちろんなんの当てもなく勤めをやめるわけにはいかない。

「天籟ノンフィクション大賞」選考会の当日、松野に受賞の報せは届かなかった。しかし、はじめての応募で最終候補に残ったことは、大きな自信につながった。編集者の反応もよく、松野はたしかな手応えを感じた。

しかし、雑誌に発表された受賞作を見たとき、松野のプライドは大いに傷つけられた。受賞者は二十六歳のフリーターで、作品は地球温暖化に植物のＤＮＡ解析をからませただけの薄っぺらいものだった。しかし、みごとに時流に乗っていた。

松野の作品については、「ありがちな」とか「語り古された」など、揶揄とも取れる選評が書かれていた。自分のテーマが認められず、こんな浅薄な作品が受賞するなんて、と松野はやり場のない悔しさに苛まれた。

そんな松野に一週間後、一通の手紙が届いた。選考委員の高名な評論家からだった。

「……あなたの作品には力があります。困難なテーマだけれど、だれかが追及しなければならない問題です。来年の選考会で、もう一度あなたの作品に出会えることを楽しみにしています」

激励の手紙だった。うれしかった。松野は机に山積みの書類や原稿を、すべて払い落としたいような衝動に駆られた。

松野はこの春、文化部の部長に昇格する心づもりでいた。ところが同期の女性が経済部から抜擢され、松野は次長のまま残された。女性部長ははじめは松野に気をつかっていたが、忙しくなると命令口調になる。四十六歳の松野には、もうロクなポストはまわってこないだろう。評論家からの手紙と、自分の置かれた立場を思うと、松野はじっとしておられなくなった。

その日、松野は定刻の六時に帰宅して、妻の京子をおどろかせた。

「今日、『天籟ノンフィクション大賞』の選考委員から手紙が来た。おれに期待してくれている。だから全力でノンフィクション作家を目指してみたい。そのために、会社をやめる。賞を取って会社を見返してやりたいんだ。いいだろ」

思い詰めたように言う松野に、京子は反対しなかった。一度決めたら、何があっても押し通す夫の性格をよく知っていたからだ。女性部長が来てから、仕事に嫌気がさしていたこともわかっていた。

「やりたいことがあるなら、挑戦してみたら。人生は一度きりなんだもの。それに早期退職者制度を使えば、退職金が割り増しになるんでしょう」

　わざと計算高いことを言う京子に、松野は思わず泣き笑いの表情になった。

　大阪市西区みなと通の北のはずれに、松野はマンションを借りた。間取りは1K、家賃六万三千円、扉に「松野公造事務所」のプレートを掲げた。ここなら西九条の自宅からも歩けない距離ではない。わざわざ事務所を借りたのは、家で仕事をする気にならないことと、自分に経済的なタイムリミットを課すためだった。この一年が勝負。退路を断つことで、自分の力と資質を根本的に問うてみようとしたのだ。

　そんな中で、松野は江崎に出会ったのである。

紹介してくれたのは、社会部の後輩、上川裕一だった。身長百七十センチ、体重九十キロの肥満体で汗っかき、愛嬌のある部下だった。入社直後に松野の下に配属され、松野が新聞記者としての基礎を叩き込んだ。松野が目をかけたのに応えるように、上川も松野を慕った。

　上川と江崎は高校の同級生で、同窓会で久しぶりに出会ったのだった。そのとき、江崎がこう言った。

――医師は一人前になるまでに、必然的に何人かの患者を殺すんだ。

　いくつかの具体例を聞き、上川はジャーナリストとしての興味を強く刺激された。これは医療分野のノンフィクション作家を目指している松野に知らせない手はない。上川はその場で松野のことを話し、協力してもらえないかと頼んだ。

　最初の証言テープを聞き終わったとき、松野は自分の勘に狂いがなかったことを確信した。自ら医療の暗部を暴こうとする純粋な青年医師との出会いは、千載一遇のチャンスかもしれない。

　松野の脳裏に選考委員からの手紙が浮かび、来年の大賞受賞の熱い予感がよぎった。

2　医療被害

江崎からの証言テープは、その後四週間のうちに六本送られてきた。江崎はかなり積極的に取材してくれているようだ。テープはすぐに金子に原稿に起こさせ、江崎にチェックしてもらう。証言の内容はいずれも衝撃的なものばかりだった。

病院をサボってテニスをしているあいだに、乳児がけいれん発作で死んでしまった小児科医、薄めて使う消毒液を原液のまま使って、角膜に穴をあけた眼科医、二日酔いで手術をして、誤って切断した尿管をねじれたまま縫合した泌尿器（ひにょうき）科医……、どれもこれもあきれるばかりの失態だ。いや、失態というような生やさしいものではない。患者はそれで命さえ落としているのだ。それなのに、ミスを犯した医者たちはみんなあっけらかんとした調子で語っている。こんなことが許されていいのだろうか。

松野は証言にやり場のない怒りを感じたが、しばらくは目をつぶることにした。まずはできるだけ情報（ネタ）を集めることが先決だ。

証言は医者ばかりでなく、看護師によるものもあった。看護師の証言は当事者でない分、弁解口調がなく断固としていた。

送られてきた証言のうち、松野が特に注目したのは次の二つである。

ルポルタージュ「痛恨の症例」　証言4

・録音　二〇〇×年八月二十日
　於大阪市北区堂島（どうじま）喫茶店「ムジカ」
・インタビュアー　阪都大学麻酔科　江崎峻氏
・証言者　阪都大学病院中央手術部看護師　安倍洋子（あべようこ）氏

——安倍さん、今日は協力ありがとう。今日の証言者は、手術場（オペ）の看護師の安倍洋子さんです。麻酔科の医師と手術場の看護師さんは、仲がいいんだよね。どちらも手術の傍観者として、外科医の悪行を見てるから（笑）。

今日は優秀な看護師である安倍さんに、厳しいご意見をいただきます。

「厳しいだなんてとんでもないです。わたしはただ、江崎先生がいつも言ってることに賛成だから、協力しようと思っただけです。つまり、だれが見てもおかしなことが、手術場では密室のこととして葬られているので……」

――そうだよね。安倍さんくらいのベテランなら、山ほど目撃してるでしょ。

「ベテランはひどいな、先生。わたしまだ花の二十代なんですから。ま、今年いっぱいだけど（笑）。

看護師になって八年目ですが、たしかにいろいろ見てきました。個人攻撃が目的じゃないって聞いてますので、名前は出しませんが、ある先生の手術はひどかったです。わたしが器械出し（外科医に手術器具を渡す看護師）のとき、その先生がうっかり膵臓の太い動脈を切っちゃったんです。どうしようってことになって、その先生は第一外科で消化器が専門だから、血管の縫合とかはできないんです。血管は第二外科なんですけど、第一外科と第二外科は対立してるから、応援を頼めないんですよね。そんなこと言ってる場合じゃないのに、強引に自分だけで手術して、とうとう止血だけして終わってしまいました。受け持ちの研修医が青い顔で、先生、膵頭部はネクりませんか（ネクるは「ネクローシス」＝「壊死」から派生した医療者のスラング。組織が腐ること）って聞いたら、尾部からバイパスがあるだろうって、無責任なことを言うんです。わたし、手術のあと、解剖学の教科書を調べてみましたけど、膵臓にバイパスなんてないですよね。その患者さん、手術のすぐあとでＩＣＵ（集中治療室）で亡くなりました」

――ちょっと待ってください。その外科医は膵臓の動脈を切断して、つなぎ直さずに手術を終わったんですか。第二外科に頼めば縫合できたのに、メンツにこだわってそれをせずに、止血だけでごまかしちゃったんですね。そんなことをすれば、患者は死ぬに決まっているじゃないか。人の命をなんだと思ってるんだろう。

その外科医はだいたい見当つきますが、ベテランの先生ですよね。それなら未熟ゆえのミスとはいえないよな。根本的に手術が下手なんだ。そんな人はもうメスを持つべきではないよ。

「そうですよ。その先生は、はっきりいって手術はドンくさいです。でも、アメリカ帰りで、研究がすごいんでしょ。手術場でもメスを持つまでは、すっごい威張ってますもん」

――大学というところは、研究がすべてだからね。研究と手術は適性がちがうのに、両方兼ねようとしているところに無理があるんだ。

話をもどすけど、その手術には執刀医と研修医以外にも第二助手がいたでしょう。その先生は何も言わなかったの？

「言いませんよ。医局長に逆らってにらまれたら、自分の出世にさわるもの」

――だけど、患者が死ぬのはわかってるでしょう。それなのに単純に自己保身に走れるものだろうか。この話を聞いて、この医者はなんてひどいんだと怒ることは簡単なんです。でも、ぼくはそれだけではだめじゃないかと思う。そこには何か現場の事情とか、暗黙の壁みたいなものがあるんじゃないかな。安倍さんだってそのとき何も言わなかったんだし。

「……」

――いや、ごめん。あなたを非難するつもりはないんです。こういうケースには、当事者にしかわからない微妙な状況があるんじゃないかと思うんだ。現に安倍さんだけじゃなく、その手術の麻酔医も何も言わなかったんでしょう。

「じゃあ、江崎先生は執刀医の立場を弁護するんですか」

――それはしない。執刀医は許せない。責任者だからね。でも、そういう悪い医者を現場が許してしまう状況に、問題が隠れているんじゃないかと思うわけ。言うべきことが言いにくい状況というか、ミスをしょうがないものと容認する土壌というか。

ところで、その患者のカルテはどうなったんだろう。研修医は手術記録を書くよね。動脈を切断したことをきちんと記載したんだろうか。そうだとしたら重要な証拠になるよね。それとも執刀医に圧力をかけられて、嘘の記録を書いたんだろうか。

「そこまで知りませんけど」

――調べてみればわかるかもね。

「でも、江崎先生、危なくないですか。そこまですると、なんとなくヤバイって感じしますよ……」

ルポルタージュ「痛恨の症例」　証言7

・録音　二〇〇×年九月二日

　於神戸市中央区三宮（さんのみや）　喫茶店「ソクラテス」

・インタビュアー　阪都大学麻酔科　江崎峻氏

・証言者　神戸白鳳会（はくほうかい）病院内科医長　沖本慎二（おきもとしんじ）氏

――今日話を聞かせてくれる沖本先生は、わたしが麻酔科で最初に指導した研修医です。ローテーションで麻酔科に来て、半年間ペアを組みました。学年はわたしの五年後輩です。優秀な研修医で、そのまま麻酔科に残ってくれればよかったんだけど（笑）、残念ながら内科に移って、今は血液疾患を専門にしています。

　今日話してくれる症例は、大学での研修を終えて、今の病院に移ってからのことだね。

「そうです。このことはだれにも言ってなかったんですが、江崎先生と飲んだときにちょろっと口を滑らせて、それで懺悔（ざんげ）するハメになってしまいました（笑）。痛恨の症例といえるかどうか……、いや、やっぱりそうかな。

　一昨年のことなんですけど、六十二歳の呼吸不全の患者が救急車で運び込まれてきたんです。COPD（慢性閉塞性肺疾患）で、チアノーゼが出てました。ぼくが主治医になって、すぐ挿管して、CPAP（持続気道内陽圧呼吸）をはじめました。酸素飽和度はすぐ上がったんですが、なかなかウイーニング（人工呼吸器をはずすこと）できなくて……。けっこう不摂生してた人らしく、肥満もしてたし、ヤニ臭い痰（たん）がいっぱい出てたんで、仕方ないかなと思って見てました。

　三日ほどして、二酸化炭素濃度も下がり、そろそろウイーニングかなと思ったんですが、気道内圧が異常に高いんです。そのころは患者も意識があって、なんか苦しそうにしてました。呼吸管理はできてるのに、おかしいなと思って見ると、腹がぱんぱんに張ってる。なんだ、胃に空気が溜（た）まって横隔膜を圧迫してたのか、それさえ抜いてやれば大丈夫だと思い、胃（マーゲン）チューブを入れました。ところが吸引してもエアーが出てこない。チューブの先端が粘膜に当たってるのかと思って、動かしながら引くんだけど、わずかに胃液が出るだけです。それで次の手を考えなければならないんですが、その日、たまたま医局の後輩を呼んで、庭でバーベキューをする約束をしてたんです。ぼくもその病院で三年目に入り、同じ医局から二人後輩が派遣されてきてましたから。

　夕方、胃チューブを入れて、これで早く帰れると思っていたのに、うまくいかない。そのとき、すぐ超音波検査をすればよかったんですが、バーベキューの約束もあるし、一日を争うことでもないだろうと、検査を翌日まわしにしたんです。

次の日、出勤してみると、患者の腹が石みたいに硬くなってました。胃穿孔です。人工呼吸のストレスで、胃に穴があいたんです。すぐ外科に連絡して緊急手術をしてもらいましたが、術後はＭＯＦ（多臓器不全）を起こして、坂道を転げるように亡くなりました。

あのとき、前日に超音波検査をしておけば、胃穿孔はわかったと思います。そしたらすぐ手術して助かったかもしれない。それを思うと、申し訳なくて……。

――そうか。先生の気持はよくわかるよ。今でもそれが痛恨の症例として、心に引っかかってるんだね。もう少し話を聞かせてほしいんだけど、その患者には家族はいたの。

「いいえ。独り暮らしの人でした」

――じゃあ、治療の説明はだれにもしなかった。

「そうですね。亡くなったあとに、遠い親戚みたいな人が夫婦で来てましたが、説明を聞いただけで帰りました」

――先生は後輩との約束のために検査を一日のばしたことが、患者の生死を分けたと思っているわけだけど、それはたしかかな。

「さあ。もともと呼吸不全がありましたから、前夜に手術してもＭＯＦを起こした可能性はあるでしょうね。ただ、ぼくは自分がプライベートな約束を優先して、治療にベストを尽くさなかったことが申し訳ないと思うんです」

――なるほど。でも、その胃チューブから空気が引けなかったとき、ほかに胃穿孔を疑う先生はいなかったの。部長とか副院長とかもいただろう？

「そのときはだれも何も言いませんでした。あとから当然予測すべきだったなんて、ぼくに説教してましたが、でもそれほど強くは言いませんでした。自分たちも見落としていたわけだから」

――裁判になったら、上の先生たちも責任を問われるからね。でも、もしこのケースが訴訟になってたら、先生はどうしてた？

「ぼくが個人的な生活を告白しないかぎり、訴訟は成立しないんじゃないですか。バーベキューをやりたくて早く帰ったのは事実ですが、それさえ伏せておけば、検査を翌日にしたことは、いくらでも説明がつきますから。実際、その日はまだ腹膜炎症状はなかったし、肥満していて所見の取りにくい患者でしたから」

――つまり、これはあくまで先生の良心の問題ということだね。

「そうですかね」

――率直な話をありがとう。

　この症例では、未熟な主治医の判断を、チェックする機能が病院になかったことが問題です。しかし、日本では研修医に早くから主治医をさせ、いろいろな失敗や誤りを繰り返しながら一人前の医師に育てるというのが伝統的なやり方です。

　わたしが外科で研修していたとき、助教授がこんなことを言ってました。「外科医は同じ過ちを三度繰り返すな」。ふつうは「二度」でしょうが、外科医は一度くらいの失敗でひるんでいては大成しない、二度失敗したらそれ以上は繰り返すなという意味です。

　ほかの科でも似たようなことを言う人はいます。その意味で痛恨の症例はほとんどのドクターにとって必然ともいえるでしょう。

　松野は怒りを通りこして、情けなくなった。どうしてこんな卑劣な人種が医者になってふんぞり返っているのか。

　それに、医療者たちの言葉はどうしてこうも無神経なのか。

――うっかり動脈を切っちゃった。

――なんか苦しそうにしてました。

――あくまで良心の問題だね。

　たとえ身内同士でも、あまりに患者の気持に鈍感すぎる。彼らは自分の言葉がときに人を殺しかねないほど危険なことに気づいていないのか。空手有段者の手拳が凶器とみなされるように、医者の言葉も凶器に指定すべきではないか。

　松野の胸に、六年前の苦い思いがよみがえった。

　当時、松野は四十歳。社会部の記者としていちばん脂の乗り切ったころだった。それだけに無理もしていた。不規則な生活、偏った食事、睡眠不足。少々の体調不良は仕方がないと思っていた。そんなとき、神戸で教師一家が惨殺されるという事件が起きた。当初、十四歳の少女が容疑者とされた不可解な事件である。松野は不眠不休で取材をつづけ、六日目に会社の仮眠室で大量の血を吐いた。

　松野は子どものころから大の医者ぎらいで、白衣を見ただけで足がすくんだ。しかし、吐血したからには検査を受けないではすまされない。近くのビル診療所でバリウムを飲み、その上、中央医療センターで胃カメラまで受けさせられた。

胃カメラを終えたあと、医者はその場で松野に結果を告げた。

「胃がんですね。ボルマンIII型の進行がんです」

「え……」

まるで不意打ちだった。心の準備も何もない。胃カメラを抜いたその場で告げられたのだ。いかにも自信過剰そうな若い外科医だった。

「あの、ボルマン、というのは」

松野は取り敢えず聞き慣れない言葉の説明を求めるしかなかった。

「進行胃がんの分類です。粘膜から隆起して、周堤が崩れているタイプで……」

そんな説明が耳に入るはずもない。それどころか、その日どうやって会社にもどったかさえも覚えていない。現実感がなくなり、自分が自分でないような気がした。医者のひとことで、突然、世界が崩れ去ってしまったのだ。

徐々にショックから立ち直ると、今度は医者に対する猛烈な怒りがこみ上げてきた。がんという病名が、これほど安易に告げられてよいものか。胃カメラを受けるのだから、もちろん最悪の事態を予想しないわけではない。しかし、こんなに一方的に告げられるとは思わなかった。この医者は、患者の気持を想像する能力がまったく欠如しているのではないか。

それから一週間後、松野は入院の準備をしてふたたび病院へ行った。その日、組織検査の結果が出て、最終的な診断が下るはずだった。

外科医はきまり悪げに不機嫌な声で言った。

「組織検査でグループ3しか出ませんでした。でも、がんにはまちがいないから、とにかく入院してください」

松野はとっさに理解できなかった。

「グループ3てなんです？」

「悪性と良性の中間です」

「じゃ、がんではないんじゃないですか」

「いやいや、胃カメラで見たかぎりがんにまちがいありませんよ。細胞を採った場所が悪かったんです。入院後もう一度やります。今度は必ず出ますから」

冗談じゃない。あの苦しい胃カメラをもう一度するだって。それも医者が細胞を採り損ねたから？

松野は胃がんでも、もう放っておこうと思った。これ以上、医者に振りまわされるのはたくさんだ。自分は新聞記者として精いっぱい生きてきた。太く短い人生でいい。半ば自棄（やけ）ぎみにそう決めかけたが、妻の京子がそれを許さなかった。あなた一人の命じゃない。彼女は大きなお腹に手を当てて言った。京子の胎内には、妊娠八カ月の赤ん坊が宿っていたのだ。

二週間後、松野は別の病院で胃カメラを受け直した。

「見たところ潰瘍（かいよう）ですね。治癒期に入ってます」

松野は自分の耳を疑った。入院、手術はもちろんのこと、死まで覚悟していたのだ。それがただの潰瘍だって？　念のため細胞検査もやったが、一週間後に出た結果はグループ1の良性だった。

「中央医療センターでは進行がんだと言われたんですよ。まちがいないって」

「潰瘍のいちばん悪い時期に見たのかな。いずれにしても、結果がよかったのだからいいじゃないですか」

キツネにつままれたような気分だった。とにかく、悪夢は去った。自分は死なない。その喜びはまさに死刑判決から無罪を勝ち取ったようなものだった。

しかし喜びが一段落すると、ふたたび憤りがこみ上げてきた。あのがん宣告はなんだったのか。自分と妻が味わった深い絶望はどれほどだったか。中央医療センターの外科医は、その責任をどう考えているのか。二度目の検査を受けた病院の医者もひどい。結果がよかったからいいじゃないかだと？　ふざけるな。人をこれだけ傷つけておいて、知らん顔ですまされてたまるか。

「相手が悪かったのよ。わたしのときと同じよ」

京子が松野をなだめた。

彼ら夫婦には、半年前にもそっくりの経験があったのだ。

それは京子の妊娠がわかって三カ月目のことだった。それまで二回流産していた京子は、今度こそはと祈るような気持で身体（からだ）をいたわっていた。京子三十七歳、結婚十二年目で、二人にはこれが最後のチャンスという予感があった。

定期検診の前日、少量の不正出血があったため、京子はすぐに産科医院を訪ねた。通院の負担で流産しないようにと選んだ、自宅からいちばん近い医院だった。医者は診察のあとで、京子に言った。

「この赤ちゃんは育ちそうにありませんな。先天性異常の心配もあるから、搔爬しましょう」

思いもよらない宣告に、京子は全身の血が引いた。連絡を受けた松野は、急いで京子を別の病院に連れていった。そのまま入院、絶対安静を指示されたが、妊娠は継続可能と診断された。

それでも二人の心は休まらなかった。前の医者に告げられた先天性異常のひとことが念頭を去らなかったからだ。松野が吐血したのは、仕事の無理もさることながら、京子の出産を案じる心労のせいでもあったのだ。

京子は赤ん坊の心配の上に、夫のがん宣告を受け、生きる気力を失いかけた。それでも彼女は母になる女性の気丈さで耐え、みごとに元気な女の子を出産した。

胃潰瘍の療養のため、社会部から文化部に異動していた松野は、京子の出産に立ち会った。生まれた娘にどこも異常がないとわかると、松野は思わず両手を握りしめた。ありがたい。無宗教の松野も、このときばかりは神に感謝したい気持になった。

誤診による妊娠中絶とがんの宣告、つづけざまに起こった医療被害を、松野は偶然とは思わなかった。自分たちだけが特別に不運なわけではない。こんなミスはありふれたものではないか。大事に至らなかったからニュースにはならないが、悲惨な医療ミスの裾野として、似たような事例はいくらでもあるのではないか。

松野夫妻が受けた心の傷は、筆舌に尽くしがたいものだった。なのに加害者の医者たちはなんの咎めも受けずに安穏としている。あまりに理不尽ではないか。そんな状態を決して許しておくわけにはいかない。

だから二年前、無神経ながん告知で自殺した男性の記事を見たとき、松野は他人ごととは思えなかったのだ。彼は夢中で取材し、「告知」を書き上げた。もちろん、京子と自分が受けた誤診についても詳しく書いた。医師不信の立場から、徹底した医療批判を展開したのだ。

ところが皮肉なことに、その激しさが裏目に出た。「天籟ノンフィクション大賞」の選評には、あまりに攻撃的な姿勢が読者を置き去りにしていると書かれた。

「惜しむらくは、患者サイドの視点だけに偏っていることです」

選考会のあとで手紙をくれた評論家もそう指摘していた。だからこそ、松野には江崎の存在が重要だったのだ。彼は医療サイドの視点を提供してくれるだろう。

江崎からの証言ばかりでなく、松野は一般の患者の証言も集めていた。両者の食いちがいを際立たせれば、何かが見えてくるにちがいない。去年と同じ轍を踏まないためにも、松野は慎重に作品の構想を進めていた。

「松野さん、この沖本ってドクター、大丈夫なんでしょうか」

金子さおりが証言7のテープ原稿を見ながら、不安げに首を傾げた。「だってこの人、白鳳会の人でしょ。あたし、テープ起こししてて心配になってきちゃった。いつか週刊誌に書かれてたじゃないですか、内部告発した看護師の殺人事件」

白鳳会は全国規模の特定医療法人で、理事長の大内隆太郎は宗教法人「博愛の塔」の管長も兼ね、政治活動にも手を広げている。病院を選挙資金の集金マシーン化して、地上げ、土地買占めなど、黒い噂の絶えない組織である。

金子が言ったのは、去年、八尾市で起こった白鳳会病院に関する一連の事件だ。内部告発から診療報酬の水増し請求が発覚し、期限切れの薬の使いまわしや院内感染も明るみに出て、病院はついに閉鎖に追い込まれた。その一カ月後、内部告発をした看護師が、深夜に田舎道で橋から転落して死亡した。状況に不審な点が多かったので、週刊誌が謀殺説を書きたてたのだ。大内隆太郎の怒りを買ったのが原因だという。

松野はもう一度、証言7の原稿に目をやった。たしかに沖本医師は、神戸白鳳会病院の所属になっている。しかし、彼は自分のミスを告白しているだけで、病院を非難しているわけではない。それに江崎と自分が黙っておれば、白鳳会の名が世間に洩れることもないだろう。

「大丈夫だよ。おれが書きたいのは、証言者の個人攻撃じゃないんだから。もちろん特定の病院を批判するつもりもない」

松野が言うと、金子さおりはやや不満げに肩をそびやかした。

「でも、この前、江崎ドクターのところに原稿のチェックを頼みに行ったら、ちょっと気味が悪いって言ってましたよ。なんだかヘンな電話がかかってくるんですって」

「どんな電話？」

「さあ、いやがらせじゃないですか……」

3 漏洩

「江崎ドクターから送られてきたテープに、こんなコピーが入ってましたけど」

郵便物を整理していた金子が、四つ折りになった紙を松野に手渡した。十本目のテープ（証言15、16を収録）に同封されていたものだ。

広げてみると、それは雑誌をコピーしたもので、欄外に「日本医事旬報　№5436　九月二十三日付」とある。左下に江崎の几帳面な字でメモ書きがあった。

「こんなコピーが送られてきました。

松野さんのところには来てませんか。

ぼくには心当たりがありませんが」

記事は「一週一論」と題されており、リレー形式のコラムのようだ。筆者は、京都府医師会常任理事綿貫宣武（わたぬきのぶたけ）となっている。

内容は次のようなものだった。

「▼一週一論

《医療不信の風潮に思う》

最近、『闘う患者』という本に、東京の某弁護士がこんなことを書いていた。米国では医療事故で年間九万八千人もの患者が亡くなっており、この数字を日本に当てはめると、毎年三万六千人が亡くなる計算になるというのだ。読者諸氏はにわかに信じられるであろうか。

これは明らかに医療不信を煽（あお）る意図で書かれたものだといわざるを得ない。医療とはそもそも医師と患者の信頼の上に成り立つ作業である。信頼があればこそ、治療も功を奏し、副作用も最小限に抑えられる。その信頼をことさら破壊するような言動は、百害あって一利なしである。

もちろん、医療とて完璧ではない。外科でいえば、ときには勝算の薄い疾病（しっぺい）でも、手術に踏み切らなければならないこともある。どれほど困難な症例でも、医師たちは誠心誠意、患者の治癒を願って深夜にまでおよぶ手術をし、休日返上で術後管理をするのである。

小生なども、ここ何十年、正月をまともに自宅で迎えたことがない。病院を経営しておれば当然のことだ。多くの医師が、同じ気持で治療に専念しているにちがいない。

ところが嘆かわしいことに、医療の信頼を損なうような発言が、医師の側からもなされているのである。『恐怖の医療事故』なる暴露本を著した某医師は、今やマスコミの寵児として、派手な医療批判を繰り返している。曰く、

『日本の外科医は、米国より腕が悪い』
『八十歳で胃がんの手術を受けると三割は死ぬ』
『医者は病院の収益を増やすために、患者に検査を勧める』

なまじ専門知識があるから、世間を惑わすのである。しかし、医師ははじめから患者をだまし、利益をむさぼり、医療過誤で患者を不幸にしようとしているのだろうか。そんな悪辣な医師の元に、そもそも患者が集まるものだろうか。

現場の医師たちは、目の前の患者を少しでもよくしようと必死に努力している。それが医師の本分であり、当たり前の姿である。マスコミは何かといえば医師を悪く書くが、大半の医師は熱意を持って誠実に職務に励んでいるのだ。

ところが、近ごろ若い医師の中にも、医療不信を煽る者がいると聞く。ことさら医師の過去の失敗をほじくり出し、ジャーナリストと組んで露悪的に公表しようとしているのである。内部告発で正義漢ぶるような医師は、そもそも志が低いのであって、ろくに患者を助けてはおるまい。医師と患者の信頼を破壊して喜ぶような自虐の輩は、決して有益な存在ではない。

日医（日本医師会）では、マスメディア対策委員会が警戒の姿勢を打ち出している。不当な内部告発や情報攪乱には、相応の制裁（コピーに赤で傍点）が科せられるだろう。当然の報いである。（略）」

一読して、松野は首を傾げた。

いったいどこから情報が洩れたのか。

このコラムの後半が江崎を牽制しているのは、ほぼまちがいない。「過去の失敗をほじくり出し、ジャーナリストと組んで露悪的に公表」はそれを強く示唆している。「相応の制裁」とは何を意味するのか。

松野は不安に唇を噛んだ。江崎はこれをどう受け止めているのだろう。松野にとっていちばん避けたいのは、

江崎が過剰反応して証言集めを中止してしまうことだ。しかし、走り書きの印象からはそれほど重大に捉えているようすはない。それならできるだけ不要な警戒心は持たせないほうがいい。

　松野は慎重にいくつかの可能性を思い浮かべた。情報が洩れるとすれば、まずはインターネットだ。江崎は医師向けの伝言板に「痛恨の症例」の趣旨を書き、ネット上で証言者を募集していた。何人か応じる者があり、江崎は該当する証言をメールで転送してきた。たしかそこには彼の名前と所属が出ていたはずだ。真面目なサイトであることを示すためには仕方なかったのかもしれないが、無防備すぎる。世間知らずのお坊ちゃんだからな、と松野は舌打ちした。

　松野はファイルからメールで送られてきた証言をさがし出した。その内容は、江崎のインタビューとはまた別の意味で衝撃的だった。

　いわゆる医療ミスのリピーターである。

ルポルタージュ「痛恨の症例」　証言9

■松野公造さま
メールで送られてきた証言を転送します。
送信者は女医のようです。
よろしくお願いします。

――― Original Message ―――
From: 〈hyperkrates@appleweb.ne.jp〉
To: 〈s-ezaki@pkw5.alpha.ne.jp〉
Sent: Wednesday, September 10th, 200×　8:52 PM
Subject: Re: again and again

＞《医師の散歩道》の江崎先生のＭＳＧにＲＥＳさせて
＞いただきます。
＞はじめに私は某公立大学医学部卒業の内科医で、現在
＞三十六歳です。今は臨床を離れ、某保険会社で社医を
＞やってます。
＞先生のおっしゃるような未熟ゆえの失敗って、たしか
＞にありますよね。だって、医師はみんななんの技術も
＞ないまま現場に放り出されるんですものね。だけど、
＞患者さんはそうは思っていない人が多いみたい。で、
＞こっちもよけい見栄を張って、無理しちゃうんですけ
＞ど。
＞実は私、痛恨の症例がいっぱいありすぎて、困るほど
＞なんです。

> まず最初は一年目の研修で、点滴しなきゃいけない塩化カリウムを、静注してしまいました。患者さんの心臓はみごとに止まりました。でも、幸い指導医が蘇生に成功したのでことなきを得ました。
>
> 同じ年の秋、ＩＶＨのロック解除を忘れてイノバン（強心剤）が止まって、患者さんが死亡しました。
>
> 二年目の特殊救急部研修では、脳出血の患者さんに降圧剤とまちがえて昇圧剤を投与し、やはり患者さんは死にました。
>
> 三件も大きなミスを犯したので、大学は私を要注意人物と見るようになったようです。
>
> しかし、それでも四件目は間を置かずに起こりました。吐血の患者さんに胃カメラをして、食道静脈瘤を破裂させてしまったのです。もちろん、私も注意していたつもりです。でも、出血部位は確かめなければなりませんし、患者さんがじっとしてくれず、胃カメラを入れなければ止血もできず、一生懸命やった結果がそれでした。
>
> 私は特殊救急部の教授に呼ばれ、内科へもどるように言われました。
>
> それから関連病院へ派遣されましたが、しばらくは無事でした。
>
> 二年後、私はコンピュータの処方オーダー画面で、副腎皮質ホルモンのサクシゾンと、筋弛緩剤のサクシンをまちがえてクリックし、患者さんの呼吸停止を招きました。その患者さんは今も植物状態です。私は院長に叱られましたが、医長はかばってくれました。これは電子カルテによる新しいタイプの医療ミスだからです。医長の先生も降圧剤のアルマールと、糖尿病薬のアマリールをまちがえて投与し、患者さんに低血糖で意識障害を起こさせたことがあるそうです。
>
> そして一昨年、私はこれだけはすまいと思っていたミスをしてしまいました。輸血の血液型をまちがえたんです。なぜそんなミスをしたのか、私にもわかりません。この患者さんも植物状態になり、一カ月後に死にました。
>
> これらのミスは、江崎先生がおっしゃる通り未熟ゆえのものもありますが、生来の性格にもよるものではないでしょうか。
>
> 私は子どものころからうっかりミスが多く、親にもよく叱られたものです。慌て者ではなく、むしろおっとりした性格なのに、ミスをなくすことができないんで

＞す。
＞でも私は勉強ができたから、公立大の医学部に合格し
＞ました。国家試験も楽勝でパスしました。私にとって
＞医師になることは、そう難しいことではありませんで
＞した。
＞ミスをしてしまったとき、私は、どうして私みたいな
＞者に国は医師免許をくれたのかと疑問に思いました。
＞どんな判断でくれたのでしょう。国はもう少し責任を
＞もって医師免許を交付すべきではないでしょうか。
＞輸血ミスのあと、私は自分に医師としての適性がない
＞ことを悟り、病院を去りました。今は先に述べた通り、
＞保険会社に勤めていますから、もう医療ミスで患者さ
＞んを死なすことはありません。そのことに心の平安を
＞感じていますが、しかし、そもそも人間とはミスをす
＞る生き物ではないでしょうか。たしかに私のミスの多
＞さは論外です。しかし、生涯ただの一度もミスを犯さ
＞ない人間なんて、この世に存在するのでしょうか。
＞医師はそうであることを求められます。まるで打率十
＞割を要求されるバッターのようではありませんか。も
＞しそれを完璧にこなしているという医師がいるなら、
＞その人はきっと嘘つきです。

＞最後に新聞に出ていたおもしろい記事を紹介します。
＞厚生労働省は大学病院や国公立病院を対象に、ミスの
＞報告を義務づけようとしました。義務化しなければ隠
＞ぺい体質は改善されないからです。ところが報告の義
＞務化は〝自白の強要〟に当たり、憲法第三十八条「何
＞人も、自己に不利益な供述を強要されない」という条
＞項に違反するという反論が出たのです。
＞医療ミスで患者が死亡した場合、医師は刑事訴追を受
＞ける危険があります。それを考えれば、ミスの報告の
＞義務化はたしかに自白の強要とも取れるでしょう。
＞この反論は人権的な配慮によるものだそうです。医師
＞にも人権があり、憲法に守られる権利があるのです。
＞ありがたい話です。私のミスで亡くなった患者さんに
＞は誠に申し訳ないですが、私も一生懸命やったんです。
＞何日も病院に泊まり込み、着替えも食事も化粧する時
＞間もないくらい、必死で働きました。
＞だから私も自分の身を守りたいと思います。
＞先生も守秘義務は絶対と書いていらっしゃいましたも
＞のね。それでは、御免ください。
＞ハイパークラテス拝

この証言を読んだとき、松野は怒りに震えた。

この女医は、単純ミスで四人もの患者を殺している。なのに罪を償うこともせず、自分の身を守るなどと書いているのだ。しかも、人間はミスをするものなどと開き直り、まるで自分に医師免許を与えた国が悪いかのような口ぶりだ。おまけに人権や憲法論議まで持ち出して、隠蔽（いんぺい）を正当化しようとしている。もちろん人権は保障されるべきだが、強い立場の者がそれを悪用するのは、ジャーナリストとして生理的に許せない。この卑劣、この無責任は一人この女医にかぎらず、医療界全体に蔓延（まんえん）するものではないか。

松野はこの証言を読み返すたびに感情の高ぶりを抑えられなくなるのだが、今は怒っている場合ではない。江崎の活動が洩れたルートを探り、妨害を未然に防ぐことが先決だ。

情報が洩れたことに関して、松野にはもうひとつ気になることがあった。

コラムが掲載されていた「日本医事旬報」は、日本医師会とつながりの深い雑誌である。筆者も医師会の常任理事の肩書きを持っていた。医師会といえば、開業医の集まりだ。情報が洩れたとすれば、開業医が情報源の可能性がある。

江崎から送られてきたテープにも、開業医の証言があった。大学の先輩で、父親も開業医の男である。学生時代からベンツを乗りまわしていた軟派らしいが、江崎はそのことについて注釈を入れていた。彼は贅沢（ぜいたく）でベンツに乗っていたのではない、大事な跡取り息子が交通事故で死なないように、父親が無理に頑丈な車を買い与えたというのである。そういうのを贅沢というんだと、松野は苛立ったが、証言の内容はもっとひどかった。

ルポルタージュ「痛恨の症例」証言12

・録音　二〇〇×年九月十三日
　於西宮市甲陽園東山町　藤見（ふじみ）クリニック応接室
・インタビュアー　阪都大学麻酔科　江崎峻氏
・証言者　藤見クリニック院長　藤見元就（もとなり）氏
　同名誉院長　藤見惟親（これちか）氏
　（西宮市医師会常任理事）

——まず先生のご紹介からさせていただきます。藤見先生はわたしの三年先輩で、医学部のアルペンスキー同好会の先輩でもあります。ちょっとまわり道をしてますので、歳は五歳上ですが（笑）。現在は西宮でクリニックを開いておられます。藤見クリニックはとにかく雰囲気が豪華で、待合室なんかヨーロッパの高級ホテルなみの趣があります。この応接室もすごいですね。あそこの大きな飾りは、中国の透かし彫りですか。

「蓬萊八仙人送福図だよ。象牙と珊瑚でできてるんだ。親父が南京町（神戸の中華街）の華僑とつながりがあるからな」

――先生はお父さまの医院を継がれたわけですが、開業は卒業後八年目くらいでしたよね。同期生の中では早かったんじゃないですか。

「国立大学を出た者としては早いかもな。外科や内科で開業するのはだいたい卒後十五年目あたりからだろう。国立大学の出身者はいつまでもアカデミズムにしがみつきたがるからな。しかし、私大出のやつはちがうぞ。やつらははじめから開業をターゲットにしてる。早く開業して、ま、よくいえば地域医療に貢献する、悪くいえば、金儲けに走る（笑）。だから、卒後五年で開業なんてやつもいる。早く開業すればそれだけ医師会でキャリアを積めるからな」

――先生はアカデミズムには未練がなかった？

「ないね。ばかばかしい。阪都大なんかを出ると、それだけで未来が保証されてるように思うやつがいるんだよ。ところが今やそんな時代じゃない。さっさと開業して、人生を楽しむほうがどれだけいいか」

――楽しむってどんなことですか。

「なに、つまらんことさ。週二回平日ゴルフに行って、週末は家族でカヌー、夏はオーストラリアの別荘に滞在して、冬はカナダでスキー、正月はベガス、あとキャデラックとジャガーを乗りまわして、ワンちゃんの散歩、犬種はトイプードルだけど、その程度さ」

――聞いてるだけで疲れますね。ところで、卒業して五年で開業する人がいるんですか。まだ医師としては半人前じゃないですか。

「そうさ。だからミスも多いし、事故だって起こす。おまえが聞きたいのはそのあたりだろう。話してやるよ。もちろんわが藤見クリニックの話じゃないぞ。けどな、医師会のヘボ開業医には実際ひどいやつがいるんだ。よくあるのが処方のまちがい」

――似た薬を出しまちがえるんですか。

「そんな高度なミスじゃないさ。根本的にわかってないんだよ。老人というだけで抗パーキンソン剤を出したり、腹痛に頭痛薬を出すとかさ。研修医でも笑うだろ。そういえばdo処方（同じ処方を繰り返す）で、昏睡の患者に睡眠薬を出してたマヌケもいたな」

――聞いていて哀しくなりますね。

「ほかにも、尿検査の患者の取りちがい、レントゲンの撮り損ない、採血した血液の紛失、吸入器に消毒液を入れたり、腰椎牽引で引っ張りすぎたり、超短波治療器で火傷させたり、扁桃の消毒で綿球を喉に落としたり、直腸鏡をうっかり膣に入れたり」

――ほんとうですか。

「嘘みたいだろ。ならいいんだけどね。全部、直接聞いた話だからな。開業医も長くやってると、いろいろあるさ」

――でも、そういうミスは、あまり重大な結果にはつながりませんよね。病院では患者の生死に関わるような事故が多いんですが、開業医では少ないですか。

「どうかな……。これも、ま、聞いた話だけど、患者が胸が痛いと言うので、レントゲンと心電図の検査をして、異常がないので家に帰したら、その晩に大動脈瘤が破裂して死んだというのがあったな。超音波の検査をしてたらよかったんだけど」

――それは痛恨の症例ですね。

「だろうね。それから、これも知り合いの知り合いだけど、白血病の診断が遅れて、病院に紹介したら手遅れというのもあった。開業医にとって患者は客だから、なかなか手放したがらないんだよ。喘息の患者にステロイドを使いすぎて、副作用で大腿骨頭壊死になった患者もあった。うちの話じゃないよ。医師会の集まりで聞くんだ。その患者は両脚が立たなくなって、人工関節の手術をしたらしい。しかし、医者ばかりが悪いわけじゃないぜ。その患者は発作のたびに、ステロイドを打ってくれって薬を指定するんだ。副作用があるからと説明しても、ステロイドでないとだめだと言って聞かない。それで歩けなくなってから、どうしてもっと強く止めてくれなかったって医者を責めるんだから」

――一応は止めたんですか。

「そうだよ。しかし、発作のときは患者は苦しんでいるし、ステロイドがよく効くのもたしかだ。大腿骨頭壊死のことは忘れていたわけじゃない。たまたま発作が重なって、ステロイドの量が増えてしまったのさ。それでも患者はミスだ、見落としだと騒ぐのよ」

――むずかしい問題ですね。

「開業医は患者に振りまわされてばかりさ。風邪の患者なんか家で寝てりゃ治るのに、薬を出さないと、あそこは何もしてくれないって文句を言う。解熱剤を注射して、抗生物質を処方すると、あの先生は腕がいい、熱もすぐ下がるし、よく効く薬も出してくれるって評判がいいわけ。風邪の熱は下げないほうがいいし、抗生物質の乱用が耐性菌を作ることは百も承知さ。だけど患者にはわかってもらえない」

――説明してもですか。

「病人は平常心じゃないからな。症状があったら今すぐ治してほしい。それにテレビや新聞のまやかし情報に毒されてるだろ。説明したら、その場でわかった顔をして、次の日には別のクリニックに行くのさ」

（藤見医師の父、惟親名誉院長が登場。年齢七十二歳）

――おじゃましています。

「あ、親父、後輩の江崎だよ。そういや江崎は横須賀の出身だよな。親父もそうだぜ」

「今日はなんの用だい。痛恨の症例？　へえ、それなら元就、おまえたんとあるんじゃねぇか（笑）。


しかし、医者の世界も変わったもんだ。むかしはひどいやつがおってなあ。江崎君とやら、無胃村てえのを知ってるかい。無医村じゃないぜ。外科の医者で、手術が三度のメシより好きなやつがいてな、奈良の田舎の病院で、片っ端から胃切除をやったんだ。村人を啓蒙（けいもう）して、わずかでも異常があれば前がん状態だって片っ端から切っちまった。それで無胃村さ。おかげで村からは胃がんが消えたって、村人は喜んだそうだ。

あのころは医療ミスなんて、七面倒くせぇことは言わなかったぜ。患者も知らぬが仏で、心は安らかだったろうよ。何も俺が医者だから言うんじゃない。医療ミスの追及なんて、所詮は限界があるものさ。それを無理にでも白黒つけようなんて、人間の思い上がりだと思わねぇかい。医療なんてのは、所詮、医者と患者のだまし合いってこともあらぁな。

俺たちのころは、そりゃあ患者もたくさん死んださ。まだまだ医療も未熟だったからな。医者の腕がまずくって死ぬ患者もいたが、それはそれで運命とあきらめてた。もちろん今だって、腕のいい医者、悪い医者はいるだろう。患者はみんな自分だけはいい医者にかかりたいって血眼（ちまなこ）になる。そうすると名医は忙しくなりすぎて、ミスをする。そうでなくても、どんな医者でもミスはするのさ。それを自分だけはぜったいに助かりたいって患者が、しゃかりきになっても運命は変えられないだろうよ。

俺が国立病院にいたころは、紹介患者ってのが多くてな、議員だの社長だの、名士と呼ばれる連中がコネで教授に出張手術を頼んだり、入院の順番をすっ飛ばしたりするんだ。ところが、そんな連中にかぎって経過が悪いのさ。コネも紹介状もなしで、順番通りに入ってくる患者はすんなり退院するのにな。

世の中、なんでも執着を捨てたほうがうまくいくもんさ。医者にかかるなら、その医者を信頼して、すべてお任せにすることだ。腕の悪い医者に当たればそれも運命、生きのびればそれも運命。ミスがあったら許さないとか、隠しごとは認めないなんて、ノミ取り眼（まなこ）になってると、いい治療はできないよ」

「またはじまった。親父のころとは時代がちがうんだよ。そんな気楽なこと言ってて、よく今まで訴訟にならなかったな」

「そりゃ弁護士にゃ払うものを払ってるぜ」

「それはいいけど、これからはクリニックも過当競争にさらされる時代だ。生き残るためには、経営戦略がいるんだ」

「へえ、そんなもんかね。しかし、医療と経営なんて、元来、水と油じゃねぇのか。両方に熱心になれるもんかね」

「だから苦労してるんじゃないか」

「そうだな。ときに江崎君とやら、他人の医療ミスなんかほじくり返してどうしようってんだい」

――いえ、別にミスをほじくり返してるわけじゃないんです。医療問題の隠れた背景を、その……。

「なに焦ってんだよ。あの親父、江崎は世間が医療に甘い期待を持ちすぎてるんで、実際のところをはっきりさせようとしてるんだよ。医者も患者も、もっと正直になろうってことさ」

――そうです。だから、秘密は守りますし、もちろん個人攻撃をするつもりもありません。

「わははは、いいってことよ。俺だって叩けばホコリの出る身体さ。調べりゃおもしろいかもしれないぜ。医師免許剝奪（はくだつ）でも、懲役でも、甘んじて受ける。ただわざわざ自分からお縄をちょうだいには行かねぇよ。医者だって人間だからね。金もほしけりゃ、ウマイもんも食いたいさね」

「よけいなこと言わなくていいよ。もう出てってよ」
「へへ、それじゃ年寄りは退散するとするか。江崎先生は真面目でいいや。存分にやってくんな。じゃましたな」
「ったく、呑気(のんき)な親父で困るよ(笑)」

この証言のテープ原稿の最後に、江崎は「藤見先生は笑っていましたが、自分はとても笑える雰囲気ではありませんでした」とメモを書き加えている。当然だ。こんな卑劣な医者を目の前にして、笑えるわけがない。

松野はこの老名誉院長に激しい嫌悪感を抱いた。彼の口振りは、加害者の無神経そのものだ。なのに弁護士には高い金を払い、保身にだけは抜かりがない。そして江崎に「医療ミスをほじくり返してどうするのか」と聞いている。「日本医事旬報」のコラムにあった言葉と似ている。やはり情報はここから洩れたのか。

松野はどう対処すべきか考えた。医師会が動きだしたとなると厄介だ。医師会は医者の利権団体の側面を持つから、医者の権威を損ねる行動には過敏だろう。インタビューを医師会に属さない医者に限定すべきか。いや、それでも妨害工作はやまないだろう。そもそも江崎のやろうとしていることは、医療界全体にとって都合の悪いことなのだ。

ふと松野の頭に根本的な疑問が浮かんだ。

江崎はなぜ、こんなに積極的に痛恨の症例を集めようとするのか。もちろんはじめは松野が頼んだからだが、江崎はどうも熱心すぎる。

松野は江崎に対する自分の感覚が変化してきたことに気づいた。はじめは奇特な情報提供者として重宝していただけだが、証言が集まるにつれ、江崎の隠れた無神経さに腹が立つようになった。今はさらに進んで、江崎に個人としての興味を感じている。彼はどこか自虐的だ。医者でありながら、医療に批判的にならざるを得ない青年医師。

松野の頭に新しい構想が浮かんだ。

いっそのこと、江崎を作品の中心に据えて描けばどうか。江崎が集めた証言と患者の証言を対比するだけでは弱い。江崎という人間を通して、医療の現実と矛盾を描けば、作品に一本筋が通るのではないか。

松野は江崎のインタビューに応じる医師たちにも疑問

を感じた。彼らはなぜこんな危険な告白をするのか。いくら秘密厳守とはいえ、いったん記録されればいつか洩れる危険がある。なのに警戒するどころか、むしろ彼らは積極的に告白している。だれにでもこんな証言はしないだろう。やはり、江崎ならではのキャラクターがあるのではないか。

松野の指がキーボードに伸びる。頭に浮かんだプロットを打ち込んでいく。

江崎は純粋に医療の現状を解き明かそうとして、証言を集める、しかし、同時に彼は医療のやむを得ない事情にも通じている、常に患者の側に立ちたいと願いながら、どうしても医療の内実に引かれてしまう江崎の限界、彼は最後まで患者サイドに立てるのか、あるいは自縄自縛になって医療サイドに引きもどされるのか、いずれ江崎自身の人間性が問われるだろう、医療の圧倒的な現実が、一人の善意の青年医師を破滅に陥れるかもしれない。

松野のキータッチが加速される。

もしかすると、江崎自身の痛恨の症例が出てくるかもしれない。はじめて出会ったとき、話していてふとそれを感じた。

江崎が他人の証言を集めているのは、最終的に自分の医療ミスを告白したいからではないか、もしそうなら江崎は破綻(はたん)する、正義の追及のはずが、一転、自らの懺悔に変わるのだから。そこまで含めて作品化できれば、きっと奥の深いノンフィクションになるだろう。

松野はふと、自分が江崎の破綻を心待ちにしていることに気づき、苦笑した。それがジャーナリスト魂だとすれば、ずいぶん残酷なものだ。しかし、自分は江崎に心からの敬意も抱いているのだ。江崎という人間をとことん追及して真正面から向き合うことが、彼への誠意ではないだろうか。

狭い1Kの事務所で、松野は作品の構想が大きく広がるのを感じた。これで「天籟ノンフィクション大賞」を受賞できれば、脱サラした甲斐(かい)もあったというものだ。そうなれば通経新聞だって原稿を依頼してくるだろう。自分を次長に据え置いた会社に一矢を報いてやるのだ。原稿依頼は女性部長殿が直々出向いてくれれば、応じてやってもいい……。

松野がひとりにやにや笑いを浮かべていると、金子が冷たい麦茶を持ってきてくれた。

「やあ、ありがとう。気が利くね。そうだ、今夜あたりメシでも食いに行こうか。たまには奢(おご)るよ」

その日は土曜日だったので、松野は早めに事務所を出て、金子を韓国焼き肉の店に連れていった。金子は落ち着かないようすだったが、松野は上機嫌でビールのジョッキを重ねた。物書きにとって、書く道筋が見えたときほど気分のよいことはない。松野は金子が帰ったあとも、記者時代に行きつけだったバーに行き、久しぶりに遅くまで飲んだ。

その余韻が残る週明けの月曜日、事務所に来ると留守電のランプが点滅していた。録音は前日九月二十八日の午後九時五分。松野が何気なく再生ボタンを押すと、思いがけないメッセージが流れた。

「江崎です。ちょっと事情が変わりまして、『痛恨の症例』の証言集めを中止しようと思うんです。申し訳ないのですが、今まで送ったテープを返してもらえませんでしょうか」

4　心変わり

江崎のメッセージに松野の耳は凍りついた。

いったいどんな事情が変わったというのか。せっかく巡り合った宝の山が消えてしまうのか。冗談ではない。自分は地位も収入もなげうって、この仕事に賭けているのだ。それをお坊ちゃん医者の気まぐれでふいにされてたまるものか。

松野はすぐに江崎に電話をかけた。月曜日の朝に手術部に電話をするのは気が引けたが、遠慮などしている場合ではない。直接話せなくても、留守電に至急の伝言を入れておけばいい。頭の中でメッセージを用意しながらケータイの番号を押すと、意外にも二度目のコールで本人が出た。

「はい、江崎です」

「あれ、先生、病院の中なのに、ケータイいいんですか」

　予期せぬ応答に松野は口ごもった。江崎は今、資料室にいるから大丈夫だと言った。明日から学会出張の予定なので、調べものをしているという。

　松野は気持を落ち着けて、慎重に言った。

「昨夜の留守電、今聞きました。そのことでちょっとお目にかかりたいんですが。お時間いただけませんか」

「今日は午後から整形外科の麻酔なんです。夕方には終わりますが、今夜は当直でして」

　逃げているのか。松野の頭を疑念がよぎった。しかし、このままあっさり引き下がるわけにはいかない。明日から学会というなら、出張先へ同行してでも話をつけなければ。

　考えを巡らせていると、気配を察したのか、江崎が言った。

「わたしもきちんとお話ししなければと思っていたんです。もし早いほうがいいなら、松野さん、ご足労ですが、今晩、大学病院までお越し願えますか」

「そりゃ、もちろんうかがいますよ。でも、いいんですか。先生、当直なんでしょ」

「いいですよ。どうせひまですから。緊急手術があれば困りますが、たぶん大丈夫でしょう」

　来いと言われて、松野に異存のあるはずはなかった。七時に病院のロビーで待ち合わせることにして、電話を切った。

　江崎にはぜひとも証言集めをつづけてもらわなければならない。どんな事情の変化があったかは知らないが、このままでは中途半端に終わってしまう。江崎は医療界のタブーを暴こうとしているのだ。葛藤（かっとう）があって当然だ。それを克服してこそ、勇気ある追及といえる。そうなれば逆に江崎の心の揺れも作品の綾（あや）になる。問題はこの壁をどうやって乗り越えさせるかだ。

　松野はさっそく江崎説得のシナリオを考え、パソコンに打ち込みはじめた。

　午後六時、松野は事務所を出て、最寄りのJR大正（たいしょう）駅へ向かった。環状線で大阪駅まで行き、梅田のデパートで寿司を買って、地下鉄御堂筋（みどうすじ）線に乗った。終点の千里（せんり）中央駅まで行き、タクシーを拾う。阪都大学の付属病院は、大阪市の北部に広がる千里丘陵のほぼ中央にあった。

　大学病院の建物は、どうしてこうも威圧的なのだろう。松野は正面入口でタクシーを降り、目の前にそびえる建物を見上げて眉をひそめた。病院は絶壁のように立ちはだかり、弱い立場の患者を見おろすかのようだった。

　ロビーには蛍光灯が煌々と灯り、白い床に反射している。受付カウンターに人気はなく、ガラス戸の向こうに当直らしい事務員の姿が見えるばかりだった。エレベーターから見舞い客らしい中年夫婦が出てきて、暗い表情で帰っていく。身内の病状が重いのか。その前を若い医者が白衣を翻して、さっそうと通り過ぎる。

　松野は事務員に頼んで、麻酔科の江崎を呼んでもらった。江崎は二分ほどで降りてきた。青みがかった灰色の麻酔着に、白衣をはおっている。布製の丸帽、裸足にサンダル履き。いかにも手術室から出てきたという出で立ちだ。

「どうも、わざわざお出でいただきまして」

　江崎は帽子を取って丁寧に頭を下げた。

「こちらこそ、当直の夜におじゃましまして」

　松野ははやる気持を抑えて、落ち着きを装った。通りすがりの医者が二人に目をやると、江崎は「医局の控え室に行きましょう」とくるりと背を向けた。

　麻酔科の医局は病院の西側、研究棟の二階にあった。医局員は帰ったらしく、本や書類であふれかえったデスクに人影はなかった。雑然とした雰囲気は、小規模な高校の職員室という趣だ。

「散らかってますが、どうぞ」

　江崎はロッカーで仕切られた応接スペースに松野を案内した。

　松野は手土産の寿司を出して、自分からそそくさと包みを開けた。

「つまらんものですが、よかったらつまんでください」

　焦ってはいけないと思いながらも、松野はつい先走ってしまう。「さ、早くめしあがってください。緊急手術が入ったら食べられなくなるでしょう」

「大丈夫ですよ。当直は研修医とペアでやってますから。わたしは一応指導医ですから、手術が入ってもときどき見に行くだけでいいんです」

「そうなんですか」

　時間的な余裕ができて、松野は少し気が楽になった。しかし、安心はできない。まずは心変わりの理由を探らなければならない。

「昨日の留守電、びっくりしましたよ。何か深いわけがありそうですね」

「すみません。ちょっと前からいろいろなことがあって」

「うちのアルバイトの金子に聞いたけど、脅迫電話とかあったのですか」

「脅迫というほどではないですが。そうですね、じゃあまず手紙を見てください」

江崎は立ち上がって自分の机に行った。乱雑な机の列の中で、ひとつだけ片づいているのが彼の席だった。引き出しから封筒を取り出してきて、松野に手渡す。

「この前の医事旬報のコピーのあとに届いたんです。もちろん差出人は不明です」

中には一枚きりの便箋があり、筆圧の弱い鉛筆の文字で次のように書かれていた。

「恥ヲ知レ
卑怯者メ
オマエノヤツテイルコトハ
裏切リ行為ダ
ヒトリダケ　善人ブツテ
何様ノツモリカ
イイ気ニナルナ
オマエヲ育テテクレタ恩人ニ
礼ヲ尽クセ」

古めかしい文章、かすかに震えた大きな文字、これを書いたのは老人にちがいないと、松野は思った。

「心当たりはないんですか」

「まったく」

「ほかにも何かありましたか」

「ええ、これを聞いてください。うちの電話に入っていたんです」

江崎はケータイのボタンを操作して、自宅の留守電を再生して松野に渡した。ボイスチェンジャーでひび割れた声が聞こえた。


「あー、まだ帰ってへんのか。

江崎先生のお宅やね。こっちはあるグループやけどね、先生、なんかややこしいことやってるらしいな。あんまり目立つことはせんといてほしいな。

なあ、先生も医者ならわかるやろ。医者なら医者同士、協力し合うのが当たり前でっしゃろ。

阪都大の先生ともあろうお人が、自分だけええカッコしようとするのは、感心しませんなぁ。青臭い考えは捨てて、まあ楽しいやったらよろしいやん」

つづいて何件かの伝言と、二件の無言電話のあと、いきなり怒鳴り声が聞こえた。巻き舌だが、ボイスチェンジャーは使っていない。

「コラァ、まだコソコソ嗅ぎまわっとんのか。エエ加減にせえや、ボケが。迷惑してる者がおるんじゃ。やめとけ言うとんのじゃ。わからんのか。そっちがその気なら、こっちにも考えがあるど。このクソガキャ……」

松野は思わずケータイを耳から遠ざけた。

「どうして先生の電話番号がわかったんですかね」

「それはハローページか104でしょう」

「え、電話帳に番号載せてるんですか」

松野は思わず目を剝いた。やはりお坊ちゃんだ。そこまで注意しなかった自分も迂闊だったが、江崎はガードが甘すぎる。

「今からでもすぐ抹消してください。できれば番号も変えたほうがいいと思いますけど」

「それが……」

江崎は困ったように頭を掻いた。「もう手遅れかもしれません。留守中にだれか侵入したような形跡があるんです」

「それはまずい」

松野は急に深刻な表情になった。電話や手紙だけならどうということはないが、自宅に侵入したとなると、ただのいやがらせではすまない。

しかし、同時に松野の胸に別の期待がよぎった。江崎が殺されない程度に危険な目に遭えば、それは作品にドラマチックな効果を与えるだろう。そんなことを考えてはいけないと思いながら、松野はその下心を打ち消すことができない。

「何か盗まれたりしたんですか」

「いいえ。でも、机とかクローゼットを調べられたような気がするんです」

家族暮らしの松野にはわからないが、単身者の江崎は帰宅時の部屋の変化に敏感なのだろう。朝、部屋を出たときと夜に帰ったときの雰囲気がちがうと、扉を開けた瞬間にわかるものだ。江崎のマンションは、阿倍野区の西のはずれの市営霊園を見おろす場所にあると聞いていた。吹き抜けのパティオが自慢の十五階建てだが、オートロックは現在使用が中断されているらしい。江崎の部屋は十三階だった。

「侵入者は何が目的だったかわかりますか。物盗りでなければ、見られてまずいものでもありましたか」

「……いいえ」

江崎は松野から目をそらした。うしろめたそうな一瞬の間に、何か隠しているな、と松野は元新聞記者の直感を働かせた。しかし、今は江崎が証言集めの中止を言い出した理由をつかむことが先だ。それがもしこの脅迫なら説得できる。

「江崎先生、ご心配はわかります。しかし、どうぞ過剰反応をしないでください。こういう取材に脅迫やいやがらせはつきものです。でも日本は法治国家なんですから、おいそれと危害が加えられるようなことにはなりませんよ」

「それはわかっています、でも……」

「もちろん、万一ということもあります。しかし、敵がそんな強硬な手段に出てきたのなら、それはとりもなおさず、先生が相手の痛いところを突いている証拠ですよ。先生の行動は勇気と正義感にあふれたものです。だからいっしょに闘いましょう。脅迫に屈すれば、相手はますますつけ上がるだけです」

松野は一気にまくしたてた。このまま力で押し切るつもりだった。「先生が集めた証言は衝撃的でした。あれは先生にしかできないことです。先生は医者でありながら、百パーセント患者の側に立てる希有な存在です。だから、わたしはこの作品を単なるルポルタージュでなく、江崎峻という一人の医師を描くノンフィクションにしたいと考えているのです」

先生を医療の矛盾と闘うヒューマンな医師として描きたいのです、という最後の殺し文句を、松野は言えずにいた。江崎の反応があまりに予想とちがったからだ。自分は何か見当はずれのことをしているのか。松野は話の空まわりを感じて言葉を切った。

江崎は黙って聞いていたが、心を動かされているようすはまるでなかった。ただ単に話が終わるのを待っていただけだ。

「わたしは別に、脅しに屈したわけではありません」と江崎はゆっくり語りだした。「証言集めをやめようと思ったのは、ある同級生の反応があまりに気の毒だったからです」

「気の毒、というと？」

「一昨日の土曜日、同級生が十人ほど集まったんです。

近々、西宮で開業する男がいて、その祝いを兼ねた会でした」

　開業する同級生は下垣毅（しもがきつよし）といい、心臓外科の医局員だった。上昇志向の強い心臓外科の中で、下垣は珍しく地味な存在だった。彼が早々に開業したのも、熾烈（しれつ）な競争についていけなかったことが原因だろう。

　宴会も終盤に近づいたころ、江崎はたまたまトイレで下垣と二人きりになった。彼はふと思いついて、下垣にも痛恨の症例を聞いてみる気になった。訊ね方はいつもと同じだ。

「ちょっと聞きたいんだけど、医者って一人前になるまでに、何人か患者を死なせるよな。未熟ゆえの失敗というかさ。あのときこうすれば患者は助かったのにってこと、あるよな。下垣にはそういう症例はない？」

　下垣はへらへら笑いながら、「あるよ」と答えた。

「今、そういう話を集めてるんだ。もしよかったら、証言に協力してくれないかな」

　江崎が言うと、下垣は口をぽかんと開けて「へへ、へへっ」と笑いつづけた。こいつ、酔っぱらってるのかなと江崎は思った。目の焦点は合わず、用を足したのに細かく足踏みをしている。

「具体例を集めてさ、状況を改善していきたいんだよ」

　重ねて言うと、下垣は黙ったままうなずきつづけた。顔色が真っ青で、笑いの裏に恐怖が張りついている。それを見て、江崎は下垣がパニックに陥っているのを理解したのだ。

　雰囲気からして、下垣に痛恨の症例があるのはまちがいなかった。それも簡単に話せるようなものではない、そうとう深刻なミスのようだった。彼はたしか小児の心臓病を手がけていたはずだ。下垣は自分のミスで、幼い命を失わせた経験があるのかもしれない。その記憶が一気によみがえり、動揺したのだろう。

　下垣は今回の開業のために、一億二千万円の借金を背負っていた。過去のミスが世間に洩れれば、悪評はたちまち広がり、患者は来なくなる。莫大な負債を抱えてクリニックが閉鎖になれば、自分ばかりか家族まで路頭に迷うことになる。

　江崎は顔色を失っている下垣に別の冗談を言い、その場をごまかした。痛恨の症例を聞き出すことは、ときに医師を残酷なほど恐怖に陥れる。

「だから、ショックだったんです。わたしは麻酔科だからそれほどでもないけど、外科や内科の連中は、日々、治療失敗の危険ととなり合わせで診療をしているんです。必死に注意していても、やむを得ず痛恨の症例を抱え込んでしまう。それは文字通り痛恨の極みです。もちろん、だからといって失敗が許されるわけではありません。でも、証言を集めたり、ミスを追及したりすることは、表面的なことではないでしょうか。そんなことをして、状況の改善につながるのかどうかわからなくなってしまったんです」

思いがけない江崎の言葉に、松野は混乱した。江崎が情報提供をやめようとした理由は、松野には理解しがたいものだった。

江崎は頬にかすかな諦念を浮かべてつづけた。

「これだけ毎日、医療ミスが報道され、医療者も細心の注意を払っているのに、ミスはなくならない。それは医療が必然的に不条理を包含しているからではありませんか。医療は反自然ですから」

江崎の声には深い虚無感が漂っていた。

松野はなおも混乱していて、江崎の言うことがうまく理解できなかった。とにかく話をつながなければならない。しかし、どうやってつなげばいいのか。

松野が多すぎる髪をしきりに掻き上げていると、江崎のほうから訊ねてきた。

「松野さん。わたしからひとつうかがっていいですか」

「え、どうぞ」

「新聞記者にもミスはありますよね。その中に、〝痛恨の報道〟みたいなものはないですか」

「〝痛恨の報道〟ですか」

「そうです。たとえば、何年か前に松本サリン事件というのがありましたよね。あのとき、マスコミは被害者の夫が犯人であるかのように報道しました。犯人扱いされた人はずいぶん人権を侵害されましたよね。あんな大々的なミスでなくても、個人のレベルで、人を傷つけたり、窮地に追い込んだりした報道はありませんか。それが原因で社会的に抹殺されたような」

「さあ、あるかもしれませんね」

「松野さんはそれを追及しようと思いませんか」

江崎は医療ミスと報道ミスを同一に扱うつもりなのか。どんな職種にもミスはある。しかし、その重大性からして、医療ミスは別格ではないのか。

松野はなんとか態勢を立て直そうとした。

「おっしゃることはわかります。たしかに報道被害は重大な問題です。しかし、だからといって医療ミスも追及しなくていいことになるのでしょうか。わたしは自分自身が医療ミスの被害者です。体験としての実感があるから、この問題を追及しているのです。ただわたしは素人だから、医療者側の事情がわからない。そこで先生のご協力を必要としているのです」

誤診による松野のがん宣告と妻の中絶未遂のことは、初対面のときに江崎に話してあった。

松野はふと、江崎も初対面のときにある体験を話したことを思い出した。彼がまだ医学生だったころの話で、それは江崎の人間性をよく表すものだった。

「はじめてお目にかかったとき、先生は乳がん手術の助手をしたときの話をしてくれましたね。わたしにはそれが鮮烈に印象に残ってるんです。この先生はふつうの医者とはちがうと」

それは江崎が大学五年生の夏に、市中の病院で受けた学生研修でのことだった。第三助手として、生まれてはじめて手術に参加させてもらった。五十歳の乳がん患者の手術だった。がんを取り去ったあと、執刀医はリンパ節の転移を調べながらこう言った。

——鎖骨の奥にも転移してるな。けど、これはもう置いとこか。

江崎は自分の耳を疑った。転移があるのに、そのリンパ節を取らないのか。転移が残れば、この患者は再発して死ぬじゃないか。

江崎は術野をのぞき込みながら混乱した。今ここで、一人の人間の死が決定されようとしている。なのに執刀医もほかの助手も、平気な顔で手術操作を進めている。彼らは患者の命をなんと考えているのか。

やがて執刀医は止血を確認して、創部の洗浄をはじめた。このまま手術が終われば、この患者の死が決まってしまう。今ならまだ間に合う。

江崎は学生の身分であることも忘れ、執刀医に言った。

——先生、鎖骨の奥のリンパ節は、摘出しないんですか。

質問するのが精いっぱいだった。

執刀医は術野から目を離さず、気怠そうに答えた。

——これを取ろうと思ったら、鎖骨をはずさんといかんからなぁ。

鎖骨でもなんでもはずせばいいじゃないか。このリンパ節には患者の命がかかっているのだ。万にひとつでも助かる見込みがあるなら、どんなことをしてでも摘出すべきではないのか。しかし、執刀医の声にはそんな面倒なことができるかという響きがあった。

江崎は怒りと不条理に失神しそうだった。この執刀医は、患者が自分の妻や母や娘でも、同じようにするのか。転移のあるリンパ節を残して、みすみす手術を終われるのか。

江崎は今でも、その患者の手術に責任を感じると言った。リンパ節を残した手術の共犯者になったからだ。

松野は、その江崎の感覚こそノーマルだと強調した。ほかの医者たちは命の尊厳を忘れている。死がありふれているため、感覚が麻痺しているのだ。

「あのとき、わたしは江崎先生を信用する気になったんです。先生は患者の気持を、頭ではなく心でわかっている。だからこそ、痛恨の症例に疑問を持ち、それをなくすための行動に出たのではなかったですか」

松野は熱っぽく江崎に語りかけた。「それを、過去を思い出すとパニックになる医者がいるから、そっとしておこうというのですか。先生は優しいから揺れるんです。そこには大切なものが抜け落ちています。状況を改善する意思です。はじめてお目にかかったとき、なんと純粋な先生だろうと思った。あのときの先生はどこへ行ったのです」

松野は江崎の目を正面から見据えた。「江崎先生。多くの医者が患者の視点を見失うのは、目の前の現実に翻弄（ほんろう）されるからです。さっき先生が言ったことは、患者の視点ではありません。医者だけのエゴイスティックな視点です。同級生をかばう気持はわかりますが、大事なことを忘れているのではないですか」

江崎は黙って唇を噛んだ。あのとき自分が感じた戸惑いは、決して単純な医師のエゴイズムやかばい合いではなかったはずだ。困惑する下垣を見て、触れてはいけない何かに近づいた気がしたのだ。しかし江崎はそれをうまく説明できない。

松野はじっと江崎を見つめつづけた。証言集めをつづけるか、やめるか、江崎には結論を出せなくなった。

「松野さん、少し考えさせてください。テープはもうしばらく持っていてくださってけっこうです。自分なりに気持を整理してみます」

「わかりました。わたしは先生を信じています」

席を立つとき、松野は持参した寿司をいつのまにかすっかり平らげていたことに気づいた。江崎は三分の一ほどしか食べていない。あんなに神経を集中していたのに、口だけは動かしていたのかと、松野は我ながらおかしかった。

5 内部告発

松野が訪ねてきた夜、緊急手術はなかったが、江崎は熟睡することができなかった。松野の言葉が気になって、当直室のベッドで輾転反側していたからだ。松野が情報を必要としていることはわかる。しかし、江崎はこのまま証言集めをつづけることにためらいがあった。証言に応じてくれた者は、ある意味で安全な場所にいるのかもしれない。過去のミスが知られれば、せっかく築いた地位や財産を失う者もいるだろう。状況を改善する必要はわかるが、下垣のような善良な医師が、そのとばっちりですべてを失うとすれば、江崎には耐えられなかった。

翌日、江崎は寝不足のまま鳥取で開かれた臨床麻酔学会に出張した。江崎は二日目に吸入麻酔剤の呼吸抑制に関する演題を出しており、発表が終わるまでは学会に集中することができた。

二泊三日の出張を終え、江崎はふたたび大学病院の勤務にもどった。

週末の金曜日、江崎は麻酔科のライターに当たってい
た。ライターとはドイツ語で「指導者」の意味で、その日の麻酔の責任者のことである。

午前七時、麻酔科の医局にスタッフと研修医が集まる。麻酔のカンファレンス（検討会）をするためだ。江崎は手術の一覧表を見て、全手術室の予定を確認した。

阪都大学病院の中央手術部には、AからLまで十二の手術室がある。午前、午後を一単位として、計二十四単位が各科に割り当てられる。週末の金曜日にはさほど大きな手術はなく、一般外科が三単位、産婦人科五単位、整形外科四単位、眼科二単位で、全部で十四例の全身麻酔が予定されている。

「それじゃ、A室からどうぞ」

江崎は研修医に術前回診の所見を報告させた。麻酔科医は手術の前日に病棟へ行き、患者が全身麻酔に耐えられるかどうかをチェックするのである。

「午前の胃がんはGOE（吸入麻酔）でやります。午後の乳がんの人は、以前に肝機能障害があったのでNLA（麻薬麻酔）でいこうと思いますが」

「けっこうです。じゃあ次」

江崎がライターの日は、研修医たちもリラックスしている。彼は常に冷静で、めったに声を荒らげることがないからだ。ところが、F室の研修医がリウマチの報告で引っかかった。

「RA（リウマチ）の麻酔の注意点は？」

江崎の質問に研修医が口ごもった。

「えっと、貧血、低アルブミン血症、ステロイド使用の有無……」

「そんな国試的な問題じゃないよ。頸部（けいぶ）の後屈は見たの」

「あ」

研修医がミスに気づいて、頭を掻いた。

全身麻酔で気管内挿管をするときは、患者の首をうしろに曲げたほうが入れやすい。リウマチ患者は首の関節が硬いことが多いので、術前回診で首の後屈を見ておかなければならないのだ。

「導入（静脈麻酔で患者を眠らせること）してから挿管できなかったらパニックになるぞ。無理に首を曲げたら頸椎（けいつい）損傷で患者が死ぬこともあるんだ。それがどういうことかわかってるのか」

いつになく厳しい言葉に、研修医はうつむいた。

「君はもちろん悪気があってするんじゃない。しかし、患者はそれで命を落とすんだ。君は医師免許を取ってた半年で人殺しになるのか。もしそんなことが新聞にでも知られたら、君は一生を棒に振ることになるぞ」

「まあ、たしかにそうだがね」

真ん中の席で眠たげに報告を聞いていた教授の岡森圭一（おかもりけいいち）が割って入った。「あんまり恐（こわ）がらんでもよろしい。術前回診での見落としはいかんが、導入の前に再チェックしたらええから。まあそれに何かあっても、新聞にタレ込む者はおらんやろう」

教授が冗談めかして言ったので、その場の険悪さは解消された。

江崎はついムキになったことを反省した。痛恨の症例のことを考えすぎて、神経質になっていたのだ。江崎は自分に向けられた教授の冷たい視線を感じた。

——新聞にタレ込む者はおらんやろう。

そう、それが医局の方針だ。万一事故が起こったら、医局員を守るのが教授の務めだ。患者やマスコミのスパイのような行動が、許されるわけがない。

江崎は大きく深呼吸をした。症例に集中すると、苛立ちもおさまる。彼はいつもの通り冷静にカンファレンスを終えた。

午前七時四十五分、病棟から患者が次々到着しはじめる。患者が手術室に入ると、麻酔の導入がはじまる。点滴のルートを取り、血圧計と心電図を装着する。ゴムマスクをつけて呼吸状態を確かめ、静脈麻酔で患者を眠らせる。F室のリウマチ患者は幸い首の関節が柔らかく、挿管はスムーズに終わった。

各部屋の麻酔導入が終わると、ライターはひと息つくことができる。控え室にもどると、岡森がソファで英字新聞を読んでいた。

「江崎君、さっきはどうしたんや。君らしくもない」

「すみません」

「学会で何かあったんか」

「いいえ。ただ、事故の恐さは早めに教えておいたほうがいいと思いまして」

江崎は苦しい言い訳をした。岡森は目線だけ新聞からはずして江崎を見た。何か隠しているな、と見抜いたような目だった。

江崎は巡回するふりをして、手術室にもどった。当直の夜に松野が指摘したように、江崎は揺れていた。ひとりで考えていても、同じところをまわるばかりで答えが出ない。

E室では糖尿病患者の下肢切断術をやっていた。足の血管が詰まって、指が五本とも真っ黒になっている。

「よくここまで放っておいたもんだな」

江崎はそうつぶやいて、患者を見た。眉まで白髪の老人が、口と鼻にチューブを入れられて横たわっている。その顔は蠟人形のように無表情で生気がない。執刀医は手順通りにメスを走らせ、組織を剝離していく。助手はガーゼで血を拭い、出血点を結紮する。すべてが無影灯の強烈な光に照らされ、一点の翳りもない。だれも、何も考えていない。

江崎はたまらないいかがわしさを感じたが、それが何か自分でもわからなかった。

「あら、江崎先生。切断術がお好きですか」

振り返ると、看護師の安倍洋子が立っていた。証言4で膵臓の血管を切った外科医の話をしてくれた看護師である。顔はマスクで隠れているが、理知的な目と形のいい眉で彼女だとわかる。安倍はE室の外まわりで、助手が床に捨てたガーゼを集めていたのだ。

江崎はふと安倍に「痛恨の症例」の証言集めのことを

相談してみようかと思った。彼女なら客観的な意見が聞けるかもしれない。

「安倍さん、ちょっと折り入って聞きたいことがあるんだけど……」

安倍はガーゼを入れたバケツを床に置いて、江崎を部屋の隅に引っ張っていった。

「先生、職場で私的なお話は困ります」

聞こえよがしに言ったあと、声を低めて言った。「無防備だな、先生は。へんな噂が立っても知りませんよ。そこにいる麻酔科の研修医、耳がダンボになってましたよ」

「ほんとう？　イヤなやつだな。実は安倍さんに意見を聞きたいことがあって。急だけど、今晩、時間取れない？　ご馳走（ちそう）するよ」

江崎は逆に目を引くほど声をひそめて言った。

「いいですよ。ちょうどよかったです。わたしも先生に相談したいことがあったので」

そう言って、安倍はうれしそうに目を細めた。

新千里ホテル二階のイタリア料理店「イルポルト」で、安倍洋子は江崎を待っていた。待ち合わせは千里中央駅だったが、脊髄腫瘍（せきずいしゅよう）の手術がのびて、江崎は時間通りに手術部を出ることができなかったのだ。メールで先にレストランに行くよう連絡を受けた安倍は、小さなため息をついた。地下鉄駅での待ち合わせ、そっけないメールの連絡、駅に隣接したホテルの二階の店、急に決まった話だから事務的になるのは仕方がない。でも、せめて最上階のレストランだったら、もう少し気分もよかったのにと安倍は思う。

江崎は三十分ほどして店に現れた。

「遅くなって申し訳ない。脊髄からの出血が多くて、手術が終わってからも血圧が安定するまで診てたから」

「先生、今日はライターですもんね」

江崎の責任感の強さは安倍もよく知っている。

ボーイが持ってきたメニューを見ながら、江崎は簡単なコース料理を選んだ。

「この前はインタビューに答えてくれてありがとう。松野さんも喜んでたよ」

松野の取材に協力していることは、インタビューのときに話してあった。

「あれからいろいろあってね。脅迫電話がかかってきたり、変な手紙が届いたり」

「やっぱりヤバイんですか。わたしも心配してたんです」

「いや、単なるいやがらせだと思うけど、医者から過去の失敗を聞き出すのは、やっぱりまずいのかなぁ」

江崎は前菜のカルパッチョをフォークですくいながら、下垣に証言を頼んだときのことを話した。「そいつ、すごく脅えてる感じだったんだよ。気の毒なくらい。それで自分のやってることが急に独善的に思えてきて、金棒引きみたいなことはやめたほうがいいかなと思って。いやがらせの手紙にもそんなことが書いてあったし」

安倍は下垣の反応より、江崎へのいやがらせのほうが気になった。

「その松野さんていうジャーナリスト、自分の仕事のために、先生に無理に証言集めをつづけさせようとしてるんじゃないですか」

敏感な安倍は、松野の本音を鋭く感じ取っていた。先生を利用するなんて許せない、と思うと、顔が熱くなるのを抑えられなかった。

「先生、ここはちょっとようすを見たほうがいいんじゃないですか。少なくとも、いやがらせがおさまるまでは」

「そうかな」

「そうですよ。その松野っていう人も、いつまでに原稿を書かないといけないということはないんでしょう」

「今年中には書きたいようなことを言ってたけど」

「そんなの相手の都合に合わせる必要ないですよ。先生が危ない目に遭うかもしれないんだもの」

江崎は安倍の親身な言葉にうなずいた。

「ありがとう。安倍さんは優しいね」

安倍は微笑み、かすかに頬を赤らめた。

ボーイがワインの二杯目を注ぎに来たが、安倍はグラスに手のひらをかざして拒んだ。ほんとうは飲めるのだが、酒の強い女だと江崎に思われたくない。

「先生、お酒の強い人は麻酔がかかりにくいって、ほんとうですか」

「そんなことないよ。アルコールと麻酔薬の代謝は別だからね。でも、太っている人は麻酔が醒めにくいよ」

「そうなんですか」

「麻酔薬が脂肪に溶けて、なかなか抜けないんだよ。安倍さんはスマートだから大丈夫だけど」

それってセクハラですよ、とふだんの安倍なら思うところだが、江崎が相手ならもちろんいやな気はしない。

　メインの地鶏ローストを半分ほど食べたとき、江崎が聞いた。

「そうそう、安倍さんも相談があるって言ってなかった？」

　安倍はナイフとフォークの手を止め、ナプキンで口元を押さえた。

「そうなんです。ちょっとややこしい話なんですが」

　江崎もナイフとフォークを八の字に置いた。

「実は、知り合いに頼まれたんですが、三カ月ほど前にうちの大学で心臓の手術を受けた患者さんの娘さんが、力を貸してほしいらしいんです。患者さんは峰丘茂さんていう人ですけど、先生、覚えてませんか」

　江崎は少し考えてから、首を振った。

「カルテを見たらたぶんわかると思います。わたし、手術記録を調べたら、その日は先生が麻酔科のライターでしたから。手術は僧帽弁置換術で、経過は順調だったのに、術後五日目に急死した人です」

「ああ、そんな人いたね。なんとなく覚えてる」

　僧帽弁置換術は、弁膜症になった僧帽弁を人工弁に取り替えるもので、心臓外科の手術としてはさほど危険なものではない。それなのに五日後に急死したので、病棟で大騒ぎになった。

「たしか出血性の心タンポナーデを起こした人だろう」

　出血性の心タンポナーデとは、心臓を包む心嚢という袋の中に出血して、その圧迫で心臓が止まることである。その患者は病理解剖されて、死因は出血性の心タンポナーデと診断されたが、出血の原因は不明とされたはずだった。

「その峰丘さんの娘さんが、何を協力してほしいの」

「娘さんのところに、お父さんの死は医療ミスだったという手紙が届いたんです」

　江崎は料理を食べ終えてなかったことを後悔した。まちがっても食欲をそそる話ではない。

「それって、内部告発かい」

「さあ、差出人もわからないので、なんともいえませんが、でもただのいたずらじゃないようです」

「安倍さんはその手紙を見たの」

「はい。知り合いから相談を受けたあと、一度、娘さんに会ったときに見せてもらいました。彼女、中山枝利子さんていうんです。結婚してるんで姓がちがいますが」

　江崎の記憶に引っかかるものがあった。どこかで聞いたことのある名前だ。

「で、手紙にはなんて書いてあったの」

「峰丘さんの手術のときに、針が心臓に残ってしまったそうなんです。それが心タンポナーデを起こした出血の原因だって」

「縫合に使う針が？　まさか」

「心臓外科は両端針を使うでしょ。執刀医があの針を乱暴に引っ張って、飛ばしてしまったらしいです」

江崎は天井を仰ぎながら記憶をたどった。

「ちょっと待ってよ。思い出してきた。執刀はたしか心臓外科の香村助教授だったよね。あの先生なら、それくらいやるかもな」

心臓外科の香村鷹一郎は、神経質な上に短気で有名な助教授だった。自分にも厳しいが、他人には輪をかけて厳しいので、香村の手術はいつもピリピリした雰囲気に包まれるのだった。

「そういえば手術は完璧だったのに、予想外の心タンポナーデが起こったって、しばらく香村先生は不機嫌だったよ。あの手術で心臓に針が残ったというのか。もしそれが事実なら、明らかな医療ミスだけど、どうかな。そんなミスがあったら、手術助手や器械出しの看護師にわかるんじゃないか。麻酔医だって見てるだろうし」

「ええ。わたしもあのオペを担当した看護師を手術記録で調べてみました。器械出しは葛西主任で、外まわりは宮原さんでした。主任さんははっきり覚えてないけど、もし、針が残ったらすぐわかるって言ってました」

「だよな。で、麻酔はだれがかけてたの？」

「平　先生です」

「ああ、ペイさんか」

江崎は苦笑するように言った。

平晴夫は江崎の五年先輩で、本来なら講師になっていてもおかしくない年齢だが、本人にやる気がないので万年助手に甘んじている変わり者だった。江崎が指導医の資格を取ってライターを務めているのに、平はただのスタッフで、指導医の試験さえ受けていない。

「ペイさんじゃ、ミスがあっても見てないかもしれないな。でも、その患者が亡くなったのは、手術後五日たってからだろう。それまでにＩＣＵ（集中治療室）でレントゲンを撮ってるはずだ。針が残ってればすぐにわかるよ」

心臓外科の患者は、手術室からいったんＩＣＵに収容される。そこで胸部レントゲンを撮るのはルーチン検査である。針は金属だから、体内に残っていればそこで見つかる可能性が高い。

「それに病理解剖もしたんだろう。針が残ってれば出血の原因はわかるはずだよ。原因不明ということは、針が見つからなかったということじゃない？」

「ですよね」

「じゃ、やっぱり娘さんに届いた手紙のほうがおかしいんじゃないのかな」

「わたしもそう思ったんですが、彼女は思い当たることがあるって言うんです。主治医や香村先生の態度から、直感的にそう思ったって。だけど、そんな患者側の思い込みで相談に乗ってくれる先生はいないから、それで江崎先生にお願いしようかなと思って」

安倍は申し訳なさそうに肩をすくめた。

「なんか、ぼくのこと正義の味方みたいに思ってない？」

「ちがうんですか」

二人は笑ったが、長くはつづかなかった。

「できることは協力するけど、今、香村先生にミスの話を持っていくのはどうかな」

江崎はむずかしい顔で腕組みをした。

「たしかに時期が悪いですよね」

安倍も事情は知っているようだった。

阪都大学の心臓外科教授はまもなく定年退官で、来年の四月に新しい教授の選挙が予定されていた。助教授の香村は、当然有力候補である。ところが、香村にはひとつ弱点があった。研究面では申し分ない実績をあげているが、手術が苦手という陰の評判である。心臓外科のエリートを自任してきた香村にとって、これほど屈辱的な噂はなかった。

しかし、そんな噂が立つのには理由があった。香村はアメリカのジョンズ・ホプキンス大学に留学して以来、一貫して心筋保護の研究に取り組んできた。手術のダメージから心筋を防護することが目的だった。香村はさらに進んで、老化による心機能の低下から心臓を守る療法も開発しつつあった。それが世界的なレベルの研究であったため、どうしてもそちらに時間を取られ、手術の件数をこなすことができなかったのだ。

手仕事はなんでもそうだが、手術も経験の多い者が腕を上げる。手先の器用さや才能もあるが、最大の要素はやはり数である。香村も汚名を返上するため、一昨年あたりからこれまでになく手術を増やして、来るべき教授選に備えているところだった。

そんなタイミングでミスの話を持っていくなど、考えただけでも背筋が寒くなる。江崎はすっかり冷えたローストチキンの横に、ナイフとフォークを揃えて言った。

「もし、本気でミスを追及するなら、そうとう厄介なことになるぞ」

「そうですね。先生、もしご迷惑なら無理しないでください。中山さんにはわたしが調べた範囲のことだけ伝えますから」

しかし、香村はいやしくも教授選に立候補しようかという立場の人間だ。もし、医療ミスの疑いがあるなら、自らそれを晴らす責任があるだろう。教授が自分のミスを隠蔽するようでは、医療界はいつまでたっても闇のままだ。

「その患者の娘さんに一度会って話を聞いてみようか。どの程度ミスの疑いがあるのか気になるし」

「そうしてもらえたら助かります。やっぱり江崎先生に相談してよかった」

安倍は胸の前で両手を組んで喜びを表した。

「でも、まだミスを追及すると決めたわけじゃないよ。患者や家族の中には、治療がうまくいかないとすぐ医者のミスだと決めつける人もいるし、その娘さんに届いた手紙も教授選がらみの怪文書かもしれないからね」

食後のエスプレッソは少しだけ江崎の気分をよくした。デザートよりこの苦いコーヒーをもう一杯飲みたい気分だった。

「それに医療ミスの追及は、被害者自身を傷つける危険もある。ミスを隠した医者への怒りと恨みが、新たな感情として再び遺族を苦しめるからね。もし中山さんが父親の死を受け入れているのなら、そっとしておくほうがいい場合もある。彼女がどういう気持でいるのか、それも会って確かめないとね」

「わかりました。わたし、彼女に連絡してみます。今日はほんとうにありがとうございました」

安倍は両手を膝に置いて、深々と頭を下げた。

6　枝利子

翌日の土曜日、江崎は出勤日ではなかったが、大学病院へ行った。峰丘の手術の麻酔台帳を調べるためである。

麻酔記録は複写式の二枚綴(つづ)りになっており、一枚目は主治医に渡してカルテに保存される。台帳には二枚目の複写が綴(と)じられ、これが麻酔科の公式記録となる。表に麻酔法、手術中の血圧、脈拍、尿量などが表とグラフに記入され、裏には術前回診の所見が書かれる。

峰丘茂の手術が七月八日に行われたことは、安倍から聞いていた。

記録はすぐに見つかった。乱雑な記録はまちがいなく平の筆跡だ。通常なら五分ごとに記録する血圧も、ときに十五分間隔になっている。麻酔法はＮＬＡ、手術時間三時間十五分、人工心肺の使用は一時間二十二分、出血量二百六十ccのごく標準的な手術だった。

麻酔記録にトラブルを思わせる記載はなかった。手術終了後、気管内挿管をしたままＩＣＵに搬入しているが、これは心臓外科の手術としては通常のことである。江崎は平の記載のずさんさに辟易(へきえき)しながら、もう一度丁寧に見直した。

「ＸＰ」

手術終了と麻酔終了のあいだに、乱暴に書き殴った記号があった。レントゲン撮影（X-ray Photo）の略である。

通常、手術室でレントゲンを撮るのは、その場で処置をしなければならない突発事があったときにかぎられる。手術後の合併症や肺の状態を調べるのなら、ＩＣＵに入ってからの撮影で十分だからだ。これはやはり針が残った可能性があったのかもしれない。執刀医はレントゲン写真で針の有無を確認し、もし針が見つかれば再手術して取り除こうとしたのだろう。

しかし、レントゲン撮影のあと、患者はすぐにＩＣＵに運ばれており、もちろん再手術の記載はない。つまり、疑いは晴れたということだ。

つづいて江崎は記録の裏面を見た。表の記載とは打って変わって几帳面な文字がならんでいる。江崎はあっと思って、苦笑した。それは江崎自身の字だった。
ものぐさな平は術前回診を面倒がり、教授の目を盗んでは後輩に行かせることがよくあった。このときも江崎がライターの予定だったので、それを理由に行かされたのだった。

自分の記録なら読みやすい。江崎は病歴を読みながら、峰丘茂という患者を思い出した。

年齢五十八歳、職業は郵便局長、二年前から僧帽弁狭窄症の症状が現れ、階段を上るときに動悸や息切れを自覚するようになった。今年の四月に近くの病院を受診したときには、そうとう症状が進んでおり、心不全の重症度を表すＮＹＨＡ分類でⅢと判定された。ＮＹＨＡ分類はⅠからⅣに分けられ、僧帽弁狭窄症ではⅢは即手術適応となる。そこまで病院に行かなかったのは、峰丘がよほど病院嫌いか、我慢強いかのどちらかだろう。

現症の欄に「mitral face（僧帽弁性顔貌）」と書いて、波線が引いてある。

ああ、あの人かと、江崎は思い当たった。僧帽弁狭窄症では鼻や頬の毛細血管が拡張して赤く見える。峰丘は特にその徴候が明らかで、僧帽弁性顔貌の見本として医学生に見せたいほどだと思った覚えがあったのだ。

術前回診のとき、全身麻酔の説明をすると、峰丘は手術前日にもかかわらず落ち着いたようすで耳を傾けていた。太い眉、実直そうな目、安静時でも呼吸困難があるだろうに、峰丘は姿勢を崩さなかった。その真面目な顔つきと、おてもやんのように赤い頬のユーモラスな組み合わせを、江崎ははっきり覚えていた。

あの人が手術の五日後に亡くなったのか。

説明相手の欄に、本人とならべて「中山枝利子（娘）」とあった。病室につき添っていた娘だ。それで安倍から名前を聞いたとき、かすかに記憶に残っていたのだ。

江崎は峰丘の麻酔記録を台帳からはずし、両面ともコピーを取った。医療ミスの可能性は高くはないが、遺族が疑問を持っているなら調べてみる必要はあるだろう。ミスがあったにせよなかったにせよ、調べた上で説明するのと、門前払いするのとでは納得の仕方がちがう。

翌週の月曜日、江崎は医局で平晴夫をつかまえた。

この日、平は午前中に産婦人科の麻酔が一件あるだけで、十一時には医局にもどっていた。麻酔帽をあみだにかぶり、紙マスクを顎にずらし、ソファでスポーツ新聞を広げている。

「平先生」

江崎が声をかけると、平は両膝に肘をついたまま目だけ江崎に向けた。

「ちょっとうかがいたいことがあるんですが」

江崎は麻酔台帳を広げ、峰丘の麻酔記録を開いた。

「この患者さんの麻酔、覚えてますか。僧帽弁置換術ですけど」

「いつのオペや。三カ月前か。覚えてるわけないやろ」

平は興味なさそうに言って、視線を新聞にもどした。

「手術後五日目に、心タンポナーデで亡くなった患者です。あのときのオペに、何か原因がなかったかどうか調べてるんですが」

平は江崎の言葉を聞きとがめるように、額に歪んだ皺を寄せた。

「オレの麻酔に問題があったとでも言うんか」

「いいえ、麻酔で心タンポナーデは起こりませんよ」

江崎は慌てて否定したが、針のことは伏せておいた。

「ちょっと気になることがあって、記録を見たんです。オペの終了直後にレントゲンを撮ってますよね。どんな目的で撮ったか覚えてませんか」

平はようやく興味を持ったように麻酔記録をのぞき込んだ。

「さあ、覚えてないな。気胸（胸腔内に空気が洩れている状態）の心配でもあったのとちがうか」

「それなら気道内圧に変化が出るでしょう。先生の記録には何も書いてませんね」

平の記録には、あったことがすべて書かれているとはかぎらない。平はしばらく考えていたが、すぐに放棄して面倒そうに言った。

「そんなこと、オレに聞くなよ。執刀医に聞け。心外の香村ならすぐに答えてくれるで。ワタシの手術にミスなどあり得ないってな」

平は今度こそ話は終わりだといわんばかりに、新聞に没頭した。

昼休みに、江崎は手術部の主任看護師葛西充子に話を聞いた。葛西は手術場勤務十五年のベテランで、年齢は四十二歳。結婚はしているが子どもはおらず、若い看護師にヒステリー気味の指導をするので、部下から煙たがられている。江崎も彼女が苦手だった。

「お昼の時間にすみません。三カ月ほど前の手術でちょっと気になることがありまして」

江崎が丁寧に言うと、葛西は犬の狆に似た平たい顔を強ばらせた。

「なんでしょうか」

「峰丘さんという人の僧帽弁置換術なんですが、葛西さんが器械出しでついてたオペなんです。この患者さんはオペ後五日で心タンポナーデを起こしたんですが」

「ああ、安倍さんが言ってた件ね。江崎先生にまで話したんですか」

葛西は眉間に皺を寄せ、ずりかけた眼鏡を持ち上げた。

「針がどうこうって話でしょ。先生もご存じでしょうけど、心外のオペでは針とガーゼは必ずカウントします。私が器械出しをしたんなら、ミスカウントすることなんかあり得ません。もし数が合わなければ、たとえ教授でも徹底的にさがしてもらいます。それが看護師の義務ですから」

杓子定規（しゃくしじょうぎ）な口振りに、江崎は閉口した。建て前をならべられると返す言葉がない。

しかし、葛西は針のことを知っている。安倍はどこまで話したのか。内部告発の手紙のことまで言っているのか。

「ぼくも詳しいことは知りませんが、何かオペ中にトラブルみたいなことはあったんでしょうか」

「なかったと思いますけど」

「麻酔記録によると、オペが終わった直後にレントゲンを撮ってるんですが、それは針が体内に残っていないかどうかの確認だったのでしょうか」

「レントゲン？　覚えてませんね。そういう記録は麻酔科の仕事じゃないんですか。麻酔医はだれでした。平先生？　それじゃ記録もいい加減ね。手術部の看護師は困ってるんですよ。平先生の麻酔はいい加減だって。江崎先生からも言ってもらえませんか。いやしくも阪都大学の手術部ですからね。もう少し、プライドを持っていただきませんと」

葛西は話を平への批判にすり替え、江崎をにらみつけた。江崎が困った顔をすると、葛西は勝ち誇ったように眼鏡をずり上げ、ふんと荒い鼻息を吐いた。

「もうよろしいですか。早く行かないと食堂が混みますので」

葛西は大きな尻を振って離れていった。

江崎には彼女が必要以上に防御的であるように思われた。手術の看護記録は安倍がチェックしているだろう。そこに針カウントの記録もあるはずだ。ＯＫと記載してあれば、執刀医に出した針と回収した針の数は一致していることになる。もし、針カウントがＯＫなら、レントゲンで針を確認する必要はないはずだ。ほかにレントゲンを撮る理由があったのか。それとも看護記録に信憑性がなかったのか。

　江崎は納得しきれないものを感じたが、その場で葛西に確かめるのはヒステリーの危険が大きいのでやめにした。

　その日の午後、医局にいた江崎のケータイに、安倍からのメールが入った。

＞主任に叱られまし
＞た。峰丘さんの件
＞を先生に話したこ
＞と。オペ場ではし
＞ばらくしゃべらな
＞いほうがいいよう
＞です。またメール
＞します。
＞ヨロシクです。

江崎は「＞了解」とだけ返事した。

　それから数日間、江崎と安倍は手術室や廊下ですれちがっても、互いに知らん顔をした。江崎ははじめ戸惑ったが、安倍はより演技的で、秘密のゲームでも楽しんでいるかのようだった。

　安倍は峰丘の娘枝利子に連絡を取り、江崎の都合はメールで問い合わせて、会合をセットした。待ち合わせは、土曜日の午後四時、梅田のヒルトン大阪の一階ロビーだった。

　時間ちょうどに江崎が行くと、安倍はすでに待っていた。

「やあ、やっと口がきけるね。なんか無言の行みたいだったものなぁ」

　江崎が手術部での不自由を嘆くと、安倍は肩をすくめて笑った。

「でも、メールだけでやり取りするの、おもしろかったでしょ。暗号みたいで」

「まあね。おかげでメールを打つのが速くなったよ」

　特別なメル友のいない江崎は、これほどつづけてメールのやり取りをしたことがなかった。

「峰丘さんの娘さんはまだかな」

「中山さんですか。彼女、先に行って待ってると思います。別の場所を用意しましたから」

安倍はそう言って、ホテルの出口に向かった。「わたし、どんな場所がいいか考えたんです。ホテルのロビーとか喫茶店じゃまわりの目があるでしょう。彼女が話しにくいといけないし、万一、人に聞かれても困るし」

「ホテルの部屋でもとったの」

「いいえ。それは高くつくもの。先生、笑ったり怒ったりしないでくださいね。わたし、カラオケルームをとったんです」

江崎は意表を突かれたが、考えればいい場所かもしれない。プライバシーは守れるし、飲み物もあるし、値段も安い。

四つ橋筋を南へ進み、桜橋の交差点を越えると堂島と呼ばれる界隈に出る。堂島川に面して古くから物資の集散地として栄えた繁華街である。十月の空は気持よく晴れ、乾燥した風が頭上を通り過ぎる。

こんな日に重苦しい話題はやりきれないと思いながら、江崎は気になっていたことを聞いた。

「峰丘さんの手術の看護記録、見た？」

「見ましたよ」

「で、針カウントは？」

「ＯＫになってました。ガーゼカウントも同じです」

そうか。それなら針が体内に残ったという可能性はないわけだ。しかし、ではなぜ香村は手術直後にレントゲンを撮ったのか。

江崎が考えていると、安倍がきまり悪げにつけ加えた。

「でも、先生、こんなことを言うと叱られるけど、数が合わなくてもＯＫと書くこともあるんです。カウントした針は全部別に捨てるでしょ。それなのに手術のあと、掃除をしてたら床に針が落ちてることがありますもん。その針は行方不明のはずなのに、記録はＯＫになってるんです」

「ほんとうに？　それはまずいんじゃないの」

「はい。でも、看護師の責任ばかりじゃないですよ。心臓外科の先生は恐いから、若い看護師なんか萎縮しちゃうんです。それではっきり言えなくて。針が足りないなんて言うと、うるさい、ＯＫにしとけって言われることもあるし」

「ひどいな」

江崎は葛西の言葉を思い出した。

――もし数が合わなければ、たとえ教授でも徹底的にさがしてもらいます。

そう強調するということは、数をごまかす外科医がいるということだろう。

「それにしても、どうして針が床に落ちたりするの。針は持針器(じしんき)にはさんで返すんだろ」

「そうですよ。でも、執刀医が苛立つと、手でちぎったり、持針器から飛ばしてしまうこともあるんです」

心臓外科で使う針は、両端針といってナイロン糸の両端に半円針がついている。手術操作の都合で、そのほうが便利だからだ。たとえば、円周を縫う場合など、片端の針で一周するより左右から半周ずつ縫うほうがやりやすい。糸は針の穴に通すのではなく、針の尾端に接着剤でつけてある。穴に通すと、針のうしろで糸が二重になって、組織を通るときよけいに傷つけるからだ。

通常、心臓手術の執刀医は、両端針で縫ったあと、二つの針を持針器ではさみ、揃えて糸を切ってから看護師にもどす。この手順さえきちんと守っていれば、針が紛失したり体内に残ったりすることはない。ところが、執刀医が苛立ったり操作を急ぐと、ついこの手順を飛ばしてしまうことがあるというのだ。

「短気な香村先生なら、手術中に針をなくす可能性は十分あるということだね」

「ですね。でも、器械出しは葛西主任でしたからね。あの人が針カウントをいい加減にするかどうか」

江崎はふたたび葛西の言葉を反芻(はんすう)した。

「あのあと、安倍さんは葛西さんにだいぶ注意されたの」

「ええ。まるでわたしが主任を疑っているみたいに怒られました。いつものヒステリーですけどね。あなたは阪都大病院を信用してないのか、そんな根も葉もない噂をまき散らして、忠誠心がないならいつやめてもいいんだ、みたいなことまで言われて」

「それは言いすぎだよな。葛西さんは過剰に防衛的じゃないか」

「ええ。でも、主任はこのごろいつも機嫌が悪いし、更年期障害だって噂もあるし」

二人は旧堂島ホテルの前を通り過ぎた。安倍は雑居ビルのならぶ通りを西側に折れ、「シャングリラ」という名のカラオケルームの前で止まった。

「ここなんです。わりとシックな店なんですよ。ちょっとはずれてるから、ガキも来ないし」

安倍は江崎の反応をうかがうように首を傾げてから、

中に入った。

受付の前に、髪の長い女性が立っていた。

「あ、中山さん。お待たせしてすみません。江崎先生をお連れしました」

安倍が江崎を紹介すると、枝利子はぎこちない動作で会釈し、顔の両側に垂れた黒い髪をすばやく左手で分けた。

枝利子を見て、江崎は、ああ、この女性かと思い出した。平の代わりに術前回診に行ったとき、父親の枕元に放心したように座っていた。女優にしてもおかしくないほどの美貌で、澄んだ黒い瞳が印象的だった。

あのとき、枝利子は深く沈んだ表情をしていた。診察と説明を終えて、「何か聞きたいことがありますか」と言うと、つぶやくようにこう訊ねた。

「父の手術、うまくいくでしょうか」

手術の前は、だれでも不安になるのが当たり前だ。しかし、枝利子には特別な気がかりがあるようだった。

「そんなことお聞きしたらあかんがな。先生、困ってはるで」

江崎が答える前に、峰丘が娘をたしなめた。江崎は峰丘の落ち着きに感心したが、こういう質問は珍しいものではない。執刀医には聞けなくても、麻酔科医には聞きやすいのだ。麻酔科医をワンランク低く見ているせいだが、江崎はいつもこだわらずに答える。

「心配いりませんよ。きっとうまくいきます。百パーセントとは言い切れませんが、危険はごくわずかです。たとえば飛行機に乗るのと同じと考えてください。飛行機も百パーセント安全とは言い切れませんが、まず無事に目的地に着くでしょう」

枝利子は安心したようにかすかに口元を緩めた。微笑むと細めた目がいっそう黒目がちになる。

「では、どうぞよろしくお願いします」

枝利子の声は抑制が利いて、深く沈んでいた。

あのときの飛行機のたとえでいえば、峰丘の乗った飛行機は運悪く墜落したことになる。江崎はそのことを思い出して、心が痛んだ。

安倍は受付で予約を告げると、二人の先に立って店員につづいた。案内された部屋は、グレイの壁にアルミパイプを巡らせた未来的な装飾だった。店員が出ていくと、安倍はすぐにインターフォンで三人の飲み物を注文した。

部屋は防音が効いていて、ほかの部屋の音は聞こえなかった。歌わないときのために、インストルメンタルが低く流れている。なるほどここならプライバシーは完璧だ。

　ソフトドリンクが届いたあと、安倍は改めて江崎を枝利子に紹介した。

「江崎先生は麻酔科のドクターで、お父さまの手術の日の麻酔の責任者でした。お父さまの麻酔は別の先生がかけたんですが、前日の回診は江崎先生が行かれたらしいですね」

「はい。その節はお世話になりました」

　枝利子は江崎に微笑み、またぎこちなく頭を下げた。

　江崎が事情を訊ねると、枝利子は低く答えた。

「父が亡くなったとき、わたしは仕方がないことだと自分に言い聞かせていました。釈然としないこともありましたが、いくら思っても父がもどるわけでもないので、もう考えないようにしていたのです。ところが先月、匿名の手紙が届いて、父の死は医療ミスだと教えられたんです。そしたら思い当たることがいっぱいあって、やっぱりそうかと思って」

「思い当たることって？」

「うまく言えませんけど、香村先生の態度がふつうじゃなかったんです。手術の前は一度きりしか病室に来なかったのに、手術のあとは一日に二回も三回も来るんです。それが親切とか熱心とかいうのではなく、何か気がかりがあるようでした。でも、父の回復は順調で、二日目にＩＣＵから一般病棟にもどり、食事も口から食べられるようになってたんです。三日目にはトイレにも歩いていきました。それが五日目の夜中に急変したという連絡があって、病院に駆けつけたときにはもう冷たくなっていました」

　枝利子は思い詰めたように唇を噛んだ。

「術前回診でぼくが病室にうかがったとき、心配ごとがあるように見えましたけど、何か気になることがあったのですか」

「ああ、あのときですか」

　枝利子はかすかに眉をひそめた。「実はあの日の午前、香村先生から手術の説明があって、わたしが先生を怒らせてしまったんです。前に新聞に『賢い患者学』という記事が出ていて、お医者さんの説明は一度聞いただけではわかりにくいから、テープに録音してあとで聞き直すとよいと書いてありました。それでわたし、カセットレコーダーを用意していって、説明を録音させていただいていいですかと香村先生に訊ねたんです。そしたら、先生が急に怒りだして、君はそれを裁判の証拠にでもするつもりかって怒鳴って……。父がすぐに謝って、レコーダーをしまったんですが、先生はずっと不機嫌なままでした。それが手術に悪い影響を与えないかと心配だったのです」

「ひどいな、香村先生。患者さんはそれでなくても弱い立場なのに、怒鳴りつけるなんて」

　安倍が唇を尖らせる。

「それで、お父さんが亡くなったあとは、香村先生はどうでしたか」

「はじめは全然姿を見せなくて、主治医の瀬田先生だけが応対してくれたんです。でも、おろおろして全然要領を得ないんです。とにかく朝になったら解剖するから、その結果が出てからきちんと説明するからと言うばかりで」

　峰丘の主治医瀬田昇は、今年阪都大学を卒業したばかりの研修医である。研修医が主治医になるのは阪都大学病院にかぎったことではない。

　枝利子は涙をこらえながら、先をつづけた。

「解剖がすんだあとも、ずいぶん待たされました。その日の夕方になって、ようやく香村先生がいらっしゃって、手術は完璧だったが、まったく予期せぬ事態が起こったと、説明しました。心タンポナーデのことも聞きましたが、わたしにはよく理解できなくて」

　それはそうだろう。父親が急死して、耳慣れない専門用語をならべられても理解できるはずがない。しかし、香村の印象はどうだったのだろう。江崎がその点をただすと、枝利子は目を閉じて小さなため息をついた。

「香村先生は顔色が真っ青でした。すごくイライラしながら、必死でご自分を抑えているようでした。わたしがひとことでも何か言えば、すごい剣幕で怒鳴り散らしそうな感じで恐かったです。あとでミスを教えてくれた手紙を読んで、そうか、やっぱり香村先生は隠しごとをしていたから、あんなにぴりぴりしてたんだなとわかりました」

　江崎と安倍は、そのときの香村のようすを想像して顔を見合わせた。あの気障な髭面が、やましさと怒りで蒼白になっているようすは、考えただけでも気分が悪くなる。

「そのミスについて書いた手紙、見せてもらえますか」

「どうぞ」

　枝利子はバッグから白い封筒を取り出した。封筒の宛名書きはワープロ印刷で、「大阪府南河内郡千早赤阪村馬分17　峰丘様」となっている。消印は大阪中央郵便局で九月八日。峰丘が死んでほぼ二カ月後の日付だ。裏の差出人欄は空白である。

　手紙は便箋二枚に、これもワープロの印刷だった。

「前略ごめんくださいませ。

　突然、お便りを差し上げる失礼をお許しください。

　私は阪都大学病院に勤務する者でございます。

　お父上の思いがけないご不幸について、どうしても申し上げておかなければならないことがあり、お便りする次第です。

　どうぞ、おどろかないでください。お父上の死は原因不明とされたと思いますが、実は明らかな医療ミスによるものなのです。

　直接の死因が心タンポナーデであることは、お聞きかと存じます。心タンポナーデの原因は冠動脈からの出血です。そして、冠動脈の出血を起こした原因は、手術のときに心臓のうしろに残された針だと思われるのです。それ以外に冠動脈が自然に破裂して、心タンポナーデを起こすことは考えられません。

執刀医の香村は、縫合に使う針を引きちぎって、飛ばしてしまいました。その針は見つからず、心臓の裏側に紛れ込んだのです。

　もし、香村があのとき丁寧に手術をしておれば、針が紛れ込むこともなかったでしょうし、お父上が不慮の死を遂げることもなかったでしょう。

　私がこんなことを申し上げるのは、真実を明らかにして、お父上のご無念を晴らしたい一心からです。そして、卑劣な香村の隠蔽を、許しておくことができないからです。

　香村のミスの犠牲者は、峰丘さんだけではありません。ほかにも多くの患者が、香村の下手くそな手術のせいで亡くなっています。香村のような医者を野放しにしておけば、犠牲者は増えるばかりです。

　香村は傲慢な性格で、自分の出世ばかりを考えています。手術も患者のためではなく、自分の実績としか考えていません。手術が下手なくせに威張り散らし、うまくいかないと助手や看護師のせいにして怒鳴ります。人望はゼロに等しく、患者の安全を第一に考えるという医師として当然の心構えも欠けています。

　だから峰丘さんの医療ミスを明らかにして、香村が診療をつづけられないようにすることは、ほかの患者さんのためにもたいへん有意義なことです。

私は立場上、身分を明かすわけにはまいりませんが、もし峰丘さんが心を決めて証人をさがせば、きっと協力してくれる人は見つかるでしょう。

厚生労働省に掛け合うのもひとつの方法かもしれません。厚生労働省には専門の担当者もいますから、きっと調査に乗り出してくれるでしょう。

あるいはマスコミに情報提供するのはいかがでしょうか。マスコミが取り上げれば、病院側も放ってはおけないでしょう。

いずれにせよ、峰丘さんの手でどうぞお父上のご無念を晴らしてあげてください。


不一。

峰丘茂氏令嬢様

阪都大学病院の将来を憂う有志より」


江崎は手紙を読み終えて、腕組みのまま考え込んだ。

この手紙はどれほど信頼できるものだろうか。この文面だけで、香村の医療ミスが証明されるだろうか。

いや、それはとても無理だ。手紙の書き手は針が心タンポナーデの原因だとは断定していない。「思われる」と推測しているだけだ。ただし、安倍も言ったように、かなり内部の事情に詳しい人物が書いたことはまちがいない。おそらく、あのとき手術室にいただれかだろう。

書き手が男か女か、医者かそうでないのか、文面からだけでは定かでなかった。身分を明かせないと書いているので、性別や年齢をごまかすように文体を装っている可能性もある。宛先は峰丘の自宅であるが、これはカルテを見ればわかることだ。

「先生、どうですか」

安倍が待ちかねたように聞いた。

江崎は率直な感想を話した。これだけでは医療ミスと断定できない、しかし、疑いも否定できない、もし針が心臓のうしろに残されていたのなら、手紙の書き手がいうようにそれが出血の原因である可能性は高いだろう、いずれにせよ、針があったのかなかったのか、それを調べることが先決だと思う。

「この手紙を書いた人物を突き止める必要はないですか」

「わかったほうがいいだろうね。手紙には書けない何かを知っているかもしれないからね」

「先生、心当たりはありますか」

江崎は手術の現場に居合わせたと思われる者を、順に数え上げていった。香村は別として、医者は第一助手の講師、第二助手の助手、主治医で第三助手の研修医、それと麻酔医の計四人。看護師は器械出しの主任と外まわりが一人の計二人、人工心肺の技師が二人。手術のあいだずっと部屋にいたのはこの八人だ。それ以外に、江崎と手術部の看護師長が部屋まわりで何度か行っている。心臓外科の医局員も香村の手術を見学するため、何人か出入りしていた。

「この中で香村先生に反感を持っている人物が怪しいね」

手紙の文面には香村に対する露骨な嫌悪が表れていた。手術が下手だとか、人望がゼロだとか、ことさら香村を貶めようとする気配がある。それだけ見れば、この手紙はむしろ香村を中傷するための悪質ないたずらのようにも思える。

そのことを話すと、安倍も同じ印象を持っているようだった。

枝利子はさっきから口をつぐみ、じっと目を伏せている。彼女もこの手紙の意図に問題があることはわかっているのだろう。それでも枝利子は香村のミスを確信しているようだった。

「繰り返しになるけど」と、江崎は前置きして言った。「この手紙だけでミスを断定するのはむずかしいです。しかし、調べてみれば何かわかるかもしれない。中山さんが希望されるなら、ぼくのわかる範囲で調べてみます。でも、医療ミスの追及は、ときに被害者に二重の苦しみを背負わせることになります。お父さんの死に加えて、あまりに卑劣な事実がわかったり、ミスを防げる機会をみすみす逃していたことがわかったりもしますからね。そういうつらい事実に直面すると、結局はご自分を責めることになるかもしれません。いくら加害者に怒りをぶつけても、お父さんは帰ってこないのですから」

安倍が心配そうに枝利子を見た。枝利子にはつらすぎる言葉ではないか。

しかし、枝利子はしっかりした声で応えた。

「この手紙が真実にせよ偽りにせよ、わたしを苦しめることになるのはわかっています。でも、わたしはこれを無視してはいられないんです。父は運命を受け入れる人でした。母が亡くなったときもそうでした。母はわたしが十歳のとき、バスの事故に巻き込まれて死にました。父は黙って悲しみに耐えていました。そして田舎の郵便局長をしながら、男手ひとつでわたしを育ててくれたんです。父は人生を達観し、すべてをあるがままに受け入れる人でした。でも、わたしはそこまで悟れません。もし、父の死に不正が隠されているなら、それをはっきりさせたい。苦しむだけだとわかっていても、事実が知りたい。手紙が届いた以上、わたしはじっとしてはいられないんです。傷つくことは恐れません。もう十分に傷つきましたから」

知らぬまに枝利子の目に涙があふれていた。感情を抑えているつもりなのに、身体が勝手に反応するかのように、大きな目から涙の粒がこぼれた。

江崎はその重みを受け止めるように言った。

「わかりました。じゃあ、場合によっては、裁判も辞さないおつもりなんですね」

「はい」

江崎の真剣なまなざしに、枝利子も真摯（しんし）に応えた。互いに視線をそらせない。安倍はふと枝利子の美しさに胸騒ぎを覚え、表情を翳らせた。

「しかし、訴えを起こすとなると、いい弁護士を見つけなければなりませんね」

江崎は安倍の変化に気づかないまま、つぶやいた。

「それなら大丈夫です。夫の知り合いで、医療裁判を何度も手がけた弁護士さんがいて、お願いすればたぶん引き受けてもらえます」

枝利子の言葉に、安倍の表情はさっと明るくなった。夫の知り合い、そうだ、枝利子には夫がいるのだ。安倍はすばやく枝利子の左手に結婚指輪を確認した。

「それはいいね。もし裁判をするとなったら、ご主人の協力も必要だから」

江崎が言うと、安倍はすかさず身を乗り出した。

「そうですよ。裁判になったらご主人とお二人で闘わなければ。でも、弁護士までさがしてくれるなんて、すばらしいわ。きっと優しいご主人なんでしょうね」

「ええ。とても協力的で、わたしのことをよく理解してくれます」

枝利子が顔を赤らめると、安倍は満足そうにうなずいた。

インターフォンが鳴り、受付が終了時間を報せてきた。安倍がマイクと伝票をバスケットに入れる。扉を開けかけた江崎が、立ち止まって言った。

「訴訟を起こすなら、カルテやレントゲンを証拠保全したほうがいいな。でも不意打ちをくらわすのはフェアじゃない。もう少し調べてみないとね。場合によったら、香村先生にぼくが直接事実を確認してもいいけど」

　安倍は心配そうに江崎を見上げた。

「先生、それはよくないと思う。香村先生がすんなりミスを認めるはずがないですよ。それどころか、あの人なら逆に先生を陥れてくるかもしれませんよ」

「まさか」

　江崎は笑ったが、安倍は不吉な予感を消せなかった。

7　エリート助教授

　32インチの液晶モニターに、人間の形をした樹状の像が映っている。黒い背景に浮かび上がったベージュ色のそれは、ＣＧに特有な無機質な画像である。

「これがあなたのＶＩＡ（Vascular Imaging Analysis）です。つまり、血管のイメージ解析です」

　検査台に横たわった患者の頭側から、神経質そうな声が響く。患者は窮屈そうにモニターのほうに首を向ける。肥満した身体に電極とプローブ（超音波端子）がつけられている。

「ＶＩＡはわたしが開発した動脈硬化の画像診断で、これまでにない画期的なものです。ＭＲＩアンギオのマルチスライスＣＴ、ＰＷＶ（脈波速度）の計測値などから、血管の内腔（ないくう）の状態を解析して、全身の血管を画像に再生しているのです」

自信に満ちあふれた声の主は、心臓外科の助教授、香村鷹一郎だった。モニターの光が縁なし眼鏡に反射している。青ざめた頬をマスキングテープのように縁取る髭は、彼がアメリカ滞在中から生やしているものだ。

「これが、わたしの血管ですか」

患者が感心するように聞く。

「そう、あなたの全身の動脈です。画像はアニメーションソフトですから、リアルタイムで動きを捉えます。心臓の拍動に合わせて、全身の動脈が脈打っているのが見えるでしょう」

暗闇の中に浮いた人形の血管は、たしかに微妙に脈打っていた。

「では順番に拡大していきましょう」

香村がコンピュータの前に座った助手に指示して、カーソルを動かす。「脈波速度は血管壁の硬さに比例するので、血管の弾力を計算することができるのです。さらにコレステロール値や高感度CRP（炎症性蛋白）などのデータを加えて、動脈硬化の程度を判定します。これがあなたの大動脈です。イクスパンド（展開）して」

助手が範囲指定をしてキーボードを叩くと、大動脈が見えないメスで切り裂かれるように左右に開いた。

「これがあなたの大動脈の内面です。壁面に見える沈殿物はコレステロールが固まったものです。いわゆる粥状（じゅくじょう）変化ですね。画面の右に出ている数字が中膜の厚さです。このあたりは〇・七ミリ、七十歳のレベルですね」

「えっ、わたしはまだ六十三ですけど」

患者が慌てた声で訴える。

「しかし、血管年齢は七十歳です。総頸動脈（そうけいどうみゃく）をアップにして」

香村の指示で、暗闇に浮かんだ血管が首に向かって切り裂かれていく。コレステロールの沈殿物はますます増え、コークスの燃えカスみたいなものも付着している。

「粥状変化のまわりにあるのは血栓です。これが剝（は）がれて脳の血管に詰まると、脳梗塞（のうこうそく）になるのです」

「先生、ほんとうにこれがわたしの血管なんですか」

患者がうめくように聞く。

「そうですよ。試しに首を動かしてみますか」

患者が首を振ると、闇の中で展開された頸動脈が左右に揺れる。患者のこめかみに冷たい汗が噴き出る。

「まぎれもなく、あなたの血管です。画像で見ると実感が湧くでしょう」

そう言いながら、香村は学生時代の解剖実習を思い出していた。はじめて自分の手で触れた屍体、動脈硬化の血管をメスで切り開いた感触を、香村ははっきり覚えている。ガラスを砕いたようなジャリジャリした指触り。今、モニターに映された画像は、その感覚さえもリアルに伝えている。

パーフェクトだ。

香村は患者の存在を忘れて、自分が開発したＶＩＡの画像に見とれた。

「先生、あの、わたしは大丈夫なんでしょうか」

「ん？」

患者の声に現実に引きもどされた香村は、眉間に皺を寄せた。

「何が大丈夫だって」

「血栓とおっしゃいましたが、脳梗塞は大丈夫なんでしょうか」

「ああ、今のところは大丈夫でしょう。これくらいの変化はたいしたものではない。しかし、油断は禁物です。今からでも遅くないから、きちっとした治療をつづけていただく必要がありますな」

「もちろんです。でも、どうすれば」

「簡単なことですよ。もちろん禁煙、まず食事に気をつけて、適度な運動をすること。禁酒、減量、十分な睡眠が必要です。それと薬物治療も」

「はい。先生のおっしゃる通りにします。ですから、どうか見捨てないで……」

カラカラに乾いた患者の口から、いやなにおいが漂ってくる。香村はそっと顔をそむけた。

検査室を出たところで、香村の院内ＰＨＳが鳴った。

「香村先生、厚生労働省の方からお電話ですが」

「わかった。すぐ部屋にもどるから、そちらにつないでくれ」

香村は小走りで廊下を渡り、来合わせたエレベーターに乗った。七階の心臓外科医局に着くと、脇目もふらずに助教授室に急ぐ。

「あら、香村先生だ」

給湯室から出てきた秘書とアルバイトの女性が、香村のうしろ姿に気づいて顔を見合わせた。

「今日はオペ日やのに、また手術ないんやわ」

「このごろ先生のオペ、減ったよね。一時は毎日のようにやってたのに」

「変やねぇ。手術が少ないって噂が立ったら、困るのは先生やのに」

二人はわけがわからないというふうに肩をすくめる。

香村は自室にもどるや、外線ランプのついた受話器を上げた。

「もしもし、お待たせしました。香村です」

部屋まで急いだことを悟られないよう、香村は息を殺して言った。受話器から早口の声が聞こえた。

「お忙しいところ、申し訳ありません。厚労省の佐久間(さくま)です。先日はわざわざ東京までご足労いただいて、恐れ入りました」

相手は厚生労働省の主任企画官、佐久間和尚(かずひさ)だった。

「こちらこそお世話になりました。ご馳走にまでなって」

「とんでもない。香村先生のような偉い方に来ていただけば当然のことですよ。それより先生、この前の日本心臓外科学会総会でのご成功、承(うけたまわ)っておりますよ。先生のランチョンセミナーはたいそうなご好評で、おめでとうございます」

「いや、これはどうも」

香村は恐縮しながら訝(いぶか)った。厚労省の役人が、なぜ札幌で開かれた学会の成果まで知っているのか。しかも、あのセミナーはごく内輪の専門家向けに開かれた講演のはずだ。

「心筋のプレコンディショニングのお話、わたしども素人でも興味津々でした。あれはネズミかウサギでの実験ですか。三十分間冠動脈の血を止めると、心筋の九十パーセントが壊死するというお話」

「ええ。ラットでの実験です」

「ところが、三十分止める前に、五分だけ血を止める操作を四回繰り返しておくと、そのあとで三十分止めても、四十パーセントしか壊死しないんですね」

「そうです」

「これってふしぎですよね。合計の阻血(そけつ)時間は後者のほうが二十分も長いのに、壊死が半分以下になっている。つまり、心筋が虚血に慣れるということですか。人間でもそうですものね。優等生は一度きつく怒られるとしゅんとなるけれど、いつも叱られている悪ガキは少々怒鳴られても平気ですものね」

「ははは。おもしろいたとえだ」

「つまり、ふだんから狭心症の発作を繰り返している人のほうが、健康人より心筋梗塞になりにくいということですね。皮肉なもんだ」

　そこまで聞いて香村は思わず受話器を持ち替えた、佐久間は詳しすぎる。講演の内容を理解しているだけでなく、要点さえもきちんと把握している。しかも専門用語まで正確に使って。

「佐久間さん、あのとき会場にいらっしゃったんですか」

「まさか。いくらヒマ人のわたしでも、札幌はぶらりと出かけるのには遠すぎますよ」

「しかし、まるで講演を聴いていたかのように」

「インターネットですよ。先生の写真入りで講演抄録が掲載されてました。最近の有料データバンクは専門分野にも強いですから」

　香村は東京で出会ったときの佐久間を思い浮かべた。短軀、猪首、外斜視の大きな目。いわゆるロンパリで、どちらの目でものを見ているのかわからない。しかも遠視らしく、その目が凸レンズの眼鏡で拡大されている。

――「和尚」と書いて「カズヒサ」と読みます。でも「おしょう」でけっこうです。

　初対面のとき、佐久間は自嘲するように卑屈な笑いを浮かべた。

　香村がはじめて佐久間に出会ったのは半年前、心臓外科の川邊久雄教授の命を受けて、厚労省に科学技術研究費申請の説明に行ったときである。補助金の配分に佐久間の影響力が強いという理由だった。しかし、実際に会ってみると、年齢もまだ四十前だし、茫洋とした印象でとても有力には見えなかった。

　その後、香村は川邊の命令で二度東京に出張し、佐久間の接待を受けた。

「先生のＶＩＡ関連の論文も拝見しています。『サーキュレーション』誌の最新号に掲載されていましたでしょう」

　受話器から佐久間のささやくような声が聞こえる。「Circulation」誌はアメリカで発行されている循環器病の専門雑誌である。もちろん論文は英語だ。

「それもインターネットですか」

「いえいえ、これはまた別ルートです。わたしも海外勤務の経験がありますのでね。へっへ。それより先生、血管のイメージが３Ｄ画像で見えるＶＩＡは、ＣＴ、ＭＲＩにつづく画期的な検査法じゃないですか。これはぜひ特許申請されるべきですよ」

警戒の色を見せかけた香村に、佐久間は心をくすぐるように言う。

「香村先生、政府の知的財産戦略専門調査会が、医療技術の特許について提言をまとめたのをご存じですか。これからはアカデミズムもビジネスの時代ですよ」

「いや、わたしはＶＩＡで金儲けをするつもりはないんだが」

「もちろんです。しかしですね、優れた研究には当然、対価が支払われるべきでしょう。その資金でさらにまた画期的な研究も進められるわけですし。ふふふ」

佐久間はおもねるように笑った。

「ところで香村先生、川邊教授も退官後のポストが決まって何よりでしたね。国立心臓病センターの総長なら、願ったり叶（かな）ったりでしょう」

「えっ」

香村は思わず声をあげた。川邊の退官後の行き先など初耳だったからだ。

「それは、たしかな話ですか」

「あ、教授はまだおっしゃってなかったんですか。まいったなぁ。わたしが洩らしたこと、内密に願いますね。でも、おめでたい話ですものね」

佐久間は困ったそぶりを見せたが、声は少しも慌てていない。

国立心臓病センターは、日本の循環器病対策の中心施設として、一九七七年に大阪に設立された施設である。世界レベルの診療と研究を誇る専門機関で、その総長ともなれば、日本の心臓病学会に絶大な権力を持つことができる。佐久間がこの情報をいち早く手に入れたのは、国立心臓病センターが厚労省の管轄だからだろう。

「川邊教授の身の振り方が決まったとなると、次は後継者ですね。香村先生、教授選の状況はいかがですか」

教授選は来年の四月に予定されている。候補は公募だが、今のところ、有力視されているのは、香村のほかに、前の助教授で現在は大阪中央総合病院の心臓外科部長である南聖一郎（みなみせいいちろう）、アメリカのコロラド大学病院心臓外科部長の三崎孝（みさきたかし）の三人だった。

「お二方とも立派な方ですからね。南先生は温厚な人柄で人望があるし、三崎先生はまだ若いけれど、オフポンプ手術の第一人者ですから」

香村は社交辞令丸出しで二人をほめた。

オフポンプ手術とは、人工心肺を使わずに心臓を動かしたまますする手術のことである。三崎は変わった経歴の持ち主で、東央大学を卒業すると単独でアメリカに留学し、ピッツバーグ大学やフロリダのメイヨークリニックで腕を磨いたあと、コロラド大学で心臓外科部長まで上り詰めた一匹狼である。それが今回、阪都大学の教授選に名乗りをあげた。アメリカで流行のオフポンプの技術と、NYHA（ニューヨーク心臓協会）で最高賞を授与された論文が評価されてのことだ。ただし年齢は四十四歳で、教授になるには若干若いのが難点である。

逆に南は五十二歳で、手術の名人でありかつ人柄も申し分ないが、ややとうが立っている感は否めない。また本人が教授職にそれほど意欲を持っていないのが弱点ともいわれる。

香村は四十八歳で、年齢的にはもっとも時宜を得ており、研究面での実績が群を抜いているのは自他共に認めるところだ。しかし、手術が得意でないという噂が弱みである。

「今のところ、まったく予断を許さないというのが実状です」

「いやあ、そんなことはないでしょう。香村先生の楽勝じゃないんですか。川邊教授のお心づもりはそうなんでしょうし」

楽勝と言われ、香村は思わず頬を緩める。しかし、油断はできない。医学部の教授選の舞台裏は、四十年以上も前の小説『白い巨塔』とほとんど変わっていないからだ。

香村が言葉を途切らせると、佐久間は声を低くして言った。

「でもね、先生。個人的に言わせてもらえば、わたしは香村先生ほどの方が阪都大学の教授におさまってしまうのが、惜しくてならないんですよ。そりゃ阪都大学にとってはいいでしょう。しかし、先生は日本の医療の未来を背負っていただかなければならない方ですからね」

「ははは、そんな大げさな」

「いえ。大げさではありません」

佐久間の断定的な言い方に、香村は思わずたじろぐ。佐久間のお世辞は歯の浮くようなことばかりだが、それを抑制の利いたモノトーンで言うと妙に真実みを帯びるのだ。

「しかし、佐久間さん。あなたはどうしてそれほどわたしを買ってくださるんです」

「それはもう、先生の実績、研究成果を承っているからですよ」

そう言われれば、自信家の香村はなるほどとも思う。

「それだけじゃありません。わたしはこの前うかがった先生のお言葉に感動したんです。ご自分の名を医学史に刻みたいというあのお話ですよ。失礼な言い方かもしれませんが、今どきこんな理想の高いお医者さまがいらっしゃるのかと思って。おや、先生お忘れですか。たしかにおっしゃいましたよ。だいぶ飲んでいらっしゃいましたが、思わず本音が出たという感じで。わたしはこの耳でしっかり聞いておりますよ。自分は医学の研究で人類に貢献したいんだ、これまでの努力はそのためだって。すばらしいことです」

前回の東京出張のとき、香村は佐久間に連れられて築地の寿司屋から赤坂のバーラウンジへ行った。プライベートな雰囲気の落ち着いた店だった。そこで香村は勧められるままブランデーの杯を重ね、ほとんど人事不省になるまで飲んだのだった。

「いやいや、あれはほんの座興ですよ。まさか本気に取られるとは」

香村は弁解しながら、自分の発言に定かな記憶がなかった。覚えているのは、薄暗い席で佐久間がしきりに顔を寄せ、自分の研究をほめていたことだ。先生の研究は日本の医療に革命的な変化を与える……。佐久間はどこを見ているのかわからない外斜視の目で、熱意を込めて語った。

受話器から佐久間の声がつづく。

「以前から申し上げている長野の国立ネオ医療センターのお話、覚えてらっしゃいますか。おかげさまで予定通り来年早々に竣工です。あとは人材を集めて、四月の開設を待つばかりです」

そういえば、佐久間はその話も熱心にしていた。国立ネオ医療センター。それは心臓病センターや築地の腫瘍センターに匹敵する未来医療の中心施設だ。そこでは老人医療の特殊研究が行われるらしかった。長野が選ばれた理由は、同県が日本でもっとも老人医療費の少ない県であるからだ。

「ネオ医療センターにはわが省も期するところ大でしてね。まもなく研究費の予算配分がはじまりますが、ちょっと考えられないほどの予算がつくはずです。国民の血税ですからね、無駄にはできません。わたしとしては、先生のような優秀な方に使っていただきたいのですよ。ネオ医療センターのプロテオミクス医科学の部長ポストがまだ空席のままでしてね、先生、いかがでしょうか。

もし香村先生にお出で願えれば、わが省としても最高の人選だと胸を張れるんですが」

「ご冗談でしょう」

教授選を控えている香村としては、もちろん本気に受けられる話ではない。しかし、佐久間は真面目に言った。

「いいえ、冗談ではありません。プロテオミクス医科学なら先生のペプタイド療法もカバーできる分野です」

佐久間の声がいちだんと低くなる。「あそこの予算は大きいですよ」

「どれくらいですか」

「年間、五から七億」

「……」

香村は思わず息を呑んだ。

医学研究も世界レベルになると、結局は研究費の多寡がものをいう。教授の地位に就けば、実験のテクニックやアイデアよりも予算獲得の手腕が要求される。潤沢な資金で人手を使い、優れた結果を出して自分の実績にする。それが大学の教授というものだ。香村が阪都大学の教授ポストに執着するのも、予算獲得の面で大いに有利であるからだ。国は東央大、京帝大、慶陵大、阪都大の四大学に、他大学とは桁（けた）ちがいの予算を配分する。重点配分で世界レベルを目指すためである。従って、世界を目指すなら、この四つの大学以外の教授では意味がないのである。

その阪都大学の心臓外科の研究予算が、年間およそ四億である。佐久間の提示した額はそれをかなり上まわっている。

「たしか、ネオ医療センターは研究が中心で、病院部門はないんでしたね」

香村は佐久間の話を思い出しながら聞く。「病院なしで、年間予算が五億ですか」

「最低でね。これはまだわが省の機密事項ですが、センター全体では二十億の予算が組まれます。研究部門は四つですが、プロテオミクス医科学は特に重視されていますから、均等割り以上は配分されるでしょう」

しかし、香村が川邊の後任教授を目指していることは、佐久間も承知しているはずだ。にもかかわらず、ネオ医療センターのポストを勧めるようなことを言うのはなぜか。

「国立センター施設の部長なら、格としては大学の教授と同じですよ。管轄が厚労省か文科省かのちがいです。それに専門施設ですから、各科の横ならびに煩わされることでもありません」

佐久間が気をまわすように言ったが、香村はもちろん簡単には納得できない。彼は阪都大学の心臓外科教授になることだけを目指して、これまで幾多の苦難に耐えてきたのだ。いくら格が同じでも、名刺に「Prof.（教授）」の肩書きをつけられなければ、今までの苦労はなんだったのかということになる。

しかし、一方で豊富な研究費のオファーが魅力であることも事実である。ただ、香村には別の気がかりがあった。ネオ医療センターが研究中心の施設であるなら、手術はないことになる。香村はまだ手術に未練があった。

「病院部門のない施設に行くということは、メスを捨てるということですな」

受話器の向こうに緊張が走った。

「メスを捨てる、ですか。わたしにはわかりませんが、外科医の先生にとっては重大な問題なんでしょうね」

佐久間の声が強ばる。「しかし、考えてみてください。手術をするといっても、いつまでもできるわけではないでしょう。川邊教授も心臓病センターの総長になれば、もう手術はされませんよ。年齢的なことがありますしね。でも、研究に年齢は関係ありません」

「まあ、それはそうだが」

「それに医学史に名を刻むなら、やはり研究でしょう。手術がいくらうまくいったって、名前は残りませんよ。うまいだけの人なら、いくらでもいますからね。へへっ」

佐久間は短く笑った。そして押し殺した声でささやいた。「もし、先生がプロテオミクスの部長を受けてくださるのなら、わたしが予算配分でお力になります」

香村は言葉を失う。

「とにかく一度お目にかかったほうが話が早そうですね。先生は東京へいらっしゃるご予定はありませんか。わたしのほうが大阪へ行っちゃおうかな」

佐久間はわざとくだけた言い方をし、長話を詫びて電話を切った。

香村の胸を複雑な思いがよぎった。

――医学史に名を刻みたい。

自分はほんとうにそんなことを言ったのか。しかし、佐久間の創作とも考えられない。香村には十分に思い当たることがあった。

兵庫県出石(いずし)郡出身の香村は、幼いころから成績優秀で、中学卒業まで首席を通した秀才である。高校は神戸の私立進学校である潮(うしお)高校に進み、現役で阪都大学医学部に進んだ。挫折を知らないエリートで、試験と名のつくものには落ちたことがなかった。香村が医学部を受験したのは、その優秀な能力を生かして医学の分野で自分の名を残すことを夢見たからである。

大学に入ると、級友の中には受験勉強から解放されて遊びほうける者もいたが、香村はそんな連中を軽蔑してひとり勉学に励んだ。いくつか勉強会のグループもあったが、香村はどれにも属さなかった。与えることはあっても得られるものはないと、傲慢にも端から決めつけていたからだ。

卒業試験と国家試験が終わると、学生たちは所属する医局を決める。上昇志向の強い香村は、当然のように心臓外科医局を選んだ。心臓外科医は医学部の花形である。香村は本来、研究に興味があったが、内科では手術という華々しい治療に携われない。完全主義者の香村はそれでは我慢できなかったのだ。

心臓外科の研修は、ほかの科とは比較にならないほど厳しかった。なにしろ心臓が相手だから、異変があれば分単位で対処しなければ生命に関わる。のんびり構えていられる胃や腸を相手にするのとは次元がちがうのだ。連日の泊まり込み、十時間を超える手術、真夜中の緊急手術、午前二時に着替えだけ取りに家に帰り、朝は六時に出勤、七時からのICUカンファレンスに参加し、朝食をとるまもなく教授回診、カテーテル検査、人工心肺の研修、術後管理、新患が入れば予診を取り、カルテを作る。受け持ち患者の病室に走るように顔を出し、詰め所で検査予定、手術予定、点滴メニュー、食事計画から退院後の診療プログラムを作り、わずかでも時間が空けば、当直室に駆け込み、汗じみた二段ベッドで倒れるように眠る。過酷な研修に耐えかねて、毎年研修医の三分の一が医局を替わるか、身内の呼吸器外科に逃げる。そんな中で地方出身者の香村は忍耐強かった。

一年たって、正式な医局員になったが、香村のキャリアは必ずしも順調とはいいかねた。大学病院での研修のあと、研修医たちはクジ引きで学外の病院へ派遣されるが、香村が引き当てたのは、症例数のいちばん少ない企業病院だった。国立病院、警察病院、厚生年金病院など、豊富な手術件数を誇る病院に派遣された者に比べ、大きく差をつけられてしまう。香村は自分の不運を嘆いたが、へこたれなかった。症例が少なければ、その分、勉強に時間を費やせばいいのだ。大病院に派遣された研修医たちが日々の診療に追いまくられているあいだ、香村は図書館に通ってアメリカの論文を読みあさった。はじめはほとんど理解できなかったが、半年もすると概略が見えてきた。臨床研究に必要な基礎知識、生化学や遺伝学など、それぞれの学問が頭の中で徐々に有機的につながってきた。

　三年の派遣を終えて大学にもどったとき、香村の知識は同期生たちをはるかに凌駕していた。博士号取得の研究がはじまると、香村は自分が一歩も二歩もリードしているのを感じた。

　ところが、またも不運に見舞われた。博士論文の指導教官が傲慢な香村を毛嫌いし、イジメとも取れる実験のやり直しを命じたのだ。

　香村が選んだ研究テーマは心筋の再灌流障害におけるシグナル伝達だった。博士論文に足る成果は早くに目処がついていた。しかし、余分な実験で論文が遅れているあいだに、同じテーマの論文が京帝大の研究者によって発表されてしまった。これには指導教官も慌て、多少のアレンジを加えて実験を終了させた。博士号の審査は通ったが、論文の価値はガタ落ちである。香村はそのことをあとあとまで恨みに思っていた。

　ようやく運が開けてきたのは、アメリカへ留学してからである。ジョンズ・ホプキンス大学循環器内科のノースウィンド教授に出会ったことで、彼のこれまでの研鑽が一気に花開いた。温厚かつ誠実な教授は、香村と共同研究を進め、成果を惜しげもなく共有した。それが今、香村のライフワークであるペプタイド療法につながっているのである。

　日本に帰ると、香村はさっそく教授の川邉に取り入り、嫌われないよう細心の注意を払った。アメリカでの業績もあり、川邉は犬のような忠誠心を見せる香村を重用した。

　香村は自分が偉業をなすべき人間であるという固い信念を持っていた。苦しい試練に耐えてきたのもそのためだ。香村の夢は、世界中の心臓病患者を救うことだった。しかし、それは建て前としての夢であり、本音は優れた医学者として名を残し、後世の人間から賛美されたいということだった。だから、佐久間が言った「医学史に名を残す」という発言は、あながち出任せとは思えなかったのである。

　医学界で出世するためには何が必要か。修業時代に苦労した香村は、先の戦略を立てていた。帰国後、香村はアメリカでの実績を過大にアピールして、講師の地位を手に入れた。そのとき、香村の博士論文を台無しにした指導教官は、助教授になっていた。香村は川邊教授を誘導して、その助教授を無理やり地方大学の教授選に立候補させ、落選させた。助教授は責任を取る形で辞任し、行き場がなくなって開業した。香村は十年前の恨みを執念深く晴らしたのである。

今回の教授選の有力候補である南聖一郎が、そのあと助教授に昇格すると、香村は医局長になって南の手術件数を減らした。そして手術が好きな南に、香村は何食わぬ顔で言った。

「南先生、大学病院は教育や研究に時間を取られ、どうしても手術件数が少なくなってしまいますね。先生のように腕の立つ外科医にはもったいないですよ。学外の総合病院なら、いくらでも手術の症例があるし、メジャーの病院に行けば教授選にもカムバックできますよ」

香村は巧みにそう持ちかけて、南を大阪中央総合病院の心臓外科部長に転出させることに成功した。

そのあとがまで助教授になった香村は、自分の研究に関して徹底した秘密主義を通した。アメリカでの恩師であるノースウィンド教授が、研究の成果をだれにでも公開したのとは正反対である。香村の研究グループは「香村チーム」と呼ばれ、医局内でも別格の扱いだった。

こうして香村は今、母校の教授の椅子にもっとも近い存在となっていたのである。しかし、教授選は水物だから、万一のことを考えるとネオ医療センターの話をみすみす断るのも惜しい。香村としては二股をかけたいというのが本音だった。

それにしても、ネオ医療センターにはほんとうにそんな巨額の研究予算が組まれるのだろうか。佐久間の口振りではたしかなようだったが、病院部門のない施設に、そんな予算が投入されるだろうか。

さらに、佐久間が不自然なほど自分にアプローチをかけてくることも解せなかった。彼はどの程度の情報を得ているのだろう。

香村は釈然としない気持で、助教授室を出た。秘書室をはさんで、となりの教授室の扉をノックした。

「どうぞ」

川邊の特徴のある甲高い声が聞こえた。

「香村です。おじゃましてよろしいでしょうか」

川邊は机に広げた郵便物を整理しているところだった。今日は手術日だが、退官の近い川邊も手術予定は入れていないようだ。

「先生、さっき厚労省の佐久間さんからお電話がありました」

「佐久間主任企画官から？　ほう」

川邊は手を止めて香村を見た。退官後のポストについて何か言うかと香村は待ったが、川邊は口を開かなかった。

「科研費（科学技術研究費）の話かと思いましたら、ほとんど雑談で、肝心の割り振りについてはなかなか情報をくれませんでした」

香村はどう探りを入れようか迷いながら、当たり障りのない話をした。

「それにしても、彼はなかなかの勉強家ですね。インターネットで心臓外科学会総会の講演などを見ているようです」

「そりゃそうだろ。あれだけのことを考えつくには、相当な知識がいるだろうから」

「は？」

「いや、それでほかにはどんな話をしとったかね」

「長野の国立ネオ医療センターのこともいろいろと」

川邊の細い目が、眼鏡の奥で光った。

「あそこはすごい施設になるらしいじゃないか。厚労省がかなり力を入れとるようだから」

「先生、何か噂でもお聞きですか」

「いや。しかし、予算規模が大きくなるということだけは聞いている。佐久間主任企画官が直接関係しているなら当然だが」

なぜ川邊はいつも佐久間を持ち上げるような言い方をするのだろう。

「先生。うかがいますが、佐久間さんはたしか官房の企画官ですね。わたしにはそんなに力があるようには見えないのですが」

「あれはただの企画官ではないよ。主任企画官だ。内閣官房副長官の伊達(だて)伸吾(しんご)氏が彼のために特別に作ったポストらしいぞ」

「厚生族のボスといわれる伊達が、ですか」

「そうだ。まあ君も予算に振りまわされる立場になればおいおいわかるだろうが、佐久間主任企画官はあなどれんぞ。彼は厚労省のマキャベリだからな」

川邊は思わせぶりに言って、ふたたび郵便物の整理にかかった。

8 調査

阪都大学病院のＩＣＵは、中央手術部と同じ東病棟の四階にある。

江崎は各手術室の麻酔が順調に進みだした午前十時過ぎ、一人でＩＣＵに行った。ＩＣＵは手術が終わって患者が運び込まれる午後より、午前中のほうがゆったりしている。

「小坂先生。ちょっといいかな」

江崎はステーションでカルテを書いている助手の小坂大輔に声をかけた。小坂は江崎の二年後輩で、半年前に助手に昇格したばかりの若手スタッフである。一年前まで麻酔科に所属しており、江崎とは親しい間柄だった。

「江崎先生もＩＣＵ勤務をご希望ですか。仕事はおもしろいけど、激務っすよ」

「いや、激務は遠慮しとくよ。ちょっと調べたいことがあってね。ＩＣＵカルテを見に来たんだけど、過去の記録はここにあるよね」

ＩＣＵは独立部門ではあるが、スタッフは助教授までしかおらず、教授は麻酔科の岡森が兼任している。スタッフの入れ替えも多く、いわば身内の感覚が強い。だからこそ、気軽にカルテを見せてほしいなどと頼めるのである。

小坂は席を立って、江崎を控え室のほうへ連れていった。控え室といってもロッカーで仕切った空間に、ミーティングテーブルを置いただけの手狭な場所だ。医師たちはここで朝夕深夜の三回の申し送りをし、休憩も取る。

「一年以内のカルテはここにあります。それ以前のは地下のカルテ庫ですよ。いつごろの患者さんです？」

「三カ月前だからここにあるはずだね。レントゲンも置いてる？」

「ええ。こちらのキャビネットです。なんという患者さんですか」

「いや。自分でさがすよ。激務のじゃまをしちゃ悪いからね」

江崎は小坂に笑顔を向けた。まだ今のところはできるだけ話を広げたくなかった。妙な噂が立っても困るし、妨害の恐れもある。

「それじゃごゆっくり。カルテもレントゲンも退室日順になってますから」

小坂がステーションにもどったあと、江崎は七月の記録を順に見ていった。峰丘茂がＩＣＵを出たのは手術の翌日、七月九日である。カルテはすぐに見つかった。江崎はそれを取り出し、机の上に広げた。

ＩＣＵのカルテは一般病棟のファイル形式のものとはちがい、血圧、脈拍、体温のグラフを中心とした表形式である。集中治療室の名に恥じない濃密な治療内容を書き込む必要から、大判のＡ３サイズになっている。その代わり入室は短期間がほとんどなので枚数は多くない。峰丘の記録も手術当日と退出日の二枚だけだった。

記録は一枚目の真ん中やや左からはじまっている。

「7月8日　午前11時32分入室挿管　自発 O_2 5l/min マスク」

すなわち、ＩＣＵに入室したときには気管内チューブが入っていたが、自発呼吸があるので人工呼吸器は使用せず、マスクで一分間五リットルの酸素を流していたという意味である。

つづいて入室直後の血圧、脈拍、体温、動脈血ガス分析の結果が書き込まれているが、いずれも数値に異常はなく、状態は安定していたことを示している。午後三時四十分には気管内チューブが抜かれ、完全な自発呼吸にもどったようだ。抜管の前に、胸部レントゲン撮影が行われている。

点滴内容、投与薬剤、水分と電解質バランスなど、細かな記録をたどっても、疑問の残るような記載はない。翌朝の午前七時にふたたび胸部レントゲンの撮影と、動脈血ガス分析が行われているが、これは念のために行われたものだろう。結果について、異常を思わせるコメントは書かれていない。そして、午前九時三十分、峰丘はＩＣＵを出て一般病棟に帰っている。

それぞれの記録にはサインがあるから、だれの記録かはすぐにわかる。しかし、これほど順調な経過の症例については、だれも記憶はないだろう。いわゆる楽勝ケースである。その峰丘がなぜ、手術後五日目に急死したのか。

江崎はキャビネットを開いて、レントゲン写真の袋をさがした。体内に残された針を調べるのに、もっとも有力な手がかりはレントゲン写真である。ここに針が写っていれば動かぬ証拠となる。

峰丘のレントゲン写真はすぐに見つかった。ＩＣＵで撮られたフィルムは二枚である。江崎はそれを袋から出して、シャウカステン（レントゲン読影器）に掛けた。

二枚ともごくありふれた心臓手術後のレントゲン写真である。まず目につくのは人工弁の金属フレームで、心臓の中に二重のリングが斜めに浮いているように見える。次に、手術のときに縦割りにした胸骨を修復するときに使ったワイヤーが四本。明らかに目立つ人工物はこれだけである。空気を含む肺は黒く写り、筋肉、骨とＸ線の透過度が下がるにつれて白く写る。心臓は分厚いので、ほぼ全体が白くなる。一枚目のレントゲン写真には、気管内チューブが確認できるが、これはシリコンチューブの輪郭がうっすらとたどれるからだ。

江崎は針が写っていないかどうか、顔をフィルムにくっつけるようにして観察した。金属製の針が残っていれば、白く写るはずである。しかし、胸部レントゲン撮影は出力が低いので、骨と心臓の白さが増す。人工弁やワイヤーのように太いものであればくっきり写るが、心臓外科で使う手術針は、長さ八～九ミリ、太さ一ミリ弱の小ささである。薄い骨が透けるように、細い針も影がぼやけて写る。白い部分に重なれば、闇夜のカラス（いや、雪原の白ウサギか）で見えない場合もある。

江崎はレントゲンフィルムの下を持ち上げ、視線に対して斜め四十五度の角度に傾けた。これは麻酔科の先輩に教わった方法で、コントラストをわずかでも強くして、分解能を上げるやり方である。白く写っている心臓の陰影の中に、三日月形のシャープな手術針は写っているのか。江崎は目を細めたり顔を斜めにしたりして見たが、針の影は見えなかった。

次に江崎は一枚のフィルムをシャウカステンからはずし、それを筒状に巻いて、望遠鏡のようにしてもう一枚に当てた。これも先輩から習った方法で、外部の光を遮断することで瞳孔を広げ、相対的に分解能を上げるのである。江崎はフィルムの望遠鏡を心陰影（しんいんえい）の上にくまなく当てたが、やはり針らしき影を見つけることはできなかった。

もちろん見えないからといって、針がないとは言い切れない。骨や心臓に隠れて見えない場合もあるし、針がきれいに三日月形に見える向きにあるともかぎらない。接線方向に写っていれば、胸骨を止めるワイヤーや、人工弁のフレームに重なることもある。

針が写っていないことは、江崎にはある程度予測されたことだった。レントゲン写真はＩＣＵの医師や看護師も見るから、もし簡単に見つかるようなら、その場で問題になっただろう。万一、見過ごされたとしても、香村があとで証拠になるフィルムを、そのまま放置しておくことはないはずだ。つまり、こうして自分が簡単にチェックできていることが、証拠性の低さを物語っていることになる。

江崎はレントゲン写真を元の場所にもどし、念のためカルテだけコピーして控え室を出た。

「お目当てのカルテ、見つかりましたか」

記録を終えた小坂が、ステーションの椅子で身体を伸ばしながら聞いた。

「ありがとう。助かったよ。ついでにちょっと聞きたいんだけど」

江崎は思いついたように足を止めた。「心外の瀬田ってどんなやつ？」

研修医の瀬田昇が峰丘の主治医だったことは、枝利子からも聞いていたし、ＩＣＵカルテにも書かれていた。心臓外科は学内きってのエリート集団であるだけに、個性の強い者が多い。話を聞きに行く前に、どんなタイプの人間か情報を仕入れておいたほうが賢明だろうと、江崎は判断したのである。

「瀬田ですか。鼻持ちならないやつですよ。医師免許を取って半年ちょいとは思えないような口をききますよ。まあ、心外にはそんなやつがごろごろいますが」

「何かあったの」

「いやぁ、仕事には熱心なんですがね、まわりが見えていないというか……。たとえば自分がドレーン（体内に溜まった液を出すための管）の廃液を調べてるとき、看護師が血圧を測ろうとしたら、あとにしろって怒鳴るんです。自分のやっていることがいちばん重要だって思い込んでるんですね。ぼくが彼の患者を聴診しようとしたときも、看護師とまちがえて怒鳴りかけて、ばつの悪そうな顔をしてました」

江崎は手術部で瀬田にも出会っているはずだったが、顔は思い浮かばなかった。手術室では常に帽子とマスクを着用しているせいもあるが、研修医の中には小坂が今言ったようなタイプが珍しくないせいもある。

「香村先生との関係はどうかな」

「そりゃもう絶対忠誠ですよ。瀬田もほかの研修医と同様、自分こそが未来の教授だと信じてますからね。権力者には従順です。でも、瀬田は特に自惚れが強いから、内心では助教授なんか馬鹿にしてるんじゃないですか」

「へえ。どうしてわかるの」

「いつか、香村先生の手術はのろいって言ってましたからね。さも自分が一人前になったら、もっと速くできるといわんばかりに」

「そりゃあ禁句だ」

二人は笑った。

ICUを出たあと、江崎は二階の事務部へ行って、カルテ庫の鍵を借りた。医師であれば、台帳の用件欄に「研究参照」と書けば簡単に貸し出してくれる。エレベーターで地下に降り、人気のない廊下を進んで両開きのスチール扉の前に立った。

扉を開くと、かび臭い空気が鼻を刺した。うっすら埃の積もったラックに、科別に過去のカルテがならんでいる。峰丘のカルテ番号はICUカルテから引き写してきたので、さがすのに時間はかからなかった。

カルテはファイルカバーをはずし、黒紐で綴じられている。表紙、問診表、現症、入院経過、看護記録とつづいているが、瀬田の字は乱雑で判読しにくい。甘やかされて育ったのが透けて見えるような子どもっぽい字だ。

江崎は手術記録のページを開いた。執刀医・香村鷹一郎、第一助手・滝沢啓治、第二助手・厨忠彦、第三助手・瀬田昇、麻酔医・平晴夫と、手術に関わった医師たちの名が記載されている。手術は標準術式で、記述も型通りだ。針が体内に残されたようなことは、もちろん書かれていない。

江崎は瀬田の記録を飛ばして、うしろの看護記録を見た。ベテラン看護師なら、研修医の記録よりよほど内容が充実している。果たして看護記録には読みやすい字で経過がひと目でわかるように書かれていた。

それによると、手術後一日目にICUより病棟にもどってきて、午後には縦隔に入れたドレーンを抜去している。二日目に経口摂取を開始し、心嚢に残したドレーンを抜去。三日目に導尿カテーテルを抜いて、身体に入ったチューブ類はすべて抜けた。ベッドサイドでの起立訓練をはじめ、四日目にはトイレまで自力歩行して自然排尿している。食事も流動食から五分粥になっている。血圧、脈拍、体温はいずれも正常範囲で、鎮痛処置も多くないことから、手術後の痛みもそれほど強くはなかったようだ。「笑顔あり」「娘さんと会話」など、順調な回復を思わせる記述もある。それが五日目の夜に急変する。

看護記録には次のようにある。

「7月13日

午後8時　中山氏（娘）帰宅。BP（血圧）124／68　P（脈拍）72　BT（体温）36・6℃

午後11時40分　訪室時、呼吸停止、血圧触れず、瞳孔散大。当直医により挿管トライするも、顎関節の硬直あり不能。ボスミン2A（アンプル）心腔内注射。心マッサージ、蘇生術施行するも回復せず。午後11時57分、当直医により死亡確認」

つまり、見舞いに来ていた枝利子が帰った八時から、次に看護師が部屋まわりに来た十一時四十分までのあいだに、峰丘の心臓は停止したことになる。当直医が気管内挿管を試みたが失敗したのは、すでに死後硬直がはじまっていたせいだろう。死後硬直は心停止の二時間後くらいから、まず顎の関節にはじまる。従って峰丘の心臓は、枝利子が帰ってまもなく停止したと考えられる。いくら個室にいたとはいえ、死んでから硬直が出るまでだれも気づかなかったとは。

江崎は前にもどって、検査箋を貼りつけたページを開いた。手術前と手術後の血液検査、心電図、心エコー、胸部レントゲン写真の所見などが貼りつけてある。血液検査は手術後毎日行われているが、特に気になる点はない。

つづいて江崎は死亡診断書のコピーを見た。

「死亡の原因」の欄には次のようにある。

「(ア)／直接死因　心タンポナーデ／発症から死亡までの期間　約三時間

(イ)／(ア)の原因　冠動脈出血／発症から死亡までの期間　約三時間

(ウ)／(イ)の原因　不明」

心タンポナーデが冠動脈からの出血であるとわかったのは、病理解剖の結果である。その所見もカルテには貼られていた。

解剖を担当したのは阪都大学臨床病理学教室の教授鶴田平三郎だった。ほかに「記録・須山／助手・香村」の名前が書かれている。

鶴田は現在六十二歳で、来年には退官予定の老教授である。その名の通り鶴のように痩せており、見るからに厳格そうだが、形式主義者と陰口をたたかれることもある。退官を控え、病理学専門ではその後のポストが見つからず、身の振り方に焦っているというのがもっぱらの噂だ。

　鶴田が書いた病理解剖所見は、古くさい文体で難解だった。死因に直接関係する記述は、次の通りである。

「心嚢は貯留液により膨満し、心膜下に凝血塊を透視す。心膜を切開するに、心嚢内に五百二十グラムの凝血塊を認む。心は重量二百六十八グラム、左房後面に弁置換術による縦切開縫合痕（八・二センチ）あり。冠状動脈は基部より動脈硬化所見あり、内部に粥状変化を認む。右冠状動脈の後室間枝、分岐部より一・二センチ遠位に、二・五ミリの裂傷あり、この部位よりの出血が心タンポナーデを惹起せしめたものと考えられる。冠状動脈に裂傷を生じたる原因については不詳」

　すなわち、出血した部位は、右冠動脈が心臓のうしろへまわったあたりだというのである。血管には動脈硬化性の変化があったとも記されている。であれば、たしかに血管の壁はもろい。しかし、それだけで破れたり、裂けたりすることがあるだろうか。

　出血の原因については「不詳」とだけしかなく、針のことは書かれていなかった。もし、針が残されていたら、必ず記載があるだろう。しかし、はじめから針をさがすつもりならいざ知らず、意識せずに解剖すれば見落としてしまうかもしれない。五百二十グラムもの凝血塊があったのだから、そこに紛れてしまう可能性もある。

　江崎は必要と思われる箇所をメモして、カルテを閉じた。カルテを元の棚にもどし、小さなため息をついてカルテ庫を出た。

　江崎は瀬田昇に会いに行く前に、麻酔科の医局にもどって麻酔台帳を取り出した。瀬田に直接、峰丘のことを聞くと、すぐ香村に報告がいくだろうから、取り敢えず別の口実をさがそうと思ったのだ。

　江崎は麻酔記録と、さきほどコピーしてきたＩＣＵカルテを見比べた。手術終了時刻は午前十一時十五分、ＩＣＵ入室時刻は十一時三十二分となっている。その間十七分。ＩＣＵは中央手術部のとなりにあり、移送時間は通常五分以内である。移送のあいだは心電図などのモニターがはずれるので、迅速に運ぶ必要があるからだ。

峰丘の場合は移送に手間取ったのではない。手術終了後にレントゲン撮影をしたために運び出しが遅れたのである。それはわかっているが、主治医への質問の口実になる。

江崎は麻酔台帳とICUカルテのコピーを持って、六階の心臓外科病棟へ行った。研修医はだいたい病棟か医局にいる。ナースステーションで聞くと、瀬田はうまい具合に中で指示簿を書いていた。

「瀬田先生、麻酔科の先生がお呼びですよ」

太った看護師長がぞんざいに瀬田を呼んだ。

「なんでしょうか」

出てきた瀬田は貧相な馬面で、眠そうな目に薄い眉をしていた。脂気のない髪は伸び、無精髭はまばらだ。病院に連日泊まり込みで身だしなみをかまう余裕もないのだろう。しかし、これで将来教授になると思っているなら、そうとう自惚れが強いといわざるを得ない。

「忙しいところをすみません。今、麻酔科でICUへの搬入トラブルについてデータを採ってるんですが、ちょっと先生に聞きたいことがありまして」

江崎は低姿勢に言った。瀬田は自分にメリットのないことだとわかると、露骨に無愛想になった。

「すぐ終わりますから、ちょっと話のできる部屋はありませんか」

「ムンテラ室でいいですか」

ムンテラとは患者への説明を意味する医者の俗語である。瀬田は江崎を詰め所の横の小部屋へ案内した。

「さっそくですが、七月八日に僧帽弁置換術を行った峰丘茂さん、先生の患者さんですよね」

「はい」

「移送時間のデータを採っているんですが、いくつか時間のかかっている症例がありましてね。この人はICU入室までに十七分かかっているんです。その理由について、何かお心当たりがないかと思いまして」

瀬田は眉間に皺を寄せて、麻酔台帳とICUカルテのコピーを見た。麻酔記録にはレントゲンを表す「XP」の記述があるが、幸い平の字は乱暴で簡単に判読できない。

「さあ、何かあったかな。看護師が点滴ルートをごっちゃにしたとかじゃないですか」

「なるほど。でも、どうかな。看護師は主任の葛西さんが入ってますからね。彼女はベテランだし、仕事も手早いですからね」

「じゃ、そのオペ場の主任に聞いたらどうですか」

瀬田は気分を害したらしく、顔を横に向けた。江崎は気にせず笑顔でつづけた。

「いや、オペ場の看護師は毎日手術についてるから、いちいち覚えていないんですよ。記憶力の問題もありますしね。先生なら三カ月前のことでもご記憶かと思って」

「もちろんそれくらいは覚えてますよ。でも、オペ場ではトラブルはなかったですよ。香村先生が執刀されてますしね」

江崎はタイミングを見計らって言った。

「あ、ここに何か書いてますね。読みにくいけど、これは『XP』ですね。手術後にレントゲンを撮ったんだ。どうしてレントゲンなんか撮ったんだろう」

江崎はさりげないふりをして瀬田の表情を観察した。顔色の悪い瀬田の頬が、さっと紅潮したのを江崎は見逃さなかった。

「ICUに行ったらすぐにルーチンで撮るのに、なぜ手術場で撮ったんでしょうね。瀬田先生、心当たりはありませんか」

「それはあれですよ。きっと気管チューブの位置確認ですよ。深く入りすぎて片肺呼吸にでもなりかけていたんじゃないですか」

瀬田の答えは理由になっていなかった。片肺呼吸かどうかは、レントゲン撮影をしなくても聴診器を当てればすぐにわかる。江崎が何も知らないと思って、瀬田は麻酔医に責任を負わせる魂胆なのだ。

黙っていると、瀬田がごまかすように言った。

「どうでもいいけど、この麻酔記録は読みづらいですね。こんな字で書かれたら、あとから何か思い出せと言われても無理ですよ。もう少し丁寧に書いてもらわないと」

「どうもすみません。お忙しいところをありがとうございました」

江崎は低姿勢を崩さず、席を立った。

自分の字を棚に上げてよく言うよと、今、瀬田のカルテを見てきたばかりの江崎はあきれた。しかし、彼の反応は微妙だった。レントゲン撮影のことを指摘されて、瀬田がうろたえたのはまちがいない。しかし、それは罪が露見しかけたというより、恥の反応だった。

そもそも瀬田は江崎が峰丘の麻酔記録を出したときも、表情を変えなかった。もし峰丘の死に関して秘密があるなら、まずそこで警戒心を見せるはずだ。

あるいは瀬田は香村のミスに気づいていないのだろうか。手術のとき瀬田は第三助手だから、心臓からは遠い位置に立っていたはずだ。手術針は小さいし、それが心臓のそばへ落ちたとしても一瞬のできごとだろうから、瀬田には見えない可能性が高い。峰丘が急死したとき、枝利子によれば瀬田はまともな説明ができなかったという。針のことを知らないなら、瀬田にとって峰丘の死はまさに不可解だっただろう。

手術中に針が失われたかどうかを知るには、第一助手と第二助手を務めた滝沢と廚に話を聞かなければならない。しかし、滝沢は五年先輩の講師であり、廚は三年先輩の助手で、研修医に話を聞くようなわけにはいかない。嘘の口実も使えないし、話が公になってしまう危険性も高い。もう少し周辺から攻めてみようと考えて、江崎は手術部にもどった。

「松井(まつい)さん、今、ちょっといいですか」

江崎は手術部の技師控え室に入って、うしろ手に扉を閉めた。

その日は心臓外科の手術日ではなく、人工心肺技師たちは非番だった。技師長の松井康夫(やすお)だけが当番で出勤していることは、予定表で確認してあった。

阪都大学病院の中央手術部には、四人の人工心肺専門の技師がいる。松井は最年長で四十九歳。長身、痩せ型で色が黒く、牛乳瓶の底みたいな度の強い眼鏡をかけている。江崎は松井と妙にウマが合い、ふだんから親しくしていた。麻酔医も人工心肺技師も、ともに手術の縁の下の力持ち的存在なので、共感する部分があるのだ。

「実はちょっと聞きたいことがあるんですが」

「なんや、神妙な顔をして。看護師にええ娘(こ)でもできましたか」

松井は読みかけていた専門書を置いて、江崎を見た。

「そんな楽しい話ならいいんですが、ちょっと内密の相談なんですよ」

江崎は峰丘の急死についての疑惑を松井に話した。彼なら秘密が洩れる心配はない。

「そうか、内部告発の文書が遺族に届いたんか。そら深刻やな。香村はんは敵が多いからなぁ」

勤続二十五年の松井は、香村を研修医のころから知っている。「針が残ってたかもしれんのに、ＩＣＵのレントゲンには写ってない、病理解剖の所見にも針のことは書いてないというわけか。そらその内部告発文書がでっちあげなんとちゃいますか」

「でも、遺族は直感的に医療ミスがあったことを確信してるようなんです。それに原因不明で冠動脈から出血するのも不自然だし」

「手術のときに小さい傷をつけてたのとちがうやろか」

「それなら徐々に出血するからわかりますよ。五日もたって急死するのは変でしょう」

「うーん」

松井は腕組みのままうなった。

「松井さん、手術のときのことを何か覚えてませんか。内部告発の手紙には、香村先生が苛立って両端針を引きちぎったと書いてあったんですが」

「ちょっと待ってや。人工心肺記録を見てみるわ」

松井は控え室の鍵つき収納棚から台帳を取り出した。

「これやな。七月八日。僧帽弁置換術」

松井は記録を丹念に見て、指でたどりながら記憶を呼びもどそうとした。

「あ、この人、ＨＢのｅ抗原プラスやがな」

データの感染症の欄に「HBeAg（＋）」とある。Ｂ型肝炎ウイルスのキャリアであるという意味だ。ｅ抗原はＢ型ウイルスに特有の抗原で、感染力が強く、針刺し事故を起こすと急性肝炎を発症する危険性が高い。さらに劇症型に移行することがあり、そうなれば一週間で九十パーセントが致命的となる。メスや針などの取り扱いには極めて注意を要する感染症で、外科医にとってはもっともいやな症例である。

「そういや思い出してきたぞ。たしかに香村はんは苛ついとったな」

「手術が終わったあと、ＩＣＵに行く前にレントゲンを撮ってるんです。松井さん、そのときのことを覚えてませんか」

「あれは手術が終わりかけたとき、急に言い出したんや。人工弁の位置でも確かめるつもりかと思うたけど、やり直しなんかでききんのに、無駄なことするなと思うた覚えがあるわ」

松井は徐々に記憶を取りもどしてきた。「あのとき、研修医が怒鳴られてた。空気の読めんやつでな、香村はんがカリカリしてるのわからんと、どうしてレントゲンを撮るんですかと質問したんや。そしたら、香村はんが、それくらい自分で考えろと一喝して、部屋の空気が凍りついた。研修医はショックで青ざめとったな」

江崎が瀬田にレントゲン撮影のことを訊ねたとき、一瞬、恥の表情を浮かべたのはそのせいだったのだ。

「香村先生はレントゲン写真を見て、何か言ってましたか」

「フィルムが現像からもどってくると、ひったくるように取って、シャウカステンに掛けて恐い顔でにらんどった。まわりの連中は、物音ひとつたてられんほど緊張しとった。だいぶ長いこと見てたけど、ようやくOKが出て、患者はICUに運ばれていったんや。香村はんが何を見てたのかはわからんかったが、ひょっとしたら針を確認してたのかもしれんな」

しかし、もしそうだとしても、最終的に患者をICUに運んだということは、香村自身、針はないと判断したのだろう。それならやはり針はなかったのか。

「けど、ないことの証明はむずかしいからな。見えんからないとは言い切れん。香村はんも最後は踏ん切りをつけたのやろうが。それにしても江崎先生、この時期に香村はんの医療ミスを追及するのは危険やで」

松井はドアが閉まっていることをちらと確認してから、声をひそめた。「来年は心外の教授選やろ。わしは香村はんが研修医のころから知ってるけどな、あの人は自分こそが教授になると思い決めてた人なんや。心外にはそんなやつが多いけど、たいていは途中で脱落しよる。大学に残るということはつらいことなんや。給料は安いし、忙しいし、嫉妬と陰口とゴマ擂(す)りに明け暮れて、腹の探り合いばっかりせんならん。その上、心外は封建的やから、医局への忠誠心も問われる。夜中の緊急手術でも、教授が出てきたらその場におらんやつは減点される。香村はんは若いころから、顔を出さんかったことはないで。いつ家に帰ってるのかと思うほど、病院に詰めとった。そやから嫁はんとは離婚寸前らしい。あの人は外科医には珍しく結婚指輪をはめてるやろ。せめて結婚指輪で嫁はんをつなぎとめようとしてるわけや。遊びも知らん、趣味もない、ただ偉くなることだけが生き甲斐みたいな人や」

「でも、香村先生は今度の教授選では有力候補なんでしょう」

「そうともかぎらんで。香村はんは徹底した秘密主義で、手柄を独り占めにしよるやろ。そんなことするから人望がないわけや。教授会は人柄も気にするからな」

教授会が候補者の人間性を重視するのは当然のことで

ある。統制を乱す人間を、仲間に入れるわけにはいかないからだ。

「いずれにしてもや、香村はんは教授になることだけを目指して、歯を食いしばってきた人や。じゃまだてしようもんなら、何をするかわからん。その峰丘という患者の話、わしもわかる範囲で聞いてみるけど、先生も気ぃつけたほうがええで」

松井は油断するなという顔で江崎を見た。

9　ペプタイド療法

心臓外科医局の控え室、午後四時。

病棟の仕事が一段落つき、夕方のカンファレンスまでのあいだ、研修医たちがわずかな休息タイムを思い思いに過ごしている。ソファで死んだように眠る者、遅い昼食をかき込む者、英語論文に没頭する者、心臓外科の研修医に、遊びや無駄は許されない。

ノックもなしに扉が開き、その場の空気が一変した。助教授の香村が入ってきたからだ。眠っている者まで飛び起き、全員が起立する。

「瀬田君はどこだ」

香村の苛立った声に、研修医たちは緊張して顔を見合わせる。瀬田は奥で電話中だった。

香村はかまわず瀬田に近づき、声をかけた。

「瀬田君、ちょっと聞きたいことがあるんだがね」

瀬田は慌てて振り向き、受話器を持ったまま頭を下げる。

「急ぐ話なんだ。すぐわたしの部屋に来てくれ」

香村はそう言い残して、足早に医局を出ていった。

瀬田は我に返ったように電話の相手に返事をし、挨拶もそこそこに受話器を置いた。急いで廊下に出たが、香村の姿はなかった。助教授室まで走り、緊張して扉をノックする。

「開いてる」

香村の不機嫌な声が聞こえ、瀬田は中へ入ると同時にふたたび深々と頭を下げた。

「助教授に呼ばれたら、電話でもなんでもすぐ切らなきゃだめだよ。最近の研修医は優先順位（プライオリティ）というものを知らん」

瀬田の顔色が土気色になっている。彼は重症患者を四人も抱え、昨夜も午前三時まで処置や検査に追われていたのだ。

「峰丘茂という患者、たしか君が受け持ちだったな。ＭＳ（僧帽弁狭窄症）の患者だ」

「はい」

瀬田は十分に頭が回転していなかったが、取り敢えず返事をした。

「この患者の家族が、君に何か言ってきたのか」

「いえ……、何もなかったと思いますが」

「思いますとはなんだ。ぼんやりするんじゃないよ。あったのかね、なかったのかね」

また大声を出され、瀬田は顔を引きつらせて答えた。

「ありませんでした」

「じゃあ、ほかにだれか何か聞いてきたか」

瀬田は睡眠不足の目をしばたかせ、記憶をたどった。そういえば、先週、麻酔科の江崎が調べに来た患者だ。

「麻酔科の江崎先生が話を聞きに来ました」

瀬田が答えると、香村は短く舌打ちした。

「どんなことを聞いていた」

「手術室からＩＣＵへの移送に時間がかかっているので、その理由を知りたいと」

「それで君はなんと答えたんだ」

「江崎先生が麻酔記録のレントゲン撮影の書き込みを見落としていたので、わたしが指摘しました」

ほんとうは江崎が指摘したのに、瀬田はわずかでも点を稼ごうとせせこましい嘘を言った。ところがこれが裏目に出た。

香村は忌々しげに瀬田を怒鳴りつけた。

「どうしてそんなよけいなことをするんだ。向こうが見落としていたんなら、放っておけばいいじゃないか」

瀬田は何を怒られているのかわからず、薄い眉を八の字に下げた。

「ほかには何も聞かれなかったか。手術後の経過とか」

「いえ、別に……」

香村は両肘をついて顔の前で手を組み、何ごとか考えていた。目をつぶり、状況を検討し、心を決めたように大きなため息をついた。そして声の調子を変えて瀬田に言った。

「いや、大きな声を出してすまなかった。実はちょっといやな噂があってね。君も覚えているだろうが、この峰丘という患者は、手術後に原因不明の心タンポナーデでステったんだ（ステるはドイツ語の「ステルベン」＝「死ぬ」から派生した隠語）。それをわたしの医療ミスのように言う輩がいるらしい」

瀬田はどんな顔をしていいかわからず、あいまいな表情を浮かべた。

「それでわたしも少々神経質になってしまったんだ。麻酔科の江崎というのは、あのちょっと変わったやつだな。こっちが治療に専念しているのに、人のあら探しをするとは、医者の風上にも置けんやつだ。それで、君がレントゲンのことを指摘したあと、彼はなんと言ってた」

「なぜ手術室でレントゲンを撮ったのかと」

香村の表情に厳しさが増す。

「君はどう答えた」

「気管内チューブの位置を確かめたのでしょうと」

瀬田が緊張して答え、香村は考え込む。

「ふむ……。それも重要だが、少しちがう。あのとき君はなぜレントゲンを撮るか質問したんだったな。そういえばあのときも怒鳴ったような気がするが……、いや悪かった。レントゲンのことはおいおい説明してやろう。他人のミスをかばってのことだったのだがね。江崎というやつは馬鹿だな。自分で自分の首を絞めるようなことをして」

香村は独り言のようにつぶやいた。香村の機嫌が回復したらしいので、瀬田は胸をなでおろした。そして、香村が自分を怒鳴ったのを覚えていたことを意外に思った。しょっちゅう怒鳴っている香村が自分を覚えているのは、見どころがあると思われている証拠かもしれない。瀬田は持ち前の自惚れで徐々に気を取り直した。

「瀬田君、もしだれかがまた峰丘という患者のことで、何か言ってきたら、知らせてくれるかな」

「もちろんです」

猫なで声で言う香村に、瀬田は最敬礼で答えた。

瀬田は呼ばれたときの緊張とは裏腹に、オール5をもらった子どものように足取り軽く控え室にもどった。

瀬田が出ていくと、香村は憤懣をこらえきれず、机の雑誌を壁に叩きつけた。


「香村先生、種田です。おじゃましてもよろしいでしょうか」

医局長の種田功が、胸にビデオテープを抱くようにして、香村の部屋に入ってきた。うしろに助手の厨忠彦が従っている。

「先生、先日撮影させていただきましたオフポンプ手術のCABG（冠動脈バイパス術）のビデオが完成いたしました」

種田は両手でテープを差し出し、深々と頭を下げた。

医学書を専門に出版するメディック社が、心臓外科手術のビデオライブラリーを香村の監修で出すことになっていたのだ。これはいわば持ちつ持たれつの企画で、香村にとっては来年の教授選の宣伝材料になるし、メディック社側は格安のギャランティーで香村の名前を使えることになる。この話を仲介したのは、厨だった。

厨は三十八歳で、医局に十二人いる助手の中で最年長の筆頭助手である。香村チームの一員で、香村の手術につくことも多く、峰丘茂の僧帽弁置換術のときも第二助手を務めた。医学部のヒエラルキーの中では、教授、助教授、三人の講師につぐ地位で、脂の乗り切った中堅といえる。

種田のほうは四十四歳で、医局長を兼務する筆頭講師である。いわば医局の総務部長だが、実態は雑用係の元締めで、うまみのあるポストとはいえない。

この二人が香村にすり寄るのには、それぞれに理由があった。

もし香村が教授になれば、おそらく種田が助教授に昇格するだろう。香村と四歳しかちがわない種田には、年齢的に次の教授の目はない。香村の在任中に学外に転出する見通しだが、そのとき香村の覚えがめでたければ、よいポストが与えられるだろう。場合によっては地方大学の教授に推薦してもらえるかもしれない。逆に嫌われていれば、ポストを世話してもらえずに、自分で身の振り方を決めなければならなくなる。ここまで平穏無事をモットーに地位を守りつづけてきた種田にとっては、香村の機嫌を損ねるわけにはいかないのである。

　一方、やり手で通っている廚は、種田よりはるかに大きな野心を抱いていた。香村とちょうど十歳年齢のちがう廚には、香村の後継者になるチャンスがあるからだ。ただし、廚にも問題がないわけではない。峰丘茂の手術のときに、第一助手を務めた滝沢啓治は、講師の中でいちばん若い四十歳である。廚の二年先輩に当たり、研究実績、手術件数でもライバル関係にある。このままいけば、何年か後に二人で次の教授の地位を争う可能性が高い。実績、人物評などが五分五分なら、最後は年次が上の滝沢が有利になる。これだけは廚にもどうすることもできず、滝沢は廚にとっていわば目の上のコブのような存在なのである。

「先生、お時間がございましたら、チェックをお願いしたいのですが」

「ああ、見せてもらおう」

　廚はすばやく動いて、テープをデッキに差し込んだ。香村と種田がモニターの前のソファに座る。画面に術式を説明する香村が登場する。

「貫禄ですね、先生。さすがアメリカ帰りはひと味ちがうという感じです」

　種田が時代錯誤的なお世辞を言う。

「英語論文はだれが出している？」

「滝沢君が『Circulation』に投稿しています」

　種田の答えに、廚は眉をくもらす。

　廚が教授の席を手に入れるためには、なんとしても滝沢を早めに学外に出す必要があった。そのために香村を動かそうと思えば、少しでも滝沢のよい印象を与えるのはまずい。幸い、香村と滝沢はあまり折り合いがよくなかった。香村が出石の田舎出身で、父親が町役場勤めだったことにコンプレックスがあるのに対し、滝沢は神戸の御影（みかげ）で四代つづく医師の家系だったからだ。滝沢の妻も裕福な家柄の出で、三人の子どもに恵まれ、家庭も円満だった。香村の妻初枝（はつえ）は阪都大学病理学教室の元教授大村寿一郎（おおむらじゅいちろう）の娘だったが、香村が研究に熱中して家庭を顧みないために夫婦仲は冷え切っていた。

　そのため、香村はときに滝沢に当てこするような嫌みを言った。曰く「心臓外科医は家庭にかまけているひまなどない」「医学研究に家柄は関係ない」等々である。

今年の四月、滝沢の長男が神戸の進学校である潮中学に合格し、医局で評判になった。香村が潮高校出身であることを知っている滝沢は、お世辞のつもりでこう言った。

「息子は香村先生の後輩になります。ほんとうに優秀な生徒は高校から入ってくるらしいですが」

香村はそれを不機嫌そうに無視した。香村夫妻には子どもがいなかったからである。

廚はそういうやり取りを抜け目なく観察していた。滝沢が香村の不興を買ったことは、廚にとってはチャンスだった。彼は機を逸せずメディック社にコンタクトを取り、このビデオライブラリーの話をまとめたのだ。

画面では心臓の動きを止めずにバイパスをつけるオフポンプ手術が進んでいた。編集技術によって、香村の手術手技はそれほどのろくは見えない。

「なかなかいいじゃないか」

香村の機嫌がよくなり、種田の口も軽くなる。

「先生、これで先生の手術の評判は全国に広がりますよ。研究と手術、まさに鬼に金棒ですな。パーフェクトです」

パーフェクトは香村の口癖だった。

「これでオフポンプがコロラド大の三崎先生の専売特許でないことも知られるわけですね」

廚がさりげなく教授選のライバル候補を牽制する。

「このビデオは販売するのか。学内には配るのか」

「臨床の教授にはもちろん進呈いたします。基礎の教授にまで送るとわざとらしいので、学友会ニュースに写真入りで紹介記事を載せるつもりです。基礎の先生方は学友会ニュースがお好きですから」

抜け目のない廚に香村は目を細め、廚も忠実な笑みを返した。


十月最終の火曜日、「週刊文衆」の記者が取材のために香村を訪ねてきた。日本の最新の医療を紹介する「医療トップランナー」の欄で、香村を取り上げるためである。

医局秘書が記者を案内してくると、香村はにこやかに出迎え、ソファを勧めた。このような取材はむろんはじめてではない。以前はマスコミに出ると、教授会で嫌われて教授選に不利になるということもあったが、今はそんな時代ではない。うまくやれば実績のアピールになる。

訪ねてきた記者は、若白髪の目立つ三十代後半のやり手らしい男だった。名刺を交換したあと、記者は部屋を見まわして感心するように言った。

「香村先生のお部屋はふつうのドクターの部屋とひと味ちがいますね。洗練されているというか、遊び心がありますよね」

　ほめられることが大好きな香村は、上機嫌で聞き返した。

「ほう、どんなところが？」

「書棚に飾ってある化石、これは三葉虫ですか、すばらしいコレクションじゃないですか」

　香村は書棚に顔を向け、上機嫌に説明する。

「これはエルラシア・キンギという種類だ。学会でユタ州へ行ったときの土産でね。黒檀（こくたん）のような艶だろう。五億五千万年前のものだ」

「そんな古いものですか。想像もつきませんね」

「わたしが化石に魅力を感じるのはね、悠久の時の流れを感じさせてくれるからだ。ちっぽけな人間の及ばない世界だ」

「はあー、スケールがちがいますね」

　記者は如才がなかった。取材で相手をいい気分にさせるのは、本音を聞き出す第一歩である。

「ところで先生、今日は先生が開発されたペプタイド療法について、お話をうかがいたいのですが」

　記者は内ポケットからボールペンを取り出し、膝の上に大学ノートを広げた。「先生のペプタイド療法は、高齢者の心不全を劇的に改善する効果が期待されており、奇跡の療法の呼び声が高くなっています。まずは研究のきっかけからお話しいただけますでしょうか」

　香村は相手の反応を意識しながら、もったいぶって話しだした。

「わたしは心臓外科医だから、もともと心不全の研究をしていたわけではなくてね。最初のテーマは心筋保護だった。つまり、手術のダメージから心筋を守ることが目的だったんだ。当然、心筋保護は心筋症や心筋梗塞の治療にもつながってくる。ジョンズ・ホプキンス大学で分子生物学的なアプローチをしていたとき、偶然、HB－CGF（Heparin Binding Cellular Growth Factor＝膜結合型細胞増殖因子）というペプタイドが浮上してきたんだ」

「ペプタイドというのは？」

「蛋白質の分解や合成で得られるアミノ酸の分子結合だ

よ。ＨＢ‐ＣＧＦはＣＧＦファミリーの中でも発見が遅く、これまで生理的機能に関しては不明な点が多いとされている」

記者がメモを取るあいだ、香村は成功者の余裕を漂わせて間合いを取った。

「それが心不全に奇跡的な効果を発揮したと」

「まあそうだが、話はそんなに簡単ではないよ」

話を大づかみにされて、香村がやや気分を害す。「君のような素人に説明するには、まず心臓の特性から話さなければいかんな。心臓の心筋細胞はほかの細胞とちがって、生後まもなく分裂機能をなくしてしまうんだ。つまり、我々は赤ん坊のときの心臓をそのまま使っているということだ」

「へえー、それは知りませんでした」

「心臓の細胞は分裂しないから、増殖できない。だから子どもから大人へ成長するとき、心臓はひとつずつの細胞を肥大させて、大きくなるんだ。これを生理的肥大という。それが年齢とともに圧力の負荷を受けて徐々に伸びてくる。ゴムがへたってくるのと同じだ。壁が薄くなって膨れるから、これを病的肥大という。当然、ポンプ機能は落ち、症状として動悸、息切れ、全身倦怠などが現れる。これがいわゆる心不全だ」

「なるほど」

「細胞レベルで見ると、心不全に陥った心筋細胞は、線維化して収縮力が落ちている。これにＨＢ‐ＣＧＦを作用させると、新たな蛋白生合成が起こり、収縮機能がよみがえるわけだ。すなわち細胞の若返りだよ」

「すごいじゃないですか。ついに若返りの妙薬ができたんですね」

記者が感嘆すると、香村の声のトーンも上がる。

「そうだ。遺伝子ターゲッティングとトランスジェニックマウスで機能解析して、ＨＢ‐ＣＧＦの効果はほぼ確認できた。しかし、問題はこれをどうやって心筋に作用させるかだ。培養心筋細胞でなら簡単だ。試験管で混ぜればよいのだからね。しかし、生きた心臓に、どうやってペプタイドを作用させるか。まさか心臓に針を突き刺すわけにもいかんだろう」

「はあ、それは恐いですもんね」

「ここからがわたしのアイデアなんだが、君、インテグリンという物質を知っているか。知らない？　じゃあ、君は人間の細胞がなぜバラバラにならないかわかるかね」

突拍子もないことを聞かれ、記者は戸惑う。香村はいたずら好きの子どものように、優越感たっぷりに記者の反応を楽しむ。

「そんなこと、考えたこともないだろう。細胞は自分でくっついているわけじゃないんだ。ちゃんと糊（のり）の役目をする物質があってね。細胞接着物質、それがインテグリンだ。話はそれるが、インテグリンはがんの転移にも関係している。がんの転移がどうして起こるかわかるかね。病巣からがん細胞が剝がれて、血液やリンパ液に乗って飛ぶからなんだが、それだけでは転移にならない。飛んだ細胞がインテグリンでほかの臓器にくっついて、そこで増殖するから転移になる。インテグリンが作用しなければ、いくらがん細胞が剝がれても、身体中を漂うだけだ」

「ということは、そのインテグリンをなくせば、がんは転移しないということですか」

記者が身を乗り出すと、香村はすっとトーンを下げる。自分で話をそらしながら、相手の興味がほかへずれることがおもしろくないのだ。

「がんの転移にはほかにも複雑な要素が関わっている。話をペプタイド療法にもどそう。インテグリンはα鎖とβ鎖のサブユニットから構成されており、一般的に$\alpha x \beta y$という形で表示される。我々が着目したのは$\alpha 5 \beta 1$だ。これは心筋細胞の細胞外マトリックスに特異的な親和性があるインテグリンだ。これにＨＢ‐ＣＧＦを乗せれば、あとは自動的に心筋まで運んでくれる。ただし、その乗せ方が問題なんだ」

「どうするんです」

「まず直径二百ナノメートルの特殊な水溶性ビーズを作る。そこにＨＢ‐ＣＧＦを吸着させて、$\alpha 5 \beta 1$を結合させる。ナノテクノロジーだよ」

「はー、二百ナノメートルといわれても、想像もつきませんが」

「赤血球の直径の三十分の一だ」

香村はどうだといわんばかりにふんぞり返る。「これで心臓に直接送り込まなくても、点滴してやれば、全身を巡るうちに心筋細胞にだけ引っかかってくるわけだ。ラットの心筋症モデルにこのペプタイドを投与すると、心筋細胞の表面にＣＤ９という複合体ができる。そこにＨＢ‐ＣＧＦが作用すると、遺伝子活性が促され、新しい蛋白生合成がはじまる。それが心筋細胞の収縮力を劇的に改善するんだ。さっきも言った細胞の若返りだよ。

最初は特発性心筋症の治療に使う見通しだったんだがね、あまりに効果が劇的なので、老化の心不全モデルにも使えるのではないかと思ってね、ラットで試したら、みごとに心機能が回復したんだ。次にウサギでも成功した。今はイヌで実験中だ。安全が確認されれば、次は人間への応用だ。最後の一歩はすぐそこまで来ている」

はじめは記者がメモを取る速さに合わせてしゃべっていたが、途中から興奮しだすと香村は自分に酔うように早口になった。記者は必死でメモを取り終えると、香村に確認するように言った。

「つまり、こういうことですね。心筋細胞を若返らせるHB－CGFを心臓に送り込むと、心機能がよみがえる。心筋細胞にくっつくインテグリンを持ってきたことで、点滴で投与できるようになり、治療の実用化につながったと。心不全が原因で寝たきりの老人は、現在全国で三百万人を超えるといわれています。ペプタイド療法が実用化されれば、その老人たちが元気になり、我々も老化による心不全を恐れなくてすむわけですね。まさに夢の療法じゃないですか」

「そうだ」

香村は思わずガッツポーズを決める。


「ありがとうございます。先生のお話はわかりやすくて、助かりました」

「いやいや、君もなかなかよく勉強している」

香村は自分に満足しながら、ゆったりとソファにもたれた。

記者はカメラを取り出し、記事に載せる写真の準備をはじめた。

「それじゃお写真のほう、よろしくお願いします。経費節減でわたしがカメラマンも兼ねてますので。先生のそのお髭と眼鏡、よく似合ってらっしゃいますよ」

記者はカメラを構えながら、香村の気持をほぐそうとする。ほめられると、思わず喜びが顔に出る香村である。

「いかにも鋭いって感じですよね」

そう言われると、鋭い目線を意識して表情を引き締める。

「先生、少し笑ってください」

鋭い印象を残しつつ、笑顔を作ろうとする。

「先生、もう少し自然な感じで」

顔に微妙な力が入り、自分でももうどんな顔をしているのかわからない。

「はい、オッケーです。お疲れでしたっ」

記者のマスコミ特有の軽いノリに、香村はため息をつく。

記者は器材を片づけながら、雑談するように言った。

「先生、今年の『21世紀COEプログラム』、阪都大医学部は健闘しましたね。四件ですか。京帝大を抜いて東央大とイーブンですもんね」

「21世紀COEプログラム」は、大学に世界最高水準の研究拠点を作るために、二〇〇二年から文部科学省がはじめたもので、選ばれた施設は「COE（Center of Excellence＝卓越した拠点）」の称号とともに、巨額の研究予算を割り当てられる。

「わたしもこの取材でいろんな大学の先生にお目にかかるんですが、国立大学が法人化して、どこもたいへんみたいですね。文部科学省もうかうかしていられないんですよ。世間の目が厳しいですからね。COEに選んで成果があがらないと、いったいどこに予算をつけてるんだと批判されます。状況は厚生労働省も同じです。厚労省も国立病院や国立医療センターに巨額の予算を持ってますからね」

記者が急に声をひそめて言った。「文科省と厚労省は、秘（ひそ）かに優秀な人材の奪い合いをしているようですよ。予算で確実な成果を出せるエースを取るためにね。逆に有力な教授候補でも、文科省に切られれば教授にはなれないらしいです」

「ほう、詳しいね。どこからそんな情報が流れるのかな」

香村は平静を装って訊ねた。

「いや、噂ですよ。詳しいことはわたしも知りません。それでは、どうもありがとうございました。記事の掲載誌はあとでお送りしますから」

記者は器材を片づけ終わると、さっと席を立って出ていった。

香村は記者の残していった言葉を、不穏な思いで反芻した。文科省と厚労省が優れた医学者の奪い合いをしている、そこまではいい。しかし、文科省に切られた者は教授になれないとはどういうことか。教授選に勝つには、文科省対策が重要という意味か。

あるいは、自分が文科省に切られる可能性があるということか。

香村は絶望するように目を閉じた。彼には思い当たる理由があったのである。ペプタイド療法の隠れた副作用。それが洩れれば教授選の敗北どころか、これまでの名声も実績もすべて水泡に帰すことになる。しかし、教授のポストさえ手に入れれば、挽回のチャンスはあるのだ……。

ノックが聞こえ、医局秘書が入ってきた。

「失礼します。郵便物です」

秘書は香村宛の数通の封書と、大判の書籍郵便を持ってきた。書籍は雑誌のようだった。裏を返すと、「厚生労働省大臣官房」のゴム印の横に、サインペンで「佐久間和尚」の署名があった。

香村はふと胸騒ぎを感じて封を切った。出てきたのは見慣れた「日本医事旬報」だった。ニュースの欄にピンク色の付箋がはさまっている。ページを開いた香村の目に、次の見出しが飛び込んできた。

「国立ネオ医療センター　プロテオミクス医科学部長に阪都大学助教授の香村鷹一郎氏が有力――林田(はやしだ)事務次官の談話」

いったいどういうことだ。香村はおどろくと同時に、キツネにつままれたような気分になった。

記事の内容は次のようなものだった。

「政府の近未来医療戦略委員会（委員長＝林田博史(ひろふみ)厚生労働省事務次官）が、十月二十一日、厚労省内で開かれ、委員会のあと林田次官は記者団に対して次のような談話を発表した。

『来年四月に長野県諏訪郡原村(すわぐんはらむら)に開設が予定されている国立ネオ医療センターは、日本の新しい医療を立案実行していく上で、決定的な役割を果たすことになるだろう。特に高齢者医療の面では、新機軸を打ち出し、日本の超高齢社会の問題を根本から解決することを目指す予定である。（略）プロテオミクス医科学部門は部長ポストが未定だが、たとえば阪都大学心臓外科の香村助教授のような少壮有為の人材を得られればと思っている。香村助教授は臨床外科医でありながら、研究面での実績は群を抜いており、特に老人の心不全に対する新療法ではアメリカをはじめ国際的にも高い評価を得ている』（略）」

記事は林田次官の一方的なラブコールの形で、香村を持ち上げていた。

国立ネオ医療センターの部長職の話は、たしかに佐久間から聞いてはいたが、受けるともなんとも言っていない。香村が教授選を控えていることは、佐久間も十分心得ているはずだ。

香村はもう一度記事を読み直してから、厚労省の佐久間に直通電話をかけた。

「もしもし、阪都大の香村ですが」

「これはこれは香村先生、わざわざお電話いただくなんて恐縮です」

佐久間は香村の出鼻をくじくように愛想のよい声を出した。しかし、香村は同調せず、硬い調子で言った。

「今、そちらから送られてきた雑誌を拝見したのですがね」

「あ、昨日お送りした分ですね。いや、先生にも喜んでいただけると思っていました」

「喜ぶ? 何を言ってるんです。困りますよ、あんなことを書かれては」

「えっ、ちょ、ちょっとお待ちください」

受話器の口をふさぎ、人払いをする気配がした。「お待たせしました。つまらないことで人が来るんですよ。せっかく先生からお電話いただいているのに、ははは、いや、大丈夫です、もう追い出しましたから。で、なんでしたっけ、ああ、医事旬報の記事、あれがお気に召しませんか」

佐久間はさも意外そうに早口で言った。

「佐久間さん、わたしの立場をご存じでしょう。わたしは来年、教授選を控えているのですよ」

「もちろんです。だからこそ、今のタイミングで出させたのですよ。先生への援護射撃です」

「どうして、あれが援護射撃になるんです」

香村は思わず声を高めた。「佐久間さん、あなたは教授選というものがわかっておられないようだ。候補者は背水の陣のほうがいいのですよ。今回の選挙では三崎先生とわたしがそうです。南先生は落ちても大阪中央総合病院の部長にもどればいいのですからね。三崎先生はアメリカのポストを捨てて帰ってきていますし、わたしも落ちれば助教授ではいられないから、ともに背水の陣です。それがネオ医療センターの部長のポストがあるとなると、香村はそちらへ行かせればいいという空気が生まれないともかぎらない」

香村の剣幕に、佐久間はわざとらしく慌てた。

「あ、いや、なるほど、いやいや、先生のおっしゃる通りです。でも、ちょっとお待ちください。あれっ、おかしいな、以前はそんなことも聞きましたが、いえ、教授選の舞台裏ってんですか、背水の陣が有利だとか。でも、今はちがうんじゃないですか、だって、京帝大の伊倉先生、血液内科の教授ですよね。伊倉先生は大阪の府立成人疾患センターの部長に内定しかけていたそうですよ。その話が事前に洩れて、京帝大が慌てたって聞いてますが。伊倉先生を引き抜かれたら困るというわけですよ。東京医歯薬大でも同じ話がありました。大学は来る者は拒むけれど、去る者は追うんじゃないですか」

たしかに香村もその噂は聞いていた。香村が声を引くと、佐久間はさらに冗舌になった。

「だからね、先生、そんな背水の陣とか特攻隊みたいなのは古いですよ。ほかから口もかからないような人材を大学がほしがりますかね。その点、国立ネオ医療センターの部長に声がかかっているとなると、これはもう大学にとってはかなりの脅威じゃないでしょうか。なにしろ厚労省次官じきじきのご指名なんですからね。ふふふ、これで先生の知名度も一気にグレードアップじゃないですか。先生のお名前に箔がつくことはあっても、損にはならんでしょう」

佐久間の笑い声は、真綿のように香村の耳にからみついた。香村は佐久間の外斜視の無気味な目を思い出す。歯の浮くようなお世辞を言いながら、目だけは決して笑わない。

「たしかに、佐久間さんの言う通り、情に訴えるのが得策とはかぎりませんが」

香村は戸惑いながらつづけた。「それにしても、一面識もない厚労省の事務次官が、どうしてわたしなどをご指名なさったのですか」

「わたしがご推薦したのですよ」

佐久間は冷たく言った。

「佐久間さんが」

「そうです。林田次官は演技が下手でね。振付けに苦労するんですよ。へっへ」

通話に奇妙な沈黙が流れた。

「まあ、そういうことでしたら、ありがたく思っておきますが、しかし、わたしはまだネオ医療センターのお話を受けたわけではありませんから」

「承知しました」

電話を切ってから、香村は自分が微妙な立場に置かれたことを感じた。これではネオ医療センターの話を、受けたわけではないが、断ったことにもならない。二股をかけたい香村にすれば、ちょうどよいともいえたが、どことなく佐久間に乗せられたような居心地の悪さもあった。

それにしても、佐久間という男は何者なのか。彼はまるで事務次官のブレーンのような口振りだった。彼は香村の九歳年下だと言っていたから、まだ三十九歳だ。厚労省でその年齢なら、課長の手前のはずだ。課長の上にはさらに参事官、審議官、局長、官房長などがおり、とても次官に直接意見など言える立場ではない。それに、企画官というポストは、課長になれなかったキャリアが横ならびで与えられる役職だと聞いている。そんなポストの者がなぜ次官を操れるのか。

いや、佐久間はただの企画官ではない。主任企画官だと川邊教授は言っていた。彼はあなどれないとも。

今し方、置いた受話器を見つめながら、香村は腑に落ちない気分を持て余した。

10 厚労省のマキャベリ

その絵は曼陀羅(まんだら)のような構図で、青い太陽を中心に、ウィーンの風物が渦巻くように描かれていた。シュテファン大聖堂が宙に舞い、モノレールが空を横切り、楽しげに散策する人々や大樹などが凹面鏡に映ったように描かれている。現代ではなく、近未来の光景らしい。作者はウィーン幻想派の画家、テオドール・クーケンベルク・アレルギーである。

厚生労働省中央合同庁舎第五号館の十階、大臣官房総務課と人事課のあいだに、その部屋はあった。部屋は縦長で、執務机のうしろにある窓からは国会議事堂の先端が見える。決して広くはないが、原局では課長でさえ個室を与えられないことを考えると、この主任企画官室は、異例の処遇といってよかった。同じ階の日比谷公園側には、大臣、事務次官、官房長など、省の最高幹部の部屋がならんでいる。

佐久間和尚は、いよいよ自分のプロジェクトが動きだしたのを感じた。林田次官に香村を国立ネオ医療センターの部長ポストに推薦させ、それを「日本医事旬報」に公表して香村に送りつける。佐久間が香村に対してとった最初の陽動作戦だった。

香村との電話を終えたあと、佐久間は無表情に壁の絵を見上げていた。ウィーンは彼が外務省に出向したとき、二年間暮らした街である。そこで彼は中央ヨーロッパの小規模で豊かな生活を存分に味わった。ゆったり走る路面電車、渋滞知らずのアウトバーン、リスの遊ぶ公園、夏の夕暮れを楽しむ野外のホイリゲ（ワイン酒場）。人々は人生を楽しみながら生きている。壁の絵にはそんな満ち足りた世界が幻想的に描かれていた。

しかし、佐久間の外斜視の目が見ているのは、画布に描かれた芸術作品ではない。彼がウィーンの幻想風景に重ねているのは、三十年後の日本だ。日本もこのように、小規模で、満ち足りた国になりおおせるだろうか。

そのためには、今、なすべきことがある……。

佐久間が林田次官の知遇を得たのは、入省時の面接にまでさかのぼる。今から十七年前のことである。当時、佐久間は白川（しらかわ）姓で、林田はそのとき人事課長だった。

厚生省（当時）への入省の動機を聞かれて、白川和尚はひとことこう答えた。

「厚生省が、日本だからです」

その回答は、当時から次官候補といわれていた林田を激しく刺激した。

「それはどういう意味かね」

となりに座っていた官房長が、鈍感さを丸出しにして訊ねた。白川は官房長は見ず、低い声で独り言のように答えた。

「厚生省は、国民の出生から保育、医療、衛生、食料、水、福祉、人権、老後、死亡から埋葬まで、すべてを担っています。厚生省には他省庁にない、国家の基礎を支える重要性があります。大蔵も通産も外務も建設も、すべては国民の生活あっての存在です。だからわたしは厚生行政に携わって、国の行く末を安定させたい」

官房長は腕組みをして大きくうなずいた。白川の答えは、厚生官僚の自負の本質であり、かつ自尊心の源泉でもあった。林田は官房長の質問を待つまでもなく、最初のひとことで白川の意図を敏感に理解していた。

面接のとき、林田が興味を惹（ひ）かれたのはそれだけではなかった。一般に国家公務員試験のI種合格者には、これからキャリア官僚になる気負いや喜び、青臭い倦怠などが透けているものだ。かつ面接官によい印象を与えようと、さまざまに努力する。しかし、白川には努力しているそぶりがなかった。傲岸なまでのふてぶてしさがあるだけだった。こいつはすぐにでも使えそうだ、というのが林田の第一印象だった。

入省後の白川は、二カ月の研修後、まず保険局国民健康保険課に配属になった。当時、保険局は診療報酬改定で、日本医師会と壮絶な交渉を繰り広げていた。一年生事務官の白川は、いきなり突飛な行動で周囲の耳目を集めた。課長補佐のブリーフィングを断ったのである。ブリーフィングとは、課の仕事をかいつまんで説明する初歩的な指導である。それを断るということは、説明を受けるまでもないという不遜な意思表示にほかならなかった。補佐はあきれると同時に、今後おまえの面倒はいっさい見ないと宣言した。

ほかにも白川の行動は、風変わりな点が目立った。遅刻はしないが、みんなが残業していても平気で退庁する、課員たちが定時を過ぎてアルコールを持ち出してもいっしょに飲まない、女性アルバイトの品定めや、上司の娘との逆玉結婚の話にも加わらない、みんなが笑うところで笑わない。要するに、彼は課内でも同期の中でも浮いた存在だったのだ。

白川は常に自分の考えで行動した。いくら上司が役所には個人プレーはいらないと諭しても従わない。

「役所にはおまえの考えなどいらないんだよ。前任者のやり方を引き継ぐのが役人なんだ。これまでの流れといかに齟齬を生じないように仕事を進めるか、それが重要なんだ」

先輩官僚たちは口を酸っぱくして説教したが、白川はほとんど聞いていなかった。

ところが二年後に医政局研究開発振興課に移ってから、白川は人が変わったように従順になった。彼にもようやく役所のルールがわかってきたなと上司も喜んだ。

しかし、それは白川の戦略だったと噂する者もいる。翌年、白川が当時の事務次官だった佐久間雄治の一人娘清美と結婚し、婿養子になったからだ。白川二十五歳、清美は短大卒の二十一歳。白川を佐久間次官に紹介したのは、当時、医政局の総括審議官をしていた林田だった。

こうして白川は佐久間和尚になった。彼の将来は保障されたも同然だと、省内のあちこちでささやかれた。彼も結局は出世亡者だった、所詮は役所の不文律には逆らえなかったと、やっかみ半分の陰口をたたく者もいたが、いずれも的を射ていなかった。

佐久間は出世を狙ったのでも、不文律に従ったのでもない。日本の未来をデザインするための力を手に入れようとしたのである。

役所で佐久間が名をあげたのは、首席事務官として社会局保護課に配属されたときだった。彼は各地の福祉事務所をまわり、監査で生活保護の不正受給を徹底的に取り締まった。情報網を張り巡らせ、生活保護家庭にいきなり踏み込んで、偽装や違法行為を暴いた。人でなし、冷血漢、権力の犬と罵声（ばせい）を浴びせられても、顔色ひとつ変えなかった。佐久間の監査で、不正受給の打ち切りはこれまでにないハイペースで進んだ。

あまりの手厳しさに、課長が取りなしめいたことを言うと、佐久間は無表情にこう切り返した。

「生活保護は、弱者を救済するためのものではありません。社会全体の利益につながる場合のみ、支給すればいい。行政という営みは、酷薄なものです」

佐久間が目指したものは、社会全体の最大公約数としてのベネフィットだった。幸福、繁栄、福祉、呼び名はなんでもいい。与えられた初期条件の中で、ベネフィットの総量を最大にすること、それが官僚の使命だと考えていた。そのための犠牲をいとってはならない。目的が正しければ、手段は常に正当化されるものだ。

そんな発言から、いつしか佐久間は〝厚労省のマキャベリ〟とあだ名されるようになったのである。

佐久間に外務省出向の辞令がおりたのは、入省十年目、彼が大臣官房総務課広報室の課長補佐を務めていたときだ。半年間の研修後、佐久間はオーストリアへ旅立った。出向先は、在ウィーン国際機関日本政府代表部（略称ウィーン代表部）、肩書きは一等書記官である。

ウィーンには、国連ウィーン本部、国際原子力機関（ＩＡＥＡ）、国連工業開発機関（ＵＮＩＤＯ）など、いくつかの国際機関が本部を置いている。ウィーン代表部はこれらの機関との連絡調整、協力、会議、活動参加などをするのが任務である。ウィーンには別に日本大使館もあるが、ウィーン代表部は大使館と同格の扱いで、大使、公使も任命されていた。厚生省からの出向である佐久間は、ＵＮＩＤＯ班に所属して、国連薬物統制計画、麻薬統制、人権問題などを担当した。

ウィーンで佐久間は盛んに人脈作りに励んだ。といっても、オーストリア人や国連関係者ではない。さまざまの名目で日本から外遊してくる国会議員や、各省庁の有力者たちと関係を結んだのである。

その中でいちばんの大物は、自由共和党の厚生族議員のボス的存在である伊達伸吾だった。

タカ派の伊達は、CTBTO（包括的核実験禁止条約機関）視察の目的でウィーンを訪れたのだが、お目当ては夜の観光だった。佐久間は代表部の大使、館員、伊達の秘書らとの設宴（食事接待）を取り仕切ったあと、秘かに伊達だけを連れ出し、ギュルテル地区にある最高級のバーへ案内した。

ウィーンでバーといえば娼婦のいる店を指す。事前の情報収集に怠りのない佐久間は、伊達を東欧女性専門の店に連れていった。チェコ、ポーランド、ハンガリー、いずれも白い肌に妖艶（ようえん）な表情をたたえた美女ぞろいの店である。衣裳も扇情的なものではなく、高級店らしくハプスブルク帝国の宮廷をイメージした豪華なものだ。

「君のお勧めはどれかね」

伊達がやや緊張気味に質問すると、佐久間は忠実な下僕のように耳打ちした。

「やはりポーランド娘がよろしいかと。ドイツとロシアに侵略されつづけた民族の歴史から、ほどよく混血して、独特の切なさがありますので」

「そうかね。じゃあ、オレもポーランド娘を侵略するか。わははは」

伊達が脂ぎった顔で身を乗り出すと、佐久間は選ばれた女性にすばやく耳打ちして千シリング（約一万円）札を握らせた。待っているあいだ、佐久間は酒も飲まず、女性たちから業界の事情、新しい店の噂など情報収集に余念がない。伊達が満面の笑みを浮かべて個室から出てくると、さりげなく裏口に車をまわしてホテルまで送り届けた。

この程度のアテンド（接待）は特別なものではない。佐久間が本領を発揮するのはここからだ。二日目の夜は、国立オペラ座でオペラ鑑賞の予定だった。伊達はオペラなどまったく理解しないが、見栄で世界の三大テノールくらいは知っていた。その夜の出し物はヴェルディの歌劇「オテロ」で、主役のオテロをプラセボ・ドミニチが歌う。ウィーンっ子でも入手がむずかしいパルケット（平土間席）のチケットを、佐久間は独自のルートで二枚確保した。その日一日かけて伊達にドミニチの情報をみっちりレクチャーしたあと、鑑賞が終わってから、彼をドミニチの楽屋へ連れていったのである。

佐久間にこのような芸当ができたのは、日ごろの地道な活動の賜物だった。佐久間はオペラには興味はなかったが、オペラ座に足繁く通い、チーフプロンプターと親しくなった。プロンプターとは、オペラの上演中に歌手に指示や合図を送る役目で、舞台手前の小さなボックスに詰めている。チーフプロンプターともなれば、この道三十年のベテランで、大物歌手にも顔が利く。佐久間は彼を通して、伊達をドミニチの楽屋に案内することができたのだ。

伊達は感激し、ドミニチとならんで写真を撮り、佐久間が用意したポスターとCDにサインをもらった。佐久間は、この土産話をいかに選挙に結びつけるかまでアドバイスした。

このビッグイベントで、伊達が前夜、数時間行方をくらましたことはだれの意識にものぼらなかった。

下心丸見えの外遊を高尚な文化の旅にすり替えた佐久間のアレンジに、伊達はご満悦だった。翌日、空港までの見送りの車中で、伊達は佐久間に帰朝発令が出たら自分に連絡するようにと言った。本省にもどったら、助力をするという暗黙の約束である。

ほかにも佐久間は、ウィーン在勤中に各省の局長や未来の次官候補などと多くの知遇を得た。親元の厚生省からも出張者が来た。当時、保険局の局長になっていた林田は、佐久間の任期が残り半年を切ったころ、鞄持ちも連れずに単独でウィーンにやってきた。名目はオーストリアの保険医療の視察だったが、実際は佐久間の帰国後のポストについて相談するためだった。

佐久間は三日間、林田につききりでアテンドし、それまでになく自分の考えを林田にぶつけた。幸い林田は酒も飲まず女好きでもなかったので、佐久間はカフェやレストランでじっくり話すことができた。

「このカフェで、トロツキーもヒットラーも構想を練ったんです」

旧市街の「カフェ・ツェントラル」で、佐久間は密談でもするように低く言った。「局長、外務省に出向して、官僚システムの欠点がよくわかりました。日本の外交官にはスペシャリストがいないんです。全員が二、三年で転勤しますからね。新しい任地に着いて、活動拠点を作り、人脈を広げ、いざ本腰を入れて仕事にかかろうとしたら、任期の半分が終わっている。あとはそつなく過ごして、次のポストを待つだけです。国内の官僚も同じでしょう。わたしも入省以来十年で五回配属が変わりました。これでは長期的な視野で行政を進めることができません」

林田は佐久間をなだめるように言った。

「それは君が幹部候補として認められているからだよ。トップになる人間は多くの部署を経験し、バランスのとれた視野の広い官僚でなきゃならんのだから。わたしだって短いときは二年で三つの局を渡り歩いたこともある」

「しかし、それはだれもが責任を取らないシステムです。ひとつのポストに長くいないので、個人プレーができない。前任者のやり方を綿々と引き継ぐだけです。独自性のない人間には楽なシステムでしょう。しかし、それでは時代を先取りしたプランを立てられません」

佐久間は力を込めて言ったが、エリート官僚の林田には通じにくい。

「君の言い分はわかるが、システムは簡単には変わらんぞ」

「しかし、だれも責任を取らないシステムは、無軌道のシステムです。それはあらゆるところに蔓延している。局長、日本の超高齢社会はなぜ発生したかおわかりですか。医療が無軌道に進歩したからですよ。医者には病気を治して命をのばすという単純な発想しかなかった。その結果、高齢者が増えすぎて、介護危機、年金破綻、老人の医療費問題、世代間のいがみ合いなどを生み出したのです。医療は進歩さえすればいいというあさはかな発想、唾棄すべき長寿礼賛の結果です。このまま老人が増えれば、日本は国を維持できなくなります。なのに医者どもは今も漫然と寿命をのばしつづけている」

佐久間は早口にまくしたてた。林田は気圧されて、間を取るようにコーヒーをすすった。

「それにしても、この店にも年寄りの客が多いね。オーストリアも老人国じゃないのかね」

「そうです。高齢化率は日本同様二十五パーセントを超えています。しかし、オーストリアは国の規模が小さいのです。日本は同じようにはいきません。日本もダウンサイジングしなければならない。今のサイズで超高齢社会が進めば、日本は破滅です」

「しかし、少子高齢化が問題になっているのに、人口縮小政策は無理だろう」

「少子化はいいのです。問題は高齢化です。少子少老化にすれば、規模は縮小します」

林田は思わず笑った。佐久間が冗談を言ったのだと思ったからだ。そうでないと気づき、林田は気まずそうに唇を歪めた。

二人は店を出て、石畳の通りを足早に歩いた。古びた教会、噴水、観光用の馬車(フィアカー)、いずれも二人の目には留まらない。

「佐久間君、わたしは帰ったら、官房長になることが内定している。順当にいけば数年後には事務次官になるだろう。君の希望は何かね」

林田が唐突に言った。「わたしはね、入省以来、事務次官の椅子を目指して頑張ってきた。君も同じか」

「いいえ」

佐久間は平然と答えた。

「そうか。事務次官を目指すなら、ポストを歴任することが必要だが、そうでないならコースをはずれてもいいかもしれんな。君には考えがあるようだ。君のほんとうにやりたいことはなんだ」

佐久間は立ち止まり、通りの真ん中に立つペスト記念塔を見上げた。十七世紀にウィーンで十五万人もの死者を出したペストの終焉(しゅうえん)を記念して建てられた無気味な塔である。

佐久間は林田に視線を移しながら答えた。

「医療のシビリアンコントロールです」

佐久間の外斜視の右目が林田の目を見つめる。左目はまだペストの塔に向いている。林田は一瞬、たじろぐように問い返した。

「医療の文民統制、かね」

「そうです。官僚による医療の主導です」

林田は佐久間の言葉を反芻した。佐久間はどこまでを念頭に置いているのか。林田の脳裏に、厚生省がかつて夢見た医療の国有化構想がよぎった。医療をすべて国が管理するシステムである。日本が国民皆保険になる前、昭和三十年代にイギリスのベバリッジ案を手本として厚生省が導入しようとした案だ。しかし、これは日本医師会の強硬な反対でつぶされてしまった。医療の国有化は医師の自主独立を侵すものだというのが理由だ。佐久間は、ふたたび官僚による医師のコントロールに乗り出そうというのか。

「医師の裁量権はどう考えるのかね」

林田は、医師会が常に錦(にしき)の御旗(みはた)のごとく振りかざす決まり文句を佐久間に問うた。

「現場の診療については、医師の裁量権に任せます。統制を加えるのは、医療の方向づけです」

「それだって、大きな意味では医師の裁量権で決められてきたのではないか」

「これまではそうです。しかし、これからは我々が主導します」

診療報酬の改定、医療法の改正、認可基準の見直しや特定機能病院の指定など、法的な力はたしかに官僚が強い。それによって、診療の方向づけをすることはある程度まではできるだろう。しかし、医療者の抵抗や患者の反発で、これまで改革は思うように進まなかった。佐久間はいったいどうやって、医療の主導権を握ろうというのか。

「方法は考えているのかね」

「予算です」

林田は意表を突かれたが、すばやく佐久間の意図を理解した。佐久間が考えているのは、現場の医療の内容ではない。医療の進路を主導する方策なのだ。予算配分のコントロールで、望ましい分野の研究を発展させ、不要な分野を淘汰することができる。たとえば、以前、首相が脳梗塞で急死したあと、脳卒中関連の研究が飛躍的に進んだことがある。政府が重点的に予算をつけたからだ。行政が主導的に方針を出せば、予算ほしさに研究者たちは役所の意に添った研究プログラムを提出するだろう。それを徹底すれば、未来医療は官僚にコントロールされた方向に進むことになる。

「しかし、君は医療をどの方向に進めようと考えているのかね」

「日本の超高齢社会を是正する方向です。そのためには情報を集めなければなりません。具体策はこれからの課題ですが、ただはっきりしているのは、医者には医療を任せておけないということです。スーパーバイズする者がいなければ、彼らは今に日本を老人で覆い尽くしてしまいます」

自ら初老にさしかかっている林田は、佐久間の考えに嫌悪を感じたが口にはできなかった。ただ、暗黙のメッセージを送っただけだった。君もいずれは老人になるのだ、と。

それから半年後、佐久間は帰国し、大臣官房総務課にもどった。霞が関は折からの省庁再編で混乱を極めていた。厚生省は労働省と合併して、厚生労働省となった。多くの局や課が統廃合され、キャリア官僚のポストも大幅に減少した。そんな中で時代の流れに沿った分野には、新たな予算がつけられた。裏で政治家が動いた。自由共和党の伊達伸吾は、医療基本問題調査会の会長になり、同じ年、内閣官房副長官に就任した。そして、厚生省が厚労省として新しくスタートした翌年、大臣官房にどの課からも独立した形でひとつのポストが新設された。

　大臣官房主任企画官。それが佐久間に与えられた肩書きだった。

　せわしないノックが聞こえて、いきなり扉が開いた。

「『寿会』、小池、入りますっ」

　威勢のいい声のあと、赤黒い小さな顔が扉の陰からのぞいた。

「あぁ、よかった。先客はだれもおらへん。すんまへんな、主任企画官殿のお部屋に不躾におじゃまして」

　入ってきたのは、「福祉グループ寿会」の代表を務める小池清だった。彼は参議院議員有馬喜一郎の元秘書で、今は大阪を拠点に、近畿の複数県にまたがる社会福祉法人を設立し、多数の介護福祉施設を経営している。五十四歳にして頭頂部まではげあがり、顔と同じく日焼けした皮膚が露出している。油断のない小さな目は濁り、黒ずんだ唇からは金歯が見え隠れする。エビ茶色のダブルのスーツは高級品だが、身に合っていないため、よけいに小池を軽輩に見せていた。

「いや、ちょっと近くまで来ましたもんで。今、林田次官にもご挨拶してきましてん。これ、どうぞ、またお遣い物にでも」

　小池は手に提げた木箱入りのブランデーを佐久間の机の端に置いた。「主任企画官とこは、手土産に困りますねん。なんせ飲む、打つ、買うをしはりませんやろ。いや、打つはゴルフ、買うは高級品でっせ。食い道楽もあらへんし。苦肉の策がお遣い物ですわ。いつもお世話になるばっかりで、こっちの立場がありまへんがな」

　佐久間は無表情に相手が用件を持ち出すのを待っていた。小池は敏感にそれを察知し、わざと憎まれ口をたたいた。

「わかってます。お忙しい高級官僚さまや。用向きは簡潔明瞭が鉄則ですがな」

　嫌みな物言いも、あくの強い関西弁にまぶすと妙に憎めないのがふしぎだ。小池はさっと表情を変え、顔を近づけて言った。

「実は滋賀の福祉リゾートセンターの件ですけど、やっぱり二階建てでは予定の収容者数を取れません。どうあっても三階建てにせんことには採算割れです。県は施設が足らんと言うておきながら、リゾートには補助金は出せんとか、健康な老人には利用させられんとか言うて、梯子（はしご）をはずしにかかるんです。これだけ年寄りが増えてるのに、元気な年寄りの遊ぶ場所かて必要でっしゃろ。それを頭の固いことを言いよって、このままでは進むにも引くにも身動きが取れまへん。この種の施設に国の補助がむずかしいのは前にも聞きました。けど、林田次官にもお願いしたら……」

　佐久間はデスクの上で両手を組み合わせたまま、じっと聞いていた。用件がわかると、小池を遮るように言った。

「その件は、話を通しています。老健局の振興課長に聞いてください。類似の事例を当たってもらったから、書類の体裁を整えてくれるはずです」

「そうですか。さすがは主任企画官、ここへ通すと話が早いわ。これで入れ物（もん）さえできたら、年寄りはなんぼでもかき集められまっさかいな。デイケア報酬は一人につき一日一万円でっせ。ほんまにもう、超高齢社会さまさまですわ」

　小池は顔を引いて、ぽんと自分の額を打った。煙草を出しかけて、佐久間の部屋に灰皿のないことを思い出し、「へへへ」と照れ笑いをした。

「それはそうと、近々また大阪へご出張されるんでしょう。そのときは北浜（きたはま）あたりの料亭で盛大に宴席を設けさせてもらいまっせ」

「大阪へは行きます。しかし、内密で人と会いますので」

「そうでっか。ほな、お席だけということですな。ドライな佐久間流や。しがらみなしのギブ・アンド・テイクや」

　話がすめば長居は無用とばかり、小池は何度も会釈しながら出ていった。

　廊下へ出てから、小池は首を傾げた。あのお人だけは何を考えているのかさっぱりわからん、機嫌がいいのか悪いのか、それさえつかめん、いつもぽかんと口を開いて、喜怒哀楽の見えない顔をしてけつかる、それでいて仕事だけは凄腕や、無理でも頼めばなんとかなる、取り入っておいて損はない、とそれが小池の取り敢えずの判断だった。

　一方、佐久間は一人になると短い腕を伸ばし、小池の置いていったブランデーを取って足元に置いた。

小池は強引で猪突猛進型の人間だが、使いようによっては役に立つ。危険なカードだが、ジョーカーがあれば便利なこともある、それが佐久間の思惑だった。

五年前、佐久間と小池を引き合わせたのは、当時、保険局長を務めていた林田だった。小池は十年ほど前から林田のもとに出入りしており、互いの妻が同じ神戸の江南女子大の出身だったこともあって、夫婦同士のつき合いをしていた。また佐久間の義父である雄治が事務次官だったとき、健康保険の一本化で日本医師会と対立したさいに、佐久間次官を応援したのが当時参議院議員だった有馬喜一郎で、小池は秘書として連絡役を務めた経緯もあった。

ウィーンから帰国したあと、佐久間はさまざまな会合や勉強会を主催していた。医療のシビリアンコントロールを実現するための情報収集である。厚生科学審議会の高齢者施策学術専門委員会、介護保険事業者団体のヒアリング、長寿医科学学術懇話会、日本老人総合研究所公開講座。佐久間はあらゆる機会を捉え、専門家や識者から意見を聞き、状況分析を積み重ねた。

その結果判明した状況は、予想をはるかに超えた危機的なものだった。現状のまま推移した場合のシミュレーションとして、厚労省の統計情報調査部は次のような内部資料を出している。

日本の医療費は現在約三十三兆円、それが二〇三〇年には百四十兆円に達し、そのうち高齢者医療費が半分以上の七十八兆円を占める。医療費増大の九割が高齢者分であり、一人当たりの年間医療費も、現役世代が十五・二万円であるのに対し、七十歳以上は七十六・七万円。二〇一〇年には寝たきり老人が二百万人、痴呆老人が二百十万人になり、健康保険組合は八割が赤字で、毎年三十近い組合が解散し、介護保険費用は二〇〇〇年では四兆三千億円だったが、二〇三〇年には十二兆七千億円となり、現役世代の負担も現在の三倍に跳ね上がる。公的年金は、現在七十歳の人は掛け金の二・五倍の給付率だが、四十歳以下の人は給付拠出倍率が一を切って、掛けるだけ損になる。一部ではこれを若肉老食と呼び、老人が若者を食い物にしている状況を揶揄(やゆ)している。

国立人口問題研究所が発表した予測では、二〇二五年には後期高齢者(七十五歳以上)が前期高齢者(六十五歳から七十四歳)数を上まわり、人口ピラミッドの重心は最上部に移行する。それはもはやピラミッドとはいえない。見るからに不安定な壺である。裾が狭まり、今にも倒れそうな壺が、二十年後の日本の人口動態なのである。

海外の研究者も日本の超高齢社会の動向に注目している。ドイツのある研究者は緊迫した論調でこう警告していた。

「日本は人類史上、かつてないすさまじいスピードで老人国になりつつある。日本がその衝撃に耐えられるかどうかは、だれにも予測できない」

この危機的状況を創り出した根本原因は何か。佐久間は冷徹に、現実を考える。それは無統制に進歩した〝医療〟である。

医療は命を救うことを至上の価値として、すべてにそれを優先してきた。自らを正義と信じ、権威を振りかざし、ほかの議論を圧殺してきた。なぜ医療はそんなに威張るのか。

佐久間は、医療のそんな奢りに我慢がならなかった。

情報を分析する中で、佐久間はある奇妙なことに気づいた。超高齢社会への対応を論じる意見は数多あるが、ふしぎなことに、老人を減らす方策については、だれも語っていないのだ。

佐久間は考える。

問題の本質は何か。

老人を減らせば、すべての問題は解決するのではないのか。

しかし、もちろん、単純に老人を抹殺することは許されない。

それに代わる方法はないのか。

佐久間はさまざまな宴席を設け、専門家から公の場では言えない本音を聞き出した。その中で、高齢者施策学術専門委員会に招聘した帯広医科大学の社会衛生学教授がこんなことを言った。

「佐久間さん、どうして日本に寝たきり老人が多いのか、わかりますか」

その教授新元俊男は、もともと内科医だったが患者の女性を暴行した疑惑を持たれ、病院を追われた過去を持つ衛生学者である。彼は薄ら笑いを浮かべながら、佐久間に謎をかけるように聞いた。場所は紀尾井町の料亭「幾よし」である。スポンサーとして小池が同席していた。

「そら、日本が長寿世界一やからでっしゃろ」

小池がしゃしゃり出ると、佐久間はカメレオンのように目を動かしてにらんだ。

「何か特別な理由があるのでしょうか」

佐久間が無表情に訊ねた。意識を集中すればするほど、表情が消えるのが佐久間の特徴である。

「日本に寝たきり老人が多いのはねぇ、日本人の心臓が強いからですよ」

新元はシニカルに言った。「日本の老人は、脳の血管は弱いからすぐ脳梗塞や脳出血で寝たきりになるが、心臓が強いから、寝たきりになってもなかなか死なないんですよ」

「あっちゃー、そら最悪でんがな」

酔った小池が思わず口を出し、佐久間を見てまた首をすくめた。

「アメリカやヨーロッパは逆なんですよ。ヤツらは寝たきりになる前に、心臓発作でどんどん死にますからな。介護負担もそれほど増えないんです」

佐久間は箸を止め、新元の火照った顔を見た。新元はコンパニオンに酌をさせながらつづけた。

「だから、脳卒中を減らすために高血圧は治療しなきゃいかんが、ポックリ死んでくれる心臓病は治さんほうがいい。つまり、(高血圧に悪い)塩はいかんが、(心臓に悪い)脂はいいというわけだな」

そう言って、新元は蒸し豚の脂身を高々と持ち上げた。

佐久間は低くつぶやくように言った。

「すなわち、ターゲット・オルガンは心臓ということですね」

「標的臓器か、あははは。うまいことおっしゃる」

新元が杯を空けると、今度は小池がすばやく酌をする。

「ほな、なんですか、心臓の強い人間は、寝たきりになってもなかなか死なれへんというわけですか。そら困りますがな。わしなんか、心臓だけで世の中渡ってきたようなもんやさかいな」

小池がおもねるように顔を突き出した。「けど、佐久間主任企画官がいつもおっしゃる介護危機を考えたら、心臓病の研究をしてるお医者はんは、ちょっと困りますなぁ」

「そうだよ、君。医者はえらそうな顔をしてるが、世間知らずのバカばっかりだ。循環器の医者は心臓を治すことしか考えとらん。脳の血管が詰まろうが、腎臓が弱って透析が必要になろうが、おかまいなしだ。自分たちが寝たきり老人や介護老人を増やし、日本の社会全体を危機に陥れていることなど、気づきもしない」

臨床医からドロップアウトしたことを逆恨みしている新元は、コンプレックスをたぎらせて言った。小池がそれにおどけたように答える。

「ほぉー、そんなもんですか。ほんなら今、心臓病の治療をしてる医者は国賊でんなぁ」

「国賊とはまた、君も古いねぇ。わはははは」

座が奇妙に盛り上がり、新元は脂で唇をてからせながら杯を重ねた。小池も同調して赤黒い顔をさらに赤く染める。

「さあ、今夜は楽しみまひょ。おネエさん、にぎやかに頼んまっせ」

小池が新元の相手をしているあいだ、佐久間は白い顔で考えを巡らせていた。


佐久間が執務室で決裁書を起案していると、サイドテーブルに置いたノートパソコンから、新着メールを報せる電子音が鳴った。彼は反射的に椅子を回転させる。役所から支給されたデスクトップとちがい、こちらはプライベート専用だった。

受信トレイで未開封になっているエビデンスは「Blue star/29A」デジタル署名のついた暗号メールである。

佐久間は複合化キーを入力して、RSA暗号系を解除した。

＞お疲れさまです。
＞報告です。
＞1.
＞「週刊文衆」が、Dr.K923にインタビューしました。
＞「医療トップランナー」の欄に、ペプタイド療法を取り上げるようです。
＞もちろん、例の〝効果〟については触れていません。
＞2.
＞Dr.E007は、峰丘某のカルテ等を調べているようです。
＞今のところ、確定的な証拠は出ていません。
＞当方としても、Dr.K923の医療ミスについては、まだ判断しかねます。
＞3.
＞近畿厚生局麻薬取締部より、Dr.E007について新情報あり。
＞やはり中毒者のようです。

〉引きつづき、監視を継続します。

〉以上。

〉内諜　ゴトウより。

11 相談

松野公造は、事務所の窓から十一月の冷たい雨に濡れた阪神高速を見おろしていた。汚れた空気が視界を灰色ににじませている。

「江崎ドクターからの証言テープ、もうずいぶん来ませんね」

アルバイトの金子さおりが、コピー機のガラス面をクリーナーで拭きながらぽつりと言った。「松野さんが江崎ドクターに証言集めをつづけるよう頼みに行って、もう一カ月以上になりますよ」

松野は机にもどり、椅子にもたれて背中を伸ばした。

「疲れたな。コーヒー、淹れてくれる？」

パソコンのモニターには、入力し終わった文書が出ている。松野はマウスを操作して、印刷のアイコンをクリックした。プリンターが軽快に印字をはじめる。

松野はこのひと月のあいだ、江崎が最終的に情報提供を断ったときに備え、必死で作品の構想を練り直していた。情報が少なければ、それを膨らませて仕上げるしかない。しかし、その作業はかえって作品を深めるきっかけにもなった。なまじ素材が多いと、上っ面をなでただけになるが、少なければ個々の素材を丁寧に追わざるを得ないからだ。その過程で新たな発見もある。

これまでの材料でなんとか書きつづけられると目処が立った二日前、江崎からケータイに連絡があった。会ってぜひ相談したいことがあるというのだ。

松野はキッチンにいる金子に声をかけた。

「君にはまだ言ってなかったが、実は一昨日、江崎先生から電話があってね。来週の月曜日に会うことになってるんだ」

「じゃあ、またテープ送ってくれるんですね」

「いや、それはわからない」

金子がコーヒーを運んでくると、松野はプリンターから出てきた原稿を手に取った。江崎に関する覚え書きが細かく書かれている。江崎が「痛恨の症例」の証言を集めはじめた経緯から、いやがらせを受けたこと、そして開業する同級生に取材しようとしたときの反応に戸惑ったことまで、取材テープの内容とオーバーラップする形でまとめられていた。

「このまま証言テープが終わったらどうします？　あれじゃまだ足りないって、松野さん、言ってましたよね」

「足りなくてもそれでやらなきゃ仕方がないよ。『天籟ノンフィクション大賞』の締め切りは三月なんだから」

「大丈夫ですか」

金子が心配そうにつぶやくと、松野は開き直るように言った。

「証言が途中でストップするなら、そのことも逆にテーマに加えようと思ってる。医学界の悪習は、江崎みたいな医者でも打ち破れないということだ。江崎という医者は、素朴な正義感で医療の矛盾を告発しようとした、しかし、同僚の反応、暗黙の圧力などに屈し、初志貫徹できずに挫折してしまう、それは彼の人間的な弱さだ、大半の医者が同じ弱さを持っている、だから結局、患者は犠牲になりつづける以外にない、という具合にね」

松野は金子にしゃべることで、自分の構想を改めて確認した。

「でも、それって、ちょっと江崎先生に悪くないですか」

「どうして」

「だって、江崎先生、はじめは勇気を出して証言集めをしてくれたのに、最後はなんだかだめな人になるみたいで……」

金子がためらいながら言うと、松野は容赦のない声で言い切った。

「だめになるかどうか、それを彼がこれから自分で証明するんだ。もし医学界の圧力に屈するようなら、それは徹底的に糾弾されるべきなんだ。医療界の横暴は断じて許してはならない」

金子はその剣幕に押されて黙り込んだ。松野の怒りはちょっと激しすぎると思ったが、もちろん彼女は口には出せない。

松野は自分では公平なつもりでいたが、言葉の裏には別の感情がこびりついていた。妻と自分を苦しみのどん底に突き落とした医者の誤診、松野の恨みは、今も彼の中でふつふつと煮えたぎっていたのである。


松野と会う前日の日曜日の夕方、江崎は週末の習慣になっているジョギングに出た。

五時を過ぎていたので、外はすでに暗かった。江崎の住まいがある阿倍野区柏(かしわ)町周辺には、巨大マンションが不規則に建ちならび、空間を複雑に区切っている。

江崎は紺色のジョギングウェアにアポロキャップを目深にかぶって、マンションを出た。まず南に向かい、市営南霊園阿倍野墓地に入る。ここは明治のはじめに整備された広大な墓地で、六・六ヘクタールの敷地に、一万三千基余りの墓石がひしめいている。

江崎は警察官吏墓地から東へのびる幅約七メートルの中央参道を走りだした。両側に無数の墓石が林立している。風化して朽ちかけた墓、両側に石灯籠(いしどうろう)を配した豪華な墓、星を浮き彫りにした軍人の墓、古びた墓から真新しい墓まで、さまざまな墓石がならんでいる。背後に見える高層マンション群は墓石そっくりの相似形で、巨大な集団墓石のように見える。参道には人影もなく、ぽつんと水銀灯が間遠に灯っているだけだ。

江崎は墓地を走るのが好きだった。無数の墓石に囲まれると心が安らぐ。焦りも、苛立ちも消え、義務感からも解放される。墓地の静けさ、無限の空虚さが江崎を包む。墓石に意匠を凝らす人もいるが、いったいなんの意味があるだろう。

五百メートルほどの参道を走り終え、斎場の横から一般道へ出る。同じコースを走っても、都会は毎回目に映るものがちがう。水道工事、イルミネーション、巨大なクレーン、トラックの事故で交差点に荷物が散乱していたり、サイレンを鳴らす消防車の列に追い越されることもある。

東へ走り、ＪＲ阪和線の美章園駅から右へ曲がると静かな住宅街に入る。電柱、ゴミ箱、錆びた自転車。その自転車の荷台にティッシュの箱が置いてあった。なぜそんなところにティッシュが、と思った瞬間、江崎の胸に暗い思いが湧き上がった。また嫌なことを思い出してしまう。

ひらひらと宙を舞うティッシュペーパー。それが真っ黒に染まっていく。見たこともない黒いティッシュペーパー。それは醤油に浸されているからだ。

――そんなもの、食べたらだめだ！

それでも口いっぱいに頬張っている。指で取り出すが、何枚も何枚も出てくる。破れてかたまりになった黒いティッシュが爪のあいだにはまり込む。

冷蔵庫を開けると、洗濯物が畳んで入れてある。その無気味な光景に鳥肌が立つ。下着を冷蔵庫にしまった当人は、風呂場で身体をぶるぶる震わせ、白目を剝いている。江崎が必死に介抱する。

――ちゃんと息をして。死んじゃうよ！

朝起きると、医学書がびりびりに破られ、床にばらまかれている。植木鉢の土がテーブルに盛られている。江崎が病院に履いていく革靴が、ハサミで真っ二つに切られている。

――どうしてそんなことするの。やめてやめてやめてやめて、母さん！

江崎は走りながら両耳を押さえる。自分の声の幻聴に発狂しそうになる。

気分を変えろ、気にするな。江崎は思いきりペースを上げる。胸が苦しくなり、目に汗が流れ込む。ＪＲの高架をくぐると、轟音が頭上に響く。快速電車が通過する。警笛が空気を切り裂く。この鉄橋が自分の真上に崩れてくればいい！

江崎は立ちすくみ、頭上を見上げる。眼球が飛び出しそうになっている。轟音は通過し、不安が消えていることに安堵する。

長居公園をまわって予定の約八キロを走り終えると、ようやく苦しい思いは消えた。流れ落ちる汗が急速に身体を冷やす。江崎はマンションにもどった。

江崎の住む阿倍野フリーデンスは十五階建てで、上から見るとT字形になっている。Tの横棒は左側が短く、十三階の江崎の部屋はその左の端にあった。ここに移ってきたのは、母と別れた三年前だ。扉を開けると、左手に寝室があり、廊下の奥に東向きのリビングがある。その右奥は書斎だ。江崎はジョギングウェアを洗濯機に放り込み、シャワーを浴びた。全身から余分なものが流れていく。清潔なバスタオルで身体を拭い、ゆったりした部屋着に着替えた。

ペットボトルのミネラルウォーターを飲んでから、江崎は夕食の準備をはじめた。冷蔵庫からトマトとセロリを取り出し、輪切りにする。カッテージチーズとクラッカーを皿に盛り、リビングの低いテーブルに運ぶ。飲み物は、アールグレイのストレート。江崎の食事はいつもシンプルだ。

ソファに浅く腰掛け、大きな窓に映る夜景を見ながら、ひとりの晩餐をはじめる。

食事をしながら、江崎はCDをかける。ベルリオーズの幻想交響曲第五楽章「悪魔の祝日の夜の夢」。

中山枝利子の顔が思い浮かぶ。今どき珍しい黒い髪、同じように黒い瞳、白い額、両端がかすかに持ち上がった薄い唇、枝利子は表情の動かない女性だった。父親の死のショックが尾を引いているのか。いや、たしか峰丘茂の病室で麻酔の説明をしたときもそうだった。呆然として、両手を垂れていた。

香村はほんとうに、心臓に針を落としたのだろうか。レントゲン写真に針は写っていなかった。病理解剖の所見にも針のことは書かれてなかった。しかし、それなら冠動脈が裂けたのはなぜか。枝利子は思い当たることがあると言っていたが、どうやってそれを証明するか。

江崎は食べ終えた皿を片づけ、床に座ってソファにもたれた。部屋の照明を落とし、目を閉じる。枝利子の濡れたような瞳、たしか彼女の右の下まぶたに小さなほくろがあった。江崎の頰がかすかにけいれんをはじめる。脚を投げ出し、首をまわす。

明日からまた仕事がはじまる。重い毎日。気持がふさぐ。だから、今日もやめられない。

江崎は寝室から黒革の小ぶりのデイパックを持ってくる。錠剤、ガーゼ、茶色の遮光瓶が入っている。瓶の黄色いラベルには「Inhaler Narcotic Agent KIETHRANE（吸入麻酔剤・キースレン）」の文字。

江崎は銀紙に包んだ青い錠剤を取り出す。噛み砕いて、舌の下へ入れる。舌の下は毛細血管が豊富だから、急速吸収できる。遮光瓶の液をガーゼに垂らし、鼻に当てる。思い切り吸い込むと、気化熱でガーゼがツンと冷えた。

　胸が苦しい。最初の苦痛だ。それを越えれば楽になる。江崎はガーゼを鼻に当てたまま、呼吸を速める。脳の抑制が取れ、耳の奥で光の音が聞こえる。大切なものを捨てる自虐の悦び。

　壁に細かな粒子が浮かび、さまざまな色に見える。自分の手にビニールが溶けてまとわりつく。指を動かすたびに、オレンジ色の糸が垂れる。部屋中のすべてが黄緑色の蛍光色に輪郭が縁取られている。窓いっぱいに、枝利子の目が映る。まぶしげに細め、まばたきで招く。江崎は瞳の中へ吸い寄せられる。中には白い人形があり、近づきたがっている。

──おいで、おいで。

──行こう、行こう。

　旅行用のトランクの中にだれかいる。江崎はそっとふたを持ち上げる。中には小さな男の子がいる。かわいそうに……。

　突然、悪い報せが訪れる。不意打ちのように、しかし、それは夢だとわかる。よかった。

　目が覚める。報せは現実になる。ふいに涙があふれる。哀しい報せ、身もだえして泣きながら、秘かに悦楽を感じている。最悪の哀しみの中で至福に浸る。

　無数の僧侶が読経する声が聞こえる。百合の香り、暗闇の波紋……。

　熱いよだれが垂れ、江崎は全身の力を抜いて耽溺する。

　完璧な闇。時間も位置もない。

　存在の軛からの絶対的な解放。

　それしか、突然の死の報せを防げない……。

　十一月十日、月曜日の午後七時、江崎は新阪急ホテルのラウンジで、松野を待っていた。

　松野は十分ほど遅れたが、平気な顔で江崎に片手をあげた。

「先生、早かったですね。今日はもう麻酔は終わったんですか」

　遠慮せずに奥の席に座り、せわしなくウェイトレスを呼んでコーヒーを頼む。以前のような腰の低さは見られない。

「この前は当直の夜に押しかけて、すみませんでしたね。いやあ、あのときは先生の留守電にあんまりびっくりしたもんで」

証言をストップされても作品を仕上げられる目処がついたので、松野は持ち前の遠慮のなさが出ているのだ。江崎はその変化に気づいたが、頓着せずに言った。

「先日はわざわざお出でいただいて、申し訳ありませんでした」

「いいんですよ。それより、あれからどうです。いやがらせの手紙や電話はもう来ませんか」

「ええ、あれからは何も」

「そりゃよかった。自宅のほうは大丈夫ですか。だれかが侵入した気配もあったとおっしゃってましたが」

「それもないみたいです」

「でも、気をつけたほうがいいですよ。プロは痕跡を残しませんからね」

松野は油断を戒めるように言い、コーヒーを飲んだ。

江崎は松野がカップを置くのを待って、改まった声で言った。

「松野さん、今日は証言集めとは別の用件なんですが、ちょっとご相談したいことがありまして」

「ほう、なんでしょう。わたしでお役に立てることなら、なんでも言ってください」

「実は、ある人から医療ミスの相談を受けていまして」

医療ミスという言葉に、松野の眉が敏感に反応する。

「心臓外科の手術を受けて、その五日後に急死した患者がいるんです。死因は心タンポナーデといって、心臓を包む膜の中に出血して、その圧迫で心臓が止まる病気です。出血の原因ははじめ不明とされていたんですが、手術のとき心臓に針が残っていたという可能性が出てきまして」

「心臓に針が？　それは重大ミスじゃないですか」

松野は思わず身を乗り出した。

「いや、まだ証拠はないんです。わたしもわかる範囲でいろいろ調べてみたんですが」

「しかし、出血の原因はその針が刺さったからでしょう」

「いや、それはまだわからないんです」

「じゃあ、どうしてそんな可能性があるとわかったんです」

松野は焦れったそうに訊ねた。

「患者の娘さんに、内部告発の手紙が届いたんです」

「えっ、内部告発」

松野は思わず声をあげ、またとない獲物を見つけたハイエナのように目を輝かせた。「それならまちがいない。ミスは絶対あったんですよ。それは大事件だ」

江崎は困惑して眉根を寄せた。なぜそんなふうに断言できるのか。松野は不正を追及するジャーナリストとして、はじめからミスはあるにちがいないと決めつけているのではないか。

江崎は気を取り直して、丁寧に説明した。

「まだミスがあったかどうかはわからないんですよ。針が心臓に残されていたなら、手術後のレントゲン写真に写っているはずですが、確認できなかったのです。もちろん、骨や心臓の陰に隠れて見えないということはあるのですが」

「それはきっと隠れてるんですよ」と、松野は自信たっぷりに言った。「わたしもレントゲン写真を見た経験がありますが、針が隠れて見えないことは確実にあり得ます。医療裁判でも、そういう例はありますからね。写っていないからないという証拠にはまったくならないんですよ」

「そうなんです。でも、だからといってあるとも言い切れないでしょう。そこで相談なんですが」

江崎は本題に入った。「被害者の娘さんは、場合によっては裁判も辞さない覚悟のようなんです。わたしもできるだけ協力したいのですが、医療裁判の経験がないので、どのようにすればいいのかわからないんです。そこで元新聞記者の松野さんなら、いい知恵を貸してくれるのではないかと思って」

松野は頭の中ですばやく計算を巡らせた。この医療ミスが事実なら、世間に大きなインパクトを与えるだろう。江崎とともに追及してきた「痛恨の症例」のクライマックスにはもってこいのエピソードだ。もちろん、ミスを犯した本人からの証言は得られないだろう。しかし、江崎がこのミスを追及すれば、これまでの彼の正義感が実行力を伴ったものであることが証明される。彼を主人公にしたノンフィクションとしては、最高の見せ場になることまちがいなしだ。

松野はその計算を隠して、親身な声で江崎に言った。

「わかりました。わたしはもともと社会部にいましたし、前に書いたノンフィクションでも医療訴訟を扱いましたから、ノウハウは十分あります。できるだけの協力をさせてもらいますよ。もう少し詳しく聞かせてほしいのですが、手術から内部告発の手紙まではどういう経緯があったのですか」

江崎は峰丘茂の病気と手術、中山枝利子に届いた手紙の内容をかいつまんで説明した。

「それで、その手術をしたのはだれですか」

「心臓外科の香村助教授です」

「ほう、助教授、ですか」

松野は何気ないそぶりでうなずいたが、内心では身体が舞い上がりそうなほど興奮していた。阪都大学の心臓外科助教授といえばエリート中のエリートだ。その助教授の医療ミスとなれば大スクープまちがいなしだ。敵役として願ってもない相手である。国立大学医学部助教授の強大な権威に、純真な青年麻酔科医が挑む。ノンフィクションでこれほど刺激的な取り合わせがほかに考えられるだろうか。

「そうですか。父一人娘一人のご家庭が破壊されたわけですね。お気の毒に。許せませんね。ぜひ被害者の無念を晴らしましょう」

沈痛な面持ちで松野が言うと、江崎もうなずいた。

「取り敢えずは、その告発の手紙のコピーを見せていただけますか」

「わかりました」

松野はあくまで親身を装いつつ、計算をつづけた。この疑惑を作品に入れるなら、当然、被害者の遺族と江崎の諒承を得なければならない。しかし生真面目な江崎は、遺族の心情に配慮して拒否するかもしれない。どう説得すればいいだろう。江崎を逃がさないようにするには、こちらが主導権を握るほうが得策だ。

松野は背筋を伸ばし、江崎をまっすぐ見つめた。

「さっそくわたしなりに戦略を考えてみます。もっとも注意すべきは、相手側の証拠隠滅です。そのためにはこちらの動きを察知されないようにしなければなりません。今の段階で気づかれるのがいちばんまずいので、これからは相談して動くことにしましょう」

「よろしくお願いします」

「弁護士の手配はできているんですか」

「ええ、それはご遺族のほうで心当たりがあるようです」

「そうですか……。わたしもいい弁護士を知っていますから、いつでもご紹介しますよ」

松野はできれば自分の知っている弁護士を頼みたかったが、今の段階ではあまり強引なことも言えない。代わりに彼は話題を変えて江崎を持ち上げた。

「それにしても、やっぱり江崎先生は正義のドクターでいらっしゃる。わたしはあなたならどこまでも患者の味方だと信じていましたよ。さすが、これまで放置されてきた痛恨の症例に、勇気を持って光を当てただけのことはある」

「いや、それはわたしがというより、みんな心の底では矛盾を感じていたのです。でも、改善が困難だから、忸怩(じくじ)たる思いで放置してきたのです」

江崎が謙遜すると、松野はきっぱりと否定した。

「それはちがう。いくら矛盾を感じていても、黙っていれば何も感じていないのと同じです。先生は情報を公開するために行動を起こした。それも我が身を危険にさらしてですね。現に脅迫の手紙も受け取っている。安全な場所にいて、口先だけの理屈をこねているのとは断じてちがいます。先生、どうです。『痛恨の症例』の取材を再開しませんか」

松野はそれが江崎のためであるかのように熱意を込めて言った。

江崎は意表を突かれ、言葉に窮した。しかし、考えれば松野の思いもわからないではない。自分は枝利子の相談で頭がいっぱいだったが、松野はこの一カ月あまり、ずっと自分の返事を待ちつづけていたのだ。

松野はだめを押すように江崎に迫った。

「先生、もう一度やりましょうよ。せっかくここまで来ているのに、途中で投げ出すのはあまりに惜しい」

江崎に反論する力はなかった。

「わかりました。じゃあ、下垣先生にもう一度話を聞いてみます。この前お話しした開業した同級生ですよ。彼がなぜあんなに取り乱したのか、その反応にわたしがなぜ動揺したのか考えてみます」

「ぜひお願いします」

松野は同級生を「先生」呼ばわりする江崎に嫌悪を感じたが、激励の視線でそれを隠した。


西宮市は尼崎市と芦屋市にはさまれ、大阪と神戸の雰囲気が入り交じった土地柄である。

十月一日に開業した下垣クリニックは、阪神パークの跡地に近い西宮市甲子園九番町にあった。

江崎が訪ねたのは、開業から一カ月半ほどたった木曜日の午後だった。まだ新築の香りが残るパステルカラーの待合室で、下垣は軽快なケーシースタイルの白衣姿で江崎を迎えた。

「よう来てくれたな。クリニックを案内するよ」

診察室に入ると、奥の部屋からブルーの制服を着た女性が出てきた。

「景子（けいこ）、こちら同級生の江崎先生。今でも大学の麻酔科で頑張ってるお偉い先生や」

下垣は妻に江崎を紹介した。その口振りには、大学を去って開業した下垣のわだかまりがかすかに感じられたが、景子は気づかず愛想のよい笑いを浮かべた。

「いつも下垣がお世話になっています」

「立派なクリニックですね。うまくいっているようで何よりです」

「ありがとうございます。開業したからには主人だけが頼りですから」

「おいおい、あんまりプレッシャーかけるなよ。言われなくても頑張ってるやろ」

下垣が大きな声で笑った。江崎は下垣が大学でこんなあけすけな笑い声をたてるのを聞いたことがなかった。やはり自分の城を持つと、余裕ができるのか。

診察室のとなりには理学療法室があった。超短波治療器、低周波治療器、腰椎および頸椎牽引器などが据えられている。

「やっぱり数をこなすには年寄りやからね。設備には投資したよ。これがうちの目玉や」

正面にクリーム色のカプセル型の大型診療器があった。

「磁気温熱治療器ＭＤトロンだよ。いくらやと思う。一台千二百万や。これが患者を呼ぶんや。月百六十人やればペイする。休診日もあるから一日平均七人というとこかな」

江崎はこんなに計算高いことを言う下垣も、今まで見たことがなかった。

そのあと、レントゲン室、胃カメラ室、超音波診断室と案内され、江崎は感心したように言った。

「すごいね。これだけの設備があれば、ほとんどの患者は病院に紹介する必要がないね」

「そうや。これからは患者が医者を選ぶ時代やからね。選ばれるためには、相応の設備が必要やよ。先週もブランニュー出版の取材があったんや。関西の医療機関ランキング本に載るらしい」

下垣は自信たっぷりに胸を張った。

診療室にもどると、下垣は江崎に聞いた。

「今日はなんか話があって来たのやろう」

「ああ、この前の開業祝いの席で、中途半端に終わった話のつづきを聞きに来たんだけど」

江崎が話を切り出すと、下垣の表情がさっと変わった。

「ぼくは痛恨の症例と呼んでるけど、未熟ゆえの治療の失敗とかミスの話だよ」

「ああ、なんやそんなこと言うとったな」

江崎は取材の意図を率直に説明した。

「それで先生にも協力してもらって、話を録音させてもらいたいんだけど」

江崎がレコーダーを出しかけると、下垣はすばやくそれを制した。同級生の親しみある表情は消えている。

「おまえの考えはわかった。しかし、おれの話を録音されるのは困る。未熟ゆえのミスはだれにでもあることや。おれだってそういう経験はないとは言わん。けどな、人なみや」

「だから、そういう事例を集めて……」

「そんなことで現実が変わるもんか。第一、ベテランでもミスはするんやで。緊張の糸が切れることもある。一回でもミスがあったら、すべて訴訟や賠償やとなったら、診療せずに如くはなしになるやろ。いわゆる消極診療や。安全な患者ばかりしか診んようになる」

一カ月半前、江崎の質問にパニックになっていた下垣とは別人のような能弁ぶりだった。下垣はさらにつづけた。

「数多く診療してたら、だれでもうまくいかんことがある。けど、ほかの医者が診たら治ったかどうか、確かめようはないやろ。歴史に『もし』がないように、治療にも『もし』はないのやから。腹の中にガーゼを忘れたとか、薬を十倍量で処方したとか、そんな明らかなミスなら別やけど」

そう言って、下垣は口ごもった。江崎は控えめに聞いた。

「そういう、明らかなミスはないのか」

「ないよ。あるわけないやろ。おまえはいったいなんの目的があって、そんなことを嗅ぎまわってるんや。自分はこれっぽっちもやましいことはないのか。いつも完璧な麻酔ばっかりか」

下垣は感情的になって言い募った。「きれいごとですまされんのが医療の宿命や。そんなこと、十年も医者をやってりゃわかるやろ。もしそれがわからんとしたら、江崎、それはおまえが患者を治療せえへん麻酔科におるせいや」

下垣は挑戦的な目で江崎を見た。

江崎の脳裏に反発と敗北感の二つが同時に湧いた。たしかに麻酔科医である自分は、患者を治療することはない。懸命に治療しても思い通りにいかないときの悔しさは、自分にはわからないのかもしれない。だから、きれいごとを言うのか。

江崎が視線を落とすと、下垣が話はこれまでといわんばかりに立ち上がった。

「木曜日の夜は医師会の定例会があるんや。西宮市の医師会はきっちりしてるからな。そろそろ準備せんといかんわ」

江崎は追われるようにして、下垣クリニックを出た。前の道に出ると、暮れかけた空にクリニックの巨大な看板が煌々と光を放っていた。江崎はそれを複雑な気持で見上げた。

江崎が帰ったあと、下垣は診療室で苦い思いに浸っていた。

――明らかなミスはないのか。

江崎がそう聞いたとき、下垣はふたたびパニックに陥りかけた。彼は知っているのか。いや、そんなはずはない。一般論として聞いただけだろう。

下垣は口の渇きを癒そうと湯飲みを取ったが、茶は入っていなかった。

下垣は彼にとっての最大の痛恨の症例を思い出した。今から七年前、大学を卒業して三年目に医局から豊中市立母子保健センターに派遣されたときのことだ。

小児外科を専攻したのは、先天性心疾患の子どもたちを救いたかったからだ。心臓に異常のある子どもを元気にしたい、それが彼の願いだった。ところが、彼はそこで大きなミスを犯した。外用の止血剤を、二歳の患者に点滴してしまったのだ。外用の止血剤は強力な止血作用がある代わり、血管内に入ると血液が凝固してしまう。それを点滴してしまったため、血液は脳で固まり、多発性脳梗塞を起こして患者が死亡してしまったのだ。極度の過労でつい犯してしまったミスだった。

そのとき下垣はほかにも重症患者を二人抱えており、病院に連日泊まり込みで、夜もほとんど眠るひまがなかった。事故のあと、病院の幹部が集まり緊急に対応が協議された。下垣のミスは明らかだったが、ミスの原因が過労であることも否定のしようがなかった。これを公表すれば病院側も責任を問われる。大学の医局に直結する関連病院のミスは、教授の看板に傷をつけることにもなり、その後、人事でどんな制裁を受けるかもわからない。医局に籍のある母子保健センターの院長は、ミスの隠蔽を決断した。

根が真面目な下垣は、常に自責の念と発覚の恐怖に苛まれつづけてきたのである。開業祝いの席で、江崎がふいに痛恨の症例について聞いたとき、下垣は江崎がこのミスを知っていると勘ちがいしてパニックに陥ったのだ。今回は心の準備ができていたから取り乱すこともなかったが、江崎の行動が彼にとって好ましくないことは明白だった。

下垣は診療室の受話器を取り上げて、外線に電話をつないだ。

「もしもし、西宮医師会館でしょうか。こちら甲子園九番町の下垣です。藤見常任理事はお出ででしょうか」

取り次ぎのオルゴールが流れ、やがて相手が電話口に出た。江戸っ子弁をしゃべる老人の声だ。

「藤見先生、下垣でございます。先日ご連絡した通り、また江崎が来ました」

「そうかい。来たかい。で、またぞろ根ほり葉ほり聞いたかい」

「はい。今日はわたしも慌てませんでしたが、彼はまた調査をはじめるようです」

「困ったのう。あいつは俺と同郷らしいんだが、血の巡りが悪いのかねぇ。やんわりとは手を打っておいたんだが」

下垣は不穏な空気を感じ、生唾を呑んだ。

「下垣君、今日の定例会には来るんだろう。そのときゆっくり話を聞かせてもらうよ。ま、心配はいらないさ。ちぃとお灸(きゅう)をすえるだけだから。わははは」

老人の笑いにはどす黒い怒りが潜んでいた。

12　動物実験室

「香村先生、準備ができました」
助教授室に入ってきた廚が、緊張した声で言った。廚は香村の目を見ない。そのようすから、香村は結果が悪いことを覚(さと)った。

時刻は午後十時を過ぎている。それでも心臓外科の医局には、まだ何人もの助手や研修医が残っていた。香村は医局を素通りして、共同研究棟にある動物実験室に向かった。

ペプタイド療法で心不全の治療をしていたビーグル犬が、突然、意識を失って死んだのは、午後九時過ぎだった。研究チームの主任を務める廚が、副作用の原因究明のために犬のＶＩＡ（血管イメージ解析）を行っている最中のできごとだった。事故はすぐ香村に報告され、香村はチームの研究員全員に待機を命じた。

香村の心筋保護研究チームのスタッフは、香村を含め全部で十人。廚のほかに助手が三人、研究生が三人、ボリビアと中国からの留学生が各一人という陣容だった。

動物実験室の奥の一段高くなったステージに、解剖用のステンレス台がある。解剖用といっても、生体実験が主なので、設備は人間の手術台と変わらない。麻酔器、心電計、手術用の無影灯もついている。グリーンの手術着にゴム手袋、マスクに帽子と、完全装備を用意した研究生が、解剖台の前で香村を待っていた。

「どうだね。サリーの心臓(ハート)は」

香村は手術着を着用するあいだももどかしげに、解剖台をのぞき込んだ。

死んだビーグル犬はサリーと呼ばれていた。実験にビーグル犬を使うのは、大きさ、性格、体毛などが扱いやすく、実験用に専門に生産する業者がいるためである。ちなみに値段は一頭十万円。一頭三千円で手に入る雑種は、動物愛護団体の圧力が強くて使用できない。

サリーは仰向けに固定され、胸を大きく切開されていた。生きた動物の解剖は、臓器も血管も生命の輝きに満ちているが、サリーの臓器は無影灯の強烈な光に照らされてさえ、不吉な死の影に覆われていた。

「吸引」

香村は解剖台の前に立つと、まず胸腔にたまったどす黒い血を吸い取った。つづいて洗浄液を流し、血液に汚れた心臓を洗う。現れた心臓を見て、香村は低くうなった。

サリーの心臓は、左心室の中央から弾け、まるで心臓の中からショットガンの弾丸が飛び出したかのように裂けていた。

「テリブル……」

解剖台をのぞき込んでいたボリビア人留学生のフリオ・シクハラがつぶやいた。香村がにらみつけると、シクハラは弁解するように肩をそびやかす。

「穿通性の壊死だな。完全に貫通してる」

香村はうめくように廚に言った。

「はい。ウサギでは、ここまでなりませんでしたが」

熱心にノートを取っていた中国人留学生の黄宥邦が、廚に聞いた。

「先生、ソレデハ死因ハ、心筋梗塞デハナク、破裂デスネ」

破裂。

その言葉に実験室の空気は鉛のように重くなった。当然予測されながら、だれもが口にするのを避けていた言葉だ。

奇跡の療法と思われたペプタイド療法には、実は思いがけない副作用が隠されていた。心機能が回復してしばらくすると、突然、心筋が壊死に陥るのである。すなわち急性心筋梗塞になるのだ。壊死ははじめは小さいものだったが、マウス、ラット、ウサギと動物が大型化するに従って重症化し、ついに犬で心臓が破裂するに至ったのである。

一般に、心臓破裂は壊死が広範囲の場合や心筋の全層を貫く穿通性の場合に起こり、急性心筋梗塞の約二パーセントに見られるといわれる。もちろん、死亡率は百パーセントに近い。ペプタイド療法に心筋壊死の副作用があることは、チーム内で極秘にされていた。

「とにかく検索だ。まず虚血範囲を調べよう」

香村は研究生が用意したエバンスブルー（青い色素）の入った注射器を受け取った。冠動脈を露出し、ゆっくりと色素を注入する。血流が正常に保たれていた部分を染色するためだ。色素が徐々に行き渡り、健康な心筋を濃い青に染めていく。人間の心臓よりひとまわり小さいサリーの心臓は、上半分しか染まらなかった。

解剖台を取り巻くスタッフに、重苦しい衝撃が走る。

「心臓（ハート）を摘出する。メス」

香村は、大動脈、大静脈、肺動静脈の順に手早く切り離して、サリーの心臓を取り出した。心臓は破裂のせいで歪み、冷たく固まっていた。

「廚君、スライサーにかけてくれ。二重心筋染色だ」

二重心筋染色とは、エバンスブルーで染めた心臓を、さらにTTCシグマレッド（赤い色素）で染める方法である。心筋は血流がなくなってもすぐに壊死になるわけではなく、しばらくは生きている。この虚血心筋は血流さえもどれば、正常に回復する。シグマレッドはその部分を赤く染めるのである。完全に壊死に陥った心筋は、いずれの色素にも染まらず白いまま残る。この検査で、虚血の重症度がわかるのだ。

廚は香村から受け取った心臓をスライサーに載せ、慎重に八ミリの厚さに切り分けていった。スライスされた心臓の切片は、TTCシグマレッドのトレイに浸される。やがて濃紺の部位に沿って、帯状に鮮紅色の部分が浮き上がる。廚は心尖部（しんせんぶ）から順に切片を取り出し、水洗いして標本台にならべた。

サリーの心臓は、破裂の部位を中心に、渦巻くように壊死が広がっていた。白い壊死部は、濃紺と鮮紅色の空で爆発した星雲のようだった。その無気味なトリコロールを見て、香村は憎々しげに舌打ちした。

壊死は最大部で約三センチ、破裂の断面ではほぼ七十パーセントを占めていた。壁の内側ほど壊死がひどいのは、ペプタイド療法の心筋再生が心室の内腔に向かうためだ。それこそがペプタイド療法の利点だった。心臓のサイズを変えずに、収縮力を増す、すなわち文字通り、心臓を若返らせることになるからだ。

「サリーの心機能はどうだった」

香村が聞くと、助手の一人が急いでデータのファイルを持ってきた。

「ペプタイド療法前のEF（駆出率）は三十六パーセントでした。治療開始四週後に四十八パーセント、八週後に五十六パーセントと著明に改善しています」

「LVEDD（左心室拡張末期径）と、LVEDP（左心室拡張末期圧）は？」

「それも同様です。いずれも治療開始六週から八週で正常値に復しています」

助手は心機能に関する検査データを順に読み上げた。

サリーの心臓は、治療前は典型的な心不全モデルだったが、いずれのデータも一カ月半から二カ月で正常値に入っていた。

　これまで香村のチームは、主にマウスやウサギで効果を実証してきた。犬を使った実験は約一年前からはじまった。犬の心臓は外見だけでなく、機能的にも人間に似ている。犬で治療が成功すれば、人間でも同じ成果を出せるのはほぼまちがいない。いよいよ実用化に向けて、最終段階に入ったのである。

　ところがその二カ月後、ほんの偶然から思いがけない事実がわかった。

　通常、実験に使用した動物は、実験が終了すると安楽死させて処分する。生かしておくと飼育代がかさむからだ。ところがある助手が、ペプタイド療法で回復したマウス三匹を子どものペットにと家に持って帰った。そのマウスが三週間後に揃って突然死したのである。不審に思った助手は、屍骸を大学に持ってきて解剖した。いずれも重症の心筋壊死を起こしていた。

　報告を聞くと、廚はその助手に口止めをして、四羽のウサギを実験後も処分せず、飼育しつづけるように命じた。一羽が二カ月半後、残りの三羽が三カ月から四カ月のあいだに次々突然死した。解剖すると、どの心臓にも広汎な壊死があった。

　廚はただちに香村に報告した。香村ははじめ信じなかったが、廚から突然死したウサギの心臓標本を見せられると、顔色を変えた。明らかに、心機能を無理に回復したことへの代償的な反応だった。もしこの副作用が克服できなければ、ペプタイド療法は奇跡の治療どころか、死の療法になってしまう。

　香村はすぐに犬で経過を追うように指示した。サリーはペプタイド療法をはじめて二カ月で急激な症状の改善を見せたが、五カ月目の今日、ついに突然死したのである。しかも、心臓破裂という最悪の状況で。

　問題は動物が大型化するに従い、心筋壊死の程度が強くなっていることだ。ウサギまでは梗塞で止まっていたが、犬ではついに破裂に至った。これを人間に使えばどうなるのか。いや、今のままではとても人間の治療になど使えない。実用化どころか、試験投与さえできない状態だ。香村はこれまで積み上げてきた研究が、一気に瓦解するような恐れを感じた。

「それにしても、どうしてこんな急激な壊死が起こるのでしょう」

　廚がおそるおそる香村に聞いた。香村は研究者として必死に冷静さを保ちながら、破裂した部分の断面を観察した。

「心筋の再生に血管が追いつかないようだ。心筋はホメオスタシスで酸素不足を代償しようとするが、予備能を使い果たした時点で、限界に達するのだろう。そこでダムが決壊するように、同時多発的な壊死が起きる」

「やはり血管ですか。わたしもそう思って、それで今サリーのVIAをやっていたのです。画像を保存してありますので、ご覧ください」

厨は実験室のデスクトップを操作して、液晶画面にサリーの血管イメージを呼び出した。

人間の場合と同じく、黒い背景に犬の形をした血管が3D画像で浮かび上がる。サリーは麻酔をかけられ、浅い呼吸をしている。検査中のリアルタイムの映像だ。厨がカーソルを動かし、心臓を拡大する。心臓は血管とつながっているので、動脈と同じように描出される。内腔と心臓の表面を走る冠動脈との隙間の黒い部分が心臓の壁、すなわち心筋だ。

冠動脈は心臓の拍動に合わせ、規則正しく脈打っている。厨は心尖部に向かって、その分枝を丁寧に調べていった。エコーで表示された心筋の分厚さに比べて、たしかに血管の分布は貧弱だ。

ふいに血管の映像が地震のように大きく揺らいだ。サリーが喘(あえ)いだのか。不整脈が起こり、拍動が乱れる。頻脈に移行し、奔馬のようなリズムになる。脈拍は百六十を超えている。やがて脈が飛びはじめ、しゃっくりのような収縮が混じりだす。収縮したかと思うと、短くけいれんする。次の拍動が起こらず、心臓は感電したように細かく震えている。

その一秒後、心尖部の血管が一気に弾け、吹き飛ばされるように外側にめくれた。破裂の瞬間だ。樹状の血管が急速にしぼむ。拍動は停止し、画面からすべての動きが消えた。

「あ……、すみません」

香村が忌々しげにモニターを見ているのに気づいて、厨が小さく言った。香村にすればもっとも見たくない映像だろう。

「でも、香村先生、血管ならなんとかなるんじゃないですか」

厨が必死に香村の機嫌を取ろうとする。「HB‐CGFといっしょに骨髄の幹細胞(かんさいぼう)を移植すればどうでしょう。顆粒球コロニー刺激因子を加えると、血管新生が促されるという報告があります。毛細血管を増やして血流を改善できるのではないでしょうか」

　香村の表情は依然、険しいままだ。

「ほら、おまえらもぼさっと突っ立ってないで、なんかアイデアを考えろよ」

　厨が解剖台の周囲に集まったスタッフを叱咤する。研究生たちは戸惑いながら互いに顔を見合わせる。パイオニアの香村にわからない問題が、自分たちに解決できるわけがないという顔だ。

「香村先生、ちょっとこれをご覧ください」

　ひとり離れて染色した心臓の切片を観察していた助手の庄司真が、香村を呼んだ。

「先生、冠動脈の主分枝を見てください。心室上部の断面です」

　庄司は手に持ったルーペを香村に渡した。

「内腔が狭いと思われませんか。この狭まり方は、血栓や粥状変化ではありません。内膜が均等に増殖して狭くなっているのです」

「うーむ」

　庄司の指摘に香村がうなった。「ＨＢ‐ＣＧＦの内膜増殖効果か……。よく気がついたな」

　ＨＢ‐ＣＧＦには心筋だけでなく、血管の内膜も増殖させる効果がある。それで心筋が増殖する一方で、血管が狭くなるから、相乗的に心臓は梗塞を起こしやすくなるのである。

「内膜増殖を抑制できれば、虚血の危険性も下がるというわけだな」

「はい。おそらく」

　庄司は才気あふれるくっきりした目で香村を見た。彼は香村の十三年あとにジョンズ・ホプキンス大学に留学し、ノースウィンド教授に師事して、二年前に帰国した気鋭の助手である。年次は厨の三年下だが、研究者としての実力は厨を上まわっているともっぱらの評判だ。

　庄司の発見で、香村はなんとか気持を持ち直すきっかけをつかむことができた。彼はスタッフを前に、宣言するように言った。

「明日からこの研究チームは、二班に分かれて副作用克服の研究に専念してもらう。Ａ班は幹細胞を利用して血管新生を促進する研究、Ｂ班はＨＢ‐ＣＧＦの血管内膜増殖の抑制だ。Ａ班は厨君、Ｂ班は庄司君がヘッドを担当してくれ」

「はい」

　厨と庄司がいっしょに返事をした。

「わたしはこのペプタイド療法に研究生命をかけている。実用化された暁には、『香村療法』と名づけるつもりだ。この副作用克服に貢献した者にも同じ栄誉を与えよう。つまり、新しい療法は『香村・××療法』と、功労者の名前を冠することを約束する。だから、是が非でも解決策を見つけてくれ」

「はい、必ず解決してご覧にいれます」

　厨がスタッフを代表するように応えた。

　しかし、庄司は黙ってうなずいただけだった。彼には新療法に自分の名前をつけることなど、興味がなかった。それより問題は、副作用の克服の可能性だ。厨が言った幹細胞利用の血管新生は、問題を一挙に解決する見込みはあるが、実現性は低い。内膜増殖の抑制は効果としては地味だが、実現の可能性は高い。いずれの道を選ぶべきか。香村の指示で、自分は内膜増殖抑制を担当することになったのだから、その方法でベストを目指そうと、庄司は思った。

　香村は最後に強い口調で言った。

「それから当然のことだが、ペプタイド療法の副作用はぜったいに極秘だ。くれぐれも外部に情報が洩れないように注意してくれ。もし、事前に知れ渡って悪いイメージが広がれば、せっかくの治療が偏見でつぶされてしまう」

　香村は乱暴に手術着を脱ぎ捨てて自室へもどった。

　深夜零時を過ぎて、医局の廊下は静まり返っていた。

　香村は冷静を装っていたが、胸の内はやり場のない怒りで煮えくり返っていた。

　もし、この突然死の副作用が洩れれば、教授選に致命的な痛手となる。それどころか、佐久間がこの事実を知れば、国立ネオ医療センターの話も取り消しになるだろう。つまりは、すべてを失ってしまうということだ。なんとしてでも来年の四月まで隠し通し、教授のポストを手に入れなければならない。

　教授になって、予算さえ自由に使えれば、きっと副作用も克服できるだろう。動物実験の段階ではペプタイド療法は奇跡の治療といわれているのだ。副作用さえ解決すれば、自分は心不全の救世主として、必ず医学史にその名をとどめられる。あと一歩のところまで来ているのだ。ここで引き下がるわけにはいかない。

　香村は自分の椅子に座り、血がにじむほどきつく拳を握りしめた。

13 プロジェクト《天寿》

大阪中之島に面した北浜界隈は、江戸時代には藩の蔵屋敷が軒を連ねた大阪の金融経済の中心地である。香村を乗せたタクシーは、土佐堀通を東に進み、ビル街の奥にある高級料亭「江川」に向かっていた。

車の中で、香村は教授の川邊に言われた言葉を思い返した。

「厚労省の佐久間主任企画官が大阪に来られるようだ。君に折り入って話があるらしい。応対にはくれぐれも失礼のないように」

川邊が国立心臓病センターの総長に内定したことは、いまだ公表されていない。しかし、その余裕あふれる態度から、退官後のポストが決まっているらしいことは、医局内のもっぱらの噂だった。その人事に佐久間が関与したのだろうか。川邊は常に佐久間を実力者扱いするが、香村にはいまだにその理由がわからなかった。

香村は淀屋橋のまばゆいネオンを眺めながら、今夜の宴席に思いをはせた。佐久間の用件はなんだろう。やはり国立ネオ医療センターのことか。佐久間が高齢者問題を手がけていることは、以前から聞いている。老人の心不全にペプタイド療法を使いたがっているのだろうか。もしそうなら、突然死の副作用だけはどんなことがあっても気取られてはならない。香村は深刻な表情で口元を引き締めた。

「江川」は近代的なオフィスビルの谷間に、ひっそりとしたたたずまいを見せる関西の料亭の老舗である。行灯を模した明かりに導かれて店内に入ると、広々とした玄関に二人の仲居を従えた女将が出迎えた。

「香村先生、本日はようこそお越しくださいました。佐久間さまは先にお待ちでございます」

女将に招じられて毛氈を敷いた廊下を進むと、数寄屋造りの座敷に案内された。

「失礼いたします。お連れさまがお見えでございます」

襖を開くと、佐久間は手前の畳に座布団も敷かずに正座して香村を待っていた。

「香村先生、本日はお忙しいところ、わざわざお出でいただきまして、ありがとうございます」

「これは佐久間さん。お待たせして恐縮です。そんなところにいらっしゃらないで、どうぞ奥へお座りください」

香村は川邊の言葉を思い出して、佐久間に上座を勧めたが、佐久間はすばやく下座にまわった。

「わたしなんかが上座では、ゆっくりお話ができませんよ。貫禄がちがいますもの。ねぇ、女将」

慣れた調子で佐久間が言うと、女将も愛想のよい笑顔を香村に向けた。香村は形だけの遠慮で、うれしそうに床の間を背に腰をおろした。

料理は贅(ぜい)を尽くした懐石で、酒も各地から取り寄せた銘酒が出された。佐久間はいつも通りウーロン茶だったが、香村は冷酒のグラスを重ね、目の縁からやがて顔全体を火照らせた。

食事のあいだ、佐久間は次から次へと雑談をつづけた。教授選の話題が出ると、思わせぶりな薄笑いを浮かべて言った。

「実力では香村先生がダントツですよね。でも、こういう選挙って、実力のある人より失点の少ない人が勝ったりするじゃないですか。いやですよね。多少マイナスがあっても、能力のある人を選んだほうが、大学にとってもプラスになるに決まってますのにね」

マイナスという言葉に、香村は一瞬、酔いの醒める思いがした。ペプタイド療法の副作用が、頭をかすめたからだ。香村は動揺を隠して冷や酒のグラスをひと息に空けた。

やがて料理が終わり、蓮飯(はすめし)の食事が運ばれてきた。佐久間は人払いをして、鞄から書類を取り出した。

「香村先生、これは来年オープンの国立ネオ医療センターの広報用プレスキットです。うちの広報課が作ったんですがね。役人ってセンスがないでしょ。これからアピールしていかなければならない施設なんですが、どうも地味で」

上質紙にカラー印刷されたパンフレットで、表紙にダ・ヴィンチの人体図と「National Neo Medical Center」の文字がある。香村は赤い顔でパンフレットを眺め、縁なし眼鏡を額にずらした。老眼のせいで細かな字が見えにくいのだ。

佐久間はそれを目ざとく見とがめて言った。

「おや、先生もそろそろですか。老眼って急に来るらしいですね」

香村は眼鏡をもどして、佐久間をにらんだ。

「あ、いや、これは失礼しました。でも、外科の先生方はみなさん同じらしいですよ。先生は手術のときお困りではないですか」

「心臓外科の手術はマイクロサージャリー（顕微鏡下手術）ですからね。レンズで調整できるんです」

川邊の言葉さえなければ、もっと不機嫌な言い方をするところだが、香村は自制した。

「いや、わたしも他人ごとじゃありません。来年は四十ですからね、いつはじまるか恐怖ですよ。もっともこんな目ですから、へっへっ、もともとよくは見えていませんがね」

佐久間は、外斜視の突出した目を大きく開いた。そして自分用に用意させた急須から茶を注ぐ。

「しかし、老眼って早く来すぎますよね。先生なんかまだまだこれからですものね。関東にも腕の立つ心臓外科医がいましてね。ゴッドハンドなんて呼ばれてるそうです。その先生は患者に言うんですって。あなたは幸運だ、だれもが神に出会えるわけではない、とね。ははっ、たいした自信ですよね。でも、わたしは思うんですが、手術で助かる人数は知れてますよね。一生かけても一万人も手術できませんもの。そういう意味では、外科医は救世主ではありませんな。ほんとうに患者を救うのは、やはり研究者じゃないでしょうかね」

「そうですかね」

佐久間の目が怪しくうごめく。

「だって、画期的な研究で救われる患者は無限でしょう。日本だけでなく、世界中の患者が恩恵をこうむる。それこそ医学史に名を刻むにふさわしいことではありませんか。わたしは、香村先生の本領はやはり研究にあると思っていますが」

「ええ、わたしも研究は、重視していますよ……」

香村は無防備に香の物を音をたてて嚙んだ。佐久間はじっと香村を見ながらつづける。

「研究といえば、わたしは日本の高齢社会の行く末を案じていましてね。ひと口に高齢社会問題といっても、なかなか奥が深いものです。帯広医科大学のある教授がおもしろいことを教えてくれましてね。日本に寝たきり老人が多いのはなぜか。それは心臓の強い老人が多いからなんですって。へ、へ、へ。日本の老人は脳の血管は弱いけれど、心臓が強いから、寝たきりになってもなかなかお亡くなりにならないんです」

佐久間は口を湿らすように、湯飲みを持ち上げた。分厚い唇に似合わない小さい赤い舌がのぞく。

「寝たきり老人を減らすためには、もちろん予防が大切です。しかし、不幸にして寝たきりになったら、その期間はできるだけ短いほうがいい。だからポックリ死がいいんですな。つまり心臓です。心臓が弱くてポックリ逝けば、寝たきりにならない。あるいは寝たきりになっても、長くは寝つかない。つまり、ターゲットは心臓ということなんです。心臓を強くすることは、今や国策に反するということです」

香村の顔色が変わる。何を失敬な。しかし、佐久間はその機先を制するように左手をさっと前に出した。

「わかっています。心臓が弱いために寝たきりになる老人もいますものね。いわゆる心不全ですね。ポックリ死が起こるのは、心筋梗塞ですよね。心不全では寝たきりになるばかりで、なかなか死なない。それは好ましくない状況です」

香村をなだめ、友好の信号を目いっぱい送りながら佐久間はつづける。「わたしどもには、少々デリケートな調査をする部署がありましてね。内務諜報部(ちょうほうぶ)、我々は《内諜》と呼んでますが、これはあまり公にはしていません。わたしはこの《内諜》に、全国の心臓病の研究者をリストアップさせたんです。国策に合う研究をさがすためにね。その中でもっとも評点の高かったのが、香村先生、あなたなのですよ」

思わぬ展開に、香村は戸惑いの色を見せた。

「ちょっとお待ちください。わたしのペプタイド療法のことをおっしゃっているのですか。あれはまだ動物実験の段階で、実用化にはそうとう時間がかかりますよ」

香村は副作用を気取られぬよう、先まわりして予防線を張った。佐久間は素知らぬ顔でつづける。

「パンフレットをご覧ください。二ページ目にグラフがあるでしょう」

「老化パターンの理想と現実」と題したページに、(ア)と(イ)の二つのグラフが出ていた。(ア)は右下がりの直線で、(イ)は水平に伸びた線が垂直に落ちている。

「これは年齢と生活機能のグラフです。(ア)が自然な老化パターンで、年齢とともに徐々に生活機能が下がっていくことを示しています。(イ)は理想の老化パターンで、年齢が進んでも生活機能を水平に維持し、最後は寝つかず一気に落とす。すなわちポックリ死ですね。我々は先端医科学を活用して、高齢者の生活を(ア)から（イ）のパターンに転換させたいと考えているのです。高齢者の心臓が弱るのは当然です。その心臓をよみがえらせることができれば、夢のような治療ですね。ペプタイド療法は、この右肩下がりのグラフを水平に引き上げる大きな原動力となるのですよ」

佐久間の熱心な言葉に、香村は困惑した。たしかにペプタイド療法で心不全が改善されれば、老人は元気になるだろう。しかし、問題はそのあとだ。ペプタイド療法を実用化するには、なんとしてもあの副作用を克服しなければならない。

「先生、『ぴんぴんポックリ』ってご存じですか」

佐久間が唐突に訊ねた。

「なんですか、それは」

香村は思わず笑った。佐久間が冗談を言ったと思ったからだ。

「いや、お笑いになるのも無理はありません。でも、真面目な話です。長野県などで十年ほど前から進められている高齢者向けの運動でしてね。いつまでもぴんぴん元気でいて、死ぬときは寝つかずにポックリ逝く、それが高齢者の理想だというんですな。『ぴんぴんポックリ』はその頭文字をとって『ＰＰＰ』ともいわれます。わが省としても、これを超高齢社会の国策として採用することになりましてね。パンフレットの最後のページをご覧ください」

香村はパンフレットのページを繰った。太字のゴチックで、「ＰＰＰ　理想の老後　ぴんぴんポックリ」と書かれている。

「今度できるネオ医療センターは、この『ＰＰＰ』の拠点となる予定です。調査によると、はじめの『ＰＰ』については、さまざまな提案がなされています。自然食生活とか、生き甲斐療法、保健師の健康指導などですね。ところが最後の『Ｐ』、すなわちポックリ死のための方策になると、まったくといっていいほど議論の対象になっていないんです。タブー扱いですな。死は恐ろしいし、先のことだから今は目をつぶっておこうというわけです。日本人お得意の先送りですよ。しかし、そのツケはいつか確実に払わされる。そちらのほうがよっぽど恐ろしいのじゃありませんかね」

佐久間は唇に冷たい笑いを浮かべた。「《内諜》からいろんな情報が届きますが、死を自然に任せておくのは危険なようですよ。たとえばこんな例があるそうです。みんなから尊敬され、保護司まで務めた人格者が、老人性痴呆で自分の大便を食べる、食い道楽の人が嚥下障害でチューブ栄養になる、名人といわれた落語家が脳血栓で失語症になる、高級ホテルの料理長が味盲（脳梗塞で味覚を失うこと）になる、書くことが生き甲斐の同人雑誌作家がパーキンソン病でワープロに向かえなくなる、働きづめに働いて、やっと定年になって楽をしようと思った人が、多発性脳梗塞で寝たきりになり、散歩さえできなくなる……。地獄ですね」

「そんな皮肉な例ばかりじゃないでしょう」

「もちろんこれは特殊なケースかもしれません。しかし、高齢者はだれでも、多かれ少なかれ思いがけない不幸を背負っているものですよ」

「それはそうかもしれないが……」

佐久間はシニカルに微笑んでから、姿勢を正した。

「我々は国民に望ましい老後を保障するのは、国家の重要な責務だと考えています。『ぴんぴん』だけでなく、『ポックリ』も含めてね。超高齢社会に陥った日本を救うため、今、ある国家プロジェクトが秘かに進められているのです。わたしがその実質的な責任者です。わたしは先生のペプタイド療法を、このプロジェクトに活用させていただきたいのです」

「心不全の患者を元気にするためにかね。それはまだ時期尚早です。先ほども言ったようにペプタイド療法はまだ動物実験の段階なのだから……」

あくまで断ろうとする香村を、佐久間が遮った。

「いいえ。実際の患者に使っていただきます」

「そんな、君、安全性を確かめもせずに認可されるわけがないじゃないか」

香村は思わず声を荒らげた。しかし、佐久間は動ぜず、むしろ親しみをこめて言った。

「認可はわたしが出します。安全性を確かめる必要はありません。プロジェクトの最終目的は、寝つかずに死ぬ、つまり、突然死だからです」

香村は息が止まるほどおどろいた。

佐久間は知っているのか。

香村は五秒ほど相手を見つめ、激しい疑心暗鬼と闘いながら訊ねた。

「佐久間さん、あなたはわたしのペプタイド療法について、何か、特別な情報をお持ちなのですか」

「率直にお話ししましょう。我々はペプタイド療法が心筋壊死から突然死を起こす可能性の高いことを知っています。先生はそれを副作用とお考えのようですが、我々はそうは思わない。突然死は立派な〝効果〟です。心不全で生活機能の落ちた老人を、一時的に回復させ、寝つかせないで突然死させる。まさに『ぴんぴんポックリ』ではありませんか」

　香村の額に冷たい汗が噴き出した。佐久間は無表情にそれを見つめる。

「香村先生、ペプタイド療法は、すでに完成しているのですよ」

　香村は強大な濁流に呑まれるような錯覚に陥った。その濁流を操っているのは、目の前のずんぐりした外斜視の男だ。

「どうして、副作用のことを……」

　香村は喘ぎながら訊ねた。「まさか、うちの研究スタッフが洩らしたのでは」

「とんでもない。先生のお膝元を荒らすようなことはいたしませんよ。情報源の秘匿はルールですから、ま、わたしも海外のネットワークがなくはないと、それでご勘弁願います」

　くだけた調子で言ったあと、佐久間は熱意を込めてつづけた。「ネオ医療センターに来ていただければ、ペプタイド療法の実用化に向けて、予算はふんだんにおまわしします。全国から対象者を集めて大規模スタディをやっていただきたいのです」

　香村は混乱していた。突然死を副作用ではなく効果と見なすことなど、考えたこともなかった。それより、佐久間に副作用を知られていることのほうがショックだった。佐久間が知っているということは、ほかにも洩れている可能性があるということだ。もし、教授選の前にこの情報が広まれば、香村の敗北は決定的だ。

　香村の腋(わき)の下に冷たい汗が流れた。

「あまりに急なお話で、即答はできかねますが、わたしとしても、考えを整理する必要がありますので……」

　香村はパンフレットを閉じ、佐久間に返そうとした。

「それは差し上げます。どうぞお持ち帰りになって、ご検討ください」

　香村はそのままパンフレットを座卓に置いたが、動転してグラスの酒をこぼしてしまった。裏表紙に、「ＰＰＰ」の文字がにじむ。裏から見たそれは、数字の「６６６」に見えた。キリスト教でもっとも忌み嫌われる符号だ。

　香村は声を震わせながら言った。

「佐久間さん、たしかにペプタイド療法には副作用があります。しかし、あらゆる副作用がそうであるように、時間をかければ必ず克服できるはずです。だいたいの方向は見えているのですから」

「そうですかね」

佐久間はあぐらの膝を揺すって笑った。「ＥＳ細胞を活用して血管新生を促すのは、限界があるんじゃないですか」

香村は言葉を詰まらせた。なぜそこまで知っているのか。しかし、香村はなんとか活路を見出そうと必死になった。ペプタイド療法は彼のライフワークだからだ。副作用を克服するためには、とにかく研究予算がいる。教授になればそれが可能だと思っていたが、副作用が洩れた今、教授選の不利は否定のしようがない。それならネオ医療センターに行けば予算は確保できるのか。

「佐久間さん、以前、あなたはネオ医療センターの年間予算は二十億ほどになるとおっしゃってましたね」

「ええ」

「それでわたしに勧めてくださっているプロテオミクス医科学分野には、五から七億ほどの研究予算がもらえると」

「最低で七億ですね。予算は現在検討中で、総枠をもう少し増やせる予定です。そうなれば先生には、さらに予算をつけられます」

「佐久間さん、こんなことを申し上げるとたいへん失礼だが、口約束だけではどうもね。文部科学省の予算でも、最後に削られることが多いですから。予算の保障はあるのですか」

香村は狡猾（こうかつ）な目で佐久間を見た。

「ご心配はわかります。でも、どうぞご安心ください。これは公にはできないことですが、先生には、ま、特別にお話ししましょう」

佐久間は分厚い唇を緩めて声を低めた。「ネオ医療センターの予算は、形式上、医政局研究開発振興課から支出されます。しかし、実際は事務次官マターです。わたしは林田次官から、ネオ医療センターの予算配分を任されていましてね」

「佐久間さんが、ですか」

「ええ。こんな若造がとお思いかもしれませんが、ネオ医療センターはもともとわたしが構想したものなのです。プロジェクトを実現するためのコントロールラボとしてね。それに、わたしは林田次官とはやや特殊な関係にありましてね」

佐久間は抑揚のない声でつづけた。「平成十×年四月一日、東京の池袋で小さな交通事故がありました。単純な追突事故です。ただ当事者に少々問題があった。追突されたのは、暴力団山岡組の幹部、安東忠邦（あんどうただくに）という男で、追突したのが林田慶一（けいいち）、当時、官房長だった林田次官のご子息です。安東はむち打ち症の治療費と、ベンツの修理費用を合わせ、千五百万円の賠償金を請求してきました。困った次官がわたしに相談してきて、わたしはある男に解決を依頼しました。社会福祉畑で事業をやっている小池清という男で、裏の社会に顔が利くというので任せたのです。ところが、この小池が交渉に失敗しましてね。どうしても千五百万を支払わなければならなくなってしまった……。

わたしも困りましてね。引き受けるときに、小池が大船に乗ったつもりでなんて請け合ったものだから、次官も安心していたのです。なのに失敗したので、次官が怒りましてね。何をやってるんだって怒鳴ったんです。そしたら小池が、わかりました、交渉に失敗したのは自分だから、その千五百万は自分が肩代わりしますと言いだしたんですよ。次官も怒鳴った手前、引っ込みがつかなくて、小池がそう言うのならと話を呑んだんです。これで一件落着ならよかったんですが、どこで嗅ぎつけたのか、新聞記者がこれは収賄に当たると騒ぎだしたんです。林田さんは官房長室で小池からいったん千五百万を受け取りましたからね。もちろんその金はすぐ安東に渡ったんですが、形の上では林田さんが受け取ったにはちがいない。それに小池は厚労省から多額の補助金を受けていましたからね。これにはわたしも慌てましたよ。その記者に会いに行き、事情を説明してなんとかスクープにするのを抑えたんです。もちろん口で説明しただけじゃありません。渡すものを渡しましたよ。幸い、ものわかりのよい記者でね。へへへ。

林田さんもこのときばかりは青い顔をしてました。なにしろ記事が世に出たら、次官になれないどころか、手がうしろにまわってましたからね。その件をおさめてから、次官はわたしに特別気をつかってくれるようになったんですよ。だからわたしが予算を決めれば、通してくれます。仮に総理が変更を要求してきても通すでしょうね」

佐久間は語り終えると、目を細めるようにまぶたをゆっくり上下させた。

香村は佐久間の話を聞きながら、不安とない交ぜに奇妙な安心感が湧くのを感じた。佐久間は予算の約束を説明するために、上司の弱みを得々としゃべっている。その危険に気がつかないのか。香村がもしこの秘密を逆手に取って、次官に過大な要求を出したらどうするつもりか。それを自分の手柄話のようにべらべらしゃべる佐久間という男は、やはり恐れるに足りない鈍物ではないのか。

香村は笑みを浮かべ、揶揄するように佐久間に言った。

「そんなお話、わたしが聞いてもいいんですか」

「そうですね。けっこうデリケートな内容ですよね。わたしが洗いざらいお話ししたのは、先生の信頼を得たいがための一心なんですよ」

「それはうれしいお話ですが」

香村は余裕を楽しむように言った。「しかし、佐久間さん、わたしだってそれほど口が堅いとはかぎりませんよ」

香村は佐久間の顔色が変わるのを期待した。佐久間の表情はたしかに変わった。しかし、それは狼狽（ろうばい）ではなく、憐（あわ）れみだった。

「香村先生がこの話を口外されることはありませんよ。先生は医学者であられるんだから、そんなどろどろした駆け引きとは無縁の方です。だから、迂闊なことはおっしゃらないほうがいい」

「どういう意味かね」

「先ほどお話しした《内諜》は、活動に幅がありましてね。思いがけない報告も届くのですよ。香村先生、どこかでわたしの名前を使ったりしていませんか」

香村は訝しげに眉をひそめた。

「申し訳ないんですが、情報が届いているんです。峰丘茂とかいいましたよね。先生が手術されて、そのあと急死された方です。あの方の病理解剖は鶴田教授という方がされたそうですね。鶴田教授は来年退官されるが、まだ次のポストが決まっていない。香村先生の義父である大村寿一郎氏が口を利けば就職先も見つかるかもしれないが、先生はだめを押すように、わたしの名前も出された。厚労省に佐久間というのがいて、盛んにアプローチしてくる、あれを使えば厚労省の関係で国立病院にポストが見つかるかもしれない、とね。なぜそこまで鶴田教授に便宜を図ろうとされたのですかね。峰丘という患者の解剖前に、香村先生はそうとう慌てておられたようですが」

「どうして、そんなことを……」

香村は蒼白になって訊ねた。

「香村先生、わたしはただ報告を受けただけです。それ以上のことは聞いていません。先生がわたしの名前を使って有利になるなら、いつでもお使いください。喜んでお役に立ちますよ。わたしだって、先生にはご無理をお願いしてるんですから」

佐久間の外斜視の目が広がり、香村を追い込むように見つめた。

「香村先生、改めてお願いします。来年の四月からネオ医療センターにお出でいただけませんか。先生には特別、副センター長のポストをご用意いたしました。プロテオミクス医科学部長との兼務です。またとない条件ですよ」

長い沈黙が流れた。香村の脳裏にさまざまな思いが浮かんでは消えた。まさか、これでほんとうに終わりなのか、ネオ医療センターの話を受ければ、教授選には出られない、これまでひたすら目指してきた教授の椅子が、あと一歩のところまで迫ったのに、あきらめなければならないのか。

佐久間の申し出を拒否する手だてはないのか。佐久間は次官の不祥事まで打ち明けた、それをネタに交渉することはできないか、いや、それも佐久間の計算の内だろう、最後に用意された道が、ネオ医療センターの副センター長というわけか。

香村は座卓のおしぼりで額の汗を拭った。

「佐久間さん、あなたは次官の秘密まで打ち明けて、わたしの歓心を買おうとした。そんなことをしなくても、わたしの弱みはしっかり握っているのに。なおかつ、膨大な予算まで約束してくださる。なぜなんですか。わたしにそこまでしてくれる理由はなんですか」

「香村先生、それはね」カメレオンのような佐久間の目があらぬ方を向く。「先生とわたしが運命共同体だからですよ。林田次官も同じです。日本を超高齢社会の危機から救うためのプロジェクトに、先生や次官のお力が必要なんです。いっしょに日本の未来を築きましょうよ。やり甲斐のある仕事ですよ」

佐久間はゆっくりまばたきを繰り返した。相変わらずどこを見ているのかわからない。しきりに汗を拭く香村を尻目に、佐久間が浮かれた調子で言い足した。

「そうそう、肝心のプロジェクト名を言い忘れてました。プロジェクトの名称は《天寿》っていいます」

「プロジェクト《天寿》……」

香村は朦朧(もうろう)として佐久間の言葉を反芻する。

教授の椅子が、蜃気楼(しんきろう)のように消えるのを香村は感じていた。

14 弁護士

手術部勤務の看護師の仕事は、一般の看護師に比べてかなり特殊といえる。服装からして白衣の天使にはほど遠い。全身を緑の手術着に包み、帽子とマスク、ゴム手袋の完全装備。患者の世話をすることもなく、患者から「ありがとう」と言われることもない。相手にするのは、緊張感を漲(みなぎ)らせて手術に没頭する外科医たちである。

阪都大学病院中央手術部の二年生看護師宮原早苗(さなえ)は、そんな特殊性が嫌いではなかった。

しかし、はじめは外科医のテンポについていけず、器具を渡し損ねて足を蹴られたり、鉗子(かんし)を投げつけられたりした。怒鳴られて泣きそうになったことも一度や二度ではない。手術部の新米看護師たちが一様に化粧が薄いのは、汗と涙で流れるのがわかっているからだ。

宮原は童顔のわりに仕事ができるので、同期の中ではいちばん早く器械出しを担当するようになっていた。

そんな宮原を安倍洋子が呼び止めたのは、彼女のついた泌尿器科の手術が延長になり、帰りが遅くなったある夕暮れだった。

「宮原さん、ちょっと聞きたいことがあるんだけど、時間いいかな」

「え……、はい」

宮原は安倍の誘いに一瞬戸惑ったようだったが、素直にうなずいた。二人は病院の近くにあるファミレスに入った。

安倍は話を切り出す前に、それとなく宮原のようすを観察した。別に身構えているそぶりはない。ウェイトレスに飲み物を注文してから、安倍は訊ねた
「宮原さん、今から四カ月ほど前のことなんだけど、心臓外科の峰丘さんという患者さんの手術、覚えていない？　あなたが外まわりでついた手術なんだけど」

宮原はわずかに首を傾げ、「さあ」と答えた。

「器械出しは葛西主任だったの。手術の看護記録は外まわりのあなたが書いたはずでしょう」

「外まわりがわたしなら、記録はわたしでしょうね。その患者さんがどうかしたんですか」

宮原は怪訝な顔で訊ねた。

「峰丘さんは手術のあと、五日目に急死したの」

「そうですか……」

宮原はおどろきを見せなかった。安倍は枝利子からの相談をかいつまんで説明した。

「葛西主任は手術中に変わったことはなかったって言ってるの。でも、いつもの調子ですぐにヒステリーを起こすでしょ。だから詳しく聞けなくて」

安倍は冗談めかして言ったつもりだったが、宮原は笑わなかった。

「でもね、わたしはなんとなく引っかかるのよね」

「主任さんが何もないとおっしゃったのなら、何もなかったんじゃないですか」

宮原の声がわずかにうわずった。イエス・ノーの嘘ならなんとかごまかせても、自分から嘘を補強するのはプレッシャーがかかるものだ。

「宮原さん、この件で葛西主任から何か言われなかった？」

「いいえ」

「ほんとうに？」

宮原はうつむいて、紅茶をスプーンでかきまぜている。

彼女は何も知らないわけではないと、安倍は感じた。

「宮原さん、ちょっと聞いてくれるかな。あなたは看護師になって二年目よね。わたしは八年たった。葛西主任は十五年のベテランかな。だれもが同じ道をたどるわけじゃないけど、年数によって仕事の受け止め方も変わってくるのよね。わたしもはじめは、理想に燃える看護師だった。でもね、今、感じるのは、やっぱり看護師って立場が弱いっていうことなのよ」

宮原は意味がわからないというように、顔を上げた。

「あなたもこれから経験すると思うけど、手術のうまい先生ばかりじゃないからね。下手な先生もいるし、ミスをごまかしたり、いい加減なところで手術をやめてしまう先生もいる。自分の研究のためにしなくてもいい手術をする先生とか、実績のためにわざとむずかしい手術をする先生もいるわ。そういう手術の器械出しについても、看護師は何も言えないでしょう。黙って器具を出すしかないの。それってつらいことよ」

宮原の顔が真剣になった。

「看護師は外科医のミスには責任を問われないけど、協力を拒否することもできない。否応なしに共犯者になってしまう。だから弱い立場だなって思うの。外科の先生も、もちろん悪い人ばかりじゃないわ。きちんとした人もいる。でも、誘惑に負けちゃう人が多いと思うよ。甘やかされた人種だもんね。外科医がミスを隠すのは、隠せる状況があるからよ。だからそれを変えていかなきゃだめだと思う。内部告発ってあとが恐いように思うかもしれないけど、勇気を出してやらなきゃいけないときもあると思うの」

宮原は、安倍の言葉に困惑した表情を見せた。

「宮原さん、だからもう一度聞くけど、峰丘さんの手術について知ってることがあるんなら、教えてくれない」

「知ってるって、どんなことですか」

「どんなことでもいいのよ。何かいつもと変わったことはなかった？」

宮原はうつむいたまま黙り込んだ。何かを思い出しているのではない。言うべきことはあるが、それを口にすべきかどうか迷っているのだ。

葛西に口止めされているな、と安倍は直感的に思った。先手を打たれて、安倍に何か聞かれても言うなと命令されているのだ。若い宮原がベテランの葛西に逆らえるはずもない。

ここで無理に聞き出すのは得策でないと、安倍は考えた。主任が口止めをしたらしいとわかっただけでも収穫だ。

「今すぐでなくてもいいのよ。何か思い出したら、こっそり教えてくれればいいから」

安倍は明るく言って微笑んだ。

安倍がレシートを持って立ち上がっても、宮原はなかなか席を離れなかった。


十一月十四日、江崎峻は有給休暇を取って、午前八時四十五分に梅新東の交差点に行った。梅新東は国道一号線と新御堂筋が立体交差する大きな交差点で、大阪地方裁判所の合同庁舎にも近い。排気ガスのこびりついたガードレールのたもとに、枝利子と小太りの男性が立っていた。

「おはようございます」

江崎が挨拶すると、枝利子は一歩前に出て会釈をした。

「今日はありがとうございます。主人の中山です」

枝利子に紹介された中山孝太は、きまり悪げにその場で足踏みをした。

この日は、峰丘茂の医療訴訟が可能かどうか、はじめて弁護士に相談することになっていた。相談相手は大沢総合法律事務所の代表、大沢惣介弁護士である。大沢は阪奈電鉄の顧問弁護士をしており、孝太が勤務する大東印刷が阪奈電鉄と取引があるため、紹介してもらったのである。

「お知り合いの弁護士事務所は近くですか」

江崎が訊ねると、孝太は口ごもりながら答えた。

「はあ、いや、知り合いといっても、直接知っているわけではなく、仕事の関係で紹介してもらっただけで」

「約束は九時でしたよね。じゃあ行きますか」

「はい」

孝太はこめかみに浮かんだ汗をハンカチで拭った。

この夫婦はあまり似合いでないなと、江崎は思った。枝利子は人目を惹くほどの美人なのに、孝太は丸顔の平凡な外見だ。いかにも善良そうだが、それだけで結婚に至ったのだろうか。

三人は曾根崎一丁目にある新御堂ビルに入った。最上階の十六階に「大沢総合法律事務所」のプレートが出ている。エレベーターに乗ると、孝太の緊張が目に見えて高まった。江崎が気を利かして孝太に言った。

「弁護士さんへの説明はわたしがしますよ。専門的な問題もありますから、そのほうがいいでしょう」

「そうですね。はい、よろしくお願いします」

孝太は眼鏡を取って、顔中の汗を拭った。

大沢綜合法律事務所は、天井の高い重厚な構えの事務所だった。扉に金文字で「辯護士」と肩書きをつけた七人の名前が張り出してある。いかにも威圧的だったが、江崎はかまわずノックした。

「九時に大沢先生に約束をいただいている中山ですが」

江崎が孝太の名で案内を乞うと、受付の女性は三人を「応接室1」と書かれた部屋に案内した。窓のない小さな部屋で、マホガニーを模した暗い壁が重苦しい雰囲気を漂わせている。

しばらく待つと、黒っぽいダブルのスーツを着た五十がらみの紳士然とした男性が入ってきた。

「お待たせしました。大沢です」

大沢は机の向かい側にまわりながら、三人を品定めするように見た。

江崎が立ち上がって自己紹介する。

「阪都大学医学部麻酔科の江崎と申します。中山さんから医療過誤についての協力を依頼されましたので、同席させていただきました」

「ほう、麻酔科の先生ですか」

大沢はおもむろに名刺を取り出したが、江崎は名刺を作っていないので受け取るだけになった。孝太がおずおずと名刺を差し出すと、大沢はじゃまくさそうにもう一枚出した。

「ま、どうぞおかけください」

「今日、うかがったのは、こちらの中山枝利子さんの父である峰丘茂氏の医療過誤による死亡についての相談です。峰丘氏は今年の七月に阪都大学の心臓外科で手術を受け……」

江崎はできるだけ簡潔に用件を話そうとした。相手も多忙だろうと考えてのことだった。ところが、大沢はわざと話の腰を折るように、テーブルに置いたインターフォンを押して「おーい、お茶」と言った。江崎は面食らって、言葉を途切れさせた。

そんな江崎を尻目に、大沢は呑気な調子で言った。

「だいぶ、秋も深まりましたな。京都あたりの紅葉が見ごろでしょうな」

まずは世間話からはじめるのが礼儀なのだろうか。孝太同様、弁護士に相談するのがはじめての江崎は、内心戸惑った。しかし、ここは相手に合わせなければならない。

「そうですね。大学病院の周辺も銀杏（いちょう）が色づいています」

お茶が出されると、大沢は音をたててすすり、内ポケットから煙草を取り出した。

「先生の前ですけど、お許しいただけますかな。こういう仕事をしてますと、どうもストレスが溜まりましてな。健康にはよくないんでしょうが、どうですかね」

「わたしは麻酔科ですから、呼吸管理の上では、煙草はお勧めできません。しかし、吸わないことで逆にストレスが溜まるなら、それも好ましくないでしょうね」

江崎は辛抱強く待った。孝太と枝利子も黙ってうつむいている。

「来週の木曜日はいよいよボージョレ・ヌーヴォの解禁日ですな。今年はブドウのできがよいらしいが」

大沢はなかなか雑談をやめなかった。何かを試されているのだろうか。江崎がそんな疑念を持ちはじめたころ、ようやく大沢は本題に取りかかった。

「ところで今日のご相談はなんでしたかな」

江崎はあまり事務的にならず、かといって冗長にもならないよう、慎重に状況を説明した。

「その内部告発の文書というのは、今、ありますか」

枝利子がバッグから封筒を取り出すと、大沢は老眼鏡をかけ、眉間に皺を寄せて斜め読みした。

「差出人の名は書いてありませんな。匿名の文書ということになりますな」

大沢は面倒そうに眼鏡をはずし、「あとでゆっくり検討しますから、コピーをいただいてよろしいか」と枝利子に訊ねた。枝利子がうなずくと、大沢はふたたびインターフォンに「おーい、コピー」と言いつけた。

女子職員が手紙をコピーしてくると、大沢は封筒を枝利子に返さず手元に置いた。江崎たちは大沢の返事を待った。しかし、大沢は何も言わない。仕方なく、江崎が大沢の機嫌を損ねないように注意しながら訊ねた。

「先生、今、わかっている状況はすべてお話ししました。訴訟は可能でしょうか」

「もちろん可能は可能ですよ。訴訟は国民に等しく認められている権利ですからな。ただ勝てる見込みがあるかどうかということになると、なんとも申し上げられませんな」

大沢は人を食ったような言い方をした。江崎がもの問いたげな顔をすると、大沢はひとつ咳払いをして説明した。

「医療裁判では、患者側に医者の過失を証明する義務があるのですよ。いわゆる立証責任ですな。これはなかなかむずかしいですわな。本件のように先生が原告側についておれば、かなり有利ともいえるが、それでも今聞いた話では、医者の過失は十分に証明できんのじゃないですか。患者が手術後に死亡して、最初は原因不明と言われたが、内部告発の文書が届いて、心臓に針が残されていた可能性があるというわけですね。しかし、レントゲン写真やカルテを調べても、針の存在は証明できんかったわけでしょう」

「いや、レントゲン写真に写っていないからといって、針がなかったとは言い切れないんです。骨や心臓の分厚い部分に重なれば見えませんから」

「ないとは言い切れないけれど、あるとも言い切れんのでしょうが」

江崎は沈黙せざるを得なかった。すると枝利子が突然言った。

「でも、この手紙はどうですか。これは証拠になるんじゃないですか。わたし、これを読んで、やっぱりと思ったのですから」

「お嬢さん、あなたがどう思われようが、これは証拠にならんのですよ。こういう文書は伝聞証拠といいましてね。人から聞いた話と同じです。この文書を書いた本人に、法廷で何も聞けんでしょう。つまり反対尋問ができない。反対尋問を経ていない証拠は、裁判所が認めないんですよ」

「そんな……」

枝利子は不満なそぶりを露わにしたが、孝太がそれをたしなめた。

「お父さまを亡くされたことには同情します。しかし、裁判を起こすとなれば、これは現実問題ですからな。経費だってばかになりませんよ」

「もちろんです。それはもう……」

孝太が安請け合いしかけたのを遮って、江崎が聞いた。

「準備の都合もありますから、具体的な金額をお聞かせ願えますか」

「そうねぇ。ま、細かいことは別として、本件を仮に賠償金五千万の事件としますわな。そうすると着手金は二百五十万」

「そんなに」

枝利子が思わず声をあげた。

「お嬢さん、これは着手金ですよ。裁判に勝てば成功報酬として、さらに賠償額の十パーセントをいただきます。それくらいが相場ですね」

合わせて七百五十万円も払わなければならないということか。それも裁判に勝った場合で、負ければ着手金だけ取られて終わりだ。一審で勝っても、控訴されればまた裁判はつづく。これではよほど経済的に余裕のある人にしか裁判は起こせないだろう。江崎は愕然とした。訴訟はだれにも認められた権利などといいながら、こんな状況では医療ミスの被害者は泣き寝入りしろというのも同然ではないか。

「誤解のないように言うておきますが」

江崎の表情を見て、大沢が弁解がましくつづけた。

「弁護士の中には、裁判に負けるのがわかっていながら、着手金目当てに引き受ける手合いもおるのですよ。とにかく医療事故の争いは厄介ですからな。わたしはまあ、自分で言うのもなんだが良心的ですからね。そんな悪徳弁護士のところに相談に行かなかっただけでも、中山さん、あなた方は幸運ですよ」

江崎は大沢の手元から封筒を取りもどし、今までの気づかいを捨てて聞いた。

「この文書は差出人がわかれば証拠になるのですね」

「書いた当人が裁判所に出廷して、反対尋問に応じればですな。しかし、これだけでは過失を立証するには弱いんじゃないですか。針が心臓の出血を引き起こしたという直接的な証拠にはならんのだから」

「しかし、レントゲン写真にも写っていない、手術記録にも解剖所見にも記載されていない、とすればあとは目撃証言しかないじゃありませんか」

江崎は思わず声をあげた。すると大沢も表情を変え、弁護士の権威を剝き出しにして言った。

「参考までに言うときますが、医療裁判の勝訴率は一般の訴訟事件に比べて極端に低いんです。一般が七、八十パーセントとすれば、医療は三十パーセント台です。勝訴率が低いということは、医療では提訴そのものがまちがっているケースが多いということです。患者は治療がうまくいかんと、すぐ過失だ、医者が悪いと言いたがるが、話をよく聞くと、患者の勝手な思い込みも多いんです。本件でも過失を推定させるものはその手紙だけでしょう。そんなもの、いくらでもねつ造できる誹謗（ひぼう）文書ですよ。依頼者のそういう思い込みを指摘すると、おまえはいったいどっちの味方だとすぐ感情的になる。依頼者は弁護士や裁判官を神さまみたいに思って、すべてお見通しと考えたがるが、それは勝手な片思いです。法廷で依頼者といっしょになって、とにかく医者が悪いなんて主張すれば、患者側には喝采を浴びるでしょうが、とうてい裁判官の心証は得られません。本件の場合も、直接的な証拠がないのに、過失だと主張しても認められるとは思えませんな。まあ、もう少し寄与事実を集めてから考えても遅くないんじゃないですか。この件は阪奈電鉄さんからのご紹介ですから、心には留めておきますがね。今日はまあ取り敢えずのご相談ということで」

大沢はちらと時計を見て席を立った。ぴったり一時間が過ぎていた。

「本日の分の請求書は、中山さん、あなたに送らせていただいたらよろしいですな」

「はい、さっきの名刺の住所に」

孝太は二つ返事で諒承した。彼は結局、請求書の送り先を教えるためだけに名刺を渡したようなものだった。

江崎は沈痛な面持ちで新御堂ビルを出た。

「あの弁護士じゃだめだな」

江崎が晩秋の太陽に目をしかめながら言うと、孝太はしきりに頭を下げた。

「すみません。こんなことになってしまって。大沢先生は医療裁判の経験もあるという話だったので」

「中山さんのせいじゃありませんよ。しかし、弁護士については振り出しにもどったわけですね。どうしましょうか」

孝太も枝利子も答えられなかった。

「弁護士会館や市役所で、無料の法律相談をやってるらしいから、そちらで聞いてみましょうか」

そう言いながら、江崎は大沢の言葉を思い返していた。たしかに今のままでは、香村のミスを証明することはむずかしいかもしれない。手術室でレントゲン撮影をしたことや、葛西が何か隠しているらしいことは怪しいが(葛西が宮原に口止めしたことは、安倍から聞いていた)、それだけでは心臓に針が残されていた証拠にならない。新たに弁護士に相談するにしても、もう少し情報を集めてからのほうがよいのではないか。

江崎はそろそろ問題が公になっても仕方ない段階に来たのかもしれないと、腹をくくった。

心臓外科講師、滝沢啓治の部屋は、3研と呼ばれる組織工学研究室にあった。

滝沢の研究テーマは、弁膜症における自己弁温存手術で、人工弁を使わない弁形成術をこれまでいくつか開発してきた。

大沢弁護士を訪ねた四日後の当直の夜、江崎はそっと心臓外科の3研を訪ねた。午後十時をまわっていたが、案の定、研究熱心な滝沢は部屋に残っていた。

「失礼します。麻酔科の江崎ですが」

滝沢は英語論文を読んでいたようだが、気さくに江崎を迎えた。手術室で何度も顔を合わせているので、互いに堅苦しい挨拶は必要ない。

江崎が滝沢を訪ねたのは、むろん峰丘の手術について質問するためだった。手術のとき、滝沢は第一助手として香村の正面に立っていた。もし香村にミスがあれば、もっとも見やすい位置である。

峰丘の手術には、滝沢のほかに第二助手として廚忠彦、第三助手として瀬田昇が立ち会っていた。しかし、研修医の瀬田が香村のミスを証言するはずはなく（そんなことをすれば、瀬田は早々に将来を失ってしまう）、廚は香村の腰巾着といわれているくらいだから、証言は得られないだろう。何か聞けるとすれば、滝沢が唯一最大の可能性だった。

江崎は、滝沢と香村の関係が微妙であることも知っていた。麻酔科医は手術のあいだずっと患者の頭側にいるので、外科医の話がすべて聞こえる。外科医たちは手術が順調に進んでいると、気を緩めて好き勝手なことをしゃべる。無影灯の光の下には、陰口、やっかみ、はったり、べんちゃら（お世辞）などが満ちるのである。それを聞くだけで、各科の人間関係が手に取るようにわかるのである。

江崎は近ごろ滝沢のようすが変化したことにも気づいていた。それまで研究と手術以外には関心がないような顔をしていたのに、最近、いやに周囲を気にしている。江崎には知りようのないことだったが、一本の電話が滝沢に大きな影響を与えていたのだ。

その電話は九月のはじめにかかってきた。相手は香村の前任の助教授、南聖一郎である。

「滝沢君か。君にちょっと聞きたいことがあるんだが」

南は大阪中央総合病院の心臓外科部長だが、香村とならんで今回の教授選の有力候補だった。しかし、南自身は煩わしい仕事の多い教授ポストを敬遠して、ほとんど選挙運動らしいことはしていない。その南を、川邊がわざわざ訪ねたというのだ。

「香村君は教授と何かあったのかい。川邊教授は、ぼくを後継者に指名したいとおっしゃったんだよ」

滝沢は南の率直さにおどろいたが、それも野心のなさゆえのことだろう。

「川邊教授はしきりに、コロラド大学の三崎先生が後任になったら困るとおっしゃるんだ。そりゃ、学外出身の三崎先生が教授になったら、川邊教授の影響力はがた落ちになるからね。だからぼくは香村君でいいと思っていたのに、教授はどうも彼に見込みがないようなことをおっしゃってね。滝沢君はそのへんのことを何か聞いていないか」

南に問われて、滝沢も答えに窮した。香村が教授のポストを目指して精力的に動いていたのはだれの目にも明らかだった。しかし、最近はなぜか自室にこもりきりのことが多く、手術部に現れる回数も減っていた。研修医を怒鳴りつけたり、動物実験室に鍵をかけたり、神経過敏な行動も目につく。もしかして、香村は川邊教授に対して、何か決定的なミスをしでかしたのだろうか。それで教授は急遽、南を後継者に選んだのかもしれない。

滝沢は頭の中ですばやく考えた。もし南が次期教授になるとしたら、自分を取り巻く状況は百八十度変わる。滝沢は香村が次期教授になるものと決めつけていたので、自分の将来にほとんど希望を持っていなかったのだ。

滝沢と香村は何かと人間関係がぎくしゃくしていた。家柄のことであてこすりを言われたり、子どもの学校の話で不興を買ったこともある。この前は手術中にこんなことを言われた。

——滝沢君、奈良や和歌山には、まだまだ弁膜症の患者が多いらしいね。これからうちの医局も、地方医大に勢力拡大をはからなきゃいかんな。

あれは香村が教授になったら、自分を地方に飛ばすとほのめかしたのにちがいない。おそらく紀南医科大学だろう。滝沢は藤武製薬のＭＲ（製薬会社の医療情報担当者）に、それとなく紀南医大のことを聞いてみた。何も知らないＭＲは、軽侮するように言った。

「滝沢先生、地方の医大はどこも同じですが、紀南医大は特に苦しいようですよ。心臓外科の研究費なんて、うちの研究室の予算より少ないんですもん。それに研修医が足りなくて、助教授クラスまで当直してるそうですよ。卒業試験のシーズンになると、入局の勧誘のために教授自らが学生の接待に明け暮れると聞いています」

一製薬会社の研究室より少額の予算と聞いて、滝沢の気持は沈んだ。しかし、香村が教授になれば、逆らうことはできない。二年後輩で香村にべったりの廚も、自分を追い出しにかかるにちがいない。

しかし、もし南が教授になれば、状況は一変する。南は研究者として滝沢を高く評価し、性格的にも相通じるところがあった。教授に気に入られておれば、大学にも残れるだろうし、助教授の地位もほぼ確実になる。それだけではない。現在四十歳の滝沢には、次の次の目が出てくるのだ。八歳年上の香村では年齢が近すぎるが、十二歳上の南なら、次の教授選には滝沢がちょうど適齢期になるのだ。そうなれば慌てるのは廚だ。香村の後継にはちょうどよいが、南の次にはやや若すぎるからだ。次の教授が香村か南かで、滝沢にも廚にも状況は雲泥の差となるのである。

九月の電話で、滝沢は緊張しながら南に聞いた。

「それで南先生は、教授の後継の件はどうご返事されたのですか」

「そりゃ川邊教授のおっしゃることには逆らえないよ」

滝沢は自分の将来に突然明るい道が拓(ひら)けるのを感じた。それまで政治的な動きに無縁だった滝沢も、このチャンスだけは逃すわけにはいかなかったのだ。

江崎が感じていた滝沢の変化にはこのような背景があった。

「滝沢先生、実は内密で先生にお訊ねしたいことがあるのですが」

江崎はほかにだれもいない研究室で、声をひそめた。

「今年の七月の手術なんですが、峰丘茂という僧帽弁置換術の患者を覚えてらっしゃいますか。先生が手術の第一助手を務めて、手術は無事に終わったのに、五日後に心タンポナーデでステった（死んだ）患者です」

滝沢は腕組みをして静かに答えた。

「ああ、覚えてるよ」

「あのとき、病理解剖では心タンポナーデの原因は不明とされてましたが、遺族のほうにある情報が届いたんです。わたしは人づてに調べてほしいと頼まれまして」

「どんな情報が届いたの」

「患者の娘さんに手紙が届いたんですよ。そこに心タンポナーデを起こした出血の原因が書いてあって、なんだか、異物が心臓に残ったというんですが」

江崎は慎重に言葉を選びながら言った。

「異物って？」

「針らしいです」

「ほう」

滝沢はあいまいな返事をした。江崎はその反応をどう取るべきか判断できなかったが、話をつづけた。

「でも針ならレントゲンに写るだろうから、ＩＣＵで見てみたんですけど、はっきりしないんです。病理解剖の所見にも書かれていないし」

江崎は口を滑らせたことに気づき、一瞬焦った。病理解剖の所見を見たとなると、カルテを調べたことがわかってしまう。しかし、滝沢はそこまで頓着しないようすで、江崎に訊ねた。

「病理部には話を聞きに行ったの？」

「いいえ、まだです」

「ふーん」

滝沢はおかしな相づちを打った。江崎は敏感にそれを感じた。慌ててはいけない。江崎ははやる気持を抑えながら聞いた。

「もし手術中に針が飛んで、心臓に落ちた場合、執刀医にはわからないものでしょうか」

「まあ小さいものだからね。洗浄で流れてしまうこともあるし」

「でも、残っていたらやっぱりレントゲンに写りますよね」

「そうとはかぎらないな。針の角度にもよるし、骨に重なる場合もあるからね。それにしても、江崎先生はどうしてこの件に興味があるの」

逆に滝沢が訊ねてきた。江崎は枝利子から依頼を受けたこと、手術日にライターだったことなどを率直に話した。

「それでその娘さんは、裁判までやるつもりなんだろうか」

「有力な証拠か証言があれば、ですね」

江崎は緊張して滝沢を見た。滝沢は腕組みのまま黙っていたが、やがて深いため息をついて言った。

「もし仮に香村先生が針を飛ばしたことを知っていても、ぼくがそれを証言するわけにはいかないな。ぼくが証言したら、こう言われるよ。どうして手術のときに執刀医に報せなかったのか、針の存在を知りながら手術を終えたのなら、執刀医より罪が重いとね」

考えればたしかにそうだった。江崎は己の軽率を悔やんだ。これでは証言を得られないばかりか、自分の動きを知られただけだ。

江崎が落胆して当直室にもどりかけると、滝沢が呼び止めた。

「江崎先生、今日の話は聞かなかったことにするよ。ぼくは何も言えないが、病理部で話を聞いたらいい。検査技師の須山君なら話してくれるかもしれない」

滝沢はそれ以上聞くなというように、背中を向けた。

15 針

滝沢が言った須山の名前に、江崎は覚えがあった。たしか病理解剖の記録者の欄にあった名前だ。カルテの公式な所見は教授の鶴田が書いているが、現場の備忘録的な記録をこの須山という技師が取ったのである。滝沢はどうして解剖を担当した鶴田でなく、記録者の須山に話を聞けと言ったのだろう。

翌日の午後、江崎は病院の別棟三階にある臨床病理部へ行った。

阪都大学病院の臨床病理部は、部長の鶴田教授以下、病理医四人、臨床検査技師六人、技能職員（雑用係）二人の計十二人のセクションである。臨床検査技師の須山明（あきら）は、現在三十三歳、細胞検査士の資格も持つ中堅技師だった。

江崎が病理部の秘書に聞くと、須山はちょうど自分の席にいた。

「こんにちは。麻酔科の江崎といいます。ちょっと須山さんにお聞きしたいことがあってうかがったのですが」

江崎が声をかけると、須山はさっと椅子から立ち上がり、長身の腰を屈めて何度も会釈した。

須山は物腰が異様に丁寧で、人の頼みを断れないタイプのように見えた。江崎が「どこか二人だけで話せるところを」と頼むと、彼は病理のカンファレンスルームに江崎を案内した。

江崎は単刀直入に峰丘の解剖について訊ねてみた。須山は峰丘のことを覚えていた。

「はい。あの方の解剖のときは、わたしはシュライバー(記録係)を務めましたが、いろいろ妙というか、不自然なところがあったので覚えております」

「不自然というと?」

「鶴田教授がご自身で執刀されることは稀(まれ)ではありませんが、香村助教授が自ら解剖の助手に入られました。外科の先生が助手をされるなんて、めったにございませんので」

江崎が手術の針について話すと、須山はせき込むように言った。

「そうなんです。それも妙なことのひとつです。わたしはご遺体のすぐ横で解剖を見ながら記録しておりましたが、心臓を持ち上げて心膜を切開したときに、針らしきものがちらと見えたんです。それで思わず、先生、針が、と申しますと、鶴田教授はそれが聞こえなかったのか、すっと場所を動いて身体で隠すようにされたんです」

「え、針を見たのですか」

江崎は思わず身を乗り出した。

「はい、見たんです」

「それで、鶴田教授に指摘したのに、教授がそれを隠した?」

「あ、いえ、きっとわたしの声が小さくて、聞こえなかったのだと思いますが……」

須山は焦りながら弁解した。須山の声はたしかにか細いが、鶴田には聞こえたにちがいない。それでわざと隠すために身体をずらせたのだ。

「香村先生はどうでした。慌てたようすはなかったですか」

「さあ、香村助教授は別にお変わりなかったと思いますが」

香村なら顔色を変えずにいるくらいの芸当は朝飯前だ

ろう。

「それで針はどうなったのですか」

「心タンポナーデですから、出血量を計らなければならないんです。凝血塊をオタマですくってピッチャーに入れるんですが、鶴田教授が先にざっと洗浄液を流されました。凝血塊とほかの出血が混じらないようにするためですが」

「洗浄なんかすれば、針が流れてしまうじゃないですか」

「はい、わたしもそう思いました。ひょっとして、鶴田教授は針にお気づきじゃないのかもしれないなと思ったのですが、その前に針のことを申し上げて無視されていますから、またよけいなことを言ってご気分を害されるといけませんので、黙っておりました」

江崎は焦れったさで舌打ちしそうになった。この検査技師さえしっかりしていれば、香村が針を闇に葬り去ることはできなかったはずなのに。

江崎は感情を抑えて、須山に聞いた。

「じゃあ、針は流されてしまったのですね」

「はい」

江崎は露骨にため息をついた。ところが、須山は申し訳なさそうにこうつけ加えた。

「流れたんですが、ご承知の通り病理の解剖台は足に向かって傾斜がついていまして、洗浄液は足元の廃液タンクに溜まるようになっているのです。排水口には臓器が流れてしまわないようにフィルターがありまして、そこに針が脂肪片にからまって残ってたんです。わたしはそれに気がついて、万一あとで必要になったらいけないと思い、ピンセットで取りのけておいたのです」

「え、じゃあ、針は残ってるんですか」

「はあ」

江崎は全身に鳥肌が立つような興奮を覚えた。えらいぞ須山、君は折り紙つきの名検査技師だ、と江崎は胸の内で叫んだ。

「その針を見せてもらえますか」

江崎が声を震わせて頼むと、須山は病理部の医局にもどり、親指ほどの小さな標本瓶を持ってきた。

「これです」

中にはガーゼ片に載せた鋭い三日月状の手術針があった。小さいけれど、持針器にはさんでもたわまない腰の強い鋼(はがね)だ。ほんの一センチほどの針だが、凶暴な光を放っている。

これが枝利子の父親を殺した針か。

「鶴田教授はこの針のことを知ってるんですか」

「いえ。申し上げにくくて……」

「香村先生も知らない？」

「と思いますが」

「ほかにだれかに言いましたか」

「はい。手術の第一助手をしておられた滝沢講師に相談しました。滝沢講師はおどろいておられましたが、何もおっしゃいませんでした。それでわたしはやはりこの件は黙っておいたほうがよいのかと思って」

滝沢は針の遺留が明らかになれば、自分にも責任がおよぶことをすばやく計算したのだろう。しかし、これが香村にとって教授選で大きなマイナス点になることも理解していた。それで敢えて須山に口止めをしなかったのだろう。

「この針をお借りしてもいいですか」

江崎は思い切って須山に頼んだ。

「はい、どうぞ。何かのお役に立つなら」

予想通り、須山は頼まれればいやと言えない性格のようだった。

標本瓶を受け取ると、江崎は動かぬ証拠を手にした実感を得た。しかし、この針が峰丘の心臓から出てきたことを証明する何かが必要なのではないか。江崎は大沢弁護士の顔を思い浮かべ、念のために須山に訊ねた。

「この針のことを、解剖の記録に何か書いていませんか」

「さあ、どうでしたか」

須山はふたたび医局にもどり、病理解剖の記録台帳を持ってきた。峰丘の記録をさがし出し、指でたどりながら言った。

「ありました。欄外に『針』と書いて、丸で囲んでクエスチョンマークをつけてます」

「それをコピーしていただけないでしょうか」

須山はこの依頼も引き受け、自らコピーをしに行ってくれた。

この針とコピーを何に使うか、須山は聞かなかった。気が弱くて、質問することができないのだろう。これが裁判に提出されれば、須山は医局内で厳しい立場に立たされるかもしれない。場合によっては、病院を追われることにもなりかねないだろう。それを思うと江崎は心苦しかったが、この重大な証拠は見逃すわけにはいかなかった。

「須山さん、申し訳ないけど、この針のことはしばらく内密にしておいてください」

「わかりました。でも、滝沢先生が……」

「大丈夫。滝沢先生はだれにも言いませんよ」

そう言って、江崎は病理部をあとにした。


この動かぬ証拠を得たあと、江崎は松野に弁護士のことを相談した。電話をかけると松野は自分のことのように喜び、裁判に強い意気込みを見せた。

「江崎先生、それは大手柄ですよ。おまけに解剖記録のコピーまで手に入れたとはすばらしい。これは決定的な証拠になります。弁護士のことは任せてください。大阪で最高の弁護士をご紹介します。企業などと手を結んでいない、正真正銘の市民の味方をね」

松野は自信満々に請け合った。

江崎は枝利子にも連絡を取り、峰丘茂の遺体にあった針を手に入れたことを告げた。

「そうですか。やっぱり」と、枝利子は声をひそめた。予測はしていたものの、父親の死が医療ミスであったことが決定的になり、改めて衝撃を受けたのだろう。その声は深い悲しみに沈んでいた。

まもなく松野は、西天満（にしてんま）の大阪弁護士共同ビルに事務所を持つ露木雅彦（つゆきまさひこ）という弁護士を紹介してきた。露木は在日外国人の地方参政権や女性の権利保障など、多くの人権問題に関わってきた弁護士である。

翌週の木曜日、江崎は枝利子と二人で露木雅彦法律事務所を訪ねた。松野は別件で東京に日帰り出張しており、枝利子の夫孝太は大沢弁護士の一件を気に病んで顔を見せなかった。

大阪弁護士共同ビルは、三階から八階まですべてのフロアに弁護士事務所が入っている。露木雅彦法律事務所は、四階に六つ入った事務所のひとつだった。受付で案内を乞うと、江崎たちはすぐに横の露木の部屋に通された。

「お待ちしていました。弁護士の露木です」

露木はまだ四十代前半で、脂気のない髪を無造作に分けた万年青年といった風貌だった。

「松野氏から事件の概要はうかがっています。お父さまはほんとうにお気の毒でしたね」

露木は世間話などはせずに、率直に本題に入った。江崎が経緯を説明し、大沢弁護士に医療裁判の難しさを言われたことを話すと、露木はあきれたように身体をのけぞらせた。

「大沢先生に相談されたのですか。それはだめですよ。あの先生はたしかに医療裁判のご経験は豊富だけど、いつも病院側に立つ弁護士なんですよ」

露木によれば、医療裁判を手がける弁護士は多いが、ほとんどが被告、すなわち病院側に雇われるということだった。医療裁判の原告敗訴率を考えればそれも自然なことかもしれない。

「あの人ったら、ほんとに」

枝利子が孝太を非難するようにつぶやくと、江崎は小声で「でも、このことはご主人にはおっしゃらないほうがいいですよ」と忠告した。枝利子は江崎のさりげない優しさを感じて、その横顔をじっと見つめた。

「ご相談をお受けする前に、ご本人のお気持を確認したいのですが。裁判をするとなると、相応の覚悟がいりますから」

露木に問われて、枝利子は言葉をさがしながら慎重に語った。

「父の死は、取り返しのつかないものです。病院の先生が、ベストを尽くしてそうなったのなら、致し方ありません。でも、執刀された香村先生は、こちらに落ち度があったかのように苛立ち、不機嫌そうにしていらっしゃいました。まるで死んだ父のほうが悪いみたいに……。そんなバカな話があるでしょうか。もしあのとき、香村先生が誠意をもって謝ってくれていたら、わたしも気持の整理がついたと思います。でも、針のことを隠して、説明をごまかしたのなら許せない。こちらが弱い立場であるのをいいことに、父の死をいい加減にしたのなら、ぜったいに許せないんです」

枝利子は抑えた声で、最後まで涙を見せずに言い切った。

「なるほど。お気持はわかりました。それで江崎先生は峰丘氏のご遺体から出てきた針をお持ちなんですか」

露木に促されて、江崎は鞄から標本瓶を取り出そうとした。そのとき、まだ枝利子に針を見せていなかったことに気づき、一瞬、躊躇した。針の実物を見たら、彼女はショックを受けないだろうか。

「枝利子さん、あなたにはまだお見せしてませんでしたが、これがお話ししていた針なんです」

江崎がゆっくり標本瓶を取り出すと、枝利子は黙ってそれを受け取った。エビ茶色のふたがついた小さなガラス瓶。ラベルには小さな文字で「S.M.氏　200×.7.13.」と書かれている。峰丘茂のイニシャルと命日だ。まちがいない。枝利子は瓶の中の針をじっと見つめた。

この針さえなければ、香村がこの針さえ取り除いておいてくれれば、父は死なずにすんだのだ、もう少し丁寧に手術してくれていれば……。

枝利子の瞳が膨れて揺れた。しかし、彼女は泣かなかった。闘いはこれからはじまるのだ。

「よろしくお願いします」

枝利子は標本瓶を露木に渡した。

「これがその針ですね。ラベルも貼られているし、証拠能力は十分ですが、記録書のようなものもお持ちだと松野氏から聞いていますが」

江崎は須山の記録のコピーを見せた。

「なるほど。これはこちらでコピーを取らせていただいていいですか」

江崎が承諾すると、露木は受付の女性にコピーを頼んだ。

「この針はどうしましょうか。めったなことはないと思いますが、こちらで預かっておきましょうかね。金庫がありますから」

「めったなことってなんですか」

「被告側が取りもどしに来るとかです。強硬な手段に出る場合も考えられないわけではありませんから」

江崎は枝利子の承諾を得てから、針を露木に預けることにした。

「それでは訴訟を前提とした手続きに入りましょう。被告はこの香村という医師と、使用者である病院になりますが、阪都大学病院は国立ですから国だな。江崎先生がお持ちになった証拠は重要ですが、さらに有力な情報が得られるかもしれませんから、まずは証拠保全の申し立てをしましょう」

露木は医療裁判における証拠保全について説明した。

証拠保全を行えば、いよいよ宣戦布告も同じだ。ひょっとして、自分は大学病院全体を敵にまわすようなことをしているのだろうか、と江崎は予想外の緊張におののいた。

江崎の内心をよそに、露木が枝利子に言った。

「医療訴訟はたしかに困難です。有力な証拠があるとはいえ油断できません。でも、あなたの場合は江崎先生という医療側の専門家がついていてくださっているのです。これほど力強いことはありません。江崎先生はご自身の立場も顧みずに、協力してくださっているのです。まったく見上げた方だ」

「ほんとうに、わたしもなんとお礼を申し上げていいのか。お医者さまがみんな江崎先生のような方ばかりだと、患者も幸せなのでしょうけど」

枝利子が感謝と敬意を込めて江崎を見つめた。江崎は引くに引けず、内心の困惑を隠して力強くうなずいた。

露木が改まって江崎に向き直った。

「江崎先生、医療者が身内をかばいつづけるかぎり、患者はいつまでたっても弱い立場から抜け出せません。どうぞご協力をよろしくお願いします。先生のような方こそ、医療ミスの被害者には救世主です」

「はあ。松野さんにも同じようなことを言われました」

江崎が恐縮すると、露木はにこやかに言った。

「松野氏とは以前からの知り合いだけれど、骨のあるジャーナリストです。常に弱者の味方で、一貫して権力に抵抗する姿勢は立派です。彼もあなたのことを口を極めてほめていました。だから、今日お目にかかれてうれしかったです。お互い、立場の弱い人たちの側に立って頑張りましょう」

露木は人権派弁護士らしい熱意で江崎の手を握った。枝利子は二人に向かって、額が膝につくほど深く頭を下げた。


露木の事務所を出たあと、江崎はそのまま大学病院に向かった。午前中しか有給を取っていなかったからだ。病院に着いたのは、十二時少し前だった。これなら梅田で枝利子を昼食に誘えばよかったと思ったが、あとの祭りだった。その気はあったのに、つい仕事を優先してしまう、おれはなんて野暮なんだと、江崎は自分に苦笑した。

手術部の更衣室で着替えていると、メールの着メロが鳴った。枝利子からのムービーメールだった。

「今日はありがとうございました。このメール、先生のケータイで受信できるかどうかわかりませんが、取り敢えず送りますね。ここまで来られたのも、江崎先生のおかげです。でも、先生ご自身にご迷惑がかからないように、どうぞお願いしますね。それでは、また」

ケータイの画面の中で、枝利子が真面目な顔で頭を下げる。そして最後に微笑みながら手を振った。長い髪が胸元で揺れている。

江崎はもう一度はじめから再生した。最後の微笑みが小さな画面から浮き上がる。疲れたとき、また見たくなるような笑顔だった。

江崎は自分のケータイで返信用のムービーメールを撮った。麻酔着に着替えていたが、帽子はかぶらなかった。

「今日はお疲れさまでした。よい弁護士さんに巡り合えてよかったですね。ぼくはできるかぎりのお手伝いをさせていただくつもりです。必要があればいつでもご連絡ください。今日はお昼にお誘いすればよかったですね」

江崎は自分のメールを見直し、短く首を振って削除した。そしてもう一度、昼食の誘いの手前まで撮り直した。はじめてのメールにしては、あまりに馴れ馴れしすぎると思ったのだ。

手術部に行くと、安倍が器材室で手術器具の整理をしていた。江崎はほかにだれもいないことを確認して、安倍に言った。

「中山さんの件だけど、今日、新しい弁護士のところへ行ってきたよ」

江崎は露木弁護士のことを話した。針のことも詳しく言ってなかったので、説明すると安倍は大いにおどろいた。

「すごい進歩じゃないですか。これで香村先生は大ピンチだな。弁護士さんも決まって、じゃあいよいよ裁判ですね」

「うん。安倍さんにもいろいろ助けられたよ」

上機嫌の江崎を見て、安倍はかすかな不安を感じた。安倍に礼を言いながら、江崎の視線が微妙にずれていたからだ。

その日、午後の手術はCの部屋の脳外科が延長に入った。江崎はその麻酔の担当ではなかったが、午前中に有給を取ったので、居残って手伝うことにした。

手術が終わったのは午後八時過ぎで、研修医が使った麻薬の残りを金庫にもどしたりしていると、九時前になった。それでも仕事熱心な江崎にすれば、特別遅い時間ではない。

千里中央駅行きの最終バスを待つあいだ、江崎はケータイを取り出して枝利子のムービーメールを見ようと思った。画面を見つめて、最後の笑顔を心待ちにしていると、うしろから声がかかった。

「先生」

語尾を上げた呼び声は、安倍洋子だった。「お疲れさま。今日も遅かったですね。だれかからメールですか」

安倍がのぞきかけたので、江崎は慌てて停止ボタンを押した。

「安倍さん、こんな時間までどうしたの」

江崎が聞くと、安倍は江崎に背中を向けた。

「先生、枝利子さんの裁判の件、針も見つかったのなら、もうわたしがすることはないですね」

「え」

江崎は安倍の言う意味が理解できなかった。バス停にはだれもおらず、十一月末の冷たい風がアスファルトの落ち葉を転がしていく。

「枝利子さん、江崎先生を頼りにしてるんでしょう？」

「どうかな。これからは弁護士の先生が頼りじゃないか」

「先生と弁護士さんの二人がいれば、こんなに心強いことはないですもんね」

安倍は何が言いたいのだろう。裁判をもっと手伝いたいのだろうか。江崎は困惑気味に言った。

「でも、もちろん安倍さんの力も必要だよ。女性同士だし、中山さんの気持がいちばんよくわかるのは安倍さんでしょう」

「そうかな」

安倍はつまらなそうに言い、かじかんだ手を息で暖めた。

停留所にバスが来て、二人は乗り込んだ。発車間際に、数人の研修医が乗り込んできた。

北大阪急行の千里中央駅までは十五分ほどだった。千里中央から安倍は二駅先の緑地公園駅まで、江崎は乗り換えなしで地下鉄の天王寺駅まで乗る。発車待ちをしている車両に乗り込み、二人はならんで座った。

「さっきの話だけど、やっぱり安倍さんも中山さんを励ましてあげてよ。もし裁判が不利になったら、慰められるのは安倍さんのような人だと思うよ。安倍さんて、けっこう姐御肌（あねごはだ）でしょ」

江崎は気づかって言ってくれたようだが、傷心の安倍にはまったく見当はずれだった。しかし、そこがまた純朴な江崎らしい。

「先生、それってあんまりうれしくないんですけど」

安倍がわざと口を尖らすと、江崎はますます困惑した表情を浮かべた。真面目すぎるくらい真面目で鈍感、でも、こんなにいつも生真面目で疲れないのかしら。安倍はそんな江崎を解放したい気持と、壊してやりたい衝動の両方を感じた。

「今日はなんだか飲みたい気分だな。梅田あたりでハメをはずそうかな」

安倍が独り言のように言うと、江崎はさっとうつむいた。明日は江崎がライターの当番である。麻酔科のカンファレンスは七時スタート、今から飲みに行くとかなり時間が厳しくなる。

「嘘ですよ、今日は帰っておとなしく寝ます。先生、明日も早いんだもんね。それじゃです」

電車はいつのまにか緑地公園駅に着いており、安倍は飛び降りるように席を立った。

一人になってから、江崎は今日一日のことをぼんやり思い起こした。枝利子からのメールは、家に帰るまでは見ないでおこうと思った。なんとなく安倍に義理が悪いように思えたからだ。

天王寺駅は地下鉄、近鉄、JR、路面電車の上町線が集中して、午後十時でもにぎわっている。ホテルやデパートのならぶ大通りは車のライトがあふれ、まぶしいくらいだ。江崎は駅からいつもの通り、あべの筋を南下して高速道路の高架下を右に曲がった。駅前からほんの五百メートルほどしか離れていないのに、この道へ出ると急に車の数が減る。左手には市営墓地の暗闇が広がり、正面の崖下にある山王（さんのう）地区も暗い。

江崎はだれかに見られているような気配を感じて、うしろを振り返った。駅から帰宅する人々が足早に歩いてくる。江崎は自動販売機の前に立ち止まり、飲み物を選ぶそぶりで通行人をやり過ごした。だれもいなくなったことを確かめてから、江崎はゆっくり歩きだす。

江崎が住む阿倍野フリーデンスには、オートロックの装置はあったが、スイッチが切られていた。旧式のシステムで、住人のトラブルが何度かあったためだ。明るいエントランスからロビーを抜けて、エレベーターホールに行く。二基あるエレベーターはどちらも一階で待機していた。

江崎は左右をうかがい、右側のエレベーターに乗って、13のボタンを押した。最近、どうも神経過敏になっている。灰色の壁を見ながら、江崎は軽いため息をついた。

十三階のエレベータホールに着いて、T字の縦棒にあたる通路を突き当たりまで歩いていく。パティオ側に腰の高さの塀があり、ステンレスの手すりがついている。廊下に人影はない。

突き当たりを曲がるとき、いつもかすかな緊張が走る。

曲がった先にだれかが隠れていたらどうしよう……。しかし、いつもだれもおらず、廊下は静まり返っているのだ。

部屋の前まで来て、江崎は鍵を出すついでにケータイを取り出した。部屋に入ったら、まず枝利子のムービーメールを見よう。

江崎が鍵をシリンダーに差し込もうとしたとき、奥の非常階段の扉が開いた。黒い影が飛び出してきたが、江崎にはとっさに何が起こったのか理解できなかった。人数も確認できない。身構えるまもなく、うしろから羽交い締めにされ、口にアメゴム製のマスクを巻かれた。叫ぼうにもわずかなうめき声しか出ない。頭から油臭い布袋をかぶせられ、袋の上から縛られた。ドンゴロスのような粗くて分厚い布だ。足払いをかけられ、倒れると上から蹴られた。男たちはいっさい声をたてない。江崎は鼻から呼吸するのが精いっぱいで、もどかしいくらい声が出ない。粗い布の織り目から廊下の光が透け、かすかに男たちの動きが見えた。訓練された軍人のようなすばやさだ。一人が馬乗りになり、袋の上からロープで首を絞めた。

「うぐっ」

江崎はアメゴムの下でえずいた。夕食をとっていなかったので、吐くものは何もなかった。必死でもがくが、いつのまにか両足首を縛られ、腕も袋の上から幾重にもロープを掛けられている。まるで梱包されたようで、手足が動かせない。嘔吐(おうと)反射はつづき、江崎は激しくむせ込んだ。苦しさに耐えかねて、顎をあげた。その瞬間、頸動脈が絞めあげられ、意識が遠のきかける。このまま殺されるのか。まさか……。

ブラックアウトしかけたとき、顔を殴られ頭の中に火花が散った。口の中が切れたらしく、鉄くさい血の味がする。気管に吸い込まないよう、江崎は必死で血液を飲み込んだ。闇の中で江崎は身体が持ち上げられるのを感じた。三人の男が袋を縛ったロープを持って身体を運ぶ。まるで救急隊員が患者を搬送するような手際のよさだ。

男たちは非常階段の踊り場へ出た。通路にだれか来たのだろうか。江崎はここぞとばかりに助けを呼ぼうとしたが、やはりうめき声しか出ない。口をふさがれただけで、こんなに声は出ないものか。首を縛ったロープが乱暴に引き上げられ、江崎はまたも激しくえずいた。

男たちは江崎を袋ごと立たせ、胸ぐらをつかんで激しく揺すった。脅しているのか、何かを訴えているのか。

江崎は意味がわからないというように激しく首を横に振った。胸ぐらをつかんでいた男が、手を離して、江崎の頬を殴った。痛みに崩れ落ちかけると、うしろの二人が身体を支えた。そのまま前に押し出される。階段を下りさせようというのか。いや、向きがちがう。階段ではなく、手すりのほうに押されている。袋を縛ったロープを持つ六本の腕が、身体を押し上げる。ここから突き落とす気か。江崎の全身に戦慄が走った。

江崎は飛行機も観覧車も十三階の住まいも平気だったが、それは落ちないという安心感があるからで、落ちるかもしれないという場所では、ほんの二メートルの高さでも身がすくんだ。江崎はそういうタイプの高所恐怖症だった。

袋をかぶせられ、十三階から突き落とされる。手足の自由を奪われて落ちる恐怖が、江崎の全身を貫く。それだけはやめてくれ。

袋の中で江崎は脳の血管が破裂するほどの力で叫んだ。鼓膜が破れ、眼球が飛び出るかと思ったが、その声は頭の中にしか響かなかった。必死で身体をよじり、足を踏ん張る。しかし、筋肉が削がれたように力が入らない。六本の腕が沈黙のまま、じりじりと江崎の身体を前に押し出す。いやだ、死にたくない。江崎は魚のように激しく暴れた。

ふっと足が床から離れ、首が宙に突き出されるのを感じた。目の前には何もない。はるか下のコンクリートまで、目のくらむような空間が広がっているだけだ。その恐ろしい気配が、袋の中からはっきりわかった。

江崎は抵抗をやめた。動くと落ちる。脊髄に冷たい衝撃が走った。江崎は目を閉じた。これで終わりなのか。すべては夢だと言ってくれ。

「だれだっ。そこで何をしてる」

通路の反対側で声が聞こえた。男たちが振り向く気配がする。だれか来た。通路を駆ける靴音が響く。どうなる、落ちるのか、落とさないでくれ。

そう念じた瞬間、背中を押さえた腕が、すっと身体を引きもどした。六本の腕が離れた。

「待て。逃げるな。おい」

けたたましく近づく足音と、しなやかに階段を下りていく複数の足音。江崎は手すりで前まわりをしかけたような姿勢で止まっていた。近づいてきた足音が、背中のロープをつかみ、踊り場へ引きもどした。江崎はそのまま尻餅をついた。

「先生ですか。江崎先生、大丈夫ですか」

その声には聞き覚えがあった。声の主は、江崎の身体をしっかりと抱き止めて言った。

「よかった。間に合った。先生、わたしです。松野です」

16 江崎の秘密

松野は江崎がしっかりうなずくことを確かめると、袋の上から縛ったロープを解きにかかった。結び目は独特で、簡単にはほどけなかった。要所を締めて関節の自由を奪う合理的な縛り方だ。

五分ほどもかかってようやく袋を脱がせると、松野は江崎の口からアメゴムをはずした。

「大丈夫ですか」

「ええ、なんとか」

江崎は首筋をなでながら、大きく息をついた。

「怪我をしてますね。とにかく部屋にもどりましょう」

松野は江崎に肩を貸して、ゆっくりと通路にもどった。ドアノブに手をかけると、いやな予感の通り、扉が開いた。部屋は派手に荒らされていた。

「ちくしょう」

松野は江崎の靴を脱がし、自分も部屋に上がった。手探りで廊下のスイッチを入れると、常夜灯とサイドランプがついた。二人は足元を確かめながら、ゆっくりと奥へ進んだ。

部屋はシンプルで家具も少なかったが、リビングの惨状は目を覆うばかりだった。ソファとテーブルがひっくり返され、照明が壊されている。テレビが倒され、サイドボードの引き出しを裏返して、中身がすべてぶちまけられていた。

「先生、こっちはもっとひどい」

先に奥に入った松野が、右手の書斎をのぞき込んで言った。両袖机が仰向けに倒され、引き出しはすべて抜かれている。椅子は壊され、書棚の本も床にまき散らされていた。デスクトップのコンピュータは床に落としただけでなく、ハンマーかバールのようなもので破壊されている。その横にカセットテープとレコーダーが放り出され、これも徹底的に叩き割られていた。

「まずいな。江崎先生、例の針はどこに置いてましたか」

「針って?」

「先生が解剖の技師から取り上げた針ですよ」

松野は苛立たしげに叫んだ。

「あれは、露木先生に預けてきましたよ」

「え、ほんとうに? それはよかった。でも、おかしいな」

松野は首を傾げた。「いや、さっきわたしの事務所に妙な電話がありましてね。先生の部屋が荒らされている、先生も危ないと。で、わたしはてっきりだれかが証拠の針を盗みに来たと思ったんですが」

「だれからの電話なんです?」

「わかりません。ボイスチェンジャーではないけれど、明らかに不自然な声でした。最初はいたずらかなと思ったんですが、先生にケータイをかけたら、電波が届かないというメッセージが繰り返されるばかりで」

「どうしてだろ。ケータイはずっと持ってましたよ」

「二十分ほど前ですけど」

松野が腕時計をちらと見た。江崎が地下鉄に乗っている時間だった。

「それで慌てて車で駆けつけたんですよ。前に部屋に侵入された形跡があったとおっしゃってたし。それにしてもこれはひどい。すぐ警察に来てもらいましょう」

松野がケータイで一一〇番に通報しかけると、江崎が飛びかかるように止めた。

「待ってください。警察には報せたくない」

「どうしてです。こんなに部屋を荒らされて、怪我までしてるじゃありませんか」

「それでも、とにかく警察には来てもらいたくないんです」

江崎は顔を伏せて唇を嚙んだ。

松野が理由を聞こうとしたとき、玄関で「きゃあ」と女性の悲鳴があがった。

「江崎先生、大丈夫ですか」

扉を開けたままの玄関から、安倍洋子が血相を変えて飛び込んできた。

「安倍さん、どうしてここに」

江崎がおどろいて訊ねると、安倍はきまり悪げに肩をすくめた。

「さっき別れてから、まっすぐ帰りかけたんですけど、駅前のリカーショップで珍しいワインを見つけたんです。せっかくだからつい買って、一人で飲むのはもったいないから、先生にお相伴でもしてもらおうかなって思って」

ワインを買ったのは事実だが、それはたまたまではなくわざわざ買いに行ったものだった。安倍は江崎と別れたあと、どうしても江崎と話したくなって、もう一度駅までもどったのである。

「でも、急におじゃましちゃいけないと思って、天王寺の駅からケータイ鳴らしたんだけど、ぜんぜんつながらなくて、お風呂か充電中かなと思って、来てみたら扉が開いてたんです」

江崎は自分のケータイがどこにあるのかわからず、安倍にリダイアルしてもらった。扉の外で着メロが聞こえた。襲われたときに落としたのだろう。安倍がすばやく立ち上がって、取りに行ってくれた。

「松野さん、うちの手術室の看護師の安倍さんです」

江崎が安倍を紹介した。松野は彼女の名前に覚えがあった。

「ひょっとして、あなた、『痛恨の症例』の証言をしてくれた看護師さんかな。血管を切ったひどい外科医の話をしてくれた」

「ああ、あなたですか、江崎先生に医療ミスの話を取材しているというジャーナリスト」

安倍は警戒の色を浮かべたが、枝利子に弁護士を紹介してくれたのもこの松野であることを思い出して、あいまいに笑った。

「先生、怪我してるじゃないですか。傷の手当てをしなくちゃ」

安倍は看護師らしく機敏に江崎の身体をチェックした。江崎は左のまぶたの上を切り、かなり出血していた。同じ側の頬にも内出血があり、青黒く腫れ上がっている。安倍は洗面所からきつく絞ったタオルを持ってきて、顔の傷に当てた。

「身体は大丈夫ですか」

「うん、何回か蹴られたけど、肋骨は折れてないみたいだ」

江崎は自分で試すように深呼吸を繰り返した。

「先生、警察には報せたんですか」

松野が「まだだ」と言うと、安倍は自分のケータイで一一〇番しようとした。その手を江崎がつかんで止めた。

「いらないって。警察は呼ばなくていい」

江崎の力があまりに強いので、安倍は短い悲鳴をあげた。

「先生、だれか、犯人に心当たりがあるんですか。その人をかばってるんですか」

「あるわけないだろう、心当たりなんか」

「でも……」

江崎は顔をそむけたが、不自然さは否めなかった。

「じゃあ、なぜなんだ」

松野が詰め寄った。

「ちょっと頭を整理したいんですよ」

江崎は怒ったように言い、その場に座り込んだ。

松野は事務所にかかってきた電話のことを安倍に話した。危険を報せてくれたからには、襲ったやつらとは別のグループにちがいない、自分に連絡してきたということは、江崎との関係も知っているということになる、解剖で出てきた針のことも知っているようだったと、松野が言うと、「でもそれを弁護士さんに預けたことは知らなかったんですね」と、安倍が応じた。

「二人とも待ってよ。あいつら、針を盗みに来たんじゃないよ」

江崎が頭をあげて苦しげに言った。「もしそうなら、針はどこだとか聞くだろう。あいつら、ひとこともしゃべらなかったんだから」

「しゃべらなかった？　脅し文句も何もなしか」

松野が訝しそうに聞いた。

「目的は先生を殺すことだったんじゃないかしら。それなら黙っていてもおかしくないでしょ」

「それもちがうよ」

「どうして」

江崎は襲われたときの奇妙な印象を思い出した。首を絞められたとき、気を失う寸前に殴られてまた意識を取りもどした。なぜそのまま絞めなかったのか。さらに踊り場から突き落とされそうになったときも、身体を半分押し出してから、やつらは手の動きを止めた。あまつさえ、松野が駆けつけたとき、やつらは逃げる直前に少しだけ江崎の身体を引きもどしたのだ。それらの印象を総合すると、暴漢の目的は江崎を殺すことではなく、恐怖を与えることだったように思える。

「相手が脅迫の言葉を言わなかったのは、言わなくてもわかるということだな」

「たぶん」

「先生、そんな身に覚えがあるんですか」

安倍が不安そうに訊ねた。

「あるとすれば、やっぱり香村先生の件かな。それとも、松野さんとやってる『痛恨の症例』か。いやがらせの電話とか手紙もあったし」

江崎は顔を伏せたまま、つらそうに歯を食いしばった。呼吸が切迫し、冷や汗が流れている。

「江崎先生、大丈夫か」

心配そうに言いながら、松野は別の興奮にとらわれていた。のっぴきならない事態に遭遇したジャーナリストならではの高揚である。取材対象の江崎がここまで危険な目に遭わされるということは、事態が相当深刻であることを物語っている。そうでなければこんな暴力行為にまで及ばないだろう、なおかつ危ないのは江崎だけではない、取材している自分だって狙われる可能性があるのだ。そう思うと、松野は自分も迫真のノンフィクションの登場人物になったかのような興奮に襲われ、胸が震えた。

「でも、香村先生が、江崎先生を襲わせたりするかしら」

安倍が納得できないように言った。「針を取り返すのならまだしも、江崎先生を脅しても香村先生にメリットないんじゃないですか」

「そうだな。やっぱり『痛恨の症例』の関係だろうか……」

江崎が苦しげにため息をつく。

「ちょっと待てよ」

松野は何か思い出したように、リビングから書斎をのぞき込んだ。

「やっぱり『痛恨の症例』のからみだ。まちがいない。見てください。先生が取材に使ったカセットのテープやレコーダーが徹底的に壊されてる」

たしかに取材に使った器材がこれ見よがしに床にばらまかれていた。

「コンピュータもやられてる。覚え書きとかメールがあったからかな」

江崎は壁づたいに立ち上がり、書斎へ行った。江崎のタオルが出血で汚れているのを見て、松野が安倍に言った。

「安倍さん、新しいタオルを持ってきてくれ」

初対面なのに馴れ馴れしいと思ったが、安倍は素直に洗面所へ行った。洗面所で清潔なタオルが見つからず、安倍は向かいの寝室をのぞいた。薬や救急箱はたいてい寝室に置くものだ。安倍は明かりをつけて、傷の処置に使えそうなものをさがした。サイドテーブルの横に黒革の小ぶりのデイパックが落ちていた。いかにも医薬品が入れてありそうなバッグだ。チャックを開くと、ガーゼがあった。消毒液らしい瓶もある。やっぱり、そう思いながら中身を取り出すと、手術室で見慣れた黄色いラベルの遮光瓶が出てきた。

「安倍さん、何をしてるの」

振り向くと、江崎が恐い顔をしてにらんでいた。

「先生、これ……」

安倍が慌てて瓶をもどそうとすると、入れ損なってデイパックの中身がこぼれた。強力なトランキライザーのハルゼパム錠が床に散らばった。

「どうしたんです」

松野がうしろからのぞき込んだ。

安倍はさっとデイパックを隠し、散らばった錠剤をかき集めた。

「江崎先生、それ、睡眠薬じゃないですか」

松野が気配を察して言い当てた。江崎は身体を小刻みに震わせながら、安倍からデイパックを取り上げた。

「もう限界だ。ちょっと、吸わせてくれ」

江崎はハルゼパムを二錠口に放り込み、音をたてて噛み砕いた。遮光瓶の液体をガーゼに垂らし、鼻に当てる。そして大きく吸い込んだ。まるで禁断症状の出た中毒患者のようで、松野も安倍も手出しができなかった。

四回ほどガーゼの薬液を吸い込むと、江崎は力なくべッドに座った。肩を落とし、わずかに身体を揺する。やがてガーゼを鼻からはずして、ため息をついた。

「すみません。もう大丈夫です」

「それは麻薬か」

松野が緊張して訊ねた。

「いいえ。麻酔剤です」

「いつからこんなことをしてるんだ」

「ずいぶん、前です。ずいぶん……」

「これがあったから、警察を呼びたくなかったんだな」

松野が言うと、江崎はうなずき、またガーゼを口に当てた。

「もうやめろ。先生は医者だろう」

江崎に近寄ろうとした松野を、安倍が制した。

「先生、どうして、こんなことになったんですか」

安倍が静かに訊ねた。非難するのではなく、優しく包むような聞き方だった。

「こうでもしなきゃ、やってられない、毎日、緊張の連続だ、感謝もされず、うまくいって当たり前のように思われて、外科医からは下働きみたいに扱われる、どんな患者に当たるかしれないのに、どんな体質の患者かわからないのに、いつもぶっつけ本番で、百パーセント安全を求められて……」

「仕事のストレスか」

松野が厳しい表情でつぶやいた。そのもっともらしい物言いに安倍はムキになって反論した。

「そんな単純なことじゃないでしょ。わかったようなこと言わないでください。でも、先生、どうしてキースレンなんか……。江崎先生は真面目すぎる。自分で自分を追い詰めてるのよ」

安倍は江崎の横に座り、いたわるように江崎の肩を抱いた。

江崎はふたたびガーゼを吸った。吸入麻酔薬は大脳皮質と大脳基底核を麻痺させる。うわごとと空笑(くうしょう)が表れ、瞳孔が散大する。江崎は自動口述のようにつぶやいた。

「だれも、やりたくてやってるんじゃない……、
仕方がないから、ほかに、
どうしようもないからだ、
手術なんかしなければいい、
医療なんか、なければいい、
病気になったら、あきらめればいいんだ、
医療が病気を治すなんて、幻想だ……」

江崎の頭がぐらぐら揺れる。やがてハルゼパムが高位

中枢を麻痺させ、抑制を取り去る。江崎は静かな酩酊に浸る。

「松野さん……。ぼくは、あなたを、信用……します」

江崎は壊れかけたコンピュータのように、無機質な声で言った。「……ぼくが、薬を、吸うのは……、わけが、あります、父が、薬を、使ってたからです、ぼくの父も、麻酔科医だった、……父が、なぜ、死んだのか、わから、なくて……」

江崎の言葉が止まる。松野は焦れったそうに江崎を揺する。

「お父さんがどうしたんです。亡くなったんですか。いつ？　先生、しっかりしてください」

「怒鳴らないで」

安倍が江崎をかばうように言う。江崎は頭をあげ、朦朧としながらベッドサイドの引き出しを開けた。奥から封筒を取り出す。古びたマニラ紙の封筒だ。

「松野さん、これ、読んでみて、ください、ここに、全部、書いて……、あります、……どうぞ」

江崎は松野に封筒を渡すと、ベッドに倒れ込んだ。封筒には便箋二枚と、黄ばみかけた十枚ほどの罫線用紙が入っていた。日付は十年前の五月だ。

松野は便箋から読みはじめた。

「江崎峻様

突然の便りで、おどろかれたことと存じます。小生は国立広島総合病院の麻酔科部長をしております堂本一憲と申します。あなたのお父上、江崎京介先生がお亡くなりになる直前まで、いっしょに仕事をしていた者です。

京介先生の死について、あなたがどれほど聞いておられるか、小生は知りません。あのとき、まだ十七歳だったあなたには、詳しいことは伝えられなかったのではないでしょうか。この度、あなたが阪都大学を卒業され、無事、医師国家試験に合格されたとうかがい、この機にぜひとも同封の覚え書きをお送りしようと思った次第です。

まず、京介先生がわたしどもの病院にお出でになった経緯から、説明いたしましょう。京介先生は慶陵大学麻酔科の優秀な講師で、特に心臓外科の麻酔に秀でておられました。次期教授の有力候補でしたが、先生にはひとつ、好ましからぬ噂がありました。麻酔薬中毒に陥っているのではないかという疑いです。

麻酔科の小野寺龍一教授が京介先生の前途を案じられ、

小生のところでしばらく預かってほしいと依頼してこられたのです。当時、小野寺教授と小生は、ともに日本麻酔学会の理事を務めており、面識がありました。

　京介先生は、広島への赴任を左遷と思われたかもしれませんが、小野寺教授から期間限定と言われ、単身でやって来られました。

　いっしょに仕事をはじめてみますと、なるほど京介先生は優秀で、知識も技術も卓越していました。先生の見事な麻酔で、手術の危機を脱したことも一度や二度ではありません。

　同封したのは、小野寺教授への報告のため、小生がつけていた覚え書きです。お読みいただければわかると思いますが、小生の見るところ、残念ながら慶陵大学での噂は事実のようでした。しかし、それは病気であります。それさえなければ、京介先生は実にすばらしい医師であられました。

　病気を治癒させられず、四十四歳の若さで不幸な転帰に至ったことは、返す返すも残念なことであります。そうなった責任の一端は、小生にあります。

　この覚え書きは、本来、京介先生がお亡くなりになった直後にお渡しすべきでしたが、まだ高校生だったあなたが、あまりに深く傷ついておられるようだったので、機会を逸してしまったのです。今、あなたが父上と同じ医師の道を歩みはじめるにあたり、京介先生の最後の日々を知っていただくことは、きっと有益なことと存じます。

　最後になりましたが、母上もご病気療養中と風の便りにうかがいました。一日も早く快癒されんことをお祈り申し上げます。不一」

　罫線用紙は病院備えつけのものらしく、欄外に「国立広島総合病院」と印刷されている。万年筆の几帳面な文字で、堂本は江崎京介の初出勤の日から記録をつけていた。

　松野は大急ぎで目を通した。事実の羅列を読み飛ばしていくと、何カ所か赤いボールペンで＊印をつけた部分があった。江崎が目印のためにつけたものだろう。

　最初の＊印は、江崎京介が広島到着後、二週間目の記録である。

「一月十八日。（略）江崎ドクターは広島へ来てはじめての心臓外科手術を担当。久しぶりにほんとうの麻酔をかけたようでうれしいとの感想で、帰宅される」

（京介は病院近くの単身者用のマンションに入っており、週末にも横須賀には帰っていなかったようだ。最初の一カ月は特に問題なかったが、二月に入ってから＊印が増えていく）

「二月十一日。麻酔導入の準備中、江崎ドクターは50㎎のスペル・モルフィン（麻薬）を、40㎎と10㎎に分けて別々の注射器に吸引す。理由を訊ねると、縮瞳が十分であれば40㎎でよいし、不十分なら10㎎を追加するためという。明らかに不審なり」

「二月十四日。手持ちの睡眠薬がなくなったとのことで、当院精神科のT博士の診察を希望。診察後、T博士より連絡あり。（1）江崎ドクターが前医より処方されていた睡眠薬は、通常人が服用すれば三日間くらい寝込むほどの量であり、とても処方できなかった。（2）江崎ドクターが、もし麻酔薬中毒に陥っているのであれば、仕事を続けながら治療することは極めて困難と思われる。（略）」

「二月二十二日。確証なきも、江崎ドクターに麻酔薬使用時に不審の行動あり。監視を強化する」

「二月二十三日。プアリスク（重症患者）の麻酔を無事終了し、Y外科部長より感謝と称賛あり。麻酔終了後に控え室にて江崎ドクターよりご子息の写真を見せられる。自慢の息子のようす」

「二月二十七日。週末に薬局から薬剤庫に移したハロラン（吸入麻酔剤）が、三瓶紛失しているとH医長より報告あり。二月はじめにも同様のことがあった由。ハロランの余分をすべて薬剤部に返還する」

「二月二十八日。精神科のT博士より連絡。江崎ドクターを診察したところ、睡眠薬の量を減らしているのに、本人が割合平気であることが気に掛かる由」

「三月九日。本日、ふたたび麻酔薬の取り扱い上、不審の行動あり。

現在までの不審行動を列記すれば――

（1）二月二十二日の麻酔に於いて、Y看護婦の報告によれば、江崎ドクターは例によって静脈麻酔薬を分割し、取り分けたロペタン（麻酔導入剤）20㎎が未使用の時点に於いて、手術室より姿を消し、ロペタンを入れた注射器も見当たらなくなっていた。次に江崎ドクターが現れたとき、ロペタンの注射器が元の場所に返っていた。

（2）三月三日、午後の麻酔にて、S看護婦と小生が在室の間は不審の行動はなかったが、オピラール（麻薬）

残量40㎎の時点に於いて、小生が別用で手術室を離れたあと、江崎ドクターの姿が消え、オピラールの注射器も消失していた。S看護婦は江崎ドクターの指示で、輸血の準備中であった。気づいたS看護婦と小生が江崎ドクターをさがしに行くと、入れちがいに手術室にもどっており、オピラールの注射器も内容を満たしたまま元の場所にもどされていた。江崎ドクターは小用を足していたのみと言うが、その行動は甚だ不審である。

（3）本日、第二例目の婦人科手術にて、小生は監視を兼ね、江崎ドクターと共同で麻酔を施行。スペル・モルフィン10㎎入りの注射器未使用の時点に於いて、小生が術中の輸血に備えて新たな静脈ルートを確保中、江崎ドクターの姿が忽然と消えた。直ちに気づき、スペル・モルフィンの注射器をさがしたが、消失していた。廊下に出て江崎ドクターを大声で呼ぶと、WCより出て来た。前回同様、小用を足していたのみと言う。それとなく監視していると、注射器をこっそり麻酔ワゴンのトレイに置いた（小生目撃）。内容は消失せず、液を満たしてあるも、果たして中身が真の薬液であるか否かは不明。

以上により、江崎ドクターの麻酔では、麻酔薬は使用直前までアンプルを切らず、投与は堂本が直接行うことを取り決めた。江崎ドクターは幾分不快気な表情あるも、時間の経過に伴い、機嫌を回復する」

「三月十三日。午前。六十歳女性の大動脈弁置換術の麻酔を施行。挿管後、オピラール10㎎iv（静注）。直後、血圧60㎜Hgに低下。直ちにカルパミン10㎎を二回投与の上、大急ぎで人工心肺に持ち込む。体外循環圧20㎜Hgより上昇せず、血流は太い血管内のみ循環する感あり。スペル・モルフィン30㎎を体外循環へ、20㎎を筋注し、ようやく末梢温の上昇を見る。以後、経過良好。

このときの危機回避は、江崎ドクターの手腕に帰するところが大きい。患者の循環動態安定後、江崎ドクターも快活となる」

（数カ所インクのにじみがある。おそらく江崎が読みながらこぼした涙の痕だろうと、松野は思った）

「三月十四日。江崎ドクター、T博士の外来を受診。

T博士の意見は次の通り。（1）江崎ドクターの行動を見るに、疑わしき点が多すぎるので、これ以上当院に於いて引き受けるのは適当でない。（2）中毒を摘発して強制入院させるべき段階に来ている。

これに対し小生は、強制入院には同意しかねること、麻酔薬中毒を公にすることは、江崎ドクターの医師としての将来を破滅に導くものであり、裁断には慎重を期せざるを得ない旨伝える」

（この堂本の温情が、結果的に京介の死を招くことになったようだ。つづく記述は、それまでとは異なる細かな震えるような文字でしたためられている。そこに何カ所もインクのにじんだ痕がある）

「三月十八日。江崎ドクターは無断にて出勤せず。マンションに電話するも応答なし。午後まで待つも連絡取れず。横須賀の自宅にも連絡なしという。予定手術終了後、小生は江崎ドクター方を訪ねるに、施錠し応答せず。管理人に依頼し、事情を説明して開錠す。奥の部屋にて、半裸の姿で昏倒する江崎ドクターを発見。すでに全身に死斑および死後硬直があり、蘇生不可と判断して警察に通報す。室内には異臭が満ち、管理人と共に換気。江崎ドクターの周辺には、ハロランの空瓶と睡眠剤が散乱しており、少量の嘔吐があった。座卓の上には『ひろしま美術館』の図版があり、ピカソの青の時代の名作『酒場の二人の女』が広げられていた。遺書は発見されなかった。

　司法解剖の結果は、麻酔薬の致死量吸入による呼吸抑制に起因する酸欠死。死亡推定時刻は、三月十八日午前一時から三時ごろ。自殺か事故による死亡かは定かでないが、事件性はないというのが、警察の判断であった。当院精神科のT博士の意見によれば、診察で見るかぎりに於いては、うつ症状等、自殺を思わせる徴候はなかったとのこと。

　慶陵大学麻酔科小野寺教授に事後報告し、謝罪する。有為の麻酔医江崎ドクターを失ったことは慚愧に堪えず、その責めは強制入院を躊躇した小生にあることを認める。江崎京介氏のご冥福を、心よりお祈り申し上げます。合掌」

覚え書きはそこで終わっていた。松野は深いため息をついた。江崎の麻酔薬乱用に、父親の不慮の死という背景が隠されていたとは。誠実で正義感の強い江崎が、ときにどうしようもない虚無感を漂わせるのはそのせいだったのか、と松野は思った。

江崎はベッドに崩れるように横になっていた。安倍が傷の手当てをしたらしく、顔には清潔なガーゼが当てられている。

「江崎先生は眠ったのか。それとも薬で意識を失ったのかな」

「眠ったんですよ。もう麻酔薬は吸ってませんから」

安倍はベッドの横にひざまずき、愛おしむように江崎を見つめた。

松野は安倍に堂本の覚え書きの内容を説明した。安倍は話を聞きながら、涙をこぼした。

「しかし、これは問題だな。なんとか薬を断ち切らせなければ」

「そんな単純な問題かしら……」

安倍がまたつぶやくように反論すると、松野は今度は聞き流さずに言った。

「じゃあ、君は江崎先生が麻酔薬の中毒のままでもいいというのか。医者が立場を利用して、薬を乱用するなんて許されるはずないじゃないか。第一、父親と同じリスクを冒してるんだぞ。もし、江崎先生が中毒で死んだらどうするんだ」

「それはもちろん困るけど、江崎先生がそんな同じ過ちを繰り返すかしら」

「現に父親が死んでるじゃないか。父親は稀にみる優秀な麻酔科医だったらしいぞ」

「でも、わたしは江崎先生なら大丈夫だと思います。先生がするかぎりは、きちんとした心づもりがあるはずです。それを常識的な判断だけで、やめさせるのはよくないわ」

松野はため息をつきながら首を振った。

「安倍さん、あなたはそれで江崎先生を信頼しているつもり？　それはほんとうの信頼じゃないよ」

「じゃ、ほんとうの信頼ってなんですかっ」

安倍は思わずカッとなって叫んだ。松野も感情的になりかけたが、ここで若い看護師と言い争っても仕方がないと自制した。

「今はそんなことより、この場をどうするかだ。警察に報せないのなら、少し部屋を片づけてもいいんじゃないかな」

松野が話題を変えると、安倍も「そうですね」と素直に応じた。二人は江崎を寝室に残したまま、荒らされたリビングと書斎を手分けして片づけた。

「安倍さん、わかっていると思うけど、今夜のことはぜったい口外しないように。江崎先生が襲われたことも、中毒のことも」

「はい」

安倍は松野のほうを見ずに応えた。

17 密会

防衛庁情報本部の特殊調査課長、黒田有朋一等陸佐は、午後七時きっかりに青山にあるレストラン「ローテ・フザーレン」に着いた。〝赤い軽騎兵たち〟という意味の店名を見て、黒田はウィーンの旧市街にあった「ツー・デン・ドライ・フザーレン（三人の軽騎兵たちへ）」という高級レストランを思い浮かべた。

重厚な木の扉を押して入ると、室内は店名の通り赤を基調として、ハプスブルク帝国の伝統を感じさせる格調高い内装だった。ホールの奥の半ば個室のように区切られた席で、先に到着した佐久間和尚が待っていた。

黒田が着席すると、佐久間はいつもと逆の表情、すなわち愛想笑いは浮かべないが、目に親しみを込めて黒田を迎えた。

「今日はお忙しいところ、わざわざありがとうございます。ちょっと雰囲気のよい店を見つけましたのでね。あのころを思い出しませんか」

高い天井から垂れ下がった深紅のカーテン、分厚いエンジの絨毯、三本のロウソクを模した壁の間接照明が、室内を穏やかに照らしている。テーブルクロスはテレジアン・イエロー、食器はアウガルテン、シャンデリアはロープマイヤーと、ウィーンに馴染みのある者なら思わず懐かしさのこみ上げる調度だ。

黒田は店内をざっと見渡して、無表情に言った。

「高級そうな店ですな」

「それほどでもありませんよ。黒田一佐をもてなすにはとても不十分です。でも、シェフに聞いたら、ワインはニコライホーフがあるというんでね」

ニコライホーフはウィーン郊外のヴァッハウ地区にある醸造元で、オーストリアでも知る人ぞ知る良質なワインを生産している。ウィーンで会食したとき、黒田がこのワインをことのほか気に入ったことを佐久間は覚えていた。

黒田は防衛大学校を卒業後、陸自のレンジャー課程、指揮幕僚課程を修了し、北部方面通信群、統合幕僚会議事務局勤務などを経て、三十七歳という異例の若さで、在ユーゴスラビア連邦共和国日本大使館の防衛駐在官に抜擢された。今から七年前、佐久間が三十二歳でウィーン代表部に赴任した半年後のことである。

黒田はベオグラードから三カ月ごとにクーリエ出張（外交文書を交換する出張）でウィーンに来ていたが、佐久間とはしばらく面識がなかった。文書を交換するのは大使館で、代表部には顔を出す機会がなかったからである。二人が出会ったのは、ウィーンの台所とも称される巨大市場ナッシュマルクトだった。そのとき、黒田はバルカン情勢を把握するため、ウィーンに流れ込んだセルビア難民の動向を探っていた。

「日本の方ですか。このあたりは治安がよくありませんよ」

先に声をかけたのは佐久間だった。ナッシュマルクトの西のはずれは、アラブ系やスラブ系の露店が多く、一般のウィーン人や観光客はあまり足を踏み入れない地区である。そんなところでメモを取りながら歩いている目つきの鋭い日本人は、どう見ても不自然だった。不審な日本人を見たら声をかけるのは、大使館員の職務である。佐久間は昼休みにたまたま一人でシャワルマ（アラビアパンに羊の削り肉をはさんだアラビア風ハンバーガー）を食べに来ていたのだった。

黒田はふいを突かれ、警戒しながら佐久間を見た。外斜視の茫洋とした容貌に、得体の知れない無気味さが漂っている。黒田は本能的にコートの下の筋肉を緊張させた。

「Herr Sakuma！（佐久間さん）」

道の端にWD（ヴェーデー）ナンバー（在ウィーン外交団）のベンツが止まり、運転手が窓ガラスをおろして佐久間を呼んだ。大使館のドライバー、ハインリッヒ・マイヤーだった。

「Grüß Gott！ Heinlich, wer ist das Herrn, bitte?（やあ、ハインリッヒ、この方はだれだい）」

「Das ist Herr Kuroda, Militärattaché von Belgrad（ベオグラードの黒田防衛駐在官ですよ）」

「そうでしたか。わたしはウィーン代表部の佐久間と申します」

黒田は警戒心を解かずに、軽く会釈だけして、そそくさと自分を迎えに来たベンツに乗り込んだ。

三カ月後、ふたたびウィーンにやってきたとき、黒田は自ら代表部を訪ね、佐久間に面会を求めた。本庁に佐久間の情報を問い合わせ、関係を結ぶべきだと判断したからである。

「いつぞやは失礼いたしました。あなたが厚労省の佐久間さんとは知らなかったもので」

　佐久間のほうでも黒田に興味を持った。鍛えた肉体に知性が備わっており、エース級の自衛官であることはひと目でわかった。

　こうして二人は帰国するまでのあいだに、ウィーンで五回、ベオグラードで二回、ベルリンで一回会った。帰国してからはそれほど頻繁に会わなくなったが、互いに相手を重要な人脈と見なしていた。

「相変わらず鍛えていらっしゃるようですね」

　佐久間が自分のずんぐりした体型を恥じるように、黒田の広い胸を見た。

「鍛錬は習慣ですから」

「この店は本場のウィーン料理を楽しめるんです。まずはオードブルからはじめましょう」

　革表紙のメニューを見ながら、黒田はニシンのマリネ、佐久間はハムのホースラディッシュ添えを頼んだ。

　ウェイターが下がると、佐久間は両手をテーブルの上に組み、低く言った。

「今夜は黒田一佐から《内諜》にお借りした部員のことで、ささやかなお礼をしようと思いましてね。あの四人は優秀ですね。チームワークもいいし、状況判断も的確です」

「当然ですよ。監視のプロなんだから」

「それに機転も利きますね。おかげで危機的な状況が回避されました」

「お役に立てたのなら、わたしもうれしい」

　佐久間の言う危機的な状況が何かはわからないが、黒田は黙っていた。必要なこと以外は質問しないのが黒田の流儀である。

「しかし、あれだけの技術と能力があっても、今の日本じゃ宝の持ち腐れではないですか」

「たしかに、かつての過激派のような活動家はもうおりません。左翼の連中も、今は自分の生活のほうが大事という輩ばかりですからな。そんなヤツらは監視する必要もない」

「やりにくい時代ですよね。大義名分がありませんから。ひひひ」

　佐久間は逆説的な冷笑を浮かべる。

　前菜とスープが終わると、ウェイターがメインディッシュを運んできた。黒田はターフェルシュピッツ（茹で牛肉のリンゴソース添え）、佐久間はグーラシュ（パプリカを利かせたハンガリー風シチュー）を注文していた。

「ところで、主任企画官のお子さんは、たしか二人とも筑羽大の付属小学校じゃなかったですか」

「そうですよ」

「この前の老人通り魔事件は、大丈夫でしたか」

一週間前の十一月二十一日、筑羽大学付属小学校の通学路で、七十六歳の痴呆老人が通学中の児童に襲いかかり、ハンマーで無差別に殴打するという事件が起こった。小学一年生の児童一人が頭蓋陥没骨折で死亡し、五人が内耳出血、眼球破裂を含む重傷を負った。いわゆる「痴呆老人通り魔事件」である。

佐久間の長男雄介は三学年、次男雄二郎は一学年に在籍しており、中野の自宅から妻の清美が毎日送り迎えをしていた。

「おかげさまで無事でしたけど、あとがたいへんですよ。妻が神経過敏になりましてね。老人を見たらみんな子どもに襲いかかってきそうに思うらしくて」

「ははは、それはたいへんだ。しかし、貴官も心配でしょう」

「いいえ」

佐久間は他人ごとのように平然と言った。「老人に襲われなくても、危険はいろいろありますよ」

実際、佐久間は自分の子どもに父親らしい感情をほとんど持っていなかった。子どもが嫌いなわけではない。ペットをかわいいと思わない人がいるのと同じで、子どもに対して興味とか愛情が湧かないのだ。

長男の雄介は足に軽い麻痺があったが、それは五歳のときのインフルエンザ脳症の後遺症である。そのとき、高熱で苦しむ息子を見て、佐久間は医者にこう言った。

「もしだめなのなら、できるだけ早く楽にしてやってくれ」

当たり前のことを言ったつもりが、清美は半狂乱になって怒った。

「あなたは雄介が死んでもいいと思っているの」

何もそんなことを言ったのではない。しかし佐久間はあまりに取り乱す妻に辟易して、弁解する気にもなれなかった。

次男の雄二郎にも、佐久間は不快な思い出があった。珍しく家族で散歩に出たとき、三歳になった雄二郎の手を引いたら、はずみで肘が抜けたのだ。以前、役所の医系技官から肘内症の治し方を聞いていたので、佐久間はその場で整復を試みた。雄二郎が痛がって泣くと、清美が血相を変えて佐久間から奪い取った。

「こんなに痛がってるのに、あなたにはわからないの」

それは整復のためには仕方のないことだ。それを説明しても、清美は理解しなかった。

「この子に触らないで」

清美は身体で雄二郎をかばい、涙を溜めた目で夫をにらんだ。佐久間は妻の愚かなことにうんざりした。

それ以来、佐久間はもともと興味の薄かった家庭にほとんど関心を持たなくなった。元事務次官だった義父が退官後三年で急死したことも、家族への興味を失った一因である。

佐久間はグーラシュにパンをつけて頬張った。短い指にルーがつき、無頓着にそれを舐めた。

「話は変わりますが、黒田一佐はベオグラードでは医者をうまく使いましたね」

「医務官のことですか」

黒田がベオグラードでつかんだ最大の情報源は、ユーゴスラビア連邦首相の首席補佐官だった。補佐官の娘が病弱で、頻繁に抗生物質やステロイドを必要としたことにつけいったのだ。黒田はその薬を大使館の医務官から調達した。補佐官はその見返りに政府部内の極秘情報を流した。当時のユーゴスラビア連邦大統領キケシェビッチの失脚が時間の問題であることを、日本政府は黒田を通じて早くから知っていたのである。

「あのときは経済制裁があったから、薬は効きましたな。情報提供者を抱き込むのに、薬や医療情報はもってこいなんですよ。医者で諜報活動のできる人間がおれば、使えるんだが」

「それは無理ですよ」

佐久間は鼻で嗤った。「医者は世間知らずで幼稚ですから。日本の超高齢社会だって、医者が創り出したも同然でしょう。平均寿命が世界一だなんて浮かれてますが、おかげで国がつぶれそうですよ」

佐久間はスプーンを置いて、ナプキンで口を拭った。

「今、わが省では日本の高齢者対策として、さまざまなスキームを実施していましてね。意図的にきれいごとを流すのもそのひとつです。医療の効率化、だれもが安心できる老後とかね、国民にせっせと絵に描いた餅を見せているのです。それはもちろん口には入らない。適当に餓えたところで、食べられるものを出す。つまり、現実を受容させることですね。腹が減ってりゃ、固いパンでも食いますよ、国民は」

佐久間はガス入りのミネラルウォーターで口を湿らせてつづけた。「たとえば、特別養護老人ホームの廃止です。担当しているのは城貞彦（じょうさだひこ）という老健局長ですがね、これが冷酷な切れ者でしてね。表向きの廃止理由は、特養が老人を地域社会から切り離している、集団での生活を余儀なくしている云々（うんぬん）、見事な建て前論です。本音は老人の捨て場をなくすことですよ。捨て場がなくなれば、自宅で介護せざるを得ないでしょう。親の介護を行政に頼ろうなんて、甘ったれるのもいい加減にしろということですよ」

似たような話は黒田もこれまで何度か聞かされていた。しかし、佐久間は単に世間話をするために自分を呼んだのではないはずだ。

「それで？」

黒田は先を促した。

「実は、今あるプロジェクトを計画していましてね。まもなく閣議にかかると思います。プロジェクトのコード名は《天寿》といいます。超高齢社会の問題を根本的に解決する施策です。各省庁の協力が必要ですので、黒田一佐には防衛次官に根まわしをお願いしたいのです。いずれうちの林田次官が説明に上がりますが」

佐久間は《天寿》の概要を説明した。人口ピラミッドの正常化、少子少老社会の実現、政府による「寝つかない死・苦痛のない死」の保障、平均寿命の引き下げと、健康寿命との僅差（きんさ）化など、これまで佐久間が描いてきたシナリオである。

「プロジェクトはすでに一部が動きはじめています。衰えた心臓を回復させ、そのあとで突然死をもたらす治療がありましてね。心不全の新療法なんですが。寝たきりの老人が起き上がり、人生の最後にもう一度したいことをして、ポックリとあの世へ逝く。これこそ理想の老後じゃないですか」

黒田は黙っている。佐久間は身振り手振りを加え説明する。「老いはどう考えてもいいものじゃありませんよ。だから老人を減らすことは、決して悪いことじゃない。むしろ延命するほうが害が多いんです。適当なときに楽に死ぬ、これがプロジェクト《天寿》なんです」

「人口ピラミッドの正常化とは？」

「文字通り人口分布をピラミッド形にするんですよ。今の分布はいびつですからね。これがピラミッド形になれば、年金問題も、医療費も、介護問題も、すべて根源的に解決します」

「いびつな部分は、削る、というわけですかな」

「黒田一佐、いやですよ、そんな露骨な言い方をしちゃ。強制的にしようというのではありません。お年寄りの中には、早く楽になりたいという人が大勢いらっしゃるんですよ」

佐久間は介護施設や老人医療の現場から集めたデータを披露した。孤独な老人、難病の老人、家族に疎まれ、寝たきりになり、呼吸困難に苦しんで、チューブで痰を取られ、胃ろうチューブで流動食を与えられ、導尿チューブで尿を取られる老人、床ずれで骨が見えている老人、虐待される老人、嘲笑われる老人、楽しみも喜びもなく、居場所もなく、迷惑な存在であることに耐えなければならない老人、彼らにとって、文字通り死は救いなのだ。

「これは声なき声です。お年寄りが〝死にたい〟というメッセージを発すると、世間はこぞって圧殺にかかります。それは環境が悪いんだ、みんなで改善していこう、なんてね。でも現場はそれほど簡単ではないんです。お年寄りには小手先の改善なんか通用しません。もう十分だから早く楽にしてくれと思っている人が多いのです」

「安楽死を認める、ということですか」

黒田はおもむろに訊ねた。佐久間は慎重に言葉を選んで答えた。

「もう少し、積極的なことを考えています」

二人は黙って互いを見つめた。

「方法は？」

「麻酔薬、ですね」

黒田には佐久間の考えていることが、およそ見当がついた。彼は超高齢者を処理する〝最終解決〟を目指しているのだ。

「プロジェクトのタイムスパンは」

「三十年くらいですかね。三十年かけて、日本を二十歳若返らせます」

二人は食事を終え、食後のコーヒーにメランジュ（泡立てミルク入りコーヒー）を頼んだ。

黒田がコーヒーをすすりながら言った。

「次官と長官にはわたしから説明しておきます。上層部は興味を示すでしょう。高齢者の比率が上がれば安全保障上も問題であることは、情報本部でも指摘されていますから」

「ありがとうございます。ところで、黒田一佐」

佐久間はコーヒーの香を楽しみながら訊ねた。

「《内諜》にお借りした四人ですが、ちょっと手荒なこともやってくれますかね」

「すでにやっとるじゃないですか。監視は手荒なことですよ」

「いえ、もう少し具体的な行動なんですが……」

黒田は軍人らしい毅然とした表情で答えた。

「彼らは必要なことはなんでもやります。ただし、命令は慎重に出していただく必要がある。彼らは、命令には絶対服従ですから」


大阪市平野区瓜破（うりわり）にある市営第一住宅は、広大な市営瓜破霊園のすぐ北側にあった。ここに住む中山枝利子は、江崎のマンションも市営霊園のそばにあると聞いて、その偶然を笑った。

枝利子は京都の私立女子大を卒業したあと、ヘルパーの資格を取って区役所の車椅子ガイドヘルパーをしていた。車椅子の人の通院や外出につき添う仕事で、報酬は出るが半ばボランティアのような活動である。

印刷会社に勤める夫の孝太は、いつもは午後七時ごろに帰宅するが、その日は駅ポスターの入稿が遅れ、家にもどったのは十時を過ぎていた。

玄関で夫を迎え、上着を洋服ダンスに掛けながら枝利子は言った。

「今日また露木先生のところに行ってきたから」

江崎と露木弁護士の事務所を訪ねた翌日、枝利子は調査費として三十万円を事務所に届けた。露木はすでに調査をはじめてくれており、机の上には数冊の医学専門書が積まれていた。それから五日後、やはり証拠保全をしたほうがいいと露木から連絡があり、今日、枝利子はその費用として、ふたたび三十万円を露木のもとに持っていったのだ。

「それで証拠保全はいつごろになりそう？」

孝太は着替えをすませて食卓に向かいながら、枝利子に訊ねた。

「一週間後くらいって言ってた」

沈黙がちの食事を終えたあと、孝太は先に風呂に入った。片づけをしてから、枝利子は台所でアイスミルクを用意した。風呂上がりに冷たい牛乳を飲むのが、酒に弱い孝太の習慣だった。

風呂から上がった孝太は、パジャマに着替えてキッチンテーブルの前に立った。

「風呂の中で考えたんだけど、弁護士は露木先生で大丈夫かな。ぼくは会ってないからわからないけど、証拠保全にそんなに費用がかかるって、大沢先生の話にもなかったし」

孝太は枝利子が露木を信用しきっていることに、釈然としない思いだった。自分が弁護士を見つけて、いいところを見せようと思ったのに、うまくいかなかったのでこだわりがあるのだ。

証拠保全は証拠の押収ではなく、あくまで記録である。カルテなどはコピーするが、レントゲンフィルムや病理標本は複製や写真撮影しなければならない。病院のコピー機を使うわけにもいかないので、コピー機を自前で持ち込み、写真撮影もプロに依頼する。レントゲンフィルムを複写する特殊な器械も必要だ。それで経費がかさむことは、露木も枝利子に説明していた。

「費用のことは仕方ないでしょ。先生はほとんど実費だって言っていたわ。もし余るようなら、着手金のほうに繰り入れるって言ってくれてるし」

枝利子が早口に言うと、孝太は慌てて弁解した。

「もちろんお金を惜しんでるんじゃないよ。お義父さんのことだから、とことんやればいい。それにお金だって枝利ちゃんが受け継いだものなんだから」

露木から提示された着手料は二百万円で、枝利子はこれを峰丘がかけていた千五百万円の生命保険金から支払うつもりだった。そのことは孝太も諒承していたが、一週間のうちに二度もまとまった金額を要求されたので不安になったのだ。

「わたしもお金がほしくて裁判を起こすんじゃないわ。裁判に勝ってもお父さんはもどってこないもの。でも、わたしはほんとうのことを知りたいの。香村先生がミスをして、それを隠しているのなら、やっぱり許せない。素直にミスを認めて、すみませんでしたってお父さんに謝ってほしいのよ。お父さんが残してくれたお金は、そのために使ってもいいって、あなた言ってくれたじゃない」

「わかってるよ。もちろん枝利ちゃんの思う通りにやればいい。ただ、裁判なんてはじめてだから、ちょっと緊張してるんだよ」

慎(つつ)ましやかな生活の二人には、経済的な問題があるわけではなかった。孝太も義父の保険金を当てにするつもりは微塵もない。ただ、これまで使ったこともないような大金を、形のないものに消費してしまうことが、漠然と不安なのである。ほんとうに裁判などはじめていいものか。自分たちの平穏な生活が、思いがけない変化に巻き込まれるのじゃないか。そう思いながら、このままでは枝利子が納得しないことも、孝太にはよくわかっていた。

孝太は気を取り直すように言った。

「枝利ちゃん、ぼくは頼りにならないけど、できるだけの協力はするよ。裁判のことも勉強するし、証拠さがしでもなんでもやるよ。だから二人でいっしょに頑張っていこう」

「うん、ありがとう。お父さんのために、よろしくお願いします」

枝利子は胸の前で手を合わせて頭を下げた。

そのあと枝利子が浴室に行ってから、孝太はテーブルに用意されたアイスミルクを飲んだ。氷が解けて、水の層ができている。水で薄まったミルクなんて、しまらない、まるで自分のようだ、と孝太は思う。自分は真面目なだけが取り柄の地味な男で、枝利子にはまるで釣り合わない。枝利子は表には出さないが、内に激しい気性を秘めていることは知っている。自分が彼女を満足させているかどうか、孝太には自信がなかった。

しかし、もしかしたら、裁判はチャンスになるかもしれない。自分が少しでも裁判を有利にすることができれば、枝利子も喜ぶだろうし、見直してもくれるだろう。それが義理の父であり叔父でもある峰丘茂への孝行にもなるのだ。

孝太の母と峰丘の妻は、実の姉妹だった。だから孝太と枝利子は従兄妹になる。枝利子が十歳で母親をバスの事故でなくしたとき、孝太は母親と駆けつけた。三歳年下の従妹が泣くのを見て、孝太は叔母ばかりか枝利子まで死んでしまうような気がして、彼女以上に涙を流した。孝太は目立たない子どもだったが、人いちばい優しい性格だった。

枝利子の母親が亡くなってからは行き来も途絶えがちだったが、二人は孝太の姉の結婚式で久しぶりに顔を合わせた。今から四年前のことである。枝利子は二十一歳になっていた。その美しさは際立っていたが、どこか人目を避けるような陰があった。孝太は親族の待合室で枝利子のとなりに座り、飼っていた犬の話をした。

「先月、うちの犬がお産で死にかけてね、帝王切開したんだ。手術が終わるまで心配で、犬の命が助かるのならぼくの寿命が三年短くなってもいいって思ったよ」

枝利子は母が死んだとき、いっしょに大泣きしてくれた優しい孝太のことを思い出した。

　二次会のあと、たまたまホテルのバーで二人になり、孝太は枝利子から思いがけない相談を受けた。ボランティアグループの先輩に好きな男性がいる、ずっと憧れていた、枝利子より六歳年上だった、二カ月前、はじめて関係を持ったとき、その直後に言われた、——枝利子ちゃん、こういうことはコミュニケーションのひとつだから、あまり深く考えちゃだめだよ。

　思い詰めてようやく決心した枝利子に、その言葉はあまりに残酷だった。それでも彼女は必死にこらえ、平気を装った。

「男の人ってみんなそうなの？」

　バーで枝利子に詰め寄られ、孝太は飲めない酒を無理に飲んで、トイレで吐いた。

　それから二人はときどき会い、食事やコンサートに行くようになった。枝利子は孝太といると穏やかになれた。よけいなことは言わず、辛抱強く枝利子の話を聞いてくれる。

　二人が結婚したのは、それから一年後のことである。

　孝太は枝利子にとって、文句のつけようのない夫だった。このまま年を取っていけば、平穏な一生を送れるだろう。子どもができれば、孝太はよき父になるだろう。わたしの人生に波乱はいらない、と枝利子は心からそう思っていた。だから、江崎と出会ったとき、枝利子は不安になった。この人に近づくのは危険だ。

　父親の術前回診のときに、江崎を見て、真面目で優しい先生だと思った。それは香村に恐い印象を受けたあとだったからかもしれない。

　安倍の紹介でふたたび江崎に会ったとき、心のどこかに警戒ランプが灯った。この人とは出会っただけではすみそうにない、そんな予感がしたのだ。しかし、父親の医療被害を追及するには、江崎の協力がぜひとも必要だった。

　今でも裁判のことで頭がいっぱいになりながら、ふと江崎のことを考えている。朝、目を覚ますと、まず江崎のことが思い浮かぶ。そんな自分に慌てる。孝太が何か言っても上の空で、注意されてはじめて我に返ることもあった。

　そんな枝利子を、孝太は裁判のことで疲れているのだろうと解釈した。夜、孝太の求めに応じられないのも、心労のせいだろうと思っていた。「気分が悪い」「頭痛が……」という枝利子の口実を信じて、孝太は我慢した。

しかし、いよいよ裁判もはじまるし、自分も精いっぱい協力すると約束したのだ。これから二人で元気を出さなければ。

孝太はそう思って、台所からとっておきのウィスキーを取り出した。飲みやすいように冷蔵庫のジンジャーエールで割り、ピーナツを小皿に盛った。

枝利子が浴室から出てくると、ソファの前に二つのグラスがならんでいた。

「裁判がうまくいくことを祈って、乾杯しよう」

孝太がわざと明るく言うと、枝利子はバスタオルで髪を拭きながら、「ちょっと待って」とふたたび洗面所にもどった。ドライヤーで髪を乾かし、ガウンをはおって出てきた。

「ありがとう」

枝利子は自分のグラスを持ち上げて、孝太のグラスに当てた。二人はソファにならんで座った。

「証拠保全って、不意打ちみたいにするらしいわ。江崎先生は不意打ちはフェアじゃないから、したくないって言ってたんだけど」

枝利子はグラスの氷を小指でまわしながら言った。江崎の名を口にするだけで、身体に温かいものが流れる。孝太に対しても優しい気持が湧き、枝利子は微笑む。まるで愛情のお裾分けみたいに。

「あなた、パジャマで寒くないの？　ガウン取ってきてあげようか」

「いや、このままでいい」

孝太がグラスを置き、リモコンで部屋の明かりを暗くした。枝利子の肩に腕をまわす。枝利子は身を硬くした。

孝太の声がうわずる。

「ここ何カ月か、ほんとうに枝利ちゃんはたいへんだったと思う。でも、これからいよいよ裁判だよ。ぼくも腹を決めた。二人で頑張っていこうね」

枝利子の心臓が痛いくらいに胸を打った。自分で自分がわからない。頭と身体が分裂しそうだ。このまま何ごとも起こらないでほしい。

「枝利ちゃん……」

孝太が唇を近づけた瞬間、枝利子は夫を突き飛ばした。

「やめて。わたし、できない」

孝太は妻の行為に呆然となった。複雑な思いが胸をよぎる。おどろき、失望、怒り、疑念。言いたいこと、聞きたいことが孝太の胸に渦巻く。しかし、孝太はそれを抑えた。

「ごめんなさい。わたし、おかしいの。お父さんが死んで、まだどうしても、そんな気になれないの。お願い。もう少し待ってください」

枝利子は喘ぎながら弁解した。ネグリジェの下で、全身に鳥肌が立っている。孝太の顔を見られない。江崎のことが胸を占め、身体が生理的に拒絶していた。

枝利子が目に涙を浮かべているのを見て、孝太は深いため息をついた。

「悪かった。枝利ちゃんの気持も考えずに、ごめん。ぼくは待ってるから、心配しないで」

孝太はグラスに残った液体を飲み干し、先に寝室へ行った。

枝利子はソファにもたれ、暗い天井を見つめた。

今まで孝太との生活以外、考えたこともなかった。それで一生暮らすのだと思っていた。

江崎との生活など想像もできない。なのに江崎が頭を占領している。彼は海の中の潮のようだ。青く深く、澄んでいる。どこへ流れるのかわからない。

自分にうまく言えない。なぜ彼に惹かれるのか。

枝利子の頬に、熱い涙があふれつづけた。

18 証拠保全

十二月九日午後二時半。

阪都大学病院の院長室に、粗末な灰色のコートを着た事務員ふうの男がやってきた。男は院長の第三内科教授、和田史郎（わだしろう）に名刺も出さず、いきなり要件を告げた。

「失礼いたします。大阪地方裁判所から参りました執行官の上田（うえだ）と申します。本年七月十三日に貴院にて死亡された峰丘茂氏の診療に関して、証拠保全の申し立てがあり、今般決定が下りましたので、決定正本を送達いたします」

男は大阪地方裁判所の公用封筒を事務的に差し出した。

和田は相手が大学病院の権威に動じる気配がないのを見て、ピンク色の頬を強ばらせた。

「保全は本日、午後三時半より行います。裁判官と担当の書記官および申立人代理人が参りますので、目録に記載された診療録、レントゲン写真等をすみやかにご用意願います」

執行官は簡潔に述べ、一礼して院長室を出ていった。

和田はかすかに手を震わせながら決定書を読み、すぐ事務部長の島崎(しまざき)を部屋に呼んだ。峰丘茂が心臓外科の患者であったことがわかると、心臓外科の川邊と香村にも至急院長室に来るよう命じた。

三人が来ると、和田は応接用の椅子に席を移して、厳しい表情で川邊に訊ねた。

「川邊先生、こんなものが届きましたが、いったいどういうことです」

川邊が口を開く前に、横から香村がすばやく答えた。

「申し訳ございません。この峰丘という患者はわたしが執刀した者ですが、思わぬ合併症で不幸な転帰をとった症例です。しかし、こちらには決して落ち度はございません。遺族が何かとんでもない誤解をしているのだと思われますが」

となりで怪訝な顔をしている川邊に、「七月に原因不明の心タンポナーデを起こした例の患者ですよ」と耳打ちした。

「事実関係を説明してもらおうか」

和田の憮然とした言葉に、香村は早口で経緯を説明した。そのあとで自信たっぷりに「ですから、訴訟になったとしても、万が一にもこちらが負けるような心配はございません」と胸を張った。

「それですむとでも思っているのかね」

和田がいきなり怒鳴ったので、香村は言葉を失った。

「裁判を起こされたら、それだけで病院のイメージが落ちるじゃないか。ただでさえ大学病院は世間から厳しい目で見られているんだ。心臓外科で医療裁判が起きたとなると、病院の信頼はがた落ちだよ」

和田の脳裏に、記者会見でフラッシュを浴びながら、深々と謝罪する自分の姿が浮かんだ。それが院長の役目とはいえ、まさか自分の在任中にそんな事件が起ころうとは夢にも思っていなかった。これまで呼吸器内科の権威としてエリート街道をまっしぐらに歩んできた和田にとって、公衆の面前で頭を下げるほど屈辱的なことはなかった。

院長の胸中を察した事務部長が、もみ手をしながらすり寄った。

「ま、院長先生、まだ裁判と決まったわけではございませんので、あまり深刻になられませんように。相手の弁護士も、カルテを見たら裁判を起こしても勝てそうにないと判断するかもしれません。医療裁判は莫大な経費がかかりますから、よほど勝算がなければ訴えることはしないでしょう」

しかし、和田の念頭からは、自分が新聞記者に問い詰められる姿が消えなかった。彼は憤懣やるかたないようすで言い散らした。

「裁判所も裁判所だ。こちらの言い分も聞かずに、いきなり証拠保全を認めるなんて。はじめから病院を悪者と決めつけているじゃないか。不公平も甚だしい。訴状が出されたら、すぐマスコミが飛んでくるぞ。それまでになんとかするんだ。示談でもなんでもいい。とにかく表沙汰になる前に相手を抑え込むんだ」

和田が院長としての責任を取るのがいやさに裁判を回避したがっているのは明らかだった。香村は和田のいじましい保身にうんざりしたが、今は反論できる状況ではない。

事務部長は和田に媚びるように言った。

「院長先生のおっしゃる通りでございます。裁判を起こされてしまいますと、病院の評判にも影響しますので、その前に手を打ったほうがよろしいかと存じます。相手はなんでございましょう、要するに賠償金でございましょう？」

事務部長が狡そうな流し目で香村を見た。

「さあ、それは……」

「大丈夫ですよ。はじめは謝罪しろだの、誠意ある対応をなんてきれいごとを言いますが、結局、最後は金ですから。金額のことを言いだしたらこっちのもんです。相手の背後関係を洗って、圧力をかけますよ。わたしのほうでちょいと顔の利く政治家もおりますから。弁護士も優秀なのにコネがあります。香村先生、どうぞご心配なく」

「事務部長、待ってください。それではまるでわたしの手術に落ち度があったみたいじゃないですか。まだ裁判と決まったわけでもないのに、出しゃばったまねは慎んでもらいたい」

香村は和田に対する腹いせを事務部長にぶつけた。事務部長は顔色を変えて、「申し訳ございません」と頭を下げた。

険悪な雰囲気になりかけたとき、それまで黙っていた川邊が口を開いた。

「まあ、事務部長も悪気があって言ったのじゃない。重要なのは今後の対策だ。ここは彼の力も借りたほうが得策じゃないかね」

「はあ」

川邊が取りなすように言うと、香村は素直にうなずいた。

和田がお為ごかしの口調で言った。

「香村君、今は君にとっても大切な時期じゃないのかね。裁判など起こされたら、川邊先生の後継者になるにも大きなダメージだろう」

教授選をにおわせて、裁判回避が香村にも必要であることを認識させようとしたのである。しかし、香村はうつむいたままだった。ペプタイド療法の副作用が知られた今、香村には佐久間の申し出を受ける以外に道はないのだ。だから、教授選などもうどうでもいい。そう思いながら、香村はふと川邊も視線をそらしていることに気づいた。川邊はネオ医療センターの件を知っているな、と香村は直感した。はじめから佐久間とのあいだで話はできていたのだ。

和田は香村と川邊のようすを奇妙に思ったが、今はそれどころではなかった。執行官が指定した検証の時間が三十分後に迫っていた。

和田が腕時計を見たのを捉え、事務部長が立ち上がった。

「院長先生、わたしは書類集めの準備をしてきます。保全作業は事務部の会議室でよろしゅうございますね。準備ができましたら、すぐご連絡いたしますので。香村先生、さきほどは出すぎたことを申しまして、誠に申し訳ございませんでした。これからは注意いたしますので、どうぞお許しを」

事務部長は腰を引きながら、卑屈な笑みを浮かべて院長室を出た。

廊下に出るなり、事務部長は「けっ」と憎々しげに唾を吐いた。あの高慢ちきな香村には、まったく腹が立つ。手術に落ち度はないなどと言っていたが、火のないところに煙が立つものか。これまでにも香村の患者で病院に苦情を言ってきた者は、一人や二人ではないのだ。

しかし、事務部長は今はまだ香村の機嫌を損ねるわけにいかなかった。まもなく五十四歳になる彼は、定年まであと十年近くある。来年、もし香村が心臓外科の教授になれば、いずれは教授会で力を持つだろう。人事にも発言力を持つはずだ。香村が教授になるものと思い込んでいる事務部長は、香村に逆らうことはできないのだった。

事務所にもどると、事務部長は職員に手分けさせて、証拠保全決定正本の目録に記載されている書類を集めさせた。

午後三時半ちょうどに、大阪地方裁判所の裁判官と書記官、謄写業者、カメラマン、弁護士の露木雅彦、そして松野公造が病院の受付に着いた。松野は証拠保全が行われると聞き、ぜひ同行したいと申し出たのである。身分は露木法律事務所の助手ということにした。

病院側で保全作業に立ち会ったのは、事務職員のほかには和田と香村と事務部長の三人だった。和田は挨拶だけして、すぐに出ていった。謄写業者が運び込んだコピー機をセットして、カルテの一号用紙から順にコピーをはじめる。

作業を見守る露木に、事務部長が腰を低くして近づいてきた。

「弁護士の露木先生でいらっしゃいますか。阪都大学病院の事務部長をしておりますす島崎でございます。何とぞどうぞよろしゅうに」

肩をすくめながら両手で名刺を差し出す。「いや、露木先生のご活躍はわたしどももよく存じ上げておりますよ。去年は沖縄で北東アジア共生シンポジウムの世話人をされ、今年は子どもの権利センターで国際人権規約の講演をされたり、さすがは人権派弁護士の旗手といわれるだけありますな。申立人も先生のような方がついておられると、さぞかし心強いでしょう」

「どこで調べられたのです？」

実際は事務員にインターネットで検索させただけだが、そんなことはおくびにも出さない。

「いえ、それはもう先生ほどのお方になれば、ご活躍は有名でございますよ。当方の顧問弁護士も、露木先生がお出ましとあらば、これは負け戦だなと申しておりましたほどで。ほっほっほ」

事務部長は露木にプレッシャーをかけるため、さりげなく顧問弁護士に連絡を取ったようなそぶりを見せた。

松野は作業を手伝うふりをして、持参したデジカメで保全状況を撮影していた。部屋の隅で腕組みをしている男が香村であることは、ひと目でわかった。薄くなりかけたオールバックの髪、頬から顎を縁取る気障な髭、冷酷そうな縁なし眼鏡にキツネ目、それが怒りと屈辱に青ざめ、なすすべもなく保全作業を見守っている。窮地に追い込まれた巨悪のイメージにぴったりだ。ノンフィクションの敵役として、これほど読者の憎悪をかき立てる男がいるだろうか、と松野は喜びさえ感じた。

江崎からカルテやICUの記録にめぼしい情報はないと聞いていた露木は、業者にレントゲンフィルムのデュープ（複製）をうながした。江崎は針は写っていないと言っていたが、見落としの可能性がないわけではない。

「レントゲン写真を見せていただけますか」

「どうぞ。すべて揃えてございますから」

事務部長は職員に命じて、専用の紙袋からフィルムを取り出させた。

「袋の表に撮影の日付と撮影部位が記録してありますから、照合していただければまちがいありません。レントゲン写真の説明は香村先生ご自身がされますので、どうぞ裁判官もこちらへ」

会議室にあらかじめ香村の指示で、カンファレンス用のシャウカステンが持ち込まれていた。香村は威厳を持ってシャウカステンの前に立った。

「阪都大学心臓外科助教授の香村です。胸部のレントゲンフィルムは全部で十枚あります。そのうち重要なものは術後に撮影された五枚と思われますが、全部デュープされますか、それとも……」

「もちろん全部お願いします」

露木がすかさず言うと、香村は憎々しげに露木をにらみ、職員に「全部のフィルムを」と指示した。複製機にかける前に、香村が一枚ずつ説明する。

「最初の二枚は、峰丘氏が外来受診されたときの胸部レントゲンの正面と側面です。フィルムの左上の角に名前と日付が入っています」

露木が撮影日時を確認して業者に渡す。松野もカメラでレントゲンフィルムを撮影した。

「次の二枚は入院後の胸部レントゲンの正面と側面です。撮影は手術の四日前です。さらにもう一枚、仰臥位（ぎょうがい）の胸部正面写真があります」

上下に分かれたシャウカステンの下段に、香村は一枚のレントゲンフィルムを掛けた。これまでの写真より、肺全体が白っぽく写っている。

「これは肺炎を起こしているのではないですか」

松野が上段の写真と見比べて言った。香村は意外そうな顔で松野を見た。

「ほう、これが肺炎に見えますか。素人にしては詳しいですな。しかし、これは正常なのです。もしこの写真が立位であれば、肺炎と診断されるかもしれません。しかし、仰臥位では血流の関係で、健康な肺でもこのように白く写るのです。これが仰臥位であることは、ある所見から明らかです。何だかわかりますか」

香村は学生にするように聞いた。松野はレントゲン写真をにらんだが、わかるわけがない。

「横隔膜ですよ。立位の写真と比べてごらんなさい。仰臥位では横隔膜の位置が明らかに高いでしょう」

香村は慇懃（いんぎん）に説明し、松野を小馬鹿にしたように見た。

露木が確認するように訊ねた。

「要するに立って写すのと、寝て写すちがいというわけですね。しかし、なぜわざわざ寝た姿勢の写真を撮るのですか」

「手術後はしばらく仰臥位の写真になりますからな。同じ条件で比較するためですよ。まさか手術の直後に、立ってレントゲンなど撮れんでしょう」

香村は皮肉な笑いを浮かべたが、松野には油断のない目を向けつづけた。

「さて、残りの五枚が術後に撮られたものです。最初の一枚は術直後に手術室で撮ったものです。その次が同じ日にＩＣＵで撮ったもの、次が翌日にＩＣＵで撮ったもの、あとの二枚が病棟にもどってから、手術後二日目と四日目に撮影したものです」

香村は五枚のレントゲンフィルムを二段のシャウカステンにならべて見せた。白衣のポケットから伸縮式のボールペンを取り出し、手早く伸ばして講義の口調になった。

「よくご覧ください。これが心臓、これが大動脈弓で、両側が肺です。このリングが人工弁、真ん中に四本写っているワイヤーは、手術のさいに縦割りにした胸骨を固定するためのものです。それ以外に、余分なものはいっさい写っていません」

香村がことさら裁判官を意識して言うと、松野がじっとしておられずに一歩踏み出た。

「ちょっと待ってください。何も写っていないかどうか、それをこれから調べるのです。それに、写っていないからないとは言い切れないでしょう。骨や心臓の陰に隠れているということもあるのだし」

「おっしゃる通りです。写ってないから、ないとは言えない。しかし、写っていないのに、あるとはもっと言えないのではありませんかな」

香村は皮肉たっぷりに唇の端を歪めた。松野は言い返さずにはいられない気分だったが、露木の目くばせで自制した。

「次は手術を記録したビデオテープですが、ご用意いただいていますか」

露木が決定書の目録を示して言った。香村は白衣のポケットから目録のコピーを取り出し、面倒そうに確認した。

「ああ、これね。これはないんです」

「なんだって。隠すつもりか」

松野が声を荒らげる。

「隠すも何も、はじめからあの手術は録画していないんですよ」

「そんなはずはないだろう。心臓外科の手術はぜんぶビデオで記録していると聞いたぞ」

「聞いた？　だれから」

香村は松野に鋭い目を向けた。松野は一瞬たじろいだが、相手をにらみ返して言った。

「あなたに言う必要はありませんよ。ただ、我々には極めて優秀かつ協力的な医師がついているとだけ、申し上げておきましょう」

「香村先生、ビデオがないというのは、どういうことですか」

横から露木が冷静に訊ねた。

「あの手術はごく基本的な弁置換術だったので、録画しなかったのです。こんなありふれた症例まで録画していたのでは、テープがいくらあっても足りませんからね。記録したところで、だれも見ないし、テープの置き場もないし」

香村の言葉に、松野がまた嚙みついた。

「なんだ、その言い方は。医者にとってはありふれているかもしらんが、患者にとっては心臓の手術は一世一代の大事件なんだ。実際、峰丘さんはあんたの手術で命を落としたんだぞ」

「言葉を慎みたまえ。何を証拠にそんなことを言うのか。わたしの手術はパーフェクトだった。妙な言いがかりをつけると、名誉毀損で告訴するぞ」

香村は頰を震わせて一喝した。松野も怒鳴り返そうとしたが、露木が制した。

露木は裁判官に相談した。裁判官は香村に訊ねた。

「この手術を録画しなかったことを証明できるようなものがありますか。たとえば録画した手術の一覧表とか」

「いや、一覧表はない。手術の録画は手術室のデッキで随時行いますからな」

「通し番号はつけていませんか」

「ええ、それぞれのテープに日付や術式を書き込むだけです」

香村は心臓外科医局からビデオを何本か持ってくるよう事務部長に命じた。事務部長はうしろを向いて、同じ口調で同じ指示を職員に繰り返した。

すぐに数本のビデオが届けられたが、通し番号はついていない。

「それでも録画しなかったという証拠にはならんぞ」

「録画したという証拠には、もっとなりませんな」

香村が余裕を見せて応酬した。松野は我慢しきれなくなって、ついに口走った。

「今に吠え面かくなよ。こっちにはな、動かぬ証拠があるんだ。江崎先生が……」

香村の顔色が変わった。

「江崎? うちの麻酔科の江崎ですか」

「ち、ちがいますよ。ぜんぜん別人だ」

松野は強引に否定したが、不自然さは免れなかった。

香村は勝ち誇ったように笑った。

「事務部長、聞きましたか。とうとう白状しましたよ。この件には麻酔科の江崎君がそうとう深く関わっているようですな」

露木はただならぬ気配を感じて松野を止めようとしたが、間に合わなかった。松野は上着のポケットから乱暴に名刺を取り出し、香村に突きつけた。

「こうなったらもう逃げも隠れもしない。さっきは露木弁護士の助手と言ったが、わたしはジャーナリストでもあるんだ。あなたのやったことは、社会正義に照らして、ぜったいに許せない。わたしはあなたの不正を徹底的に追及するつもりだから、覚悟するがいい」

香村は一歩も引かずに、軽蔑しきった目で相手を見た。

「なんという卑劣なやつだ。正体を隠してこんな場にもぐり込むなんて、ドブネズミも同然だな。どうりでさっきからこそこそわたしの写真を盗み撮りしていたわけだ。無断で写真を公表などしたら、それこそ訴えるぞ。医師が患者のためにどれだけ激務に耐えているかも知らずに、人を誹謗してメシのたねにするなんて、ジャーナリストというのは最低の人種だな」

「それ以上言ってみろ。こっちのほうこそ名誉毀損で訴えてやる」

二人は憎悪に煮えたぎった目で、互いをにらみ合った。しかし、虚勢の裏にはともに憂慮が張りついていた。松野は江崎の名を口にしてしまった失態が、香村は松野が最後に口走った「動かぬ証拠」という言葉が。江崎が針を手に入れたことをまだ知らない香村は、松野の確信に満ちた言葉に大きな不安を抱いた。

翌日午前九時、中央合同庁舎第五号館十階の厚生労働省主任企画官室で、メール受信の電子音が鳴った。
佐久間が複合化キーでＲＳＡ暗号系を解除すると、モニターに文面が現れた。

＞報告します。
＞１．
＞昨日午後、阪都大学病院にて、証拠保全が実施されま
＞した。
＞保全現場に立ち会った事務職員によれば、
＞松野公造はDr.K923に身分を明かし、不正の追及を
＞宣言したそうです。
＞松野は「動かぬ証拠」と口走ったようですが、
＞おそらく「針」のことだと思われます。
＞２．
＞Dr.E007の異動については、連絡スミ。
＞調整ｏｋです。
＞３．
＞松野公造はご指摘の通り、
＞七年前に主任企画官が接触された人物です。
＞今年七月、日本通経新聞を退社、独立。
＞一応フリーですが、通経新聞とは切れていません。
＞以上。
＞内諜　オジマ。

佐久間はメールを閉じて無表情に天井を見上げた。
やっぱりあいつか。
きれいごとが大好きな自己陶酔新聞記者が、またしても出しゃばりはじめたわけだ。舞台に登場したからには、役を与えないわけにはいかないな……。

同じ日、松野は江崎に電話して、証拠保全のときにうっかり名前を口にしてしまったことを謝った。
「まったく申し訳ない。あの香村という医者が、あまりにこちらを挑発するもので、つい口を滑らしてしまった

んです。でも、もちろん先生とは別人であると強調しておきましたからご心配いりません。わたしもはっきり身分を明かしてきましたし、相手も迂闊には動けないでしょう。もし病院で先生に圧力がかかるようなことがあれば、すぐおっしゃってください。ただちに新聞でキャンペーンを張ります。大丈夫です。権威には一致団結して、抵抗あるのみです」

　江崎は憂うつな思いで松野の弁解を聞いていた。自分としては、キャンペーンなど張ってもらうより、静かに勤務をつづけられるほうがよっぽどよい。

　露木弁護士事務所を訪ねた日の夜に自宅で襲われてから、江崎は軽いうつ状態に陥っていた。

　あの翌日、麻酔科のライターだった江崎は、無理にでも出勤しようとしたが、朝、鏡を見てあきらめた。左まぶたの傷は大きく腫れあがり、首にも青紫色のアザがはっきりと浮き出ていた。首を絞められたのは明らかだった。襟のない麻酔着では隠しようもない。あれこれ詮索されるのもいやだったし、ひどい頭痛も残っていた。

　その日は金曜日だったので、一日休めばつづけて三日休めることになる。その週末、安倍が江崎のマンションに来て、荒らされた部屋の片づけを手伝ってくれた。

「安倍さんには秘密を見られちゃったから、一生頭があがらないな」

　江崎は無理に冗談めかして言ったが、安倍は笑わなかった。

　捨てるものをまとめ、壊されたものを段ボール箱に詰めると、もともと簡素な部屋がいっそうすっきりした。安倍は甲斐甲斐しく働き、ゴミ出しと洗濯までしてくれた。

　日曜日の夜、安倍はキッチンで得意のパエリアを作った。ワインは二日前に持参した少々値の張るシャルドネが残っていた。

　二人はリビングの低いテーブルで、絨毯に直に座って夕食をとった。

「カーテンがないから、外から丸見えだね。だれかが見てないだろうか」

　暗闇の窓ガラスを見ながら、江崎がつぶやいた。元気がない。事件のあとだから仕方ないが、安倍はなんとか江崎を励ましたいと思った。

「先生、わたしは先生を責めたりしません。キースレンのことは、理由があるのでしょう。もちろん心配ですけど、でも、専門家の先生が自分で考えてやってることに、ほかの人間はとやかく言うべきでないと思います。人に迷惑をかけているわけでもないし」

「ありがとう。安倍さんは優しいね」

「だって看護師ですもの」

江崎は淋しげに笑い、小さなため息をついた。

「ぼくの母親も看護師だったけどね、そんなに理解はなかったな」

「え、お母さまは看護師なんですか。今はどちらに?」

「羽曳野市の『もえぎ苑』という特別養護老人ホームにいるよ。勤めているんじゃない。入所者としてね。重症のアルツハイマー病なんだ」

いったん輝いた安倍の表情が曇った。江崎は母志津子のことを、独り言のように語った。

「母はまだ六十歳だけど、今はもうほとんど会話もできない。ぼくが面会に行っても、息子だとわからないだろうな。だから、会いにも行ってない。看護師をしていたのは若いころだけで、ぼくが生まれてからは専業主婦だった。もともと繊細な人で、よく父を困らせていた。でも、父が生きているあいだはよかったんだ。父があんな死に方をしたから、よけいに精神的に不安定になって……。ぼくが医学部に入ったときも、喜びと不安でおろおろしてた。卒業後、ぼくが麻酔科に行くと言ったら、母は気が狂ったみたいに反対してね。麻酔が父を殺したように思ってたからね。それで一年目は外科で研修したんだ。だけど、やっぱりぼくは父と同じ麻酔がやりたくて、二年目に転科した。そのころから、母は痴呆の症状がひどくなってきたんだ。まだ五十代だったけど、ずいぶん苦労したからね」

安倍はなんと返事をしていいかわからず、黙っていた。江崎はパエリアの具だけつまみながら、ゆっくりワインを飲んだ。

「ぼくがキースレンをはじめたのも、父の影響だと思う。父がなぜ薬に溺れたのか知りたくてね。ただの興味本位ではないはずなんだ。中毒を病気みたいにいう人もいるが、父の場合は病気なんかであるわけがない。研究もしてたし……。ぼくは母親似でね、顔も性格も父には似ていない。だからよけいに父親に近づきたいのかもしれない。立派な父親だったからね。でもぼくは母方の不安定な血筋を受け継いでいるから、それが恐いんだ」

「先生は不安定じゃないですよ。手術部の看護師はみんな先生を頼りにしてますし」

安倍は懸命に慰めようとしたが、江崎の表情は沈んだままだった。

殺風景な部屋に重苦しい空気が流れた。しかし、安倍は江崎が両親のことを話してくれたことに、ほのかな喜びを感じていた。彼女は素朴な感情を込めて言った。

「先生、お母さまのこと、悲しいですね」

江崎は無感動に答えた。

「母が痴呆になったことは、悲しくはないんだ。どうしようもないことだからね。母は一人で先に死んだ父を許せなかったんだと思う。愛情と怒りと悲しみで、精神がぐちゃぐちゃになったんだ。だから、ぼくが父のあとを継いで麻酔科に行こうとしたとき、痴呆になってそれを妨害しようとした。ぼくの手を煩わせ、怒らせ、出勤のじゃまをして、まともに勤務できないようにしたんだ。もちろんわざとじゃないよ。無意識の反応だと思う。母の心の奥底に巣くった父への愛情と憎しみが、どうしようもない圧力で痴呆に化けたんだ」

「でもそれって、先生、考えすぎじゃ……」

「そうじゃない。母はずっと父を愛してた。だから自分を残して死んだ父が許せなかった。父を殺した麻酔も許せない。父を慕い、同じ道を行こうとしたぼくも許せない。だから、ぼくも母を許せない」

江崎は窓の闇を見つめたまま、動かない。安倍は目の前の江崎が、とても手の届かないところにいるのを感じた。

19 左遷

「江崎センセ、電話やで」

医局の長椅子でスポーツ新聞を読んでいた平晴夫が、面倒そうに江崎を呼んだ。この日、江崎は手術室勤務がオフで、パソコンで論文の下書きをしていた。

受話器を取ると、女性の杓子定規な声がした。

「心臓外科医局秘書の西浦と申します。お忙しいところ申し訳ありませんが、助教授の香村が、江崎先生にお話があると申しておりますので、お出で願えませんでしょうか」

「香村先生が、わたしに、ですか」

「はい」

香村はついに自分に直接圧力をかけようとしてきたのか。江崎は緊張したが、すぐにうかがうと返事した。暴漢の襲撃についても香村の差し金かどうかを、機会があれば確かめたいと思っていたところだ。

江崎はロッカーから白衣を出して、麻酔着の上にはおった。術前回診のスタイルで、江崎は心臓外科医局のある七階に向かった。

エレベーターでたまたま整形外科の講師といっしょになり、江崎は会釈したが相手は知らん顔をしていた。何度か手術で麻酔をかけたことがあるのに、わざと無視したようだ。

証拠保全があってから、江崎の周囲は異様な雰囲気に包まれていた。事実はすぐに知れ渡り、そこここで噂が飛び交った。心臓外科の教授選との関係もささやかれたが、江崎のまわりでそれを口にする者はなかった。中央手術部でも麻酔科医局でも、その話題はタブーだった。

麻酔科教授の岡森圭一は、このところずっと不機嫌な状態がつづいていた。朝のカンファレンスにも顔を出さず、教授室に不在の札が掛かっていることも多い。中央手術部の看護師長も苛立っており、主任の葛西にいたっては露骨に江崎を無視していた。外科医たちは手術室に江崎が入ってくるとおしゃべりをやめ、研修医たちは江崎に好奇の目を隠さなかった。ドン・キホーテ、自爆テロ、そんなささやきが聞こえることもあった。

江崎は周囲の変化を無視していたが、居心地の悪さは否めなかった。情報公開、安全管理などと言いながら、いざとなるとみんな徹底した事なかれ主義になるのが現実なのだ。

江崎は心臓外科の助教授室の前に立ち、扉をノックした。

「やあ、忙しいのにすまんね」

長身の香村が出てきて自ら扉を開け、江崎を中へ招じ入れた。「そこへ掛けてくれたまえ」

自分はデスクの席にもどり、江崎には手前の簡易椅子を勧めた。

「早いものだ。今年も残すところあと半月か。年末年始の緊急オペは、お互い避けたいものだね」

香村は革張りの椅子にゆったりともたれ、両手を肘掛に乗せた。

「ご用件はなんでしょうか」

江崎が聞くと、香村は「ん……」と微妙な間を置き、鋭い目で江崎を見た。

「先週の火曜日、ぼくが執刀した患者の証拠保全が行われたことは知ってると思う。いや、隠さなくてもいい。病院中が知っていることだ。峰丘さんといったな。あの人が不幸な転帰をとったことは、ぼくにも痛恨の極みだった。手術というのはほんとうに恐い。どんなに完璧を期しても、思いがけないことが起こるからね」

香村は視線を落とし、沈痛な表情でつづけた。「どれだけ患者の命を救っても、いつも気にかかるのは、救えなかった患者だ。重症ならまだしも、あの人のように手術が成功したのに亡くなると、心臓外科医として深い疑問と後悔に苛まれる。なぜそうなったのか、どうすればよかったのかとね。もちろん、取り返しはつかないが、その悩みと苦しみは、おそらくご遺族の嘆きにも匹敵するだろう」

江崎は香村の真意を測りかねて黙っていた。香村はわざと視線をそらし、思いにふけるように江崎に訊ねた。

「失礼だが、君は今いくつだね」

「三十五ですが」

「そうか。いい年齢だな。これからいくらでも夢が開ける。ぼくが君の歳のときは、ちょうどアメリカに留学する直前だった。アメリカで世界レベルの研究に触れ、自分でも世界に通用する実績をあげようと希望に満ちあふれていたころだ。幸い思う通りの結果を出して、医局にもどったあとは、一日中診療や実験に明け暮れ、ほとんど家には帰らなかったよ」

香村はむかしを懐かしむように短く笑い、江崎のほうに向き直った。

「君にこんなことを言うと笑うかもしれないが、ぼくらが医学生のころには、まだ立身出世の気風が残っていてね。伝統と名誉ある阪都大学の医学部を卒業したからには、医学で人類に貢献したいと多くの者が思っていた。もちろん開業医や勤務医を軽んじるわけではないよ。しかし、未来の医療を築くのは、やはり大学で研究をしている医師だろう。今、開業医や勤務医が使っている治療は、すべて過去の研究者が開発したものだからね。つまり我々は、未来の治療に取り組んでいるわけだ。そのために、患者からデータもいただくし、むずかしい治療の試みにも協力してもらう。それが大学病院というところだ」

峰丘の手術も、そういう試みの一環だったと言いたいのだろうか、と江崎は訝った。しかし、あれは単純な弁置換術だったはずだ。

香村はつい話に熱が入ったことに苦笑し、穏やかにつづけた。

「君が峰丘氏のご遺族に協力していることは知ってる。先日の証拠保全のときに、ドブネズミみたいにもぐり込んだジャーナリストが口を滑らせるまでもなく、わたしに注進してくれる者がいたからね、医局にも手術部にも」

主任看護師の葛西だな、と江崎は直感的に思った。

「君の正義感には脱帽するよ。しかし、あまりに杓子定規な厳罰主義で医療ミスを追及することが、医療の発展に資するだろうか」

江崎も「痛恨の症例」の聞き取りをしていたとき、同じ疑問を持った。ひとつのミスをも許さないというのであれば、多くの若い医師や研究者が将来を失ってしまうだろう。しかし、患者の側に立てば、些細なミスでも見逃すことは許されないのは当然だ。まして、助教授の立場にある香村のミスが不問に付されてよいわけがない。

香村は、このミスで自分が教授になり損ねたら、医学の発展に大きなマイナスであるとでも言いたいのだろうか。なんと厚かましいことかと、江崎は内心であきれた。

しかし、香村の次の言葉は、思いもかけないことだった。

「うちの川邊教授がまもなく退官することは、君も知っているだろう。教授選は来年の四月だ。ぼくに期待してくれる人もいるが、ぼくは立候補を取りやめることにしたよ」

「え」

江崎は思わず声をあげた。香村は研修医のころから、教授になることだけを目指して努力を積み重ねてきたのではなかったのか。手術部の松井技師長もそう言っていたし、香村が次期教授の最有力候補であることは、病院内のだれもが認めることだ。

江崎の反応を目の端で確かめながら、香村は静かにつづけた。

「今回、自分が執刀した患者の遺族から、証拠保全の申し立てがあったことは、大いに反省すべきだと思っている。ショックだったよ。これまで多くの手術を手がけてきて、うまくいかなかった症例もないではないが、それでも患者や家族は感謝してくれた。ぼくが手術をして、それでだめなら本望だと言ってくれた人も多い。それが教授選の直前になって、生まれてはじめて裁判になるかどうかの瀬戸際に立たされた。ここまで心臓外科医として、阪都大学の発展を願い、医学にささやかな貢献をしたい一心で研究と手術に励んできたが、はじめて大きな挫折を味わったよ。いや、患者にすればそんなことは関係なかろう。はじめてであれ何度目であれ、患者にとっては自分だけがすべてなのだから。亡くなった峰丘氏には、まことに遺憾の意を表したい。口先だけではなく、心からその死を悼む証(あかし)として、ぼくは来年の教授選に立候補しないでおこうと思っているのだ」

国立ネオ医療センターの件を知らない江崎には、香村の言うことが信じられなかった。

「江崎君、君は峰丘氏のご遺族と親しい関係にあるらしい。だから、ぼくの気持を伝えてはもらえないか。今日、来てもらったのは、そのことを頼みたかったからだ。ぼくは峰丘氏の死を無駄にはしない。自分が一人の患者を不幸な転帰に至らしめたことへの反省を込めて、教授選の立候補を取りやめる。それがぼくが自分に与えた罰だと受け止めてもらっていい」

江崎は困惑した。もし香村がほんとうに教授選を自らあきらめるなら、それは彼にとって大きな罰といえるだろう。

「もうご決心されたのですか」

「そうだ」

「しかし、川邊教授や医局のご意向もあるのでは」

「そういうことより、患者への思いを大切にしたいんだよ」

　香村は真剣なまなざしを江崎に注いだ。

「わかりました。先生のお気持は、まちがいなくご遺族にお伝えします。きっと真摯に受け止めてくれるでしょう」

「ぼくが教授選に立候補しないことの意味を、ご遺族は十分に理解してくれるだろうか」

「先生、どうぞご心配なく。それはわたしが説明します。先生のようなお方が、教授選を辞退されることの重さをきちんと伝えます」

「そうか、それなら安心だ。ご遺族が満足されれば、訴訟を起こすこともなかろうね」

　江崎は危うく「はい」と返事しかけて、言葉を呑み込んだ。

「先生、それはわたしにはわかりません」

「どうしてだね。君は遺族に十分な説明をしてくれるのじゃないのか」

「それはまちがいなくします」

「なら君からご遺族を説得してくれたらいいだろう。医療裁判は時間もかかるし、経費もかかる。患者が亡くなったつらさはわかるが、あれは予期せぬ事故だった。どんな名医でも防ぎようはなかっただろう。にもかかわらず、ぼくは遺族感情に配慮して、教授選への立候補を取りやめることで哀悼の意を示そうとしてるんだ。ぼくにとって、教授選をあきらめることがどれほどつらいことか、君にもわかるだろう。遺族はその上まだ何を要求するというのかね」

　香村は憮然とした表情を浮かべた。彼が問題のすり替えをしようとしているのは明らかだった。それを指摘するのはかなり勇気のいることだ。江崎は枝利子の顔を思い浮かべて言った。

「先生、峰丘さんのご遺族が求めているのは、真相の究明です。ほんとうのことを知りたいのです」

「だから、それは原因不明だと言ってるだろ。病理解剖の結果がそうなのだから、それ以上、何が言える。ほかに証拠でもあるのかね」

　香村はさりげなく聞いたが、目は水銀のように光っていた。江崎は慎重に答えた。

「遺族は疑念を抱いています」

「どんな疑念だ」

　江崎は唇を震わせた。ここで針のことを明らかにすると、裁判のときに対抗策を練られてしまう恐れがある。

香村は挑発するように言った。

「君もその疑念を信じているのか。まったく話にならんな。結果が悪いとすぐ医者のミスだと疑うなんて、素人の患者同然じゃないか。君は麻酔科医だから、一人の患者にじっくり向き合うことがない。だから考え方が一面的なんだ。入院から退院まで、患者の気持は猫の目のように変わる。あるときは従順、あるときは反抗的、治療を求めたり、拒絶したり、基本的には混乱している。主治医はそれに惑わされず、患者にとっていちばんよい結果に向けて努力するんだ。それを結果だけ見てミスだと決めつけるなんて、あまりに愚劣じゃないか」

患者にじっくり向き合っていないと言われると、麻酔科医の江崎は弱い。香村の目が興奮と憎悪で血走ってきた。

「第一、君には医師としてやましいことは微塵もないのか。君はそんなに完璧な医師なのか」

江崎は自宅のキースレンを思い出し、言葉に詰まった。その反応に乗じて香村はさらに言い募る。

「麻酔にも事故はあるだろう。覚醒（かくせい）遅延、麻痺、痴呆の悪化、人に言えない失敗はだれにでもあるはずだ」

「麻酔後の麻痺や痴呆の悪化は不可抗力のことがほとんどです」

「しかし、患者や家族はそうは思わんのだよ。すぐ麻酔科医のミスだと疑う。それを外科医があとから一生懸命説明してカバーしているのを知らんだろう」

そこまで言われて、江崎も相手に対する敬意を捨てた。香村の言い分は麻酔科医に対する外科医の侮辱だ。対等なチームプレーヤーとしてではなく、下働きとして見下げている証拠だ。

「香村先生、峰丘さんの死について、納得のいく説明をしてください。原因不明では遺族は納得できません」

正面から江崎に聞かれ、香村は怒りに顔を染めた。

「麻酔科医のくせに生意気なことを言うな。あれは不可抗力の事故だと言ってる。原因不明の冠動脈出血だ。それ以上はだれにもわからん」

「では、ミスはなかったとおっしゃるのですね」

「もちろんだ。それとも何か、君は動かぬ証拠でもあると言うのかね」

香村は内心の動揺を隠して、江崎を見おろした。江崎は須山から手に入れた針のことを言って、この場で思い切り香村を嘲笑してやりたい衝動に駆られたが、必死にそれを抑えた。裁判までの辛抱だ。江崎はそう自分に言い聞かせて目を閉じた。

江崎が挑発に乗ってこないのを見て、香村は自制を失った。

「君がこそこそと院内を調べまわっていることは、とっくに耳に入ってるんだ。どうせあの薄汚いジャーナリストにそそのかされたんだろう。隠れて人を陥れるようなことを探って、恥ずかしくないのかね。君はスパイだ。卑劣きわまりない」

江崎もカッとなって言い返した。

「どっちが卑劣なんですか。先月の二十七日、ぼくは自宅のマンションで三人の男に襲われましたよ。危うく殺されるところだった。あれは脅しですか。それとも警告ですか」

「な、なんのことを言っとるんだ」

香村が思わずひるんだ。江崎はじっと香村の目を見た。とぼけているのか、それともほんとうに無関係なのか。しかし、香村はすぐに語気を荒らげて言った。

「この上まだ妙な言いがかりをつけるのか。言いたいことがあるなら、まず証拠を見せろ。その上で裁判でもなんでもやるがいい。しかし、わたしに弓を引くということは、大学病院全体を敵にまわすのと同じだぞ。組織が個人をつぶすのは簡単なことだ。覚悟しておきたまえ」

「わたしは組織に依存するつもりはありませんから」

「蛮勇だな。威勢のいいことだけはほめてやろう。しかし、あとで泣きっ面を見せるなよ。用はすんだ。出ていきたまえ」

その言葉が終わる前に、江崎は椅子を蹴っていた。


江崎はその足で、別棟三階の臨床病理部へ行った。須山にもう一度針のことを口止めするためだ。気の弱い須山は、香村の圧力に屈して針などなかったと言いかねないと思ったからだ。病理部の医局に行くと、うまい具合に須山は自分の席にいた。

「ちょっと話があるのですが」

「はいっ、なんでしょうか」

江崎の剣幕に須山は弾かれたように立ち上がった。

「あ、いや、少し急ぎの用事なので、お時間をいただければと思って」

江崎は慌てて取りなしてから、須山の反応を注意深く見た。まだ香村が手をまわしているようすはなさそうだった。江崎はこの前話を聞いたカンファレンスルームに須山を連れ出した。

「実は、先日、針のことで相談した峰丘さんの件なんですが、裁判になりそうなんです」

「はあ」

須山はあいまいな返事をした。証拠保全の話は伝わっているだろうから、おどろかなくても不自然ではない。

「あのときお預かりした針は、裁判では重要な証拠になると思います。そのことで、だれかから何か言われましたか」

「いえ」

須山は緊張で顔色が白くなっていた。

「今、わたしは心臓外科の香村先生に呼ばれたんですが、かなり態度を硬化させていて、険悪な雰囲気でした。香村先生はまだ針のことを知らないんでしょうか」

「さあ……」

「須山さんには何も言ってきてませんか」

「ええ」

「鶴田教授からも？」

須山は力なく首を振った。

「須山さん。もしだれかが針のことを言ってきても、知らないで通してほしいのです。お預かりした針は安全な場所に保管していますが、万一、だれかが取り返しに来ると困るので」

「わかりました」

「でも、どうしても告白を強要されたら、わたしの名前を出してけっこうです。針は江崎に預けたと言ってもらっていいですから」

「はあ」

江崎はぎりぎりまで譲歩したつもりだったが、須山の反応ははかばかしくなかった。

針に関しては、裁判で須山の協力がぜったいに必要だ。彼の証言がなければ、せっかくの針も内部告発の手紙と同様、確証のない伝聞証拠にされてしまいかねない。しかし、証言を依頼すれば、須山に迷惑がかかる危険もある。江崎は須山の手元をちらりと見た。左の薬指に結婚指輪はなかった。

「須山さん、今回の件はかなりデリケートな面があります。まだ証拠保全だけですから、裁判になるとはかぎりませんが、もしそうなったら、香村先生も必死に防戦するでしょう。原告の側に立つことは、たいへん厳しい選択です。でも、わたしは医療者として、常に患者の側に立ちたいと思います。須山さんにもご協力をお願いできますか」

「はあ……」

煮え切らない返事に江崎は焦れたが、熱心につづけた。

「針を法廷に提出したとき、でっち上げだと反論されないために、須山さんに証言をお願いしたいのです。あの針が、解剖のときに出てきたものだということを、法廷で証言していただきたいのですが」

江崎は須山の目をのぞき込むように見つめた。須山は一瞬たじろいだが、目を伏せたまま謝罪でもするみたいに応えた。

「裁判所で証言なんてしたことありませんが、わたしでよければ、できることはさせていただきます」

「ほんとうですか。証言してくれるんですね。ありがたい。きっとご遺族も喜ばれますよ」

須山はモップの柄のように痩せた長身を折り曲げ、困惑の表情を浮かべた。頼まれるといやとは言えない性格で、証言を引き受けたことを早くも後悔しているのかもしれない。しかし、もうあとに引いてもらっては困る。

「須山さん、あなたは立派な医療者です。証言が須山さんに重荷であることはよくわかります。しかし、我々が勇気を持って協力しなければ、立場の弱い患者はずっと泣き寝入りになるのです。正しい者が認められる世の中になるよう、いっしょに力を合わせましょう」

江崎は自分の口調が松野に似ているのに気づき、思わず苦笑した。

手術部にもどりながら、江崎の足取りは軽かった。須山に証言の承諾を得たことは大きな成果だ。これで針の証拠価値はいっそう確実になった。枝利子もきっと喜ぶだろう。そう思うと、江崎の胸はすがすがしい充実感に満たされた。

しかし、その喜びは長くはつづかなかった。

二日後、麻酔導入が終わって医局にもどると、秘書が来て江崎にこう伝えたのだ。

「江崎先生、岡森教授がお呼びです」

教授室に行くと、岡森は丸縁眼鏡の奥に笑みを浮かべて江崎を迎えた。細い目をいっそう細めたその笑みには、親しみや穏やかさがいっさい含まれていなかった。

「あ、江崎君か。実は君にとってもいい話があってねぇ」

岡森は、他人に悪い報せを伝えるときの歪んだ喜びを露わにして言った。「茨木市の国立療養所阿武山病院を知ってるだろう。あそこの麻酔科から至急増員の要望があってね。それで、ぜひ君に行ってもらいたいと思っているんだ」

「阿武山、ですか」

江崎は思わず問い返した。

阿武山病院は戦前まで結核療養所だった施設で、いまだに結核患者を中心に診療を行っている。最近、高齢者の結核がまた増えつつあるとはいえ、全身麻酔の手術などは少ないはずだ。麻酔科の定員も一名で、現在は左近勝士という定年直前の麻酔医が勤務している。そんなところへの転勤がなぜいい話なのか。

岡森は何食わぬ顔でつづけた。

「あそこも組織改編で外科医が増えるらしい。近々総合病院として新たな展開を考えているようだ。左近先生も高齢だから無理はさせられないし、あとを君に全面的にやってもらおうと思ってね。ゆくゆくは部長ということで」

医師過剰の現代にあっては、だれもが部長ポストにつけるわけではない。数がかぎられているのだから、実力より運と巡り合わせ、結局は早い者勝ちということになる。いずれ部長職の保証されているポストに移ることは、たしかに悪い話ではない。

「そんな重要なポストに、わたしでよろしいのでしょうか」

江崎は遠慮がちに訊ねた。

「もちろん、まったく問題ない。先方も若くて実力のある麻酔医をと言ってきてるからね」

「いつから転勤になるのです」

「ちょっと急なんだが、年明けの一月一日付で移ってほしいんだ」

「え。それじゃあと二週間ほどしかないのですか」

「そうだ」

岡森は平然と答えて目をそらした。その横顔は交渉の余地のないことを物語っていた。

この転勤はやはり懲罰人事なのだろう、と江崎は思った。香村を敵にまわしたことが、早くも大学病院の圧力として表れてきた。それにしても、岡森は教授として医局員を守ろうという気持がないのか。一度くらいは江崎の言い分を聞いてくれてもよさそうなものだが。

「この話、受けてもらえるね」

岡森は眠そうな目で江崎を見た。江崎は首を縦に振らざるを得なかった。断れば、次はもっと条件の悪い話に応じなければならないことは見えている。

「謹んでお受けさせていただきます」

「そ。じゃあ、先方にもそう伝えておくから」

岡森は満足そうにうなずき、思い出したようにつけ足した。

「阿武山は国立の施設だから、管轄は文科省ではないよ。厚労省だから」


それから五日後に行われた麻酔科の忘年会は、江崎の送別会も兼ねることになった。

所帯の小さな麻酔科の忘年会は、例年、阪急東通(ひがしどおり)商店街のすき焼き専門店で開かれることになっていた。出席者は岡森教授以下、医局のスタッフ九人と研修医が六人。会費はスタッフが五千円、研修医が三千五百円でおさまる安上がりの会である。岡森が乾杯の発声を兼ねた挨拶をしたあと、江崎の転勤が発表された。医局員はもちろんこの人事を事前に知っており、わざとらしくおどろく者もなかった。

宴がはじまると、岡森は研修医たちの席に移動し、麻酔がいかに奥が深く、将来性のある分野であるかを吹聴した。助教授もこれに参加し、麻酔科がいかに休暇が取りやすく、主治医をしないからどれだけ気楽かを、リゾートマンションの営業顔負けの熱心さで語った。二人は研修医がそのまま麻酔科に入局してくれるよう、必死に勧誘しているのである。研修医もそれがわかっているから態度が大きい。教授の前で「ボク的には」などと若者言葉を隠そうともしない。外科や内科の忘年会では、教授は雲の上の人で、研修医はゴミ扱いというのとは大きな差だ。

二次会は平晴夫が先頭に立って、曾根崎新地のゲイバー「セラヴィ」に行った。江崎は一次会だけで帰りたかったが、送別会の主役だったので我慢してついていった。ゲイのホステスが席に入り、乾杯の嬌声(きょうせい)をあげた。江崎はカウンターの隅でできるだけ目立たないように、顔を伏せていた。

「いらっしゃいませ。お飲み物は何にいたしやしょう」

聞き慣れた声がして顔をあげると、平がカウンターの中へ入り込んで、アイスピックで氷を割っていた。平はこの店の常連で、勝手に店の手伝いをしているようだった。手術室にいるより、こちらのほうがよほどさまになっている。

「じゃ、バーボンのソーダ割りを」

「へい。バーボン一丁、ハイボールで」

平は慣れた手つきでソーダ割りを作り、江崎の前に置いた。

「ま、今日は最後のお勤めや。辛抱、辛抱」

平は自分でスコッチのロックを作り、江崎のグラスに軽く当てた。

「それにしてもおまえは特攻隊みたいなやっちゃな、心外の香村に盾突くとは、相手が悪いで」

「どうしてです」

「香村は川邊はんとこの助教授やで。うちの岡ちゃんは川邊はんの番頭やろが」

平は岡森をちゃんづけで呼んで、片目をつぶった。岡森が教授になるとき、川邊の強力なうしろ盾で選挙に勝ったので、今でも二人は主従関係にあるともっぱらの噂なのである。

江崎は投げやりなようすでバーボンをひと口飲んだ。

「いいんですよ。ぼくは別に大学に未練があるわけじゃないですから。それに阿武山へ行けば、ゆくゆくは部長だと言われてますし」

「おまえはどこまでお人よしやねん。岡ちゃんの口車を知らんのか。将来は部長にするから転勤を、あそこは総合病院になるから異動をって、人事のエサやないか。阿武山みたいなボロ病院に部長ポストがつくかいな。今おる左近先生かてヒラ医長やで」

平は半ば憐れむように言った。江崎はだまされたことに気づいたが、怒りはすぐに消えた。どうせ懲罰人事なのだ。

「どうしたんですかぁ。深刻な顔しちゃって」

赤いチャイナドレスに金髪の豪華な出で立ちのゲイが江崎の横に座った。

「おう、あやめママ。このセンセはな、か弱き患者の味方をして、巨悪に立ち向かう正義のヒーローなんや」

「ま、頼もしい。あやめです、よろしく。こちら、クールでハンサムだし、あたし、惚れちゃいそうよ、ペイ先生」

「あかんあかん。こいつは純粋培養やねんで。あやめママがちょっかい出したらイチコロや。また犠牲者が増えるわ」

あやめが平の腕をつねり、平は悲鳴をあげた。

「けどな江崎、おまえがなんぼ頑張っても、医療ミスはなくならんで。麻酔かけながら手術を見てたらわかるやろ。どんな腕のええ外科医でも、疲れてる日もありゃ調子の悪い日もある。手術をやれば、何パーセントかは必ず失敗するもんや。一生に一回もトラブルのない医者なんかおらんで」

「でも、香村先生のミスは、そういう不可抗力の事故ではないんです。怠慢によるミスなんです。だから、見逃すわけにいかないでしょう」

「それでも悪意があったわけやないやろ。いわゆる過失や。日本の医療体制で、ミスが起こる最大の原因は何か知ってるか。医者や看護師が忙しすぎることや。ベッドあたりの医者の数は、欧米に比べてダントツに少ない。それで忙しいいて、疲れるから集中力が落ちてミスをする。ミスを減らすためには、医療費を年間三十兆から四十五兆くらいにせなあかんな」

「そんな理屈が世間に通るわけないでしょう。一般企業でミスを減らすのに、経費を一・五倍に増やせなんて、ぜったい認められませんよ」

「ならどうすればいい」

「三十兆なら、その枠内で努力すべきでしょう」

「安全のためにはスタッフの数がいる。経費を増やさんのなら、一人あたりの人件費を削るしかないわな。給料が下がったら優秀な人材が集まらん。優秀でない医療者が増えれば、そのためにまたミスが増える。何やってるかわからんで。安全には金がかかるということや。それを忘れて、医者のモラルとか追及しても埒は明かんよ」

「じゃあ、どうすればいいんですか」

江崎がふてくされて訊ねた。

「そやから、どうにもならんと言うてるんや」

「あら、それはペイ先生がお医者やから言えることよう」

あやめが割って入り、平を諭すように言った。「あたしたち患者は、お医者さまに頼るしかないんだから。そのお医者さまが、ミスは仕方ないなんて投げ出しちゃおしまいよ」

「おしまいて言うたかて困るよ。交通事故と医療ミスは、この世からなくならんのやから」

「でも交通事故はきちんと運転手が責任を取らされるじゃないですか。医療ミスはすぐ隠蔽される。それがミスの温床になってるんでしょう」

江崎が赤い顔でくってかかった。

「そうよそうよ。お若い先生の言う通りだわ」

あやめが江崎に加勢すると、平は濃い口髭を動かして笑った。

「この前、ＮＨＫスペシャルでやってたけど、カルテ改ざんで医者が捕まった東央女子医大病院な、医療トラブルの報告を匿名で出させたら、半年で四千件あったそうや。信じられるか。交通事故なんかよりはるかに多いで。注意しててそれや。つまり医療に事故や失敗はつきものなんや。それを全部追及してたらどうなる。医学部を受験するような秀才は、みんなそこらを計算しとる。もし厳罰主義になってみ、優秀な学生はだれも医学部に来んようになるで」

「受験生がそんなことまで考えてませんよ」

「目先の利くやつは考えてるんや。これから医療ミスで医者がどんどん訴えられて、裁判で負けて財産を失うようになってみ、医者なんかアホらしいてやっとれんてなことになるで。それでなくてもキツイ、キタナイ、キケンな仕事やのに」

「ペイ先生は不純でやーね。もっと心から患者のために尽くしたいっていうお医者さまもいるわよ、ねー」

あやめに同意を求められ、江崎は「もちろん」と胸を張りたかったが、そうはいかなかった。同級生にも研修医にも、そんな顔を思い浮かべるのが困難だったからだ。平は江崎の反応を見て、ひゃっひゃっひゃっと笑った。

「江崎は正直やな。世間にはあやめママみたいな幻想を持ってる連中が多いんや。こりゃ宿痾（しゅくあ）やな」

「でも、平先生みたいなニヒリズムよりましでしょう。専門家がニヒリズムに逃げるのは、それがいちばん楽だからですよ。我々が努力を放棄したら、いったいだれが医療ミスを減らすんです？」

江崎は酔えば酔うほど真面目に反論した。平はにやにや笑いを浮かべて答えた。

「努力したら、なんでも解決すると思てるやろ。それが優等生の甘っちょろいところなんや。問題は解決せずにそのまま受け入れる、これこそがどんな問題にも通用する究極の解決法や」

「平先生は自分が医療ミスの被害者になっても、同じように言えますか」

「おれか？　おれは医療なんか受けへんもん」

平は下卑た表情を浮かべて、卑屈に笑った。

「ペイ先生はいっつもこうよ。ズルイんだから。でもあたし、江崎先生のこと気に入っちゃった。今どき珍しい純粋な人ね」

「そやから言うたやろ。純粋培養やて。それはそうとな、阿武山の左近先生には、ちょっと気ぃつけたほうがええで」

「どうしてです」

「あの人、アル中の変人やから」

バーボンの酔いの中で、江崎はその言葉を不吉な予言のように聞いた。

20 結ばれた糸

忘年会から祝日をはさんだ十二月二十四日の午後、江崎は枝利子に会った。

場所は、安倍が最初に枝利子を彼に引き合わせたカラオケルームの「シャングリラ」である。二人が会うことはもう秘密にする必要もなかったが、江崎は自宅で襲われてから用心深くなっていた。

二人が案内されたのは、以前とはちがう漆喰壁の洞窟のようなイメージの部屋だった。

「実は、枝利子さんに伝えなければならないことがあります」

店員がソフトドリンクを置いて出ていくと、江崎は神妙に切り出した。「来年、うちの大学の心臓外科で教授選があるんです。香村先生は次期教授の有力候補だったのですが、あなたのお父さんのことがあるので、立候補を取りやめるつもりだと言うのです」

枝利子は意味をつかみかねて、困惑の表情を浮かべた。

江崎はつづけた。

「香村先生は、お父さまの死に哀悼の意を込めて、教授選を辞退すると言ってました。それが自分に与えた罰だと」

「では、香村先生はミスを認められたのですか」

「いいえ。あくまでミスはなかったとおっしゃってます」

「それならどうして罰だなんて」

「……ですよね」

生真面目な二人の表情が緩んだ。

「考えれば矛盾してますよね。でも香村先生にとって、教授選に出ないことは重大な決断であるのはまちがいないと思います。それほどこの裁判を避けたがっているということでしょうか」

「え」

「香村先生は教授選に立候補しない代わりに、ご遺族に裁判を起こさないよう説得してほしいとぼくに言ったのです」

枝利子は戸惑いの表情を浮かべた。


「裁判をやめるべきなんでしょうか」

「いえいえ、香村先生が教授選に出ないことと、枝利子さんの裁判は別問題です。そのことはぼくもはっきり言いましたから」

「そうですか。実は露木先生が訴訟の手続きをかなり進めてくださってまして」

枝利子が深呼吸して、白いバルキーセーターの胸を押さえる。「江崎先生がおっしゃったように、病院で証拠保全したものの中には有力な証拠になるものはなかったそうです。だから、やっぱりあの針が決定的な証拠になるだろうって」

「そうですか。それならよかった」

「露木先生はとてもご熱心で、ほかのお仕事をあとまわしにしてまで父の裁判を進めようとしてくれてるんです。だから年明けにも訴状を提出することができそうだとおっしゃってました」

「じゃあいよいよですね」

枝利子は唇を引き締めてうなずいた。

「そうだ、もうひとつ報告することがありました。例の針のことですが、発見者の病理の技師に裁判で証言してくれるように頼んでおきました。香村先生から先に圧力がかかるといけませんからね。彼は承諾してくれました」

「まあ、すごい。先生って弁護士さんより用意周到なんですね」

枝利子は黒目がちの瞳を輝かせた。「もしこの裁判に勝つことができたら、それは何より先生のおかげです。わたし、なんてお礼を言ったらいいのか……」

枝利子が江崎を見つめた。艶やかな髪に夜光虫のようなきらめきが走る。わずかな沈黙が、江崎には息苦しい。枝利子は目をそらさない。ふいにその瞳に強い愛情の訴えを感じ、江崎は戸惑った。自分の中にも、同じ情動を感じたからだ。

それまで、江崎は現実の女性に恋愛感情を持つことがほとんどなかった。女性に興味がないわけではない。しかし、好みがあまりに狭いため、意に添う女性がなかなか現れなかったのだ。欲求はもっぱらCGの3Dソフトで満たしていた。CGなら、性格まで感じさせるくらい理想的な女性像を創ることができる。枝利子を安倍に紹介されたとき、江崎は無意識に自分を抑えた。枝利子が既婚者だったからだ。しかし今、江崎は自分の感情が表面にあふれそうになっていることに動揺していた。いくら気持が高ぶっても、彼女に夫がいる事実は変わらない。自分が想いを募らせれば、状況は悪化するだけだ。

ボーイがどこかの扉を開けたらしく、一瞬、廊下に嬌声が洩れた。クリスマスソングのBGMが流れている。江崎が戸惑っていると、枝利子がまぶしげに目を細めて笑った。

「先生、ありがとうございました。今日はクリスマスイブですね」

そう言われて目を上げると、漆喰の壁に赤いリボンをあしらったヒイラギの飾りが掛けてあった。香村の話で頭がいっぱいで、今まで気がつかなかった。

「せっかくのイブに、深刻なお話ばかりでごめんなさい。わたし、お礼に一曲だけ歌います」

枝利子はファイルを繰って曲をセレクトした。静かな前奏が流れる。「ホワイトクリスマス」だった。

I'm dreaming of a White Christmas, just like the ones I used to know ……

狭い部屋に枝利子の歌声がなまめかしく広がった。それは天上の声のように心地よかった。モニターを見ながら歌う枝利子の唇を、江崎が見つめる。清潔で慎ましやかな膨らみ、柔らかく、温かな生命そのもののような唇。江崎は激しく欲情している自分に困惑した。現実の女性に欲望を感じることなど、何年もなかったことだ。ようやくそんな相手に巡り合ったのに、すでに夫がいるとは、なんという皮肉だろう。

江崎の心は激しく揺れた。歌う枝利子は美しかった。枝利子の心には何があるのか。感謝、喜び、申し訳なさ？　さっき垣間見た愛情は幻か。枝利子は待っている？　枝利子は求めているのか。江崎の心が無数の枝利子で満たされ、動悸で胸が痛くなった。

しかし江崎は、最後に行動を決めるのは自分の冷たさだということを知っていた。彼は運命を冷笑するように、静かに枝利子の歌に耳を傾けた。

あなたは現実じゃない……。

江崎は枝利子を見ながら自虐的にそう胸の内で繰り返した。

夢見るように歌う枝利子は、江崎のまなざしに幻の光を見ていた。

年が明けた一月二日、雲ひとつない晴天だったので、江崎は正月の天王寺界隈でもぶらつこうかと考えていた。そのとき、松野から電話がかかった。

「もしもし、江崎先生ですか。もっと早く連絡しようと思ったんですが、昨日は一日中東京を走りまわって、最終ののぞみで大阪にもどったあと、むかしの同僚と朝まで飲んでたものですから」

江崎は時計に目をやった。まもなく正午である。松野には元旦も正月も関係ないようだ。

「実は年末から重要な情報が矢継ぎ早に飛び込んできましてね。関連を調べているうちに年を越してしまいましたが、ようやく香村を取り巻く状況の全貌が見えてきました。先生にも説明しますから、今から事務所に来ませんか。正月といっても、どうせ先生も一人でしょう」

江崎は松野にときどき感じる押しつけがましさに眉をひそめたが、思い直して行くと返事をした。

西区みなと通にある松野の事務所には一度行ったことがあった。知り合ってすぐのころ、松野に盛んに誘われて足を運んだのである。

マンションの八階にある事務所のブザーを押すと、松野が上機嫌で扉を開けた。

「やあ、ようこそ」

部屋はむっとするほど暖房が効いていた。酒類とタバコは散乱しているが、おせちも鏡餅もなく、正月らしい雰囲気はまるでない。ジャーナリストは世間なみに浮かれているひまなどないといわんばかりだ。

「江崎先生、あの香村というやつは、とんでもない食わせものですよ」

松野は二人分のコーヒーを用意しながら、座るのももどかしげにしゃべりだした。「この前、香村は江崎先生に、教授選の立候補を取りやめるから、遺族に提訴させないでほしいと言ったんでしたよね。あれは猿芝居もいいところですよ」

香村の教授選不出馬の話は松野にも伝えてあった。

「どういうことです」

「やつはね、阪都大学の教授よりももっといいポストを手に入れていたんですよ」

松野は軽蔑を込めて言い捨てた。「あれからいろいろ調べてたら、『日本医事旬報』に記事が出ているのを見つけたんです。今年の四月、長野に国立ネオ医療センターというのが開設されるんですが、香村はそこの副センター長に内定しているというのです。記事には厚労省の事務次官が香村を部長に推薦したというニュースしか出ていませんでしたが、厚生労働記者会（記者クラブ）にいる友人に聞いたら、十二月のはじめに正式に副センター長の内示が出たそうです」

「ちょっと待ってください。香村先生はそのネオ医療センターの副センター長に決まったから、教授選をおりたというんですか。そのポストは教授の地位に見合うほどのものなのですか」

江崎はにわかには信じられなかった。あれほど教授職に執着していた香村が、簡単にほかの話を受けるとは思えなかったからだ。松野は短く笑って言った。

「はは、江崎先生も教授の肩書きに幻惑されているようですね。香村はもっと現実的だったんですよ。予算です、研究予算。これが莫大なんですよ」

「どれくらいなんです」

「初年度が十二億。どうです。信じられますか」

松野は芝居がかった真剣さで声をひそめた。十二億と言われても、江崎にはピンとこない。

「でも、ほんとうですか。研究予算ははじめからそんなふうに決まらないと思いますが」

大学で助手だった江崎は、研究予算獲得にはほとんどタッチしていなかったが、システムくらいは知っていた。厚労省の予算は科学技術振興費と呼ばれ、年間およそ百九十億円である。予算は施設ごとに割り振られるのではなく、募集された研究テーマごとに決められる。つまり、応募テーマの中から選ばれてはじめて予算がつくのだ。小さいものでは数百万、大きいプロジェクトになると億単位の研究費がおりる。いくつテーマが通るかで、その施設の研究費予算が決まるのである。だからはじめから予算が決まっているという話には無理がある。

ちなみに、このシステムは一見フェアなように見えるが、実態は、例年、東央大が全予算の約半分を取り、残った分の半分を京帝大、さらにその残りの半分を阪都大が取って、その残り、つまり全体の八分の一を全国の大学に分けているのが現状である。

江崎は予算配分のあらましを説明したが、松野は自分のほうが詳しいといわんばかりに言った。

「たしかに予算は研究テーマごとにつけられます。しかし、その選考には学術的評価と行政的評価があるんです。行政的評価は官僚が下します。そして実質的に結果を左右するのは、行政的評価なのです。去年の難治性疾患克服研究事業には、三件の応募があり、学術的評価は優劣がありましたが、行政的評価は三つとも同点でした。官僚には優劣がつけられませんからね。にもかかわらず補助金を受けたのは、学術的評価が二位の研究でした。それがいわゆる行政的判断ってやつです。つまり、予算は官僚がいくらでも恣意的に動かせるんです。ネオ医療センターの研究テーマももちろん審査されますが、すでに枠はキープされています。そういう条件で厚労省は人材を釣るんですよ。香村が部長を兼任するプロテオミクス医科学部の予算枠が、十二億というわけです。これは破格の待遇ですよ。峰丘さんの件を反省して立候補を取りやめるなんて、嘘っぱちもいいところです」

証拠保全で香村と敵対してから、松野は香村に憎悪に近い感情を抱いていた。

「知らなかったな。香村先生がそんな卑怯な人だとは思いませんでした」

「それだけじゃありません。この話にはもっと怪しげな裏があるんですよ」

松野はチャンスが巡ってきたギャンブラーのように目を輝かせた。「ネオ医療センターの予算配分を決めたのが、厚労省のいわくつきのキャリアなんです。今は大臣官房の主任企画官という肩書きですが、一部では〝厚労省のマキャベリ〃と噂される人物です」

「だれなんですか」

「佐久間和尚という男です。自分のことをいつも〃和尚〃と紹介するんですが、とんだ怪僧ですよ。実はわたしはこの佐久間とは浅からぬ因縁がありましてね。七、八年前になりますが、わたしが社会部にいたころです。河内長野の病院で九十二歳の老人が人工血管の埋め込み手術を受けて成功しましてね、それを社会面で大きく取り上げたんです。さらに調べると、九十歳で直腸がんを手術した人や、九十四歳で脳出血の手術を受けた人などが全国にいて、わたしは超高齢者医療の特集を組もうとしたんです。すると、編集局からクレームがつきましてね、好ましくない企画だと。わたしは納得できないので、局長に直談判すると、厚労省がいい顔をしないというじゃありませんか。それで厚労省に問い合わせたら、まわりまわって出てきたのが佐久間だったのです。当時、彼は官房総務課広報室の課長補佐でしたがね、電話じゃ埒が明かないので東京まで会いに行ったんです。見るからに鈍物で、目ばかりギョロリとしたへんなやつでしたよ。わたしが特集の趣旨を説明しても、ぽかんと聞いているだけで、わかっているのかいないのか。それで言うことが実にばかげてる。高齢者の手術の成功なんか宣伝してもらったら困るとか、高齢者医療の弊害を取材しろとか、およそ厚労省の役人らしくないのです。はじめ、役所はわたしへの応対を面倒がって、できの悪い補佐を対応させたのかなと思ったくらいです。ところが話の途中で、急に原局の局長みたいな口振りで、国民を幻惑してもらったら困るんだなんて言いだすんですよ。それで、突然話を打ち切って、あとは記者会で聞いてくれと席を立つんです。東京本社の記者に聞くと、佐久間には背後関係もあるし、厚労省で〃異能〃と噂が立つほどの官僚だから、逆らうなと言うんです。異能か無能か知らないが、納得のいかないうちは引き下がれない、東京は権力に弱いのかもしらんが、大阪は反権力なんだと言ってやると、本社の編集局長が出てきて、こちらに迷惑がかかるからやめてくれと。そんなこんなで泣く泣く企画を取り下げたことがあるんです」

「背後関係てなんです」

「なに、くだらんことですよ。彼が元事務次官の婿養子だとかそんなことです。もっとも岳父である佐久間元次官は、彼の結婚後三年目に亡くなってるんですがね……。現次官の林田も佐久間を重用していたらしいですが」

「〝異能〟というのは？」

「とにかくやり手らしいです。鈍物と見せかけて辣腕なんでしょう」

　松野は冷えたコーヒーを一気に飲み干した。「それだけじゃなく、もっと得体の知れない噂もあるんです。林田は佐久間が優秀なものだから、うまく飼い馴らして出世の道具に使ってたんですが、いざ次官になると、今度は逆に佐久間の言いなりになっているというんです。弱みを握られているんですよ。何年か前、林田の息子がヤクザ相手に交通事故を起こしましてね。その賠償金を出入りの業者に肩代わりさせたらしいんです。それをある記者が嗅ぎつけて、当時官房長だった林田の収賄事件としてスクープしようとした。それをこの佐久間がもみ消して、林田に恩を売ったわけなんです。ところが、すべては佐久間が林田を陥れるために仕組んだ芝居だったというわけでしてね」

「つまり、わざとヤクザに事故を起こさせたということですね」

「それだけではなく、業者に賠償金を肩代わりさせることから、新聞記者に情報を洩らしてスクープされると林田を脅かして、それを抑えるところまで全部ですよ」

「それじゃヤラセの陰謀じゃないですか」

「そうですよ。ヤクザよりもっと悪辣なやり方です」

「そこまでわかっていて、どうして逮捕されないんです」

「話はそんなに簡単じゃないんです」

　松野は一抹の不安と無力感を目の端に浮かべた。「噂の出所はスクープ情報をもらった記者です。彼も佐久間の陰謀の全容は知らなかったようですが、独自に調査をはじめたんです。どうもおかしいと思ったんでしょう。ところが、その彼がまもなく車の事故で死にましてね」

「それも佐久間という官僚が仕組んだのですか」

「わかりません。詳しいことはわかっていないのです。彼は事故を起こしたヤクザの周辺も取材していましたから、そちらの線かもしれませんし」

「いずれにせよ謀殺の可能性が高いのでしょう。記者が殉職したのに新聞社は黙ってるんですか」

「その記者がいた東京日報は、もともと経営不振で大手に吸収合併される寸前だったですからね。だから佐久間は情報リークの相手に選んだのでしょう。記者が亡くなってまもなく東京日報は新日本新聞に吸収され、首脳陣もすべて一線を退きました」

松野は煙草に火をつけ、大きく吸った。「でも、いずれことは明るみに出ます。わたしも改めて佐久間のことを調べたんですが、若いころの彼は生活保護の打ち切りを冷酷なまでに強引にやっており、人権蹂躙を平気でやる官僚ですよ。とても許しておけません。その佐久間が香村と組んでいるのですから、裏に何かあるにちがいない。香村の医療ミスはあくまで追及しますが、これはもしかしたら、単なる医療ミスにとどまらない、もっと根の深い事件につながるかもしれませんよ」

松野は決意にあふれた目で虚空をにらんだ。

「でも、あまり深追いして危険はないんですか」

「大丈夫。厚労省の中には佐久間に反感を持つ連中もいるんです。ただし、佐久間は今や特権的な地位にいるから、迂闊には近寄れません。政治家と結びついて、上司を怒鳴り上げるほど不遜な態度を見せることもあるそうですから。しかし、どこかから情報は洩れてくるでしょう。そうなれば、ネオ医療センターの巨額の予算についてもきっと何か出てくる。香村もついに年貢のおさめどきとなるわけです」

江崎は松野の自信に不安を感じた。周到かつ狡猾な香村が異能と噂される佐久間という官僚と組んだのであれば、簡単に尻尾をつかまれるはずはない。逆に松野のほうが返り討ちに遭うのではないか。

江崎は胸騒ぎをごまかすように、話題を変えた。

「ところでお正月なのに、松野さんはお祝いはしないんですか。ご家族もいらっしゃるでしょうに」

「正月の何がめでたいんですか。追及すべき巨悪が暗躍しているというのに、浮かれてなどおられますか。ほんとうは医者だってそうでしょう。病気には正月もへったくれもないんですから。ジャーナリストも同じです」

松野は自分の言葉に酔うように断言し、江崎はますます不安を深めた。


一月十六日金曜日、枝利子の代理人露木雅彦は、大阪地裁に損害賠償事件の訴状を提出した。

賠償金額は六千七百八十万円。これは逸失利益二千七百万円、入院診療費および葬儀料等三百二十万円、弁護士費用七百六十万、慰謝料三千万円の合計である。

翌日、新聞各紙はこの提訴をいっせいに報じた。松野が各社に情報を流したのである。世間に広く公表することで、裁判を有利に運ぼうとする陽動作戦である。

もっとも大きく紙面を割いたのは、松野の古巣である日本通経新聞だった。記事を書いたのは江崎を松野に紹介した上川裕一である。松野は細かな情報を渡す代わりに、抜け目なくこの事件を自分の専売であるかのように既成事実化した。

その内容は世間の注目を集めるのに十分だった。

「**心臓に針　手術後死亡　遺族が賠償提訴　阪都大付属病院**

阪都大医学部付属病院（大阪府吹田市）で、心臓の手術を受けたあと死亡した同府南河内郡の郵便局長峰丘茂さん（当時58）の遺族が十六日、死亡の原因は執刀医が手術中に心臓に針を落とし、それを放置したことであるとして、国と執刀医（48）に慰謝料など総額六千七百八十万円を求める訴えを大阪地裁に起こした。（略）

訴状によると、峰丘さんは昨年七月、僧帽弁狭窄症の診断で、同病院で人工弁置換術を受けた。術後経過は順調だったが、五日後に容体が急変し、死亡した。病理解剖の結果、死因は心タンポナーデ（心臓を包む袋状の膜に血液などが溜まり、心臓を圧迫する状態）であるとされたが、心タンポナーデを起こした出血の原因は不明とされた。しかし、その後遺族に医療関係者からの手紙が届き、出血の原因は執刀医が手術中に誤って心臓に落とした手術針であることが示唆された。手紙によれば、執刀医は針の紛失に気づかず、そのまま針を心臓に放置したため、拍動によって動脈を傷つけたとされる。（略）

提訴について、同病院の和田史郎院長は「訴状を見ていないのでコメントは差し控えたい」としている。

この事件を追う医療ジャーナリスト松野公造氏の話

これはいわゆる内部告発によって明らかになった事件だ。手術室という密室では、ミスを犯した者が隠蔽をはかった場合、内部告発以外にミスが明るみに出ることはない。いったん明るみに出ても、医療者が専門知識を駆使して言い逃れをすれば、被害者が裁判で勝つことは至難の業といえる。しかし、本件の場合は、医療者の協力があり、見通しは極めて明るいと考えられる。被害を受けた患者側が、医療者側と対等に闘える裁判という意味で、本件は注目に値するだろう。それにしても、医療ミスの隠蔽体質や、ミスを認めない無責任体質など、医療界のモラル低下には許しがたいものがある。いったいいつになったら我々患者は、安心して医療を受けられるようになるのだろうか」

21 国立ネオ医療センター

「いったいなんだ、この資料は」

厚労省老健局の審議官室で、審議官渡辺一秀は書類を持ってきた事務官を前に声を震わせた。

高齢者対策会議のための資料で、標題に「グループホームの見直しについて」とある。起案者の欄に佐久間の名前が書かれている。

グループホームは介護保険サービスのひとつで、少人数の痴呆老人が職員とともに共同生活する施設である。痴呆介護の切り札として導入されたものだが、手渡された資料にはさまざまな問題点が指摘されていた。

「……グループホームはとかく閉鎖的になりがちで、外部の目が届きにくく、独善的な運営に陥りやすい。施設設置の要件が緩く、開設資金も比較的低額のため、安易に開設したり、利益追求を目的とした施設も多い。周辺住民とのトラブル、老人隔離、施設内虐待など、マイナス要因もある。何より問題なのは、痴呆老人を抱える家族が、グループホームを体のよい姥捨山に流用していることである。……よって、将来的にはグループホームも特別養護老人ホーム同様、全面的に廃止の方向で検討したい」

渡辺の逆鱗に触れたのは、最後のグループホーム廃止の項である。渡辺は省内におけるグループホームの生みの親的存在だったからだ。彼は起案者の欄を見て、吐き捨てるように言った。

「また佐久間か。勝手なことばかりしおって、彼は何さまのつもりでいるんだ。痴呆老人の介護にはグループホームは不可欠なんだよ。ぼくがグループホーム導入のときどれだけ苦労したと思ってるんだ。こんな資料が出せるわけがないだろ」

渡辺は決裁をもらいに来た官房総務課の課長補佐に、資料を叩き返した。

旧厚生省が高齢者施策計画「ゴールドプラン21」を策定するとき、渡辺は老人保健福祉局の企画課長として、グループホーム導入を強く主張した。各部局に根まわしをして、旧大蔵省に何度も足を運び、厚生部会の国会議員を順に説得してまわった。その結果、前年度までの「新ゴールドプラン」ではゼロだった設置目標を、「21」では一挙に三二〇〇にしたのである。グループホームはいわば渡辺が手塩にかけて育て上げた一大プロジェクトであった。それを廃止されることは、渡辺には許しがたい屈辱だった。

渡辺の剣幕に課長補佐は首をすくめたが、すぐにもうひとつの書類を差し出した。ケアハウス建設の補助金交付の決裁書である。

渡辺は中身をぱらぱらと見て、不愉快そうに課長補佐を見た。

「なんだね、これは」

「今、課長の決裁をいただいてきましたので」

「それは見ればわかるよ。この『満寿会』というのは、この前お手盛りで介護施設管理助成金を通した『福寿会』と同系列じゃないか。ふざけちゃいかんよ。同じところにそうそう金を出せるわけないじゃないか。厚労省は打出(うちで)の小槌(こづち)じゃないんだ。だれがこんな決裁書を書いたんだ」

渡辺が起案者を確認しようとすると、課長補佐は指で渡辺の注意を促した。

「審議官、そこにメモが」

決裁欄の横に、「伊達議員に説明スミ。佐久間」と書いたメモが貼りつけてある。渡辺はさっと表情を変えて、課長補佐を見上げた。

「なんだ、君も佐久間グループの一員なのか」

課長補佐は直立不動のまま目をそらせた。

「まったく、裏でこそこそ立ちまわって、伊達の名前を出せばなんでも通ると思ってるんだろ。わかった。検討しておくよ。しかし、すぐ決裁しろといっても無理だよ。そっちの資料も貸したまえ」

渡辺はさきほど突き返した資料も取りもどして、「未決」のトレイに乱暴に放り込んだ。

課長補佐は審議官室を出ると、その足で十階の主任企画官室に行った。渡辺の対応を報告するためである。

報告を受けてからきっかり二十分後、佐久間はとなりの人事課へ行き、総括の課長補佐の席の前に立った。総括補佐は電話中だったが、佐久間の顔を見ると、急いで受話器を置いた。

「やあ、忙しいんじゃない」

「いえいえ、どうぞお掛けください」

総括補佐は空いた椅子をまわそうとしたが、佐久間はかまわず机の端に腰をおろした。総括補佐の席は人事課長室の入口のそばにある。佐久間はわざと課長室に向かって座り、聞こえよがしに言った。

「今度、財務省の事務次官になった垣内さんさ、うちの林田次官と東央大の同期ってのは知ってた？　それだけじゃないんだ。茶道同好会でもいっしょだったんだぜ。お点前なんかそっちのけで、聖真やお茶の池女子大の茶道部との合同合宿がお目当てだったらしいけどね」

「それは動機が不純ですね」

「だから、来年度はわが省も予算拡充のチャンスだな。何せ次官同士がツーツーなんだから。この前、林田次官が垣内さんとホテルで食事するとき、ぼくも連れていかれてね。食事のあと、垣内さんにちょっと話したいことがあるなんて部屋に呼ばれてさ、なんだろうと思って行くと、いきなり、君、ズボンを脱ぎなさいなんて言うんだぜ」

「えーっ、それはこっち系ですか」

総括補佐が片手で品を作って、同性愛者を示した。

「いや、どうも両刀づかいらしいんだ。それでこっち系は、ぼくみたいなずんぐり系がお好みらしい。うちの林田次官もひどいよね。ははは」

「で、主任企画官はどうされたんです」

「ぼくも慌てちゃってね、すいません、今日はちょっと腹の具合が、なんてトイレに駆け込んだよ」

「雪隠詰めですか。お気の毒に」

「だろ。でもさ、こういうのがカードになるわけさ。一晩おつき合いしておけば、さらに有力な切り札になったんだけどね、ぼくもそこまでわが省に操を捧げたわけじゃないからな。あはははははは」

佐久間の笑い声が課内に響き、周囲の事務官たちの手が止まる。

「あ、そうだ。電話を一本かけないといけなかった。ちょっと借りていいかな」

佐久間は総括補佐に目配せして、机の電話を外線につなぐ。

「もしもし、厚労省の佐久間です。伊達先生はご在室でしょうか」

電話の相手が衆議院議員の伊達伸吾だと知れ、課内に緊張が走る。

「あ、伊達先生ですか。佐久間です。お忙しいところをどうも……。え、いいえ、とんでもない。こちらこそ、いつもお世話になって……。いえいえ、あれしきのこと、え、そうですか、ははは、先生にそう言っていただくと、わたしもやり甲斐があります。微力ながら、え、いや、へへへ、わかっております。もちろんです、はい……。ところで、先生、実は折り入ってお話ししたいことがございまして」

佐久間は用件に入ると、さらに声を高めた。「ええ、ちょっと先生のお耳に入れておきたいことが……。いえいえ、どちらかといえばわたしからのお願いでして。そうです、例の件です。はい、申し訳ございません。それで夜にでもちょっとお時間をいただければ。いや、今ここではちょっと。ええ、また夜にでもゆっくりと、はい。そういうことです。ではのちほど」

佐久間は受話器を置くと、総括補佐に軽くウィンクして見せた。佐久間の電話に四十人の事務官たちが静まり返る。

翌日、老健局の渡辺一秀は、朝一番に衆議院第一議員会館の伊達事務所に呼ばれた。伊達の事務所は四階の四四四号室である。ノックすると、議員秘書が戸口に飛んできて、扉を最小限に開いて渡辺を招き入れた。

「厚労省老健局の渡辺でございます」

渡辺が一礼して部屋の奥に進むと、いきなり伊達が机を叩いた。

「おいっ、おまえ、おれが呼んだらすぐ来んか。なんでこんなに待たすんだ」

いきなり怒声を浴びせられ、渡辺は顔面蒼白になった。

「今ご連絡をいただいたばかりで……」

「嘘をつけ！」

渡辺が弁解しかけると、伊達は机の上にあったメモ帳を投げつけた。「秘書が電話してから三十分もたっとるじゃないか。すぐ役所を出たら五分で来られるはずだ。おまえ、おれをコケにするのか」

「滅相もない。わたしはただ……」

「弁解無用だ。それにおまえ、おれの仕事にケチつけてるらしいな」

「と、とんでもございません」

渡辺は昨日の補助金の決裁書の件だと思い当たったが、手遅れだった。

「報告が来てるんだ。それでもごまかすのか。けしからん。役人なら役人らしく黙って判をつけばいいんだ。おれが予算でどれだけ動いとるか知ってるだろ。おまえが盾突いたといって、厚労省の予算を減らしてやろうか。グループホームなんか今すぐにでもぶっつぶしてやる。おまえ、キャリアだからといっていい気になるなよ。税金の使い道は政治が決めるんだ。おまえらに何ができる」

伊達は手が腫れるほど何度も机を叩き、目を血走らせて渡辺をにらんだ。「だいたい審議官の分際で生意気なんだよ。裏で新聞記者でも操作して、厚労省の評判を落としとるんだろ。全部わかっとる。うるさい。黙れ。ひとこともしゃべるな。補助金のことは任せておけばいいんだ。つまらん役人根性を出すな」

伊達の怒りは頂点に達し、短い腕をあげて拳を振りまわす。渡辺はただただ最敬礼を繰り返すが、伊達の怒号は止まらない。罵声を浴びせながらボールペンやマッチを投げつける。

「なんだ、その態度は。ボサッと突っ立って、おれをなんだと思ってるんだ。誠意を見せろ、誠意を」

ヒステリックに責められ、ついに渡辺は土下座をさせられる。

「わかったらもういい。おまえみたいなエリート面を見てると気分が悪くなる。とっとと失せろ。役所にもどったら、昨日の書類をすぐ決裁して局長にまわしておけ。今度四の五の言ったら、承知せんぞ」

渡辺が逃げるように出口に向かうと、秘書がしっかり扉を押さえていた。

「声は外には洩れておりませんから。審議官も口外無用に」

秘書の蔑むような目に、一瞬、佐久間の視線が重なった。

一月二十三日金曜日の午後四時過ぎ、香村鷹一郎は中央本線茅野駅に着いた。

改札を出ると、革手袋に黒いカシミアのコートを着込んだ佐久間が待っていた。香村は信州の透徹した冷気に、青ざめた頬を二度ほど震わせた。

「ようこそ。お待ちしておりました」

にこやかに出迎えた佐久間に、香村はわずかに愛想笑いを浮かべたが、すぐに元の仏頂面にもどった。

跨線橋を渡って東口に出ると、ロータリーから黒塗りのベンツが近づいてきた。佐久間は香村を後部座席に乗せ、自分はさっと助手席に座った。

「お疲れでしょうが、まずセンターにご案内いたしますね。今日は最高の天気だし、気持のいいドライブになりますよ」

佐久間の合図で車は滑るように走りだした。近代的な茅野市役所の前を通って、県道を東へ向かう。

四月開設予定の国立ネオ医療センターは、すでに運営部の職員が入って開設準備を進めており、研究部でも実験用機器の設置がはじまっていた。佐久間はセンターの案内と状況視察を兼ねて、香村を現地に招待したのである。

「大阪からだと、茅野までどれくらいかかります？」

「新幹線で名古屋まで出て、だいたい四時間ですな」

「ひゃあ、それは遠いですね。東京からだと特急で新宿から二時間ですよ。あ、センターの資料をお渡ししておきますね」

佐久間は鞄から厚労省の大判封筒を取り出して、香村に渡した。中にはセンターの概要をまとめた資料が入っていた。所在地は長野県諏訪郡原村とある。

車は市街地を抜け、畑や雑木林の目立つ田舎道を進んだ。道の脇には茅葺(かやぶ)きの家や家紋を入れた土蔵が残っている。柳沢(やなぎさわ)から原村に入ると、東へ向かう一本道となり、正面には雄大な八ヶ岳の全容が見えた。両側の雪原は夕陽を浴びて輝いている。

「なかなかいいところでしょう」

佐久間が香村を振り返り、自慢するように言った。

「このあたりは自然がすばらしいだけでなく、文化水準も高いんです。美術館や考古学資料館もあるし、芸術家も多く移住しています。温泉もあるし、住むには快適なところですよ」

香村は佐久間の冗舌を無視して、短い髭に覆われた顎をコートに深く埋めていた。ネオ医療センターには佐久間が頼むから赴任してやるのだというつもりの香村は、今回の視察もわざわざ来てやっているという意識だった。

八ヶ岳は赤岳、横岳、阿弥陀(あみだ)岳など八つの頂を持つ連山で、その美しい姿は日本百名山にも選ばれている。その裾野に広がる原村は、避暑地、保養地としても有名なところだ。都会風のレストランのある雑木林を過ぎると、道の左手に未来的なガラス張りの建物が見えた。

「先生、あれが国立ネオ医療センターです。屋根は全面自動制御のソーラーパネルになっています。いちばん高いのが運営部を含むメインラボです」

センターは四棟に分かれていて、いずれも削いだような鋭角の屋根がついていた。ソーラーパネルが太陽を全反射して、濃いオレンジ色の光を照り返している。その鮮やかさと澄み切った空の青さは、大阪では見られないものだなと香村は思った。

　車は除雪された測道を左に折れ、線引きの真新しい駐車場に入った。

「どうぞ」

　佐久間がすばやく扉を開いてくれる。当然とばかりに地面に足をおろすと、すぐ目の前に佐久間の冷ややかな顔があり、香村は思わずたじろいだ。外から見ていたつもりの猛獣の檻に、いつのまにかうかうかと入り込んでしまったような戦慄が走ったからだ。

　正面玄関を入ると、ホールは吹き抜けになっており、右手のアクリルケースにセンターの模型が展示されていた。

「まずこれをご覧になっていただきましょうか。今我々がいるところがここです。左手が先生に指揮をとっていただくプロテオミクス医科学棟、右がゲノム医科学棟とバイオテクノロジー棟、裏手に動物実験施設、ＲＩ処理棟、図書館……」

　佐久間がケースの上から説明していると、スーツ姿の背の高い男が近づいてきた。

「香村先生でいらっしゃいますか。ようこそお出でくださいました」

　男が丁寧に頭を下げると、佐久間は満面の笑みを浮かべて男を紹介した。

「香村先生、こちらはプロテオミクス医科学部の次長に就任予定の芹沢直先生です。先生の右腕になる人物ですよ。芹沢先生、こちら香村副センター長。今日はわざわざ大阪からお出でいただきました」

「香村先生のご高名は以前より承っております。ごいっしょにお仕事をさせていただけることを、心より光栄に存じます」

　芹沢は丁寧に会釈し、香村に一歩近づいて握手を求めた。

「よろしくお願いいたします」

「こちらこそ」

　香村は、この俳優のように美形で、優秀そうだが得体の知れない男を油断なく見た。次長といいながらまだ三十代半ばで、医者というより官僚のような雰囲気だ。

「それじゃさっそく研究棟にご案内いたしましょう。芹沢先生もごいっしょに」

　短軀の佐久間が長身の二人を引き連れるかたちで、奥へ進んだ。三人は本館と研究棟をつなぐガラス張りの連絡通路を通り過ぎた。

「芹沢先生は循環器内科の専門医ですが、医療情報にも詳しく、統計とネットワークシステムの分野で先駆的な仕事をされています。加賀大学で博士号を取られたあと、厚労省に来ていただきましてね。二つの課で三年間、課長補佐をやっていただきました。医系技官のエースです」

歩きながら佐久間が説明すると、芹沢は「とんでもございません」と謙遜した。

プロテオミクス医科学棟は三階建てで、一階と二階が研究室になっていた。分光分析室、生理実験室、合成処理室、コンピュータ室などがあり、実験機器の設置がほぼ終わっていた。

「香村先生が副センター長就任を承諾してくださってから、特にプロテオミクス医科学部は設営を急いだんです。幸い予算も上乗せすることができまして、リクエストいただいた設備はあらかた揃う予定です。詳しくは芹沢先生が把握されています」

佐久間の言葉を受けて芹沢は前に立ち、順に部屋を案内した。超微量蛋白分析装置、高速冷却遠心機、マイクロプレートリーダー、スピードバック、パルスフィールド電気泳動装置など、阪都大学の研究室にもない設備が導入されている。三階は部長室、秘書室、スタッフルーム、会議室、応接室などで、こちらはまだがらんとしていた。部長室にも空の書棚と机があるだけだったが、広さは阪都大学の助教授室の三倍以上もあった。

「香村先生には本館に副センター長室を別途用意しています。そこには豪華な応接セットも入れますよ」

佐久間が愛想よく言った。香村は立ち止まって佐久間に訊ねた。

「センター長は決まったのですか」

「あ、それは医政局の局長ＯＢのポストなんです。ただの飾り物ですよ。実権は副センター長の先生にあります」

香村はまんざらでもない顔で、さらに質問をつづけた。

「スタッフルームはかなり広いようだが、定員はどれくらいです」

「プロテオミクス医科学部門の研究スタッフは、先生を含めて医師が十人、主任研究員が十二人、研究助手が十六人です。あと秘書や事務職員が何人かいますが」

「スタッフにはうちの大学からも何人か連れてきたいのだがね」

佐久間と芹沢は互いに顔を見合わせた。

「香村先生、センターの医師スタッフはすでに全員内定しているんですよ。残念ですが、阪都大学から新たなスタッフをお呼びするのはちょっと」

佐久間が困った顔で言うと、香村は気色ばんだ。

「それは困るよ。研究には継続性ということがあるんだ。チームリーダーのような形で何人か入れてもらわんと研究が進まんよ」

「あ、それは大丈夫です。研究の内容は芹沢先生がきちんと把握していますから」

佐久間に「そうだね」と念を押されると、芹沢は「はっ」と自信ありげにうなずいた。

「把握してるって、君、うちの研究室のやっていることをどうして……」

「香村先生、そろそろ日が暮れますよ。施設のご案内はだいたい終わりましたし、こんな暗いところでお話ししなくても、また場所を変えてゆっくりご相談しましょうよ。今夜のご宿泊は蓼科（たてしな）高原随一の高級旅館をお取りしています。どうぞ、まずはそちらでおくつろぎくださ い」

佐久間は話の腰を折るように言い、そそくさとエレベーターホールに向かった。本館にもどり、玄関ホールを素通りして駐車場に出ると、先ほどのベンツが車寄せに滑り込んできた。

「本日はお疲れさまでした。先に旅館にお送りします。わたしは芹沢先生と打ち合わせがありますので。夕食にはまたごいっしょします。それまで温泉にでもつかって旅の疲れを癒してください」

香村は急（せ）き立てられるように車に乗せられ、ネオ医療センターをあとにした。

車は元来た道をもどり、途中から右折して蓼科高原に向かった。あたりはすっかり暗くなり、山影も闇に紛れた。別荘の散在する地区に入ると、「メルヘン街道」といかにもそれらしい標識が立っている。車は曲がりくねった山道を上り、落ち着いたたたずまいの和風旅館の前に止まった。

灯籠に照らされた広い石段を上がると、茶人好みの風雅な玄関があり、フロントも純和風だった。名前を告げると、女将が迎えに出て、畳廊下を部屋まで案内してくれた。

温泉でひと風呂浴びるあいだ、香村は今後の研究について考えた。研究費はふんだんにあるのだ。それを使ってペプタイド療法の副作用を克服すれば、自分にも次の道が開けるだろう。国内の教授ポストは無理でも、うまくプレゼンテーションをすればアメリカの大学が呼びに来る。そうなれば世界が相手だ。佐久間が何を企んでいるかは知らないが、自分には自分のやり方がある、と香村は湯の中でひとり決意を固めた。

　くつろいだ服に着替えて待っていると、仲居が呼びに来て、旅館に併設された料亭の個室に案内された。席には佐久間だけでなく芹沢も待っていた。

「香村先生、この度は遠路はるばるお出でいただき、誠に恐れ入ります」

　佐久間が待ちかねたように言い、さっそくビールを勧めた。料理はあらかじめ注文されており、先付の五色豆腐が配されている。

「国立ネオ医療センターの前途を祝して、乾杯」

　佐久間はいつも通りのウーロン茶だったが、芹沢はすばやくグラスをあげて唱和した。

「香村先生、センターを実際にご覧になっていかがでしたか。この施設はその名の通り未来医療の拠点として、日本の医療をリードする予定です。いわば医療の司令塔ですね。大学の狭い世界に残るより、先生にとっても必ずメリットは大きいはずです」

「それはありがたいですな。ところで……」

　香村はさっきの意趣返しのつもりで佐久間の話の腰を折った。「芹沢先生は循環器内科がご専門とか。ご研究はどのような分野を」

　芹沢は姿勢を正して香村に向き合った。

「先生のご研究と同様、心筋再生による慢性心不全の治療です。わたしどもの研究は、組織工学を利用した細胞移植の分野でして、ご承知の通り骨髄間質細胞中の未分化幹細胞を自己細胞源として、心筋への直接注入をやっておりました」

「しかし、それでは局所への移植しかできませんな。慢性心不全のように、心臓全体の機能低下を改善するには限界があるのでは」

「おっしゃる通りです。それで新たに、心筋細胞で温度感受性移植シートを作り、これを三次元化して、心筋細胞グラフトとして移植する方法を開発しました。移植細胞の生着と細胞外環境を整えるため、ＧＦＰ遺伝子を導入して、それなりの成果はあげているのですが……」

「なかなか臨床応用には至らないと」

「はい」

「いずれも悩みは同じですな。in vitro（試験管内）では好成績を出しても、in vivo（生体内）では同じようにいかない」

香村は専門的な会話をつづけることで、佐久間に秘かな優越感を持った。芹沢は香村に敬意を表しながらビールを注いだ。

「わたしは以前より、香村先生の発想の大胆さに感服しておりました」

「ほう、たとえばどんな」

称賛されるのが何よりも好きな香村は、上機嫌で芹沢にビールを注ぎ返す。

「たとえばペプタイド療法の簡便さですね。わたしどもが心筋への細胞移植をやっておりましたときは、心臓に直接注射するか、手術で植えつける以外の発想がございませんでしたからね」

「それは君、移植という発想にとらわれすぎているからだよ」

香村の口調が、勢い指導教授のそれになる。

「それにしても、ＨＢ‐ＣＧＦに細胞接着物質のインテグリンを作用させるという大胆な発想は、どこから得られたのですか」

「あれはジョンズ・ホプキンス大学にいたころ、同じ研究室に慌て者のユダヤ人がいてね。そいつがアイスクリームを芝生に落としたときに思いついたんだよ。あちこちからアリが寄ってきてね。甘いものにアリが集まるのは当たり前だが、ふと、心臓に集まるアリのようなものはないかと思ってね。そのアイデアを細胞形態学をやっている友人に相談したのがきっかけだ」

「へえ。アイスクリームを心臓に見立てられたんですね。さすが心臓外科の権威でいらっしゃる。凡庸な研究者にはとても思いつきません」

芹沢のほめ言葉に、香村はうれしそうに謙遜し、朴葉包み焼きの和牛肉を頬張った。

「それでペプタイド療法は点滴で投与できるようになったんですね。点滴なら老人にはお馴染みですものね。少なくとも心臓に注射するよりは安心でしょうから」

「そりゃそうだよ、君。研究者というものはね、常に患者の気持を考えなければならん。だからわたしは簡便な方法にこだわったんだ」

「さすがです。おかげで治験の被験者も集めやすいです」

香村は芹沢の言葉を聞きとがめ、表情を変えた。

「治験といったって、芹沢君、まだペプタイド療法は治験の段階ではないよ」

「しかし、動物実験では、すでに安定した成績を出しておられるとうかがっておりますが」

「いや、必ずしもそうではない。見切り発車は危険だ。研究者たる者、常に慎重でなければいかんよ」

香村の説教口調に辟易して、芹沢は佐久間を見た。佐久間は食べかけていた平湯葉（ひらゆば）のあけぼの蒸しをゆっくり味わい、香村に申し渡すように言った。

「香村先生。先生にはご着任後直ちにペプタイド療法の大規模スタディをはじめていただきます」

佐久間の断定的な言い方に、香村は思わずカッとなった。

「そんなことを勝手に決められては困る。医師が事務員の指図を受ける筋合いはない」

香村はわざと侮蔑的な言い方をしたが、佐久間は平気な顔で次のヤマメの塩焼きを箸先でほぐした。香村は振り上げた拳のおろしどころがなくなり、気まずい咳払いをした。

「ペプタイド療法はまだ完全なものではない。解決しなければならない問題もあるし」

香村は芹沢の手前あいまいな言い方をしたが、芹沢はあっさり聞き返した。

「突然死のことですか」

香村の頬が青ざめた。

「そのことなら主任企画官からうかがうまでもなく承知しています。むしろ、それも含めて我々はペプタイド療法を評価しているのです」

香村は一瞬動揺したが、考えれば去年北浜の料亭でそのことを佐久間に指摘されているのだから、芹沢が知っていてもふしぎではない。香村は気を取り直して、佐久間に言った。

「ネオ医療センターのスタッフは、全員、突然死の問題は承知しているようですな。では佐久間さんに聞くが、治験の対象を募るとき、その副作用はどう説明するつもりかね」

「香村先生、突然死は副作用ではありませんよ。先般、お目にかかったときも申し上げたはずです。突然死は立派な効果です」

「ふん、それならそうでもよい。しかし、効果というのなら、その可能性は公表するつもりかね」

「そうです。突然死のことは隠しません」

「馬鹿な！」

香村は怒りよりもおどろきに声をあげた。「そんな治験がどこにある。突然死の危険がわかっていながら、被験者が集まると思っているのか」

「芹沢先生、例の資料を出してくれるかな」

佐久間はおもむろに芹沢に指示して、鞄から書類を取り出させた。

「香村先生、これをご覧ください」

書類には、「高齢者の意識実態調査」とあった。

「この資料は芹沢先生が統計情報部企画課の課長補佐として、去年の十月にまとめたものです。どうぞご覧ください」

そこにはさまざまなアンケートが、表やカラーグラフになって出ていた。回答者は全国の七十歳以上の老人千二百八十五人（男性三百三十七人、女性九百四十八人）。施設からの回答は、老人保健施設七十三、特別養護老人ホーム八十一、療養型病床群三十七、デイケアセンター百二十、グループホーム二十の計三百三十一施設である。

アンケートの内容は次のようだった。

「■高齢者の終末意識
・あなたは死にたいと思ったことがありますか
はい＝68％　いいえ＝21％　不明＝11％
・安楽死に賛成ですか
はい＝78％　いいえ＝5％　不明＝17％
・あなたにとって理想の死に方は
ポックリ死＝67％　老衰＝14％　安楽死＝7％
病死＝4％（心臓発作はポックリ死に含む）
その他（事故死、餓死、自殺など）＝8％
・自分の死期は自分で決めるべきだと思いますか
はい＝48％　いいえ＝37％　不明＝15％
・生きていてもっともつらいことは何ですか
他人や身内に世話になること＝22％　人の迷惑になること＝18％　孤独＝15％　機能の衰え＝12％　肉体的苦痛＝8％　死ねないこと＝5％　死の恐怖＝3％
その他（うつ病、虐待、退屈、医療行為、金銭問題など）＝17％
・楽に死ねる方法があれば試してみたいですか
はい＝42％　いいえ＝18％　不明＝40％
■施設の実態調査
・施設内にポックリ死の希望者がいますか
はい＝92％　いいえ＝3％　不明＝5％
・入所者から安楽死の要請を受けたことがありますか

はい＝35％　いいえ＝58％　不明＝7％
・入所者が死にたい願望を口にしているのを聞いたことがありますか
はい＝87％　いいえ＝12％　不明＝1％
・施設として安楽死の必要性を感じますか
はい＝65％　いいえ＝18％　不明＝17％」

香村はアンケートを一読して眉をひそめた。

「こんな数字だけで何がわかる。アンケートなんかに実態が反映されるものか」

「そうでしょうか。次のページを見ていただけますか」

つづくページにアンケートといっしょに回収されたメッセージや手紙が掲載されていた。

「大分県在住・76歳女性
私は脊柱靭帯骨化症（せきちゅうじんたいこつかしょう）といふ病気に苦しんでいます。背骨の靭帯が骨になり、それが圧迫して、とても痛いです。此（こ）の辛（つら）さは誰にも分からない。お医者さまでも、本当の苦しみは分からないと思ひます。薬を飲んでも効かず、手術も出来ない。私の背骨は首から腰まで一本の棒みたいです。

老人医療、長寿大国、それが何んなのか、老いても健康な方々は幸せです。でも病を持ち、毎日が苦しく、希望も無い人生など考へれば、周囲に気を遣ひ、国や若者に迷惑をかけて長生きするだけでは、苦しみ續ける老人はどうなるのですか。

安楽死のアンケートが何割とかそんな事では無いと思ひます。アンケートにさえ答へられない人が大勢居るのです。私の周囲にも大勢居ます。戰争で苦労し、其の見返りが体に来て、何んの反論も出来ない施設で、悶々の日を送つて居る方々がどれだけ居ることか。

長寿を造ることだけが国の誇りではありません。どうぞ安楽死の法律を造り、老人の苦しみを一日も早く除いて下さい。只それだけです。苦しむ老人のお助けをどうぞ世間に訴へ、お力をお貸し下さい」

「兵庫県在住・73歳男性
私はいつも『死に時』ということを考えている。自分のことが自分でできて、一人で歩けて、好きな物が食べられるうちは生きていたい。しかし、それができなくなって生かされることは、拷問に等しい。私は今七十三歳だが、私くらいの年齢で死ぬのがいちばんの死に時ではなかろうか。死ねないでこのまま老いて弱っていくことを考えると、夜も眠れないほどに恐ろしい」

「東京都在住・82歳女性

わたしは今八十二歳で、夫は九十歳です。長生きで幸せだと人から言われますが、体が弱って介護なしには生活できません。六十二歳の娘と同居していますが、世話になるのが気兼ねでたまりません。主人は着替えもできず、痴呆で娘の言うことを聞かず、気に入らないことがあると物を投げます。立派で仕事も人一倍してきた主人が、そんなふうになるのを見ると情けなくなります。早くお迎えが来て、楽になれればとばかり念じております。ある人が、ただ生きているだけの長寿は悲しいと本に書いていているのを読んで、その言葉が胸に刺さりました。長寿はつらいです。長生きがいいなんて嘘です」

「北海道在住・48歳男性

老人保健施設長をしている医師です。当施設では、寝たきりゼロ、脱オムツを目指しています。おかげさまで、他施設より送られてきた寝たきりのご老人が、車椅子に座れるようになったり、チューブ栄養だった人が口から食べられるようになったりしています。しかし、そんな幸運な例ばかりに気を取られているのは片手落ちです。どうしても改善しない人、救われないほど悲惨な状況のご老人がいることを、忘れてはなりません。

安楽死や慈悲殺人には議論も多いでしょうが、そろそろ前向きに検討する時期ではないでしょうか。安楽死を積極的に勧めているのではないのです。選択肢として整備する必要があるというのです。苦しみだけの人間に、生きることを強制するのは健康な者の奢りであり、殺すより酷いことです」

さらに「研究報告」と題して、さまざまな論文が集められていた。香村はいくつかの概要に目を通した。

「財団法人長寿社会研究所・『福祉の最終ケアに関する調査研究報告書』

超高齢者・痴呆老人が病気になった場合、医療を控えて自然のなりゆきに任せることが、福祉の最終ケアのあり方として、推奨される……」

「未来生活開発センター・『死に至るありかた研究』

キーワードは〝死の自己決定〟である。これを避けて通れば、待っているのは苦痛と悲惨に満ちた長寿でしかない。死の自己決定は、その人の死生観そのものである……」

「高齢社会研究機構・『展望』

施設で現場の医師や介護職員を悩ませているのは、超高齢者の存在である。彼らにとって、治療と介護は本人の苦痛を増すだけである。救いようのない悲惨をいたずらに長引かせることは、親切の美名をまとった虐待にも等しい。まさに、地獄への道は善意で敷き詰められている……」

「いかがです。老人医療の現場では、世間で思われる以上に安楽死やポックリ死が求められているのです。もちろん苦痛を和らげる努力も必要でしょう。しかし、すべての老人が救われるわけではない。そんな老人たちのために、安楽死やポックリ死は最後の希望なのです」

佐久間はそう言いながら、紅鱒のそぎ身を入れた茶漬けをすすった。香村は苦しそうにシャツの襟ボタンをはずした。

「しかし、今の状態でペプタイド療法の治験をやったら、人体実験だと言われるぞ」

「治験はすべて人体実験ですよ」

「それでも、アンケートだけでは被験者が集まるとはかぎらんだろう。いざ、死を前にすると、尻込みする者も多いはずだ」

香村は最後の抵抗を試みるように言った。佐久間はゆっくり唇を拭った。

「だから少々バイアスをかけます。治験に協力してくれた施設には、報奨金を出すのです。症例数が五になった段階で、七十五万円、あとは一例あたり五万円です。被験者を十人集めれば百万ですね。施設の経営者には魅力的な話でしょう」

「そんな端金に、だれが釣られるものか」

「香村先生。現場は思う以上に逼迫しています。これはどう考えても死なせてあげたほうがいいという老人が、確実に存在するのです。しかも、ペプタイド療法はただ死なせるだけではない。その前に心機能を改善させて、老人をいったんは元気にさせるのです。資料の最後のページをご覧いただけますか。芹沢先生が中心になって、全国の介護保険施設に協力を依頼したのです。それが登録施設の一覧です。全部で四百だったかな」

「去年の十月の時点ではそうです。今はさらに八十施設ほど増えています」

香村はその数字を聞いてあ然となった。大学病院が全国規模でやる治験でも、せいぜい集まって五十そこそこだ。四百八十といえば、まさに大規模スタディと呼ぶにふさわしいスケールだ。

「治験はいったい何例を考えているのかね」

「初年度は三千です。登録施設は六百を予定しています。協力金の予算は四億五千万です。もちろんやってみなければわかりませんが、各施設から平均五人の老人を出してもらえば、三千は実現できる数字です。施設が介護している老人の数は、平均で百前後ですから、それほど無理な人数ではないですね」

三千、と香村は思わず息を呑んだ。三千人の老人がペプタイド療法で突然死をすることになるのか。香村の顔から血の気が失せた。

「今回、先生にお出でいただいたのは、視察以外にもうひとつ要件があるのです。四月の開設に先立って、大規模スタディのプレミアショーといいますか、特別な先行治験を一例、二月からはじめたいのです。多少の演出効果を期待できる症例です。それについてぜひとも先生のご協力をお願いいたします」

「どんな症例なんだ」

「それは、ま、ご承諾をいただいてからゆっくりご説明しますよ」

香村がうつろな目でグラスを持つと、芹沢がすばやくビールを注いだ。そのグラスをいったん口元へ運び、躊躇するように止めて、香村は訊ねた。

「もし、わたしが協力を拒んだら？」

佐久間は芹沢をちらと見て、香村を憐れむように肩をすくめた。

「そのときは、皮肉なことですが、先ほど先生がご希望されたことが実現するでしょうね。阪都大学の心臓外科からペプタイド療法に詳しいスタッフをお招きするという話です。先生の代わりに」

香村は手にしたグラスをついに飲めずに机に置いた。厨の顔が思い浮かんだ。彼なら喜んで佐久間に協力するだろう。研究をつづけるためには、いずれにせよ佐久間の言いなりになる以外にないというわけか。

「香村先生、ネオ医療センターの研究テーマは、老人に望ましい死を保障することです。確実で、苦痛がなく、速やかで安全な、というのもおかしいですが、つまりはだれもが求める死ですよ。それが先日お話ししたプロジェクト《天寿》のゴールです」

佐久間は、運ばれてきたデザートのこけもも淡雪寄せを手に取った。

「香村先生もどうぞ。ここのデザートは東京の粋筋がわざわざ食べに来るくらいなんですから」

香村は完全に食欲をなくしていた。佐久間は追い打ちをかけるように言った。

「ところで先生、来る二月十三日のご準備はもう万端ですか。天下の阪都大学病院ですから、よもや抜かりはないでしょうがね。わたしのほうでお力になれることがあれば、いつでも協力は惜しみませんよ」

香村は青ざめた顔をあげた。

「どうして日程までご存じなのです。また《内諜》ですか」

佐久間は笑って答えない。

二月十三日は、峰丘茂の医療訴訟の第一回口頭弁論期日だった。

22 第一回口頭弁論期日

二月十三日金曜日。大阪地裁第一〇〇八号法廷。

枝利子が起こした裁判は、その日の最初の審理に予定されていた。

裁判所の法廷という場所にはじめた入った枝利子は、緊張しながらも、その場所をテレビドラマや新聞のスケッチで見るのと同じだなと感じた。小学校の教室の一・五倍ほどの広さで、窓はなく、高い天井から蛍光灯が重厚な木目調の壁を照らしている。正面の法壇に裁判官の席が三つあり、法壇の下に書記官席と速記官席がならんでいる。その手前に裁判官を見上げるように証人席があり、証人席をはさんで左に原告代理人席、右に被告代理人席。三列四十五席ある傍聴席は、手すりのついた固定柵のこちら側だ。

開廷予定の十時にはまだ十分ほどあり、原告代理人の露木雅彦はすでに着席していたが、ほかは廷吏を除いてまだだれも法廷に現れていなかった。

枝利子は原告側傍聴席の前列左側に、夫の孝太と江崎にはさまれて座っていた。

「わたしが起こした裁判なのに、どうしてわたしが傍聴席にいなければならないのかしら」

枝利子が戸惑いとかすかな悔しさをにじませてつぶやいた。

「そうですね。ぼくも枝利子さんは原告席で香村先生と向き合うのだと思ってました」

江崎が言うと、うしろに座っていた松野が顔を突き出して解説した。

「法廷は係争事実を審理する場だからね。映画やドラマみたいに対決の舞台じゃないんですよ。証人尋問のようにどうしても本人の出席が必要な場合以外は、枝利子さんだって都合が悪ければ出廷しなくていいんですよ」

枝利子と松野は今日が初対面で、さっき法廷の廊下で江崎が紹介したばかりだった。なのに枝利子を名前で呼ぶ松野に、江崎はジャーナリスト特有の馴れ馴れしさを感じた。

「わたしは裁判には毎回来ます。だって、わたしの知らないところで裁判が進められたらいやだもの」

枝利子が憤然と言うと、松野は「その意気ですよ」と調子よく励ました。

傍聴席には松野のとなりに日本通経新聞の上川が座っていた。最近、また体重が増えて九十二キロになった上川は、暖房が暑いらしく、さっきからしきりにシャツの襟元に空気を入れている。

「今日の口頭弁論も、明日の新聞に載るのか」

江崎が高校時代の同級生のよしみでぞんざいに聞くと、上川も「いや、これは記事にはならんよ」とぶっきらぼうに答えた。

「提訴のときはあんなに取り上げてくれたのに、どうして裁判は記事にならないんだよ」

「今や医療裁判はありふれてるからな。よっぽど世間が注目する事件でないかぎり、途中経過は記事にはならんよ。あとは判決のときくらいや」

「じゃ、どうしておまえは今日来たんだ」

「松野さんが追ってる事件やからな」

上川が松野を見ると、松野は真剣な表情でうなずいた。

「そう、わたしはこの裁判には特別な意味があると思ってる。第一に事件が内部告発で発覚したこと。第二に、この裁判には原告側に江崎先生という積極的な協力医がついていること。つまり、原告と被告が医学的にほぼ互角に争えるという意味で、特殊な裁判なんだ。この裁判をきっかけに、医療裁判のあり方が改めて問い直されるかもしれない」

　松野は熱意を込めて言った。

　左前方の当事者入口の扉が開き、被告側の代理人が入ってきた。

「枝利ちゃん……」

　いち早く気づいた孝太が、緊張した表情で枝利子の脇をつつく。部下らしい若い弁護士を連れて入ってきたのは、枝利子たちが最初に相談に行って断られた大沢惣介弁護士だった。

　被告側の代理人が大沢綜合法律事務所の弁護士であることは、答弁書が送られてきた時点でわかっていた。枝利子はあのとき大沢が内部告発の手紙をコピーしたことを思い出して、愕然となった。それを利用して対策の先手を打たれるのではないか。

　大沢は枝利子たちの前を素通りし、被告代理人席に座った。傍聴席に目をやり、枝利子たちに気づくと、大儀そうに立ち上がってふたたび傍聴席の前まで来た。

「やあ、この前はすんませんな。お力になれなくて」

　大沢は悪びれることもなく、おざなりに片手をあげた。

「あのあと、香村先生のほうから依頼がありましてな。わたしが顧問をしている矢島建設の取締役が、二年前に香村先生に心臓の手術をしてもろてましてな。それでどうしても引き受けてくれと頼まれまして。ま、悪う思わんでください」

「大沢先生、相談にうかがったとき、内部告発の文書をコピーされましたよね。あれはどうなさったんですか」

　枝利子が怒りに満ちた目で大沢を見た。

「はっはっは、えらい恐い顔してにらみはりますな。あのコピーは別にどうもしませんよ。あのときも申し上げたが、差出人不明の怪文書など、証拠能力がありませんからな」

「でも、勝手にコピーを取って、相手側の弁護を引き受けるなんて、道義に反するんじゃないですか」

「道義に反する？　言いがかりは困りますな。場所柄を考えなさいよ」

　大沢が顔色を変えたのに気づき、露木が早足に席を立ってきた。

「大沢先生、ご無沙汰しています」

「ああ、露木先生。このたびはよろしくお願いしますよ。先生もたいへんですなぁ。医療裁判の原告依頼人は、頑ななお方が多いから」

「頑なってどういう意味です？　あなたには医療ミスで肉親を殺された者の気持がわからないんですか」

枝利子が我慢しきれずに叫ぶと、大沢は動物園の檻から離れるように傍聴席の柵から身を引いた。露木は枝利子の前に立ち、信念を込めて言った。

「大沢先生、医療ミスの被害者が感情的になるのは、そうならざるを得ない理由があるからです。わたしはそれを少しでも軽くすることが、弁護士の務めだと思っています」

露木の言葉に、大沢は薄笑いを浮かべた。

「露木先生のご立派な心がけには頭が下がりますがね、こちらの依頼人にも言い分がありますんでな。不当な攻撃から守って差し上げることも、また弁護士の務めですから」

露木はそれを無視して、枝利子に言った。

「中山さん、コピーのことは気にされることはありませんよ。こちらにはもっと決定的な証拠があるのですから」

大沢はわずかに眉をひそめ、わざとらしい余裕を見せて言った。

「それは楽しみですな。ま、お互い存分にやりましょうや」

いつのまにか被告側の傍聴席には、阪都大学病院の関係者や一般の傍聴人が座っていた。大沢と露木が代理人席にもどると、江崎は当事者入口をじっと見た。もう十時になるのに、香村はまだ来ないのか。枝利子もそれを気にしているようすだった。尊大な香村が入ってきても、枝利子なら気合いで負けることはあるまい。松野は法廷は対決の舞台ではないと言ったが、当事者にすれば、やはり裁判は闘いなのだ。

壁の時計が十時になると同時に、前の入口から書記官と速記官が入ってきて、さらに法壇のうしろから黒い法服をまとった三人の裁判官が入室した。

「起立」

廷吏の声に一同が立ち上がった。一礼のあと、裁判官が座るのを待って全員が着席する。

「平成×年（ワ）第六九四二号、損害賠償請求事件」

廷吏が事件番号を読み上げると、裁判長は「それでは第一回口頭弁論をはじめます」と静かに言った。

「香村先生がまだじゃない」

枝利子が左右を見て、小さく叫んだ。うしろから松野がさっと枝利子に耳打ちした。

「静かに。今日はたぶん来ないのでしょう」

「どうして。被告がいないのに裁判をはじめるんですか」

「刑事裁判じゃありませんからね。民事はそれでかまわないんですよ」

「そんな……」

枝利子は唇を嚙んだが、松野は黙って首を振るだけだった。

裁判長は書記官から書類を受け取り、法壇の上に広げた。

「原告代理人は訴状記載の通り陳述されますね」

「はい」

露木が答えた。実際に訴状は読み上げず、このやり取りで読み上げたことにするのが通例である。同じく被告側の答弁書陳述もこのやり取りで終わる。つづいて証拠の確認である。

「原告代理人、証拠は甲A一号証ないし甲C四号証、提出されますね」

甲号証とは原告側が提出する証拠で、A号証はカルテやレントゲンなど直接事件に関わる証拠、B号証は論文や専門書など一般的な参考文献、C号証は治療費の領収証など損害立証のための書証である。同様に被告側から出される証拠は、乙号証と呼ばれる。

証拠の書証をチェックしたあと、裁判長は露木に訊ねた。

「訴状では、賠償請求の根拠が必ずしも明らかではありませんが、診療契約違反と不法行為のいずれの理由を採られますか」

「心タンポナーデの発症については診療契約違反を、針の紛失と過失の隠蔽については不法行為責任を主張します」

「どなたか協力医はいらっしゃいますか」

「はい」

原告側に協力医がいるかどうかは、裁判を進める上で重要な要素である。いなければ弁論準備手続に専門家の説明が必要になる場合がある。

「裁判長」

被告代理人席の大沢のとなりに座った若い弁護士が発言を求めた。髪をオールバックにして、威嚇（いかく）するような目つきの、ヤクザっぽい雰囲気の男である。

「原告側の協力医ですが、承るところによると、この医師は最近、阪都大学病院から関連病院に転勤になった由です。被告によれば、彼はこの異動が医局人事であるにもかかわらず、裁判に協力したことへの懲罰人事だと受け取り、被告に筋ちがいの恨みを抱いている可能性があるとのことです」

傍聴席で江崎が身を強ばらせた。何が医局人事だ、明らかに懲罰人事じゃないか。江崎は被告代理人席に険しい視線を向けたが、弁護士はかまわずつづけた。

「そのような人物に客観的な判断は期待しがたく、はじめから結果ありきの思い込みが危惧されます。協力医として専門的なアドバイスをされることはけっこうですが、くれぐれも個人的な感情で事実を曲げないようにお願いしたい」

「裁判長」

すかさず露木が右手をあげた。

「たしかに当方の協力医は一月に転勤しましたが、そのことについて恨みがましいことはいっさい聞いておりません。それに原告から相談を受けたのはそのずっと以前であり、医師として確信があったから協力したのであって、個人的な感情があってのことではありません」

「それにしては、院内をこそこそ調べたり、備品を持ち出すというような不法行為があったやに聞いていますが」

オールバック弁護士が挑発すると、露木は「不法行為ではありません。いずれ証拠保全で確保できるものばかりです」と反論した。二人のあいだに早くも険悪な空気が走った。

髪を七三に分けて縁なし眼鏡をかけた裁判長が、割って入った。五十代半ばの知的な印象の人物である。

「まあ、協力医についてはここで争っても決着はつかないでしょうから、具体的な問題が出た時点で考えましょう」

裁判長の取りなしのあと、原告、被告両代理人は準備書面の提出期限を決め、弁論準備手続の期日を調整して、第一回の口頭弁論は終わった。

露木は傍聴席の枝利子の前に来て言った。

「いよいよ開始のゴングが鳴りました。被告側は江崎先生に言いがかりのような牽制をしてきましたが、あんなことを言うのは状況の不利を自覚している証拠です。油断はできませんが、冷静に対応していけばきっと勝訴できます。事実は我々に味方しているのですから」

露木の力強い言葉に、枝利子は深くうなずいた。


衆議院議員会館で伊達に罵声を浴びせられてから、渡辺一秀は老健局の審議官室にこもって考えつづけていた。伊達の怒りが佐久間の注進によることは明らかだった。佐久間は虎の威を借るキツネなのか、それとも噂されるように厚労省に食い込んだ狼なのか。たとえ元次官の婿養子といえ、外見からすればまったく鈍重な愚物にしか見えないのだが。

しかし、状況は渡辺が考えるほど楽観的ではなかった。佐久間は国立ネオ医療センターの運営に関して、幹部の部屋まわりを繰り返しており、林田をはじめとする省幹部がそれに協力する姿勢を見せている。唯一、佐久間に批判的だった官房長は、弱小外郭団体である生活衛生指導機構の理事長に出向することが決まった。明らかに格下げ人事である。

そんな不穏な空気を感じるまもなく、渡辺は林田から電話で呼び出された。

「忙しいところをすまんが、ちょっと部屋まで来てくれるかね」

十二階から十階の事務次官室に行くと、林田は紳士らしい態度で渡辺に椅子を勧めた。

「君の熱意あふれる仕事ぶりは、常々聞いているよ。老健局での仕事は二年になるのかな。そろそろ異動を考えているんだが……」

林田は眼鏡の奥で目を細めた。渡辺は緊張して林田の言葉を待った。次官がこういう形で呼ぶからには、人事の内示にちがいない。審議官の次は局長だ。どこの局を任されるのか。いや、どこでもいい。キャリア官僚にとって、局長になれるかどうかは、ひとつの関門なのだ。局長になれば官僚として一応功なり名を遂げたといえるし、その先の道も開ける。

しかし、林田の口から出たのは、予想もしない提示だった。

「これからは地方分権の時代だ。君の実力をぜひ地方で生かしてもらいたいと思ってね。君にはちょっと厳しい選択かもしれんが、福岡の九州厚生局に行ってもらえないか」

「福岡、ですか……」

渡辺は絶句した。順調に出世の階段を上ってきた自分が、まさか地方へ飛ばされるとは。

学生時代からセツルメント運動に参加し、在学中に国家公務員Ｉ種試験に合格した渡辺は、優秀な自分が出世することが、そのまま社会の利益につながると信じていた。だから懸命に出世の階段を上ってきたのだ。しかし、この歳で地方へ出ればもう中央への復帰はない。局長になり損ねたキャリア、それが自分の現実なのだ。これまで国民のためと思って寝食を忘れて重ねた努力はなんだったのか。

渡辺の嘆きとは裏腹に、一方で老健局長の城貞彦が、林田から官房長昇格の内示を受けていた。特別養護老人ホームの廃止に道筋をつけた実績を評価されてのことである……。

同じころ、十階の国会議事堂側にある主任企画官室では、一人のノンキャリア事務官が佐久間を苛立たせていた。佐久間の起案した決裁書にクレームをつけてきたのである。

佐久間はうんざりした顔で、年長の事務官に横柄な言葉を投げつけた。

「あんたには関係ないんだよ。決裁がまわってきたら、黙って判をつきゃいいんだ。係長のあんたがおれの部屋に直談判しに来るとは、どういう了見なんだ」

怒鳴られているのは、社会援護局の地域福祉課総務係長、浅野正一（あさのしょういち）である。役所に入って二十六年、ずっと福祉畑を歩いてきた浅野には、佐久間の書類の不自然さがひと目でわかった。

「介護保険適応外サービス事業者の評定ですが、『福祉グループ寿会』関係の施設に偏りがあるとの指摘が部内よりありまして……」

「それはたまたまだろう。調査の結果なんだから」

面倒そうに答える佐久間に、浅野は食い下がった。

「ですが、行政でもっとも重視されるのは公平の原則でして、一部の事業者に便宜をはかるような施策は、国民の理解を得られない心配もありますので、慎重の上にも慎重を期す必要が……」

福島県会津（あいづ）高田（たかだ）の出身の浅野は、今は肥満しているが幼いころは痩せっぽちの病弱で、医者通いと縁が切れない子どもだった。医者に行くたび、町役場に勤める父から日本の国民皆保険制度のすばらしさを聞かされた。だれでもどこでも平等に医者にかかれる制度。それを実現した日本の厚生省は、世界一の役所だと。

中東大学を卒業した浅野は、キャリアは無理でも中級職ならと、国家公務員II種試験を受け、念願の厚生省に入省した。それから現場一筋で、孤児対策や障害者施設の運営などに心血を注いできた。浅野は自分の仕事に誇りを持っていたし、帰省したときには、中央省庁のお役人としてもてはやされもした。浅野にとって厚生労働省という看板は、人生を有意義で立派に見せる勲章にも等しかったのである。

そのかけがえのない役所に、最近、不穏な噂が流れていた。省庁再編後、権力闘争に敗れた元労働省グループが、元厚生官僚に対して大規模な内部告発を画策しているというのだ。自分の金看板である役所の内輪もめが表沙汰になることは、浅野にとって耐え難い恥辱だった。もちろん、自分一人で危機を回避できるわけではない。しかし、役人の習性として、少なくとも自分の周辺からは不祥事を出したくないというのが本音だった。浅野の関与する業務の中で問題があるとすれば、「寿会」がらみの案件しかなかった。

浅野はいつもの通り、遠まわしに話を進めた。

「役人たる者、施策は常に国民本意でなくてはなりません。いったん信頼を失うと、話を聞いてもらえなくなります。長いあいだ真面目に働いてきた役人にとって、国民から疑惑の目を向けられることほどつらいことはありません」

「あんたの説教を聞いているひまはないんだ。用がすんだら出てってよ」

佐久間は浅野を無視して、読みかけの決裁書に目を通しはじめた。八期も年下の佐久間の無礼な態度に、さすがの浅野もむっとした。しかし、キャリアの横柄は今にはじまったことではない。浅野はぐっと怒りをこらえてつづけた。

「わが省の仕事は、国民の生活に密着したものばかりです。最近ではマスコミだけでなく、市民運動家やオンブズマンなどの目も厳しくなっています。問題が起これば、すぐ国会で取り上げられます。だから……」

「だから？」

佐久間が書類から目をあげて、浅野をにらんだ。浅野は一瞬たじろいだ。外斜視の無気味な目に、獰猛（どうもう）な怒りが浮かんでいたからだ。できれば暗黙の了解ですませたい。しかし、うやむやにすませては、問題を未然に防ぐことはできない。

浅野が思案していると、佐久間が焦れったそうに言った。

「まどろっこしいことを言わないでよ。こっちはいろいろ考えてるんだ。あんたにとやかく言われる筋合いはないでしょ」

「しかし、来年度の社会福祉施設整備の補助金内示にも偏りが……」

浅野はできるだけ無難な話題からはじめたつもりだったが、佐久間はいきなり凶暴なそぶりで手に持ったサインペンを投げつけた。

「ノンキャリ風情が補助金のことに意見するんじゃないよ。役所の金を自分の金と勘ちがいしてんじゃないか。補助金は血税なんだ。使い道はこっちで考えてんだから、口出しするな」

浅野は佐久間の怒りの激しさにおどろいた。このまま引き下がったほうがいいのかもしれない。しかし、それではあとで悔やむことになるだろう。浅野は気持を奮い立たせて、最低限のことだけは言おうと思った。

「主任企画官、『寿会』の老人保健施設建設ですが、建設を請け負うスリージェイ・コーポレーションと『寿会』に、不透明な噂があるのをご存じですか」

「知らんよ」

「では、『寿会』の施設に施設食を納入している大正医療食品と、寝具をおさめているアケボノネイサン社が、公正取引委員会から独占禁止法違反で排除勧告を受けたことは？」

「それはもちろん知ってる。去年十二月に林田次官が両社を擁護する答弁を出したじゃないか」

「この大正医療食品の副社長は、スリージェイ・コーポレーションの大株主で、アケボノネイサンの常務取締役でもありまして……」

「だから、いったい何が言いたいんだ」

佐久間は机を叩いて立ち上がった。はずみで椅子がうしろに飛んだ。浅野は必死に佐久間に向き合い、声を震わせて言った。

「役所として、あまりに不自然なことがありますと、痛くもない腹を探られるのもなんですし、国民のためを思って、言われたことを正しいと信じて働いている者として、偏りはできるだけないほうが……」

佐久間はそのまま十秒ほど浅野の顔を凝視しつづけた。こいつはどこまで知っているのか、いや、こんなノンキャリア事務官に詳細が洩れているはずがない、単に小役人の馬鹿正直さで、納得がいかないだけだろう、それなら、少しレクチャーしておいたほうがいい。

佐久間は椅子に座り、落ち着いた声で言った。

「不自然とか言うけどね、時代の流れはときにそう見えるもんですよ。あとから振り返れば自然なんですがね。官僚は常に先を見越して仕事をする必要があるでしょう。世論の成熟を待って、それから準備にかかっているようでは遅いんです。臓器移植法だってそうだったでしょう。国民が脳死を受け入れてから、法案を作っていたんでは遅い。水面下で準備を進める必要があるんですよ。一見、偏っているように見えても、あとから振り返れば整合性はあるんです」

佐久間は上目づかいに浅野をにらみ上げた。「そのスリージェイ・コーポレーションと、アケボノなんとかの話、あなたはどこで聞いたの」

浅野は口ごもった。

「記者会のほうで、内々にということで……」

「どこの社だ」

「通経新聞とかですが、ジャーナリストにもわが省の高齢者対策をウォッチしている人もいますので……」

「はん、ジャーナリストか。あんなやつらに何がわかる」

佐久間は敵意を剝き出しにして言った。「あいつらは正義ぶって格好つけてるが、役所のあら探しをして、暴露本でひと儲けしようと企んでいる連中ばかりじゃないか。我々が懸命に国の行く末を考えてるのに、ハイエナみたいに不祥事を嗅ぎまわって、国民の不満を煽ってそれをメシのタネにしようとしてるんだ。あんただってわが省の悪口を書かれたら腹が立つだろ。マスコミによけいな情報を流すやつはスパイだ」

佐久間は感情的になってしゃべりすぎたことに気づき、言葉を切った。「いずれにせよ、『寿会』のことにはもう首をつっ込まんでいい。これ以上詮索するようだったら、厳しく指導するから」

浅野は黙って一礼して、佐久間の部屋を出た。

何が指導だ、と浅野は廊下に出てから思いきり舌打ちをした。横暴なキャリアは珍しくないが、あの佐久間というやつはひどすぎる。浅野は屈辱に顔を真っ赤にして社会援護局にもどった。

一方、佐久間も床に転がったサインペンを拾いながら、内心で毒づいていた。だれがあんな無能はノンキャリなど指導するか、じゃまな歯車は取り外すだけだ。

読みかけていた書類に目を通しかけると、サイドテーブルのパソコンにメール受信の電子音が鳴った。

＞報告します。
＞慶陵大学医学部麻酔科、小野寺龍一名誉教授に接触。
＞Dr.E007の父京介は、約二十年前、
＞麻酔薬と麻薬を組み合わせて独自の安楽死法を考案。
＞アルバイト先の病院でそれを試した形跡あり。
＞京介が当直すると、決まって突然死の患者が出るので、
＞一時、「急変ドクター」とあだ名されていた由。
＞広島での京介の死は、事故か自殺か、確認のすべなし。
＞《天寿》には、やはり麻酔科医の協力は不可欠です。
＞Dr.E007には工作の価値あり。
＞内諜　ミツヤ。

23　安治川隧道

第一回口頭弁論のあと、松野は何度か東京へ行き、通経新聞東京本社の元同僚や、新しい情報提供者のあいだを飛びまわって取材をつづけた。そのかたわらで「天籟ノンフィクション大賞」の応募原稿も着々と書き進め、応募規定の原稿用紙三百枚にほぼ近づきつつあった。締め切りまでの約一カ月で推敲（すいこう）を重ねれば、なんとか完成できる目算である。

作品の最後には、枝利子の裁判のことも書いていた。江崎から「裁判のことを書くなら、当事者の了解を得てほしい」と言われていたが、枝利子に話す機会がないまま、筆だけが進んでしまったのだ。人物名はイニシャルにしたし、プライバシーにも配慮したからいいだろうという気もあった。江崎からは新たな証言も届かないし、彼が原稿を見せてくれと言わないのをいいことに、松野

はそのまま原稿の完成を急いでいた。

江崎が阿武山の国立療養所へ転勤になった話は、口頭弁論のとき聞いたが、こちらもなかなか詳しい事情を聞く時間が取れなかった。二月最終の木曜日、松野はある資料を入手したのを機に、江崎の新しい勤務先を訪ねることにした。

阪急茨木市駅の西口には広いロータリーがあり、路線バスの停留所がならんでいる。輪作(りんさく)行きのバスをさがすと、ちょうど発車寸前だった。一時間に二本しかないバスである。松野はショルダーバッグをひっつかんで、勢いよくステップを駆け上がった。

空はどんより曇り、春にはまだほど遠い冷たい風が窓ガラスに吹きつけていた。乗客は押し黙り、車内は重苦しい雰囲気だったが、松野はひとり高揚していた。年末からずっと、自分には思いがけない情報が集まってくる、これは断じて偶然とは思えない、流れは確実に自分のほうに向いているのだ。

バスは名神高速の高架をくぐり、まっすぐ北へ向かった。窓の外は田んぼやススキの原が目立ち、これが大阪かと思うほどうらぶれた風景になる。井威(いい)という信号もない停留所で降りると、右手に緩やかな丘があり、竹藪(たけやぶ)の向こうに古びた療養所の建物が見えた。

国立療養所阿武山病院は、昭和三十年代に改築されたままの鉄筋コンクリートで、窓枠の鉄錆が老朽化を象徴しているような建物だった。受付で案内を乞うと、二階の医局へ行くように言われた。薄暗い階段を上り、ペンキ塗りの扉をノックして開けると、入口近くのソファに江崎が座っていた。

「やあ、お待ちしていました。阪都大学病院とはあまりにちがうのでおどろかれたでしょう」

「いや、別に……はは」

さすがの松野もうまく返事できずにいると、江崎は人気のない部屋を見まわして自嘲的に言った。

「こんな汚い医局も珍しいですよ。当直室へ行きましょう。あっちも決して快適じゃないけど」

江崎は廊下に出ると、病棟のほうへ歩きだした。麻酔着ではなく、私服の上に白衣をはおっている。今日は麻酔はないのだろうか。松野が疑問に思いながらついていくと、江崎は「関係者以外立入禁止」の札が掛かった扉を開けた。

「どうぞ。ちょっと隙間風で寒いかもしれませんが」

当直室は八畳ほどの広さで、右半分の土間に当直用のベッドが二台ならべてある。左半分は畳敷きで、小さなテーブルとテレビがあり、マンガや週刊誌が散らかっていた。

「この病院は国立病院の統廃合で廃止される予定だったんですがね。最近また高齢者の結核が増えてきて、かろうじて生き残ったんです」

江崎はサンダルを脱いで畳に上がり、暖房のスイッチを入れた。

松野は座布団に正座して、真剣な表情で訊ねた。

「はじめに聞いておきたいんですが、先生の転勤はわたしが証拠保全のときに口を滑らせたのが原因ですか」

松野がそんなに失言を気に病んでいたのかと、江崎は意外な思いで相手を見た。

「ちがいますよ。もっと前から決まっていたようですよ。どうぞ気にしないでください」

「そうですか。それならいいけど」と松野は足を崩した。「でも、先生がもし不当に転勤させられたのなら、裁判に訴えてでも撤回を要求できます。そのときは協力は惜しみませんから」

「はあ、どうも」

江崎の気怠そうなそぶりを見て、松野は彼がこの病院で決して優遇されていないのだなと悟った。

「先生、疲れてるみたいですね」

「いろいろありましたからね。ここへ来てまだ二カ月ですが、早くもあきらめの心境ですよ」

「どんなことがあったんです」

「別にたいしたことじゃありませんが……、麻酔科の医長がアル中だとか」

「昼間から飲んでるんですか」

「ええ。ビールにウィスキーを入れてね。ときどき消毒用のアルコールも混ぜてますよ。あれは純度九十九・九パーセントのエタノールですから」

江崎は皮肉な笑いを浮かべてつづけた。「院長もひどくてね、厚労省から予算を取ることしか考えていないんです。そのために無理な手術を強引にやってね。脊椎（せきつい）カリエスとか結核性膿胸（のうきょう）の剝皮術（はくひじゅつ）とかですが、高齢者が多いんで手術に耐えられないんです。はじめはわたしも反対してたんですが、見解の相違だと却下されて。なにしろわたしは札つきですから」

「やっぱり裁判のことが響いてるんですか」

「ええ。でも、松野さんがわたしの名前を言ったからじゃありませんよ。もっと前に香村先生に告げ口してた者もいたんです。病院ではほかの医者のカルテを見るだけで、裏切り者扱いですから」

「ひどいな」

「でも、この病院じゃもっとひどいことが行われてますよ。リスクの高い患者をどんどん手術するから、考えられないペースで手術死亡が出るんです。でも院長は死亡者が増えればそれだけ結核対策の重要性がアピールできると言って、気にも留めないんです」

「それでよく家族が黙っていますね」

「ここに入院している高齢者は、見捨てられた人ばかりですよ。家族はほとんど見舞いにも来ません。大事にされている人なら、こんな病院には入院させられませんよ」

たしかに受付にも病棟にも、見舞いらしい家族の姿はなかった。

「でもそんなひどい家族ばかりじゃないでしょう」

「松野さん、現実は残酷なものですよ。はじめから姥捨てにするつもりはなくても、入院させて三カ月もすると、ほとんど見舞いに来なくなります。病状が改善して退院できるようになっても、たいていの家族は受け入れを拒否しますね。入院してるあいだに老人の居場所がなくなってるんですよ。物理的にも精神的にもね」

江崎は自嘲的に言った。「それにこういう古い病院は、みんながモラルの低下に慣れっこになって、無感覚になってるんです。自分の家族を入院させられないような病院に勤務するのは、苦痛なことですよ。なんとかしたいけれど、一人ではどうにもできない」

「若い先生や看護師で疑問を持つ人はいないんですか」

「いてもわたしとは話をしません。院長がわたしを孤立させるよう裏工作してますからね。わたしは一人が好きだから、孤立でけっこうなんですが」

「先生、もしかして、またストレスであの麻酔薬を……」

松野は生気のない江崎の顔をのぞき込んだ。

「いいえ……。やってません。でもね、別にもうどうなってもいいって感じで」

「だめですよ。中毒になったら一生を棒に振りますよ」

江崎は松野から目をそらして哀しげに笑った。松野は父親のことを思い出させてしまったかと、慌てて話題を変えた。

「先生、今日はぜひ先生に見てもらいたい資料を持ってきたんです」

松野はショルダーバッグからファイルを取り出し、ダブルクリップで止めたコピーを抜き出した。表紙に「ペプタイド療法による大規模スタディ準備要項」とあり、「極秘・無期限」の判が押されている。

「これはあるところから入手した厚労省の内部資料です。香村が赴任する国立ネオ医療センターに関わるものですが、このペプタイド療法というのは、香村が開発したものらしいですね」

江崎はコピーをめくって中身を読んだ。

「そうですね。心不全の画期的な療法だと聞いてますが」

「ところが、それだけじゃなさそうなんです。この療法は、心不全を改善したあとに突然死を起こすというんです。わたしがチェックしたところを見てください」

オレンジ色の蛍光マーカーで、「苦痛のない死」「ポックリ死を確実に引き起こす」「行政による望ましい死の保障」などに線が引かれていた。

「どうです。この資料はペプタイド療法の効果より突然死のほうに重点が置かれているでしょう。つまり、これは死の療法なんですよ。つづくページにはそれを正当化するようなデータが出ています。特にひどいのはこれです」

松野がコピーをめくって、蛍光マーカーでチェックした論文を示した。

「『国家から見た長寿と望ましい死』

《概要》超高齢社会を迎えた日本の医療費は、もはや国家の存亡に関わる問題と認識しなければならない。年間の国家予算が八十二兆円であるのに対し、国民の医療費は三十三兆円を突破しているのである。そんな国がどこにあるだろう。日本はすでに非常時にある。（略）国家が個人の死に関与するシステムを早急に作る必要がある。だれもがいつでもどこでも、心安らかに死ねる状況の実現が求められる。今や、超高齢者の現実は悲惨である。介護負担、年金問題、経済停滞、安全保障など国家運営にも重大な影響を及ぼしている。（略）国家は苦痛に満ちた死を取り除き、積極的に望ましい死を保障すべきである」

「江崎先生、この論文を見て何か思い出しませんか」

松野は腹立たしげに訊ねた。江崎は少し考えたが、わからなかった。

「ナチスですよ。これは明らかにファシズムの思想だ。ナチスはユダヤ人以外にも、精神障害者や虚弱老人を大量に虐殺しているんです。非生産的人間というレッテルを貼って、冷静に、合理的にね。このプロジェクトも同じ計画ですよ」

松野は憤然とコピーを机に叩きつけた。「そしてこの計画の裏にいるのが、以前お話しした佐久間という官僚なんですよ。やはり香村＝佐久間のラインには大きな問題が隠されていたのです。このプロジェクトは、実質的には超高齢者の抹殺計画です」

「そんなことができるんですか」

「もちろん、あからさまには無理でしょう。しかし佐久間のことですから、どんな巧妙な手を使わないともかぎらない。こうして裏で画策するからには、不適切な要素があるにちがいないのです。我々はそれを厳しく監視しなくてはなりません」

松野はふたたび座り直し、江崎を正面に見据えた。

「江崎先生、この佐久間の画策にしても、香村のミスの隠蔽にしても、医療の分野には問題が山積みです。問題が解決されないのは、それが隠されているからです。わたしはそういう問題を、世間に訴える仕事をしていきたい。わたしが新聞記者をやめてノンフィクション作家になったのは、まさにそのためなんです」

松野は半ば自分に陶酔するようにまくしたてた。彼は香村と佐久間の陰謀を「痛恨の症例」の次のテーマとして見込んでいた。この二つをモノにすれば、自分は一挙に医療ノンフィクションの第一人者になれるだろう。松野はそう強く確信していた。

彼はさらにつづけた。

「医療を患者本位のものにするには、状況を明らかにしていかなければなりません。先生には医療の専門知識がある。わたしにはジャーナリストとしてのノウハウがあります。この二つが揃ってはじめて車の両輪です。そして我々に共通しているのは、どこまでも権威に屈しない熱い気持です」

松野の熱意は過剰気味だったが、江崎にかすかな希望を与えた。嘆いてばかりいてもはじまらない。松野の言うように、少しずつでも問題を明らかにしていくことが状況を改善する唯一の道なのかもしれない。解決できないからといってニヒリズムに逃げたり、すべてを放棄したりするのでは、子どもと同じだ。

「わかりました。できるだけの協力はします。幸いこの病院は、ひまだけはいくらでもありますから」

「ははは、それじゃ専属の顧問になってもらおうかな」

　松野が調子のいい声を出すと、江崎もこの日はじめて笑った。


　阪都大学病院中央手術部では、安倍洋子が疲れた足取りでGの手術室から出てきた。今日も脳外科の手術が長引いて、昼から六時間も器械出しをつづけていたのだ。このところ、連日のように大きな手術を担当させられる。主任看護師の葛西充子のいやがらせであることは明らかだった。おまけに今日は当直だ。

　人気のない廊下を控え室に行きかけると、Bの部屋の前でだれかがうずくまっていた。まわりに血まみれのガーゼや結紮糸が散らばっている。途方に暮れたように肩を落としているのは、峰丘の手術のときに外まわりをしていた宮原早苗だった。彼女は今日、肝臓がんの器械出しをしていたはずだ。

「どうしたの、こんな時間に」

　安倍が声をかけると、宮原は半泣きの顔をあげた。

「わたし、肝生検の標本をなくしたみたいなんです」

「なくしたって、捨てちゃったの？」

「いえ。組織を採ったあと出血が激しくて、急に縫合を言われて、用意しているうちにどこかに紛れたみたいで……」

　手術中の生検は、病理検査や外科医が研究のために組織を必要とするときなどに行われる。小指の爪ほどの組織を採り、ホルマリンの瓶に入れて検査に出すのだ。

「受け取ってすぐに外まわりに渡したんじゃないの」

「そんな気もするんですが、もらってないって」

「外まわりはだれ？」

「葛西主任です」

　安倍はため息をついて、宮原の横に屈んだ。

「わたしもさがすの手伝ったげるわ。どうせ当直だから」

「すみません」

　安倍はゴム手袋をはめて、ゴミをより分けはじめた。

　手術中のゴミは、ガーゼや結紮糸のほかに消毒綿、ドレープ（術野を覆う清潔幕）、外科医のゴム手袋や凝血塊などが含まれる。量は手術によってもちがうが、肝臓がんは一日がかりなので、多いときには家庭用のゴミ袋に三杯くらいになる。その中から小指の爪ほどの組織片をさがし出すのは至難の業だ。

「ちょっとにおうわね」

手術中の新鮮な出血とはちがう、ひんやりとした血のにおいが廊下に漂う。

「標本がないことに気づいたのはいつ？」

「患者さんが病棟に上がって三十分くらいしてからです。主治医が血相を変えて飛んできて、標本はどこだって」

「じゃ、主治医も忘れてたのね。ふつうは患者といっしょに病棟へ持って上がるものよ」

「でも、すごい剣幕で怒ってるんです。標本が見つからなかったらどうするつもりだ、もう一回、患者の腹を開けさせるつもりかって」

「そんなに怒るのなら、いっしょにさがしてくれればいいのに」

「術後管理があるからって、病棟に行ってしまいました」

宮原は思わず涙声になる。「主治医はわたしに渡したと言うし、主任さんは受け取ってないと言うし、だから、やっぱりわたしの責任なんです。もし、見つからなかったら、わたし、いったいどうすれば」

「そんなに自分を責めないの。大丈夫よ。患者のお腹にもどさないかぎり、手術室から出ていくことはないもの。どこかにあるわよ」

安倍はわざと明るく宮原を励ました。

「でも、こんなたくさんのゴミから見つかりますか」

「見つかるわよ、きっと。でも、ただ端からさがすのは能がないわね」

安倍は腕組みをして散らばったゴミを見渡した。「生検の標本を採るのは手術の最後でしょう。だったら捨てたとしても最後のゴミ袋に入ってるんじゃない」

「三つ目の袋はこのあたりに広げましたけど」

「それから執刀医から標本を受け取ったら、ふつうはシャーレに入れてるわよね。シャーレに入れた覚えは？」

宮原は天井を仰ぎながら記憶をたどった。

「入れた覚えはないです」

「だとしたらガーゼに載せたんじゃない。あるいは外まわりに渡したか。外まわりもガーゼで受けるから、いずれにせよガーゼにくるまれてる可能性が高いわね」

安倍は顎に右手をやり、さらに考えをたぐりよせた。

「生検のとき、出血があったって言ってたわよね。だったらガーゼはよけいに血を吸ってるはずよ。三つ目の袋で特別ガーゼが汚れているところはない？」

「どれも同じくらいですが……。でも、そういえば切除面の縫合にはカットグート（溶ける糸）を使いました。切れ端がここにあります」

「じゃ、きっとそのあたりよ」

二人で順に調べていくと、血に汚れていないガーゼの中にエビ茶色の組織片がはさまっていた。

「あ、これだ。ありました。よかった」

宮原が思わず叫んだ。安倍はやれやれという表情でため息をついた。そして、標本をはさんだガーゼに目を留めた。

「宮原さん、やっぱりあなた、標本は外まわりに渡してるよ。ほら」

標本をはさんだガーゼは、外まわりの看護師が使う簡易滅菌のガーゼだった。葛西が標本を受け取りながら、気づかず捨ててしまったようだ。

「主任さん、ひどい」

宮原は濡れぎぬを着せられたことに、今さらのように腹を立てた。

「でもよかったじゃない。標本は見つかったんだから」

宮原は急いで組織片を標本瓶に入れた。

「安倍さん、ありがとうございます。あの……」

「何？」

安倍の目の下に、うっすら隈（くま）が浮いている。

「安倍さん、お疲れなんでしょう。このごろヘビーな手術ばっかり当てられて」

「そうでもないわよ」

「でも、今日だって、当直の看護師はふつう昼間は軽い手術につくのに、脳外科なんか当てられて。みんな葛西主任が決めてるんでしょ。ひどいと思わないんですか」

宮原は悔しそうに言い募った。「今日のこの標本がなくなったのだって……」

「そうね。主任が自分で捨てながらあなたに責任を押しつけたのならひどいわね」

「ちがうんですか」

「あなたを責めるわけじゃないのよ。でも、標本を渡すとき、止血の準備で慌ててたんでしょ。はっきり標本だと伝えずに渡した可能性もあるんじゃない？」

「あ、それは……」

あのとき、急に止血用の縫合針を要求されて宮原は焦ったのだ。いつ外まわりに渡したか記憶にないということは、はっきり標本だと伝えなかった可能性もある。

「だから、主任がわざとあなたのせいにしたとはかぎらないのよ。それより、あなたが頑張って標本をきちんと見つけたことのほうが大事よ。患者さんに迷惑をかけずにすんだんだから」

安倍は慰めるように言ったが、宮原はまだ不満げだった。

「でも、安倍は後片づけをはじめながらつけ加えた。

「でも、主任もいっしょにさがすくらいはしてくれてもいいと思うけど」

「ですよね」

宮原がようやく笑い、標本瓶を病棟へ持っていきかけて足を止めた。

「あの、安倍さん」

「何？」

「この前の峰丘さんという患者さんのことですけど」

ガーゼを集めていた安倍の手が止まる。

「わたし、あの手術のとき、実は、主任さんから言われたことがあって……」

「どんなこと」

「看護記録を書くとき、針の数が合わないのに、カウントをOKにしておくように言われて……」

「詳しく話してくれる？」

安倍は立ち上がって宮原に向き合った。

「両端針の数をわたしがチェックしたら奇数だったんです。おかしいと思って主任さんに言ったら、恐い顔でOKでいいって言われて……。ほんとはいけないんですけど、その場の雰囲気ってあるじゃないですか。床に落ちてる場合もあるし、外科医がぴりぴりしてるときなんか、言い出せなくてついOKにしちゃったり……」

「針の数が奇数だったのはたしか？」

「ええ。六十一か六十三かそんな数字でした。でも、香村先生は手術のあとですぐレントゲンを撮ってたし、そこに針は写ってなかったから、まあいいかと思って」

「あのあと峰丘さんが五日目に亡くなったのは知ってた？」

「はい……」

宮原は表情を曇らせた。

「宮原さん、心配しないで。あなたには責任はないのよ。医師としての責任は香村先生にあるし、看護師としての責任は主任にあるんだから」

「でも、主任さんはわたしにも責任があるって、看護記録をつけたのはわたしだからって。それで、安倍さんがそのことを調べはじめたとき、わたしはきつく口止めをされて、安倍さんに近づくな、あの人はスパイだからって……。すみません」

やはり口止めされていたのだ。宮原を喫茶店に誘ったときの、安倍の直感は当たっていた。

「宮原さん、ほんとうのことを言ってくれてありがとう。わたしも主任の態度からうすうす感じてた」

「わたし、裁判で証言とかしたほうがいいんでしょうか」

宮原の目尻に涙が溜まっている。安倍は腕組みをして考え込んだ。

「どうかしら。証言なんかしたら、ここにいられなくなるわよ。それどころか関西の病院では働けなくなるかも。わたし、江崎先生が転勤すると決まったとき、いっしょにやめようと思ったの。でも、行くところがなかったのよ。府立医療センターにいる看護学校の同級生に聞いたら、あちこちの病院でわたしの噂が流れてるらしいの。医師会と看護協会で話題になってね。だからどこの病院も雇ってくれない。もうここにいるしかないと思って、それで頑張ってるのよ……」

安倍の声には、宮原に同じ苦労をさせたくないという心づかいが感じられた。安倍は宮原をなだめるように言った。

「それに、主任は二、三年のうちに看護師長に昇進するらしいわよ。総看護師長にも取り入ってるし、権力者よ。だから下手ににらまれないほうがいいわ」

「安倍さん、それで悔しくないんですか」

「いいのよ。わたしはまちがったことはしてないつもりだから。それにいやがらせを受けるのは、わたし一人で十分。わたし、こう見えてもタフだから」

そう言いながら、安倍は軽いめまいを感じてふらついた。長時間の立ち仕事で血圧が下がったのだ。

「安倍さん、もう当直室で休んでください。あとはわたしやりますから。標本が見つかったのは安倍さんのおかげです。ほんとうにありがとうございました」

宮原は身体が二つ折りになるくらい頭を下げた。安倍はその肩にそっと右手を置いた。

「宮原さんが針のことを言ってくれてうれしかったわ。やっぱり江崎先生やわたしたちのほうが正しいんだって、確信が持てたもの」


三月十二日金曜日の午後八時ごろ、松野は東京駅のホームから江崎のケータイに連絡を入れた。

「江崎先生ですか。松野です。先日はどうも。今、東京なんですよ。三日ほどこっちに来てましてね。ええ、実はまた新しい情報が手に入りまして。そうです。厚労省の件です。おどろきました。次々と奥が広がる感じで。巨額の不正ですよ。最初は香村の医療ミスの追及からはじまったことですが、裏にとんでもない陰謀が潜んでいたようです」

松野は自分の言葉にはっとして、声をひそめた。「いや、大げさに言ってるんじゃありません。まだ事件の全容はわかりませんが、おそらく省ぐるみでしょう。幹部官僚も関わっています。これが明るみに出ればたいへんなスキャンダルになりますよ」

ホームの前には、東京の街の光が異様に輝いていた。松野にはその裏に潜む巨大な闇が見透かせるような気がした。となりの男が怪訝な顔でこちらを見ている。あまり声をひそめるのも不自然と思い、松野はわざと無防備な声を出した。

「先生、明日の土曜日はお休みでしょう。わたしの事務所にいらっしゃいませんか。そのとき資料をお見せしますよ。わたしは今からいったん事務所にもどりますが、ええ、明日は午後からのほうがありがたいです。午前中は娘の卒園式なんで。え、いや、めったにしませんけどね、たまには父親らしいことをしないと、ええ、娘に忘れられちゃいますから。ははは。わかりました。では二時に。はい、お待ちしています」

松野はケータイを切って、急いで指定席の車両に向かった。

それから数分後、松野を乗せた新大阪行きのぞみ一五五号は、予定通り発車した。車内は八割方の乗車率で、単調な走行音のほかは静かだった。松野は駅で買った二本の缶チューハイを立てつづけに飲み、心地よい酔いに浸っていた。眠気はささず、頭は冴える一方だった。信じがたいスクープ、特筆すべき情報収集力、巨悪を暴く正義のペン……、自分に寄せられるであろう賛辞が、次々と浮かんでは消えた。

松野は自分の感覚が研ぎすまされているように感じていたが、実際はその逆だった。興奮と酔いが、幸福な錯覚を起こしたにすぎない。だからさっき駅で松野を見ていた男が、同じ車両に乗ったことに気づかなかった。

新大阪到着は午後十時半。東海道線と大阪環状線を乗り継いで大正駅に着いたのは、午後十一時を過ぎていた。松野は人気のない大阪ドームを迂回して、みなと通に面した事務所にもどった。

　オートロックを解除するときは、いつもうしろを警戒する。それでなくても、今日は鞄に世間を揺るがす情報が入っているのだ。

　八階の事務所に上がり、コンピュータを立ち上げ、キーボードを叩きはじめたが、集中することができなかった。大きな獲物をつかんだのだ。今夜は祝杯をあげてもいいだろう。松野はロック用の氷を取り出し、バーボンをゆっくり注いだ。

　酒がいつもより甘く感じられる。松野はデスクトップの文書ファイルを開き、完成間近の「痛恨の症例」を呼び出した。いい出来だ。前回の応募作「告知」にはなかった幅と奥行きが感じられる。これも江崎との運命的な出会いのおかげだ、と松野は満ち足りた気分でモニターをながめた。

　ふと、松野の脳裏に新たな考えがひらめいた。峰丘氏の手術には、針以外にも何か秘密が隠されているのではないか。たとえば人体実験のようなことが。針はもちろん疑わしいが、峰丘氏の死は明らかに突然死だ。香村と突然死を結びつけるもの、研究の美名に隠れて何かが密室で行われたのではあるまいか。

　松野はそのアイデアを入力しようとしたが、バーボンの酔いに満たされ、キーを打つ気力が湧かなかった。慌てなくても、アイデアは逃げない。

　松野はパソコンの前で肘枕をしたが、このまま眠ってしまうわけにはいかなかった。明日は娘千佳の卒園式だ。家からいっしょに登園すると約束していたから、今夜は家に帰らねばならない。松野は身体を剝がすように椅子から立ち上がり、事務所の明かりを消した。時刻は午前一時。家まで歩いて二十分だから、ちょうどよい酔いざましだ。

　ようやく春めいてきた夜気の中を松野はふらふらと歩き、国津橋から源兵衛渡の交差点に向かった。このあたりは道をひとつ隔てて安治川に沿っており、鉄工所や運送会社の倉庫がならんでいる。人通りは少ないが、だだっぴろい道なので見通しはよい。

　松野はふと七年前の胃がんの誤診と、京子の中絶未遂のことを思い出した。あのとき中絶していたら、明日、幼稚園を卒業する千佳はこの世にいない。無責任な医者の対応、それに対する怒りは今でも毒針のように松野の胸を刺す。それをバネにここまで来たのだ。江崎と知り合い、「痛恨の症例」を追い、阪都大学心臓外科助教授の医療ミス裁判にまでつながった。それが今、さらに厚労省キャリア官僚の巨大な陰謀までが明らかになりつつある。新聞記者をやめたのは正解だった。

「ざまあみろ」

松野は転がっていた空き缶を思い切り蹴り上げた。

そのとき、背後で、車がけたたましい音をたてて急発進するのが聞こえた。

黒っぽいセダンが、タイヤを軋(きし)ませてこちらに向かってくる。ライトがまぶしい。松野は酔いのせいもあって、一瞬の判断が遅れた。まさか、と思いながら、ふらふらと右手に逃げた。もし自分を轢(ひ)くつもりなら、ハンドルを切るだろう。少しでも車が曲がったら、身を隠すところをさがせばいい。電柱の陰か、コンクリートの何か、頑丈な、身体を隠せる何か、いや、何もない。軽トラックが一台止まっているが、反対側だ。

松野は呆然と車のヘッドライトを見た。ああ、車が来る、猛スピードなのにスローモーションみたいだ。子どものころ、自転車で路地から飛び出し、バイクと衝突したときのことを思い出した。ぶつかったショックは覚えていないが、自転車が吹っ飛び、自分も道に投げ出されて尻餅のままブロック塀にぶつかったのを、音も痛みもなしに鮮明に覚えている。生死に関わる事故のときは、そういうものなのか。

時間を凝縮したような一瞬のあと、空気が破れそうな轟音を残して、車は目の前を通り過ぎた。そのままブレーキを軋ませ、赤信号を無視して左折し、視界から消えた。

「アホーッ」

松野は走り去った車に怒鳴り、ふたたびゆっくり歩きだした。

源兵衛渡の交差点を右に曲がると、安治川隧道(ずいどう)がある。隧道は、幅約八十メートルの安治川の下をくぐって対岸に出る河底地下道である。松野の家は隧道北口から数分のところにあるので、徒歩で事務所に行き帰りするときはこの地下道をよく使う。日中はエレベーターが動いているが、夜は十時で止まってしまう。そうなるとあとは横にある九十二段の階段を、河底に向かって下るしかない。

暴漢が待ち伏せるには、絶好の場所だと思いながら、松野は階段を下りていった。途中、踊り場が五カ所あり、そこで階段は右折を繰り返す。無気味な場所だが、壁にミラーがあるので、曲がった先のようすはわかる。防犯ベルも踊り場ごとにある。この隧道で事件が起こった話はついぞ聞かないが、松野は警戒を怠らない。ミラーで曲がり角を確認するときも、油断なく壁際に身を寄せる。

松野は四回右折を繰り返し、地下のエレベーターホールにつながる最後の踊り場に立った。壁のミラーに地下道が映っている。距離があるので、奥までは見えない。しかし、異常はなさそうだ。地下道は幅二メートル弱、高さ二・五メートルほどで、天井の角が斜めに傾(かし)いでいる。床も壁もタイル張りで、中央に通路を分ける色タイルが張られている。

松野は壁際から通路をのぞき、安全を確認してホールに入った。壁際に段ボールを敷いて毛布をかぶっている男がいる。ひと月ほど前からここにいるホームレスだ。座って岩波文庫を読んでいたこともあるから、もともとはインテリなのかもしれない。

松野が地下でホームレスを一瞥(いちべつ)しているころ、地上では奇妙な動きがあった。さきほど松野を追い越した車が、左折したあと入った路地からバックで出てきた。中から二人の男が降りてきて、一人は管理棟横の公衆トイレに入った。もう一人は鼻歌でも歌うような軽い足取りで、隧道の階段口に消えた。服装もスタジアムジャンパーにジョギングシューズという軽快な出で立ちだ。右手に金属バットをぶら下げている。

松野は酔眼で正面をうかがいながら、地下道を歩きはじめた。ホールの突き当たりはステンレスのエレベーター扉で、蛍光灯をうっすらと反射している。昭和のはじめに設計された通路にしてはモダンなデザインだ。

松野が地下道のほぼ真ん中まで来たとき、金属バットを持った男がエレベーターホールに出てきた。男はそのままジョギングの足取りで地下道を進んだ。特殊な訓練を受けているのだろう。足音も息づかいも完全に消えていた。

男は松野に近づき、二メートルほど手前で呼び掛けた。

「松野さん」

振り向きざま、金属バットを振り上げている男が目に入った。松野はとっさに両腕で頭を防御した。しかし、衝撃は頭にこず、下半身にきた。膝で小さなダイナマイトが爆発したかのように、瞬時に身体の支えを失った。松野は声も出せずに倒れた。ちらと見えた自分の膝は、これまで見たこともないシュールな形をしていた。片方は横に「く」の字に曲がり、もう一方は手前に折れていた。

松野は倒れながら、反射的に身体を丸めた。次の攻撃はどこに来るのか。口の中に酸っぱい唾が湧く。しかし、男は一撃を加えただけで、何ごともなかったように北口のほうへ走り去った。

これは脅しか、警告か。通路に倒れたまま、松野は頭を巡らせた。防犯ベルを押そうと思ったが、下半身が動かない。ホームレスの男を呼ぼうと思い、南口のホールを見ると、灰色のトレンチコートを着た男が立っていた。さっき、公衆トイレに入った男だ。右手にビールピッチャーのような容器を持っている。

「ああ、よかった。助けてください。今、バットで襲われたんです。防犯ベルを頼みます。そこにありますから……」

松野が救いを求めると、トレンチコートの男は無言で近づいてきて、松野の頭からピッチャーの液体を降り注いだ。

「何だ、やめろやめろ」

松野は必死に身をよじったが、服を濡らす揮発性のにおいからは逃げられなかった。冷たいはずの液体に温度が感じられない。叫んだはずみに口に入り、むせた。松野は気管の粘液が裏返るほど激しく咳き込んだ。そうしながらも、男から逃れるため、上半身だけで地下道の床を転げまわった。

「やめろ、やめてくれ」

ピッチャーはすぐに空になったようだ。松野は目をつぶり、顔をそむけて、何かを追い払うように虚空を掻いた。液体をかけられているあいだは何もされない。かけ終わったあとが恐い。松野の全身が死の恐怖に覆われた。

「あ、なんでもする、なんでもやる、あ、あ、あ、助けてくれぇ」

途切れがちな声が地下道に響いた。息があがり、心臓が見えない手で締めつけられるようだ。首を激しく振ると、コートの男が北口に去っていくのが見えた。

「うう……」

松野はガソリンを浴びてぐしょ濡れで横たわっていた。寒さは感じなかったが、全身が震える。一刻も早くこの状況から逃げ出したい。

松野はこの世のすべてを拒絶するように固く目を閉じていた。ホームレスの男が起き上がり、毛布をひきずりながら近づいてきた。松野の前まで来て、毛布を掛けてくれる。背中まできっちりかぶせ、頭も覆う。毛布は意外に新しそうだ。松野は下半身の痛みがわずかにやわらぐのを感じた。

毛布の上に雨でもかかるような感触がした。小便をかけられているのか。まさか。もちろん小便ではなかった。においでわかる。ホームレスの男は、ペットボトルからさっきのコートの男がかけたのと同じ液体を降り注いでいたのだ。

隧道にペットボトルを投げ捨てる乾いた音が響いた。つづいて、松野の頭上で聞き慣れた音がした。一服つけるときに、いつも無意識に聞く音。しかし、今、その音は松野を凍りつかせた。

屈み込んだホームレスの手に、火のついた百円ライターが握られていた。

24 本人尋問

棺の中で、松野の遺体は頭まで白い繻子（しゅす）に覆われていた。葬儀に参列した人々は、その上から別れの献花を投げ入れた。

松野公造の告別式は、彼が殺害されてから四日後の三月十七日、此花区（このはなく）の西九条会館で行われた。真冬なみの寒さがぶり返し、斎場の外で出棺を待つ人々を震えさせた。

「松野さんは、おれにはかけがえのない先輩やった。取材の『いろは』から記事の書き方まで、すべてを教えてくれたよ」

上川裕一が分厚いコートの背を丸めてつぶやいた。

「むずかしいのは取材に行くときやない、取材を終わるときやと松野さんは言うてた。マスコミは自分たちの都合で取材をはじめるが、当事者は十分に真意を伝え切れないままに取材を打ち切られることもある。それがどれほど当事者を傷つけるかを考えろと言うてた。いつも弱者の側に立つ人やったよ」

「そうだな」

江崎が蒼白な頬を引きつらせる。

松野の遭難は、十三日の早朝、上川からの電話で報された。前夜、東京から電話をもらい、その日の午後には事務所を訪ねるはずだった江崎は、松野の死をすぐには実感できなかった。松野は珍しくよき父親ぶりを発揮して、娘の卒園式に出ると話していたのに。

「ひどい状態やったらしい。司法解剖の結果を見たけど……」

解剖という言葉に、江崎は医師としての興味を惹かれた。

「死因は焼死。両膝に大怪我を負ってて、右の関節は粉砕骨折、左は脛骨（けいこつ）のらせん骨折と書いてあった。膝を砕かれてから、ガソリンをかけられたらしい。皮膚は炭になるほど焼けていたそうや」

「遺体の姿勢は書いてなかったか」

「姿勢？」

「ボクサースタイルとか」

「ああ、書いてあった」

やっぱり、と江崎は苦しげに視線をそらす。焼死体がボクサーのような姿勢になるのは、熱で筋肉が急激に収縮するからだ。生きたまま焼かれた証拠である。棺におさめるために、解剖のときに腱（けん）を切って手足を伸ばしたのだろう。

「だれがいったい、こんな酷（むご）いことを」

「今、警察が調べてるらしい。会社にも刑事が来た」

「犯人の目星はついているのか」

「いや、そこまではまだ……」

上川が太い首を振った。

江崎は、松野が襲われる前にかけてきた電話の内容を上川に話した。たしか、厚労省の不祥事にからむ情報を手に入れたと言っていた、とんでもない陰謀が隠れているようだ、前に聞いた佐久間という官僚が関係しているにちがいない、と。

「厚労省の佐久間か。松野さんから聞いたことがあるな。ずいぶん前に記事をつぶされたとか言うてた」

「そいつだよ。香村先生が今度赴任するネオ医療センターにも関係してるらしい。破格の研究補助金がおりるので、松野さんが怪しいと言っていた」

上川はコートのポケットから手帳を取り出し、社会部の記者らしく手早くメモを取った。江崎は佐久間がヤクザを使って事務次官を陥れたという話もした。上川は鉛筆を止めて、「ああ、あの官僚か」と目線をあげた。

「上川も知ってるのか」

「噂は聞いてる。名前までは知らんかったけど」

「おれ、今の話を警察に言うよ。松野さんを襲ったのは、この佐久間という官僚がぜったいに怪しいだろう」

江崎が言うと、上川は考え込むようになった。

「どうやろ。迂闊に話すと警察から逆に情報が流れる危険もあるで。捜査に圧力をかけてくるかもしれん」

「じゃあ、どうすればいい」

「そいつを確実に逮捕できる筋に渡りをつけて、証拠固めをするしかないな。公安か検察か。そいつの影響力がどこまで及んでいるかやな。政府高官まで通じていたら、検挙はむずかしい」

「しかし、人を殺してるんだぜ」

「逮捕されんとわかってるから、そこまでやるんや」

斎場内での最後の別れが終わったらしく、スピーカーから出棺が告げられた。扉が開き、位牌を先頭に、親族と棺が出てくる。棺は綾織りの布で覆われ、六人の男性に担がれていた。未亡人になった京子が、遺影を胸に抱いてあとに従う。

「おかあさん、おかあさん、なんで泣いてんの」

娘の千佳が袖を引っ張りながら京子を見上げていた。父親が亡くなったことを理解していないようだった。その無邪気な声が、参列者の涙を誘う。松野はあまり家にいなかったから、その不在を娘は実感できないのだろうか。

「せっかく父親らしいところを見せようとしてたのにな」

近づいてくる遺影を見ながら、江崎がつぶやいた。遺影の松野はいかにもエネルギッシュな目で正面を見据えている。

棺が通り過ぎるとき、参列者の一人が激しい嗚咽を洩らして泣き崩れた。事務所のアルバイトをしていた金子さおりだ。近くにいた人が、屈んで慰める。

「彼女、ずいぶん動揺してるな。無理もないけど」

江崎が言うと、上川が「だれや」と訊ねた。

「松野さんのアシスタントだよ。おれのところにも取材テープを取りに来たりしてた」

「それなら警察の事情聴取はもうすんでるな。けど、ちょっと取り乱しすぎやないか。まさか、松野さんと特別な関係やったとか」

「いや、そんな感じじゃなかった。どっちかというと距離を取ってるように思ったけど」

彼女は松野より自分に好意的なように江崎は感じていたが、それは敢えて言わなかった。

棺が霊柩車に載せられる。頼りなげなぼたん雪が、宙をさまようように舞っている。

上川が葬列を見送りながら言った。

「このままやと松野さんがかわいそうや。せっかくノンフィクション作家として独自の道を歩もうとしてたのに、志半ばでどんなに無念やったか」

江崎も知らず拳を握りしめる。

「そうだよ。あんな卑劣なやり方をするやつはぜったい許せない。おれたちで松野さんの仇を取ろう」

「ああ、簡単にはいかんやろうけどな」

そう言いながら、上川の頭の中にはいくつかのプランが浮かび上がっていた。


裁判は第一回口頭弁論のあと、第二回で被告側より診療経過の一覧表が出され、第三回でそれに原告側の認否と反論を書き加えたものが裁判所に提出された。どちらもほとんど準備書面の交換だけだったが、露木は枝利子を法廷に伴った。本人尋問に備えて、すこしでも裁判所の雰囲気に慣れてもらうためだ。そのあと準備書面の提出と弁論準備手続が何度か行われた。

四月二十三日午後一時過ぎ、大阪地裁第一〇〇八号法廷の廊下で、江崎は掲示板の予定表を確かめていた。事件番号のあとに、「第四回口頭弁論・証拠調べ」と書いてある。いよいよ尋問の開始だ。この日は峰丘の主治医だった瀬田昇の証言と、枝利子の本人尋問が予定されていた。

「よ、早いな。弁論は一時半からやろ」

肩を叩かれて振り向くと、上川が立っていた。くたびれた上着に太めの緩いネクタイが妙に似合っている。多忙になればなるほど食欲の出る上川は、一向に体重の落ちる気配がない。

「あれからちょっと東京へ行ってきてな」

上川は壁際のベンチに腰をおろした。「松野さんの最後の東京滞在中の行動を調べてみたんや。電話で三日東京におったと言うてたんやろ。そのうち二日の足取りはだいたいつかめた。うちの東京本社の人間が教えてくれた」

手帳を繰りながら、声をひそめる。「松野さんはやっぱり厚労省の関係者を当たっていたようやな。厚生労働記者会をまわって、何人かの官僚を紹介してもろたらしい。労働省出身のキャリアにも面会してる。水道橋のビジネスホテルに泊まってたんやが、大阪へ帰る前の夜に、夜中の三時ごろホテルを出てるんや。三十分ほどでもどってきたらしいが、そのとき何かの資料を手に入れたのとちがうやろか」

「時間はたしかか」

「ああ、フロントに確かめた。ケチなホテルで、夜中は自動扉の電源を切ってるんや。ホテルは警備上の理由でとか言うてたけど、節電に決まっとる。それで客が出入りするときは、フロントがスイッチを入れるんや」

「最後の一日がわからんわけか」

「ホテルをチェックアウトしたのが午前十時、東京駅からおまえに電話を入れたのが午後八時やろ。松野さんのことやから、その日一日かけて、夜中に手に入れた資料のウラを取ろうとしたんとちがうやろか」

翌日に娘の卒園式がなかったら、松野は滞在をのばしたのだろうかと、江崎はちらと思った。

「どんな資料かわかりそうか」

江崎が聞くと、「それはこっちが聞きたいわ」と上川は苦笑した。江崎が記憶をたどる。

「松野さんはいったん事務所にもどってるんだろ。部屋に資料はなかったのか」

「そこや。おれもサツまわりの記者に聞いてみたんやが、それらしいものはなかったらしい」

「だれかが警察より先に取り返しに来たということか」

「警察が捜索したときには、部屋が荒らされた形跡はなかったそうや。ただし」と上川は含みのある目で江崎を見た。「あの日、夜中の二時半ごろ、松野さんの事務所にだれかがおったことがわかってる」

「二時半？　松野さんが襲われたのはもう少し前だろ」

「そうや。けど同じワンルームマンションに住んでる北新地のホステスが帰ってきて、松野さんの部屋の明かりを見てるんや。タクシーのレシートがあるから時間はまちがいない」

「じゃあ、部屋を荒らさずに、資料だけ奪っていったやつがいるというのか」

「たぶんな……」

上川が気まずそうに視線をずらした。江崎はそれには気づかず、怒りを込めていった。

「もしそうなら、やっぱり松野さんを襲ったやつが資料に直接関係している証拠じゃないか」

「その通り。それで松野さんが死んだ今、資料の存在を証言できるのはおまえだけということや」

「……」

江崎は今さらのように自分が危険な立場にあることを認識した。

「じゃあ、おれ、警察とか弁護士とかあちこちで資料のことをしゃべりまくるよ。おれ以外にもたくさんの人間が知れれば、口封じの意味はなくなるだろ」

「無茶するな。今は慎重に動いたほうがええ。それに口封じするんなら、もうとっくにやってるで」

たしかに、松野が襲われてから今まで江崎が身の危険を感じたことはなかった。

「江崎先生」

エレベーターホールから枝利子が現れ、小走りに近づいてきた。うしろから分厚い革鞄を下げた露木がついてくる。二人は午前中、尋問に備えて最後の打ち合わせをしていたのだ。

江崎は笑顔で片手をあげた。

「枝利子さん、今日は応援してますよ。お父さんのためにも、思う存分、証言してください」

「はい」

枝利子がうなずくと、露木は太鼓判を押すように言った。

「いやあ、中山さんは大丈夫ですよ。何度かリハーサルしましたが、答えは明快だし、状況把握もしっかりしてる。とてもはじめて証言するようには思えませんよ」

露木の言葉に江崎は一抹の不安を感じた。露木は枝利子に自信を持たせるために言っているのだろうが、被告側の弁護士はそれほど甘いだろうか。これが油断にならなければいいが。

やがて廷吏が法廷の扉を開け、開廷の準備をはじめた。露木は原告代理人席に座り、江崎たちは傍聴席に入った。枝利子はいつでも証人席に行けるよう、左端の通路側に座る。

傍聴席には阪都大学病院の関係者も入ってきた。江崎を見ても目礼さえしない。あくまで裏切り者扱いなのだろう。香村は相変わらず姿を現さなかったが、枝利子もそれにはこだわらなくなっていた。

開廷時間の直前に、当事者入口からオールバック弁護士と瀬田が入ってきた。うしろから弁護士見習いの青年が鞄を持ってついてくる。オールバック弁護士はシルバーグレイの三揃えを崩して着こなし、被告代理人席に座った。今日は大沢は来ないようすだ。わざわざボスが出るまでもないということか。

　書記官が着席したあと、廷吏が壁の時計を見上げ、廷内に声をかけた。

「起立願います」

　法壇のうしろから三人の裁判官が現れ、一礼して着席する。

「それでは審理をはじめます。証人は前へ」

　裁判長の指示に、まず瀬田が頬を強ばらせて証人台に向かった。

「証人は宣誓をしてください。宣誓したのちは、故意に嘘の証言をすると偽証罪に問われることがありますので、注意してください」

　瀬田はあらかじめ用意された宣誓文を読み上げた。

「良心に従い、ほんとうのことを申し上げます。知っていることを隠したり、事実に反することを申し上げたりは、決していたしません。以上、宣誓します。証人、瀬田昇」

「それでは、主尋問からどうぞ」

　裁判長に促されて、オールバック弁護士が立ち上がった。

「被告代理人の堂之上です。証人にお訊ねします。あなたは本件原告の父、峰丘茂氏の主治医でしたね」

　オールバック弁護士堂之上洋一は、面倒そうな口調で型通りの尋問をはじめた。瀬田の勤務歴、峰丘の主治医になった経緯、争点になっている手術のようすなどを、カルテで確認しながら質問していく。全体として投げやりで、独特の気怠さを漂わせている。尋問の中で堂之上は二度、裁判官たちにアピールするために声の調子を高めた。

　一度目は手術の承諾書に関する質問である。

「この承諾書は、香村氏が手術の説明をしたあと、峰丘氏と原告が署名捺印したものですね」

「そうです」

「ここに、『出血、虚血、不整脈、あるいは予測不可能な合併症が発生した場合、生命に危険の及ぶ場合もあり得る』と書かれていますが、峰丘氏と原告はこれを理解したようでしたか」

「はい。よく読んでから署名してくださいと言いましたから。それに、不明な点があれば聞いてくださいとも言いましたから、質問もできたはずです」

「わかりました」

二度目は峰丘の急変前の面会についての尋問だった。

堂之上は看護記録を示しながら、瀬田に訊ねた。

「七月十三日の夜、峰丘氏が亡くなった日ですが、看護記録によると、原告が見舞いに来ていて、午後八時に帰ったとなっています。阪都大学病院の面会時間は何時までですか」

「午後七時までです」

「では原告は、見舞い時間を一時間、超過したということですね。そのことについて、何か影響は考えられますか」

「看護師の巡回が遅れた可能性があります。見舞い客がいると、巡回をあとまわしにしますから」

「そうすると?」

「看護師の巡回スケジュールが狂って、そのために峰丘氏の心タンポナーデの発見が遅れ、ひいては救命のチャンスを失った可能性があります」

「尋問を終わります」

堂之上は瀬田に軽く目くばせして、着席した。

なんという卑劣なこじつけだ、と江崎は胸の中でやり場のない怒りを感じた。枝利子のせいで発見が遅れたように言うなんて、あとで彼女がどれほど苦しむか瀬田にはわからないのか。父親を奪われ、その上さらに理不尽な論法で傷つけられる。これが医療裁判なのか。

江崎は心配そうに枝利子をうかがった。彼女は気丈に顔をあげたまま、裁判官を見つめている。

つづいて露木が瀬田に対する反対尋問に立った。堂之上の尋問に、露木も憤りを感じたのだろう。頬がかすかに紅潮している。

「原告代理人の露木です。ただ今の堂之上弁護人の尋問ですが、明らかに事実誤認がありますね」

露木はいきなり厳しい口調で言った。「看護記録によると、峰丘氏の容態変化が発見されたとき、すでに下顎に死後硬直が出ていたとあります。すなわち、その時点ですでに、最低死後二時間は経過していたということです。であれば、原告が時間通りに面会を終え、看護師の巡回が一時間早くなったところで、救命の可能性はゼロだったのではないですか」

早口の追及に、瀬田は狼狽した。江崎は溜飲が下がる思いでうなずき、同時に露木の医学知識に感心した。

瀬田は苦しげに、言葉をさがしながら弁解した。

「死後硬直が、二時間後からはじまるというのは、単なる教科書的な知識です。例外として、死後一時間で硬直がはじまる場合もあります。それに、面会が一時間超過したからといって、巡回も一時間遅れたということではありません。巡回スケジュール全体の問題ですから、中山さんが時間通りに帰っておれば、巡回は一時間以上早くなっていた可能性があります。そういう意味で、可能性はあると言ったのです」

「しかし、見舞い客がいても看護師は巡回をすべきだし、そもそも巡回をあとまわしにしたということは、病院側が面会時間の超過を認めていたということじゃありませんか」

「それは……、病院側の親切です」

傍聴席から失笑が洩れた。

「では次に手術前の説明についてうかがいます。甲A二号証を示します」

露木は証人台に歩み寄り、カルテのコピーを瀬田に見せた。

「証人は患者や家族に説明をしたあと、その内容をカルテに書いて、末尾に『N・S』とイニシャルのサインを入れてますね」

「はい」

「入院時、手術前、ICU転出時など、何度か説明が行われていますが、いずれも記載の最終行にサインが入っている。そうですね。ところが手術前の説明だけは、サインが下から二行目です。そして、最後の行に『不測の事態についても説明』とあります」

裁判官たちは露木が指摘したカルテのサインを慎重に見比べた。

「あなたは峰丘さんが亡くなったのち、裁判になることを恐れて、あとでこの一行を書き加えたんじゃないですか」

「ちがいます。そんなことは、ぜったいありません」

瀬田は裁判官から目をそむけて、強く首を振った。

「そう言い切れる根拠はありますか」

「書いていないものは、書いていない」

「あとで改ざんが明らかになれば、偽証罪に問われますよ」

「異議」

堂之上が椅子に座ったまま右手をあげた。

「証人への圧力です」

裁判長が口を開く前に、露木は質問を取り下げた。カルテ改ざんの疑いを裁判長に印象づければ十分だ。

傍聴席で、上川が江崎に耳打ちした。

「向こうの弁護士が異議を申し立てたときは、だいたいこっちが有利なときやねん。今のは座ったままやから、たいした得点にはならんけどな」

「それでは次に、峰丘氏の手術適応についてうかがいます」

露木の質問に、堂之上は、「ん？」という表情で顔をあげた。手術の適応の問題は争点に入っていなかったからだ。

「峰丘氏の手術はなんでしたか」

「僧帽弁置換術です」

「峰丘氏には、そもそも手術の選択がまちがっていたのではありませんか」

「いいえ。峰丘さんの僧帽弁狭窄症はＮＹＨＡ分類のⅢで、明らかな手術適応でした」

「しかし、手術が危険な場合は、内科治療も考えられるのでは？」

「峰丘さんには内科的な治療では不十分でした」

「では外科的な治療をするにしても、弁置換よりも負担の少ない手術法がありますね。経皮経管的僧帽弁形成術とか交連切開術とか」

江崎はふたたび露木の勉強ぶりに感心した。瀬田もさすがにたじろいだ感じだ。

「まあ、あるにはありますが」

「それらの手術法について、原告らに前もって説明しましたか」

露木の質問に、堂之上は神経質そうに耳を傾けた。質問の意図が読めないので、苛立っているのだ。瀬田は露木の意図などおかまいなしに、これだから素人は困るというような調子で答えた。

「医学的に判断して、峰丘さんには弁置換術がもっとも適当だったのです。少しでも手術に危険が予測されたら、そういった姑息な手術や内科治療の説明もしましたよ。でも、どこにも問題はなかったのですよ」

「そうですか。手術はまちがいなく安全に行える状態だったのですね。ところが現実には峰丘氏は手術後に死亡した。術前の検査に見落としがあったのではないですか」

露木が挑発すると、瀬田は怒気を含んだ声で断言した。

「見落としなど、ぜったいにありません」

「ほう。見落としがなく、手術が安全に受けられる状態だったのに、出血が起こったというのですね。おかしいですね。出血の原因について、証人は何か心当たりがありますか」

「ありません」

堂之上は露木の意図を見抜き、焦れったそうに瀬田を見た。しかし瀬田は手術の安全性を強調することしか考えていない。

「では、解剖の結果は」

「不明です。出血の原因は解剖所見でも不明だったのです」

「不明ということは、通常では考えられないことが起こったということですね」

「そうです」

露木は堂之上が横槍を入れる前に、畳みかけるように瀬田に迫った。

「それならやはり出血は動脈硬化や血管の問題ではなく、人為的なものではないですか。たとえば針が残っていたとか」

「異議。誘導です」

堂之上が今度は立ち上がって訴えた。

「では事実の確認だけにしましょう。峰丘氏はまったく安全に手術を受けられる状態だったのに、手術のあと、冠動脈から出血して心タンポナーデを起こして死亡した。出血は起こったが、医学的に説明のつく原因は、いっさい考えられないということですね」

瀬田は苦しげに頭を揺らした。貧相な肩にフケが落ちている。

「……そうです」

「しかし、現実に出血は起こった。医学的に説明のつかない、思いもかけない原因があったということですね」

「異議あり。重複です。証人を徒に混乱させています」

堂之上がふたたび立ち上がって抗議した。露木は証人台にさっと背を向け、裁判長に言った。

「以上で尋問を終わります」

傍聴席に緊迫した空気が広がった。医学的には何も問題がなかったのに、死につながる重大な出血が起こった、そこには何か人為的な原因、すなわち医療ミスの可能性があるはずだ、それが露木の論法である。裁判官たちに針の存在を想起させるのに十分な尋問だった。

「なかなかやるな、あの弁護士」

上川が江崎に肩を寄せて言った。江崎は露木に親指を立てて成功を祝した。

「では次に、原告の本人尋問を行います。原告は証人台へ」

裁判官に促されて、枝利子は証人台の前に立った。瀬田と同じく宣誓文を読み上げると、枝利子はまっすぐ裁判長を見上げた。露木とは十分な打ち合わせをしてある、うしろには江崎もいる、お父さん、見ていてください。枝利子は裁判長を見つめたまま、大きく息を吸った。

「あなたは亡くなった峰丘茂氏の娘さんですね」

主尋問にまわった露木は、瀬田に対するのとは打って変わって穏やかに質問をはじめた。型通りに事実関係を確認したあと、徐々に本論に移っていく。

「手術前の説明のとき、香村被告の態度はどうでしたか」

「怒っていました。わたしが説明を録音したいと言ったので」

「なぜ録音しようとしたのですか」

「一度で説明を理解できるかどうか自信がなかったので、あとで聞き直せるようにと思って」

「他意はなかったのですね」

「はい」

「香村被告はどう言いました？」

「そんなに自分を信用できないのか、テープを裁判の証拠にでもするつもりかと、きつくおっしゃって……」

「それで？」

「先生の機嫌が悪くなって、手術に悪い影響があっては困るので、あとはひたすら平身低頭していました」

「手術の危険性について、原告のほうから質問は？」

「質問できるような雰囲気ではありませんでした」

「香村被告か瀬田証人から、命に関わる危険もあるという説明を聞いた覚えはありますか」

「いいえ」

露木は三秒ほど瀬田をにらみ、ファイルから書類を取り出した。

「甲A六号証を示します。これは原告に届いた内部告発文書ですが、これを受け取ったときの印象は？」

「これが真実なんだなと思いました」

「なぜですか」

「あとから考えて、香村先生の態度がおかしかったからです。手術前にはほとんど顔も見せなかったのに、手術後、何か気がかりなようすで何度も病室をのぞきに来ていましたから。手紙を読んで、ああ、針のことを気にしていたのだなと思って」

露木は書類を机に置き、枝利子の気持を慮るようにうつむいた。十分に間合いを取ってから、尋問の締めくくりにかかった。

「では、最後にうかがいます。あなたはこの裁判を通じてどのようなことを望みますか」

枝利子はひと呼吸置いてから、きっぱり答えた。

「真実を明らかにし、一日も早く穏やかな気持で父の冥福を祈れるようになりたいです。もし、香村先生に過失があったのなら、正直に父に謝ってほしいと思います。それだけです」

「以上で、尋問を終わります」

露木は沈痛な声で言い、尋問を終えた。

「では被告側から、反対尋問をどうぞ」

裁判長に促された堂之上は、代理人席から出てきて枝利子の横に立った。すぐに質問をはじめず、枝利子を睨め上げるように見る。そのヤクザっぽい視線に、枝利子は思わず顔をそむける。堂之上はゆっくり証言台をまわり込み、手術承諾書を枝利子に突きつけた。

「乙A五号証を示します。あなたは、手術の説明を十分に受けていないようにおっしゃいましたが、じゃあ、どうしてこの承諾書にサインしたのですか」

「手術は安全だと聞きましたから」

「しかし、ここに生命の危険については書いてありますよ。読めばわかることでしょう。読まなかったのですか」

「読みました」

「じゃあ、手術の危険については納得していたのではありませんか」

「でも、先生が安全だとおっしゃったので、これは一応書いてあるだけだと……」

「あなたが、勝手に、解釈したと」

堂之上は、「勝手に」という部分にことさら力を込めた。露木はいつでも異議を差しはさめるよう身構えていたが、なかなかその隙がなかった。

「あなたは香村氏の態度が手術後に変わったと言いましたが、手術の前よりあとで患者を注意深く診察するのは当然じゃないのですか」

「でも、態度がおかしかったんです。父を心配して診てくれているというより、何かに苛立って、舌打ちでもしそうな感じで」

「舌打ちを、したんですか」

「いいえ。でも……」

「事実だけ述べてください。舌打ちは、しなかったのですね。しそうに思ったのはあなたの主観ですね。香村氏の陳述書によると、峰丘氏の手術当時、香村氏は日本心臓外科学会総会の準備に追われて多忙だったとあります。あなたはそれを知っていましたか」

「そんなこと、知るはずがないじゃありませんか」

まずいと露木は思った。枝利子は堂之上に誘導されて感情的になりかけている。

「あなたはご自身の父親のことで頭がいっぱいだったのでしょうが、香村氏にはほかにもいろいろな仕事があったのですよ。香村氏が多少苛立っていたとしても、その原因がすべてお父さんに関することだと、どうして断言できます？」

「それは、わたしの勘です」

「勘。なるほど。つまり根拠はないと」

堂之上は余裕の笑みを浮かべて別の書類を取り出した。

「甲A六号証を示します。これはあなたが受け取った内部告発の手紙ですね」

「はい」

「あなたがこの手紙を受け取ったころ、阪都大学の心臓外科では次期教授の選挙を巡る動きが活発化していたのをご存じですか」

「いいえ」

「ではご説明しますが、香村氏は当時、次期教授の最有力候補だったのです。学内外ではさまざまな選挙工作が行われ、候補者を中傷する怪文書も出まわっていました。あなたが受け取った文書にも、明らかに香村氏を誹謗する文言が見られますね」

「でも、あの手紙には、父の手術を実際に見た人にしかわからないことが書かれていました」

「そう。その通りです」

堂之上は蛇のように冷たい目で枝利子を見た。「怪文書の書き手は、峰丘氏の手術現場にいた人物でしょう。それがだれかは敢えて追及しませんが、要するに、あなたは教授選の謀略であるかもしれない怪文書を真に受けて、裁判を起こした可能性があるということです」

「異議あり」

露木は席を立ちたい誘惑を辛うじて抑えて言った。

「仮定に基づく議論です」

「被告代理人は発言を訂正してください」

裁判長が指示すると、堂之上は慇懃に会釈して枝利子に向き直った。

「では、こううかがいましょう。あなたはあの怪文書が事実だと思い込んで裁判を起こしたのですね」

「ほかに何を信じろとおっしゃるのです。父が亡くなったとき、病院ではただ原因不明と言われただけだったんですよ。でもあの手紙には筋の通る説明が書いてありました」

「もっともらしい説明なら、あとでいくらでもできます」

「でも、針が見つかったじゃないですか。わたしも手紙だけなら裁判はしていません。針が出てきたから、手紙に書かれたことが事実だと確信したのです」

「はンッ」

堂之上は、話にならないというふうに鋭いため息をついた。「あなたはいったいなんの証拠があって、あの針が峰丘氏の出血に関わったとおっしゃるんです。我々から見れば、出血に関係ないどころか、峰丘氏の体内にあったものかどうかも疑わしいのですよ」

「嘘です。あの針はたしかに父の身体から……」

思わず激情がこみ上げ、枝利子は嗚咽した。露木が心配そうに身を乗り出す。しかし堂之上は容赦しない。

「あなたとしてはそう信じたいのでしょうね。そうでなければ、裁判が維持できませんからね。ところで、あなたはあの針が見つかった経緯をご存じですか」

「経緯ですか」

枝利子は必死で涙をこらえながら、答えた。「あれは、江崎先生が病理の技師さんから預かったものです」

「その江崎氏はどうして病理の技師が針を持っていることを知ったのでしょう」

「さあ、それは……」

傍聴席で、江崎はにわかに緊張した。堂之上は何が言いたいのか。

「あなたはさっき、針が出てきたから怪文書が事実だと確信したと言いましたね。しかし、もし怪文書の書き手が、あらかじめ針を用意していたとしたらどうです。あなたに確信を持たせるために」

「そんな……、そんなことあり得ません」

枝利子が叫んだ。まさか。江崎も息を呑んだ。

「我々の調査では、江崎氏は技師から針を受け取る前に、ある人物を訪ねています。技師を訪ねたのはその人物の示唆によるものです。そして、その人物は、峰丘氏の手術に立ち会っており、なおかつ香村氏が教授になると、自分に不都合が生じる立場にあったのです」

堂之上が言っているのは明らかに心臓外科の滝沢講師のことだった。彼が怪文書を書き、針まで用意したというのか。江崎はふいに、自分の足元がぽっかり抜けたような不安を感じた。あの手紙にはたしかに手術の現場にいなければ書けない内容が含まれていた。医学知識もあり、しかも香村のすぐそばにいた者でないと書けないことが。

怪文書も針も、滝沢の自作自演だったのか。

廷内が緊張に包まれた。

堂之上はおもむろに証人台を離れ、時間をかけて被告代理人席にもどった。

「最後に原告にうかがいます」

書類を整理しながら、堂之上は枝利子をたしなめるように聞いた。「あなたは、香村氏が今どうしているか知っていますか」

「詳しくは知りません」

「この裁判のおかげで、教授選への立候補を取りやめたことは？」

「そのことは……、江崎先生からうかがいました」

枝利子の声が心なしかひるんだ。阪都大学医学部心臓外科の教授選は、この審理の二週間前に行われ、香村の前の助教授、南聖一郎が順当に当選を決めていた。

枝利子は気を取り直し、顔をあげて堂之上に言った。

「でも、香村先生が立候補を取りやめたのは、もっといいポストに就くためだと聞いています」

「だれかがそう言ったのですね。あなたの周囲には親切な情報屋が多いようですな。まあ、いいでしょう」

堂之上はふっと力を抜き、突然、不意打ちをくらわすように怒りを露わにした。「しかし、これだけは言っておきます。香村氏にとって、阪都大学の教授になることは長年の夢だった。それがこの裁判で、挫折を余儀なくされたのです。今は長野県の某施設に単身赴任していま す。それが大学教授のポストよりよいと思うのは勝手です。わたしは香村氏にあなたを名誉毀損で訴えることも可能だと言いました。しかし、香村氏は裁判を起こされたのは自分の不徳の致すところだと言って、敢えて被告の立場を甘受したのです」

「異議あり。原告に関係ないことです。不徳というならどうして裁判に出てこないんだ」

露木が思わず立ち上がった。しかし、それは明らかに無謀な発言だった。

「原告代理人は静粛に」

裁判長の制止を待って、堂之上は枝利子に厳しく言った。

「あなたが謀略に踊らされて起こしたかもしれない裁判のせいで、一人の優れた医学者が当然得てしかるべき地位を失い、多くの患者を救ったであろう研究がふいになったのです。その波紋の大きさをよく考えなさい。以上で尋問を終わります」

傍聴席で上川が険しい表情で江崎に言った。

「相手の弁護士も手強(てごわ)いな。中山さんの闘志をくじく戦法に出よった。原告が戦意を失うたら、勝訴の可能性は激減するで。場合によっては、訴訟の取り下げにもなりかねん」

江崎も深刻にうなずいた。頭の中には滝沢の影が不吉な黒雲のように広がっていた。

25 腐敗屍骸像(トランジ)

新大阪から東京へ向かう新幹線の中で、江崎は厚労省の角印の押された書類を見直していた。一週間前、麻酔科医長の左近から渡されたものだ。

「いやぁ、江崎君が来てくれたおかげで、うちの病院もいよいよ研究施設の仲間入りや。厚労省から時期はずれのお年玉が出ることになったで」

左近はアルコール臭い息を吹きかけながら、江崎に言った。書類には「厚生労働省科学研究費補助金交付内定のお知らせ」とあった。高齢者対策の麻酔部門で、五百万円の補助金が出るらしい。ついては説明と交付手続のため、五月十三日午後四時に老健局振興課まで来るようにと書かれていた。

「これは大学の岡森教授が、君への手土産として申請してくれたものや。いや、手切れ金かな。うひひひ」

左近は狂気じみた口元で笑った。

東京駅に着くと、江崎は地下鉄で霞が関へ向かった。

厚労省は日比谷公園に面した中央合同庁舎第五号館に入っている。老健局振興課は十二階の国会議事堂側にあった。課の入口で来意を告げると、衝立(ついたて)で区切られた狭い場所へ案内された。

五分ほど待つと二人の事務官が現れ、それぞれ課長補佐と首席事務官と名乗った。名刺を差し出されたが、江崎は名刺を持っていないので相手のを受け取るだけだ。

二人は分厚いファイルを繰りながら、補助金交付の申請手続を長々と説明した。たいして意味のない内容で、役所の規程や報告義務などが細かく説明されるばかりだ。

一時間ほど話を聞くと、四十前後の優秀そうな官僚が現れた。振興課の課長だという。また名刺を出され、恐縮して受け取る。課長は補助金の性格について四十分ほどしゃべり、「じゃあ、ちょっと局長に挨拶を」と席を立った。

事務官たちは席にもどり、課長自らが案内してくれる。

「局長、江崎先生をお連れしました」

「あ、ご苦労さん」

老健局長は丸顔の小柄な人物で、薄くなった髪をきちんと七三に分けていた。課長が戸口で引き下がると、局長は執務机の向こうから出てきて、江崎に応接椅子を勧めた。

「老健局長の野上(のがみ)です。よろしく。なに、名刺をお持ちでない？　いや、けっこうです。今日はわざわざ大阪から？　それはお疲れさまでした。阿武山の療養所には、わたしも若いころ視察に行ったことがありますよ」

局長は気さくに話しかけ、最近の高齢者問題などを三十分ほどしゃべった。挨拶にしては長い雑談である。

「先生は東京へはちょくちょくお越しですか。めったにいらっしゃらない？　それじゃあ、いい機会だから、官房長にもご紹介しておきましょう。官房長はわたしの前任の老健局長でしてね。有力者ですから挨拶しておいて損はありません。さ、どうぞ」

局長は勝手に話を決め、にこやかに江崎を促した。エレベーターには乗らず、スチール扉を開けて階段口に向かう。

「官房長室は十階なんですが、赤いエレベーターは十一階まで、黄色いエレベーターは十一階から十九階までと分けられてるんですよ。十二階から十階へ行くには乗り換えなけりゃいかんので、ご足労だが階段で行きましょう」

局長は江崎に説明しながら、「合同庁舎は不便ですよ」と笑った。

十階の日比谷公園側は、官房長室以外に大臣室や事務次官室もあるＶＩＰエリアで、連絡口に警備官が立っている。局長は廊下を左へ進み、中ほどの部屋の扉をノックした。

「官房長、よろしいでしょうか」

局長がもみ手をするように声をかけると、「どうぞ」と渋い声で返事があった。

官房長室は十二畳ほどの広さで、豪華な応接セットが置かれている。官房長は長身で、ロマンスグレイに目鼻立ちのくっきりしたダンディな雰囲気の人物だった。

局長が江崎を紹介すると、官房長はゆっくり立ち上がり机のこちら側に出てきた。

「官房長の城です」

物腰は丁寧だが、老健局長のような親しみは感じられない。江崎はまたしても恐縮しながら名刺を受け取ったが、城の名刺はこれまでのだれのものより活字が大きく重々しかった。

ここまで来ると、さすがの江崎も相手がかなりの高官であることを意識せざるを得ない。上等そうなソファを勧められたが、とてもゆったりと座れる気分ではない。

城は局長の話を聞きながら、江崎を値踏みするように見た。江崎は一応ネクタイは締めているが、スーツではなくジャケット姿である。こんな堅苦しい席からは、一刻も早く退散したかったが、城はおかまいなしに当たり障りのない話をして、最後にこう言った。

「日本はこれからたいへんな時代を迎えます。厚労省は国民の福祉と繁栄に責任がありますから、ますます困難な選択を強いられるでしょう。多くの方の協力が必要です。先生も、どうかひとつよろしく」

「はあ」

江崎はわけもわからず生返事をした。

「それじゃ、先生を応接室へご案内して」

城が壁の時計をちらと見て、局長に言った。局長は「はっ」とすばやく立ち上がり、江崎を同じ十階の応接室へ案内した。

「まだ、どなたかに会うのですか」

江崎が疲れた顔で聞くと、局長は一瞬、愛想笑いを消し、ここをどこだと思っているんだというような目つきになった。しかしすぐ笑顔にもどり、「では、先生はここでお待ちください」と言い残して出ていった。

　応接室は薄暗く、ひんやりしている。江崎は革張りのソファに腰をおろし、背中を伸ばした。壁に奇妙な白黒写真が飾ってある。ヨーロッパの古い石像らしい。江崎は興味を惹かれて、写真の前に立った。

　それは仰向けになった女性の裸体像だった。両方の目にガマガエルが張りつき、口から蛇が這い出している。乳房には蜂とイモリがたかり、腹や腿の皮膚の破れ目には太った蛆が湧いていた。なんともグロテスクな彫像だ。

　ふいに扉が開き、猪首の男がせかせかと入ってきた。

「やあ、これはこれは江崎先生。お待たせしました。どうぞお掛けになってください。いやいや、やっとお目にかかれましたね」

　男はやけに親しげに近づいてきて、江崎に言った。

「官房主任企画官の佐久間和尚です」

「え、佐久間……」

　江崎は意表を突かれて一歩下がった。

「和尚と書いてカズヒサと読みます。でも〝おしょう〟でけっこうです」

　名刺を差し出しながら、佐久間がバセドウ病のような突出した目を剝いた。江崎は松野の言葉を思い出した。これが厚労省のマキャベリと異名をとる怪僧か。

　佐久間は江崎が写真の前に立っていることに気づくと、うれしそうに手をすり合わせた。

「おや、先生、この写真を見ていらした？　これはわたしがウィーンから持ち帰ったものでね。おもしろいでしょう。トランジと呼ばれる腐敗屍骸像です。中世北ヨーロッパの貴族や聖職者のあいだではやった墓碑ですよ。現世のはかなさを表したものらしいですが……」

　佐久間は楽しげに説明する。「先生もこういうのがお好きですか。わたしもなんですよ。なんというか、現実のヒリヒリしたものを感じさせますよね。ところで、今日は遠いところをよくいらっしゃいました。お引き留めして申し訳ありませんが、ぜひともご挨拶したくてね、江崎京介先生のご子息に」

　いきなり父親の名を出され、江崎はおどろいて聞き返した。

「父を、ご存じなのですか」

「お目にかかったことはありませんがね、お名前はよく存じています。わたしは今、高齢者対策のあるプロジェクトを担当していましてね。その関係で慶陵大学の小野寺名誉教授にもご指導をいただいているのですよ。ご存じでしょう。お父さまがいらっしゃったころの麻酔科の教授です。お父さまは実にすばらしい研究をなさっていたようですね」

「父の研究？」

「ええ、ま、その話はあとでゆっくりしましょう。先生がご存じないこともありますから。ところで先生が麻酔科を専攻されたのは、やはりお父さまの影響ですか」

「ええ、まあ」

「お父さまは喜んでおられるでしょう」

「父はずいぶん前に亡くなりました」

「あ、そうですね。いや、失礼。うかがっています。もう十八年ほどになりますかね。小野寺先生も残念がっておられました」

佐久間は神妙に声を落としたが、すぐまた明るい調子でつづけた。「それはそうと、元日本通経新聞の松野公造さんは、お気の毒でしたね」

「え」

今度こそ江崎はおどろきのあまり、椅子から飛び上がりそうになった。まさか佐久間の口から松野の名前が出るとは思っていなかったからだ。江崎は敵意と警戒心を剝き出しにした。


「いや、おどろかれるのも無理はない。順番にご説明しますよ。これはぜひとも先生に聞いていただかなければならない話ですからね。松野さんにはわたしもお目にかかったことがあるんです。実に正義感の強い人でした。社会正義のためには身の危険も顧みない、そんな方でしたね。わたしが会ったのはもう八年ほど前ですが、去年あたりからまた彼の名前が、わが省のあるところで取り沙汰されるようになりましてね……」

佐久間は短い指を動かしながら、早口につづけた。

「ご存じでしょうが、わが省と日本医師会はむかしから犬猿の仲なんです。一昨年四月の診療報酬引き下げでさらに関係が険悪になり、スパイ騒ぎなどもありましてね。まあ、身内の恥をさらすようですが、局長会議が終わったあと、その足で会議の内容を医師会の会長に報告する幹部もいたりして……、わが省としても、医師会の動向には細心の注意を払っていたのです。その中で、医師会が松野さんをペルソナ・ノン・グラータに指定しているという情報をキャッチしましてね。好ましからぬ人物ですよ。さらに江崎先生、あなたが松野さんに情報提供をしていることもです。医師会というのは利権団体ですからね、医師の権益を損なうような動きには神経を尖らせます。ここだけの話ですが、医師会にはそういう問題を専門に処理する部門もありましてね」

佐久間が意味ありげに目をそらす。「あり体（てい）に言って、裏社会とのつながりですよ。先生も去年、危ない目に遭われたでしょう」

去年の十一月、マンションで襲われたことを言っているのか。江崎は顔色を変えた。

「ちょうど我々が医師会の動きをマークしていたときでね。あのとき、うちの部員がとっさの判断で松野さんに報せたんですよ」

たしかに松野は身元不明の相手から連絡があったと言っていた。それが佐久間の部下だったというのか。

「松野さんはわが省のことも調べておられたようですが、どうやら内部告発の文書を手に入れた形跡があります。厚労省と医師会の不祥事に関する情報です。それはわが省より医師会にとって都合の悪いものでした。松野さんが襲われたのはその直後です」

佐久間はいかにも神妙な顔でうつむいた。しかし、江崎は素直に納得できるわけがない。彼は佐久間の芝居になど乗るものかという姿勢で鋭く言った。

「しかし、松野さんが得た情報は、厚労省の陰謀だと言ってましたよ。省ぐるみで幹部も関わっていると」

「はっ、これは手厳しい。たしかにそう言われても仕方ない面もあります。今すべてをお話しするわけにはいきませんがね、社会保険庁の元長官まで関わってましたから。しかし、社会的な批判は医師会に集中するはずですよ。贈収賄は基本的には買収ですから」

松野が手に入れた情報は贈収賄事件にからむものだったのか。たしかに「巨額の不正」とは言っていたが。

「じゃ、松野さんを襲ったのは、医師会の関係者だとおっしゃるのですか」

「おそらく」

「それなら警察の捜査に協力してください」

「もちろんです。しかし、すぐというわけにはいきません。こちらも少々公表しにくい手口を使ってますのでね。へっへっ」

佐久間は軽く受け流し、片目をつぶった。「ところで、今日は先生にぜひご意見をうかがいたいことがあるのですが」

佐久間は改まって江崎を見た。「個人的なことで恐縮なのですが、実はわたしの父のことなんです。わたしは養子になったので姓はちがいますが、父は白川正道（まさみち）といって、八五年までニューヨークで州の登録弁護士をしておりました。それが交通事故で首の骨を折りましてね。手足が麻痺して寝たきりになったのです。しばらくアメリカの病院にいましたが、わたしが役所に入ったあと、日本に引き取りました。母とは早くに離婚して、縁が切れてましたのでね。二年ほどして、父は口から食べられなくなり、胃ろうというんですか、胃に開けたチューブで栄養をとるようになりました。それであんまり惨めだったので、安楽死させたんです」

「え」

江崎は思わず聞き返した。「安楽死させたって、佐久間さんがですか」

「そうです」

「しかし、どうやって」

「胃のチューブから睡眠薬を入れたんです。致死量の倍を砕いてね。薬は医系技官に調達してもらいました」

江崎は疑わしげに佐久間を見た。

「そんなことをして、問題にならなかったのですか」

「問題とは？」

「警察に調べられたり」

「ああ、大丈夫でしたよ。定期的に往診してくれていた医者は父の死を自分のミス、つまり病気の見落としではないかと思ったようです。口から血を流してましたからね。わたしが解剖はいらないと言うと、すぐに死亡診断書を書いてくれましたよ。『病死または自然死』に丸をつけてね」

佐久間は皮肉な笑みを浮かべて言った。「しかし、父を安楽死させたことは、今でもよく思い悩むのです。あれでよかったのかどうか」

江崎は話を真に受けてよいものかどうか迷いながら、訊ねた。

「お父さんはおいくつだったのです」

「五十七です」

「そんなに若いのに。それではいくらなんでも」

江崎が言いかけると、佐久間は右手の人差し指と首を同時に振った。

「あ、勘ちがいしないでください。父を安楽死させたことは後悔してないんですよ。むしろよかったと思ってます。父自身が望んだことですからね。それは悲惨な状況でした。あの苦しみは、本人と家族にしかわからないでしょう」

「じゃあ、いったい何をお聞きになりたいのです」

「安楽死の方法ですよ」

佐久間は外斜視の目でにやりと笑った。「わたしにはほかにやりようがなかったのですが、睡眠薬というのはあまりにアナログというか、工夫がないというか」

「工夫？」

「ええ。筋弛緩剤とか、ドクターならもう少しやりようがあるのでしょう。筋弛緩剤とか、塩化カリウムとか。でもそれも芸がないですね。単に命を終わらせるだけですから。もう少し、知恵を絞れないものですかね」

江崎は不審げに眉をひそめた。

「わたしの申し上げていることはおかしいですか。おかしくないでしょう？」

佐久間が上目づかいに念を押す。「先生ならわかっていただけますよね」

「どうして」

「直感ですよ。先生とわたしは、似ていますから」

「なんですって」江崎は嫌悪と戸惑いを感じた。「佐久間さんとわたしのどこが似ているというのです」

佐久間はソファにもたれ、余裕の笑みを浮かべた。

「ひとつ思い出話をしましょう。わたしは中学までニューヨークの現地校にいましてね、六年生のとき、生まれつき脚の悪い子と同じクラスになったんです。香港チャイニーズの金持ちです。その子はたいへんな頑張り屋で、サッカーでもテニスでも、装具をつけてみんなといっしょにやってました。みんなもその子のために特別なルールを作ってやってね、仲間に入れてました。でも、わたしはなんとなく気にくわなかった。で、あるとき、その子がテニスをやっている足元に、そっとボールを転がしたんです。彼はボールを踏んで転倒し、踵の骨を折りました。複雑骨折で、再起不能の長期入院です。みんなその子がかわいそうだと言いましたが、わたしは何も思わなかった。正直、かわいそうとは思えなかったのです。しばらくするとみんなの同情も薄れました。それどころかクラスのみんながすっきりしているのです。脚の悪い子がいなくなって、気が楽になったのです。それでわたしは、自分のやったことはまちがってなかったと思ったんですがね……。いかがです？」

江崎は返答に窮した。困惑の表情を浮かべると、佐久間がにやりとした。

「この話をすると、たいていの人は眉をひそめます。ひどいとか、かわいそうだとか、面と向かって言わないまでも、不快感を顔に出します。でも、先生はそうされませんでしたね」

　江崎は反論しようとしたが言葉が出ない。壁に掛けた写真が気になる。佐久間の背後に、屍骸を貪る蛇や蛆の彫像が浮かび上がる。

　佐久間が冷たい表情でささやいた。

「つまり、心が痛まないんですよ。そこがお互い、似ていると言うんです。ふふふ」

　まさか、と江崎はたじろぐ。佐久間はおかまいなしにつづける。「話をもどしますが、今、安楽死を合法化しているのは、オランダとベルギー、それにオーストラリアとアメリカの一部の州です。安楽死は時代の趨勢です。各国で合法化されるのは時間の問題でしょう。そうなれば、安楽死の是非よりも、安楽死のクオリティが問われるようになります。日本でも現場では、〝未必の安楽死〟とでもいうべき処置が頻繁に行われていますよね」

　がんの末期治療で多量の麻薬を使ったり、見なし脳死患者の人工呼吸器をはずしたりすることを指しているのだろう。尊厳死の概念が広まってから、無駄な延命治療を拒否する人が多いのは事実だ。

「いつまでも死をタブーにして、見て見ぬふりをしていると、どんどん時代に遅れますよ。わが省の調査でも、六十五歳以上では八割以上の人が安楽死の合法化を希望しています。若い世代は長生きを望みますが、それは老化の苦しさを知らないからです。現実の高齢者は大半が老いの苦しみに苛まれています。こんなにつらいのならいっそ早く楽になりたい。なのに死ねない。そんな人に生きろというのは残酷です。むかしはだれでも自然に死ねた。今は死ぬのがむずかしい時代です。医療のおかげで、苦しい長寿を生きなければならない。その落とし前をつけることも、医療の責務ではありませんか」

　佐久間は次々と言葉をあふれさせた。江崎はいつか本で読んだヒットラーの逸話を思い出した。ヒットラーは初期のころ、必ず夜に演説するのを常とした。聴衆が一日の仕事に疲れ、抵抗する力を失っているからだ。江崎も同じだった。厚労省に来てから、すでに四時間以上も話を聞かされている。

「ヨーロッパではベルギーにつづき、スイスが安楽死合法化の手続きに入っています。北欧や英国でも法案が審議されています。もはや国際的な安楽死の動きは止められません。であれば、わたしは日本をその先頭に立たせたい。わが国を安楽死の先進国にしたいのです。幸い、日本にはすばらしい伝統がある。潔さを尊び、執着を恥じる文化です。ポックリ死という言葉があるでしょう。このユーモアあふれる言葉は、日本人がそれを肯定的に捉えていることの表れです」

　江崎の頭がぼんやりしだす。佐久間の勢いは衰えない。これからが本題だとばかりに語勢を増す。

「これまでの安楽死は、防御的なものでした。耐え難い苦痛があるから、それを取り除くために命を終わらせる。それではあまりに淋しい。死を否定的にしか捉えないから、そんなシミったれた考えしか出てこないんです。もっと前向きに考えましょうよ。かけがえのない命を終わらせるのですよ。もっと大きな代償を求めてもいいのではありませんか。つまり、死を人生最後の快楽にするのですよ」

「快楽に？」

「そうです。死を悦びに満ちた快感にするのです。どうせ死ぬなら、そうしたくはありませんか。もしも死に快楽が保障されれば、死の恐怖も自ずと減ずるでしょう」

「しかし、どうやって……」

「それを先生に考えていただきたいのです」

「わたしが⁉」

　江崎は疲れも忘れて聞き返した。

「そうです。まだ内密ですが、わが省では安楽死の合法化に向け、すでに準備に入っています。わたしが高齢者対策のプロジェクトを担当していることは、はじめにお話ししましたよね。そのプロジェクトは《天寿》と名づけられています。いろんな計画が含まれますが、ひとことで言えば、〝行政による望ましい死の保障〟です。自然に任せておいたのでは、苦しい死を迎える危険が多すぎますからねぇ。これまでは医療も苦しみを増す側にばかりまわっていた。それを逆転するのです。医療にはその力があるはずです」

　江崎は佐久間の言うことが理解できない。医療はいかなる場合も患者を死に導いてはならない、それが有名な「ヒポクラテスの誓い」にも明記されている大原則だ。佐久間はそれを破れというのか。

「死の苦しみを取り除き、安心と満足を保障する死を、国として用意するのです。『ご希望の方はどうぞ』と言えるようにね。それこそ究極の福祉でしょう。麻酔薬には、そのような感覚を呼び起こすものがありますよね。多幸感とか抗不安、脱抑制ですね。だから、ぜひとも麻酔科の先生のご協力が必要なのです。その方法が確立できれば、日本は一躍、世界の安楽死先進国になれるでしょう」

「しかし、麻酔科医なら、わたしでなくても……」

江崎が言いかけると、佐久間が厳かに遮った。

「今からおよそ二十年前、同じ発想で研究をしていた人物がいました。麻酔薬と麻薬を使って、確実に心地よい死の実現を目指したドクターがね。慶陵大学麻酔科講師の江崎京介氏です」

江崎は弾かれたように顔をあげた。

「お父さまがどんな研究をされていたか、先生はご存じないでしょう。残念ながら、論文などは残っていませんが、証言者はいます。お父さまは究極の安楽死を開発しようとしていたのです。死の苦しみを避けたいのは、万人の望みでしょう。お父さまはもっと積極的に、心地よさを求められた。苦しまないだけでなく、快感のある死です……。残念ながら、お父さまは志半ばでこの世を去られた。研究途中での不幸な事故でした。今となっては、証明の方法もありませんが。しかし、それを引き継ぐことができるのは、先生、あなたしかいないのではありませんか」

江崎は激しい衝撃を受けた。父親はただの麻酔中毒者ではなかったのだ。研究の成果を試すために、自ら実験台になっていたのかもしれない。

佐久間は両手を膝に置き、まっすぐ江崎を見た。

「江崎先生に改めてお願いします。厚労省にお出で願えませんか。プロジェクト《天寿》にぜひご協力していただきたいのです。いっしょに日本を変えましょう。日本にはすばらしい死があると、世界中の人々が羨(うらや)むようなシステムを創りましょうよ」

江崎は面食らった。佐久間はさらに畳みかける。

「プロジェクト《天寿》にはわが国の未来がかかっています。日本には時間がありません。このまま高齢者が増えつづければ、国家的な危機を迎えます。望ましい死を保障することは、高齢社会危機を予防するのにもっとも有効な方策なのです」

佐久間の熱心な誘いに、江崎は抵抗できない。疲労と空腹で気が遠くなりそうだ。しかし、頭の片隅で、何かが江崎を引き留める。松野の言葉だ。だまされるな、これはナチスの思想だ、佐久間は平気で人権蹂躙をやる男だ。しかし、その松野はもういない。彼を殺したのはほんとうに医師会なのか。目の前の得体の知れない官僚の指示ではないのか。

「ちょっと、考えさせてください」

江崎が苦しげに言うと、佐久間は表情を強ばらせたが、すぐに元の調子にもどった。

「どうぞ、お考えください。でも、決断は先生おひとりでなさってくださいよ。決して悪いようにはいたしません。ひとつ新しい一歩を踏み出しましょうよ。死の恐怖を消滅させ、死を人生最後の愉しみにするのです。死はだれしも避けられない。しかし、《天寿》が用意する方法を使えば、快楽が保障されるのです。慌てる必要はありません。寿命が尽きる直前に、『あれを』と言えばいいのです。それだけで……」

「すみません、新幹線の時間が……」

すでに時刻は午後九時をまわっていた。江崎はふらふらと立ち上がり、置き忘れた鞄を慌てて持った。

「そうですか。おや、もうそんな時間ですか。それではお気をつけて。またお目にかかりましょう。近いうちに、きっと。今度はわたしがうかがいますよ。よいご返事をお待ちしています。わたしは決して先生をあきらめませんよ」

佐久間は尽きることのない快活さで江崎を見送った。


江崎が東京へ行ってから約三週間後の六月四日、店頭にならんだ写真週刊誌「オーバールック」の表紙に、派手な見出しが躍った。

「蓮さん　奇跡の復活か⁉」

心不全で療養中の俳優仲倉蓮太郎が、テニスをしている写真を載せた記事である。笑顔に屈託はなく、ボールを追う目には、とても七十二歳とは思えない活力がみなぎっている。

仲倉蓮太郎は映画「幸福のすずらん」で日本アカデミー賞、「配達人」ではキネマ旬報賞、「報国」でブルーリボン賞などを総なめにした国民的俳優である。しかし、三年前より重症の心不全となって、スクリーンから遠ざかっていた。

映画関係者によると、仲倉は歩くだけでも息が切れ、常時酸素吸入が必要な状態だったという。記事の下には、一昨年十月、介護人につき添われて自宅敷地内を散歩する仲倉を撮った写真が添えられている。四点支持の杖をつき、介護人に脇を支えられて歩く姿はいかにも老残の身という印象だ。顔はむくみ、鼻につけられたカニューレ（チューブ）の先には、携帯用の酸素ボンベがつけられている。

その仲倉が、杖はもちろん、酸素カニューレもはずしてテニスに興じているのである。

記事にはこう書かれていた。

「まるで時間が逆回転したとしか考えられない。蓮さんはどこかで若返りの妙薬を手に入れたのか」

写真週刊誌につづいて、夕刊紙、女性週刊誌などが仲倉のテニス写真を掲載した。いずれも彼の心不全がいかに重症であったかを伝え、テニスができるまでになった回復ぶりを奇跡と報じた。

世間の注目が急速に高まる中、六月十日放映の報道番組「ニュースプライス」に仲倉本人が出演し、医療ジャーナリストの土井総一(どいそういち)と二十分間対談した。

医療関係の著書も多い土井は、まず報道されたテニス写真についておどろきを述べた。

土井「あの写真にはおどろきましたよ。蓮さんは療養中で、ほとんど寝たきりに近いと聞いてましたからね。それがテニスでしょ。まさかって感じで。もともとテニスは得意だったとうかがってましたが」

仲倉「いや、まだまだなんですよ。軽く打ち合いする程度ですから」

土井「それでもすごいですよ。心不全の症状はそうとう重かったんでしょう?」

仲倉「足の甲が丸く膨れてましたからね。指で押さえるとぐーっとへこんで、指を離してももどらない。砂糖を入れたらスプーン二杯分くらいは入ったな(笑)」

土井「脚もすごいけど、レントゲン写真もおどろきでした。心肥大の診断は、胸郭と心臓の横幅の比率で見るそうですが、正常は五十パーセント以下です。ちょっとこれを見てください。蓮さんは去年の九月の検査で六十六パーセントありました。それが今年の五月では五十八パーセントですものね。もちろん手術で縫い縮めたり、心臓移植を受けたりしたわけではありません」

土井はレントゲンのフリップを比べて見せたあと、いよいよ本題に入った。仲倉が受けた治療はどんなものか。仲倉は霞が関の某クリニックで、ＰＫⅡ療法という治療を治験として受けていると告白した。

土井「それはどういう治療なのですか」

仲倉「治療法としてはただの点滴です。詳しいことは知りませんが、細胞の増殖因子を、週に三回点滴してもらうのです。それが心臓に集まって、心筋の再生を助けるらしいです」

土井「老化による心肥大は、心筋が薄くなって伸びてしまう状態ですから、心筋が再生すれば、心肥大も改善するというわけですね」
仲倉「そのようです」
土井「蓮さんはいつからその治療をはじめたのですか」
仲倉「今年の二月からですから、約四カ月ですね」
土井「そのＰＫⅡ療法は医師主導の治験ということですから、まだ厚労省が認可していないということですね。副作用の心配はないのですか」
仲倉「担当の先生から予想される副作用はすべて説明を受けています。これだけ効果があるのですから、副作用がないというのは話がうますぎるでしょう。この療法には急激に心機能を改善させた代償として、突然死の危険があるそうです」
土井「え、突然死ですか」
土井は思わず声をあげ、一瞬、カメラから視線をはずす。プロデューサーの指示を確認したのだろう。ゴーサインを受けて、土井は質問をつづけた。
土井「それでその、えー、蓮さんはその危険を承知で、この療法を受けてらっしゃるのですか」
仲倉「そうです。先生によれば突然死の可能性は決して高くはないそうです。ただ、いつそれが訪れるかはわからないそうです。半年後か、十年後か……」
土井「ちょっと待ってください。そんな、半年後に突然死するかもしれないのに、よく治療を受ける決心をされましたね。恐ろしくはありませんでしたか」
仲倉「恐ろしくないといえば嘘になるでしょう。しかし、自分の心臓はそうとうガタがきていましたし、ほかに治療法もありませんでしたからね。このままじり貧で弱っていくより、もう一度元気になりたいという欲求のほうが強かったんです」
土井「いや、おどろきました。蓮さんといえば寡黙で決断力に富むという役柄が多かったように思いますが、まさにその役のイメージ通りのご決断ですね。とてもぼくらにできる芸当じゃない」
仲倉「そんなことはありません。失礼ですが土井さんは今おいくつですか。五十六？　それじゃピンとこないでしょうが、自分くらいの歳になると、死との距離が近いんです。逃げられないことはもうわかっている。そうなると、あと考えることはうまく死ねるかどうかということです」
土井「うまく、とは？」

仲倉「たとえば寝ついて家族に迷惑をかけたり、ボケて自分がわからなくなるのは困る。麻痺や痛みに耐えながら生きながらえるのもつらいし、器械やチューブにつながれるのもいやです。もう十分生きてきたのだから、あとは苦しまずに死にたい、それが最大の望みになるのです」

土井「突然死なら苦しまずにすむと」

仲倉「そうですね。あっと思ったら終わりですからね。あっもなくて、寝てるあいだに死ぬことも多いそうです。だから毎晩、ベッドにもぐり込むときは楽しみです。もしこのまま夜中にポックリ逝けば、こんな楽なことはないとね」

土井「ははぁ、少しわかってきました。ぼくらはまだ死との距離が遠いから――ま、そう思ってるだけかもしれませんが――突然死が恐ろしい。しかしご高齢の方にすれば、どうせ死ぬのだから、突然死がいちばん楽でいいというわけですね」

仲倉「そうです。苦しまずに突然死ねると思うと、ずいぶん気が楽になります。それにいつ死が訪れるかわからないと思うと、毎日が感謝と感動で満たされます。何をやってもかけがえがないし、生きていることのすばらしさを実感します」

土井「いわゆる末期（まつご）の眼ですね。そうか、死を意識しない人間は、日々をぼんやり過ごしていますもんね。だいたいぼくなんか厚かましいから、九十歳くらいまでは元気で長生きできると思ってる。なんの根拠もないのですが、そう思うことで安心してる。しかし、ある程度の年齢になると、長生きよりも上手に死ぬことのほうがはるかに重要になってくるのですね」

仲倉「こんなことを言うと、お医者さまに叱られますが、医学が進んで、中途半端に助かる老人が増えたでしょう。むかしはもっとあっさり死んでました。もちろん命は大切ですが、苦しい長寿はよくないでしょう。自分も若いときは長生きがしたかったけれど、心不全で苦しんで、死ぬに死ねない状態を経験すると、突然死は大いなる救いなんですよ」

主任企画官室でテレビを見ていた佐久間和尚は、満足げに笑みを浮かべた。俳優の仲倉蓮太郎は当然として、土井もなかなかの役者ぶりだ。注文通りの話の運びようだった。

テーブルに足を乗せてふんぞり返っていた佐久間は、

アスピリンを含む数粒の錠剤を噛み砕き、ぐきりと関節の音がするほど背骨をよじった。

全国の心不全に悩む老人たちは、この対談をどんな気持で見ただろうか……。

26 看護師の証言

安倍洋子と宮原早苗は、地下鉄梅田駅の改札で待ち合わせ、梅雨空(つゆ)の御堂筋を南へ歩きだした。

六月十一日、峰丘茂の裁判の第五回口頭弁論期日である。この日は峰丘の手術を担当した看護師の葛西充子と宮原早苗の証言、および香村鷹一郎の本人尋問が予定されていた。

「宮原さん、緊張してない？」

白いスーツ姿もりりしい宮原に、安倍が訊ねた。

「そりゃ緊張してますよ。でも、それ以上になんだか興奮してます」

宮原は今月いっぱいで阪都大学病院をやめ、出身地の奄美(あまみ)大島へ帰ることになっていた。裁判がはじまって以来、葛西は彼女に暗黙の圧力をかけつづけていた。宮原が証人になることが決まると、それは露骨ないやがらせに変わった。宮原は証言をやめるか、仕事をやめるかの瀬戸際まで追い詰められ、ついに退職を決意したのだ。そして先月、友人を頼って故郷の外科病院に新しい職場を見つけた。

「まさか奄美まで裁判の噂は届かないでしょうから、今日は思い切り証言しますよ」

「よろしくね」

安倍は宮原を頼もしげに見た。

裁判所の十階に行くと、廊下で江崎と枝利子と上川が待っていた。宮原が江崎に会うのは約半年ぶりである。

「先生、お元気ですか」

「ああ。今日は証言、よろしく頼みます。宮原さんのおかげで香村先生も真っ青だよ。安倍さんもほんとうにありがとう」

安倍の説得で宮原が証言を引き受けたことを知っている江崎は、真剣な表情で頭を下げた。

開廷十分前に扉が開かれ、江崎たちは傍聴席に入った。やがて被告側の関係者も入ってくる。今日は大沢も出廷していた。香村の本人尋問があるからだろう。

堂之上につき添われて葛西が入ってきた。野暮ったい緑色のツーピースに、肥満した身体を包んでいる。そのあとから香村が入ってきた。高級そうな灰色のスーツに身を包み、顎を縁取る髭をシャープに刈り込んでいる。江崎たちには目もくれず、足早に被告人側の傍聴席に直行した。

「あれが香村か。見るからに思い上がったエリートという感じやな」

上川が顔をしかめた。枝利子は、ほぼ一年ぶりに香村を見て、複雑な思いに駆られた。父を死なせた憎い医者、そして同時に裁判のせいで教授になり損ねた気の毒な男、という相反する感情が湧いたからだ。もし、ここで香村が心から謝罪してくれたなら、訴えを取り下げてもいい、そんな気持さえよぎった。しかし、今さらそんなことができるわけもない。

全員が揃うと、書記官は内線電話で裁判官に連絡した。午後一時、三人の裁判官が法壇のうしろから現れ、裁判長が開廷を告げた。

最初に証人席に座ったのは葛西充子である。宣誓のあと、堂之上が主尋問をはじめた。

「あなたは阪都大学病院の中央手術部に勤務して、何年になりますか」

「まもなく十六年です」

「主任看護師というのは、どんな仕事ですか」

「看護師長を補佐して、全体のとりまとめと指導をします。もちろん、看護師の一般的な仕事もしますが」

堂之上は相変わらず髪をオールバックに固め、ヤクザっぽい光沢のあるスーツを着ている。しかし葛西への尋問は、紳士的につづけられた。

「では峰丘茂氏の手術についてうかがいます。あなたはこの手術にどのように関わりましたか」

「器械出しを担当しました」

「執刀医に手術器具を手渡す役目ですね」

「はい」

手術のあらましについて質問したあと、堂之上は尋問の要点に入った。

「この手術中、執刀医の香村氏がいつもとちがうような印象を持ちましたか」

「いいえ」

「香村氏が苛立って、乱暴な手術操作をしたことはありましたか」

「いいえ。そんなことはなかったと思います」

「操作の途中で両端針の糸を引きちぎって、針を紛失したというようなことは？」

「わたしが知るかぎりではありません」

「手術後に針の数をチェックしましたか」

「それは外まわりの看護師の役目です」

「外まわりは宮原看護師ですね。彼女から針が足りないというようなことは言われましたか」

「いいえ」

葛西の表情はわからないが、わずかに背中が揺れたように安倍には見えた。宮原が安倍に耳打ちする。

「ひどい。嘘ですよ」

安倍は無言でうなずき、尋問を見守った。

「それでは証人はベテランの主任看護師として、峰丘氏の手術には特段の異変はなかったと断言できるのですね」

「そうです」

「尋問を終わります」

堂之上は上目づかいに裁判官を見て着席した。

つづいて露木が反対尋問に立った。葛西は堂之上との打ち合わせ通り、主尋問での証言を繰り返した。香村に不利なことはいっさい言わない。有効な証言が得られそうにないと見た露木は、早々に尋問を切り上げた。

葛西が傍聴席にもどると、次に宮原早苗が証人席に座った。露木は宮原の手術への関わりを確認したあと、いきなり核心に迫る質問をした。

「峰丘氏の手術が行われたときの、香村氏のようすについて聞かせてください」

「はい。あのころ香村先生はいつもイライラしていました。教授選に備えて手術を増やしていたからだと思います。香村先生は研究は立派だけれど、手術はお上手でないという評判があって、それを挽回しなければならなかったからです」

傍聴席で上川が短く吹き出した。宮原の証言があまりに人を食っていたからだ。

「峰丘氏の手術のときも苛立っていたのですね」

「あの日は特にそうだったと思います。ほかのスタッフも緊張していました。というのは、峰丘さんはB型肝炎ウイルスのキャリアで、それもe抗原がプラスだったからです」

「e抗原というのは？」

「ウイルスの中でも特に感染力の強いタイプです。針刺し事故を起こすと、肝炎になる危険性が高いんです。場合によっては劇症肝炎になって命を落とすこともあります」

「つまり、外科医にとってはある種厄介というか、特別な神経をつかわなければならない患者だったということですね」

「はい」

「それで」

「手術の前半だったと思いますが、葛西主任が持針器を渡そうとしたとき、タイミングが合わなくて、香村先生の指に針が刺さったんです」

「針刺し事故ですか」

「いえ、患者さんの血液に触れる前の針ですから、感染の心配はなかったんです。でも、香村先生はひどく怒って、乱暴にゴム手袋をはずしました。わたしが慌てて新しい手袋を用意したので覚えています」

「それで葛西看護師はどうしました」

「主任はうろたえて、そのあとも何度かミスをして香村先生に怒鳴られていました」

そんなことがあったのか、と枝利子は唇を嚙んだ。父が肝炎ウイルスのキャリアだということは、手術前の検査で知らされていた。それは厄介なことかもしれないが、それで苛立つなんてプロといえるのか。

「ほかにも香村先生が苛立っていた記憶はありますか」

「主治医の瀬田先生も怒鳴られていました」

「どんなことで？」

「手術後にレントゲンを撮ることになり、香村先生に理由を質問したときです」

「どうして質問したくらいで怒鳴られたのでしょう」

「さあ。でも、とても気に障ったみたいで。完全にキレたって感じでした」

露木はちらと裁判官に目線を送り、堂之上に対抗するように宮原に念を押した。

「つまり、峰丘氏の手術は、そうとう苛立った雰囲気だったということですね」

「はい」

「そのことが何か影響を与えましたか」

「最終的には針のカウントがおろそかになったことに……」

露木は心臓外科手術での針のカウント手順について確認した。針はあらかじめ器械出しの看護師が用意しておき、使ったものから外まわりに渡していく。執刀医が使った数と外まわりが受け取った数が合えば、確認ＯＫとなるのである。

「手術終了時点で、両端針が奇数だったのです。それで足りないと思って、主任さんに報告したのですが、『いいから』と言われて」

「それで記録にＯＫと書いたのですね」

「はい」

「なぜ、葛西看護師はそう言ったのでしょう」

「たぶん、香村先生に何度も怒られて、今さら針が足りないと言い出しにくかったんじゃないでしょうか」

露木はため息をついて首を振った。そういういい加減な体質が事故につながったのだと、裁判官に印象づけるためである。

「以上で尋問を終わります」

なんてひどい看護師だと、枝利子は葛西をにらんだ。彼女が針の足りないことを言ってさえくれれば、父は死なずにすんだのだ。父が助かるチャンスはいくつもあった。そのひとつを、この主任看護師が確実につぶしたのだ。枝利子はハンカチでそっと涙を拭った。葛西は平たい顔を正面に向けたまま、見向きもしない。

露木が着席すると、堂之上が宮原への反対尋問をはじめた。枝利子のときと同じように証人席の横に立ち、宮原の上半身を舐めまわすように見る。

「乙Ａ三号証の二を示します。これはあなたが書いた手術看護記録ですね」

宮原は目の端で確認して、うなずく。

「針の確認欄にＯＫと書いてある。これはあなたが書いたのにまちがいありませんね」

「はい」

「ふん、あなたはこれを葛西看護師の指示で書いた、というのですね」

「そうです」

「ふん……」

堂之上は獲物に忍び寄る蛇のように、証人台のまわりをうろつく。「記録者には責任がありますよね。子どもの使いじゃないんだから」

宮原は嫌悪感でいっぱいになる。

「あなたは葛西看護師に『いいから』と言われて、すぐＯＫと書いたんですか」

「いいえ」

宮原は怒りを込めてきっぱり言った。「両端針が奇数なのはおかしいので、はじめは空欄にしていました。でも、香村先生がレントゲンを撮ると言いだして、そこに針が写ってなかったので、それで少なくとも針は体内にないと思ったので、ＯＫと記入したんです」

「ほう」

堂之上が意味ありげに目を細めた。「乙Ａ五号証の六を示します」

大沢の横にいた弁護士見習いが、前に置かれたシャウカステンにレントゲン写真を掛ける。

「これは峰丘氏の手術終了直後に撮られたレントゲン写真です。あなたはこのレントゲン写真を見て、針が残されていないと確認できたので、ＯＫと記入した。そうですね」

「はい」

「もう一度、このレントゲン写真を見てください。針は写っていませんか」

裁判長はじめ、法定内の視線がレントゲン写真に集まる。宮原はフィルムをじっと見て「写っていません」と答えた。

「つまり、針の数は合わなかったが、ＯＫの記録は妥当なものだったということですね。葛西看護師が『いいから』と言ったのも同様ですな」

「それは……」

「けっこうです」

堂之上は語気強く宮原の発言を断ち切った。宮原の胸は不快感であふれた。こんな詭弁に言いくるめられてたまるものか。

宮原は裁判長を見上げ、決然と断言した。

「まだわたしの答えは終わってません。葛西主任が針をごまかすために『いいから』と言ったのは事実です。あのとき、きちんと香村先生に報告していたら、針は発見できたと思います」

枝利子は宮原の背に熱い視線を送った。父とわたしのために、勇気を奮って証言してくれている人がいる。それだけで枝利子の胸は感謝でいっぱいになった。

堂之上が「ふん」と鼻を鳴らして、まとわりつくように宮原を見た。

「あなたはどうしても、葛西看護師を悪者にしたいようですな」

「異議あり」

露木がすかさず右手をあげた。「ただ今の発言は不当な言いがかりです」

裁判官はそれを認め、堂之上に発言を取り消すよう指示した。

「では、改めてうかがいます。証人と原告は、どのようなご関係ですか」

「直接には関係ありません」

「では、どうして今回、証言されることに？」

「先輩に頼まれたからです」

「なんという人ですか。差し支えなければ」

宮原はちらと振り返り、「安倍洋子さんです」と答えた。

「ほう」

安倍の背筋に悪寒が走った。堂之上が舌なめずりするような笑いを浮かべたからだ。

「先輩から頼まれただけで、よく裁判に出る気になりましたね。あなたは安倍看護師と特別なつながりがあるのですか」

「別に。ただ同じ職場の先輩と後輩です」

「それだけですか」

「看護師として尊敬しています」

「なるほど。しかし、それだけで裁判で証言しようという気になりますかねぇ。何か特別な関係はありませんか。恩があるとか、弱みを握られているとか」

堂之上の挑発に、宮原の語気が強くなった。

「あるわけないでしょう。安倍さんは仕事もできるし、責任感も強い人です。だから尊敬しているんです。それに……」

「それに？」

一瞬、戸惑ったあと、宮原は一気にぶちまけた。

「はじめ、わたしは葛西主任に口止めされたんです。峰丘さんの手術のことは何もしゃべるなって。それって自分がやましいと思ってる証拠じゃないですか。どう考えても安倍さんのほうが正しいから、証言する気になったんです」

口止めの事実を暴露されて、葛西は顔を真っ赤にした。しかし、堂之上は動ぜず次の質問をした。

「葛西看護師は安倍看護師のことをなんと言っていたのですか」

「安倍さんはスパイだから、近づくなって」

「スパイ？　なるほど。どういう意味かわかりますか」

「わかりません」

堂之上は傍聴席に目線を走らせ、ひと息に言った。

「安倍看護師はそこにいる江崎氏と結託して、あるジャーナリストに阪都大学の手術ミスを暴露していたのですよ」

「異議あり。本件とは無関係の事柄です」

露木は強く抗議したが、堂之上の言葉は終わっていた。

安倍が思わず江崎を見る。彼女が「痛恨の症例」の取材に協力したことは、秘密のはずなのに。江崎も自分の耳を疑った。堂之上はなぜそのことを知っているのか。

まさか……、と江崎は青ざめた。佐久間からの情報か。香村のバックには佐久間がいる。彼が厚労省で集めた情報を香村サイドに流しているのか。

堂之上は発言の効果に満足しながら、ゆっくりと次の質問に移った。

「中央手術部の看護師のあいだでは、葛西看護師と安倍看護師が対立しているという噂がありますが、これは事実ですか」

「対立って、主任さんが一方的に安倍さんをいじめてるだけです」

「ほう、一方的にね。しかし、あなたはどうも安倍派のようだから、客観的な見方とはいえないのではありませんか」

「安倍派ってなんですか。そんなものありません。わたしは安倍さんが看護師として優秀だし、立派だから尊敬しているだけです。それに比べて、主任さんは身勝手でヒステリックで……」

宮原は堂之上に乗せられ、完全に感情的になっていた。

言えば言うほど弁解がましくなり、証言が感情的に聞こえてしまう。露木が盛んに首を振って合図を送ったが無駄だった。

　ひとしきり宮原にしゃべらせてから、堂之上はおもむろに言った。

「いずれにせよ、葛西、安倍両人の対立はそうとう根が深いようですな。あなたが安倍看護師を尊敬する気持もさることながら、証言に立たれた理由もよーくわかりました」

　堂之上は意味ありげに言って、尋問を終えた。

　江崎のとなりにいた上川が、腕を組んでうなった。

「主任看護師が針のカウントをごまかしたという証言は、かなりインパクトがあったのに、あの弁護士はそれを感情的な発言にすり替えてしまいよった。証拠価値を下げる作戦や。やっぱりやり手やな」

　江崎には上川の分析もほとんど耳に入らなかった。佐久間に対する不安が頭を占領していたからだ。佐久間が香村を利用するつもりなら、みすみす裁判に負けるのを放置するはずがない。あの佐久間が乗り出したとなると、どんな妨害が行われるかしれない。

　法廷では香村鷹一郎の尋問がはじまっていた。香村への質問はやはり大沢が当たるようだった。

　大沢はメモを見ながら、ある種の倦怠感を漂わせて型通りの尋問をはじめた。これまでの手術経験、僧帽弁置換術の症例数、峰丘の手術の詳細などを質問しながら、随所にポイントとなる質問をはさんだ。葛西が出した針で指を刺したことを確認すると、香村は、「そんなことで心を乱していては、外科医は務まらない」と傲然と言い放った。

「ごもっともですな。いやしくも阪都大学の心臓外科助教授が、その程度のことで苛立つはずもありませんな。さて、次に手術後のレントゲン撮影についてうかがいますが」

　大沢は争点を先まわりする形で、香村に訊ねた。

「訴状によると、香村先生は手術中に針を心臓に落としたことに気づいていたから、それを確かめるためにレントゲン撮影を行ったとありますが、この点いかがですか」

「それはまったくの誤解です。そんな目的で撮ったのではありません」

「では、なぜ撮影の指示を？」

　香村は軽く咳払いをしてから、ゆっくりと答えた。

「やや専門的になりますが、あの症例では、肺に喀痰（かくたん）が溜まっているような音が聞こえていたのです。開胸時に肺の膨らみも悪く、右側の無気肺も疑われました。喀痰が溜まっておれば、気管内チューブから吸引してもらう必要があったし、無気肺ならインフレーション、加圧膨張のことですが、をかけてもらわなければならない。それでレントゲン撮影を依頼したのです」

「そのような処置はＩＣＵに移ってからではできないのですか」

「喀痰吸引くらいはできますが、加圧は麻酔器につないでいるほうがやりやすい。それに喀痰が残っておれば、麻酔医の失点になりますからね。まあ、いつもお世話になっている麻酔科の先生に恥をかかせるのも忍びないですから、手術室内できちんとしておこうと思ったのです」

香村は皮肉な余裕を浮かべて笑った。

「そのレントゲン写真の所見はいかがでした？」

「喀痰は多少ありましたが、幸い、無気肺はありませんでした」

「そのとき針の有無を調べましたか」

「レントゲン写真を見るときには、常に異物のチェックは念頭にあります。もちろん、特に針を意識したわけではありません。異物らしいものはなかったので、そのままＩＣＵに運びました」

「つまり、肺に問題があったので、手術室でレントゲン撮影をした。そのついでに異物をチェックしたが、何も見つからなかった、ということですね」

「そうです」

二人のやり取りは打ち合わせしてあったらしく、よどみなく進んだ。

「手術にはなんの問題もなかったのに、峰丘氏は五日目に突然心タンポナーデを起こして急死された。この原因について、どうお考えですか」

「峰丘氏が亡くなられたことには、心より哀悼の意を表します。しかし、このような事例はわたしの心臓外科医としてのキャリアの中でもまったくはじめてのことで、アメリカの学会でも報告されていません。不測の事故が起こったと言うほかはなく、ご遺族には誠にお気の毒ですが、現代の医学では救いようのない状況であったと思います」

香村は沈痛な面持ちながら、揺るぎない自信を込めて証言した。そのあと、心タンポナーデの原因、峰丘の解剖時に出てきたという針などについて、大沢から通りいっぺんの質問が出されたが、香村はいずれも「わからない」「知らない」で通した。

香村の主尋問がつづいているあいだ、露木は反対尋問で情勢を挽回しなければと考えていた。期待していた宮原の証言の効果を、堂之上に弱められた失点を取り返さなければならない。しかし、裁判官の心証にほんとうに訴えるのは、堂之上のような小細工ではなく、誠意をもって真実に迫る姿勢ではないか。露木はそう思い返して、はやる気持を鎮めた。

大沢が主尋問を終えたあと、露木が反対尋問に立った。

「香村先生にお訊ねします。先生は峰丘氏の手術後、その場でレントゲン撮影を指示されましたが、それは麻酔医の失点をカバーするためだとおっしゃいましたね」

「そうです」

「それなら、なぜ主治医の瀬田先生が理由を質問したとき、怒鳴ったのですか」

「怒鳴った？　さあ、記憶にありませんな」

「あなたは針の紛失に気づいていたが、スタッフには黙ってレントゲンで確かめようとした、それを質問されたからではありませんか」

「レントゲン撮影をした理由は、先ほど述べた通りです」

このやり取りは事前に予測していたのだろう。香村は平然と答えた。

露木は次の要点に進んだ。

「峰丘氏の心タンポナーデですが、病棟の管理体制がもっとしっかりしていれば、救命できたのではありませんか」

「心停止から五分以内に発見されておれば、あるいは助かったかもしれませんね」

「つまり、看護体制が不十分だったということですね」

「まったくちがう。峰丘氏の術後経過は順調で、通常の観察で十分だった。あれほど落ち着いた患者にまで厳重な観察をさせていたら、看護師が何人いても足りんよ」

「しかし、峰丘さんは急変したわけでしょ」

「結果だけ見て言われても困るよ、君」

香村は露木を見下すように言った。

「わかりました。では次ですが、あなたは峰丘氏の病理解剖に立ち会っておられますね。それも見学だけでなく、助手として解剖に参加された。それはなぜですか」

「死因をこの目で確かめたかったからだ」

「これまでにも、解剖の助手をされたことはあるのですか」

　香村は言葉に詰まった。外科医が病理解剖の助手をするなどということは、まず考えられない。ましてや香村は助教授である。「ある」と答えれば明らかに嘘になるし、「ない」と言えば峰丘の場合が特殊であったことが強調される。香村は困惑して、被告代理人席をちらと見た。大沢は右手を顎に当てて小さく首を振った。嘘は言うな、の合図である。

「ありません」

「やはり、そうとう気にかかる何かがあったのですね」

「だから、死因に不審があったと申し上げている」

　被告代理人席で大沢が咳払いをした。今度は感情的になるなの合図だ。

「では甲A七号証の一を示します」

　露木は標本瓶に入れた三日月形の針を取り出した。江崎が病理の須山技師から預かったものである。

「これは心臓外科で使う手術針ですね」

「そのようですな」

「この針は、峰丘氏の解剖のときに出てきたものです。あなたはこの針に見覚えはありませんか」

　香村は針を一瞥し、目をそらした。

「見覚えはありません」

「解剖のとき、記録係を務めた病理の技師は、横からのぞき込んでこの針を見ているのですよ。助手を務めたあなたが見ていないはずがないでしょう」

　露木の声が鋭くなった。

「目をそらさないでよく見てください。この針は、あなたが手術中に紛失し、結果的に峰丘氏を死に至らしめたものなんですよ」

「異議。被告に圧力をかけております」

　大沢が憮然とした表情で申し立てた。香村は裁判官に向かい冷静に言った。

「わたしが峰丘氏の解剖に立ち会ったとき、このような針は存在しませんでした。病理の技師が何を見まちがえたのかは知りません。しかし、わたしのほうが遺体に近いところにいたのです。針があればわかったはずです。峰丘氏の遺体からは針は出てきませんでした」

　香村の落ち着いた声に、江崎も安倍もあ然とした。上川が江崎に耳打ちした。

「おい、あそこまで平然と嘘が言えるものか。あの香村という医者は、自分がミスで死なせた患者を、その手で解剖したのだろう」

「ああ」

「それで証拠を隠滅したとしたら、人非人やな。心が痛まないのかね……」

江崎は上川の言葉にはっとした。佐久間のセリフと同じだ。上川は心が痛むから香村を人非人だと断じたのだろう。自分の心は痛んだか？　江崎は確信が持てなかった。

香村は術後のレントゲン写真をすべてシャウカステンにならべるよう見習いに命じた。そして講義でもするような口調で言った。

「ここにあるのは、峰丘氏の手術後に撮られた五枚の胸部レントゲン写真です。ご覧のように針はどれにも写っていません。針が残っておれば、金属ですからその影が見えるはずです」

香村の説明に、三人の裁判官は相談して法壇から降りてきた。

「これが心臓、これが人工弁、この細く白い線は胸骨を止めてあるワイヤーです。もし針が胸部に残っておれば、同じように白く写るはずです」

露木も裁判官のうしろからレントゲン写真を見つめた。できることなら顔をすりつけてでも針の影をさがしたかった。ほんのかすかな痕跡でもいい。しかし、何度見ても、それらしき陰影は見えなかった。

露木は代理人席にもどってから、最後の抵抗を試みた。

「いくら金属でも、針のように小さなものは、骨や心臓の陰に隠れれば、レントゲンに写らないこともあるでしょう」

香村は何度同じことを言わせるのだとうんざりした表情で首を振った。

「たしかに写らないことはあります。しかし、写っていないのに、あるはずだというのは明らかに暴論でしょう。写っていなければ、まずはないと見るべきです」

露木は悔しそうな表情を見せたが、これ以上の尋問は無意味だった。

反対尋問が終わると、大沢が「二点だけ、よろしいでしょうか」と裁判長に申し出た。

「まず一点、原告に届いた怪文書についてうかがいます。手術の前後、教授選の選挙運動が活発化しており、水面下ではさまざまな陰謀もあったやに聞いていますが、この怪文書もそのたぐいだとお感じですか」

「その可能性は高いでしょう。怪文書には手術の詳しい描写がありますから、手術に立ち会っていたか、すぐそばにいた人間が書いたと思われます。そのような人間なら、針を手に入れてどこかに紛れ込ませることも簡単でしょうな」

香村は思わせぶりに言って、大沢に目くばせした。

「わかりました。では二点目ですが、手術直後に撮られたレントゲン写真をご覧ください。原告は先生が針に気づいていたのでこの写真を撮ったように主張していますが、いずれにせよこの写真には針は写っていないのですね」

「はい」

「それなら、仮に百歩譲って、先生が針のことを懸念しておられたとしても、針のないことが確認できたので、手術を終了したということになりますね」

「異物の確認は常にしますからね」

「針の確認を怠ったのならいざ知らず、きちんと確認した上で、ないと判断したのですから、落ち度はなかった、そう理解してよろしいですね」

「その通りです」

大沢は勝ち誇ったように露木に流し目をくれ、尋問を終わった。

上川が江崎に訊ねた。

「おい、なんで針がレントゲンに写ってないんや」

「たぶん心臓の陰に隠れてるんだろう。闇夜のカラスさ」

「なんとか昼間のカラスにできんのか。コンピュータで処理したら、見えるようになるやろ」

「いろいろやってみたよ。術後のレントゲンフィルムを全部を細かく解析してもらった。それでも見えないものは見えないんだ」

江崎は悔しそうに首を振った。香村はレントゲン写真に針が写っていないことを盾に、開き直っている、なんとしても針の存在を明らかにしなければならない、それがこの裁判の勝敗を分ける決定的なポイントだ、と江崎は思った。頼みの綱は解剖に立ち会った須山技師だが、彼は約束通り証言をしてくれるだろうか。

須山の気の弱そうな風貌を思い出し、江崎は不安に駆られた。

27
罠

自動扉が開くと、消毒液のにおいがこぼれた。

今どきこんなにおいのする病院は、日本でも珍しいだろう。この夜当直の江崎は、憂うつな気分でICUに入った。横に八つならんだベッドのうち、四つが空いている。明日が土曜日なので、収容患者を減らしているのだ。

阿武山病院に赴任してきたとき、ICUがあると知って、江崎は喜んだ。ICUは、手術部とならんで麻酔科医の活躍の場だからだ。しかし、阿武山病院のICUは土曜日の午前中に患者を病棟に帰し、月曜日の朝まで閉まると聞いて愕然とした。そんなICUがあるだろうか。週末は重症患者も病気を休むとでもいうのか。医長や院長に改善を求めても、「予算がねぇ」と無気力な答えが返ってくるだけだった。

午後九時。江崎は麻酔着の上に白衣をはおってICUの重症回診に来た。出入口に近い患者から順に診ていく。ナースステーションには準夜勤務の看護師が二人いるが、スナック菓子と女性週刊誌に夢中で回診につき添いもしない。

最初の患者は脳梗塞で危篤になっている老人だった。気管切開を受け、人工呼吸器につながれている。この状態になってもうひと月になる。毎週月曜日にICUに降りてくる常連だが、治療らしい治療はしていない。聴診器を当てながら、江崎は思う、死ぬのを待っているだけだな。

二人目は全身火傷で意識のない小柄な老女。三日前、不自由な手で煙草を吸おうとして、寝間着に火が燃え移り、髪の毛まで全部燃えた。火事場から掘り出したドッジボールのようになった顔は、とても人間のものとは思えない。明日の朝、この老女を引き取る病棟は戦々恐々としている。二時間もかかる全身のガーゼ交換から解放されるICUの看護師たちは、ほっとしている。どこへ行っても厄介者だ。意識のないのが救いだな、と江崎はため息をつく。

三人目と四人目は、この日手術をした患者だ。どちらも麻酔は江崎がかけた。

「どうですか」

収容患者のうち、唯一人意識のある老人に訊ねる。

「痛みはありませんか」

「はあ、はっ、大丈夫です。それより、はっ、早よ帰らせてください。家内が、はっ、殺されましてん」

前立腺肥大の手術で、腰椎麻酔だったから身体的には心配はない。問題は痴呆だ。導尿の管を自己抜去しないように両手をベッド柵に縛りつけてある。

「家内は頭を割られたらしいから、はっ、もうあきまへんやろ。わしが見に行ってやらんと、は、どもなりまへん。そやからちょっと、この紐はずしとくなはれ。犯人はタクシー会社のやつですわ。えげつないことしよりますな。兄ちゃん、ちょっとこの紐を、はっ、はっ……」

あまり不穏な状態がつづくようなら、薬で眠らせるしかない。

四人目は、結核で肺の部分切除をした老婆だ。手術の負担が大きいので、わざと麻酔を醒まさず寝かせてある。八十二歳。薬で治療することもできたのに、危険な手術に踏み切ったのは、主治医の高見沢昌孝が強く勧めたからだ。

高見沢は江崎の二年後輩で、大学にいるときから強引で有名だった。本人はやり手のつもりだが、第二外科の医局では問題児扱いだった。だからこの病院に飛ばされたのだが、本人はわかっていない。

この日の手術に、高見沢は半導体レーザーメスを使った。業者から無理やりただで借りた器械だ。

手術は予想外に難航した。胸膜の癒着が強く、それを剝がすたびにあふれるように出血したからだ。用意した五本の輸血パックを使い果たし、赤十字に急遽取り寄せの連絡を入れた。手術開始から五時間後、江崎はたまりかねて高見沢に言った。

「もういい加減にしてくれ。これ以上出血したら、患者は確実に死ぬぞ」

「静かにしてください。いいところまでいってるんだから」

高見沢は術野から目を離さない。おまえのメンツのために患者が死んでもいいのか、と江崎は内心で舌打ちした。

「高見沢先生、この癒着はひどすぎる。勇気ある撤退こそ正しい判断では……」

江崎の言葉を遮って、高見沢が威圧的に言った。

「これくらいの出血で、先生は術中管理の自信がないんですか」

　そのひとことで江崎は全身の力が萎えた。あまりにも虚しい。これまでも幾度となく外科医に意見してきた。しかし、聞き入れられたことはほとんどない。結局は外科医のプライドと意地が通る。患者には気の毒だが、この世に果てしなくはびこる理不尽には、抵抗のしようがない。

　江崎は昨日、この老婆に術前回診をしたときのことを思い出した。

「わてはもう十分長生きさせてもらいました。あとはもうお迎えを待つばかりです」

　目を伏せ、拝むように手を合わせる。

「何かご希望はありませんか」

「それはもう、できるだけ苦しまんように」

　麻薬を使う麻酔だから、痛みはほとんどないですと説明したら、皺だらけの顔をあげた。

「麻薬を使うたら楽になりますか。早ようお迎えが来ますか。生きているのが、つらいんです」

　睫毛まで白くなった目から涙をこぼした。

　今、老婆は口と鼻と尿道にチューブを入れられながら、人工呼吸で安らかに眠っている。麻酔を醒ませば、また自分で呼吸し痰を出さねばならない。薬を減らして痛みを強いるより、麻薬を増やすか、人工呼吸器を止めたほうがいいのではないか。

　江崎が回診を終えようとすると、さっきの前立腺肥大の老人が親指を人差し指の下に握って叫ぶ。

「兄ちゃん、おめこ、キンタマ、はっ、はっ」

　現場はあまりに悲惨だ。医者も看護師も、見て見ぬふりをするか、無感覚にならなければやっていけない。こんな状況では、いっさいのきれいごとは無意味だ。ニヒリズムに逃げてはいけないと思いながら、自分の無力があまりにも虚しい。

　江崎はＩＣＵを出て、薄暗い階段を下りた。足早に一階の事務室に向かう。当直の記録簿をつけるためだ。

「江崎先生、お疲れさまです」

　事務室に入ると、若い事務員が頭を下げた。

「あ、尾島君。君もまた当直か。よくいっしょになるね」

　尾島修一は今年の二月に入ってきた事務職員だった。無口で優秀な青年だ。江崎の当直は十日に一度の割でまわってくるが、ここ三回ほどつづけて尾島と重なっている。

「尾島君て、アクセントが標準語だよね。関西の出身じゃないの？」

当直簿を受け取りながら、江崎が訊ねた。

「ええ。生まれは千葉です」

「そう、ぼくは横須賀なんだ」

「へえ」

尾島はよけいなことはしゃべらない。当直簿にサインしてから、江崎は気さくに言った。

「救急患者が来たら、遠慮なく起こしてくれたらいいから」

「わかりました」

しかし、こんなぼろい病院に救急患者など来ないことは、江崎にも尾島にもわかりすぎるほどわかっていた。

階段を上りながら、江崎はいつもの誘惑と闘う。自分の悪癖。今日こそはやめようと思う。しかし、この病院で夜を過ごすのはつらい。悪辣な外科医、オンボロＩＣＵ、まともな神経ではとてもやりきれない。

——江崎先生のような方が、そんな病院にいらっしゃっちゃいけません。ぜひ厚労省においでください。国のために、先生の優れた能力をお役立てください。

佐久間の声がよみがえる。あれから何度となく、佐久間は江崎に電話をしてきた。松野のことを思い出せば、佐久間と協力することなど断じてあり得ない。そうはっきり意思表示しても、佐久間は勧誘をやめなかった。

江崎は足を速め、ふたたびＩＣＵの前を通って手術部に向かう。無意識に自分に向かって言い訳している。おれは心が痛いんだ、だから耐えられない、だからあれをやめられない。

（どうぞ、どうぞ、先生にはそれをする権利がありますす）

佐久間の声が耳の奥に響く。

おまえには関係ない、おれはすべてを忘れたいんだ。

（もちろんです、いろいろ試してみてください、へっへ、きっといい方法がありますよ）

佐久間の幻影が夜空に広がり、病院を覆い尽くす。突出した外斜視の目が無気味に動く。江崎は自動扉を抜け、無人の手術室に入った。

明かりをつけると、手術台の横に麻酔器が用意されていた。まるで江崎が来るのを待っていたように。

江崎は麻酔着のポケットから、幻覚作用のある中枢神経刺激剤マドックスを取り出す。四錠を嚙み砕き、呑み込む。麻酔器のスイッチを入れ、酸素と笑気を三リットルにセットする。吸入麻酔剤キースレンの目盛りは〇・五パーセント。覚醒と半覚醒を繰り返せるぎりぎりの濃度である。

江崎は手術台に横たわる。以前、麻酔器の横に座ってやったら、意識を失うと同時に椅子から転げ落ちた。その音と痛みで目が覚めたが、だれか来ると困る。それ以来、手術台に寝るようにしている。

――落ち着け

――落ち着け

――落ち着け

江崎はゆっくりとガスを吸う。温かい血が、脳に流れ込む。

――一の次は十億

――get you high!

――スベテ　ムイミダ

耳の奥に甲高い金属音が響く。身体が膨張と収縮を繰り返す。緑、オレンジ、紫の、色つきの暗闇が、パチパチと弾ける。

江崎は浮遊しているのを感じる。全身の皮膚から快感の糸が放射される。扉の陰から、白い人形が浮き出る。そこから別の黒い人形が抜け出ようとしている。

陶酔。加速。逆回転。

光が裂ける。身体のあちこちで、快感のかたまりが炸裂する。

放出。波紋。解放。

動けない　動けない　動けない。

……

……

エザ、キ……くーん、うぉーい、エザキ、くーん。

だれかが、呼ぶ。

「エザーキくーん、わか、るぅか、自分、で息、をしろぅ……、大きく、吸ーって、みろ」

回転数の落ちたレコードみたいに、声が歪む。まぶしい。だれかが無影灯をつけたのか。いくつかの顔がのぞき込んでいる。

「江崎、君、気が……ついた、か」

腕が締めつけられる。看護師の声が聞こえる。

「血圧１０２の50、です」

「そうか、ならいい。なんとか……助かったようやな」

左近の声だ。いつも酔っぱらっているくせに、どうしたんだろう。

「……見つけたのは、……か。尾島が……、行ったとき、そうか、で、……やれやれ」

事務長の声も聞こえる。

「わたし、……から、したとき、……死んでるのか、そりゃもう……でしたよ」

「……ぎりぎりや……、二パーセントやから……、瞳孔がピンポイント……」

「でも、ご無事で何より……」

江崎の耳に、看護師、左近、尾島の声が切れ切れに聞こえる。

「江崎君、しっかりしろ。まだ……、はっきりせんか」

左近に頬を打たれ、江崎は目を開ける。

「なんちゅうことを、してくれるんや……」

「え……」

江崎は朦朧としながら上体を起こす。

「こんなこと、しょっちゅうやってるんか」

「……いえ」

ゆっくり首を振る。

「はじめてでもいかんわ」

「江崎先生ともあろうお方が、こんなことを……。左近先生、どうしますか」

事務長が不機嫌な声で言った。左近が妙に芝居がかった調子で問いただす。

「江崎君、もうちょっとで手遅れになるところや。助かったのはよかったが、これはいったい、どういうことや」

「……すみません」

江崎はゆっくりと身体を起こして答えた。「ちょっと……、麻酔で気を鎮めようかと」

「麻酔やないよ。聞いているのはこっちのほうや」

左近が麻酔器のテーブルを指さした。江崎は目をこすって焦点を合わす。注射器と空アンプルが散らばっている。まさか。注射を使った覚えはない。

「これだけはいかんよ。困ったことをしてくれたな」

江崎は自分の左腕を見た。肘の内側に針の痕がある。しかし、そんなはずは……。

事務長が強ばった顔で言った。

「江崎先生、申し訳ないですが、場合によっては警察に届けんといけませんよって。これは保管させてもらいますよ」

尾島が指紋をつけないようにピンセットで空アンプルをビニール袋に入れた。アンプルは全部で五本。ラベルには、赤と緑の毒々しい文字で薬名が記されている。

「合成麻薬　ファンシスト　1㎎」


「これが現在までの都道府県別治験数です」

芹沢直が、ペプタイド療法の治験報告書を机の上に差し出した。佐久間和尚は、書類に顔を近づけすばやく数字をチェックした。彼の数字理解のスピードは、だれよりも速い。

「最新の数字はいつ？」

「六月二十五日です」

「十二週目だな。トレンドはどうなってる」

芹沢は治験数の経過グラフを佐久間に示す。

「十週目から急激に伸びています。仲倉蓮太郎の番組以降ですよ。あれはインパクトありましたからね」

「さすがは国民的俳優だ。とても元うつ病患者とは思えない演技だったな」

仲倉蓮太郎が使ったＰＫⅡは、ペプタイド療法のＰと香村を納得させるためにつけた彼のイニシャルＫをつけたコード名である。仲倉はネオ医療センターの開設に先立って、先行治験を受けていたのだ。一月に香村がセンターの視察をしたとき、佐久間が特別に依頼した症例である。うつ病で自殺衝動の強かった仲倉は、突然死の可能性をいとわなかった。

「主任企画官の思惑通りですね」

「芹沢君、このプロジェクトにはもともと潜在的なニーズがあったのだよ。当然のことだ」

佐久間が満足げに顔をあげた。ネオ医療センターでは芹沢を「先生」と呼んでいたが、厚労省のオフィスでは「君」づけになる。芹沢は佐久間より年次の低い技官にすぎないからだ。

ペプタイド療法の大規模スタディは、四月のセンター開設以来二カ月半で、登録数六百十を超えていた。薬剤の供給が間に合わず、治験開始待ちの老人が二百人ほどいる。薬剤の精製は、ネオ医療センターと技術提携した篠塚（しのづか）製薬が一手に引き受けていた。

「それで、香村さんのようすはどう？」

佐久間が皮肉な笑みを浮かべると、芹沢も苦笑いで答えた。

「そうとうご不満のようですよ」

「だろうな。副センター長とは名ばかりで、スタッフはみんな君の配下ばかりなんだから」

「我々がどんどん治験症例を集めているのが、お気に召さないみたいです。裁判のほうも忙しいんですが、いまだに阪都大学の研究室に連絡を取って、ペプタイド療法の突然死を防ぐ研究をさせているようです」

「往生際が悪いねぇ。ま、夢を追うのは自由だが。それで君のスタッフは、突然死をより確実にするための研究を進めてるんだね」

「ええ。これが一石二鳥なんです。心筋再生を早めれば、それだけ心機能の回復は早まり、症状も改善される代わりに心筋の酸素消費量も増えて、急激な虚血を招きますからね。早く元気になって、早く逝ってもらうというわけです」

「篠塚製薬への技術移転は？」

「ほぼ完了しています。それにしても、香村さんはやはり学者ですね。自分の持っているノウハウが身を守る唯一の切り札なのに、それがわかっていないんです。だから気前よく身ぐるみ剝がれてますよ」

「じゃあ、あと香村さんを残しておく理由は？」

「治験薬の開発者なんで、スタディ中は形だけでも」

「それが終われば、いつお引き取り願ってもいいわけだな」

「ま、そういうことで」

二人は憐れみを込めて笑った。

ノックが聞こえ、「失礼します」と慌ただしく扉が開いた。入ってきた男は芹沢を見て、とっさに警戒の色を浮かべた。広報室の首席事務官である。

「どうした」

「はあ、例の清河(きよかわ)医師の件なんですが……」

首席事務官は芹沢を意識して口ごもりながら言った。

「ああ、それか。ちょっと待ってくれよ」

佐久間は座ったまま身体をまわして書棚から雑誌を取った。

「これこれ、この清河センセイ、おもしろいねぇ。芹沢君は知ってるかな」

佐久間は雑誌「言論」のページを開いて、芹沢に渡した。そこには社会福祉法人バリアフリー協会の顧問をしている清河二郎(じろう)という医師の論文が掲載されていた。タイトルは「長寿幻想を撃つ」。

芹沢はぱらぱらとページを繰った。「長生き願望は欲の無間地獄(むげんじごく)」「死の自己決定」「快適な死の実現」などという箇所に赤線が引かれている。

「わたしは存じませんが」

芹沢が雑誌を返すと、佐久間は愉快そうに説明をはじめた。

「日和大学の第二内科出身の人だけど、そうとうな変わり者でね。研究テーマも『抗がん剤に含まれる発がん物質の研究』とか皮肉なんだ。教授が人事異動させようとしたら、裁判に訴えると脅したこともあるらしい」

「今は社会福祉法人の顧問なんですか」

「去年、自分より十歳若い教授が来たもんで、自分から出たわけさ。その清河センセイが最近、積極的に高齢者問題について発言していてね」

佐久間は「K003資料」と書いたファイルから、コピーを何枚か取り出した。そこには長寿社会を嘆くコラムや、老人の現実を露悪的に書いたエッセイなどが集められていた。

「要するに、九十歳を過ぎても現役だとか、八十歳で本格登山をつづけてるとか、嘘くさい美談ばかりがはやっているだろう。清河センセイはそういうマスコミや出版界にお怒りなんだ」

佐久間はにやにやしながら首席事務官をちらりと見た。

「そこでわが省としては、彼をトリックスターに仕立てようと考えてね」

「どうするんです」

「本を書かせるんだ。大衆がプロジェクト《天寿》を受け入れやすくするような内容でね。それをベストセラーに仕立て上げる」

「しかし、本が簡単に売れますか」

「策はあるよ。本は売れている本が売れるんだ。つまりベストセラーの雰囲気を作れば、それがベストセラーになる」

「そうです。お化けベストセラーといわれるものは、だいたい集団暗示みたいなものですから」

首席事務官が待ちかねたように口をはさんだ。佐久間が笑いながら彼に聞いた。

「本のタイトルも考えてくれたんだろう」

「はい。これぞと思うのを、いくつか。『青年は天寿を目指す』『死に方名人』、あるいは『長寿なんかいらない』とかいかがでしょうか」

佐久間と芹沢は顔を見合わせた。

「ま、タイトルはそのうちゆっくり考えるとしよう」

「それで出版社なんですが」

「おう、それそれ」

佐久間が興味を示すと、首席事務官は一歩前に出て説明した。

「いろいろ当たってみたんですが、ムーンライト出版がいいと思います。ここは例の高齢者向けのきれいごと雑誌『らくらく』を出しているパラダイス社のライバルですから」

首席事務官は佐久間におもねるように笑った。佐久間はそれを無視して訊ねた。

「社長はどんな人？」

「そこまではまだ……」

「そこを調べてよ。経歴と人柄、家族構成と金の流れ」

佐久間は冷たく言って、芹沢に向き直った。

「じゃ、芹沢君は老健局に顔を出しておいてくれ。局長にPKIIの治験状況を説明して」

「わかりました」

芹沢が出ていくと、佐久間は広報室の首席事務官に言った。

「君も忙しくてたいへんだろうが、よろしく頼むよ。君しか頼りになる人材がいないんだから。清河さんへの原稿依頼は出版社からする前に、こちらを通してもらってくれ。編集者が会うときには、君も必ず同席して。厚労省が非公式にバックアップしていることは先方に伝えてもらっていい。それと宣伝費リストはできてる？」

首席事務官はファイルからすばやくコピーを取り出した。

「新聞は全面広告で九百万から千二百万か。曜日によってもちがうんだな。わかった。それから吉沢百合子（よしざわゆりこ）のほうはどう」

「今、事務所と交渉中です。なにしろ大女優ですから、スケジュールがなかなか空かなくて」

「あの人は事務所よりご本人だろう。良識のある人だから、話の持っていき方をミスると交渉に応じてくれないぞ。彼女を登場させてこそ、プロジェクト《天寿》に説得力がつくんだ。一応シナリオができたら見せてくれ。それと広告の発信元は？」

「ご指示の通り、NPOを作りました。『レインボーハート』という名前です」

「メインの活動は？」

「介護保健施設でのボランティアと、高齢者の意識調査です」

「オーケー。一応、実態のある形にしておいてくれ。世間にはまだNPOがウケるからな。それから仲倉蓮太郎の映画の件は進んでるか」

次々と出される案件に、首席事務官は手帳を繰りながら必死に答える。

「仲倉の映画はプロダクションが決まって、今、監督と交渉中です。シナリオですが、今から書いていたのではとても間に合わないのではないかと」

「当たり前だ。過去にお蔵入りしたのから選べばいいんだ。確実にヒットするんだからプロダクションも文句はないだろう。大事なことは時間との闘いだ。とにかく蓮さんが元気なうちに撮り終えること。吉沢百合子が競演してくれたらいうことはないが、さすがにそれは無理だろうな」

「いえ、わたしが交渉してみます」

首席事務官は気をつけの姿勢で応えた。佐久間はふっと彼を見上げ、声をひそめて言った。

「君には苦労をかけるねぇ。広報室長がまるでだめだからな。ここは君に頑張ってもらうしかないんだよ」

佐久間の視線を正面に受け、首席事務官は全身に忠誠心を漲らせた。


羽曳野市の特別養護老人ホーム「もえぎ苑」では、週に一度の施設医による回診が行われていた。入所している八十二人の老人を、フロアごとに曜日を決めて診察するのである。

東二階の「さくら棟」には重症の痴呆老人が集められている。看護師が個室のスライド式扉をノックして警戒しながら開いた。カーテンがぴったり閉められ、部屋は薄暗い。

「先生、大丈夫みたいです」

太った看護師が慎重に医師を招き入れる。ヘッドギアをつけた老婆が、壁に向かって座っている。うつむいたまま身体を揺らし、ときどき壁に頭を打ちつけようとする。床には一面に三角に折り畳んだティッシュがならべてある。

「どうですか。気分悪くないですか」

医師が探るように声をかける。老婆は相変わらず身体を揺らしつづけている。

「志津子さん、カーテン開けるよ。先生に診てもらいましょうね」

看護師がカーテンを開けながら医師に言う。「先生、指の関節を診てあげてください」

老婆の両手は、指の関節がすべて赤黒く変色している。

限局性の皮下出血だ。

医師が看護師に問う。

「いつからこんなになったの」

「三日ほど前です。微熱はずっとつづいてるんですけど」

「食事はとってる？」

「いえ、もともと流動食しか入らないので」

医師は老婆の横に屈み、診察しようとする。看護師が小声で注意する。

「先生、気をつけて」

「わかってる」

医師が手を取ろうとすると、ふいに老婆が吠えた。

「キャオウッ」

医師はすばやく指を引っ込める。老婆の口が空を切る。少しでも遅ければ、老婆の黄色い歯は医師の手に食い込んでいただろう。

「志津子さん、大丈夫よ。痛いことしないから」

看護師がなだめるように近づき、さっと背中から羽交い締めにする。

「キャウ、キャキャキャアーッ」

老婆が奇声を発して抵抗する。看護師が必死に押さえつける。

「先生、早く。今のうちに診てください」

医師は老婆の関節をすばやく調べる。老婆は蒸気機関のように息を噴き出し、医師に嚙みつこうと必死にもがく。

「先生、早く、すごい力」

「わかった、もういい。放していい」

医師が身を引くと同時に、看護師もうしろに飛び退く。老婆は怒りのあまり、叫びともうなりともつかない声をあげ、ヘッドギアからはみ出た白髪を搔きむしる。

「どうですか、先生」

「膠原病か、自己免疫疾患の出血かもしれんな。血液検査をしないと診断できないが、採血はとても無理だろう」

「職員が押さえつけるか、麻酔薬で眠らせるかすれば……」

ためらいがちに言う看護師に、医師は首を振った。

「そこまでしなくていいだろう。取り敢えず家族に状況だけ報せておこう。この人、家族は？」

「息子さんが一人です。でも、入所以来一度も面会に来たことないんですよ」

「ひどいな」

医師と看護師は詰め所にもどり、老婆の連絡先を調べた。

「なんだ、息子は医者じゃないか。医者のくせに見舞いにも来ないのか。もう母親を捨ててるんだな。それならこっちも気が楽というもんさ。それにしても、この息子はきっとロクな医者じゃないな」

医師はあきれた顔で言い、事務室のパソコンで報告書を入力しはじめる。


「拝啓。

ご家族のみなさまにおかれましては、ますますご清栄のこととお慶び申し上げます。

さて、当苑入所中の、江崎志津子様（六十歳）の病状について、ご報告申し上げます……」

28 逃亡

薬物乱用が発覚した翌日、江崎は院長室に呼ばれた。院長は仏頂面で事情も聞かず、一週間の自宅謹慎を申し渡した。麻薬のアンプルが見つかった件については、病院幹部で協議した上で対応を決めると言われた。

重い足取りで自宅にもどった江崎は、そのままベッドに倒れ込んだ。なぜ麻薬のアンプルがあったのか、江崎には見当もつかなかった。意識を失ってからだれかが置いたのはまちがいない。注射したかのように左腕に針の痕までつけていたが、微妙に血管からはずれていた。あのとき尿か血液を採って、麻薬反応を調べてもらえばよかったが、動転してそこまで気がまわらなかった。

阿武山病院では、麻薬は手術器材室の麻薬金庫に保管されている。金庫の鍵を持っているのは左近と江崎だけだ。江崎の鍵はロッカーにそのまま保管されていたから、それでだれかがアンプルを持ち出したとは考えにくい。

とすれば、左近か。しかし、なんのために。

謹慎三日目の月曜日の朝、江崎は病院に電話をかけ、あの夜手術室にいたICUの看護師に話を聞いた。

「左近先生を呼んだのは君だね。いつ連絡してくれたの」

「手術室で先生が倒れてるのを見てすぐです」

「家に電話したの。それともケータイ?」

「家です」

左近が自宅で電話を取ったとすれば、江崎が倒れたときのアリバイは成立する。

手術室で自分を発見したのが事務の尾島であることは、あの場の会話でかすかに覚えていた。当直の見まわりで、手術室に明かりがついているのに気づいたということだった。江崎は尾島にも電話をかけた。

「この前は迷惑をかけたね。あの夜のことで、ちょっと聞きたいことがあるんだけど」

尾島は事務室では話しにくいので、自分のほうからかけ直すと言って電話を切った。

二分後、尾島のケータイから電話がかかった。病院の外へ出たらしい。

「ここなら大丈夫です。どうぞ」

発見時の状況を訊ねると、尾島は江崎を気づかうように「何も覚えていらっしゃらないのですか」と聞き返した。

「どういうこと?」

「わたしが手術室へ行ったら、先生は手術台の上にいらっしゃったんですが、なんと言うか、その、服が乱れてまして、下半身がですね」

江崎は顔面が紅潮するのを感じた。

「わたしも困って、とにかく慌てて衣服だけは整えたんですが……」

尾島が不自然に言葉を切った。江崎は観念するように小声で訊ねた。

「それでほかに、おかしなことは、なかった? なんと言うか、その」

「ええ、手術台の上と、床に、汚れが飛んでました」

尾島も言いにくそうに言葉を選んだ。「でも、看護師を呼ぶ前に、ガーゼできれいにしておきましたから」

江崎には思い当たることがあった。自宅で麻酔薬を吸いながら、何度か自慰をしたことがあったのだ。半覚醒で得られる性的な興奮は、果てしのない快感にのぼり詰めるようだった。夢精のように無意識の刺激に反応していることもあった。

「……世話をかけたね。申し訳ない」

「そんなことより、お身体の具合はよろしいのですか」

「それは大丈夫なんだが……」

江崎は力なく通話を切った。

麻酔薬の乱用だけでなく、手術室で自慰にふけっていたとは。江崎は深く落ち込んだ。寝室にもどり、ベッドカバーもめくらずに横になった。身体が異様に重い。

その日、翌日と、江崎はほとんど食事もせずに、寝室にこもりきりでいた。光量を落としたスタンドの明かりだけで、ひたすら時間の過ぎるのを待った。自然な眠りは訪れず、デイパックに入れたさまざまな睡眠薬を手当たり次第にのんだ。しかし、さすがにキースレンの瓶には手を触れなかった。

水曜日の午後、ナイトテーブルに置いた江崎のケータイが鳴った。ディスプレイに「上川裕一」と表示されている。江崎は迷ったが、気力をふりしぼって通話ボタンを押した。

「おまえ、いったい何をやらかしたんや」

いきなり上川の切迫した声が飛び出した。「今日の夕刊、見たか」

「いや」

「朝読、毎報、うちの通経にも記事が入ってるぞ」

「どんな？」

「とにかく、ファックスで送る。家の番号でええな」

電話は一方的に切れ、すぐにリビングの電話が鳴った。重い体を起こしてリビングへ行き、ファックスのスタートボタンを押すと、三面記事らしい切り抜きが出てきた。

「医師が手術室で麻薬乱用　茨木市の病院」

「麻酔科医に麻薬中毒の疑い　国立療養所阿武山病院」

「医師が麻酔薬で昏倒　茨木市が立ち入り調査」

毒々しい見出しがならんでいた。江崎は現実感が持てなかった。まるで他人ごとのようだ。記事に名前は出ておらず、「麻酔科医師（35）」と書かれているが、それはほんとうに自分のことなのか。

茨木市の地域医療課が、昨日、医療法に基づき阿武山病院に立ち入り調査を行ったとあった。麻薬の管理体制などについて病院長に報告を求めたようだ。病院幹部の事なかれ主義で、事件がうやむやになるという甘い期待は早くも崩れた。

朝読新聞には、「医師の薬物乱用」と題した解説記事がついていた。

「……麻酔科医は責任が重大なわりに、患者から感謝されることも少なく、立場的に外科医よりも軽んじられることが少なくない。（略）麻酔科医は重いストレスを抱えており、仕事上入手しやすい薬物を乱用するケースがある。二〇〇〇年八月、聖パウロ医科大学病院で三人の麻酔科医が相次いで麻酔薬中毒死した事件が発覚したが、今回も類似のケースといえるだろう」

ひどい偏見だという反感と、鋭い分析だと感心する気持が江崎の脳裏で交錯した。

上川からふたたびケータイに連絡が入った。

「おまえ、麻薬をやったのはほんとうか」

「麻薬は使っていない。だれかにはめられたんだ」

「そうか。けど、手術室で倒れていたというのは事実なんやな」

「ああ。麻酔薬を吸って……」

江崎は上川が自分の中毒のことを知っているとうすうす気づいていた。松野から聞いたのだろう。松野は飲むと口が軽くなることがあった。今となってはどうでもいいことだが。

「おまえ、身体のほうは大丈夫なのか」

「ああ、心配ない」

「ちゃんと食ってるか」

「ああ」

江崎は返事をするのも面倒だった。

「マンションにおかしなやつが来てないか」

「おかしなやつって、刑事とかか」

「いや、新聞とか週刊誌が来るかもしれんぞ」

「おれ、逮捕されるのかな」

江崎があきらめたようにつぶやくと、上川は語気を強めた。

「そんなこと心配するな。起訴の可能性は低いし、釈明の余地もある。それに刑事なんか来んよ。来るとしたら麻薬取締官や」

「あ、そう」

江崎は通話の終了ボタンを押して、そのままケータイの電源を切った。リビングの電話のモジュラーも抜いた。東に向いた窓が、いつのまにか濃い夕闇に包まれている。江崎は寝室にもどり、扉を閉めた。ベッドに横になると、ふと笑いがこみ上げた。

funny……

江崎は英語でそうつぶやいた。おかしい、へん、滑稽、笑わせる、どの日本語より、ファニィがぴったりだ。

nothing……

今まで自分は何をやってきたのか。何もない、ゼロ、無、自分なりに努力もした、我慢もした、歯を食いしばって……、でも結局はだめだった。

nothing really matters……

だから、なんでもいい、重大なことは何もない。

自分は麻酔薬中毒で、当直の夜に手術室で麻酔ガスを吸引して、自慰をして意識を失って、そして麻薬の空アンプルといっしょに発見された。自分のキャリアは短かったが、それももう終わる、今、すべてを投げ捨てようとしている。だれが困る？　取るに足りない人間が、ひとり勝手に破滅しようとしているだけじゃないか。

江崎はデイパックから、キースレンを取り出した。ガーゼに垂らして口元にあてがう。最初の呼吸で、つんと脳幹が刺激される。

ざわっ　ざっ　ざわっ……

遠くから石像が押し寄せてくる。軍隊のように。江崎はベッドで息を整える。

快感がほしい。多幸感を引き起こす薬を足してみようか。身体が暖まる。目の奥でアルミニウムの粉がパチパチ弾ける。有限の中の無限。一瞬の中の永遠。煩いも執着も、風のように抜けていく。

このままなら恐くない。恍惚に移っていける。そんな死なら素晴らしい。

父の目指したものはこれか。

——死を人生最後の愉しみにするのです。

佐久間はそう言った。究極の安楽死。それは可能かもしれない。人生の最後に、苦しみだけなんてつらすぎる。最後に快感があれば、苦しみながら生きなくてもいい。

日本を安楽死先進国にする。世界が羨むような安楽死の国。素晴らしい死を求めて、海外から人が殺到する。日本人が臓器移植を求めて海外へ行ったのと逆に、今度は日本に希望者がやってくる。

江崎の脳裏に幻想が浮かぶ。調合されたガス剤。安全で確実、絶対快楽の死を実現する新薬、それを病院で、家庭で、旅先で、シャワー室で、多くの人が愛用する。

多くの老人に福音をもたらし、死の文化を受動から能動に変える。自分がそれを創り出す。それを見届け秘かに思う、自分の人生もまったく無駄というわけではなかった……。

……

どれくらい時間がたったのか。

江崎は全身に悪寒を感じた。身体が水につかっている。水ではなく、もっと粘稠（ねんちゅう）な液体だ。地底湖のような広い空間に押し流される。水底から青い光が照らしている。

……

ふと気づくと、腕に違和感がある。蛇が脱皮するように、両腕の皮膚がパリパリめくれる。静脈から白い虫が這い出してくる。血管に沿ってびっしりとたかる。慌てて払うが、虫はあとからあとから湧いてくる。血管が虫で白くなる。これ以上、虫を払うと、腕が灰のように崩れそうだ。

……

鐘の音が聞こえる。しつこく、耳障りな音が響く。

悪寒はつづいている。腕の虫もたかりつづけている。

鐘の音は電子音に変わる。ドアのチャイムだ。尾行がついて、逃げても逃げ切れない。マンションに逃げ込むと、包囲され、正体が暴かれる。その前にこちらから暴いてやる。

……

江崎は身体を起こし、キッチンへ行く。汗が点々と床に滴る。腕の虫もぼとぼと落ちる。江崎は引き出しから包丁を取り出す。どうせ刑事か警官だろう。いや麻薬取締官か。だれでもいい。家宅捜索に来たにちがいない。そんなことをさせてたまるか。

ドアを叩く音がする。うるさい。そんなに叩かなくても、開けてやる。開けて、すべてを終わらせてやる。

江崎はドアの内側に立った。左手に包丁を握り、右手で腕にまとわりつく虫を払い落とす。払っても払っても、虫は血管からわき出してくる。頭上でチャイムがうるさく鳴る。電子音が神経に刺さる。どんな大男でも、一瞬でけりをつけてやる。

江崎は扉を開き、包丁を振り上げた。

「きゃっ」

大男の幻影が、女の顔に収束した。短い悲鳴に聞き覚えがある。

腕の虫は消えている。枝利子が、おどろくように口を押さえていた。江崎は慌てて包丁を隠す。左手に握っているのは、包丁ではなく調理用のゴムベラだった。

「江崎先生……」

江崎はゴムベラを見て笑いだす。いったいどこまでが現実なのか。

「枝利子さん、ほんとうに、あなたですか。でも、どうしてここへ」

「上川さんから連絡をいただいたんです。江崎先生が心配だって。上川さんが行けないので、わたしにようすを見にいってほしいと」

手を伸ばして、枝利子の顎に触れようとした。枝利子が顔をそむけるのを見て、慌てて指を引っ込めた。

「どうぞ。入ってください」

江崎はふらつきながらキッチンへ行った。流しの引き出しが床に落ちて、箸やスプーンが散らばっている。

「わたしが片づけますから、どうぞ、休んでください」

枝利子が調理台に荷物を置いて、すばやく床に屈み込んだ。彼女は、ジーパンに白いノースリーブのサマーセーターという軽快な出で立ちだった。江崎は出しっぱなしにしたキースレンを思い出し、寝室へもどった。壁の鏡に、やつれた無精髭の男が映る。遮光瓶とガーゼをデイパックに詰めていると、枝利子が来た。

「先生、この部屋、おかしなにおい」

枝利子が口元を手で覆った。キースレンのにおいだろう。廊下に押しもどそうとしたが、枝利子は江崎の手をすり抜けて寝室に入った。

「先生、向こうで待っていてください。わたし、寝室をきれいにしますから。シーツの替えはありますか」

江崎は寝具の入れ場所を教え、リビングに行った。倒れ込むようにソファに横たわる。頭が割れるように痛い。枝利子は天井の換気扇をまわし、汚れたシーツやパジャマを洗濯機に入れたようだ。明かりを消したリビングの窓いっぱいに、大阪の夜景が広がる。

「江崎先生、どうぞ」

江崎はいつのまにかまどろんでいたようだ。枝利子がコップの水を差し出す。ただの水なのに甘くて清冽（せいれつ）な味がする。深山の湧き水で口を潤すような。

「先生、お身体をきれいにしますね」

ポリバケツに湯が用意されている。枝利子は二枚のタオルを絞り、ゆっくりと江崎の顔を覆う。洗面器に冷水があり、温タオルのあと硬く絞った冷タオルで拭き直す。枝利子は額、頬、耳、顎と丁寧に拭き、後頭部から首へ移る。

「Tシャツ、脱いでくださいね」

枝利子は子どもをあやすように、自然に江崎のTシャツを脱がす。

「大丈夫。そのまま休んでいてください」

枝利子が低くささやく。江崎は暗示にかかったように動けない。温タオルが江崎の肩、腕、手首に移動する。ゆっくり、リズミカルに。無駄な力はまったく入っていない。

「枝利子さん、いい気持だ。特別な方法なの？」

「わたしヘルパー二級の資格を持ってるんです。介護施設でボランティアとかしてましたから」

「そう。こんな清拭なら、年を取って風呂に入れなくなってもいいな」

枝利子はふふふと、と笑う。そして、丁寧に江崎の胸と腹を拭く。

「うつ伏せになってください」

枝利子の指がタオル越しに背中の筋肉をなぞる。かすかな隆起、引き締まった窪み、窓の夜景の光が肉体の陰影を濃くする。

背中を拭き終えた枝利子は、足元にまわって足の指を一本ずつきれいにした。ジャージの裾をたくしあげ、ふくらはぎから膝上までを拭く。裾をおろし、腰紐を緩める。

「あ、そこは……」

「大丈夫。わたしヘルパーですから、介護は任せて」

身体を起こしかけた江崎は脱力する。枝利子はタオルを手のひらに巻きつけ、ジャージの中へ差し入れる。枝利子の手は自然に手早く、仕事を終える。江崎の下半身は特別な反応を示さず、リラックスしたままだった。

「さあ、さっぱりしたでしょう。片づけますね」

バケツやタオルを洗面所に運んでから、枝利子はようすをうかがうように言った。

「わたし、食べるものも持ってきたんです。上川さんが食事のことを心配してらしたから。鯛の箱寿司と、ラザーニャなんですけど」

「すごい組み合わせだね」

「あ、両方じゃなくて、先生の好みがわからないから、どちらか食べてもらえるかなと思って」

江崎は枝利子の心づかいには感謝したが、食欲はまるでなかった。

「ありがとう。でも、今は水をもう一杯もらえるかな」

枝利子は黙って新しい水を汲みに行った。江崎はソファに横たわったままそれを飲み干した。やはり清流の味がする。

薄暗がりで江崎の横顔を見ていた枝利子が、ふいに頭を下げた。

「先生、父のためにすみません」

「どうしたの」

「父の裁判に関わったせいで、大学病院をおやめになったんでしょう。上川さんから聞きました。今の病院でもつらい思いをされてるって」

江崎は眉根を寄せた。上川のおしゃべりめ。

「枝利子さんが気にすることではありませんよ」

「いいえ。わたし、言葉で言い表せないくらい感謝してるんです。露木先生もおっしゃってました。この裁判は、江崎先生の自己犠牲のおかげで成り立っているのだと」

「やめてください。ぼくは犠牲になどなってませんよ。それに、裁判の行方もまだわからないのに、安心するのは早いでしょう」

江崎は悲観的に言った。「次の口頭弁論では、解剖で出てきた針が焦点になると思いますが、大丈夫なんですか」

「どういうことです？　あの針は父の身体から出てきたのにまちがいないんでしょう」

「もちろんそうだけど、針が心臓にあったという確証がないでしょう。あるのは状況証拠だけです。それでは冠動脈の出血と直接結びつけられない」

「そんな……」

「ぼくが香村先生の弁護士だったら、そこを攻撃しますね。だから、針の場所を確定する客観的な証拠をさがさなければならない。そのためにはレントゲン写真なんだが……」

江崎は忌々しげに舌打ちをした。「放射線科の知り合いに頼んだけれど、だれも協力してくれない。自分の病院のミスを暴けば仕事がつづけられなくなるから」

「そうですか……」

枝利子も表情を曇らせた。

「でも、ほかも当たってますから、気を落とさないでください。針があるだけでも有力な証拠にはちがいないでしょうから」

「ですよね。露木先生も動かぬ証拠だと言ってました。露木先生は江崎先生のことをいつもべたぼめするんです。先生こそほんとうの医者だ、先生ほど患者の立場を考えてくれる医者はいない、理想のドクターだって」

江崎はまた眉間に深い皺を寄せた。どうしてそんなきれいごとを信じたがるのだろう。理想の医者などいるわけないじゃないか。江崎は枝利子の称賛をできるだけ残酷に破壊してやりたい衝動に駆られた。

「枝利子さん。ちょっとそこの封筒を取ってくれますか。それです。先週届いた手紙です。そこにぼくのほんとうの姿が書かれてますよ」

枝利子は怪訝な顔でサイドボードに置かれた封筒を取った。裏に「特別養護老人ホーム『もえぎ苑』」のゴム印が押されている。

「どうぞ。中を見てください」

枝利子は封書を開いた。江崎の母志津子に関する病状報告書だった。痴呆がますますひどくなっていること、内科的な疾患が疑われるが、抵抗が強くて検査も治療もできないこと、自然な経過に任せる以外ないが、その結果については諒承してほしいことなどが書かれていた。身内はあなた一人なのだから、たまには面会に来てほしいという苦言も、最後に添えられていた。

「ぼくの母親は重度の痴呆で二年前からこの施設に入所しているんです。ぼくは一度も面会に行ってない。母は介護に抵抗するので手に負えないらしくてね、だからほったらかしなんでしょう。その結果を諒承してほしいというのは、どうなっても知らないということです。こういう手紙が来るたびに、ぼくは『諒承します』と返事を書きます。ぼくは自分の母親を見捨ててるんですよ。それが理想の医者なんかであるわけがないでしょう」

枝利子はおずおずと訊ねた。

「先生のお父さまは？」

「父は早くに死にました。麻酔薬の中毒で。上川から聞いたかもしれないけど、ぼくの中毒もそれが原因です。母の痴呆もそこからはじまった。でも、ぼくは父を恨んでいない。父は立派な人だった。母は痴呆になって、まわりを困らせ、傷つけた。ぼくだって、必死だったのに……」

これ以上しゃべると涙があふれそうだった。江崎は気を取り直して、話をもどした。

「だから、ぼくは患者思いでもなんでもない。ただ、できる範囲のことをやってるだけです。母だってほったらかしでいいんです。手厚い介護なんて幻想だ。医療もほとんどまやかしです。目の前の苦しみをごまかしているだけなんだ。どんなにあがいたって、困難はなくなりはしない。苦しみも悲しみも、そのまま受け入れるしかないんです」

枝利子はソファの横に正座したまま、じっと耳を傾けていた。その言葉は痛々しかった。枝利子はそっと江崎の手を握った。

「先生、わたしもそう思います。先生のおっしゃることはまちがってません」

江崎は意外そうに枝利子を見た。彼女は静かにつづけた。「わたし、先生に無理に理想のドクターを見ようとしていたのかもしれません。でも、今のお話がほんとうだと思います。苦しみは、そのまま受け入れるしかないです。先生は正直な方ですね」

枝利子は意を決したように江崎に打ち明けた。

「わたし、先週、家を出たんです」

「えっ」

江崎は思わず身を起こした。

「今は実家にひとりでいます。夫には、裁判が終わるまでもどらないと言って……。いえ、裁判が終わっても、もどるかどうかわかりませんが」

「でも、どうしてです」

枝利子は窓のほうに目をそらした。

「わたし、どうしても夫を受け入れることができなくなって。身も心も拒むんです。それで、夫に問い詰められて、告白しました。ほかに好きな人ができてしまったと」


江崎は口の渇きを覚えた。かすれる声でかろうじて聞いた。

「それは、もしかして……」

「ええ、江崎先生です」

枝利子は振り向き、江崎の胸に頭をもたせかけた。熱い涙が江崎の肌を濡らす。江崎は枝利子の髪をなでた。細い身体がたぎっている。江崎は枝利子を強く抱いた。二人を止めるものは何もない。口づけは、やはり清流の味がした。


……

……


暗闇にチャイムが鳴る。

身を起こしかけた枝利子を、江崎が制した。

「来た。逮捕される。犬の跫音(あしおと)がする」

江崎が息をこらす。

「幻聴か……?」

ピンポーン。

「やっぱり来た。今度こそ逮捕される。その前にこちらがやってやる」

「先生、待って」

今度は枝利子が江崎を抑えた。「大丈夫。わたしが見てきます」

二人とも、すでに衣服は整えていた。

ピンポーン。

枝利子は玄関をうかがうように廊下を進む。いきなり扉が開いた。

「あれ、開いてるやん」

廊下の照明を背に、ポロシャツ姿の男が立っていた。枝利子が入ったあと、鍵をかけていなかったのだ。

「こんばんは。いやいや、遅うにすんませんな。わたし、こういう者です」

男が名刺を差し出す。「週刊ビップ　記者　箱崎守（はこざきまもる）」いかにも横柄に顔を突き出す。

「江崎先生、ご在宅ですか」

逆光のため、枝利子から相手の顔が見えない。

「先生は、いません」

「ほんまですか。おかしいな」

箱崎はすばやく足元の靴を確かめて、枝利子を見た。

「ここ、江崎先生んちだよね。ところで、あなただれです」

箱崎の目から好奇の光が湧き出る。「もしかして、江崎先生が関わってる医療裁判の人ですか。被害者の娘さんで原告の、えーと、ナントカさん」

正確な記憶力もないくせに、勘だけはハイエナのように鋭い。

「ははぁ、そういうご関係ですか。んじゃ、ま、取り敢えず、一枚」

さっとカメラを構え、フラッシュを焚（た）いた。

「きゃ」

枝利子の悲鳴はフラッシュに対してではなかった。うしろから乱暴に押しのけられたせいだ。江崎が無言で箱崎に殴りかかり、カメラを奪って通路に叩きつけた。レンズが砕け、フィルムカバーが口を開く。

「何すんねん」

怒りを露わにした箱崎に、江崎はさらにパンチを繰り出した。左手の拳が相手の頬骨を捉える。箱崎は顎をあげ、通路にひっくり返った。首にぶら下げたケータイを開き、ボタンをプッシュしかける。江崎は無言で近づき、ケータイを奪い取って手すりの外へ投げた。十三階下のコンクリートで、ケータイが砕ける音がかすかに響いた。

「帰れ！」

江崎は燃えるような目で怒鳴った。箱崎は鼻と口から血を流し、這いながらあとずさりした。その目には卑しい笑いが浮かんでいた。

「こらええわ。先生、こっちは断然、告訴しまっせ。傷害罪、器物破損、現行犯やからね。麻薬中毒の医師、狂気の暴力、おまけに医療裁判の原告女性と深い関係に。これはビッグスクープや。へっへっへ、こりゃ楽しみや。先生、おおきに」

記者は立ち上がり、怒りと勝利感に震える声で毒づきながら、あとずさった。

記者がエレベーターホールに去ってから、江崎は急いで寝室にもどった。

「まずいことになった。あいつは警察を呼ぶだろう。逃げなくちゃ」

江崎はズボンをはきかえ、手近な上着をはおった。着替えをバッグに入れ、財布やケータイをポケットに入れた。

「先生、わたしのところに来てください。南河内の田舎だから見つからないわ」

「いや、だめだ。田舎はかえって噂が立ちやすい。もし見つかったら、それこそ関係を騒ぎ立てられる」

江崎は当座の逃避行に必要なものを手当たり次第にバッグに押し込み、最後に黒革のデイパックを入れた。枝利子を急かして部屋を出、エレベーターは使わず非常階段を走って下りた。玄関でようすをうかがい、自転車置き場からマンションの裏に出た。

「枝利子さん。こっち」

江崎は天王寺駅とは逆の西向きの路地へ入った。石段を下りると飛田新地（とびたしんち）に入る。娼家の玄関から洩れる光に目を伏せ、枝利子は足早に江崎のあとを追う。大門跡近くのタクシー乗り場で江崎は車を拾った。

「梅田へお願いします。曾根崎東の交差点に」

「ピカデリーの前でよろしいか」

「ええ。ちょっと急いで」

発車してから時計を見ると、まだ十時前だった。

「どこへ行くんですか」

枝利子が不安げに訊ねた。

「阪急東通にカプセルホテルがあるから、取り敢えずそこに泊まる。枝利子さんは悪いけど、今日はこのまま帰って」

枝利子はずっといっしょにいたかったが、江崎の安全を思ってうなずいた。

車は難波（なんば）から四つ橋筋を北上し、十五分ほどで梅田についた。

「枝利子さん。今日はありがとう。あなたの気持は一生忘れない。落ち着いたらどうするのがいいか考えよう」

「先生、無茶をしないでくださいね。連絡、待ってます。わたしにできることがあったら、なんでも言ってください」

いっしょにいたい、離れたくない、そんな思いを振り切って、枝利子は自分から背を向けた。江崎に迷惑をかけたくないという一心だった。

江崎はそのうしろ姿をじっと見送り、彼女が振り向かないことを確かめてから、その場を去った。しかし、その足はカプセルホテルには向かわなかった。

29 自信

第六回口頭弁論期日を一週間後に控えた七月十六日、堂之上洋一は長野県の松本空港から茅野に向けてタクシーを飛ばしていた。信州の空気は大阪の蒸し暑さとは無縁で、沿道のカラマツ林にはいまだ新緑のやわらかさが残っていた。遠くに見渡せる八ヶ岳は、青い色ガラスのような透明感を見せている。しかしそれらの風景は、堂之上になんの感興も抱かせなかった。

彼が興味を持っているのは、裁判の勝敗だけである。

今年三十四歳の堂之上は、幼いころから秀才の誉(ほま)れ高く、京帝大学在学中に司法試験と国家公務員I種試験に合格していた。彼が官僚でなく弁護士の道を選んだのは、勝敗をはっきりさせる裁判のほうが彼の性に合っていたからだ。

タクシーは諏訪南インターで高速を降り、原村の国立ネオ医療センターに向かった。センターに着いたのは午後一時過ぎだった。香村が自らロビーで出迎え、丁重に自室に案内した。

「次回がいよいよ最後の証人調べです。原告側の証人として病理の須山技師、こちらの証人として鶴田教授が出廷されます。尋問では針の証拠能力が焦点になるでしょう。これは裁判の勝敗を分ける重要なポイントとなりますので、今日はその最終確認にうかがいました」

堂之上はオールバックの髪を掻き上げ、目を伏せて言った。目線をあげるとどうしてもヤクザっぽい三白眼になるので、わざと控えているのである。

「これまでの我々の主張をもう一度確認します。香村先生は峰丘氏の手術のとき、針を心臓に落とした認識はなかった、術後に手術室でレントゲン撮影をしたのは、肺の状態をチェックするためだった、そのときついでに異物の有無も調べたが、針はなかった、患者は冠動脈の出血を起こして心タンポナーデになったが、その原因は不明、病理解剖のときに針が出てきたことは知らない、と、こういうストーリーでよろしいですね」

「ええ」

「原告側が突いてくるとすれば、現実に針が存在するのに、それを見落としたことの過失でしょうね」

堂之上はつぶやくように言ったが、香村は「過失」という言葉に敏感に反応した。

「過失といったって、レントゲンに写っていないものを、どうやって」

「待ってください。言葉に感情的になられては困ります。法廷では挑発に乗ったほうが負けですよ」

堂之上に上目づかいに見られ、香村は言葉を呑み込む。

「香村先生、原告側が提出した針は、ほんとうに峰丘氏の体内から出てきたものなんでしょうか」

「さあ……」

「我々は怪文書の書き手が針をでっちあげた可能性を示唆してきましたが、証拠がないなら、あまり押さないほうがいいかもしれない。先生は原告側が偽の針を出したと思われますか」

「そんなことはわからんよ」

「では、針が峰丘氏の体内から出てきた可能性は高いのですね」

「あなたはわたしにミスを認めろというのかね」

香村が怒りを込めて堂之上をにらんだ。堂之上はそれ以上に強い視線で見返した。

「香村先生、我々代理人は、当然のことながら依頼人の利益を最優先します。しかし、事実は知っておかなければならないのです。我々の知らない事実が法廷に出されたら、反論のしようがありませんからね。そうなれば裁判は負けます。だから、これは裁判を闘う上で極めて重要なことなのです。率直にうかがいますが、手術中に針を心臓に落としたという認識は、ほんとうにないのですか」

香村は苛立たしそうに顎髭をなでた。針の話は決着がついているはずだ。堂之上はなぜこんなことを聞くのだ。裁判に不都合な状況の変化でもあったのだろうか。

「堂之上先生、原告側から何か新しい証拠でも提出されたのですか」

「いいえ」

「では、どうして今さら針のことを」

「申し上げたように、原告側のあらゆる主張に反論できるよう、事実を知る必要があるからです」

香村は疑心暗鬼に駆られた。堂之上は裁判に負けたときの弁解材料として、不利な事実を告白させようとしているのではないか。自分が針の紛失を認めれば、だから裁判に負けたと言えるように。それは裏切り行為ではないのか。

堂之上は香村の心を読んだかのようにつけ加えた。

「香村先生、誤解しないでください。先生がもし針の紛失を認められても、我々はそれで先生が不利になるようなことはしません。その状況を踏まえて、原告側の反論に備えるだけです。裁判に勝つために必要な情報をいただきたいのです」

「しかし、明らかに不利な事実があれば、裁判には勝てないだろう」

「事実さえわかっておれば、なんとでも防御できます」

香村は迷った。峰丘の手術のとき、自分は思い出すのもいやな状況にあった。教授選のストレス、手術が下手だという噂、ペプタイド療法の副作用、妻との不仲、患者はB型肝炎のe抗原プラスで、手術のはじめに器械出しの看護師に針で指を刺された。イライラすることの連続だった。それでつい針を引きちぎり、飛ばしてしまった。あっと思ったが、針は術野に消えた。だから術後にレントゲン撮影をしたのだ。しかし、針は写らなかった。外へ飛んだのだろう。それで手術を終えた。

手術後も何度もレントゲンを撮った。しかし、針は写らない。やはりなかったと思った矢先、心タンポナーデが起こったのだ。まさかと思った。病理の鶴田教授に頼んで、解剖に立ち会わせてもらった。そして、心嚢を切り開いたとき……。

香村は無意識に顎髭をなでつづける。事実を口にするのが恐かった。堂之上は防御できると言う。この男は味方のはずだ。しかし、決心がつきかねた。万一、事実を口にして、防御できなければどうなるのか。

「香村先生。何を迷っておられるのです」

堂之上が静かに聞いた。「我々を信用できませんか」

信用……。その言葉が香村に衝撃を与えた。

──わたしを信用しなさい。

これまで何度、患者や家族にそう告げたことだろう。自分はいつも信用される側の人間だった。信用する側に立ったことはなかった。今、はじめてその不安、心細さを実感した。峰丘という患者も、きっと自分を信用して、手術を任せたにちがいない。その患者を自分は死なせてしまった。取り返しのつかないミスで。

しかし、と香村は考える。治療で患者が思いがけない死を遂げたのは、これがはじめてではない。治療に百パーセントを期待されたら、とても保障などできない。医療にはあらゆる不確定要素がつきまとう。命を失う罪は重い。しかし、命を救ったとき、同じだけの評価があるのか。命の賠償金が五千万なら、救命の報償も同じにしてほしい。かけがえのない命を救ったのだから。

香村には自信があった、自分だからこそ救えた命がいくつもあったことに。自分はそれに対して、なんの特別な代償も求めなかった。研究でも同じだ。自分が開発した検査や治療でどれだけの命が救われたか。それに見合うだけの報酬を、自分はまったく要求していない。研究成果も手術操作の改良も、すべて無償で提供してきた。功績には報償を得られず、ミスだけ厳罰に処されなければならないのか。それで公平といえるのか。

患者は医師に不眠不休の働きを求め、理想ばかり押しつける。医師は命を救うものと決めつけ、それを当たり前のように言う。気楽な理想主義者どもに、現場の苦労がどれだけわかるか。

そう思いながら、香村の思考は軋みつづけていた。患者や世間への怒りは、自分のやましさの裏返しであることを、胸の奥でいやというほどわかっていたからだ。罪を認めれば、楽になる。正しい行いほど、自分を楽にするものはない。いっそ、堂之上にすべてを告白しようか。そして過失を認め、和解の道を探ろうか。

「堂之上先生」

香村は苦しげに呼びかけた。堂之上は香村の変化に気づき、姿勢を正した。

「針のことですが……」

そう言いかけて、香村は卒然とある事実に思い当たった。口が裂けても言えないことがある。自分一人の問題ではない。小さいけれども卑劣な工作、それをした段階で、自分も、それに協力した者も、正しい道にもどることはできなくなっていたのだ。

香村はごまかすようにつづけた。

「わたしにもはっきりしたことはわからないのです。おそらく、ほかのだれにもわからないでしょう。原告側の提出した針が、手術のときに失われたものであるかどうかは、永遠に証明不能であるはずです」

「そうですか」

堂之上は不審に思う気持を抑えてうなずいた。そして冷静につけ加えた。「しかし、針が患者の体内から出てきたということまでは、認めてもよいかもしれませんね。そのほうが裁判官に我々が謙虚であるという印象を与えますから」

「しかし、それでは過失を認めることになるのでは？」

「大丈夫です。過失があっても、それだけでは賠償責任にはなりません。過失があって、なおかつそれが賠償すべき損害の原因であってはじめて、責任が発生するのです。つまり、針が峰丘氏の死に直接関係があったことが立証されなければ、我々が敗訴することはありません」

「すなわち、針が冠動脈の出血を起こしたという証明ですね」

「そうです」

香村は大きく息を吐き出してから、苦しげな自信を浮かべて言った。

「堂之上先生。それが立証されることは、ぜったいにありませんよ」


七月二十三日。大阪地裁第一〇〇八号法廷。峰丘の裁判の第六回口頭弁論期日である。

この日、傍聴席に江崎の姿はなかった。

江崎はマンションを出て以来、枝利子に連絡をしてこなかった。あれから二週間あまりになる。彼女は上川にも訊ねたが、彼も江崎の行方はわからないと言った。ケータイは電源が切れており、自宅の電話も不通のままだった。枝利子は何度もマンションを訪ねようかと思ったが、もし週刊誌が張り込んでいたら困るので行けなかった。

幸い、「週刊ビップ」に江崎の記事が出ることはなかった。上川が警察担当の同僚に頼んで調べると、箱崎は被害届を出さなかったようだ。

傍聴席には枝利子のほかに上川と須山明がいた。須山と枝利子は初対面だった。

「どうぞよろしくお願いします」

枝利子が丁寧に頭を下げると、須山は恐縮して枝利子以上に深く頭を下げた。須山は江崎の状況を知っているらしく、「江崎先生、たいへんですね」と心配そうに言った。尋問の打ち合わせのときに露木から聞いたのだろう。

午後一時、いつものように廷吏の合図で起立し、証人尋問がはじまった。証人席の横に、実物大の心臓の模型が置かれている。立体的な位置関係の説明のために、裁判所が用意したものだ。

最初に証言に立ったのは、被告側の証人、鶴田平三郎だった。鶴田はこの五月に阪都大学臨床病理学の教授職を定年退官し、神戸協済会（きょうさいかい）病院の副院長になっていた。数年待てば自動的に院長になることが約束されているポストである。鶴田は大学病院にいるときより潑剌（はつらつ）として見えた。

鶴田への尋問には堂之上が当たった。大沢は、被告代理人席でゆったりと構えている。

「鶴田先生、あなたは峰丘茂氏の病理解剖の執刀医ですね」

「はい」

「病理解剖とはどういうものですか」

「死因を解明するために、各臓器を調べる解剖です」

鶴田は簡潔に説明した。すべて打ち合わせ通りなのだろう。堂之上は淡々と質問を進めた。

「峰丘氏の死因については、直接死因は心タンポナーデ、それを引き起こした原因は冠動脈からの出血、その出血の原因については不明という所見ですが、それにまちがいありませんか」

「はい」

「冠動脈の出血部位について、ご説明願えますか」

鶴田が心臓の模型を手に取ると、三人の裁判官が法壇から降りてきた。書記と原告被告両代理人も証人席の周囲に集まり、鶴田は証言するというより講義をするような趣になった。

「峰丘氏の冠動脈出血は、右冠動脈の後室間枝にあり、分岐部より一・二センチの位置、すなわちこのあたりで起こりました。血管の裂傷は約二・五ミリ。内径約三ミリの冠動脈からすれば、そうとう大きな裂け目といえますな」

裁判官が模型をのぞき込む。堂之上が一歩離れたところから、鶴田に質問した。

「その裂け目の状況から、どんなことが類推できるのでしょう。たとえば、鋭利な針のようなもので傷つけられたという印象はありましたか」

「いいえ、そのような印象は受けませんでした。峰丘氏の血管は動脈硬化が強く、冠動脈にも粥状変化が見られました。血管がもろくなって、でこぼこした状態ですな。それゆえ出血部位もきれいな裂け目ではありませんでした。血管で小さな破裂が起こったような感じです」

「ほう」堂之上は感心したようにうなずき、間合いを取った。「それはすなわち、出血部位がぎざぎざとしていたということでしょうか」

「そうです。脳動脈瘤の破裂などに見られるような、不整形の亀裂でした」

「なるほど……」

堂之上が質問を途切れさすと、裁判官たちは法壇にもどった。出血部位について、裁判官たちは鋭利ではなく乱れたイメージを持ったはずだと、堂之上は考えた。

裁判官たちが着席すると、堂之上はおもむろに代理人席から一冊の本を取り上げた。

「乙B五号証を示します。これは証人より提出された書籍ですが、オーストリア后妃エリザベートの解剖記録が掲載されています。エリザベート妃は、一八九八年、スイスでイタリア人アナキスト、ルイジ・ルケーニに細いヤスリで胸部を刺されて死亡していますが、その死因は峰丘氏と同じ心タンポナーデでした。王妃は襲われた直後は自分の傷に気づかず、そのまま船に乗り込んで、二十分後に急に意識を失って死亡しています。このように心タンポナーデでは発症直後には症状がなく、致命的な状況になってから急激に死に至ることがままあります。峰丘氏の場合も、病棟での救命は困難であったと考えてよろしいでしょうか」

「よいと思います」

「前後しますが、原告側より提出された針についてうかがいます。鶴田先生は解剖中に針の存在には気づいておられましたか」

「いいえ」

「須山証人の陳述書には、『鶴田教授に注意を促したが、取り上げてもらえなかった』とありますが、そのようなことはあったのでしょうか」

「さあ、記憶にありませんが」

「意図的に無視したわけではないと」

「気づかなかったのですから、無視するも何もない」

「原告側は針が冠動脈の出血を引き起こしたと主張しています。もし仮にそうであったとするなら、針はどこにあると考えられますか」

「そりゃ、出血部位でしょう。その場になければ傷つけられませんからな」

傍聴席から皮肉な笑いが起こった。

「出血部位に針はありましたか」

「いいえ」

「それでは最後にうかがいます。先生は峰丘氏の冠動脈出血と、手術とのあいだに直接的な因果関係があったとお考えですか」

「わかりません。そんなことはだれにも証明できませんよ」

着席する前に、堂之上は大沢に小声で終わってよいかどうか確認した。大沢は片手をあげて、裁判長に発言を求めた。

「ひとつお訊ねします。峰丘氏の血管には動脈硬化が強かったのですな。それなら、今回は手術と重なったけれど、手術を受けていなくても心タンポナーデを起こしていた可能性はあったんでしょうか」

「それは可能性としては、あったと思います」

「以上で終わります」

大沢は満足げに着席した。

つづいて露木が反対尋問に立った。そのまなざしには並々ならぬ決意が浮かんでいた。

「鶴田先生にお訊ねします。峰丘氏の心タンポナーデは、急速に起こったので救命できなかったと考えてよいのでしょうか」

「よいと思います」

「なぜ急速に起こったのですか」

「それは動脈からの出血だからですよ」

鶴田は、そんなこともわからないのかと小馬鹿にするように答えた。

「勢いよく出血したということですか」

「その通り」

「出血量は？」

「五百二十グラムでしたな、たしか」

露木の目に鋭い光が射した。

「それだけの出血が勢いよく起これば、手術針のような小さなものは流されるのではありませんか。出血部位に針がなくてはならないと、必ずしもいえないのでは？」

鶴田は一瞬たじろぎ、苦しい弁解口調になった。

「わたしは何も、針が必ず出血部位にとどまっているとは言っていない。出血を起こしたときはそこにあるはずだと申し上げただけです。そのあと流されることは、あるかもしれませんな」

「先生は先ほど、出血部位は動脈瘤の破裂のようだったとおっしゃいましたが、峰丘氏の血管には動脈瘤があったのですか。解剖記録にはそのような所見はないが」

「動脈瘤といっても、すべてが瘤になっているわけではない。中膜欠損症の可能性もあるし、単に動脈硬化だけでも血管に亀裂が生じる可能性はある。稀なケースだが、冠動脈奇形もある。峰丘氏の場合がそれでないという証拠はない」

「針が出血の原因とは考えられませんか」

「どちらかといえば考えにくい。血管の状況から、出血部位は鋭利なもので傷つけられたというより、亀裂を生じて破れたという印象だから」

「ならばどうして出血の原因を不明とされたのか。破裂が疑われるなら、疑い病名をつけることもできたはずだ」

露木に詰め寄られて、鶴田は不愉快さを隠さず言った。

「疑い病名は安易につけられるもんじゃない。不明なものは不明だ。それが専門家の見解です。素人は簡単に考えるが、実際はそれほど単純ではない。いつでも診断名がつくと思うのは、医学の常識を知らない者の発想としかいえませんな」

最後は権威で押し切ろうとしたが、露木はそれを無視した。

「次に被告の香村氏が解剖の助手になった経緯についてうかがいます。外科の助教授が解剖の助手になることは、極めて異例だと聞いていますが？」

「たしかに一般的ではないかもしれませんな。しかし、峰丘氏のケースは、香村先生にとってもあまりに予想外の結果だったのではないですか。ぜひ自分の目で状況を確かめたいと言われたので、助手をお願いしたのです」

「香村氏のほうから助手の申し出があったのですね」

「そうです」

「あなたはそのとき香村氏から、何か特別な依頼を受けませんでしたか」

「いいえ。別に」

「針に関する話もなかった？」

「さあ、記憶にありませんな」

鶴田は悪びれずに答えた。

「鶴田先生、あなたは現在、神戸協済会病院の副院長であられるが、この病院は、香村氏の岳父である大村寿一郎氏が常任理事を務める特定医療法人の施設ですね」

鶴田の頬が見る見る紅潮した。彼は質問を無視していたが、裁判長に「答えてください」と促され、渋々認めた。

「先生は阪都大学病院を退官されたあと、協済会病院にポストを得るについて、大村氏に便宜を図ってもらったことはありませんか」

「失敬な。わたしはいやしくも阪都大学の元教授ですぞ。退官後は引く手あまたで、ポストに不自由などするはずがない」

鶴田は憤然と言い捨てたが、露木は冷静に声を強めた。

「そうでしょうか。大学の病理の医局では、鶴田先生が退官後のポストをさがすのに、かなりご苦労されていたという噂があったように聞いていますが。病理という専門ゆえ、受け入れ先がかぎられているそうですね。それが峰丘氏の解剖のあと、急に落ち着かれたとうかがっております」

「異議」

堂之上が面倒そうに手をあげた。「質問は本件となんら関係のない証人個人の問題です」

「代理人は質問を変えてください」

裁判長の指示を受け、露木はいよいよ尋問の詰めにかかった。標本瓶に入った針を持ち、ゆっくり証人席に近寄る。

「鶴田先生、これはあなたの部下である須山技師が、峰丘氏の解剖のときに保管した針です。須山技師がわざわざほかから針を持ってくることは考えられません。つまり、あなたと香村先生は見過ごしたけれど、針は厳然として峰丘氏の遺体から出てきた。それは手術のときに紛れ込んだものにちがいない。そして、峰丘氏は冠動脈の出血から心タンポナーデを起こして死亡した。針は体内にあったのに、レントゲン写真には写らなかった。それはとりもなおさず、針が心臓の陰に隠れていたということではないですか」

露木は理詰めで責め立てた。これこそが原告側の主張だった。鶴田は露木の語勢に押されていたが、なんとか態勢を立て直した。

「針が隠れるところは、心臓以外にいくらでもあるでしょう。胸骨、肋骨、脊椎、縦隔」

「しかし、須山技師ははじめ、心臓の下で針を見たと言っていたのですよ」

「異議」

堂之上が皮肉な笑いを浮かべて右手をあげた。「陳述書の内容と異なります」

江崎に針を渡したとき、須山は心臓を持ち上げて心膜を切開したときに針を見たと話していた。しかし、露木が証人申請した段階で、須山は針をいつ見たかはっきり記憶にないと証言を変えていたのだ。その決定的な一点に関して、鶴田は須山に圧力をかけたのだった。証人にはなってもよい、しかし、針の場所を確定する証言だけはするなと。

露木はなおも食い下がった。

「針が遺体から出てきたことは認めますね。そして冠動脈から出血が起こった。であれば、針がその原因だと考えるのが当然ではないのですか」

「針はあったかもしれんが、心臓にあったという証拠はない。それはまったく別のところにあったのかもしれない。針が心臓になかったのなら、わたしが気づかなくても仕方ないし、出血の原因でもあり得ない。自分で言うのもなんですが、解剖のベテランであるわたしが気づかなかったということは、むしろそれ自体、針は心臓になかったことの傍証になるのではありませんかな。これまでの経験からしても……」

「もういいです。質問にだけ答えていただければけっこうです」

露木が鶴田の発言を中断した。原告側に不利な証言を止めたのは明らかだった。それだけでも裁判官の心証は悪いが、このまましゃべらせるともっと不利になりそうだった。

「以上で反対尋問を終わります」

露木が早口に言うと、鶴田は肩をそびやかせて証人席から降りた。

「苦しいですね」

傍聴席で上川が枝利子にささやいた。江崎の予想した通りだ。やはり針の存在場所が焦点なのだ。今こそ彼の力を借りたいと枝利子は思ったが、江崎に連絡を取るすべはなかった。

裁判長に促されて、原告側の証人、須山明が証人席に座った。須山は堅苦しいリクルートスーツに身を強ばらせ、おどおどと手元ばかり見つめていた。

露木は気を取り直し、須山をリラックスさせるために穏やかな調子で主尋問をはじめた。

「須山さん、あなたは峰丘氏の病理解剖に、記録係として立ち会ったのですね」

「そうです」

「記録係は教授の言葉を書き留めるだけですか」

「いえ、自分で気づいたこともメモします」

露木はファイルからコピーを取り出して須山に見せた。

「甲A七号証の二を示します。これはあなたが峰丘氏の解剖中に書いた記録のコピーですが、欄外に『針』と書いて丸で囲んでいますね。これはどういう意味ですか」

「解剖中に針が見えたような気がしたのです。それでメモしたのです」

「陳述書によると、あなたは針を見たとき、鶴田教授に『先生、針が』と注意したが、教授に無視されたので、見まちがいかと思って、それ以後黙っていたとありますが、まちがいありませんか」

「はい」

「あなたは遺体のどこで針を見たのですか」

「それは……、はっきりした記憶がないのですが」

「あなたはこの針を原告の協力医である江崎氏に渡すとき、『心膜を切開したときに見た』と伝えたそうですが、それはまちがいだったのですか」

「いえ、そのときはそう思ったのですが、裁判で証言するためによく考えると、たしかな記憶はなかったということで」

須山は盛んに頭を掻きながら、気弱な声で言った。

「あなたは江崎氏に、教授がわざと身体を入れ替えて、針を隠すようなそぶりをしたと話されたそうですが、実際そうだったのではないですか」

「いえ、そんな感じもしたのですが、わたしの思いちがいかもしれませんし、証言であやふやなことを言うわけにはいきませんので」

「証言の前によく考えろと、だれかに言われたのですか」

「鶴田教授とはいろいろ話しましたが、たしかなことを言わなければと思ったのは、自分の考えです」

露木はコピーを持ったまま、大きなため息をついた。

「須山さん、あなたは現在も阪都大学病院の臨床病理部に在籍しているのですね」

「はい」

「あなたが裁判で証言されるについて、医局内の反応はどうですか」

「新しい教授も助教授も、肯定的に見てくれています。法廷ではきちんと真実を述べるべきだと。身内がかばい合いばかりしていては、医療界がよくならないと申しております」

「そうですか。以上で質問を終わります」

露木は落胆したようすで着席した。

「被告代理人は反対尋問がありますか」

「はい。それでは確認を二、三」

堂之上は持ち前のヤクザっぽさをできるだけ抑えて、須山に言った。

「身内のかばい合いは許されませんが、同様に、あやふやな記憶で身内を陥れるようなことも許されないことですね。その意味で、須山さんがたしかな記憶だけを証言されることは、正当なことであると思われます。陳述書によれば、針は排水口に脂肪組織といっしょに引っかかっていたのを見つけたということですが、まちがいありませんね」

「はい」

「針が峰丘氏の体内から出てきたという確証はありますか」

「確証はありませんが、そうだと思います」

「その針は、解剖のときに使ったものではないですか」

「解剖では皮膚を縫い合わすときに針を使いますが、あんな小さな針は使いません」

「では、別の遺体から出た針が残っていた可能性は？」

「解剖台は毎回きれいに掃除しますから、排水口に別の組織が残っていることはありません」

「わかりました。ところで、あなたは解剖記録に『針』と書いて丸をしていらっしゃるが、そのあとにクエスチョンマークをつけてますね。これはどういう意味でしょうか」

「針が見えたように思ったのですが、わたしの見まちがいかもしれないと思ったので」

「見まちがいの可能性があったのですね」

「そうです」

「つまり、針は峰丘氏の体内から出てきた可能性が高いけれど、どこにあったかについては確証がないと、そういうことですね」

「はい」

　堂之上は針の存在場所をできるだけあやふやにする作戦らしかった。

「質問を終わります」

「裁判長」

　露木が思いついたように発言を求めた。「須山証人に訊ねます。被告代理人は針が出血を起こしたとは言い切れないと主張しているようですが、逆に針が出血の原因ではないと言い切れるんでしょうか」

「いいえ、それも言えないと思います」

「ありがとうございます」

　露木は最後の抵抗を試みたが、裁判官たちにはほとんど影響を与えないようだった。裁判長は分厚いファイルを繰りながら言った。

「今回で証人調べは終了して、次回は物証ですね。期日はいつがいいですか」

　裁判長がカレンダーを見ながら、期日を提案した。大沢たちはいつでもよいというふうだったが、露木は二度不都合を訴えた。このままでは不利を否めない。少しでも時間を稼いで、有利な証拠をさがし出さねば。しかし、あまり引き延ばすこともできず、結局、次回の期日は九月十七日に決まった。

30 佐久間マジック

社会に潜在的に溜まった不満やうっ憤が引き金になって事件が起こるとき、類似の犯罪や凶行が連鎖反応のように次々と発生する。七月の頭から三十五度を超える猛暑に見舞われたこの年、毎週のように新聞や週刊誌をにぎわした老人がらみのニュースもそうだった。それは臨界点を超えた介護危機の圧力が、一気に破裂したかのようでもあった。

全国紙の社会面には、次のような見出しがつづけざまに躍った。


「老いた父　犬の鎖で首を縛られ窒息死」

「80歳母を撲殺　娘逮捕『弁当買ってこない』怒り」

「17歳、曾祖父を殺害　介護『汚い』と」

「『痴呆で大声を出すので母を殺した』息子逮捕」

「父を虐待　逆らえば煙草の火　皮膚の一部腐敗」

「殴られて外へ　92歳母熱中症死」

「70歳の妻死亡の後　76歳の夫餓死」

「寝たきり母押入に三日放置　死亡　息子援護金でパチンコに」


さらに超高齢社会への警鐘、老人の死への願望に着目した社説も相次いだ。


「86歳90歳夫婦ともに弱りつらい長寿——人生相談」

「団塊の世代　財政不安を招いたのは誰か」

「２０３０年　自治体の30・４％高齢者４割以上　社人研（国立社会保障・人口問題研究所）推計」

「だれが入る？　有料老人ホーム　入居一時金６５００万円　利用費月額22万６０００円（税別）」

「長命化は社会のリスク　高齢化を読み誤った公的年金」

「介護保険給付費　毎年10％の伸び25年には20兆円に」

「信頼できぬ年金　老後脅かす『生活費』」

「高齢者の自殺率急増〝お迎え〟待てず」

これに対し、政府は高齢社会対策に関する政策や改革案を積極的に発表した。

「社会保障審　高齢者給付の抑制提言」
「老人保険は75歳以上に　積立金の枯渇」
「平均寿命の短縮目指せ　長寿対策委員会意見書」
「診療報酬改定　『障害老人』の治療大幅切り下げ」
「介護保険見直し　長期入所は冷遇」
「医療保険制度の抜本改革　延命治療に抑止力」
「高齢者医療優遇見直し　老人も3割負担に」
「世代間対立解消難しく　岐路に立つ社会保障」

これらはいずれも高齢者に厳しいものだったが、世論の反発はさほどでもなかった。きれいごとで状況を乗り切れないことは明らかだったからだ。政府や行政を批判するだけの単純な論調は、もはやだれの関心も惹かなかった。

そんなとき、象徴的な事件が二つ起こった。

まず七月二十六日、国会議事堂前で、四人の老人が焼身自殺した。死亡したのはいずれも八十代の男性一人と女性三人。四人は品川区在住で、大手スーパー店ジャストの無料休憩所の常連だった。朝から夕方までベンチに座り、しゃべったり自販機のコーヒーを飲んだりして一日を過ごすのである。うち一人の女性は、今年六月ごろから足が弱り、車椅子を使うようになっていたが、家族に送り迎えしてもらっていた。ほかに居場所がなかったのである。

事件当日、四人はスーパーに集合したあと、介護タクシーで国会議事堂前まで来た。男性が近くのスタンドでガソリンを買い、車椅子で現場に運んだ。ガソリンをバケツに移したあと、車椅子の老婆にそれをかけた。

「これで楽になれんだ」

老人がそうつぶやいたのを、通行人が聞いている。つづいて三人は行水でもするようにそれぞれガソリンを浴び、マッチで火をつけた。四人は火柱となって燃え、その場で死亡した。

現場には連名で書かれた嘆願書が置かれていた。その内容は次のようなものである。

「謹啓。内閣総理大臣閣下様。

この度は皆様に大変御迷惑をおかけして、誠に申し訳御座居ません。止むに止まれぬ衝動にて、此のような事態に至った心情を何卒お察し下さい。

私共は皆苦しみ、忍耐の限界を超えております。（略）

私共の願い、それは安楽死の法律を作って頂くことで御座居ます。

老人の苦しみは老人にしか分からない苦しみです。どうぞ、楽に死ねる手助けをお願い致します。政府の偉い方々にお願いします。少しでも早く、一刻も早くお迎えを待っている老人の気持を分かって下さい。

安楽死は老人がお国に望む最後のお願いです。福祉と言うなら、どうぞ安楽死の法律をお願いします。心から手を合わせます。心からお頼み申し上げます……」


　この老人の集団自殺は、各界に大きな衝撃を与えた。識者はインターネットで知り合った見知らぬ男女の集団自殺と比較し、連鎖反応を懸念した。またある者は、一九六〇年代にベトナムで相次いだ僧侶の焼身自殺を例に引き、この老人たちの死のデモンストレーションは、世論を動かすだろうと予測した。事実、安楽死に関する議論は連日メディアに取り上げられ、世間の関心は一気に盛り上がった。


　第二の事件はその一週間後、神戸市灘署に一人の医師が逮捕されたことで明るみに出た。出崎義行、別名〝ドクター・デス〟による大量安楽死事件である。

　出崎は五年前より在宅訪問診療を行っており、寝たきりの老人やがんの末期患者を専門に診ていた。延べ六百八十人の患者のうち、三十二人に対し安楽死を行っていたのである。方法は睡眠導入剤で意識を失わせたあとに、筋弛緩剤を注射するやり方だった。カルテには記載されていなかったが、専用のファイルに患者データと合意書などが保存されていた。

　出崎医師は安楽死をオランダの安楽死法に準じる手続きで行っていた。すなわち、一、本人の強い希望、二、耐え難い苦痛、三、複数医師の合意、四、苦痛のない手段による等の要件を満たした場合にのみ、実施したのである。三については、出崎医師の大学の同級生で、彼の考えに賛同する三人の医師と連携し、それぞれ合意書に署名を取りつけていた。

　出崎医師は安楽死を望む老人やがん患者のあいだで、〝ドクター・D〟のニックネームで呼ばれており、出崎自身が冗談でこれを〝ドクター・デス〟と読み替えていた。

逮捕当時、出崎医師は〝死の医師〟としてセンセーショナルに報じられたが、安楽死を受けた患者の遺族の証言が明らかになると、その評価は一変した。

・西宮市　肺がん患者（67歳）の遺族。
「出崎先生には感謝しています。先生のおかげで、父はやりたいことをし、会いたい人にも会って感謝と満足の気持で最期を迎えることができました。苦しくなったら出崎先生が楽にしてくれるという安心が、父を落ち着かせ、精神を安定させたと思います」

・神戸市中央区　脳梗塞後遺症の女性（89歳）の遺族。
「出崎先生には二年間、母を診てもらいました。母が死にたいと言い出したのは、その前からです。出崎先生は二年かけて母と我々息子三人に十分な話し合いの時間をとってくれ、全員が納得した上で、母の最期を引き受けてくれました。出崎先生のおかげで、我々兄弟はだれに対しても胸を張れる親孝行ができたと思っています」

・神戸市東灘区　パーキンソン病および直腸がん患者（77歳）の遺族。
「わたしらは出崎先生みたいなお医者さんをさがしてたんです。父は身体が思い通りに動かないことと人工肛門を苦にして、二度も自殺未遂をしていました。あれ以上、父を生かせておくのはあまりに残酷でした。先生は十分父の話を聞いてくださり、長い時間、親身な説明をしてくれました。それで父もわたしらも納得の上で安楽死をお願いしたんです」

・芦屋市　老衰患者（92歳）の遺族。
「家内は筋肉が衰えて身のまわりのことができず、人の世話になることを心から悔やんでました。頼むから早く楽にしてくれと言うので、出崎さんに頼みました。おかげで家内は涙を流して喜びました。出崎さんのようなお医者は必要です。わたしもお願いしていたのですが、逮捕されたらどうなるのでしょう。こんなことなら、もっと早くにやってもらえばよかった」

逮捕後、友人が預かっていた出崎医師のコメントが発表され、反響を呼んだ。
「……現代は簡単に死ねない時代です。むかし、人はだれでも自然に安楽な死を迎えていました。ところが医療が進んで、治療という希望と引き替えに、人は苦しみながら死ねなくなったのです。安楽な死を奪った医療には、その罪滅ぼしとして安楽死を保障する義務があるのではないでしょうか。死が不可避であるなら、望ましい死を積極的に求めることに、なんらやましいことはありません。それは死にゆく者の権利であるはずです」

この動きに呼応するかのように、与党自由共和党と野党の民心党が、それぞれ安楽死法案の準備委員会を発足させた……。


中央合同庁舎第五号館十階の厚生労働省主任企画官室、午前四時。

佐久間和尚が、広報ポスターの完成見本を見ている。NPO法人「レインボーハート」が作った超高齢社会に向けての提言である。

「超高齢社会のキーワード《PPP》をご存じですか」

そう書かれた下に、日本を代表する女優の吉沢百合子が着物姿で座っている。開け放たれた障子の向こうに竹藪の木漏れ陽が見える。

「いつまでも元気で長生きしたい
それはだれしも望むこと
でも、それだけでよいのでしょうか」

吉沢百合子の知的な目が、そう問いかけてくる。ポスターは彼女のしっとりとした声が聞こえてきそうな出来ばえだった。

「君、これ、どう思う」

佐久間はポスターを広げたまま、同席していた芹沢直に意見を求めた。芹沢は徹夜の赤い目をしばたかせて、さっとロゴに目を通した。

「いいんじゃないですか、日本的で。説得力ありますよ。『日本には美しい伝統があります／執着を恥じ、潔さを尊ぶ心』なんて、高齢者にウケそうですね」

「これは五十万枚刷って、全国の公的機関とJRの全駅に貼り出す予定だ。新聞にも出すし、テレビでも放映する。吉沢百合子のあの声で『美しく散る』なんて言われたら、今の七十代の男はコロリだろう。予算は六億三千万円だ」

「全額『レインボーハート』に助成するんですか」

「それは無理だから、経理のほうで操作させた」

芹沢は、いよいよ佐久間がプロジェクト《天寿》の実現に向けてフル回転に入ったのを感じた。

この日、芹沢がペプタイド療法のデータをまとめて国立ネオ医療センターを出たのは、午前一時を過ぎていた。中央高速をタクシーで飛ばし、霞が関についたのが午前三時四十分。厚労省のある中央合同庁舎第五号館の十階には、まだ明々と照明がついていた。

主任企画官室に行くと、広報室の首席事務官が佐久間と打ち合わせをしていた。仲倉蓮太郎の映画の件である。佐久間の声は厳しかった。

「とにかくクランクアップを急ぐんだ。あとは編集で時間を調整すればいい。仲倉が死んだら、すぐ映画を配給会社にまわせ。仲倉は作品の完成を見届けてから死んだということにするんだ。そう、完成の翌日に、思い残すことなしに満足して逝ったと。おまえは言われたことだけきっちりやればいい。吉沢百合子と共演させるなんて、無理なことを考えるな」

首席事務官は目を血走らせて部屋から出ていった。

佐久間は疲れを知らないようすで、すぐに芹沢の報告を聞きはじめた。ペプタイド療法の治験数は順調に増えていた。やはり治験協力金が効果的だったようだ。さらには心機能回復のデータも集まりつつあった。動悸、息切れ、浮腫(ふしゅ)の解消、活動性の向上など、治験を受けた老人の症状が目に見えて改善したのだ。同じ施設の老人が元気になると、こぞって志願者が出るのは当然である。

「初年度の目標は達成されそうか」

「楽勝ですよ」

芹沢は自信を持って答えた。佐久間も満足に笑い、机の上に置いたアスピリンと持続性神経興奮剤リタシンを口に入れて嚙み砕いた。

「夜明け前のこの時間が、いちばん頭が冴えるよ」

「睡眠はとっておられますか」

「おれは眠らなくても平気なんだ」

「しかし、主任企画官、あまり無理をされると……」

芹沢が心配そうな表情を見せると、佐久間は椅子に深くもたれて言った。

「芹沢君が心配してくれるのはうれしい。しかし、おれは新しいことをやろうとしてるんだ。今の官僚システムでいったい何が変えられる？　君はプロジェクトの金の流れも心配してくれているようだが、それだって、倫理や法律に縛られていたんじゃ何も動かせない。そんなくだらん足枷(あしかせ)を取っ払って、闊達(かったつ)に動かなければ、世の中を変えることはできんよ。無能なやつらがそれをやるとただの犯罪だが、有能な人間がすれば、それは社会に有益な改革につながるんだ。我々がやらなくて、だれがやる？」

芹沢の端整な顔に、敬虔とも{けいけん}いえるほどの感動が浮かんだ。

それからまもなく、壁の時計が六時を指すと、佐久間は部屋の液晶テレビのスイッチを入れた。早朝番組「おはようＪＡＰＡＮ」で、清河二郎医師の著書『楽に死ね』が紹介される予定だった。清河のこれまでの論文やエッセイのうち、安楽死に関するものを集めたもので、先週の発売以来、爆発的な売れ行きを示していた。

「主任企画官の思惑通りですね。初版は何部でした」

「十万部だよ。去年二百万部売れた『バカの穴』が初版三万部だからね。そこそこいくだろう」

「テレビ毎朝の『読みパラ』が効いたんですかね」

清河の『楽に死ね』は、本紹介のバラエティ番組で取り上げられることが出版前に決まり、版元は初版の部数を一桁増やした。この番組で紹介されれば、絶大な宣伝効果があるからだ。もちろん「読みパラ」のプロデューサーを抱き込んだのは佐久間である。『楽に死ね』は予想にたがわず発売即日に増刷となり、現在は三十万部を突破して各種ベストセラーランキングの一位を独占しつづけている。

「八時からの『とくとくモーニング』で、清河の二冊目の本が紹介されるぜ」

佐久間が深夜から五錠目のリタシンを嚙み砕きながら言った。

「もう次の本が出るんですか」

「すでに発表していた雑文を寄せ集めただけだからな」

番組がはじまると、男女のアナウンサーを両脇に従えたキャスターが、オープニングで清河の著書についてしゃべりはじめた。

「今、『楽に死ね』で大評判の清河二郎先生が、今日、第二作目の本を出版されます。そのタイトルがなんと、『七十過ぎたら病院へ行かない宣言』っていうんです。どういう内容かといいますと、自分は七十歳を過ぎたらどんなことがあっても病院へは行かない、家で静かに寿命を受け入れるというんですね。つまり、それくらいの歳になると、病院に行っても有効な治療はほとんどなく、逆に中途半端に治されたり、せっかくの死ぬチャンスを奪われたりするので、病院にはぜったい行かないと、清河先生はおっしゃってるんです。先生はご自身がお医者さまだからそれでいいかもしれませんが、我々一般の人間はどうすりゃいいのか。先生はむかしを思い出してみろ、今みたいに病院がなくても、むかしの人は楽に死んでたじゃないかとおっしゃるわけなんです。これはどっかで聞いたセリフだと思ったら、そう、今月はじめに神戸で逮捕された安楽死ドクター、〝ドクター・デス〟こと出崎医師のコメントと共通するものなんですね。いやぁ、我々は近代医学の進歩にばかり目を奪われがちでしたが、考えてみりゃ人間の寿命にも限界はあるわけで、それを超えれば健康な状態を維持するのはむずかしい、それより自然を受け入れたほうが望ましい結果を得られる。お医者さまがそういうことを発言しはじめる時代なのかなと、改めて考えさせられる一冊でした」

佐久間といっしょにテレビを見ていた芹沢が、感心するようにうなった。

「絶妙のタイミングですね。この二作目も『読みパラ』ですか」

「それはしない。朝読新聞の『我流天声』と日曜版の『ベストセラー主義』に取り上げてもらう予定だ。一冊目が売れたから、それほどバラまかなくてもよかったよ。〝売れてる本が売れる〟の法則にかかったからな。あとは清河に演技指導をつけて、テレビで売ることだ」

芹沢は佐久間の机の上に置かれた新聞の切り抜きや週刊誌に目をやった。六月以降急に増えた老人がらみの記事、国会議事堂前での老人の集団焼身自殺、安楽死ドクターの逮捕などが報じられている。

「主任企画官のイメージ通りの状況になってきましたね。出崎医師の逮捕は《内諜》が仕掛けたとしても、国会前の老人集団焼身自殺には裏がないんでしょう。この時期にあんな事件が起こるなんて、まさに佐久間マジックですね」

「すべては起こるべくして起こったんだよ。それだけ状況は逼迫していたということだ。我々はドアを蹴るだけでいいのさ。そうすれば欺瞞に満ちた長寿幻想は音をたてて崩れ落ちる。ところで、ペプタイド療法で最初の突然死が出るのはいつごろの見込みだ？」

「年末から来年にかけてでしょうね」

「そうか、来年になったら、日本中で老人の心臓が次々と破裂しはじめるわけだな。それまでに世論操作を終えてなきゃいかん。安楽死を超える〝快適死〟を具体化させる必要もあるし。麻薬と麻酔薬で目処は立ってるんだが、江崎がなかなか首を縦に振らんからな。〝快適死〟が実現してはじめて、プロジェクト《天寿》は完成するのだ」

朝の光が満ちた細長い部屋で、佐久間は低くつぶやいた。

出迎えの車は、ふだん乗り慣れた黒塗りの公用車とはちがう白のブルーバードだった。

厚労省事務次官の林田博史は、緊張した面持ちで後部座席に座った。行き先は田町の法務総合研究機構。法務省の関連施設である。

係官につき添われて、四階の小会議室に案内されると、色白の目つきの鋭い男が待っていた。

「ご多忙中、お呼び立てして申し訳ありません」

男は丁重ながら覇気のない口調で言い、軽く会釈した。差し出された名刺には、「東京地検特捜部　検事　天野(あまの)哲治(てつはる)」とある。

「今日は一回目の事情聴取ですから、合同庁舎ではなくこちらでお話を聞かせてもらいます」

林田は頭の中で必死に保身用の危機回避プログラムを作動させた。天野は手帳に目を落とし、そのまま林田を見上げた。

「単刀直入にうかがいます。社会福祉法人『福祉グループ寿会』代表、小池清についてですが……」

林田が思わず身構える。天野は検事の動物的な勘でその変化の意味を見抜く。クロだ。

「小池は近畿圏でそうとう手広く介護福祉関係の施設を運営しているようですな。林田次官はその事業内容について、どの程度把握されていますか」

「さあ、個別の活動まではちょっと……」

天野の質問は「福祉グループ寿会」の活動から認可の経緯、厚労省の助成金に及び、その詳細を林田がどれだけ承知しているのかを逐一確認した。

「ここから先はちょっと立ち入った話になるのですが」

そう前置きして、天野は声を低めた。「平成十×年四月に、次官のご子息が交通事故を起こされましたね。その事後処理に、小池が関係しませんでしたか」

林田の神経末端が全開になる。息子がヤクザのベンツに追突して、千五百万円の賠償金を請求された件は、林田にとって思い出したくもない痛恨事だった。あのとき小池が仲裁に失敗し、自ら賠償金をかぶる形で決着をつけた。しかし、それは小池が自ら言いだしたことで、自分としては依頼も強要もした覚えはない。

「たしかに小池が仲裁に一役買ってくれましたが、わたしは彼に任せきりだったので、詳細はわかりかねますが」

林田は用心深く答えた。

「そのとき先方から請求された金額は覚えていらっしゃいますか」

「さあ」

「当時、林田次官は官房長でいらっしゃいましたね。官房長室に現金が持ち込まれたことはありませんでしたか」

あのとき小池は林田から先方に金を渡してほしいと言い、いったん官房長室に現金を運び入れた。それは小池が自供すればわかることだ。そこまで含んだ上で聞いているのか。林田はとぼけるべきか、正直に答えるべきか迷った。

「いや、けっこうです。この件はもう少し背景を調べる必要がありますから」

天野は自分から質問を取り下げ、唇の端に笑みを浮かべた。

「ところで、ちょっとお訊ねしますが、林田次官はプロジェクト《天寿》という計画をお聞きになったことがありますか」

「なんです、それは」

「まったくご存じない？」

「だから、なんなんです」

天野は顎を引いて林田の目をのぞき込んだ。表情に嘘の徴候はなかった。林田は知らない、いや、知らされていないのだ。天野は手帳を繰り、ゆっくりバツを書き加えた。

「さすが、お医者さん向けの冊子は豪勢なもんですね」

外資系製薬会社日本ビショップ社の応接室で、中山孝太は大げさに感心した。机の上には孝太が持参した最終ゲラが広げてある。「最新の救急医療」というシリーズ冊子で、全ページ両面アート紙、カラー写真満載の贅沢仕様である。

「先生方にお配りするのに、シャビーなものは作れませんから」

相手の営業係長は、外資系らしく気軽に英語を交えて苦笑した。彼は以前ＭＲ（医療情報担当者）として病院に出入りしており、医者のわがままにそうとう苦労させられたようだ。その彼の担当に、阪都大学病院の心臓外科が含まれていたことを、孝太はこれまでのやり取りで聞き出していた。

孝太はこの二カ月で体重が五キロ増え、目に見えて髪が薄くなっていた。六月の第五回口頭弁論のあと、妻の枝利子が家を出てしまったからだ。しばらく離れて暮らしたい、それが枝利子の言い分だった。

そのあいまいな言い分を、認めざるを得ない理由が孝太にはあった。裁判がはじまる前後から、孝太は何度か夜に枝利子を求めては拒絶されていた。裁判のストレスでそんな気になれないのかと、はじめは我慢していた。しかし、男の生理として苛立ちが募り、孝太は生まれてはじめてソープに行った。しかし彼は勃起せず、目的を果たすことができなかった。このままでは頭がおかしくなりそうだった。六月のある夜、孝太は酒をあおり、無理やり枝利子を押し倒した。枝利子の抵抗は予想外に強かった。まんじりともせずに過ごした翌朝、孝太は身支度をして家を出ていく妻を止めることができなかったのである。

それ以来、孝太はストレスを紛らせるために食べ、眼鏡のつるが食い込むほど太ってしまった。枝利子が実家にいることは知っていたが、迎えには行けなかった。気持がおさまるまで会いたくないと、枝利子からのメールが届いたからだ。

孝太は枝利子の許しを得る方策を必死に考えた。枝利子がいちばん求めているものは何か。それは裁判に勝つことだ。裁判がはじまってから、孝太は妻の心が徐々に離れていくのを感じていた。協力してくれる医師や弁護士に比べ、自分はあまりに無力で見劣りがする。自分には専門知識もないし、忙しくて裁判の傍聴にさえ行けていない。おまけに、弁護士を見つけるといって、相手側につくような弁護士を紹介してしまった。

孝太は枝利子からのメールで、裁判の経過が思わしくないことを知っていた。もし、自分が裁判に有利な証拠を見つけることができれば、枝利子はどれほど喜ぶだろう。きっと自分を見直すにちがいない。

そう考えているとき、孝太の勤める大東印刷に日本ビショップ社からの仕事が入ったのである。

孝太は必死の演技で、相手の営業係長に言った。

「実はうちの会社で、医者向けの、ビデオライブラリーを、出す企画がありましてね」

平静を装ったが、孝太の胸は破れそうなほど高鳴っている。「心臓外科なんかで、手術をビデオに記録しますよね。ああいうビデオは、ふつう、どこに保管されているものですか」

ここが勝負だ、と思うと、孝太の声は情けないほど震えた。しかし、幸い相手の係長はそれを訝りもせず答えてくれた。

「手術ビデオですか。たいていは医局でしょう。医局長が管理してるはずですから」

「そうなんですか……」

孝太は心ここになしという調子でつぶやいた。

特別養護老人ホーム「もえぎ苑」は、羽曳野市軽里（かるさと）の小高い丘の上にあった。タイル張りのマンション風の建物で、玄関の横には車椅子用の長いスロープがついている。ガラスの自動扉は外側からしか開かないが、これは入所老人が勝手に出ていかないための配慮である。

「もえぎ苑」への坂道をのぼりながら、中山枝利子は大きなため息をついた。江崎との連絡は、依然取れないままだった。上川に頼んで江崎の行方がわかりそうなところを教えてもらったが、いずれに問い合わせても足取りはつかめない。

江崎が阪都大学病院を追われ、ついには家さえ出なければならなくなったのは、すべて父の裁判に関わったせいだ。そう思うと、枝利子の胸は激しく痛んだ。なんとか恩返しをしたい。

枝利子のバッグには一通の紹介状が入っていた。以前、車椅子ガイドヘルパーとして働いたとき世話になった、平野区障害福祉課の女性課長が書いてくれたものだ。

「中山さんだったら自信を持って紹介できるわ。『もえぎ苑』の施設長は前に大阪市の高齢者介護支援センターにいた人でね。よく知ってるの。ボランティアは大歓迎だと思うよ」

小太りで気のよさそうな女性課長は、その場で紹介状を書いてくれた。

丘の上にはステンレス製のアーチ状の門があった。真夏の太陽を反射して、鏡のように光っている。枝利子はその中に入る前に、バッグからケータイを取り出し、ムービーメールを起動した。受信一覧をスクロールして、目当てのメールを呼び出す。以前、露木弁護士事務所に行ったあとで江崎が送ってくれたメールだった。小さな画面だが、江崎の顔がはっきり写っている。

「よし」

枝利子は自分に気合いをかけて、輝くアーチをくぐった。


同じころ、上川裕一は、広島駅の新幹線口に直結したホテルグランヴィア広島の９０４号室にいた。面会相手が、人目につかないところでと指定してきたためだ。

松野の最後の足取りを追ううちに、上川は厚労省のあるノンキャリア事務官にたどりついた。その事務官は、松野が殺害される直前に内示を受け、本省から広島の中国四国厚生局へ転勤になっていた。

約束の時間に五分ほど遅れて、男は部屋に現れた。灰色の背広を着て、若白髪の髪にウェーブをかけ、ニコチン中毒らしいどす黒い唇をしている。

「はじめまして。浅野といいます」

元社会援護局地域福祉課総務係長の浅野正一は、役人らしいガードの堅さで簡単に名乗った。彼が広島へ飛ばされたのは、佐久間の部屋で決裁書に疑問を述べた翌月だった。

上川は太い首筋に汗を浮かべながら、メモ帳を取り出した。浅野の目には警戒心だけでなく、不満のはけ口を求める不穏な圧力が潜んでいた。

「さっそくお話をうかがいますが……」

浅野が顔をそむけているので、上川もメモに専念するふりをした。彼はすべてしゃべるつもりなのだろう。そうでなければ、こんな場所を指定してはこない。

浅野は情報源の秘匿をしつこく確認してから、語りはじめた。

「松野さんのことは、知っています。はじめは役所のあらさがしをするいやな人だと思ってましたが……」

松野公造が厚労省キャリアの不正疑惑を追っていたことを、浅野ははじめから知っていたようだ。表だった動きはなかっただろうが、浅野は松野とも同じようにホテルで会っていたのかもしれない。

「わたしは厚労省こそが行政の中心だと思って、二十六年も滅私奉公してきたんです。それを思い上がったあの若造のキャリアが好き勝手に引っ掻きまわして……。それがわたしには許せなかった」

浅野は興奮すると会津らしい訛(なま)りが出た。「あんたが松野さんの後輩だというんなら、同じことを教えてやるよ。あとは自分で調べてみればええ」

浅野は最後まで目を合わそうとしなかった。個人的な恨みがある告発は、割り引いて聞かなければならない。上川はそう心づもりをしていたが、それでも話の内容は驚愕に値するものだった。

第六回口頭弁論のあと、露木雅彦は尋問記録をもう一度はじめから読み直してみた。残すは物証のみである。これまでの審理で裁判官はどんな心証を持っただろうか。

露木は焦っていた。

このままでは不利である。なんとしてでも、針の存在した場所を確定しなければならない。しかし頼みの江崎は姿をくらましており、助けの求めようがない。露木は江崎にだけ頼っていた自分の甘さを、今さらながら悔いた。

病理の須山技師が、証言をあいまいにしたのが誤算だった。峰丘の解剖のときに、たしかに針は心臓にあったと彼が証言しておれば、香村サイドは苦しい立場に追い込まれていたはずだ。しかし、須山も大学病院の一員であるかぎり、身内に不利な証言をしにくいのだろう。香村サイドから須山に圧力がかけられたことは、ほぼまちがいない。江崎から話を聞いたときに、すぐ須山の陳述書を取っておけばよかった。

証拠がほしい。

露木は新しい証拠の出現を、文字通り夢にまで見た。針が心臓にあったという動かぬ証拠、それさえ見つかれば、針が死の直接原因であると立証できる。しかし、針の場所が特定されなければ、状況の不利は否めなかった。

露木は過去の資料から類似の事件を細かく調べた。手術器具の置き忘れ事故は、ここ数年だけでも百件近くが新聞に報道されていた。そのうち針の置き忘れは十二件。レントゲン撮影や超音波診断で発見されることが多いが、二十年以上たってから別の病気で手術したときに見つかった例が三件もあった。逆に針が原因で死亡した例はない。針が体内に残されることは、素人が思うほど危険ではないということか。

しかし、峰丘は手術後五日で死亡しているのである。針が原因だという内部告発の文書もあり、解剖のときに出た針も現存している。かぎりなく黒に近いのに、あと一歩のところで尻尾がつかめない。

露木は峰丘のレントゲン写真を一日に何度もにらみつづけた。針は心臓のどこかにあるにちがいないのだ。金属の針は白く写るはずだが、心臓の影も白いので見分けがつかない。江崎はレーザースキャナーで画像のデジタル化までしてくれたが、針を浮かび上がらせることはできなかった。

「くそっ、頼むから見えてくれ」

呪うような気持でレントゲン写真をにらみつづけると、心臓の影の向こうに、香村のふてぶてしい顔が高笑いする幻影が浮かんだ。

露木はカルテから看護記録まで、あらゆる文書をもう一度細心の注意で見直した。きっとある、これまで見落としていた証拠になるものが。露木はその信念だけで、睡眠時間を削り、ほかの事件をあとまわしにして証拠さがしに没頭した。

しかし、針の場所を確定する証拠は見つからなかった。日は空しく過ぎ、九月十七日の第七回口頭弁論期日まで、残すところあと十日となった。

九月に入っても、真夏の暑さは緩む気配を見せなかった。そんな火曜日の午後、露木の事務所に一本の電話がかかった。

「もしもし、わたし、京帝大学医学部の遠藤(えんどう)といいます。江崎先生からレントゲンの解析を頼まれていたのですが、連絡が取れないので直接こちらの事務所にお電話したのですが」

電話をかけてきた遠藤悟(さとる)は、江崎の高校時代の同級生だと言った。彼は現在、京帝大学医学部放射線科の助手で、医療情報処理を専門にしているという。阪都大学関係者からの協力がむずかしいと悟った江崎が、失踪前に相談してくれていたようだ。

「遅くなってしまいましたが、いい方法があります。フィルムをお預かりできるのなら、解析してみますが」

「レントゲン写真で針が見えそうなんですか」

露木は思わず受話器を握りしめた。

「ええ、たぶん。手術後のフィルムだけでは無理ですが、手術前に撮ったのもあるのでしょう。それをお借りできればなんとか」

露木はレントゲンフィルムをすべて揃えてすぐに京都に向かった。

31 サブトラクション画像

九月十七日。大阪地裁第一〇〇八号法廷。

第七回口頭弁論期日のこの日も、江崎の姿は傍聴席になかった。彼が自宅を出てすでに二カ月になる。上川は何度か江崎のマンションへ行ってみたが、途中でもどった形跡はなかった。

江崎はまったくの行方不明ではなく、上川と枝利子にはケータイでそれぞれ二度ずつ連絡をしていた。彼は無事でいること、自宅にはもどりたくないことを伝えると、一方的に通話を切ってしまった。電源もオフにし、居場所を明らかにしようとはしなかった。

ほかにもう一人、江崎が連絡を取っていた人物がいた。手術部看護師の安倍洋子である。安倍は失踪中の江崎に二度、会いさえしていた。しかし、そのことは二人だけの秘密だった。


この日の法廷は、今までとはちがう熱気に満ちていた。準備書面で原告側から重要な証拠が提出されることが明らかになり、ジャーナリストや医療裁判を手がける弁護士、司法修習生たちが傍聴に詰めかけたからである。

そんな状況に配慮して、露木は枝利子に原告代理人席へ来るよう勧めた。柵ひとつ隔てたった数メートル移動しただけだが、傍聴席とはまるで雰囲気がちがう。枝利子はやっと自分が裁判の当事者になった気がした。

向かいの被告代理人席には、被告の香村が憮然とした表情で座っていた。遠藤によるレントゲンの解析結果は、あらかじめ被告側に伝えられており、ことを重大に見た大沢が香村に出廷を求めたのである。

傍聴席の前列には、上川と遠藤が座っていた。遠藤は証人としてではなく、レントゲンの解析法を説明する参考人として呼ばれたのである。

「今日は期待しているぞ」

「おう、任しとけ」

江崎と同じく高校の同窓生である上川と遠藤は、遠慮のない会話を交わした。

「起立」

廷吏の合図で全員が起立し、裁判長が厳かに開廷を告げた。

「それでは本日は証拠調べを行います。これまでに提出された書証に対し、認否の変更等はありませんね」

裁判長は近視の縁なし眼鏡を上にずらしながら、法壇に広げたファイルを順に繰った。露木は自信に満ちたようすながら、油断なく手続きを見守っていた。被告代理人席では、大沢がむずかしい顔で腕組みをし、堂之上と香村はしきりに小声で打ち合わせをつづけている。

「それでは原告代理人、新しい証拠の提出をどうぞ」

裁判長に促され、露木は用意した大きな紙袋を持って、法壇に進み寄った。

「これは胸部のレントゲン写真ですね。シャウカステンに掛けたほうがいいですかな」

裁判長の指示を受け、廷吏が原告代理人席のうしろに用意されたシャウカステンのスイッチを入れた。ホワイトボードを上下二段に分けたようなガラス板に、蛍光灯が灯る。廷吏はそこに五枚のレントゲン写真を掛けた。いずれも露出過度のような白っぽいフィルムである。

「このレントゲン写真は甲A五号証の三から八の六枚を使って、特殊な処理をしたものです。処理の説明と検証は、素人ではわかりかねますので、専門家にお願いしたいと思います」

露木が申し出ると、裁判長は陪席裁判官に確認して参考人の出廷を許可した。

「それでは遠藤先生お願いいたします」

露木に促され、遠藤は傍聴席から立ち上がった。柵を迂回して、ゆっくりとシャウカステンの前に向かう。

「京帝大学医学部、放射線科の遠藤悟です。まず今回使用しましたレントゲン画像の処理についてご説明します」

法廷の全員が遠藤に注目した。香村は敵意を剝き出しにして、遠藤をにらみつける。しかし、遠藤は動じることなく落ち着いて説明をはじめた。

「これはレントゲンの画像をデジタル化して、その数値をコンピュータ処理する技術を応用したものです。テンポラル・サブトラクションといいまして、要するに現在の画像から過去の画像を引き算することで、病変部を浮き上がらせるテクニックです。同一人物であれば、健康な部分は引き算でほぼゼロになりますから、肋骨や心臓の陰影が消え、新たにできた病変の部分だけが残るというわけです。たとえば、今年のレントゲン画像から去年のレントゲン画像を引けば、この一年にできた病変だけが写ります。仮に骨のうしろに早期の肺がんが隠れていても、見つかるわけです」

遠藤は言葉を切り、聞き手の理解を確かめるように法廷を見渡した。

「今回の峰丘氏のケースでは、手術後に五枚のレントゲン写真が撮られています。いずれも仰臥位の撮影です。手術前にも仰臥位のレントゲン写真が一枚ありますので、これをこの五枚から差し引いたのが、ここにあるサブトラクション画像です」

「サブトラクションは日本語にするとどうなります」

裁判長が質問をはさむ。

「引き算ですね。テンポラルというのは、時間的なということです。異なる時期に撮影したレントゲンの画像の引き算をすることによって、新しくできた病変を診断するわけです」

「画像の引き算というのを、具体的に説明していただけますか」

「画像の濃淡の単位はオプティカル・デンシティ、ODといいます。たとえば肋骨はOD50、肺は30、心臓の中心部は75という具合です。肺にがんができて、その部分が32になっても、30と32では肉眼では見分けられません。そこで肺の30を引いてやると、0の中に2が浮き上がるわけです」

遠藤はもう一度、法廷を見渡したのち、内ポケットから伸縮式の指示棒を取り出した。

「では、画像の説明に移ります。いずれも、肺、肋骨、心臓などがかすかな像として残っています。これはサブトラクションするときに、多少のずれがあるため、ODが完全にゼロになりきらないことによります。心臓の中にくっきり写っているのは人工弁です。正面に見える四本のワイヤーは、縦割りにした胸骨を止めたものです。黒く写っているのは、フィルムがネガでなくポジだからです。これらは手術前にはなかったものですから、引き算されずにもともとの濃さで残ります」

法壇の裁判官たちは、身を乗り出して遠藤の指示棒を追った。傍聴席、被告代理人席の弁護士たちも同様である。ただ香村だけが、腕組みのまま瞑目(めいもく)している。

「一枚目と二枚目には、気管内チューブとドレーンも写っていますが、抜去後の三枚には写っていません。一枚目には清潔布を止めた鉗子が端に写っているので、これが手術室で撮影されたことがわかります。二枚目と三枚目には心電図の電極が写っているので、ICUでの撮影だとわかります」

遠藤は五枚のレントゲンの撮影場所と時間を、画像から推理するかのように所見を説明した。聴衆の興味を十分に惹きつけたあとで、遠藤は核心に迫った。

「さて、問題の針ですが、この部分をごらんください。心臓の左下です。ちょっと見にくいかもしれませんが、ここに三日月形の影が確認できます」

遠藤自身が一枚目のレントゲン写真に顔を近づけ、細い影を指でなぞった。それは心臓の輪郭の中に、印象派の点描画のように浮き上がっていた。まぎれもなく針の陰影である。

身を乗り出すだけではとても見えないと思った裁判官たちが、法壇から降りてきた。大沢、堂之上も代理人席から出てくる。香村もしぶしぶ二人のあとにつづく。露木はむしろ余裕を持って彼らに前を譲った。枝利子は原告代理人席からシャウカステンを眺め、きつく唇を結んでいる。

裁判長が正面に立ち、腕組みをして遠藤の示した部分に顔を近づける。

「たしかに、影は写っていますね」

裁判長の声に、傍聴席は静まり返った。

「どれですか。はっきりしませんがねぇ」

大沢がすかさず反論する。裁判長が「これです」と陪席裁判官に示すと、「なんやただの傷のようにも見えますがなぁ」と未練がましく首を傾げた。そのうしろで堂之上と香村がしきりに耳打ちをし合っている。

「一枚目だけではありません。ほかの四枚にも、濃淡の差はありますが、針の影が確認できます。影の位置はいずれもほぼ同じです」

遠藤が残りの四枚のレントゲンを指し示した。裁判官たちは順に確認する。

裁判官と大沢たちが元の席にもどってから、堂之上が発言を求めた。

「被告代理人の堂之上です。遠藤先生にうかがいます」

本来なら香村自身が質問したいところだった。香村は自分でもコンピュータ処理を応用した血管イメージ解析（VIA）を開発していたから、テンポラル・サブトラクションの知識もあった。ユニークな着眼だが、遠藤の説明にも必ずつけ入る隙があるはずだ。香村はそう確信して、堂之上に質問内容を指導していたのである。

堂之上はヤクザっぽい三白眼を遠藤に向けながら、訊ねた。

「テンポラル・サブトラクションはまだ実用化されていない技法ですね」

「そうです」

「それは実用化には未解決の問題があるからではないですか。たとえば、胸部レントゲンはふつう息を吸って、止めた状態で撮影しますね。手術前の写真はそうして撮られたはずだ。しかし、手術後のレントゲンは必ずしもそうではない。意識のない状態で撮影されたものもあるんだから。とすれば、サブトラクション画像にずれが生じるのではないですか」

「たしかにずれは生じます。しかし、脊椎や大動脈などの位置は変わりませんから、画像ごとに中心線と基準点を求め、非線形ワーピングを使って補正できます。実用化がまだとおっしゃいますが、このソフトは三菱タイムスペース社からすでに市販されていますよ」

遠藤は笑顔で答えた。その屈託のなさが、堂之上の怒りに火をつけた。彼は証人席に近づき、押し殺した声で遠藤に言った。

「しかしね先生、心臓はたえず動いているでしょう。その微妙なずれまで補正できるんですか。拍動によっては、画像がブレたり、二重になったりするんじゃないですか」

「それは少しはあるでしょうね」

「レントゲン写真は平面、つまり二次元ですな。心臓そのものは三次元で、なおかつ動いている。それを二次元に圧縮し、条件の異なる画像をデジタル化して、さらに引き算した上でまた画像にもどすわけでしょう。そんな作業を繰り返すと、ノイズや余分な線が出てしまうことだってあるのじゃないですか」

「たしかにそういう場合も……」

「ましてここに写っているのは、スプレーの飛沫（ひまつ）みたいなあいまいな影だ。そういう誤差で実在しない線が出て、たまたまそれが三日月状に出る可能性だってある。ここに影があることは認めるが、それを針と断定するのは、いささか早計ではないですかね」

堂之上は香村から仕入れた知識と、弁護士としての攻撃力を総動員して遠藤に迫った。

遠藤は困惑げに露木を見た。それまでじっと代理人席に座っていた露木が、おもむろに立ち上がった。

「遠藤先生にお訊ねします。このサブトラクション画像は、拡大か縮小されていますか」

「いいえ。等倍です」

「つまり、実物大ということですね」

遠藤がうなずくと、露木はシャウカステンの前に歩み寄り、鞄から針を入れた標本瓶を取り出した。用意したピンセットで針をつまみ出し、慎重にシャウカステンに近づける。角度を調節すると、サブトラクション画像に写った影と、実物の針はぴったり重なった。傍聴席からどよめきが起こった。露木はほかの四枚でも同じであることを証明した。

「どうです。これでもまだこれが針の影でないと主張されるのですか」

露木は厳しい表情で堂之上と香村を見た。香村のこめかみに冷たい汗が流れる。ついに峰丘の心臓に針があったことが立証されたのだ。その事実は、もう言い逃れることができなかった。

枝利子はじっと露木の行動を見守っていたが、香村が反論できないのを見てふいに涙をあふれさせた。あの針が父を死に至らせたことはまちがいない。香村が心臓に置き忘れ、それがはずみで冠動脈を傷つけ、心タンポナーデを起こしたのだ。枝利子の胸に、悔やんでも悔やみきれない思いが、激しくよみがえった。

裁判長が穏やかな声で言った。


「原告の主張はわかりました。遠藤参考人、ご説明ありがとうございました。傍聴席にもどっていただいてけっこうです」

遠藤は一礼して、席にもどった。それを待って裁判長が大沢と堂之上に言った。

「被告代理人は、何か申し立てることがありますか」

大沢が右手をあげた。

「ただいまの証拠ですが、なにぶん、いまだ実用化されていない特殊な技術を用いたもので、そんな方法を使わなければ見つからない針を見落としていたと責めるのは、あまりに過酷な要求と思われますが……」

「裁判長」

露木がすかさず発言を求めた。「特殊技術であれなんであれ、被告の過失が原告の父を死に追いやった事実に変わりはありません。謝罪と相応の賠償は当然です」

「ちょっと待ってください。まだ被告の過失が証明されたわけではない。予断で断定的なことを言われては困る」

堂之上が冷酷な目で冷たく言い放った。そして、法壇に向き直り、「被告代理人として、本日提出された証拠の鑑定を求めます」と申し立てた。

傍聴席にふたたびざわめきが起こった。

「鑑定？」露木が不服そうに言った。「この期に及んで何を鑑定されるのでしょう。もはや針の存在は疑いの余地はなく、それが冠動脈出血の原因であることも明らかです」

「いや、サブトラクション画像の証拠能力と、出血原因について、ぜひ詳しい鑑定をお願いしたい」

堂之上が必死に食い下がり、裁判長に鋭い視線を送った。裁判長は左右の陪席裁判官と相談し、二、三度うなずいてからおもむろに告げた。

「被告代理人の申し立てを受理します」

露木は一瞬眉をひそめたが、気を取り直して枝利子に言った。

「なあに、どうせ最後の悪あがきですよ」

「でも、また香村先生の息のかかった教授かだれかが、先生に有利な鑑定をするのじゃないかしら」

「そんなことはさせません。裁判所には複数の大学医学部と地域ネットワークがありますから、中立の医師を推薦してもらいます。香村先生に都合のいい人を鑑定人にはぜったいさせませんよ」

そう言って、露木は被告席の香村を見た。香村は顔色を失い、呆然と天井を見上げている。

「それでは次回の鑑定結果を待って、結審とします」

閉廷を宣言すると、三人の裁判官は足早に法壇のうしろに消えた。

地下鉄淀屋橋(よどやばし)駅から京阪北浜駅までつづく約五百メートルの地下通路には、多くのホームレスがたむろしている。夜間は閉め出されるが、昼間は残暑を逃れて〝避暑〟に来ることを大目に見られているのだ。幅約八メートルの通路の両側には、新聞紙を敷いて寝そべる者、肘枕でマンガに熱中する者、体育座りで居眠りをする者などがならんでいた。

北浜駅に近い24番出口は、地上口が離れているため細い連絡路がついている。その奥まったところに、一人だけ離れて若い男が寝ころんでいた。薄いマットを敷き、段ボール箱を一人用のテントのようにして上半身を突っ込んでいる。路上生活のわりに服装はさっぱりしており、裸足の足も汚れていない。ホームレスにはさまざまな境遇の者がおり、ときにサウナやコインランドリーを使う物持ちもいるのだ。この男もそのたぐいらしく、脱いだ靴の横には、デパートのショッピングバッグ二つと、黒い革のデイパックが置かれていた。

　敬老の日である九月の第三月曜日、一人の短軀の男が淀屋橋駅の改札から出てきた。男はキオスクでスポーツ新聞を買い、一面の記事を見た。そこには俳優仲倉蓮太郎の訃報が、大きく出ていた。

「仲倉蓮太郎　急死　映画完成直後に」

　仲倉はＰＫⅡ療法で心不全から復活してから、映画「海神」のロケに入っていた。仲倉にとって、八十本目の主演作であるこの映画が完成した翌日、彼は自宅で倒れ、帰らぬ人となった、というのである。

　記事には仲倉の遺書が公開されていた。ＰＫⅡ療法で突然死の可能性を知っていた仲倉は、かねてより遺書を用意しており、その公表を希望していたのである。

「死を意識した瞬間から、わたしの人生は輝きを取りもどしました」

　それは、彼と同じ心不全を病む老人たちへのエールだった。突然死は苦しまずに死ねる死、その保障はむしろ心を安らかにさせてくれると彼は書いていた。ストイックで潔い仲倉の遺書に、多くの共感が寄せられた。

　予定通りの反応だ。

　短軀の男は満足そうにほくそ笑み、新聞を折り畳んだ。半開きの唇、刈り上げた硬い髪、突出ぎみの大きな外斜視の目は、どこを見ているのかわからない。

　男は地下通路の表示を確かめながら、24番出口に向かった。連絡路に入り、上半身だけ段ボール箱をかぶっているホームレスの前に止まった。

「ちょっと、失礼していいですか」

　男は屈み込んで声をかけた。ホームレスは反応しない。男は持っていた新聞を床に敷き、その上にあぐらをかいた。

「お久しぶりです。覚えていただいてますかな。厚労省の佐久間です」

　段ボール箱から突き出たホームレスの両脚が、不自然に硬直した。

「そんなに身構えないでくださいよ。耳寄りな話を持ってきたんですから。裁判のことです。お聞きになりたいでしょう、江崎先生？」

　二人しかいない連絡路に、緊迫した空気が流れた。相手が動く気配のないのを見ると、佐久間は段ボール箱に向かってしゃべりつづけた。

「峰丘氏の心臓に針があったという動かぬ証拠が、ついに裁判所に提出されましたよ。京帝大学の遠藤先生が協力されたようです。先生の高校の同級生らしいですな」

寝そべった身体がぴくりと動き、やがて段ボールの中からくぐもった声が聞こえた。

「遠藤が……。どうやって針を証明したんです」

「テンポラル・サブトラクションとかいう技術を使ったらしいです。素人のわたしには詳しくわかりませんが、なんでもレントゲン写真の画像をデジタル化して、引き算するらしいです。手術後の画像から手術前のものを引くと、余分なものが消えて、針の影がうっすらと浮かび出たそうですよ」

なるほど、と江崎は段ボール箱の中で指を鳴らした。レントゲン写真はあらゆる手段で調べたつもりだったが、江崎は手術後の写真にばかりに気を取られていたのだ。針が写っているとすれば手術後のはずだから当然だが、それを手術前と比べるとは、さすがは遠藤だ。江崎は自分の行動が無駄でなかったことを知り、喜びをかみしめた。

「これで裁判は一気に原告側に有利になりましたね。心から祝福させてもらいますよ。でも」と、佐久間は釘を刺すように言った。「まだまだ安心できませんよ。香村先生が必死の挽回を試みるようですから」

段ボール箱の中で江崎は声を出さずに嘲笑した。針の存在が客観的に証明されて、この上香村はどうやって挽回しようというのだ。

佐久間は咳払いをして、おもむろにつづけた。

「お聞き及びかと思いますが、香村先生は我々のプロジェクトに協力をいただいてましてね。例のペプタイド療法、老人の心不全を改善する奇跡の治療ですよ。おまけにそのあとで心臓が破裂して、老人を突然死させてくれるというのですから、理想のPPP（ぴんぴんポックリ）療法ですよ。ネオ医療センターで大規模スタディを開始してるんですが、五カ月で症例数は二千を超えました。その新療法の創始者が裁判で負けそうだというので、わが省としてもちょっと困惑していましてね」

佐久間が思わせぶりに言葉を切る。厚労省が裁判に圧力をかけるつもりだろうか。江崎は段ボール箱の薄暗りの中で神経を尖らせた。

「香村先生は、今のところわが省にとって重要人物です。場合によって、お守りしなければなりません。しかし、状況が変わればその必要もなくなります。つまり、香村先生以上に重要な人物が、わが省への協力を約束してくれればですね」

　あぐらを組み替え、佐久間は鼻を鳴らす。「江崎先生。我々はペプタイド療法を最終的な解決手段とは考えていません。あれは心不全の老人にしか使えませんからね。もっと総合的な手段が必要なのです。死にたがっている老人、死なせたほうがいい老人、彼らに喜んでもらえるような、快適な死を保障する方法です。日本を安楽死先進国にするためのね」

　佐久間はじりじりと江崎に迫る。江崎は耐え切れず、段ボール箱から乱暴な声を出した。

「ぼくがここにいることを、どうやって知ったのです。スパイでもつけてたんですか」

「そんな無粋なことはしませんよ。今は便利なシステムがあるんです。GPSとかね。へへへ」

　佐久間は軽薄に笑った。江崎のケータイは去年の十一月に《内諜》によって細工されていたが、もちろん本人は気づいていない。家を出てからの充電はサウナやネットカフェで行っていた。

　佐久間は弁解するようにつづけた。

「別に先生だけじゃありません。日本中のドクターにはすべて背番号がついているのです。住基ネットなどよりはるか以前からね。医籍登録です。医師免許はわが省の管轄ですから。便宜上、我々はイニシャルと下三桁をコード名にしていますけどね。たとえば、江崎先生はE007、香村先生ならK923という具合です。病院の勤務医であれ開業医であれ、保険診療をするためには、必ず保険医登録をしてもらいますからね。都道府県の社会保険管理部に集まったデータは、すべてわが省のホストコンピュータに送られてきます。医局の人事で動こうが、自発的に開業しようが、施設に就職しようが、手続き上すべて把握されるシステムになっているのです。その中で、問題のある人物については、徹底した調査を行います。我々には内務諜報部、通称《内諜》という組織がありますから」

《内諜》という言葉に、佐久間はかすかにイントネーションをつけた。そして、段ボール箱に顔を近づけ、ささやくように言った。

「先生が監視の対象になったのは、もちろん香村先生とのからみです。しかし、調べるうちに興味深い情報が届けられた。お父さまのことも含め、我々のプロジェクトにぴったりだということです。先生が松野という不信のかたまりのようなジャーナリストと組んで、『痛恨の症例』を集めているという情報もしかりです。先生はなぜ医者の権威を貶めるようなことをするのか。それは医療が事実以上に立派に思われることへの拒否ですね。先生には現実が見えすぎるのですよ。陰惨で理不尽な現実がね。そうなると、もうどうしようもない。あとは自分の無力を突きつけられるだけです。虚無に引き込まれる以外ないですよね」

連絡路に足音が聞こえ、サラリーマンらしい男が足早に通り過ぎた。二人には見向きもしない。市役所の担当者がホームレスを説得しているとでも見えたかもしれない。

「阿武山病院は、先生を無断欠勤による解雇処分にしました。先生もあそこにはもどるおつもりはなかったのでしょうが。それにしても、先生のような方がまさか二カ月も路上生活をつづけられるなんて予想外でした。やはりキースレンはすごい麻酔薬ですね。酒なんかで酔っぱらうより、よほど楽しい体験ができるようだ。呼吸抑制の危険は伴いますが、そこは専門家だから。それに、先生には手持ちがなくなればこっそり届けてくれるシンパもいるし」

「まさか、おまえら……」

「いえいえ、我々は安倍洋子さんをつけまわしたりはしませんよ。彼女が先生と二回接触した報告は受けていますが、それはあくまで先生をウォッチしての情報です。それにしても、いい看護師さんですな。ふつうならクスリをやめさせようとしますよ。でも、彼女はとことん先生を信じ、どこまでもついていく気です。それだけ先生には魅力があるのですよ」

佐久間はふと天井から滴る水の音に耳を澄ました。

「はじめて先生がわが省にいらっしゃったとき、わたしはひと目見て感動しました。先生は自分を棄てていらっしゃいましたからね。この人には見えている。きれいごとや嘘に倦み、現実が見えすぎることにおののいている。そうでしょう。同じ感覚はわたしにもありますからね。やっぱり我々は似てるんですよ」

佐久間の言葉に、江崎は発作的な怒りを感じた。すべては佐久間によって仕組まれたことなのか。江崎は段ボール箱をはねのけ、身体を起こして叫んだ。

「松野さんを殺したのは、やっぱりおまえか」

佐久間は一瞬、目を見張り、発作のように笑いだした。笑い転げる佐久間とは対照的に、江崎は伸び放題の前髪から、怒りに満ちた目を血走らせていた。頰がこけ、皮膚が黄色みを帯びている。キースレンばかり吸ってまともに食事をしていないせいだ。

佐久間は笑いの発作がおさまると、平然と言った。

「まあ、そうお考えになりたかったらどうぞ」

「松野さんはあの日、たった一人の娘さんの卒園式に出るために、無理をして帰宅しようとしていたんだぞ」

江崎の声が連絡路に響いた。佐久間が肩をそびやかして首を振った。

「どうしてあんなジャーナリストごときに入れ込むのです。松野は自分の功名心のために先生を利用しただけですよ。でもまあ、もうそれ以上は言いますまい。死人にむち打つようなことはしたくありませんから。しかし先生、よく聞いてください。今、日本は底に穴のあいた船に乗っているようなものです。超高齢社会の問題は、世間が考える以上に危機的です。先生がわが省にお見えになったとき、応接間に掛かっていた写真を覚えていらっしゃるでしょう。わたしがウィーンから持ち帰ったトランジの写真、腐敗屍骸像ですよ。このままだと、日本もトランジのようになってしまいます」

蛆やガマガエルに取りつかれた死体像がまざまざと思い浮かんだ。

「生きながら腐敗したような老人に埋め尽くされるということです。今、手を打たなければ、手遅れになるのです。だから、わたしのような者が、動いているのです」

佐久間は真剣な目で江崎を見つめた。しかし、江崎に向いたのは優位側の右目だけで、左目はあらぬ方をさまよっている。

「我々、現実が見える人間がやらなければ仕方ないのです」

「やるって、何を」

「国家による望ましい死の保障です。寝たきりになる前に死ぬことを目指すのです。断言しますが、寝たきりになって生きていても、意味はありません。医療が進歩しすぎたせいで、人間は尊厳ある死を奪われた。長生きしたいという欲に目がくらみ、人は地獄を見るのです。むかしはもっと楽に死んでいた。天寿がうまく機能していたからです」

「天寿……」

「そう。それが我々のプロジェクトを《天寿》と名づけた所以(ゆえん)です。天寿、必ずしも長寿ならずですからね。ははっ。どうです。江崎先生、我々にご協力願えませんか。麻酔科のドクターは、安楽死のスペシャリストでしょう。先生ならきっとすばらしい方法を開発してくださるにちがいない」

佐久間は熱意を込めて言った。江崎は冷たい表情で佐久間を斜めに見た。

「香村先生も同じように口説いたんですか」

「え」

「佐久間さん、あなたは何やら壮大なことを企んでいるらしい。でも、結局は自分で何もできない。いくら恐ろしい計画を練ってみても、医師の協力がなければ、何ひとつできないんだ」

佐久間は一瞬、薄笑いを消した。半開きの唇から熱い息が洩れる。怒りを抑えるために、佐久間は二秒ほど瞑目した。

「おっしゃる通りです。わたしはただの官僚です。自分では何もできない。手足がなければ、脳が何もできないのと同じです。たしかに手足は反射でも動きますよね。それを意味あるものにするには脳が必要でしょう。いや、誤解しないでください。先生を手足にしようというのじゃありません。先生を脳にお迎えしたいんですよ。へっへっへ」

「前にもうかがいましたね。安楽死を超える快適な死の実現ですか。それは無理です。医師には身に染みついた最低限の倫理があるのです。いくら傲慢で、欲の深い医師でも、目の前の命を殺すことはしません。効率や利益を優先して弱者を切り捨てるのは、官僚や企業の発想です。医師は命を救います。どんなに手間取っても、経費が高くついてもです。現場で患者の苦しみに触れたことのない人間にはわからないでしょう」

「はんっ、江崎先生らしくもない。そういう医者の独善、センチメンタリズムが日本を危うくしているのですよ。だれが好きこのんで弱者を切り捨てます。社会の舵取りとしては、泥をかぶる覚悟で決断しなければならないことがあるでしょう。自分が悪者になって、良心の呵責も、罪悪感もすべて背負って、決断する。甘い正義感のみを実践しておられるのは、おめでたい人だ」

佐久間の声がうわずっていた。顔色は白く、ときに唇を舐める舌だけが異様に赤い。江崎はそんな佐久間をじっと見つめ、落ち着いた声で言った。

「佐久間さん、あなたは望ましい死の保障などと言ってますが、それは建て前じゃないですか。本音は別でしょう。つまり、単に老人を減らすこと、人口調整が目的なんでしょう。老人が減れば、高齢社会の問題は一挙に解決しますからね」

佐久間は思わず膝を叩き、はしゃいだ声を出した。

「たはっ、参りました。さすが江崎先生。おっしゃる通りです。隠し立てはいたしません。では、現実に向き合いましょう。医者は命は大切だとおっしゃる。どの命も等しくね。しかし、生を求める命もあれば、死を求める命もあるのじゃありませんか。死を求める人に死を禁じるのは、残酷なことではないですかね。ましてや老いに苦しみ、つらい思いのみに日々を送る老人には」

「そんな老人ばかりじゃないでしょう」

「もちろんです。しかし、死を求める老人がいることも事実です。案外、多いですよ、現場の話を聞くとね、ひひひ。年老いてくると、生きることが必ずしもよいとはかぎらないんですな。死にたがっている老人の願いは切実です。だからその人たちのために力を尽くしましょうよ。わが省に来ていただけるなら、可能なかぎりご希望に添いますよ。それに、新しい安楽死の開発は、お父さまのご遺志を継ぐことにもなるでしょう」

父京介のことを持ち出され、江崎は言いようのない憂うつに取りつかれた。佐久間はそれに気づかずつづけた。

「これまでの安楽死は、単に苦痛を避けるための死でした。死をタブーにして、前向きに考えないから中途半端だったのです。どうせ死ぬなら、最後にいい気持になりましょうよ。お父さまも同じ発想で研究されてたのでしょう」

「父のことは言わないでくれ」

江崎はすばやく横になり、また段ボール箱をかぶった。父のことを思い出させられるのは、耐え難い苦痛だった。逃れることのできない倦怠。江崎は段ボールの奥深くにデイパックを引き入れた。

「どうされたのです。これは先生にとって断然悪い話じゃありませんよ。わが省においでいただければ、悪いようにはいたしません。身分も保障しますよ。大学の医局からもマスコミからもお守りします。冷静にお考えください。新しい安楽死は、必ず必要とされます。そうなってから準備をはじめても遅いんです」

佐久間は熱心に誘った。江崎は上半身を隠したまま背を向ける。現実から逃れようとして身もだえし、やがて仰向けになって脱力した。

佐久間は顔を近づけ、皮肉な調子を込めて言う。

「ほんとうは先生にも見えているのでしょう。破滅が見えているのに、なりゆきに任すのは確信犯ですよ。先生は、ひょっとして日本の破滅を望んでいらっしゃるのじゃありませんか。ヒューマニストを気取っていらっしゃるが、実は確信犯的ニヒリスト、終末思想の信奉者ではありませんか」

江崎は反応しない。投げ出した両脚に生気がない。佐久間ははっと気づいて、段ボールを取り払った。江崎の口に分厚いガーゼが載っている。横にキースレンの瓶が転がっている。中身は空だ。

「しまった」

佐久間は慌ててガーゼを取った。まだぐっしょり濡れている。江崎はありったけのキースレンをガーゼに染ませて吸引したのだ。

佐久間は江崎の顔に耳を近づけ、呼吸を確かめる。息づかいが感じられない。唇が青い。

「しっかりしてください」

江崎の頰を打ちかけて、佐久間は思いとどまった。せっかく死にかけているものを、邪魔しちゃ悪いか……。

佐久間はゆっくり立ち上がる。江崎がもしこのまま死ぬなら、それまでの人間ということだ。無理に助けてどうなるものでもない。

佐久間は薄笑いを浮かべて、その場を立ち去った。

32　離脱

北大阪急行緑地公園駅から北へ五分のところにある「千里山スカイハイツ」は、ワンフロアに三戸ずつ、十階建ての細長いマンションである。七階の窓からは西に広大な服部緑地公園が見え、手前に乗馬センターの馬場が見おろせる。安倍洋子が看護師寮からこのマンションに引っ越してきたのは、二年前のことである。

安倍は仕事から帰ると寝室に直行し、バッグから三百ミリリットル入りの遮光瓶を取り出した。黄色いラベルが毒々しい。彼女が麻酔科医の目を盗んでこの瓶を持ち帰ったのは、これで三回目だった。

そろそろ江崎から電話がかかってくるかもしれない。いつ連絡があっても、すぐに届けられるように用意しておきたい。それがいいことか悪いことか、安倍にはもう判断がつかなくなっていた。ただ、江崎の求めに応じたいという思いがあるだけだ。

ここ数日、安倍は半ば強迫観念に駆られるように手術部でチャンスをうかがっていた。これまでは薬剤室に人の出入りが多くて機会がなかった。今日の午後、A室で予定されていた人工血管置換術がキャンセルになり、薬剤室の前が空室になったのだ。安倍は、薬品保冷庫から新品のキースレンを持ち出した。

首尾よくだれにも見られなかったが、安倍の足取りは重かった。先週、前の口頭弁論が終わった翌日、枝利子が安倍を訪ねてきたからだ。

「江崎先生の中毒は、きっと治ると思います」

枝利子は深く澄んだ目で安倍を見つめて、断言した。もちろん自分だって治したい、でも今は無理だと安倍は思い込んでいた。

安倍が最初にキースレンを持っていったのは、江崎の失踪から三週間目だった。場所は大阪中之島のライオン橋のたもと。江崎はまわりの路上生活者から少し離れたベンチに座っていた。

「安倍さんにこんなことを頼んで、すまない」

江崎は肩を落とし、やつれた顔で安倍を見上げた。

江崎が行方不明になったとき、最後は枝利子がいっしょだったと上川から聞いて、安倍はショックを受けていた。だから江崎から極秘の連絡を受けたとき、安心すると同時に大きな喜びを感じたのだ。「何も聞かずにキースレンを」と頼まれて、承諾したのもそのせいかもしれなかった。

安倍には江崎を強く信頼する気持があった。江崎は優秀だし、真面目で意志も強い、その彼が必要としているのだから、求めに応じるしかない、父親の死、母親の痴呆など他人が入り込めない深い事情があるはずだ、それを知らずして、常識的な説得を押しつけても江崎を苦しめるだけだ、とそう思って、安倍は一カ月後にふたたびキースレンを求められたときも黙って応じたのだ。

先週、枝利子が訪ねてきたとき、安倍は枝利子が江崎の中毒を知っていることに動揺した。松野が死んだ今、それを知っているのは自分だけだと思い込んでいたからだ。安倍の中に枝利子に対する対抗心が湧き上がり、失踪後の江崎と二度会ったことをどうしても枝利子に言わずにはいられなかった。そして、江崎を信じているからこそ、キースレンを渡したということも。

「その薬は危険じゃないんですか」

枝利子は素朴に聞いた。

「それは……、先生は専門家だから」

「でも、それがほんとうに江崎先生のためになるのでしょうか」

枝利子は悔しいほど冷静だった。邪念がない分、彼女は強かった。安倍は自分が江崎への愛情と、枝利子への敵愾心(てきがいしん)に揺れていることを認めざるを得なかった。そのとき、枝利子が断言したのだ、江崎の中毒はきっと治ると。

安倍は枝利子がどこまで知っているのか慎重に探りを入れた。母親が施設にいることは知っていたが、父親の死の詳しいいきさつは知らないようだった。そのことが安倍の心をわずかに慰めた。しかし、話を聞くうちに、枝利子が家を出たことを知ると、安倍の心はふたたび乱れた。枝利子が結婚していることで、安倍は大きな安心を得ていたのだ。もし枝利子が離婚するなら、安倍はとても平静ではいられないだろう。

キースレンの瓶を見つめながら、安倍はベッドに横たわる。この薬は、江崎を救うのか、それとも破滅させるのか。江崎はなぜキースレンを求めるのか。

安倍はナイトテーブルの引き出しから、タオル地のハンカチを取り出し、キースレンをわずかに垂らした。これくらいなら大丈夫だろう。口元に当て、ゆっくりと吸い込む。胸が震える。不安と期待が肺に流れ込む。ハンカチが乾くと、安倍はさらに薬液を垂らした。江崎はこれを待っている。これがあると救われる。先生のためなら、なんでもできる……。

身体が熱い。

物の輪郭が同心円状に膨らむ。目の前に江崎の瞳が浮かび、オレンジ色に輝く。安倍の理知的な目がそれを迎え入れる。

寝室の壁が遠ざかり、水銀のような闇が安倍を引き寄せる。安倍は怯える。このままだともどれなくなる。いやな甘みに引きずり込まれる……。

息ができない！　そう思ったとき、安倍のケータイが鳴った。

長居公園のけやき林に、打ち捨てられたホームレスのテントが半ば傾いで建っていた。外部とのつながりを遮断するように、幾重にもブルーシートがかぶせられている。その中に、三日前から一人の男がもぐり込んでいた。江崎だった。

北浜の地下通路から佐久間が去ったあと、江崎は徐々に呼吸を回復し、約四時間後に意識を取りもどした。吸入麻酔薬だから、息さえしていればガスは肺から抜けていく。しかし、麻酔の深度は危険域を超えていたようだ。気づくと江崎は失禁していた。佐久間がガーゼを取り去ったことが、間一髪のところで江崎を救う結果になったのだ。

なかなか死ねないものだな。

それが江崎の心に最初に浮かんだ感慨だった。全身が重油に浸されたようにだるい。どうすればいいのか、判断がつかなかった……。

テントの中は奇妙な青一色の世界である。ブルーシートの重なりが、シュールな幾何学模様を作っている。この三日間、江崎は夜を恐れていた。一昨夜はそれほどでもなかったが、昨夜（ゆうべ）は一晩中、鼻や耳から無数の黒い虫が這い出る幻覚に苦しめられた。禁断症状のはじまりである。江崎は安倍に連絡を取り、キースレンを持ってきてくれるよう頼んだ。

午後四時過ぎ、シートに小石が投げられ、下へ転がった。一つ、二つ、三つ。それが安倍との合図だった。江崎は急いで中腰になり、入口のシートを開いた。

薄暗がりに慣れた目に、逆光の夕陽が突き刺さった。長い髪、細いシルエット、シートをくぐって入ってきたのは安倍ではなかった。

「江崎先生」

江崎は全身を強ばらせた。

「枝利子さん。どうして、ここが……」

江崎は逃げるように奥へあとずさりし、ぺたんと腰をおろした。枝利子は入口にしゃがみ、ハンカチを広げてその上に座った。ベージュのフレアスカートが段ボールの上に広がる。

「わたし、安倍さんの代わりに来ました。これを預かって」

枝利子はバッグから紙袋に入れたキースレンを取り出した。江崎が待ちきれずに手を伸ばすと、すっと膝の反対側に置き換えた。

「お渡しする前に、お話ししたいことがあるんです」

「何……」

江崎が禁断症状寸前の震える声で言うと、枝利子は江崎を正面から見つめた。

「江崎先生、あれからずいぶんたつのに、どうしてご自宅へもどられないんですか。上川さんがいろいろ調べて、『週刊ビップ』は先生のことは記事にしないそうですよ。だから、追いまわされる心配もないんです」

江崎は膝を抱え、目線を落としたまま動かない。

「先生がいなくなってから、わたし、考えたんです。お世話になりっ放しで、何かお返しができないかって。先生には連絡が取れないから、せめてお母さまに何かできないかと思って、『もえぎ苑』に行ったんです。区役所で紹介状を書いてもらって、ボランティアでお母さまの世話をさせてもらえるようにと。江崎先生の知り合いだと言うと、施設のほうでも困っていたようで、ちょうどお母さまの世話をさせてもらえることになりました」

枝利子が「もえぎ苑」のことを話すと、江崎は険しい表情になった。それでも枝利子はひるまなかった。

「先生、どうしてお母さまの面会に行かないんですか。施設の人も来てあげればいいのにと言ってましたよ」

「お袋は、もう何もわからないんだよ。ぼくが行っても、息子だと思いもしない。君だってわかるだろう」

「そうですね」

枝利子はため息をついて視線をずらした。「わたし、お母さまを喜ばせようと思って、先生のムービーメールを見せたんです。声は消して、先生が笑って挨拶しているように見えるのを。でも、お母さまはわからなかったみたいです。なんの反応もなかったから」

「やっぱりな。もうわからないんだ。完全な痴呆なんだよ」

「いいえ。わたし、思い出してもらおうと、何度も画像を再生したんです。そしたら、お母さまの顔がだんだん仮面みたいになって、表情が消えてしまったんです。完全に心を閉ざしてしまったみたいで。わからないんじゃなくて、拒否してらしたんです」

「……どっちでもいいよ」

江崎は投げやりにつぶやいた。

「先生、お母さまのようす、聞きたくないですか」

江崎は返事をしない。枝利子は言葉を選びながら、ゆっくりと話しだした。

「はじめてお母さまにお目にかかったとき、お世話するどころか身体に触らせてもくれませんでした。すごく怒って、叩いたり嚙みついたりするんです。わたしにだけじゃなく、自分にも暴力をふるうんです。頭を叩いたり壁に打ちつけたりするから、ヘッドギアをつけられてました。髪は半分以上白髪で、顔色もよくありませんでした。食事を介助しても食べないし、せっかく口へ入れても介護者に吐きかけるし……。着替えもたいへんでした。汚れたものを取り替えようとすると、すごくいやがって」

「それはお袋が死にたがってるからだよ。頭を壁にぶつけたり、食事を拒否したりするのは、緩慢な自殺なんだ。お袋はもう生きてるのがいやなんだよ」

「そうかしら。わたしはそうは思いません。お母さまはおむつを汚れたままにして、その中に手を突っ込んで、汚れた手でわたしに何度も触ろうとしました。まるでわたしを試すみたいに。人に意地悪をするのは、かまってほしい証拠でしょう」

江崎は母の痴呆がはじまったころを思い出した。最初に症状が出たのは、父の急死の直後だった。母は不安定になり、夜中に急に取り乱したり、冷水を浴びたりして高校二年の江崎を翻弄した。症状が本格的になったのは、江崎が外科から麻酔科に移ってからだ。まるで江崎が病院に行くのをじゃまするように、不潔行為や異食で江崎を困らせたのだ。そのとき江崎は母に怒り、鎮静剤と睡眠剤をのませた。

「わたしはお母さまが心を開いてくれるまで、じっと我慢することにしました。便の汚れくらい洗えばいいんですから。お母さまは咳ひとつしないのに、よく風邪をひいたと言ってました。でも、薬は持ってるって、ボロボロになった風邪薬の空き箱を引き出しの奥から出してくるんです。これさえあれば大丈夫だって」

枝利子は江崎の目をのぞき込むように見た。「先生、その薬のこと、覚えてませんか。先生が買ってあげたものですよ」

忘れてはいない。小学校四年のとき、江崎は風邪で寝込んだ母のために、こづかいで風邪薬を買ってきたのだ。母は大げさに喜び、おまえはきっといいお医者になると、何度も頭をなでてくれた。その空き箱を、母は後生大事にとっていたのだ。

「でも、薬を買ってくれた息子はもういないと言ってました。それきり呪(まじな)いをするみたいに唇をきつく結んでしまって」

枝利子はバッグから葉書大に折り畳んだ新聞のチラシを何枚か取り出した。

「先生、これ、なんだかわかりますか。お母さまが大事にしていたものです。お母さまの部屋で世話をさせてもらうようになってから見せてもらったんです。引き出しに同じようなチラシがたくさんあって、ときどきベッドの上にならべて眺めてました。きれいな景色やねぇ、行きたいねぇと言って」

それはただの宣伝チラシだった。江崎にはなんのことかわからない。

「わたしもきれいですねと言って、それはなんですかと聞いたら、絵葉書だって。だれから来たんですかと聞いたら、パパよっておっしゃってました。お父さまのことじゃないですか」

そうか。江崎には思い当たることがあった。彼が小学校一年のとき、父京介がＷＨＯの招聘で一年間ドイツに留学したのだ。そのころはまだ国際電話が高額で、母は父からの絵葉書を心待ちにしていた。届くたびに少女のように喜び、机にならべていたのを思い出す。母は夫の死が受け入れられず、息子の進路も許せなくて痴呆という非常手段で過去に逃げ込んでいたのだ。

しかし、そんな解釈がなんになるだろう。母の心情を理解したら、痴呆がよくなるとでもいうのか。痴呆はそんなに甘くはない。

「枝利子さん、あなたの気持はうれしいよ。でも、母の痴呆は治らない」

江崎は首筋の垢(あか)を縒(よ)りながら、自嘲するように言った。

「冷たいことを言うようだけど、いったん痴呆になれば、元にもどることはない。母がぼくを認識することはもうないだろう。悲しいけれど、それが痴呆というものなんだ」

「だから面会に行く意味がないというんですか」

江崎は答えなかったが、心の中では否定しなかった。それが現実だ。絵空事でない事実なのだ。

枝利子は悔しそうに言った。

「どうしてそんなふうに思えるんです。先生は医者じゃないんですか」

「医者だからそう思うんだよ」

「少しでもよくなるとは考えないんですか」

「あらぬ希望にすがるより、現実を受け入れたほうがいいんだ」

「それで、お母さまを見捨てたんですか」

枝利子はじっと江崎を見つめた。江崎はその目を五秒ほど見つめ返し、かすかに眉をひそめて視線をはずした。

「話はそれだけ？」

枝利子は失望したように肩を落とし、チラシをバッグにしまった。手元に置いた紙袋を指して、江崎が言った。

「それ、こっちに渡してくれる？　ぼくにはまだ必要だから」

「先生、安倍さんもこれ、吸ったんですよ。先生にこれを渡していいかどうかわからなくなって。でも、やっぱりよくないから、やめてほしいって。自分で言えないから、わたしに預けたんです」

「そう、安倍さんにも、悪いことをしたね……」

江崎の指が震えている。枝利子は戸惑いながらキースレンを渡した。江崎は急いでふたを取り、ハンカチに垂らして口元に当てる。深呼吸すると後頭部に朝焼けの地平線が広がるような解放感が湧いた。

枝利子が唇を噛んでこちらを見ている。大きな瞳が怒りと悲しみに揺れている。江崎はそういうセンチメンタリズムに耐えられなかった。

「ありがとう。用がすんだら帰っていいよ」

枝利子が悔しそうに江崎をにらみ、立ち上がる。もうこんなところに一分だっていたくない。なのに足が動かない。枝利子は自分の無力さに歯がみし、身を裂く思いで背を向けた。江崎はそんな枝利子を見て、ふいに激しい欲情に駆られた。それは嗜虐(しぎゃく)的な衝動だった。無防備な彼女を思い切りいたぶり、傷つけ、辱(はずかし)めたい。江崎は枝利子の背中にわざと露悪的な言葉をかけた。

「枝利子さん、あなたは善意にあふれてる。でも、ぼくの母の世話をするのは、単にあなたの自己満足かもしれないよ」

枝利子は振り向き、悔しそうな目で江崎を見据えた。

「そうですね。自己満足かもしれません。お母さまが痴呆であることは、わたしもよくわかっています。でも、どんなお年寄りだって、人間として最後まで大切にされる権利があるんじゃないですか」

「ご立派だね。マザー・テレサのようだ。ぼくも救ってもらいたいよ」

江崎はふざけた言い方をし、これ見よがしにキースレンを吸った。枝利子がつらそうに眉をしかめる。傷ついた枝利子を見て、江崎は秘かに嗜虐の蜜を舐めた。

「母には、何をしてもわからないよ」

キースレンを吸いながら、江崎は楽しむように言う。枝利子の表情が苦痛に歪む。

「あとはお迎えを待つだけさ」

「いいんです。お母さまはかけがえのない一生を生きて、それで今があるんです。なのに最後にだれにも大切にされないなんて、気の毒すぎます。たとえ無駄でも、わたしはお母さまを大切にしてあげたい。その気持を失いたくないんです」

黒い瞳に涙がこみ上げていた。それが滴り落ちる前に、枝利子はシートの外へ走り出た。

青い薄闇の中で、江崎は激しい情欲に取りつかれていた。性的な興奮がキースレンに痺れた脳を駆け巡る。轟音が耳を貫く。身体の芯で、巨大な快感の特急列車が江崎を何度も何度も轢断した。

……

江崎は歪んだ空間の底で丸太のように横たわっていた。キースレンのハンカチが段ボールの上に落ちている。虚脱の中で、江崎は思う。自分は何をやっているのか。

枝利子の言葉がよみがえる。

――どんなお年寄りだって、人間として最後まで大切にされる権利があるんじゃないですか。

ほんとうだろうか。

自分は母を大切にしようとした。けれど目の前であまりの痴呆ぶりを見せつけられ、負けてしまった。母の痴呆は治らない。母は息子もわからない。しかし、母は苦しみと悲しみを抱えて、懸命に生きてきた。夫と息子を愛し、慎ましやかな喜びを大切にし、かみしめるように時間を積み重ねてきた。自分は母を最後まで大切にしたいと思ったはずだ。

　江崎は乱暴に髪を掻きむしった。治らないから見捨てるというのなら、佐久間と同じじゃないか。自分は佐久間を否定しながら、結局、同じことをしていた。痴呆になった母の世話がうまくできなくて、母から逃げていたのだ。

　母からだけではない。父の死からも逃げていた。薬に頼って、現実を受け入れるふりをして自分をごまかしていた。希望を持つことから逃げていたのだ。

　江崎はキースレンを持って、シートのテントから這い出した。秋の日没は早い。しかし、まだかすかに西の空に光が残っていた。

　もういらない。薬にはもう頼らない。

　江崎は遮光瓶のふたを取って、キースレンを地面に捨てた。独特の芳香臭を鼻に入れないようにして。

　もう一度やり直そう。それから母に会いに行こう。母がどうあれ、大切にするために。

　瓶が空になると、江崎は自宅に向かって歩きだした。

33 スクープ

　第七回口頭弁論のあと、裁判所は鑑定についての弁論準備手続を開いた。大沢と堂之上は鑑定人として、三人の国立大学心臓外科教授を推薦したが、露木はこれを拒否した。被告の同業者では公平な判断が期待できないというのが理由である。露木は心臓外科以外の医師を要請したが、これは鑑定の専門性から不適切だと堂之上に拒否された。

　結局、双方代理人の意見は折り合わず、人選は裁判所に一任されることになった。

　二週間後、鑑定人決定の通知が届いた。裁判所が選んだのは、松原ハートセンターの心臓外科部長、菊森忠夫（きくもりただお）だった。露木はすぐに電話で枝利子に報せた。

「この先生は神港大学の出身で、教授の診療ミスを批判して医局を追われた人です。なかなかの硬骨漢で、以前にも患者側に有利な鑑定を出しています。この人なら大丈夫でしょう。裁判所も粋な計らいをしますよ」

露木はうれしそうに声を弾ませた。

「向こうの弁護士さんはその方でよろしいのですか」

「もちろんですよ。人選は裁判所に一任したのですから。鑑定期限は十一月十五日です。いよいよ大詰めですよ」

露木は楽観的だったが、枝利子にはまだ不安の気持のほうが強かった。

菊森医師による鑑定書は、期限の一週間前に裁判所に提出された。裁判所からコピーが送られてくると、露木ははやる気持を抑えながら読んだ。

菊森は、まず鑑定資料となったレントゲン写真を一枚ずつ分析し、心臓が収縮期から拡張期までのどの位相で撮影されたかを同定した。それをもとに動いている心臓と、肋骨などの固定された指標とのねじれを解析して、およその立体的な位置関係を把握した。これにサブトラクション画像を重ね合わせ、針の位置を二次元ではなく三次元で推測したのである。その結果、針は心臓の左後面の上部、すなわち左心房と左心室の境目のうしろ側に存在した可能性が高いと判定された。

サブトラクション画像の影が針であることは、大きさ、形、五枚ある画像の共通性などから疑いの余地はなかった。また、峰丘の手術は僧帽弁置換術で、僧帽弁は左心房と左心室を隔てる弁であるから、この位置に針があることも、手術操作からして大いにあり得ることである。

針がレントゲン写真で見えなかったのは、心臓のいちばん分厚い部分に重なったためだと、菊森は分析していた。

露木は深くうなずきながら鑑定書のページを繰った。

菊森鑑定は、針の存在を認めている。それが手術中に紛れ込んだものであることも強く示唆している。ここまでは原告の主張通りだ。

つづいて菊森鑑定は、心タンポナーデの原因となった冠動脈出血について考察を加えていた。病理解剖の所見によれば、出血部位は右冠動脈の後室間枝であったとされている。分岐部より一・二センチの位置で、出血部位は二・五ミリの裂傷であった。これは心臓の右後面にあたり、右心室のほぼ真裏になる。菊森は標準的な冠動脈の図をサブトラクション画像に描き込み、出血部位をマークしていた。それは左心室後面の針のあった場所と、約三センチ離れていた。

たかが三センチ、と露木は強気を装ったが、不吉な予感を消せなかった。

　菊森は針が心嚢内で移動する可能性について論じ、また、針が冠動脈を傷つけるとすれば、どのような損傷が予想されるかを考察した。峰丘の血管には動脈硬化があり、針による損傷が微小でも、二・五ミリ程度の裂け目が生じることは予想の範囲内であるとした。しかし、針の移動については、次のように断じていた。

「針は心臓壁と心膜のあいだにはさまれていたのであり、心嚢液の貯留でもないかぎり、可動性は乏しいと思われる。拍動によって針の向きが変わり、直近（ちょっきん）の血管を傷つけることはあっても、三センチもの距離を移動するとは考えにくい。このことは五枚のサブトラクション画像で針がほとんど動いていないことからも推測できる。四日目までほぼ同じ位置にあったものが、五日目に急に移動したとするには無理がある」

　そして鑑定結果は最終的にこうまとめられていた。

「峰丘氏の心臓に、手術により紛れ込んだ針が存在したのは事実である。この点は執刀医の過失といわざるを得ない。しかし、針の位置と冠動脈の出血部位は画像上約三センチ離れており、針が自然にこの距離を移動するとは考えにくい。従って、心タンポナーデの原因となった出血と、針のあいだには明らかな因果関係は認められない。以上」

　なんということだ。

　露木は思わず鑑定書を机に叩きつけた。針はあった、しかし出血とは関係がなかっただと？　こんなバカな鑑定があるか。

　サブトラクション画像で針の位置が明確になったことが、逆に因果関係の否定につながってしまったわけだ。針が心臓の陰に隠れているという推測だけのほうが、証明しやすかったのだ。枝利子になんと説明すればいいのだろう。露木はやり場のない気持で机を殴りつけた。

　しかし、まだ判決が出たわけではない。どこかに挽回のチャンスはあるはずだ。これまでの裁判官の心証は明らかにこちらに有利だった。まだ鑑定人尋問がある。そこで状況を取りもどす方法があるはずだ。

　露木は血のにじんだ拳を開き、キーボードに向かって鑑定人尋問の戦略を練りはじめた。


　鑑定人尋問は、十一月十九日、いつもの一〇〇八号法廷で午後一時半から開かれた。

傍聴席には前回同様、かなりの人数が詰めかけていた。マスコミや阪都大学病院関係者の顔も見える。上川も来ていたが、江崎の姿はこの日も見られなかった。

江崎は九月の終わりに自宅にもどったが、キースレンの中毒症状は予想外に重く、自力で禁断症状を克服することができなかった。それで安倍の助けを借り、京都の岩倉サナトリウムに入院していたのである。禁断症状は二週間ほどで徐々に消失したが、薬物から離脱すると、今度は深いうつ状態に陥った。状況の困難さ、過去への後悔、未来への不安などに耐えられなかったのだ。それまで薬を乱用していたため、抗うつ剤も抗不安剤も効かなかった。自身が医者であるため、専門知識がじゃまをしてカウンセリングも功を奏しない。主治医は時間をかけて自力で克服するしかないと判断したが、それは江崎の自己診断とも一致していた。

一方、鑑定結果を知らされ枝利子は、一瞬声を詰まらせたが、冷静にそれを受け入れた。十歳で母を交通事故で失って以来、彼女には悪い報せに対する諦念と防衛本能が備わっていた。露木は自分の甘さを詫び、残された弁論にベストを尽くすと約束した。

法廷に現れた菊森忠夫は、五十二歳にしては若々しい精悍さで、いかにも一匹狼の心臓外科医という風貌だった。黒いタートルネックに黒いジャケットという服装にも、我が道を行くという個性の強さが表れている。

裁判長が開廷を宣すると、法廷は裁判の大詰めらしい緊迫した空気に包まれた。

菊森が証人席で型通りの宣誓をすると、まず被告代理人の堂之上が主尋問に立った。有利な鑑定結果を受けて、香村は出廷していない。

「被告代理人の堂之上です。このたびは詳細かつ説得力に富むご鑑定、誠に敬服いたしました」

紺のピンストライプのダブルを着込んだ堂之上は、似合わない猫なで声で一礼した。

「菊森鑑定人にお訊ねします。峰丘氏の心臓に残された針は、心臓の左うしろ側にあったということですね。しかし、出血部位は心臓の右側であるから、針が原因で出血したのではないと、そう理解してよろしいですね」

「そうです」

「先生ご自身、心臓の手術を多数手がけておられると思いますが、針のあった場所は特に見えにくいというか、死角になりやすい部位なのでしょうか」

「いえ、別にそういう場所ではありません。少し丁寧にさがせば針は見つかったはずです。少なくとも……」

「あ、はい。わかりました」

堂之上は菊森の発言を遮るように引き取った。あまりしゃべられると、やぶ蛇になりかねないという慌てようだ。

「では、心タンポナーデの原因となった冠動脈出血についてうかがいますが、場所は右冠動脈の後室間枝でよろしいですね。これはどういう血管ですか」

「右冠動脈が右心房の下縁に沿って心臓の裏へまわり込んだところで下方に分かれる枝です」

「つまり、心臓の右うしろ側ということですね。その部分は僧帽弁の手術で操作する場所なのですか」

「いいえ」

「もし、手術が原因で出血が起こるとすれば、手術操作に関わる場所で出血するのではないですか」

「そうでしょうね」

堂之上はあくまで手術と出血が無関係であることを印象づける作戦である。

証人席には前にも用意された心臓の模型が置かれていた。菊森はやおら模型を手に取り、説明をはじめた。

「出血を起こした血管はこの部位にあります。ここは三尖弁の裏側で、僧帽弁の手術で触る場所ではありません。針があったのは僧帽弁の裏側で、ここには左冠動脈から分岐した回旋枝という血管があります。もし、出血が回旋枝からであれば……」

「あ、菊森先生、そのへんでけっこうです。ご鑑定で針と出血の因果関係は明確に否定されておりますので。ありがとうございます。以上で被告代理人の質問を終わります」

堂之上はまたも菊森の発言を中断し、慇懃に尋問を終えた。

つづいて露木が反対尋問に立った。これが不利な鑑定を少しでも弱める唯一最後のチャンスである。

「原告代理人の露木です。明快なご鑑定で、被告が頑なに抵抗した針の存否に決着がつきました。原告側としても誠に感謝しております」

露木はあくまで強気の姿勢で言い、勝負はこれからだとばかりに、さっと上着を脱いだ。

「さて、ご鑑定では針の存在は認定されながら、冠動脈の出血との因果関係は認められないということですが、それでよろしいですか」

「その通りです」

「そうしますと、出血は針以外の原因によるということになりますが、鑑定人は具体的にはどのような原因を想定されるのでしょうか」

露木は切り込むように聞いたが、菊森はいささかも悪びれずに答えた。

「それは不明です」

「可能性としては、どういうことが考えられますか」

「そうですね……、これといって思い浮かびませんが」

露木は腕まくりをしながら、せわしなげに証人席の横に出てきた。そして法壇の裁判官を十分に意識しながら、念を押すように言った。

「可能性としてさえ、出血の原因が思い浮かばない。これはどういうことでしょう。片や、心臓に手術で針が残されたことは確認されており、手術の五日後に患者が死亡したという事実がある。わたしは医学の素人ですが、ふつうに考えて、両者になんらかの関係を見るのが自然ではないでしょうか」

堂之上が顔色を変えて異議を申し立てようとしたが、その前に菊森が決然と言った。

「お待ちください。今の弁護士さんのお考えは、ご自身もおっしゃったように素人の論理です。針があった、出血があった、だから針が出血の原因だと単純に決めるのであれば、鑑定など必要ないのではありませんか。画像上得られた三センチの距離は、実際の心嚢内では一日や二日で移動できる距離ではありません。もし針が出血の原因であるとするなら、この距離をどう越えたのか、それを説明する必要があります」

被告代理人席で、大沢と堂之上が大きくうなずいた。露木は唇を噛んで沈黙した。自分にそんなことが説明できるわけがない、それを説明するのが専門家だろうと思うが、それは言えない。

露木は必死の思いで菊森に訴えた。

「わたしは先生のご鑑定に反論するつもりは毛頭ありません。ただご理解いただきたいのは、一人の患者さんが手術のあと急に亡くなったということです。たった一人のご遺族である娘さんが、その真実を知りたいと思うのは当然でしょう。そして患者さんの心臓には手術の針が置き忘れられていた。その状況でもし針が原因でないとすれば、ほかに何が考えられるのか、専門家なら、ぜひ納得のいくお答えをお願いしたいのです」

原告席から枝利子も菊森に熱い視線を送った。菊森は露木を憐れむように見た。

「あなたは専門家というものに期待しすぎています。専門家ならすべて説明できるはずだというのは、患者側の幻想ですよ。医学者の謙虚な目で見れば、わからないことはいくらでもあります。それを無理に説明しようとすれば、事実を歪める危険を冒します。わからないときはわからないと答える、それがもっとも真実に近いのです」

謙虚にと言いながら、菊森の態度は尊大なほどの自信に満ちていた。露木は態勢を立て直すため、すでに出た質問を繰り返して時間を稼いだ。

「では先生は、三センチの移動が説明できない、だから因果関係は認められないと結論づけられるのですね」

「そうです」

「説明できなくても、移動することはあり得るのではありませんか。現実に出血は起こっているのですから」

「はじめから針が原因だと決めてかかるなら、そうもいえるでしょうね」

菊森は不愉快そうに言った。菊森を怒らせることは得策ではない。しかし、因果関係の不成立を認めてしまうと、敗訴は決定的になってしまう。露木は捨て身の覚悟で正面突破を試みた。

「それじゃ、先生は手術と心タンポナーデはまったく関係がない、単なる偶然だとおっしゃるのですか」

「そうとは断定していません」

菊森は露木の語気に押され、やや譲歩するように答えた。露木は一縷(いちる)の望みを感じた。

「では、手術と心タンポナーデの因果関係を、完全に否定されるわけではないのですね」

「異議」

堂之上が苛立たしげに手をあげた。

「鑑定事項は、針と心タンポナーデの因果関係のはずです。手術全体との関係を問うのは飛躍です」

露木は負けずに訴えた。

「裁判長、たしかに手術との関わりは鑑定事項からはずれるかもしれません。しかし、原告にとっては、針が原因でなくても、手術によって患者が死亡したのであれば、受けた被害は等しく重大です。ここは菊森鑑定人に、専門家としてのご意見を承りたい」

縁なし眼鏡をかけた裁判長は、穏やかに菊森に言った。

「鑑定人は原告代理人の質問に答えてください」

菊森は露木にも堂之上にも視線をくれず、まっすぐ裁判長に向かって言った。

「手術が原因で心タンポナーデを起こしたのか、たまたま手術とタンポナーデの時期が重なったのか、今となってはどちらとも断定することはできません」

露木は畳みかけるように聞いた。

「すなわち、手術以外の原因で心タンポナーデが起こったことを積極的に疑う証拠はない、ということですね」

「はい」

被告代理人席で、堂之上と大沢が眉をひそめて言葉を交わした。露木はわずかでも有利な証言を引き出そうと、最後の詰めに入る。

「それでは鑑定人に改めてうかがいます。もし、峰丘氏が手術を受けていなかったら、五日後に心タンポナーデを起こす危険はどれくらいあったと思われますか」

「それはわかりません」

「では、手術が心タンポナーデの引き金になった可能性は」

「それは否定できませんね」

「以上で、反対尋問を終わります」

露木は鑑定を覆すことをあきらめ、質問の矛先を変えたのである。針が原因でなくても、手術が引き金になったことが推定されれば、裁判には勝てる。手術後五日目に急死しているのだから、常識的に考えて、手術がきっかけだと考えることが自然だろう。

尋問が終わると、裁判長は菊森に鑑定の労をねぎらい、尋問への協力に謝意を表した。そのあとで原告と被告の代理人に、つけ加えることがないか訊ねた。双方の代理人とも追加すべきことはないと言った。

あとはこれまでの主張を書面にまとめ、最終弁論として裁判所に提出すれば、弁論は終結する。そのあとはいよいよ判決を待つばかりである。

露木は枝利子といっしょに西天満の事務所にもどり、分厚いファイルを机に置くと、倒れ込むように自分の椅子に座った。

「ようやくここまで来ましたね」

「ありがとうございます。露木先生のおかげで、納得のいく裁判ができました」

「いやいや、あなたこそよく頑張られましたよ」

アルバイトの女性がお茶を淹れてくると、露木は今日の尋問を思い出すように目を細めた。

「菊森鑑定には参りましたが、今日の尋問で、少なくとも手術とお父さまの急死について、関係性を印象づけることができたと思います。それに、手術で針を心臓に置き忘れるという重大ミスははっきりと認定されたわけですし」

「でも、その針と出血には因果関係がないと判定されたんでしょう」

「大丈夫ですよ。直接の因果関係が証明されなくても、手術の五日後に亡くなっているのですから、医療側の不利は明らかです。これまで最高裁から高裁に差しもどしになったのは、すべて原告側に不利な判決が出たときです。それだけ原告に有利な時代になってきたのです。これまでの裁判が鑑定に頼りすぎてきたことの反省ですよ。裁判は医学の専門知識を争う場ではなく、裁判規範に基づいて独自の審判を下すところですからね。鑑定で証明されなくても、一般的に考えて蓋然性が高ければ、因果関係を認めることがあるのです。香村サイドは、出血が針以外の原因で起こったとは、証明していませんからね」

露木は枝利子の両肩に手を置き、力強く言った。

同じころ、堂之上はネオ医療センターの香村に電話でこう告げていた。

「香村先生、今、最後の尋問が終わりました。ええ、鑑定が覆ることはありませんでした。針の存在は認めるとしても、死因とは直接関係がないと証明されたわけですから。はい、もちろん賠償の義務はありません。日本の裁判では常に疑わしきは罰せずが原則ですから……」


十一月も後半に入ると、信州茅野はすっかり冬の気配に満たされる。カエデもカラマツも葉を落とし、冴えわたった空気の中で初雪を待つばかりだ。

ネオ医療センターの副センター長室で、堂之上からの連絡を聞いた香村は、長いため息をついて受話器を置いた。

どうやらこれで有利な判決を得られそうだ。思えば危ない橋の連続だった。サブトラクション画像で針の存在が証されたときには、さすがの香村も一時は敗訴を覚悟した。しかし、優秀な弁護士と幸運な鑑定のおかげで、危機を脱することができた。弁護士料をケチらなくてよかった、と香村は安堵の胸をなでおろした。

開設以来、臨床研究の最先端に立っている国立ネオ医療センターでは、終業時間を過ぎても帰る職員はほとんどいない。そんな多忙の中で、香村が自分の裁判にかかりきりになれたのは、芹沢の采配によるところが大きかった。

香村は廊下に出て、プロテオミクス医科学部の部長室へ行った。

「失礼するよ」

香村がドアを開けると、芹沢が二台ならべたパソコンに向き合い、せわしなく画面をスクロールしていた。本来ここはプロテオミクス医科学部長を兼務する香村の部屋だが、彼には副センター長室があるので、次長の芹沢に使用を許していたのである。

「裁判がようやく山を越えてね、どうにか好ましい結果が出そうだよ。四月に赴任して以来ロクに仕事もできなかったが、もう大丈夫だ。特にプロテオミクス医科学は、君にほとんど任せきりにしてしまってすまなかった」

香村は勝訴の見通しに頰を緩めながら、形式的に頭を下げた。

「いいえ、先生、そんなお気づかいはご無用になさってください。我々は先生が赴任してくださっただけで、喜んでいるのですから」

芹沢は丁重な言葉づかいで言ったが、モニターからは目を離さなかった。香村はその失礼な態度に不快を感じたが、表情には出さず液晶画面をのぞき込んだ。

「忙しそうだね。なんのデータだね」

「PKII療法の大規模スタディですよ。佐久間主任企画官から、細かなフォローを指示されていますので」

佐久間の名を聞いて香村の不快感はいっそう強まった。何かというと芹沢は佐久間の名を口にする。香村は自分の不愉快さを露骨に見せたが、芹沢はそれを無視して音高くエンターキーを叩いた。

「大規模スタディの症例数は、予定通り集まっているのかね」

「ええ。先週末で二千五百五十例です」

「そんなに？　この前聞いたときは、たしか九百ほどじゃなかったかね」

「いつの話ですか。はるか以前でしょう、それ」

芹沢は横柄さと紙一重のところで巧妙につづけた。

「それにしても、先生のペプタイド療法はすごいですね。被験者のデータが全国の登録施設からどんどん送られてきますが、ＥＦ（駆出率）だけでも平均十から十五パーセントの改善ですよ。ＡＤＬ（日常生活動作）も軒なみ向上していますし」

香村は自分の療法をほめられて、やや機嫌を直した。

「わたしが裁判にかかりきりになっているあいだに、ずいぶん治験を進めてくれたようだね。でも、これからはわたしも現場に精力を集中できるから……」

「ありがとうございます。そう言っていただけるだけで心強いです。でも、どうぞご心配なく。先生のお手を煩わせるようなことはいたしませんよ。我々にお任せください」

芹沢は香村を遮るように言い、せわしなげにカーソルを移動させた。

「ときに、君はちょくちょく東京へ出張しているようだが」

「行ってますよ。厚労省にね」

芹沢がすんなり認めたので、香村は出鼻をくじかれた。咳払いをしてから、改まって訊ねる。

「そんなにしょっちゅう佐久間君に会う必要があるのかね」

副センター長に就任以来、香村は佐久間を君づけで呼んでいた。彼に乞われてこのポストに就いてやったのだから、香村としては当然のつもりだった。しかし、職員の反応はちがった。香村が「佐久間君」と呼ぶたびに、反感とも嘲り(あざけ)ともつかない冷ややかな空気が流れた。しかし、自分のこと以外には鈍感な香村は、それに気づいていなかった。

芹沢は苛立ちを感じて、ぶっきらぼうに言った。

「佐久間主任企画官には報告の義務がありますからね。大規模スタディは主任企画官の肝煎り(きもい)でスタートしたものですから」

「しかし、ペプタイド療法を開発したのはわたしだよ。治験についても、わたしが管理し、主導していくべきじゃないかね」

香村は開発者としての自信をちらつかせて言った。

「ペプタイド療法にはまだまだ予断を許さない面がある。突発事が起こったら、君らでは対処できないだろう」

「もちろんです。なんといっても、先生はパイオニアですから」

芹沢は慇懃に言ったが、胸の内では舌を出していた。ペプタイド療法については、この半年で芹沢が香村から聞き出したノウハウや阪都大学およびジョンズ・ホプキンス大学の資料から、すでにほぼすべて把握されていたからである。

「それじゃ、明日から大規模スタディの再検討に入ることにするよ」

香村は宙に浮くような宣言をして、部長室を出ていった。

何が再検討だ、あなたの役目はとっくに終わってる、と芹沢は喉まで出かかった言葉を呑み込んだ。香村につむじを曲げられてよけいなことに時間を取られたくなかったからだ。

実際、ペプタイド療法の治験は香村抜きで順調に進んでいた。開発者は香村でも、その発想を転換し、新たな利用法に展開させたのは佐久間だった。大規模スタディに関わるスタッフは、全員そのことを認識していた。

厚労省では、センターから送られてくるデータに佐久間がたえず目を光らせていた。まもなくペプタイド療法の第二の効果としての突然死が現れはじめるだろう、それまでに世論を操作し、受け入れられる土壌をつくっておかなければならない、もし世間が拒絶反応を示せば、プロジェクトは大きな暗礁に乗り上げることになる、と佐久間は考えていた。

世論操作のためには、まず流れを見極めることだ。佐久間のように常にフル回転で行動する者にとって、状況を見守ることは相当なストレスだった。しかし、全国の施設から集まるデータは、佐久間には満足のゆくものだった。

そして十二月十日、ついに最初のペプタイド療法による突然死が起こった。福岡県八女(やめ)市在住の八十六歳の女性である。彼女の通っていたデイサービスの施設長から、次のような報告が届いた。

●福岡県八女市大字岩崎　デイサービスセンター「ふれ愛の里」施設長S氏より。

「……坂本キヨノさんは十二月九日に元気にデイサービスに参加され、体操もして、午後は民謡カラオケを楽しまれました。亡くなられたのは翌日の午後で、ご家族によりますと、昼寝をすると言って横になったまま、帰らぬ人となった由です。デイサービスでは公表しませんでしたが、ご近所から話がもれ、デイサービス参加者からは坂本さんの死を悼むと同時に、『ほんなこつよかねー』『あやかりたかねー』と羨む声が盛んに聞かれました。やはりポックリ死はご老人のあこがれのようであります」

その後、ペプタイド療法によると思われる突然死は、各地から相次いで報告された。治験の説明では、突然死はペプタイド療法の必然ではなく、心機能向上に伴う偶然の結果とされていた。ポックリ死そのものには文句は出ない、むしろ喜ばれるはずだ、それが広がれば、自然にポックリ死を受け入れる空気が培われるだろうというのが、佐久間の目論見だった。

在宅医療で治験に登録していた開業医からは、次のような報告が届いた。

●山形県東田川郡余目（あまるめ）町「庄内まごころクリニック」医師Ｗ氏より。

「ＰＫⅡ療法治験中の齋藤繁夫氏（八十三歳）について報告申し上げる。

齋藤氏は本年七月十日より、ＰＫⅡ５００単位を毎週二回点滴投与し、（略）数次ご報告の通り、著明な心不全症状の改善を見たが、十二月二十五日未明、突然、心停止をきたし、不幸の転帰を取った。（略）

余談ながら、齋藤氏は人いちばい死ぬのを怖がっていた人で、少しでも身体の調子が悪いと診察を希望していた。それがＰＫⅡ療法をはじめてから、体調がよくなり、心臓だけでなく気分まで明るくなったようだった。大好きな風呂に入っても動悸がしなくなり、晩酌もできるようになったと喜んでいた。死の前夜も久しぶりに訪ねてきた孫と酒を飲み、ゆっくりと風呂につかって九時半に就寝した。心臓が止まったのは午前三時ごろで、本人はまったく気づかないうちの臨終であっただろう。まさに大往生で、ご遺族も、こんな幸せな死に方はないと安堵するかのごときであった……」

本省に出張してきた芹沢からこの報告を受けたとき、佐久間はペプタイド療法の新たな効用に気づいた。

「死ぬのを怖がる老人にはペプタイド療法は使いにくいと思っていたが、逆だったな。死を恐れる人にこそ、ポックリ死は望ましいんだ。まだ元気だと思っているうちにポックリ逝けば、死を恐れるひまもないんだからな。うはははは」

「絆創膏（ばんそうこう）を剝がすのと同じですね。じわじわ剝がすと痛いけれど、ビッと剝がすと一瞬ですみますからね。うふふふふ」

二人は乾いた笑いを交わした。

佐久間は自分の考えが正しかったことを秘かに自任した。死をタブーにしたり、長寿を礼賛することの欺瞞には、当の老人たちがとっくに気づいている。ぴんぴん元気でいることと同様に、ポックリ死を迎えることが強く求められている。《ＰＰＰ》キャンペーンは時宜を得たものだった。自分たちのプロジェクトは、無意識下で多くの老人に待ち望まれていたのだ。

江崎が使いものにならないとわかった今、佐久間は次の候補者をさがしはじめていた。慌てる必要はない。まずペプタイド療法による《ＰＰＰ》を浸透させ、それから本格的な安楽死計画を進めればよいのだ。佐久間が秘かに目指すプロジェクト《天寿》、超高齢者の安楽抹殺計画は、着実に前進しつつあった。

ところがその佐久間を、思いもかけない記事が直撃したのである。

年が明けた一月十日、「週刊プラザ」新年特大号にこんな見出しが躍った。

「戦慄の副作用　心臓破裂　国立ネオ医療センターの新療法」

34 判決

スクープを書いたのは、沢松恭一（さわまつきょういち）という大阪のフリージャーナリストだった。佐久間はすぐにこの人物について調べたが、データバンクにもネット検索にも登録はなかった。これまでに活動歴のないジャーナリストということだ。しかし、記事は周到な取材に基づいており、新人とは思えない説得力があった。

沢松はまず、国立ネオ医療センターが行っているＰＫII療法の治験と、ポックリ死の関係に疑問を持った。それは偶然と説明されているが、ほんとうにそうか。さらに女優の吉沢百合子を起用した《ＰＰＰ》キャンペーンとの関連にも着目した。キャンペーンには「ＰＰＰを実現する新しい療法も開発されつつあります」と、ＰＫII療法を暗示するようなフレーズがある。ポックリ死は老人には望ましい死かもしれないが、それはあくまで自然に起こった場合だろう。人為的に起こすとすれば、それは殺人に等しいのではないか。

　沢松は吉沢百合子の事務所に問い合わせ、次のような回答を得ている。

「たしかにキャンペーンには新療法の含みがあると聞いています。しかし、厚労省の説明では、新療法とポックリ死のあいだにはなんら関係がないということでした。ポックリ死が偶然ではなく、必然的に起こるというのであれば、話がちがいます。もしそれが事実なら、吉沢のイメージダウンに伴う損害賠償を請求します」

　沢松はある情報筋から、ＰＫⅡ療法が阪都大学の元心臓外科助教授、香村鷹一郎の開発したペプタイド療法の応用であることを知っていた。ペプタイド療法は心不全の画期的な治療法として注目されていたが、重大な副作用が判明し、実用化が見送られていたものだ。その副作用というのが、心臓破裂だったのである。

　阪都大学心臓外科で香村の研究グループだった医師が匿名でインタビューに答えている。

「ペプタイド療法はＨＢ‐ＣＧＦという物質を投与して、心筋再生を促すものです。老化した心臓にこれを投与すると、蛋白合成が促進され、心筋が増殖して収縮力が増します。ところが、ＨＢ‐ＣＧＦは血管の内膜も増殖させ、結果として血管が狭くなり、心筋の虚血を強めてしまうのです。従って、最初は心機能が回復しますが、ある時点で急激な心筋壊死が起こり、動物実験では犬以上の大型動物で心臓破裂に至ることがわかったのです。血流の問題が解決されなければ、心臓破裂はこの治療法の宿命ともいえるでしょうね」

　沢松はさらに大阪府下の介護老人施設を中心に、実際にＰＫⅡ療法を受けている老人をリストアップしていった。その中でたまたま岸和田市の特別養護老人ホームで七十八歳の男性が急死した。この男性は五カ月前からＰＫⅡ療法を受けており、二カ月ほど前から徐々に心不全の症状が改善していた。遺族の中に医療関係者がいたので、沢松はこの療法の疑問点を説明し、解剖を諒承してもらった。泉州大学医学部で病理解剖が行われ、果たして死因は急激な心筋壊死による心臓破裂と判明したのである。

「解剖所見によれば、男性の心臓は心筋が異様に肥厚し、いわゆるスポーツマン心臓の様相を呈していたという。ただし全体に虚血変化で白っぽく変色しており、破裂の起こった左心室には、親指が自由に出入りするほどの穴があいていた。これでは破裂の直後に救急病院に運んだとしても、救命はむずかしかっただろうと解剖医は話している」

この記事を読んだ佐久間は、すぐさま芹沢を呼び寄せた。それだけではおさまらず、直接香村に電話をして怒りをぶちまけた。

「いったいこの記事はなんですか。どんな情報管理をやってたんだ」

佐久間の剣幕に香村は憮然と答えた。

「いや、わたしもこれにはおどろいているのです」

「呑気なことを言ってる場合じゃないでしょうが。先生の足元から情報が洩れたんですよ。この暴露記事の影響がわかってるんですか」

「まあ新たな治験例は見つけにくくなるかもしれませんな」

「それだけじゃない。心臓破裂なんて言葉が広まったら、それこそ拒絶反応の嵐ですよ。現在治験中の老人がいっせいに中止を求めだしたらどうするんです。なぜ大学に箝口令を敷いておかなかったんですか。インタビューを取られるなど、失態も甚だしい」

一方的に責められて、香村も憤然と反論した。

「しかし、ペプタイド療法に心臓破裂の副作用があることは、はじめからわかっていたことでしょう。佐久間さんだってお忘れになったわけではありますまい。箝口令を敷けとおっしゃられても、佐久間さんご自身が突然死について公にしてらしたんですからねぇ。わたしは研究者なのだから、そういう政治的な配慮は、事務方でやっていただきませんとね」

不愉快になればなるほど香村の言葉は慇懃になるのだった。なるほど、医者というものはどんなことがあっても自分の非を認めないものだと、佐久間は苦い気持で納得した。

茅野から芹沢が駆けつけると、佐久間は部屋に鍵を掛け、記事を書いたジャーナリストを口汚く罵った。

「なんだ、この沢松というやつは。いったいどこの馬の骨だ。正義漢ぶって、我々が何か悪いことを企んでいるかのような書き方じゃないか。幼稚な人道主義を振りまわし、権力批判で大衆に迎合する似非ジャーナリストめが。時代を見越すこともせず、ウケそうな語彙だけならべて、ことさら恐怖心を煽り立てる、愚かで、卑怯で、許せない大馬鹿者だ、売文奴だ、情報乞食だ！」

佐久間は細長い部屋を行ったり来たりしながら、丸めた「週刊プラザ」を振りまわした。ゴミ箱を蹴飛ばし、机の書類を払い落とし、壁を殴りつけた。芹沢は黙ってソファに座っていたが、佐久間の怒りはおいそれとはおさまらない。

「ジャーナリストというやつは何かといえば国に権利を要求し、税金だけ払えば義務を果たしたとばかりに大きな顔をする。身勝手な文句ばかりつけて、行政の足を引っ張ることしか考えない。我々がこの国を維持するために、どれだけ頭を絞り、どれだけの時間とエネルギーを費やしているかわかっているのか。批判する者はまず実行せよだ。この国が老人に食い尽くされてもいいのか」

佐久間は丸めた週刊誌を力任せに床に投げつけた。たまりかねた芹沢が、佐久間を諫めた。

「主任企画官、お気持はわかりますが、出てしまったものは仕方ありません。それより対策を考えなければ」

「対策？　もちろんだ。どんなことがあっても、こんな屑スクープはもみ消さなきゃならん。プラザなんか廃刊だ。出版社もつぶしてやる」

佐久間の目は焦点を失って、宙を泳いでいた。芹沢は上司が落ち着くのを辛抱強く待った。その沈黙が徐々に佐久間を鎮静させた。

「重要なのは対策の方針だ。とにかく心臓破裂は全面否定することだ。ポックリ死ならいいが、心臓破裂はいかん。突然死はあくまで治験と無関係だと突っぱねるか、単なる偶然で押し通すか。いずれにせよ証拠はないんだから」

「いや、それは上策とは思えませんね。嘘の説明はさらに次の嘘を必要とします」

「しかし、解剖さえしなければ、心臓破裂かどうかわからんだろう。解剖に応じる家族など、そんなにいるはずがない」

「これだけはっきり書かれてしまえば、突然死したというだけで心臓破裂を疑われます。戦略を変えなければなりません」

「変えるって、どう」

佐久間は苛立たしげに執務机にもどった。芹沢は細い指をクモのように動かして考え込んだ。

「いっそのこと認めましょう」

芹沢が顔をあげて佐久間に言った。「心臓破裂を認めるのです」

「冗談じゃない。そんなことをすれば……」

「いや、このスクープ記事を逆手に取るのです。このジャーナリストは心臓破裂をいかにも恐ろしいことのように書いていますが、具体的な検証はしてはいません。だから実際は逆で、心臓破裂による死はまったく苦痛がなく、ポックリ死の中でももっとも望ましいものだと宣伝するのです」

「心臓破裂が望ましい死……」

佐久間は芹沢の意図を即座に理解し、膝を打った。

「そうか、それは一案だな。心臓破裂が実は楽な死であるということが広まれば、抵抗感は消えるかもしれん」

「そうです。ただのイメージですから」

「しかし、そんなイメージが簡単に広められるか」

「戦略はいくらでもあります」

「でも、実際はどうなんだ。心臓破裂って、痛くないいんか」

佐久間がぶるっと身震いをして訊ねた。

「実際なんかどうでもいいんです。大衆が痛くないと思えばそれでいいんですよ。プロパガンダです」

芹沢は余裕を見せてソファにもたれた。

「いい宣伝の方法があるのか」

「清河を使いましょう。彼の『楽に死ね』と『七十過ぎたら病院へ行かない宣言』は、まだベストセラーの棚にならんでいます。知名度もあるし、彼が積極的に発言すれば、それなりの影響力はあるでしょう」

「よし、ではすぐに清河を呼べ。吉沢百合子の事務所にも連絡する必要があるな。仲倉蓮太郎の遺族には手記を発表させよう。仲倉も心臓破裂で死んだけれど、その最期はこの上なく安らかだったと書かせるんだ。これは広報課で作文させればいいな」

佐久間の脳は不快さから解き放たれ、本来の回転を取りもどした。ここまでくれば大丈夫だ、と芹沢は安堵の胸をなでおろした。

「芹沢君、君はしばらく本省に残って、対策本部を立ち上げてくれ。おれはほかのメディアがこのスクープに追随しないよう、関係各所に圧力をかける。記者会から質問が出るだろうから、その応答要領も必要だな。林田次官が失言しないように、レクチャーもしなければならん。PKⅡ療法の全国の登録施設と被験者には、動揺を抑えるための通達を出す必要もある。その文案は君が書いてくれ。心臓破裂は隠蔽していたのではなく、PKⅡ療法との因果関係が証明されていなかったということにしよう。さらに心臓破裂が、痛みも苦しみもない理想のポックリ死であることも説明しなければならない。ピンチは最大のチャンスになり得る。芹沢君、ここは正念場だよ」

佐久間はさっそく省内の関係者を集め、緊急の対策会議を招集した。

それから一週間、佐久間は大車輪の働きをつづけた。持続性神経興奮剤リタシンの服用は、ときに一日十五錠を超えた。疲れが溜まるとかえって眠れず、頭は常にフル回転の状態だった。

四日後、清河二郎が厚労省にやってきた。佐久間は疲労とリタシンのために気が高ぶっていた。清河とは初対面だったし、相手は偏屈と評判の人物だから、佐久間もはじめは低姿勢で通すつもりだった。しかし、功を焦りすぎ、心臓破裂の擁護論を押しつけたため、清河がつむじを曲げてしまった。

ネクタイと揃いのチーフを胸に差した洒落者の清河は、女のように赤い唇を皮肉っぽく歪めた。

「心臓破裂が苦痛のない死だなんて、暴論ですな。通常で考えれば激烈な痛みがあるはずですよ」

「馬鹿な！」と佐久間は反論した。「我々の治験ではもう何人もの老人が心臓破裂で死んでるんだ。しかし、苦しんだなどという報告は一件もない。心臓破裂はポックリ死の中で、もっとも望ましいものですよ。先生はそれを効果的に論文にまとめてくれればいいんだ」

「しかし、実際はどうですかね。まったく苦痛がないなんて考えられん」

「実際なんか、どうでもいい」

佐久間は反射的に机を叩いた。清河も感情的になり、「なぜ官僚ごときにそこまで言われねばならんのだ」とぶるぶる身体を震わせた。

同席していた芹沢が、慌てて清河をなだめた。

「清河先生、失礼は平にご容赦願います。佐久間主任企画官は先生のお考えをことのほか高く評価しているのです。ご著書がベストセラーになったのも、主任企画官が裏で強力なバックアップをしたおかげでして」

清河は狭量そうな眉をひそめ、「妙なことを言うね」と芹沢をにらみつけた。「本が売れたのはわたしの実力だ。あんまり失敬なことを言うと許さんぞ」

「もちろんです。先生のお力あってのベストセラーです。しかし先生もご明察の通り、本というものは宣伝しなければ売れません。版元のムーンライト出版からお聞き及びではありませんか。テレビと雑誌の紹介は、すべて佐久間主任企画官の口利きですよ」

清河は出版社の担当が厚労省の協力を、訝りながら喜んでいたのを思い出した。

「新聞広告もそうです。詳しいことは申し上げられませんが、先生のご著書はわが省のプロジェクトに役立つと判断されたのです。それで宣伝に協力させていただいたのです。もちろん、広告さえ出せばどんな本でも売れるというわけではありません。そこが先生のご著書の実力です。でも、こちらをちょっとご覧ください」

芹沢は書棚から「K003資料」と書かれたファイルを取り出し、折れ線グラフと数字を書き込んだコピーを抜き出した。「これはパブラインといって、紀州屋書店の販売データです。各支店の販売数が集計されています。この数字を二十倍したものが、その日の全国での売り上げ冊数の目安になります。グラフが鋭角的に上がっているところ、これはすべて広告の出た直後です。莫大な経費をかけて広告を出す意味がおわかりでしょう」

たしかに広告の効果はカンフル注射のように明らかだった。芹沢は清河のそばへ寄り、相手を見据えた。

「我々は先生に期待しております。なんといっても先生は高齢者問題のオピニオンリーダーですからね。このまま社会福祉法人の顧問なんかで終わるおつもりではないでしょう。先生なら医事評論家として十分にご活躍できますよ。先生の真価を認めなかった大学と医学界に一矢報いてやりましょう。舞台は我々が用意します。ですから、なんとかご協力願えませんか。その代わりバックアップのほうは引きつづき……」

芹沢の言葉に清河の表情が緩むのを、佐久間は冷ややかに見ていた。


二月十八日金曜日。大阪地裁第一〇〇八号法廷。

いよいよ裁判の判決の言い渡し期日がやってきた。

枝利子は風呂敷に包んだ父の遺影を胸に抱いて法廷に入った。遺影は原告席には持ち込めないので、安倍と上川が預かって傍聴席の最前列に座った。江崎の姿は今回も見られない。彼は外出できる程度に回復はしていたが、まだ不安定なので判決の期日を伝えられていなかったのだ。

傍聴席にはほかに宮原、須山、葛西、鶴田ら証言に立った人々の顔が見えた。病院関係者やマスコミ、一般の傍聴者の姿もあり、四十五ある傍聴席はほぼすべて埋まっていた。そして被告席には大沢、堂之上とならんで、青白い頬を短い髭で縁取った香村が座っていた。

午前十時、定刻通りに法壇のうしろから三人の裁判官が現れると、廷吏が「起立」の合図を発した。全員が立ち上がって一礼、着席すると、廷内が静まり返った。

「平成×年（ワ）第六九四二号、損害賠償請求事件です」

廷吏が記録簿を見て確認すると、裁判長は判決書のページを一通り繰った。

「それでは判決を言い渡します。原告、中山枝利子。被告、国ほか一名……」

枝利子は原告席からまっすぐ裁判長を見上げた。香村は神経質そうに縁なし眼鏡を持ち上げる。

「主文。被告らは連帯して原告に対し、金五十万円を支払え。原告のその余の請求を棄却する。訴訟費用は十分し、その九を原告の、その余を被告らの負担とする」

判決の出だしで顔色を変えかけた香村が、確認するように堂之上と大沢を見た。堂之上が当然という顔で深くうなずく。六千七百八十万円の賠償請求に対して、五十万円の支払い命令だ。実質的な被告側の勝訴だった。

露木は拳を握りしめ、厳しい目で裁判長をにらみつけた。あまりに過少な賠償命令だ。敗北を認めざるを得ない。枝利子はその事実を理解しているだろうかと、露木がとなりをうかがうと、彼女は目を伏せ慎ましく頭を下げた。

傍聴席にもざわめきが広がった。安倍が上川に小声で訊ねた。

「この判決って、どういうことです。たったの五十万で片づけられちゃうってことですか」

「そうらしい」

上川が肥満した腹を突き出し、憤然と腕組みをした。

「ひどい判決や。こんなん無茶苦茶や」

被告側の傍聴席では病院関係者が声を殺して互いに喜び合っている。阪都大学病院の事務部長は、香村に向かって小さく万歳のポーズをとった。

「静粛に願います。静粛に」

廷吏が立ち上がって傍聴席を制した。廷内が静まるのを待って、裁判長がおもむろに言った。

「この裁判は社会的関心も高いので、判決理由の要旨を次に述べます」

廷内の視線が裁判長に集中した。

「まず本件の争点は以下の四点である。一、原告の父峰丘茂の手術に際し、被告香村が心臓に針を置き忘れたか否か、二、置き忘れたとすれば、香村がその事実に気づいていたか否か、三、その針が死因となった心タンポナーデに直接関わっていたか否か、四、心タンポナーデは救命可能であったか否か。これらに対し、それぞれの判断は以下の通りである。一、菊森鑑定で証明された通り、針の存在は疑い得ない。二、香村が針に気づいていたかどうかについては、手術直後にレントゲン撮影をしていることから、疑念を抱いていたことはうかがえるが、針が判別できなかった時点で疑念は薄れたと考えられる。三、針と心タンポナーデの因果関係については、菊森鑑定にある通り、直接的な因果関係は認められない。四の心タンポナーデの救命については、予測不能の突発事であり、術後管理に落ち度はなく、必ずしも救命可能とは判断できない。以上により、被告香村が負うべき責任は、手術で針を心臓に置き忘れた過失についてのみとするのが妥当である」

針を置き忘れた失態に何度も言及され、香村は不機嫌そうに視線をそらせた。大沢と堂之上は余裕の笑みを浮かべて、裁判長の説明に聞き入っている。

裁判長はちらと露木に視線を投げかけてからつづけた。

「原告側は最終弁論の準備書面において、針そのものではなく、手術全般と心タンポナーデの因果関係を主張しているが、これについては菊森鑑定に言及はなく、現段階では可能性の域を出るものではない。また手術と患者の死を問題にするなら、問われるべきは手術を選択したことに対する過失の有無であるが、患者の症状から手術は妥当性があり、手術前には十分な説明と同意も成立していたと考えられる。手術がきっかけとなって心タンポナーデが起こった可能性は否定できないが、一方で手術と心タンポナーデが偶然時期的に重なったことを否定する論拠はない」

たしかに可能性だけで話を進めれば、なんでもあり得る。それを否定する証拠を集めるべきだったと露木は歯がみした。枝利子は放心したような目を裁判長に向けている。

「次に賠償すべき損害額についてみるに、峰丘の直接の死因に関しては、被告香村に賠償責任はないと認められるが、手術で針を置き忘れた過失はあり、原告が内部告発の手紙でその事実を知らされた後、裁判に至るまでの心理的苦痛を考慮すれば、金五十万円とするのが相当である。以上」

裁判長は判決書を閉じて、枝利子のほうに身を乗り出し、諭すように言った。

「ご尊父の死は誠に遺憾ですが、医療裁判で原告が勝訴するためには、三つの事実が必要です。すなわち、医療者側に過失があったという事実、患者側に損害があったという事実、そして、その損害と過失に因果関係があったという事実です。本件では、最後の事実がどうしても立証されませんでした。被告には心臓に針を置き忘れるという重大な過失があり、原告としては納得のいかない気持もあるでしょうが、どうぞ感情に走らず、冷静に受け止めてください」

裁判長の言葉に、枝利子は力なく一礼した。

「それでは閉廷いたします」

全員が起立して、一礼した後、法廷はざわめきに包まれた。香村と二人の弁護士はすばやく荷物をまとめ、露木たちと顔を合わせないように当事者出口から出ていった。露木は座って腕組みをしたまま、事実上の敗訴を重く受け止めていた。

「中山さん、こんな結果になって申し訳ありません。もう一度、裁判記録を検証してみます」

露木は枝利子に向かい、深々と頭を下げた。枝利子は露木をいたわるように言った。

「どうぞ頭をあげてください。先生は一生懸命やってくださいました。わたしは満足しています」

「なまじ針があったから、それに頼りすぎたのがいけなかったんです。手術全般と心タンポナーデに視野を広げれば、きっと因果関係は見出せるでしょう。偶然、手術と心タンポナーデが重なっただなんて、そんなふざけた話があるか」

露木は思わず机を叩いた。「中山さん、もし控訴されるなら、ぜひもう一度わたしにやらせてください。今度こそぜったい負けません」

「ええ……」

枝利子の瞳は真夜中の湖のように澄んでいた。疲労と落胆、それ以上に生来の抜きがたい諦念が心を覆い尽くしていた。その前では怒りも悲しみも無化されてしまう。執着が消え、直感が浮かび上がる。

傍聴人が出ていったあと、枝利子はぽつりと言った。

「露木先生……、でもわたし、やっぱり、あの針が父を殺したのだと思います」

一月のスクープ以来、佐久間は不眠不休で奔走をつづけていた。マスコミ対策、一般からの問い合わせ、省内の連絡、政治家や他省庁幹部への根まわしなどで、身体を休める暇もなかった。疲れを紛らせるために佐久間はリタシンとアスピリンの服用をつづけ、食事を増やし、脳の活動を高めるために糖分を過剰に摂取した。体重は増え、二月というのに常に身体は汗ばんでいた。

芹沢の説得で清河は原稿を書き、佐久間はそれをもっとも有効な媒体に載せた。総合雑誌「文政春秋」の最新号である。表紙には赤文字で「緊急寄稿　心臓破裂は理想の突然死」と刷られている。ペプタイド療法の宣伝と、心臓破裂がいかに苦しみのない死であるかの医学的な解説だった。

佐久間はそれを読んで満足げに笑った。医学的な説明とはなんと便利なものか。それを使えばカラスだって赤にも白にも黄色にもできる……。

「週刊プラザ」のライバル誌「週刊現世」には、俳優仲倉蓮太郎の遺族の手記が発表されていた。手記では仲倉も心臓破裂を起こした可能性が高いが、その死は「まったく苦痛がなく」、死に顔は「木喰（もくじき）の微笑仏のよう」だったことが明らかにされた。

ほかにも識者による座談会や過去の事例検討が行われ、心臓破裂には狭心症や心筋梗塞のような痛みさえないと発表された。破裂の瞬間に心筋から大量のモルヒネ様物質が放出されるという仮説が出されたからである。インターネットではＨＢ－ＣＧＦが秘かに売りに出され、若い自殺志願者が心臓破裂に憧れて、大量アクセスするという騒ぎまで起こった。

二月二十一日、佐久間と芹沢がさらに次の策を検討していたとき、一人の男が部屋に飛び込んできた。

「突然で失礼いたします。東京デイリーニュース社の酒井（さかい）と申します。林田次官に収賄事件の疑惑が発覚しましたが、お話をお聞かせ願えますでしょうか」

佐久間があっけに取られていると、男は芹沢を無視して執務机の前まで入り込んできた。

「佐久間さんは林田次官の懐刀（ふところがたな）といわれているそうですが……」

「なんだ、君は。勝手に入ってこられちゃ困る。取材ならきちんと広報課を通してくれ」

「すみません。しかし、ことは一刻を争いますので」

「なんのことだ？　こっちは忙しいんだよ。芹沢君、お帰り願ってくれ」

長身の芹沢が強引に押し出そうとしたが、新聞記者は簡単に引き下がらない。

「さっさと出ていけ。警備員を呼ぶぞ」

苛立って怒鳴ると、佐久間の後頭部で不吉なスイッチが入ったような感覚があった。脳の奥に、金属を舐めたような味が広がる。両脚が脱力し、下半身が毛布に包まれたみたいに感覚が鈍った。

そのとき机の電話がけたたましく鳴った。受付の交換手からだった。

「佐久間主任企画官ですか。『通経新聞』の社会部の記者から電話取材の申し込みですが」

「断ってくれ。マスコミの取材はいっさいお断りだ」

受話器を置くと、またすぐベルが鳴った。

「取材なら断れと言ってるだろうが」

「いえ、取材ではありませんので。聞きまちがいではないと思うのですが、あの……」

「だれからだ」

佐久間が苛立つと、交換手は困惑気味に声を震わせた。

「警視庁捜査二課です」

「警視庁？　じゃあ、つないでくれ」

外線につながると、佐久間は緊張した声で名乗った。


「厚労省の佐久間ですが」

「こちら、警視庁捜査二課の田宮(たみや)と申します」

相手は佐久間の感情を逆なでするように丁寧に言った。

「お忙しいところ誠に恐縮ですが、お話をうかがいたいことがありますので、三十分後にこちらへお越し願えますか」

三十分後？　何を藪から棒に無茶なことを。

「急に言われても困りますよ。アポを取るなり、事前にご連絡いただかないと」

「そういう状況ではないのです。うかがいたいのは『福祉グループ寿会』関連のことです。お心当たりはあるでしょう。小池清にはすでに逮捕状が出ています」

佐久間は息を呑んだ。全身を包んでいた熱気が、一瞬にして冷感に変わった。下半身は、自分の脚でないように痺れている。


判決の言い渡しから一週間後、香村は裁判で世話になった人々を招いて、派手な宴席を設けた。場所は心斎橋のステートビル十階の料亭「万吉」。招待客は大沢、堂之上両弁護士に、被告側証人となった鶴田平三郎、葛西充子、瀬田昇、ほかに阪都大学病院事務長と大沢綜合法律事務所の若手弁護士たちだった。

掘り炬燵式の二十畳の座敷には、色鮮やかな創作懐石がならび、安物の香水をぷんぷんさせたコンパニオンが三方に陣取っている。

「このたびはみなさんのおかげで、実質的勝訴の運びとなりました。親身なご支援ご協力、心より感謝いたします」

香村がいつになく上機嫌で愛想を振りまいた。

「いや、この裁判はなかなか苦労しましたなぁ。サブトラクション画像やら、むずかしいもんが出てきましたからな。我々ももっと勉強せんといけませんわ」

大沢が接待慣れした態度で言うと、堂之上も「あれは思わぬ伏兵でした」と苦笑いした。

阪都大学病院の島崎事務部長が、ビール瓶を両手に持って大沢らの席に進み寄った。

「両先生方、わたしからもお礼申し上げます。本来なら院長の和田が来んといかんところですが、事務部長のわたくしめが代わりましてご挨拶させていただきます。これからますます医療裁判が増えまっさかい、今後ともよろしゅうにお願いします」

卑屈な物腰で大沢、堂之上にビールを注ぐ。大沢はグラスを持ったまま鷹揚に脇息にもたれた。

「そうですな。最近の患者はよう勉強してますからな。迂闊なことをすると、すぐミスだ、訴訟だと騒ぎたがる。それにしても、堂之上君、あれはよく鑑定に持ち込んだね。勝算はあったのかね」

「ありましたよ」

堂之上は平然と言い、香村のほうに顔を向けた。「茅野へうかがったとき、香村先生が、針が出血の原因であると立証されることはないと断言されましたからね。あのお言葉には確信的な裏づけがあるようでした。どんな裏づけかは存じませんが」

「いや、ま、それは……、専門家が見れば自ずとわかることで」

香村が取り繕うように言い、解剖を担当した鶴田のほうをちらと見た。鶴田は紫色のミニドレスを着たコンパニオンの膝をなで、顔を赤くしている。

事務部長が香村にもビールを注ぎ、話を引き取るように言った。

「例の三センチの距離ですが、あの菊森という先生にもお世話になりましたわ。香村先生はよくご存じの方ですか」

「いや。名前くらいしか知らないね。手術の腕はたしからしいが、一匹狼だよ。学会にもあまり顔を出していないようだし。今日もお招きしたんだが、辞退されてね」

香村は肩をすくめて見せ、大沢に改まったようすで訊ねた。「ところで、原告側は控訴してくるでしょうか」

大沢は「さてね」と唇を突き出し、伊勢エビの鬼殻焼きに箸を伸ばした。実質的に裁判を任されていた堂之上が、大沢に代わって答えた。

「控訴期限はあと一週間です。針と心タンポナーデの因果関係を証明する新たな証拠が出てこないかぎり、控訴されても判決が覆ることはないでしょう。手術のあとで患者が死んだら、すべて医者の責任というような乱暴な論理は通りませんからね」

「そらそうですわ。最近の患者はえげつないのが多いんでっせ。ちょっとでもミスがあったら訴えてやろうと、手ぐすね引いて待ってまっさかいな」

早くも酔って冗舌になった事務部長が言うと、大沢が話をそらすように香村に言った。

「それはそうと、香村先生のところでやってる大規模スタディですか、この前、なんや心臓が破裂するとか週刊誌で騒がれてましたが、そっちは大丈夫ですか」

「ああ、あれね」

香村は陰湿な喜びを抑え切れないように口元を緩めた。

「あれは厚労省の跳ねっ返り官僚が勝手にやったことでね。わたしが裁判にかかりきりになっているあいだに、暴走したんですよ」

「そうですか。法務省もそうやが、厚労省も横暴のようですな」

「しかし、もう大丈夫です。その官僚は福祉グループの贈収賄事件に連座して、今取り調べを受けてますよ。怪しげな噂の絶えない男でしたからね」

「ああ、そのニュース、新聞に出てましたな。補助金の不正受給にからんだ疑惑ですな。厚労省の官僚があちこちに金をばらまいていたという……」

事務部長がふたたび割って入り、話は政府の福祉政策や官民の癒着へと進んだ。

「ちょっと失礼」

料理が次々運ばれる中、香村は自ら席を立って招待客に言葉をかけてまわった。

「瀬田君、君にも証言では世話になったな」

下座で一人手酌で飲んでいた瀬田にも、香村はビールを注いだ。瀬田は恐縮しながらも、大学を去った香村に以前ほど畏まることなく言った。

「先生、ご存じですか。滝沢先生が開業されるんですよ」

「え。彼はこの前、助教授になったばかりじゃないか」

阪都大学の心臓外科教授が南聖一郎に決まったあと、医局長だった種田は助教授に昇格したが、将来の目はないので早々に近畿総合病院の心臓外科部長に転出した。そのあとに講師の滝沢が昇格したばかりだった。

「厨先生がね、医局内でずいぶん運動されましてね」

瀬田が含みのある言い方をして、香村を斜めに見た。

「例の内部告発の手紙ですよ。滝沢先生、外堀を埋められたって感じでした」

「そうか……。やはり滝沢か」

香村は不愉快なことを思い出したように唇を歪めた。内部告発などすれば、大学にいられなくなるのは当然だ、馬鹿なやつだ、と香村は憐れみの笑みを浮かべた。

客に挨拶をすませたあと、香村はトイレに立つふりをしてロビーに出た。

全面ガラス張りの窓の下に、大阪の夜景が広がっている。香村は腕組みをして満足げにまばゆい光を眺めた。

香村にとって、今夜は二重の祝いだった。裁判の実質的な勝利と、佐久間の取り調べと。佐久間はまもなく逮捕されるだろう。そうなれば、芹沢も好き勝手はできまい。自分が膨大な予算を使って、研究のやり直しを主導してやる。ペプタイド療法の副作用はきっと克服できる。奇跡の療法といわれたペプタイド療法を完成させて、多くの心不全患者を救うのだ。

香村の胸に、ふと新たな構想が湧き上がった。ペプタイド療法は心臓の老化を解決する療法だ、これをほかの臓器にも応用すればどうか、内臓全体の老化を解決すれば、人間の寿命そのものが大きくのびるだろう、ペプタイド療法は無限の可能性を秘めているのだ、その開発者として、今度こそ自分の名は医学史に刻まれるだろう、人類への貢献者として。

酒にも自分にも酔いやすい香村に、きらびやかな夜景はどこまでも心地よかった。

その日、香村は珍しくタクシーで西宮市の自宅に帰った。電車のある時間に自腹でタクシーを利用することなどめったにないが、今日はめでたい、奮ってやれと、奮発したのだ。

香村の家は夙川沿いの道を西へ入った閑静な住宅街にあった。行き止まりの手前でタクシーを降り、自宅まで二十メートルほどの坂道をのぼる。空には上弦の月がかかり、その前を煙のような雲が流れていた。

ネオ医療センターの設備と予算を使えば、世界レベルの研究ができる、ノーベル賞だって夢ではない……。笑いがこみ上げかけたとき、香村を呼び止める声がした。

「香村先生、今お帰りでっか」

香村は声のほうに目を凝らした。門柱の陰で、ハンチングをかぶった男が笑っている。小柄で年齢は六十を超えているようだ。

「なんだね、君は」

「ちょっと診てほしい患者がおりますんやが」

「何時だと思ってるんだ、失敬な。こんなところまで押しかけてきて」

香村は不機嫌そうに言った。

「先生、そないに病人を邪険に扱うもんとちゃいまっせ」

男が近づく気配を見せたので、香村は身構えた。そのとき、右の生け垣の脇から野球帽を目深にかぶった男が飛び出してきた。

「あっ」

香村は右の腰に、アイロンをあてがわれたような灼熱感を覚えた。それはこれまで経験したことのない現実離れした感覚だった。世界がその瞬間にねじれたような……。

野球帽の若い男が、両手ではずみをつけて香村の腰から包丁を引き抜いた。

「刺された！」

香村は現実にもどって叫んだ。痛いというより、一瞬にして腰が倍に膨れ上がったような感じだ。膝を突くと、野球帽の男が香村の顎を蹴り上げた。

ハンチングの男が近づいてきて、目の前に屈み込んだ。

「香村先生、裁判はどうやらうまいことすり抜けたようですな。けど、ほかにもあんたを恨んでる人がおりますのや。浅井晶子さんて覚えてるわな。去年、あんたが手術して、縫い目から血ぃ止まらんようになって死んだ患者や」

香村は必死に歯を食いしばり、飛び出しそうな目で男をにらんだ。

「だれか……」

叫ぼうとしたが声にならない。額にびっしり冷や汗が浮いている。

「わしら、浅井さんのご主人から頼まれたんや。ほんでこいつはチャイニーズですねん。仕事が終わったらすぐ本国へ逃がしまっさかい、ぜったい捕まりまへんわ。この仕事、二百万で引き受けたんや。安いなぁ。あんたの命の値段や。手術の謝礼より安いんとちゃいますか」

香村は横に突っ立っている若い男を見た。黄色い顔、こけた頬、吊り上がった目が酷薄そうに光っている。

「浅井さんのご主人は、あんたにも奥さんと同じ苦しみを味わわせてやってくれと言うてはりますねん。心臓から血ぃ流したってくれと」

男の合図で野球帽の男は柳刃包丁を逆手に持った。

「やめろ。金は出す、もっと出す、なんぼでも……」

心臓が左にあると思い込んでいる男は、乳首の外側に包丁を打ちおろした。切っ先は左心室の外側をかすめ、左冠動脈の回旋枝を切断した。そこからの出血が徐々に心臓を圧迫する。香村は戦慄した。このまま死ぬのか。まさか。医学史に名を刻むべき自分が、このまま命を落とすはずがない。

香村は薄れゆく意識の中で、警察の事情聴取をリハーサルするようにつぶやいた。

患者とのトラブルはまったくありません、感謝こそされ、恨まれるような覚えはいっさい……。

35 墓参

四月三日、日曜日の午後。

上川、枝利子、江崎の三人は、豊中市の服部霊園にある松野公造の墓に参りに来た。春らしい柔らかな陽光の降り注ぐ日だった。

江崎は二月二十五日に岩倉サナトリウムを退院し、社会復帰に向けて自宅療養をつづけていた。裁判の結果ははじめは伏せられていたが、退院後、まもなく枝利子の口から伝えられた。同時に香村が襲われて、死亡したことも聞いた。

「そう……。皮肉なものだね」

江崎は虚しげな表情を浮かべたが、うつ状態にもどることはなかった。

服部霊園は緑豊かな丘陵地にあり、墓石数八千を超える広大な市営墓地である。松野家の墓はもともと大阪市港区の瑞覚寺(ずいかくじ)という寺にあったが、七〇年代の区画整理で墓地全体が改葬された。墓には祖父の代から入っている。

上川は管理事務所で案内図をもらい、松野家の墓をさがした。二区の四番地という場所は未亡人の京子から聞いていた。

「あれから一年やな。おれも松野さんの墓参りははじめてなんや」

広い参道を歩きながら、肥満体の上川は早くも首筋に汗を浮かべている。

「娘さん、元気にしてるかな」

江崎は、松野が娘千佳の卒園式に出るために帰宅しようとして襲われたことを思い出し、独り言のようにつぶやいた。

松野の墓は、きれいに剪定(せんてい)された柘植(つげ)の通路から二筋中に入ったところにあった。正面に「松野家之墓」とあり、左側に霊標が建てられている。五人ほど戒名を刻んだ横に、新しい文字が彫られていた。

「壽徳院　法悦公徳居士　俗名公造　行年四十六歳」

枝利子が用意してきた花を霊前に供える。

「松野さん、いろいろお世話になりました。松野さんのおかげで、裁判を最後まで無事に終えることができました」

枝利子は手を合わせ、低い声で報告した。

「そういえば、露木弁護士を紹介してくれたのも松野さんだったな」

江崎が思い出すように言い、枝利子をいたわるように見つめた。背中まであった髪が短く切られている。

「裁判の結果は、思わしいものではなかったけれど、でも、すべて終わりましたから」

「枝利子さん、ほんとうにこれでいいの」

江崎は躊躇しながら枝利子に訊ねた。「あの鑑定、ぼくにはどうしても腑に落ちなくて、調べてみたんだけど……」

枝利子から鑑定結果を聞いたとき、江崎は病理の須山技師が針を渡してくれたときにつぶやいた言葉を思い出した。

――鶴田教授は解剖のとき、その場で出血部位を検索しなかったんです。

心タンポナーデの解剖なら、その場で出血部位を確認するはずだ。それをせずに鶴田は心臓をいきなりホルマリンの容器に入れてしまった。須山はおかしいと思ったが、その前に針のことで機嫌を損ねていたので黙っていたのだ。鑑定結果と併せて考えれば、明らかに不自然である。

江崎は墓参りに来る三日前、神戸協済会病院を訪ね、鶴田に事実を問い詰めた。口を割らせるために、多少の策を弄した。香村を殺害させた人物が、解剖所見の歪曲に気づき、鶴田にも報復を加えようとしている、しかし江崎は、それはおそらく香村の指示だろうから、鶴田にはそれほどの責任はないとなだめている、江崎としても、これ以上犠牲者を出したくないが、実際のところはどうだったのか。そう訊ねたのである。

「香村君を襲わせたのは、やっぱり原告のあの女か！」

警察の捜査状況を知らない鶴田は、簡単に江崎の策にかかり、保身に走った。「もちろん、あれは香村君に頼まれたことだ。無理やりさせられたと言ってもいい」

「どう頼まれたんです」

「出血の部位を変えてほしいと言われたんだよ。実際の出血は左冠動脈の回旋枝からだったが、所見には右冠動脈の後室間枝と書いたんだ」

江崎の話を聞いていた上川が思わず叫んだ。

「左冠動脈の回旋枝なら、サブトラクション画像の針の場所とどんぴしゃやないか」

「そうだよ」

「それが越えられなかった三センチの謎解きか」

上川は信じられないという顔で首を振った。枝利子もあっけに取られている。江崎は申し訳なさそうに枝利子に言った。

「そうなんです。だからお父さんの心タンポナーデは、やはり針が原因だったのです。もしぼくが鑑定人尋問を傍聴していたら、判決の前にもう一度鶴田先生を尋問できたかもしれないんですが……」

「もういいです。香村先生もあんなことになったし。ほんとうのことがわかれば、それでいいです」

枝利子は淋しげに笑った。上川はまだ納得がいかないようすで、江崎に言った。

「しかし、たったそれだけのことで、医者は裁判に勝ってしまうんか」

「そうさ。医療裁判は関係者のだれか一人でも偽証すれば、原告は勝てないんだ。辻褄が合わなくなるからな。被告は常に過剰に守られている。疑わしきは罰せずの原則があるからな」

「関係者が全員正直者でないと、患者は裁判に勝てんというわけか」

「医者も身を守るのに必死だからな、あらゆる犯罪者と同じく」

江崎のまなざしに、以前の怜悧さがわずかにもどっていた。

「こんな話、松野さんが聞いたら大激怒するぞ、ぜったいに許せんと言うてな」

上川が腹立たしげに言い、やや改まって江崎を見た。

「江崎、実はおまえに頼みたいことがあるんやが」

「なんだ」

「松野さんが『天籟ノンフィクション賞』に応募しようとしてた原稿やが、遺品を整理してたらMOディスクにほとんど完成したのが入ってた。奥さんがそれを自費出版したいと言うんで、今、おれが手伝うてる。出版する前にいっぺん読んでくれへんか」

江崎は「痛恨の症例」の証言集めを懐かしく思い出した。上川が言いにくそうにつけ加える。「ただ、原稿はおまえのことをけっこう厳しく書いてる。患者サイドと医療サイドで揺れてるようにな。それが松野さんの妥協のないところなんやが」

「わかってる。あの人は自分のポリシーに忠実だったからな。それにあの人には一回助けられてるし」

「マンションで襲われたときのことか」

「え、松野さんだけでなく、先生も危ない目に遭ったんですか」

枝利子がおどろいた声をあげた。

江崎がマンションで襲撃されたことは、枝利子には話していなかった。

「あれをやったのは神戸の中国人らしいで」

上川が声を落として言った。「オフレコの情報やけど、香村殺害の捜査線上に神戸の中国人グループが浮かび上がってな。あいつら、わずかな金で殺しでも誘拐でも簡単にやるんや。捜査の中で、ある黒幕から一昨年の十一月にも阪都大学の医者を配下に襲わせたという証言が出てきた。兵庫県のある医師会の理事に頼まれて、殺さん程度に脅してくれと言われたらしい。たぶんおまえを襲ったやつらや」

犯人が医師会の関係者だとすれば、やはり佐久間の言った通りだったのか。殺すのが目的でなかったというのも江崎の実感と一致する。

「それより松野さんを襲った犯人はまだわからんのか」

江崎が聞くと、上川は大きなため息をついた。

「佐久間が怪しいのはまちがいない。あいつの部屋を捜索したら、私用のパソコンから暗号のかかったメールがぎょうさん出てきた。今、解読キーをはずしてるところやが、むずかしいらしい。《内諜》という組織が関わってるのはたしかなんやが」

「《内諜》のことはぼくも聞いた。佐久間は日本の医者を医籍登録の番号ですべて監視していると言ってた」

江崎は北浜の地下道で佐久間が話していたことを思い出し、身震いした。

「それはどうかな。《内諜》は佐久間の個人的な小組織らしいで。そこまでするかどうか」

「それはそうと、『週刊プラザ』の心臓破裂のスクープ、あれは効いたみたいだな」

江崎はいやなことを忘れるように、話題を変えた。彼がその記事を読んだのは、サナトリウムを退院してからだった。上川が一連の厚労省汚職の記事といっしょに届けたのである。記事の内容は、ほとんど江崎が上川に話したものだった。

「あのときは世話になったな。おれもＰＫⅡ療法を受けてる老人をさがすのには、だいぶ歩きまわったけど」

上川が懐かしむように笑う。

「しかし、どうして沢松恭一なんて偽名を使ったんだ」

「おれは日本通経新聞の一記者やからな。個人プレーは慎んでるんや。けど、偽名とちがうで。ペンネームや。これからうちの新聞以外に書くときはあの名前を使うつもりや」

「松野さんにちなんでか」

「まあな。あの人には世話になったから……」

上川は視線を落とし、もう一度松野の墓を見つめた。

「佐久間は結局、おまえの捜査報道の線から逮捕につながったのか」

江崎が聞くと、上川は墓から目をそらさずに言った。

「いや、最後に動いたのは城貞彦という官房長や」

上川は松野の最後の行動を追ううちに、広島地方厚生局にいる浅野正一にたどりついた。浅野は「福祉グループ寿会」への不正補助金交付に佐久間がからんでいることを、上川に伝えた。上川の情報は東京に伝わり、林田次官と「寿会」代表の小池清との関係が改めて捜査報道の対象になった。その動きを敏感に察知した城が検察庁に情報を流したのである。

「その城というのは会ったことがあるよ。紳士に見えたけどな」

「そういうやつがほんとうの悪なんや。厚生労働記者会の話によると、城は表向き林田＝佐久間のラインに取り込まれてたらしい。それが佐久間に捜査の手が及ぶと見るや、いち早く検察側に寝返ったわけや。二人がおらんようになったら、自分の天下やからな。城は今は厚労審議官になって、次官のポスト待ちをしてるわ」

林田の収賄とされたのは、息子の交通事故のもみ消しに使われた千五百万円と、仕立券つき高級服地や料亭での接待費三百万円だけだった。一方、小池から佐久間に流れた金は一億二千万円を超えており、また不正に流用した予算はここ三年で五億六千万にのぼっていた。用途は出版社、テレビ局、新聞社などの工作資金のほか、政治家にも流れている。その目的は不明瞭で、額が大きいわりにマスコミでの扱いは地味だった。

「今、佐久間がどないしてるか知ってるか」

上川がふと顔をあげて、おびただしい墓石の群に目を向けた。いつのまにか雲が出て、日が陰っている。

「拘置所にいるんだろ」

「いや、東京の警察病院や。あいつ、そうとう無理してたらしいな。取り調べがはじまって四日目に脳梗塞の発作を起こして倒れよったんや。今は意識はあるが、手も足も動かんし、口もきけんらしい。なんとか症候群というとったで」

「閉じ込め症候群か」

「それや。そんな病名がついてた」

閉じ込め症候群とは、脳底動脈の血栓症で突然起こる脳梗塞で、四肢が完全に麻痺して無言無動になるため、この名がある。意識はあるが、表情を動かすこともできないので、外部との意思の疎通はまばたきだけにかぎられる。

「そやから取り調べも進まんらしい。《内諜》についても、闇に葬られたままや」

「閉じ込め症候群は、肺炎とか起こさないかぎり、長期生存する例が多いんだ」

「手足も動かんままで長生きか。地獄やな。気の毒に。おれもちょっと体重考えんとあかんな」

上川が突き出た腹をぽんぽんと叩いた。

寝たきりになったら生きている意味がないと断言していた佐久間が、最重度の寝たきりになってしまうとは。日本から寝たきり老人をなくそうとしていた本人が、長期の寝たきり生活を送らねばならない。自分の脳に閉じ込められた佐久間は、今、何を思っているのか。


――快適な死を……。

ふと佐久間の声が江崎の脳裏によみがえった。佐久間は自分が寝たきりになったときに備えて、そんな死の保障を作ろうとしていたのではないか。しかし、まさかこんなに早く必要になるとは思ってもみなかっただろう。

西から妙に肌寒い風が吹きつけてきた。空が黒い雲で覆われはじめる。

「なんかいやなお天気になってきましたね」

枝利子が鞄から折り畳み傘を取り出した。その左手の薬指に指輪が光る。

「あれ」

枝利子の家出を知っていた上川が、声に出してからきまり悪げに笑った。上川は江崎が枝利子に特別な想いを寄せていることに、早くから気づいていた。裁判の途中で枝利子が結婚指輪をはずしたことから、二人は互いに同じ気持でいるのだろうと思っていた。だから江崎がマンションで自宅謹慎になったとき、枝利子に連絡して行かせたのだ。

江崎が、結果だけ告げるように穏やかに言った。

「彼女、家にもどったんだよ」

枝利子の夫孝太は、去年の十二月、阪都大学病院の心臓外科医局に忍び込み、不法侵入で逮捕されていた。目的は峰丘茂の手術ビデオを盗み出すことだった。裁判を少しでも有利にしたい一心だった。初犯であり、情状酌量の余地もあったので、書類送検はされなかった。

身元引受人として枝利子が迎えに行くと、孝太は歯を食いしばって泣きじゃくった。なんとか枝利ちゃんの力になりたかった、言葉にならない悔しさの中で、孝太はそれだけ繰り返した。

そして判決のあと、枝利子は髪を切り、孝太の待つ家にもどった。

「あら、もうこんな時間」

枝利子が腕時計を見て、頰を赤らめた。

「すみません。わたしそろそろ失礼します。主人が駐車場に来てると思うので」

「ドライブ？」

「いいえ。長居スタジアムにサッカーを観に行くんです。彼がセレッソの大ファンなので……」

「じゃあ、元気で」

「江崎先生も」

ほろ苦い微笑みを交わして、枝利子は江崎に背を向けた。

「これでよかったのか」

「ああ」

参道を小走りに急ぐ枝利子を見送りながら、江崎は低く答えた。上川は分厚い肩をわずかにすくめた。

江崎が思いついたように言う。

「そうだ。帰りに安倍さんとこに寄ってみないか。彼女、緑地公園駅の近くに住んでるんだ」

「ええけど」

上川は江崎の気持を探るようにうなずく。

「考えれば、おれはずいぶん彼女に世話になってるんだ」

「そうや。あんな親切な看護師はおらんで」

江崎はさっそく安倍のケータイに連絡を入れた。

「オーケーだよ。けど、部屋を片づけるから、三十分かけて歩いてこいって」

その声の弾みに、上川は江崎の心境の変化を読みとった。そして気を利かせて言った。

「悪いけど、おれ会社に用事思い出したわ。緑地公園駅までつき合うけどそのまま梅田にもどるわ」

「そうか……」

二人は松野の墓石に一礼して、出口に向かった。

「ところでおまえ、阿武山病院をクビになって、仕事のほうはどうするんや。どっか勤め先あるのか」

「ああ。枝利子さんの紹介で、東住吉の老健施設に行くことになりそうだよ。この前ようすを見に行ってきた。まだ新しい施設で、入所者も募集中らしい。だから、できたら母親もそこに引き取ろうかなと思ってる」

「そうか。そらええわ。これからは老人医療の専門家やな」

上川が茶化すように祝福した。

二人は霊園の外周に沿った参道を北出入口に向かってゆっくり歩いた。思い出したように吹きつける湿った風が気味悪い。桜の木にラジオを吊して墓の掃除をしている人がいた。

「また、前みたいな大雨になるのやろか」

三月に九州で局地的な豪雨があり、土砂崩れで家が流された。手抜き工事の家が倒れ、退避勧告を無視してようすを見に行った住人が六人死亡した。遺族は手抜き工事をした業者を、業者は十分な勧告を出さなかった役場を、役場は勧告を無視した住民を非難し、互いに責任のなすり合いで二週間たった今ももめている。

「みんな他人のせいにするんや」

上川が吐き捨てるように言った。

日曜日で桜も咲きかけているのに、墓地に花見に来る人は多くはいない。それでも何人かの墓参りの人はいた。無言でじっと墓を見つめる老婆がいる。背中に孤独と悲しみが張りついている。

雑巾で墓石を拭いていた老婆が、戒名に向かってつぶやく。

「早ようお迎えに来てください。お願いします。残された者はつらいよ」

寂しげな老夫婦が草むしりの手を止めて、嘆息する。

「どっちが先に逝っても、困るねぇ」

家族に連れてきてもらっている老人がいる。

「おじいちゃん、何やってるの。早く早く。みんなが待ってるやろ」

息子らしい中年の男が急かす。「いらんことせんでええから。早よしてや。圭子のピアノの発表会に間に合わへんやろ。あっ、あかん、危ない」

老人が敷石のあいだに杖をつき損ねて倒れた。

「どこ見て歩いてるんや。急ぐときにかぎって。どないした。え、立たれへん？　何やってるんや。痛いんか、そんなに痛いんか。もうどないすんねん」

息子は家族を呼び寄せ、完全にパニックになっている。老人は苦痛に顔を歪めてうめいている。あの痛がりようは大腿骨頸部骨折だろう。老人は涙をにじませながら痛みと息子の罵声に耐えている。

雲行きが怪しい。また大きな低気圧が近づいているようだ。

江崎と上川は無言で互いを見る。

これでよかったのか。

今、佐久間は警察病院のベッドで無言無動になっている。佐久間が再起不能になれば、彼が画策したプロジェクト《天寿》は雲散霧消するだろう。自分たちは佐久間の邪悪な考えに反対し、その計画を阻もうとした。しかし、それでほんとうによかったのか。

日本の超高齢社会はこれからますます困難を抱える。だれもが責任を取らないで、日本はどうなっていくのか。佐久間のような非情なやり方以外に、日本を救う道があるのか。甘い見通しで楽観し、問題を先送りし、だれにもいい顔をする政治家や官僚に、差し迫った介護危機は見えているのだろうか。

ひょっとして、佐久間は、日本の危機を回避する唯一の切り札ではなかったのか。

そんな考えが、江崎と上川の頭を同時にかすめた。

二人は西の空へ目を向ける。地面を覆い尽くすおびただしい墓石の列。暗雲はその上に重くのしかかり、今にも崩れ落ちそうだ。

三月に九州を襲った集中豪雨の実況が、江崎の耳によみがえる。アナウンサーは安全な場所から、演技的な実況中継に声をふり絞っていた。

「これまでに日本が経験したことのない集中豪雨です。急速な雨量の増加は、おさまる気配を見せません。もっと早くに、安全対策を講じることはできなかったのでしょうか。被害は我々の想像をはるかに超えており……」

＊参考文献

『ＰＰＫのすすめ』　水野肇・青山英康編著　紀伊國屋書店　一九九八年
『弁護士研修講座研修速報』　大阪弁護士会弁護士研修委員会編集　一九九九年
『新民事の訴訟』　福永有利・井上治典　悠々社　二〇〇〇年
『官僚転落』　岡光序治　廣済堂出版　二〇〇二年
『医療ミス』　近藤誠・清水とよ子　講談社　二〇〇三年
『誰も書かなかった日本医師会』　水野肇　草思社　二〇〇三年

そのほか、多くの方に取材協力をいただき、新聞記事、インターネット情報等も多数参考にさせていただきました。

＊本作はフィクションであり、実在する個人、団体とは関係ありません。
書き下ろし原稿枚数１１４３枚（４００字詰め）。

〈著者紹介〉
久坂部羊　大阪府生まれ。大阪大学医学部卒業。
医師。2003年、『廃用身』(小社刊)で作家デビュー。

GENTOSHA

破裂
2004年11月25日　第1刷発行
2005年 1 月25日　第7刷発行

著　者　久坂部 羊
発行者　見城 徹

発行所　株式会社 幻冬舎
〒151-0051 東京都渋谷区千駄ヶ谷4-9-7

電話:03(5411)6211(編集)
03(5411)6222(営業)
振替:00120-8-767643
印刷・製本所:株式会社 光邦

検印廃止

Printed in Japan
ISBN 4-344-00698-4 C0093
幻冬舎ホームページアドレス　http://www.gentosha.co.jp/

この本に関するご意見・ご感想をメールでお寄せいただく場合は、
comment@gentosha.co.jpまで。